劉操南（1917年12月13日—1998年3月29日）
（20世紀60年代攝於杭州）

寂寞研绝学　豪情缀华章

景迪云/撰文　刘丹旗/摄影

《浙江畫報》1998 年第 4 期介紹浙江現代文化名人劉操南教授。

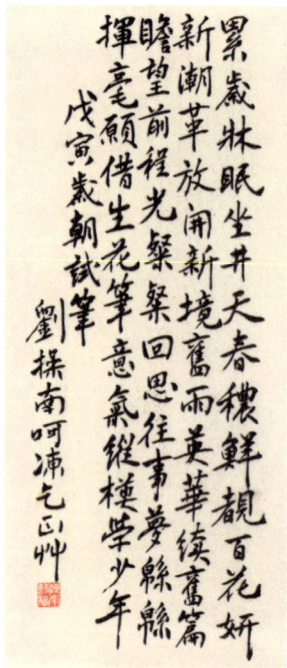

虎年首日，瘦骨嶙峋仍抖擻精神的先生硬撐下床，歡然蘸墨揮毫寫下此詩。次月先生長逝。"試筆"成"絕筆"。

1997 年底，身患癌症長期臥床的劉操南教授接受了本刊記者的采訪。長長的三個小時，劉先生滔滔不絕。他博聞強記，每談及一事，便言某材料某照片在某處，令其子文涵取出，一無差失。

劉操南先生的部分著作

《詩經探索》《古籍與科學》由姜亮夫先生題簽。

《曆算求索》爲王淦昌先生作序及題簽。序中言："1995年底，操南罹重病，猶筆耕不已，並將昔日舊稿整理成《曆算求索》。茹古咀今，文理滲透。其學可嘉，其精神亦可欽可佩。寬慰之餘，特爲之序。"

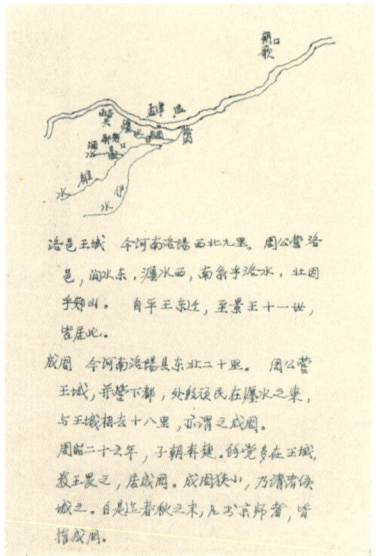

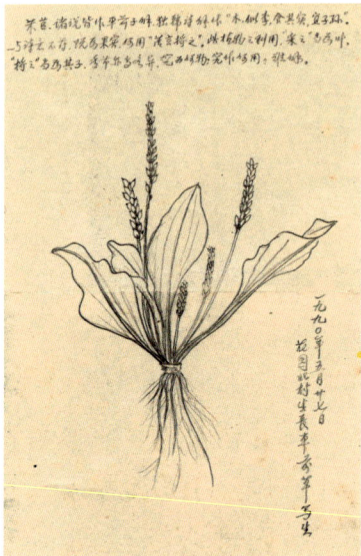

劉操南先生對車前的考證，並描繪住宅小區生長的此草。見本著《〈周南·芣苢〉志疑》篇。

有關《詩經》講課所用的手繪圖。

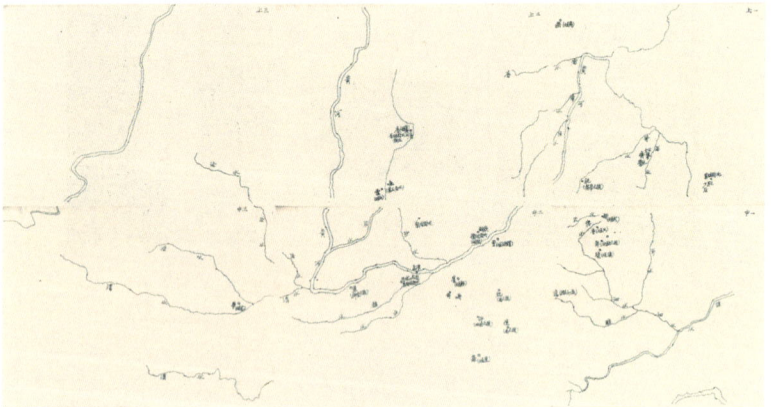

有關《詩經》講課所用的手繪圖。

照片由劉操南先生之子劉文涵教授策劃編制

受　浙江大學文科高水平學術著作出版基金　資助
　　中央高校基本科研業務費專項資金

奇經醫案

九十學生 姜亮夫 署

劉操南 著

浙江大學出版社 · 杭州
ZHEJIANG UNIVERSITY PRESS

劉操南全集總目錄

序

王雲路

整理著名學者的著作，是一個學校悠久歷史積澱與學術傳承的重要標志，是我們重溫歷史、開啓未來的重要契機，對於學術傳承、文脈延續、拓展學科、繼往開來，意義重大。浙江大學領導十分重視浙大文脈的傳承，很早就責成相關部門設立專項基金。啓動《劉操南全集》的事情是在 2015 年，當時的副校長羅衛東教授分管文科，直接促成了劉操南先生學術著作整理工作。當年的 7 月 4 日在位於杭大路上的浙江大學古籍所開會，確定了這項工作，參加者有劉先生的長女劉文漪女士、上海師範大學陳飛教授、華東師範大學的汪曉勤教授以及原杭州師範學院應守嚴老師等，以後召開了編輯委員會會議。出版社原總編袁亞春先生、原副社長黃寶忠先生以及編輯室的同事們都很熱心。

浙江大學古籍所（前身是杭州大學古籍所）是 1983 年成立的。創始之初，我所即爲當時全國高校古籍整理研究工作委員會直屬的十四個研究所之一。學校從中文系、歷史系抽調數位著名學者組成古籍所，姜亮夫、徐規、沈文倬、劉操南等先生就是建所的元老。在 2015 年前後，經過了三十多年的發展，古籍所已成爲海內外有較大影響的古籍與傳統文化研究的機構和人才培養基地，我們不能忘記古籍所的前輩們，姜亮夫、沈文倬等先生的著作在家屬和地方的支持下都已經出版。因爲多種因素的制約，劉操南先生帶的研究生較少，他的許多學問如天文、曆算等屬於真正的"冷門絶學"，研究者甚少，整理起來難度很大，故劉先生著作的出版一事稍稍滯後。現在，有了學校和出版社的支持，我們很高興。

對整理劉先生文集貢獻最大的是陳飛教授。作爲劉先生的弟子，他對劉先生的學術研究比較熟悉，更有對老師的一腔真情，因而義不容辭地承擔了大部分書稿的整理工作，寒來暑往，全力以赴，不計名利，不憚勞苦，嘔心瀝血，這種精神是很讓人感佩的，我想，劉先生地下有知，也會爲有這樣的弟子而感到欣慰。

能夠讓劉先生欣慰的，還有他的兒孫們。劉先生的大女兒劉文漪女士是整個整理工作的直接推動者，整理出版劉先生著作可以説是她最大的心願。由於家學薰陶和常年堅持，她幾乎成了劉先生著作整理的專家了。很多年以前，她就抄録整理劉先生的書稿，並把劉先生手稿中不認識的字拿給我看，讓我辨認。退休後，她更是把自己的全部精力都用在了對父親遺著的整理上。有些十分專業的文獻，能夠整理者甚少，她就各方打聽，尋求專家幫助，其執着精神難能可貴。劉先生的兒子劉文涵是浙江工業大學的教授，專業不同，也盡力參與全集的整理工作，拍攝了大量的圖片，策劃編制全集各卷的照片，還撰寫了劉先生的年譜，可惜猝然離世，没能看到全集的出版。劉文漪在給我的微信中説："劉文涵的兒子劉昭明現在已是國家'優青'，浙大化學系的'百人'。"現在他也參與全集的整理工作。劉先生祖孫都是浙大人，子孫又那麽孝順，劉先生應當了卻了心願吧！

我來杭州大學中文系讀書是 1982 年，1985 年碩士畢業就分到古籍所工作。很可惜，没有聽過劉先生的課，祇聽説他上課激情澎湃，知道他吟誦古詩有古人之風，而劉先生退休很早，我祇有幾次接觸的機會，現在想來很是遺憾。劉先生是著名的文史學家，在許多領域都有研究，在古代天文曆算、古代科技、文史典籍、小說戲曲等領域著述甚豐，在章回小說與詩詞書畫等方面都有創作。而我涉獵甚窄，祇在古代文獻語言上有點研究，不知道該如何整理劉先生的文集，記得初期祇是把先生的幾部書稿如《〈史記〉春秋十二諸侯史事輯證》《古代天文曆法釋證》《古籍與科學》等内容分給我的碩士生劉芳、沈瑩、馬一方、王健等同學，請他們幫助核對引文，校勘誤字，作了初步校對工作。辦公室陳葉老師、出版社宋旭華編輯都盡力做好協調工作，我要感謝他們。作爲古籍所所長，在整理劉先生文集方面，我没有盡到責任，倒是陳飛教授在不停呼籲，不斷督促，讓我感與慚並。

除了劉先生是古籍所的前輩外，我們與劉先生還有另外一層情誼：劉先生是民盟盟員，他女兒劉文漪在民盟省委會機關工作，羅衛東校長和我也都是民盟成員。我們都應當學習劉先生獻身學術事業的精神，把劉先生付出畢生精力撰寫的著作整理出版，爲我國的古籍整理事業、爲傳承和弘揚中華優秀傳統文化貢獻自己的力量。時光很快，從籌劃整理出版到現在，已經 7 年過去了，劉先生的著作已經出版了 11 部，期待另外的 11 部不久將問世。

從這件事情我想到，整理已故老先生的著作，包括遺物或檔案的整理，是十分緊迫的事情：雖然老先生已經去世多年，但他們的家屬還健在，他們的弟子還在工作，如果再過若干年，可能資料散落更多，知情者更少，搜集整理更難。所以建立和完善文科老教授的學術檔案是文獻傳承、文脈延續的重要工作，必須有規劃、分步驟進行，時不我待。

我以爲，建立和完善文科老教授的學術檔案，主要有文獻整理與文物搜集兩方面工作。文獻整理應當依託原有學科和弟子,與出版社聯合,整理出版著作,也包括學術年譜和回憶録等;文物搜集應當聯繫家屬,與檔案館聯合,上門搜集老先生的珍貴資料,如手稿、書稿、照片等文物,如果有條件,建立音像檔案更好,進行妥善搜集、歸類與整理保管。有的學者在文獻整理和檔案搜集方面都較完善,而有的已故學者尚未有資料整理與專門檔案。我們應當協助學校檔案館或出版部門做好這項工作。

浙江大學古籍所是一個文史哲並重、以文獻立身的研究機構,所以劉先生這樣涉獵很廣的學者纔在古籍所授課和工作。建所初期,我所就先後編輯出版了《文史新探》《古文獻研究》等論文集。明年4月18日就是古籍所成立四十周年的紀念日,守正、創新是我們的願景,一方面,我們要認真總結古籍所的歷史和傳統,讓姜亮夫、沈文倬、劉操南等先生開創的事業繼續弘揚,不斷發展;另一方面,也要與時俱進,開拓創新,嘗試運用新方法、新材料,開闢新的研究領域,把古籍整理與研究事業推向深入,無愧於時代。

2022 年 7 月 13 日於杭州紫金西苑

誰説天官非國學　終教野史托悲歌
——劉操南先生學術概略

陳　飛

　　先生諱操南,字肇薰,號冰弦,齋名揖曹軒。爲人真誠純正,儒雅謙和,古道熱腸,錦心綉口。治學會通中西文理,綜貫經史百家,兼擅詩詞文章,著述豐贍,成就卓異。秉持"開物成務",關懷天下,愛國憂民,致力社會與文化事業,鞠躬盡瘁。由於諸多原因,其學行生前傳播未廣,身後知者不多。筆者昔年幸蒙先生言傳身教[①],於其爲人爲學稍有感知,亦曾撰文述介[②]。近年承乏編次先生全集,得以系統拜讀先生遺文。筆墨依然,音容猶在。撫今追昔,感懷益多。而今全集編事將畢,咸欲一文弁其

---

①　1982—1985 年,筆者爲杭州大學碩士研究生,師從劉操南先生。

②　所撰《"絶學"的寂寞——劉操南先生學行記略》,發表於《古典文學知識》1996 年第 5 期,後經劉操南先生審正補充,以《"絶學"的寂寞——劉操南先生學術記略》爲題,發表於《古今談》1997 年第 2 期(該刊將作者誤署名爲"鄭飛")。2009 年出版的《古代天文曆法釋證》(浙江大學出版社),所附《劉操南先生學術簡介》,即據前文簡化而成。其後筆者又撰《誰説天官非國學　終教野史托悲歌——劉操南先生"絶學"述略》一文,刊載於《國學學刊》2010 年第 2 期。

端。筆者微末荒疏,不能光揚先生學術於萬一,然以昔日述介之文曾經先生審正,遂稍加修訂,用代前言。

壹

先生 1917 年 12 月 13 日生於無錫南門之劉源昌號(磚瓦窰業)。六歲入塾,誦習傳統經典。出塾後徑入中學,故在塾時間較長,"舊學"基礎堅實。先後就讀於無錫縣立初中、江陰勵實中學、無錫輔仁中學,接受新式教育,學習英語、化學、物理、代數、解析幾何等課業。聰穎勤奮,博聞強記,興趣廣泛,樂於鑽研,各科成績優異。初三時,用數月之功搜集資料,旁徵博引,寫成《四邊形研究》長文,於校刊發表(部分),頗受師生稱賞。一生志學,此其肇始。

中學畢業後,無意謀職,於 1937 年考入國立浙江大學,先入史地系,後轉土木系,再轉史地系。抗戰爆發,隨校西遷,經浙江建德、江西吉安、廣西宜山至於貴州遵義,歷時三年,行程五千多里。在遵義前後六載,直至 1946 年方隨校復員杭州。在宜山時,學校恢復中國文學系,先生爲首屆唯一學生。時因家中供給阻斷,靠課餘抄稿、代課維持學業。刻苦自勵,文理兼修,舉凡地學、物理、微積分、科技史、《春秋》經傳、子、史、詞章、文字訓詁等課程,并兼修博覽,好學多師。從錢寶琮先生受天文曆算之學,從繆鉞先生受文藝詞章之學,從何增祿先生受光學,從朱庭祜先生受地學,從張蔭麟先生受史學,拜政治學教授費鞏先生爲導師。同時積極組織和參與課外集體活動,發起成立新文藝學會,擔任《浙大學生》(復刊)總編輯,因而經常得到竺可楨校長教誨。老浙大的博通求實學風,諸師長的卓越品格學識,使其得到全面的培養和塑造。大二時即完成《數學難題新解》一書(1944 年上海經緯書局印行），畢業論文《〈公孫龍子〉箋》獲得好評。1942
年大學畢業並獲學士學位。因品學兼優，而留校任教，是當時
（1947 年前）中文系唯一助教。

留校後即投身教學教務、學術研究及進步活動。時值内戰
爆發，民主呼聲高漲，浙大教師紛紛成立社團，支持學生運動。
先生加入"中國科協杭州分會"。該會發揚"五四"精神，致力於
科學啓蒙和民主自覺，支持並開展對敵鬥争。先生積極參與各
項活動，學術上則文理兼治，接連發表《屈原生年説》《〈海島算
經〉新解》《〈九章算術〉注祖冲之開立圓術校補》《〈周髀算經〉勾
股方圓圖注讀記》《〈周禮〉九數解》《讀〈左傳〉孔疏》《詩"東有啓
明，西有長庚"解》《説太陽遠近》等文。1949 年初，在国立浙大
时晋升讲师。1951 年春，竺可楨先生（時任中國科學院副院長）
籌編《中國科學史資料叢刊》，有意調先生來京擔任編輯，親函錢
寶琮先生轉達其意，後因校方不允而未能成行。不久被派到華
東人民革命大學政治研究院學習，隨後調至安徽五河參加"土
改"。1952 年，全國高校院系調整，先生被調至浙江師範學院中
文系；1958 年，先生又隨該校併入新建立的杭州大學（今浙江大
學，以下簡稱"杭大"），從此在中文系及古籍研究所任教終生。

新中國成立後的歷次政治運動，先生亦頻遭衝擊與迫害。
"文革"期間，老家（無錫）房屋、書籍、財物皆被查抄没收；在學校
被打成"牛鬼蛇神"，慘遭批鬥、戴高帽、遊街示衆、住牛棚、上幹
校，接連不斷。幹校回來，被派到食堂勞動，後去紹興諸暨農村
參加"教育革命實踐"。家中物什被貼封條，禁止使用；家人被隔
離兩處，不得相見。繼而子女下放農村，夫人精神失常……1964
年即通過副教授職稱評定並上報教育部，亦因運動連連，直至
1978 年纔恢復認定（1981 年晋升爲教授）。

浩劫過後，先生喜迎新生，熱情投身教學、科研和社會活動。

其時人們心有餘悸,先生便毅然重新參加民盟(1957 年加入)組織活動,從此身兼多任,倍加忙碌。參加的組織機構、社群團體有:政協浙江省文史委員會副主任、浙江省文史館名譽館員、浙江省政協第五屆第六屆委員、杭州市第六屆人大代表、杭州西湖區人大代表、民盟浙江省委常委、浙江省文聯常委、浙江省詩詞學會副會長、浙江省作家協會顧問、浙江省曲藝協會顧問、美國四海詩社名譽顧問、全球漢詩詩友聯盟總會顧問、新加坡獅城詩詞學會名譽會長、政協浙江省詩書畫之友社副社長、中國水滸學會理事、中國屈原學會學術委員、中國紅樓夢學會會員、中國通俗文藝研究會會員、中國科技史學會會員、中國數學學會會員、寧波大學兼職教授等。此外,還擔任諸多報刊和著作的主編、編委等。正當先生老驥奮力、奔忙不已之際,卻被人"悄然"辦理了退休手續(時在浙江省政協委員任內,按規定不應退休),從此不得不離開眷戀至深的浙江大學。

先生自奉簡約,廉潔無私,淡泊名利,樂於惠施。1982 年,無錫當地政府"落實政策",象徵性補償"文革"中所抄沒文物財產 5000 多元,先生隨即捐給當地街道 4000 元,用於青少年和幼托事業,其餘全給胞兄。當時可謂巨款,先生不僅分文未取,而且從不對人言及。平日學術活動乃至著作出版,亦多自費。然而不久即陷入窘困:1985 年,夫人患白血病,醫藥、臥床、住院,直至去世(2007),積蓄用盡,繼而變賣藏書,乃至借貸。1995 年,先生身罹腸癌,治療、住院、手術,窘困愈甚。故自 20 世紀 80 年代中期以後,先生便陷入老病痛苦、貧乏窘困及世態涼薄的交侵之中,所受打擊和壓力之大,可想而知。然而先生意氣不撓,雄心猶壯。直至生命最後時刻,仍心繫學術,揮筆不止。其絕筆詩《病中戊寅歲朝試筆兩律》曰:

累歲床眠坐井天，春穠鮮睹百花妍。

新潮革放開新境，舊雨英華續舊篇。

瞻望前程光燦燦，回思往事夢綿綿。

揮毫願借生花筆，意氣縱橫學少年。

八十韶華石火過，深慚書劍兩蹉跎。

祠堂往事抛書憶，黌舍新情剪燭多。

誰説天官非國學？終教野史托悲歌。

胸中剩有丘陵在，好聽昭時鳴玉珂。

貳

先生讀書治學，大致可分爲四個時期：少年時期（1917—1936），從幼年入塾到中學畢業。初步培養了"中學""西學"基礎與志趣，開始嘗試學術研究。《四邊形研究》之發表，可謂初出茅廬第一篇，展露出敏悟好學、善於思考、樂於探索的學術天賦與特質。

青年時期（1937—1949），從考入大學到留校任助教。由學生到教師，完成了品學培養和身份轉變，確立了人生道路與學術志向。與此同時，經受民族危亡、家道艱難、學校播遷等磨礪，也造就其關懷天下、愛國憂民、積極進取、致力社會進步的性格與懷抱。此期學術創獲頗豐，以天文曆算（科技史）为主，兼及經史詩文，形成文理相通、東西兼融、既博且專、求實致用的治學理念和風格。

中年時期（1950—1976），從新中國成立後到"文革"結束。社會文化劇變，政治運動頻繁，給其人生與事業帶來劇烈動蕩和衝擊，被動接受與主動適應相交織。漸入佳境的天算研究被迫讓位於古代文學教學。在時間被擠占、自由遭剝奪、生存環境極端惡劣的處境下,仍"偷閒"撰寫古代曆算資料詮釋數百萬言。同時因應變化,積極探索,嘗試以《武松演義》爲代表的通俗文學再創作,開闢了專業學者與民間藝人合作的新途徑,從此拉開"水滸"系列通俗小説再創作的序幕,並展開對《水滸傳》《紅樓夢》等通俗小説的研究。

晚年時期(1977—1998),生命的最後二十年。隨着浩劫結束,百廢漸興,先生重入民盟,各種事務與活動紛至沓來。治學上則爭分奪秒,要把被耽誤的時間"搶"回來。故此期最爲繁忙,收穫亦豐。大約20世紀80年代中期以後,"緊迫感"與日俱增,主要精力逐漸轉向舊作的整理發表。但因積稿太多,事務繁忙,出版(發表)困難等,進展不如預期。直到生命最後時刻,病體沉重,仍奮力編撰不已。

叁

先生稟賦非凡,治學精勤,事務之外,幾乎所有時間都用於思考和寫作。焚膏繼晷,揮筆不輟,日積月累,堆案盈篋。其治學廣及天文學、曆學、算(數)學、文學、史學、文獻學、民俗學、文化學等諸多學科領域,此外還有小説及詩文創作,積稿量達數千萬字。在主要依賴紙筆手寫、算盤運算的時代,如此巨量,實屬罕見!若非內憂外患、事務繁冗、疾病困苦等分身和侵擾,其著作總量當更加驚人。然則先生之著作,不僅範圍廣、種類多、數量大,其品質也很高,猶如參天大樹,枝葉扶疏,交相輝映。兹分六個方面予以述介:

一爲"天官"之學。主要是古代天文學、曆算學(含曆學、數學和算術),亦可歸之科技史範疇。先生於此起步既早,用功亦

勤,造詣尤高。《古籍與科學》《曆算求索》①二書可謂代表。中
國古代天文學的原始文獻大多保存於正史天文、律曆、五行等志
傳之中,本係疇人世家專門之學,即在當時,知者亦少;後世時過
境遷,學科隔膜,能兼通其文字、理論、方法與技術者,更少其人;
而運用現代科學、天文學加以核算、考辨、闡釋與是正,揭示其得
失意義,加以借鑒和利用,尤其難能可貴。先生嘗言:古人於天
文觀測、記載、論述數量巨大,内容豐富,是我國寶貴科學和文化
遺産。天文學家通過觀測天象,聯繫實際,進行定性定量計算分
析,探索規律,爲人類生産與生活服務。天文學與星占術聯繫密
切,後者相信神靈存在,將天象同人間社會、國家政治等相關聯,
研究其變異特點和規律,尋找其間因果關係,進行交互推測和判
斷,以預知禍福吉凶,如國家興亡、王朝盛衰、政治良窳、戰争勝
負、人事成敗、民生苦樂以及生命壽夭等。是以星占術神學和玄
學色彩濃重,而天文學更具科學性。先生於二者既有具體考實,
也作分析通釋。對諸史天文、律曆、五行《志》等加以考證算釋,
比較分析,觀其會通,辨其精華糟粕,爲繼承與利用提供借鑒。

　　天文學與曆學密不可分,二者都離不開數學和計算,先生並
能兼通。古人用籌算或珠算,能者布籌如飛,運珠如雨,但往往
衹記錄結果,不載其過程,故文獻於此,多付闕如。又因缺乏範
例,難以學習掌握。先生既能"復盤"古人運算過程,並能通過運
算對古代曆志、曆譜加以核實辨正。如《圓周率的尋求與電腦計
算》一文,對《隋書·律曆志》所載祖冲之圓周率計算結果和元趙
友欽《革象新書》所載圓周率計算結果進行計算復核:割圓至第
三十次,將數據列表比較,從而獲知其誤差逐次積累及有效數字

①　《古籍與科學》,哈爾濱師範大學《北方論叢》編輯部編輯出版,1990
年。《曆算求索》,浙江大學出版社,2000年。

遞減之故,並列爲公式。這種研究融古今、中西、文理、理論與應用於一體,堪稱跨學科綜合研究之範例。相關研究成果被李約瑟采入《中國科學技術史》。錢寶琮先生稱其《重差術及測定日距方法考》"寫得極好,李儼見之,當有愧色!"李儼先生則稱:"讀悉甚慰!"裘沖曼先生評曰:"劉君孤高自娛,數典求祖,探驪獲珠,雖未納交,欣然有默契焉……劉君將《海島》九題加以整理,另列次序,自是卓見。各題用相似三角形定理解之,深入顯出,勝於前人注解。在文字上亦多改正。此繼楊輝、戴震、李潢未完之業,豈率爾操觚者可比!"①廖海廷先生論曰:"劉子沉潛既久,於該書名稱之變易、版本之流傳影響,如數家珍。又能正其文之訛衍及九題次序之錯亂。以相似三角原理解之,核與原書答案,

---

① 見《古籍與科學》之《重差術及測定日距方法考》附記。錢寶琮(1892—1974),字琢如,浙江嘉興人,幼年入塾。先後就讀嘉興府秀水縣學堂、江蘇省鐵路學堂等。1908 年考取浙江省公費歐美留學生,入英國伯明翰大學、曼徹斯特大學工學院。回國後任教上海南洋公學、江蘇省立第二工業學校、天津南開大學、國立中央大學、國立浙江大學。1956 年任中國科學院中國自然科學史研究室研究員、《科學史集刊》主編等職。著有《古算考源》《中國算學史》(上卷)、《中國數學史話》、《算經十書》(校點)、《中國數學史》(主編)、《宋元數學史論文集》(主編)等。李儼(1892—1963),福建閩侯(今福州市)人。早年就讀福州三牧坊學堂、唐山路礦學堂(現西南交通大學),自 1913年起至 1955 年止,持續在隴海鐵路工作長達 40 餘年。1955 年調入中國科學院歷史研究所任研究員,同年被選爲中國科學院哲學社會科學部學部委員(後改稱"院士"),任中國科學院自然科學史研究室主任。著有《中算史論叢》《中國算學史》《中國數學大綱》等。裘沖曼(1888—1974),字頌梅,浙江嵊縣(今嵊州市)人。著名數學家和算學史家。民國時期曾任職於浙江省測量局、浙江省測量學校、杭州高級中學等。1949 年後曾任嵊縣政協秘書長、浙江省文史館員。著有《陽曆考》《解析幾何學》《算書名詞》《中國算學書目彙編》《秦九韶楊輝算書》《黃炳垕年譜》等。

若合符節。"又評《授時曆術述要》曰:"郭守敬爲時代所限,測算未臻極詣。大作《授時曆術述要》闡明其崇高成就,指出不足,原原本本,殫見洽聞,盛事盛事! 英國李約瑟博士撰《中國科學技術史》,自謂其學於曆學爲薄弱環節,可見此學今已爲鳳毛麟角矣。"①

二爲"野史"之學。主要是指通俗文學再創作及其相關研究(下及)。前者爲先生獨闢蹊徑、創獲良多領域之一。所謂再創作,是將文獻記載、民間傳説、學人研究、藝人表演等結合起來,融會貫通,加工提高,寫成"新演義"。《武松演義》即爲成功範例,此外還有《青面獸楊志》《諸葛亮出山》《水泊梁山》等。以古代題材居多,亦有少量現代題材,如評話小説《江姐渡江》。此外,還用傳統通俗文學體裁撰寫當代"新人新事",如《鋼鐵英雄救爐記》,原創性較強。

先生再創作的成功,主要有兩方面原因和條件:一是對古代通俗小説有深入考察和獨到認識。嘗言:古代通俗小説經典雖完成於具體文人之手,但都有民間共同創作之"底本"。這種民間共同創作不因經典的完成而停滯不前,還會以自己的方式繼續下去,不斷發展出"新底本"。後來文人祇有充分尊重和借鑒其"底本",方可再創造出新的經典之作。二是對民間創作(包括表演)有深入瞭解和切實體會。先生經常出入書場、廟會,觀聽記錄民間藝人演唱,獲得大量民間説唱素材和豐富感性認識;結

---

① 　見廖海廷先生致劉操南先生書信。廖海廷(1917—1987),湖南花明樓人。幼入私塾。後從魯實先、楊樹達問學,博通天文、曆算、文字、音韻、訓詁及經史子集。曾執教靳江中學、湖南行政學院、湖南財經學院、湘潭大學。五十歲後皈依淨土,鑽研佛學、中醫、氣功等。著述甚豐,早年所著《漢太初以來氣朔考》《古韻疏證》《廣新方言》等文稿,在"文革"時期遭抄没,竟無所存。今傳世者唯《轉語》《無住生心室詩鈔》。

合自己及其他學者對古代話本、擬話本以及通俗小說曲藝的研究，加以分析和總結；同時還與藝人交流切磋，互相啓發，進而聯手合作，推陳出新。先生原有系統計劃：先完成"水滸"人物演義系列，在此基礎上撰寫《新水滸傳》；繼而對"三國""西遊"等也作如是整理與創作。惜乎時不多與，其功未竟。除以上所舉諸作外，還有未定稿《宋江演義》《林冲演義》《祝家莊演義》《關勝伐梁山》《呼延灼伐梁山》《醉打蔣門神》等。朱一玄先生評曰："故其纂修，沉浸濃郁，含英咀華，難與之京。如《武松演義》《諸葛亮出山》《青面獸楊志》諸書，開當代作家與藝人合作之先河，飲譽海內外。《武松演義》故事情節，時起時伏，騰挪跌宕，變化多端，語言保持口語特色，從而成功地塑造武松之英雄形象，多次增訂、重版、借版，印額近百萬冊。"又曰："（《水泊梁山》）余得先睹爲快，深感此書實有邁於前三書者。前者囿於合作，此則脱其覊絆，更覺遊刃有餘。""司馬遷之飽蘸血淚，撰寫《遊俠列傳》；劉兄之撰小說，亦欲一抒胸中塊壘，而泄其孤憤之懷。然則劉兄之情抱遠矣！"①

　　三爲經史之學。先生早歲入塾，背誦經典即爲常課。老師督之既嚴，本人亦好學強識，故經史名篇多能熟讀牢記，終生不忘。在教學和寫作中，於經注原文、文史篇章，往往隨口背出，信

---

　　①　朱一玄《〈水泊梁山〉序》。見《水泊梁山》卷首，浙江文藝出版社，1999年。朱一玄（1912—2011），山東淄博人。先後就讀於濟南中學、北京師範大學、西北大學。歷任四川遂寧師範、南充中學教員，南開大學教授。著有《水滸傳資料彙編》《三國演義資料彙編》《西遊記資料彙編》《古典小說戲曲書目》《中國古代小說總目提要》（與人合編）《金瓶梅資料彙編》《聊齋志異資料彙編》《紅樓夢資料彙編》《紅樓夢人物譜》《明清小說資料選編》《儒林外史資料彙編》《古典小說版本資料選編》《古典小說資料書序跋選編》《中國小說史料學研究散論》《文史工具書手册》等。

手拈來；加之寬博知識結構與學科研究方法，使其經史治學植根深厚，出入自如，左右逢源，多有獨造。今存其經學著述約爲兩類：一爲單文散論，舉凡《易》《書》《春秋》《禮》《樂》皆有論列，旁及孔、墨、陰陽、公孫龍子等子學經典；二爲《詩經》研究，著文數十篇，編爲《詩經探索》（浙江大學出版社，2003年）。此外還有經學古籍的整理與研究，如關於陳漢章《〈周易〉古注兼義》《〈詩〉學發微》《〈公羊〉舊疏考證》《〈古微書〉補遺》等遺著的校注和考論。先生的經學研究，能夠綜合運用文史哲多學科尤其是天文曆算知識、材料、理論和方法，既注重疏證考釋等傳統研究，亦注意吸收新的思想意識、文藝觀念，將文字訓詁、史實考辨、義理探求、解析鑒賞和普及推廣、現實借鑒等兼顧並舉，往往視角新穎，認識獨到。

史學方面，以《〈史記〉〈春秋〉十二諸侯史事輯證》（天津古籍出版社，1992年）爲代表。此研究萌志於大學時期，成稿於20世紀60年代，出版於20世紀90年代，歷時半個世紀；然其研究範圍實不限於史學。《自序》曰："余輯此稿，旨在讀《左氏》也，亦所以讀《太史公書》也。讀《左》讀《史》，所以明《春秋》之史事也。"張宗祥先生評曰："劉操南先生窮數年精力，屢易其稿，成此一書，爲治《左》治《史記》學者得一津逮，非細事也。其溝通二書之處，證據真確，取捨精當，學者當識其苦心。"朱師轍先生評曰："劉子操南，篤學深思，喜讀《太史公書》，常取《十二諸侯年表》與《春秋左傳》對照，益以先秦諸子百家之言，而爲事輯。豈獨補《集解》《正義》《索引》三家注所未備，且可爲讀《左傳》者之輔助，有裨學子之書也。"沈祖綿先生評曰："大著繼吾浙萬（斯同）、全（祖望）、邵（晉涵）、章（學誠）之後，非尋常事。抱病一讀，考證精核。史公安排二百四十二年之事，分隸於《本紀》《世家》中，文理密察，小有紕誤。《事輯》多據內證，讀之益確。讀《事輯》前後

稿,更見其治學謹嚴。先自鑽研,而後上下古人之説。不僅於
《春秋》史事,溝通《左傳》《史記》,且可爲解决古籍中有關問題之
參考,洵史學中有用之書也。"張慕騫先生評曰:"長處不勝枚舉,
鄙見所及,至少有:1.有功史學——春秋史。誠如《自序》所謂:
'讀《左》讀《史》所以明春秋史事也。'2.雖云事輯,仍具《年表》之
作用。3.具有'索引'作用,便於檢查。4.兼有'考異'性質。5.
考訂周詳。龍門有知,當有操矛入室之感。"①吳諫齋先生論其
獨到之處曰:"晚清今文學家創劉歆僞撰古文之説,以《左氏》古
文非出丘明,而史公祖述,實本《國語》,邪説行而《左氏》晦。劉
子會通之舉,考明二書異同,然後知史公紀春秋史事來源非一

---

① 以上均見《史記春秋十二諸侯史事輯證》卷首。張宗祥(1882—
1965),字閬聲,號冷僧,別署鐵如意館主,浙江海寧人。清光緒二十五年
(1899)中秀才,光緒二十八年(1902)中舉人。先後任教於開智學堂、桐溪學
堂、秀水學堂、浙江高等學堂、兩級師範學堂等,1949 年後任西泠印社社長、浙
江圖書館館長等職。抄書成癖,據説一日能抄二萬五千字。一生抄校九千餘
卷,精校《説郛》《國榷》《罪惟録》《越絕書》等古籍三百多種,校訂海寧學者著
作 500 多卷。有《冷僧書畫集》。工詩能文,精鑒賞,通曉醫藥、戲曲、文學、史
地等,昆曲《十五貫》新本即其改定。朱師轍(1878—1969),字少濱,祖籍江蘇
蘇州。朱駿聲之孫。民國初年,與其父先孔彰相繼任清史館編修,參編《清史
稿》。曾任北平輔仁大學、中國大學、河南大學、中山大學教授。後定居杭州,
爲浙江省政協委員。著有《商君書解詁》《清史述聞》《和清真詞》《黄山樵唱》
等。沈祖綿(1878—1968),字念彌,號邴民,流亡日本時化名高山獨立郎,杭
州人。早年執教於杭州求是書院。光緒三十年(1904),投身革命,爲光復會
籌組人之一,後七次亡命日本。辛亥革命中,參與攻打上海製造局之役。
1916 年在寧波反對袁世凱稱帝。1949 年後任中國科學院歷史研究所特約研
究員。精研《周易》《内經》等,著有《素問臆斷》《素問琑語》等。張慕騫,生卒
不詳。浙江瑞安人。曾任職浙江省立圖書館、國立浙江大學歷史系。著有
《浙江省郡邑叢書簡表》《館藏善本書題識》《嘉惠堂藏書掌故》《書林清話糾繆
並補遺》(譯)、《蘇俄之圖書館與分類法》(譯)等。

端,而《左氏》實爲其主要依據。彼今文家言,適見其所得之淺,爲可哂也。"①要之,此書融會經史,貫通上下,立足史事,考其事跡,明其義理。至於叙述之詳略得當,張弛有節,文質相合,法度謹嚴,極盡屬辭比事之能事,可稱良史。

四爲文藝之學。先生於文學藝術,興趣廣泛,成績豐碩,大致包括:

(一)詩辭研究　以楚辭研究最具特色,起步既早,成果亦多。20世紀40年代即發表《屈原生年説》,60年代所繪《屈原放逐圖》,被收入姜亮夫先生《楚辭書目五種》。先後撰寫論文50多篇,從歷史、地理、文字、音韻、名物、訓詁等諸多方面加以考論、解析和鑒賞,尤其是運用天文曆算知識和方法,考證翔實,建立新説。於屈原人格命運千載相通,感慨繫之,吟詠涕淚,令人動容。對於其他詩詞的考論賞析,往往結合自身創作體會,道其甘苦,金針度人。

(二)小説研究　《水滸傳》和《紅樓夢》研究爲其大宗。前者著文近30篇(生前擬編《〈水滸傳〉論叢》,其事未竟),涉及《水滸傳》成書、文本、情節、結構、人物、思想和藝術等諸多方面。注意將不同形式"水滸"文藝進行比較會通,還親赴梁山進行實地調查,尤其是在施耐庵相關問題上反復考辨,實事求是,成一家之言。《紅樓夢》研究,亦有論文數十篇(擬編《〈紅樓夢〉論叢》,亦未竟其事)。早在20世紀40年代即發表《賈寶玉的煩惱》《〈紅樓夢〉人物分析》等,此後《紅樓夢》人物一直爲其關注重點,撰有系列論文,揭示其身世背景、性格命運和形象特徵,旗幟鮮明地表達同情和批判。《〈紅樓夢〉彈詞開篇集》和《桐花鳳閣評〈紅樓

---

① 　見《史記春秋十二諸侯史事輯證》卷後《跋》。吳諫齋(1902—?),浙江杭州人,書畫家、藏書家。雲貴總督吳仲雲後代,祖居吳宅爲杭州著名藏書樓。

夢〉輯録》可謂其《紅樓夢》研究的"副産品",亦各具特色和貢獻,爲"紅學"補白增色不少。前者從近 3000 首《紅樓夢》彈詞開篇中精選 222 篇,大多輯於 20 世紀 40 年代,80 年代交杭州本地一家出版社(受困經費,直至 2003 年方由北京學苑出版社出版),并爲之撰寫序和前言,就其編著緣起、思想内容、藝術特色及其意義價值作全面論述,其書、其論皆屬首次。桐花鳳閣主人陳其泰評點《紅樓夢》(以下簡稱《陳評》),其書世多未見。先生於1977 年有緣獲見,即識爲珍品,價值非常,遂"就館迻録,閲時三月,得二十餘萬言"①。繼而撰寫《清代陳其泰〈桐花鳳閣評紅樓夢〉考略》《清代陳其泰〈桐花鳳閣評紅樓夢〉初探》《清代陳其泰〈桐花鳳閣評紅樓夢〉叙録》《題〈桐花鳳閣評紅樓夢〉》等文及詩,編爲《桐花鳳閣評〈紅樓夢〉輯録》一書(天津人民出版社,1981年),後又續加"輯補"和"增訂"。其主要貢獻在於:首次對《陳評》全文加以輯録和呈現,爲《紅樓夢》研究、評論、閲讀和欣賞提供了重要新材料;首次對《陳評》版本作全面鑒定和叙介,豐富了《紅樓夢》版本目録之學;首次對桐花鳳閣主人陳其泰的家世、生平及評《紅》過程進行發掘和梳理,爲研究其人其評奠定了堅實基礎;首次對《陳評》的内容、特色、價值和意義等作系統分析和評價,充分肯定其在"紅學"史上的重要地位。

(三)戲曲研究 先生於戲曲亦有論述,但發表不多。今存有《宋戲曲》《明清戲曲》《宋戲文〈張協狀元〉》《董解元〈西廂記〉》《〈西廂記·送别〉賞析》《試論〈琵琶記〉中蔡伯喈的人物形象》《破幽夢孤雁漢宫秋》《略談閩劇紅裙記》《略談〈高祖還鄉〉中的訓詁校勘問題》《評京劇〈獅子樓〉與〈十字坡〉》等文。所涉劇種

---

① 詳見劉操南《桐花鳳閣評〈紅樓夢〉輯録》卷首,《清代陳其泰〈桐花鳳閣評紅樓夢〉初探》(代序),天津人民出版社,1981 年。

和問題較多,對《西廂記》尤爲推重。相對而言,曲藝研究,貢獻更大。先生從小在無錫聽盲人藝術家說唱,即有興致;其後出入書場,目睹耳聞,心摹手記,亦能表演。在遵義時,說過《紅樓夢》,"四清"時說過《江姐》。其後從事學術性研究,做了大量搜集整理、叙錄考述、評論鑒賞等工作,如《評話序錄》《〈秘抄白蛇奇傳〉題記》《〈白蛇傳〉序錄》《〈秘抄白蛇奇傳〉三十二集點校》《評話集錦》《彈詞集錦》《彈詞片羽》《評話一勺》《文龍歸漢》《杭灘綉襦記》《蘇灘綉襦記》《西宮詞》《明清俗曲》《金臺打白猴》《張翼德三闖轅門》等,特別是《〈秘抄白蛇奇傳〉三十二集點校》爲嘉慶手鈔本,全文約一百六十多萬字。《杭灘綉襦記》爲李慰農家藏本,《蘇灘綉襦記》爲清韻閣校印《灘簧雅集》本,皆有很高版本價值和文學價值。沈祖安先生稱:"半個多世紀以來,浙江學界有三位在中國戲曲和民間文藝研究中比較傑出的前輩,那就是胡士瑩、錢南揚和劉操南三位先生。"認爲:"劉操南先生的名氣,雖不及前兩位覆蓋面大,但講真才實學和畢生孜孜以求的苦功,實不亞於前兩位前輩。"[1]

(四)散文研究　主要爲歷史散文和遊記散文。前者如《歷史散文的形成及其特徵》《高帝〈求賢詔〉釋疏》《文帝〈議佐百姓詔〉釋疏》《景帝〈令二千石修職詔〉釋疏》《武帝〈求茂材異等詔〉釋疏》《司馬相如〈諫獵書〉釋疏》《鄒陽〈獄中上梁王書〉釋疏》《關於〈諸葛亮傳〉及〈隆中對〉》等,多爲兩漢歷史散文。後者以《古代遊記選注》[2]爲代表,是較早的遊記散文選注本。

另外,還撰有《漢字形近偏旁辨析序》《中國古代第五大發明——淺談漢字六性》《文體改革反思議》《對"文白之争"的反

---

[1]　沈祖安:《懷念劉操南先生》,《浙江日報》1999 年 11 月 12 日。
[2]　劉操南、平慧善:《古代遊記選注》,上海古籍出版社,1982 年。

思》《從電視劇"一代女皇"說開去》《關於儒學傳統與現代文化的思考》《收藏名家朱翼厂先生》等；編有《中外諺語集》（與徐鍾穆合作）《窰譜》等。還爲適應教學編寫了多種文學史及作品選，如《中國人民文藝史話》《國文選釋》《高中文學》《中國文學史提綱》等，大體屬通史；《先秦文學》、《先秦至南北朝文學作品選講》（與王冥鴻等合編）、《元代文學》、《元明清小説》、《明清戲曲》等，則大體爲斷代史或專史。

五爲辭章之作。主要爲（上述"野史"之外）詩文特別是舊體詩文寫作。先生幼承師教，訓練嚴格，得窺奧妙，遂成嗜好，終生樂此不疲。舊體詩詞是其紀事述行、言志抒懷的主要方式，作品既多，境界亦高。《揖曹軒詩詞》[①]收入詩詞 1041 首（其中詞 28首），聯 85 副。遠非全部，前半生作品大都毀於劫火，後半生吟詠亦多散佚，其損失總量"不下萬首"（先生 20 世紀 80 年代語）。《三秋晚眺》《中秋望月有感》約寫於 17 歲時，是現存最早詩作；《病中戊寅歲朝試筆兩律》，則是最後"絕筆"，前後跨越 60 多年。其詩七言律、絕最多，五言次之，此外則歌、行、古、謠等諸體皆備。自絕句短章至長篇多韻（六十韻），皆能揮灑自如。吟詠對象廣泛，而以天下大事、社會現實、蒼生疾苦、師友情誼、登臨懷古、差旅紀行居多。往往將個人命運與時代風雲、志業懷抱與社會現狀相聯繫，發爲吟詠，有史詩之遺義。皇甫煃先生評其詩特色：一是真實、具體地反映了祖國的現實生活；二是（山水詩）能根據山水風景的特點作真實、具體的描摹，使讀者獲得獨特的藝術享受；三是師友（唱和之作）詩思敏捷，有來必有往，往往純然天籟，富於溫情與關懷；四是往往以愛國愛民之懷，匡時濟世之心，言志抒情，從不甘心吟風弄月。志士仁人、老師學者、碩德懿

---

① 劉操南：《揖曹軒詩詞》，西泠印社出版社，2002 年。

行,則拳拳服膺。① 此論雖就《揖曹軒詩詞稿》(僅收詩詞 499
首,不及全集所收《揖曹軒詩詞》之半)而發,亦可概見其特色與
成就。張濟川先生②贈詩曰:"長歌慷慨動蘇杭,冠冕江南燦國
光。寢饋三餘堪泚筆,交遊千里托瓊章。揖曹欲讀宜青眼,詠嶽
高吟出別腸。起溺扶衰欣有侶,好爲墮緒共張惶。"范無傷先生
贈詩曰:"第二泉清育鳳毛,護花絳帳述風騷。河殤驚俗費椽筆,
官倒動塵顧鍘刀。賭韻吹詞歌國運,銅肝鐵膽挾胥濤。江南仲
夏春猶在,照眼芬菲讀揖曹。"其見重舊體詩壇如此。

先生之舊體文存者不多,大學時作《故鄉賦》(原爲課堂作
業,后發表於《蘇訊》1945 年第 63－64 期),頗得師友稱賞。其
後有《故國立浙江大學學生自治會主席于君子三墓記》(1947
年,附墓聯、挽聯各兩條;1990 年 12 月重立碑)、《棗樹頌》之作。
20 世紀 80 年代以後,有《引水亭記》《浙江陸軍監獄犧牲烈士紀
念碑》《浙江革命烈士紀念碑》等。晚年常受政府及社會團體邀
請撰寫碑銘祭頌之類,如《錢江第一橋建成五十周年紀念碑記》
《求是書院重修記》《求是鐘銘》《浙江省殘疾人就業培訓樓碑》《沙
孟海書畫院成立頌》《祭大禹陵文》等。此外,還撰寫大量新體(白
話)文。今收入全集編爲《揖曹軒文存》者,各體文章約 50 萬言。

六爲學以致用。先生大學時期深受竺可楨、蘇步青、費鞏、
錢寶琮、繆鉞等師長教導及學風熏陶,信奉由博返約,中西交叉,
文理滲透,考據、義理、詞章兼顧,開物成務,富國利民的學術宗

---

① 皇甫煒:《讀書破萬卷,下筆如有神──劉操南校友和他的詩詞》,原
載《浙大校友》(1997 年下),後附入《揖曹軒詩詞》,即《揖曹軒詩詞稿》(2002
年)。

② 張濟川(1926—2002),新加坡詩人,中華詩詞學會理事,新加坡新聲
詩社社長,全球漢詩詩友聯盟總會會長,有《神州客詩詞集》《寰海友聲集》等。

旨①。晚年著文闡發"竺學",將其概括爲"學貫中西,文理滲透,博大精深,開物成務"十六字②。先生於此,前後一貫,奉持終生。其爲人爲學,既有以天下爲己任、報國憂民、追求"三立"的傳統士人基因,又有崇尚科學民主、求真務實、致力社會改造的現代知識分子精神,亦有適應新社會、緊跟時代要求、嚮往國家富强、民族復興的當代學者情懷。先生自青年時代便積極參加愛國社團,熱心進步活動。新中國成立後歷次政治運動,雖深受其害,但對國家民族始終抱有信心,真誠接受改造,認真完成各種任務。進入"新時期"後,更是滿腔熱情地投入各項工作與活動,所參加民主黨派、社會組織、學術機構、文藝社團及擔任刊物主編、社會兼職等難以悉數;開會、考察、聯絡、接待、應酬、撰文、編刊、出報……忙碌異常,不遑喘息,付出大量時間和精力。而且不計利害,無私奉獻。知者每言:若非如此"耽誤",其學術成就必將更高,處境亦會更好。先生於此,亦只能苦笑,仍忙碌不已。此中或有"命定":其學術與現實關係猶如魚水,學以致用即意味致用亦爲學術,二者互爲表裹,相互成就,得失苦樂皆在其中。

然則畢竟是文人,其致用往往付諸政務,托諸文字。其有關國家、民族全體者,如《懷念毛主席》《關於七中全會學習的點滴認識》《發揚求是精神,開拓中國研究古籍的領域,促使建立衆多的具有中國特色的社會主義的新學科》《讀書志存愛國》《"實事求是"源考》《團結、務實、創新,爲振興中華詩詞而努力奮鬥》《言之無文,行而不遠》《教師也要"下水"》等,主題涉及民族、社會、國家、教育、文化、學術等諸多方面。其有關省市地方者,如《當

---

① 《古籍與科學》卷首《自序》。

② 《發揚求是精神,開拓研究中國古籍的領域,促使建立衆多具有中個特色的社會主義的新科學——簡稱:"竺學"蠡測》,見《古籍與科學》。

代浙江山水詩詞選》、《歷代錢江潮詩詞選》、《浙江潮、海寧潮》、
《沈園聯詩評析》、《西湖詩社成立十周年紀念特刊序：西湖詩社
成立十周年的回顧與展望》、《聯誼詩詞》（主編及主撰）、《浙江省
文學志》（部分）、《我對浙大校友通訊的點滴認識》（民盟浙江省
爲四化服務和盟務工作經驗交流會材料）等，服務地方的意識非
常自覺而強烈，對浙江省、杭州市的相關事業尤爲熱心。其有關
母校師友者，如《我的中學時代》、《中國文學系概況》（國立浙江
大學）、《海内存知己　天涯若比鄰》（主編，《天涯赤子情——港
臺和海外學人憶浙大》序）、《老浙大校史一束》、《浙江大學前身
求是書院》、《浙大在遵湄時期的地下黨》、《我對海外浙大校友通
訊的點滴認識》、《浙江大學文學院中文系在遵義》、《徵集出版
〈海外校友憶浙大〉一書的初步意見》、《浙大 42 級校友歡聚在中
原》、《國立浙江大學 1940 年 1941 年兩屆同學畢業 50 周年返校
紀念文》、《浙江大學校歌釋疏》、《求是精神永放光芒》等，對母校
浙大（杭大）的情誼尤爲深厚，爲之奔走，樂此不疲。先生尊師重
道，念念不忘，所撰《一代宗師竺可楨》（主編，浙江人民出版社，
1990 年）、《兩浙軼事四則》（包括《竺可楨書條幅勉學生》《林啓
太守辦學》《馬一浮講學浙大》《于子三烈士墓記》）、《竺可楨教授
治學，重視格物致知，經世致用》、《淺談竺可楨教授與古籍研
究》、《竺可楨教授的兩首悼兒詩》、《母校紀念竺可楨校長誕辰
100 周年》、《費教授香曾烈士傳略》、《緬懷吾師費鞏烈士》、《錢
琢如、繆彦威兩師對待來學》、《馬老講學》、《梅光迪致胡剛復
書》、《中國當代理學大師馬一浮》等文，無不深情厚誼，真摯
感人。

　　綜觀先生之學行，多有常人難及者。天賦既高，起步亦早，
自幼至老，孜孜矻矻，樂此不疲，其敏悟與精誠，殆非常人能及。

博聞強識，無書不觀，詩詞文章，無體不擅，累累千萬言。算釋考證，每臻獨造，析理賞文，頻見金針，其高産與優質殆非常人能及。學貫中西，術通古今，融會文理，義兼新舊。旨歸求實致用，付之身體力行，其理念與實踐之統一殆非常人能及。先遭國難，繼遭浩劫，貧病孤寂，加之以風刀霜劍，重之以艱難無助，然愈挫愈勇，生命不息，揮筆不止，其堅韌與執着殆非常人能及。先生集此衆美於一身，不以曲學爲學，不以俗行爲行，無論當代，求諸古人，亦不多見。

先生絶筆詩曰："誰説天官非國學？終教野史托悲歌！"然則先生内心，實多悲涼，每至淚下沾襟。何以如此？原因固多，或謂遭受排擠、待遇不公之類，然此尚屬小環境因素，不足以言先生之大悲。自古君子，往往志潔行廉，遭讒見放，艱難憔悴，抱恨而終。先生學究天人，志通古今，上服靈均，下挹雪芹，慨然於《春秋》，潛然於《史記》，其悲憤不難意會。先生早歲逢國難，中年遭浩劫，方幸"革開"重生，忽陷老病困苦。眼見歲月無多，偉志宏圖難以成就，其悲憤可想而知。先生之性情才智，治學爲文欣樂有餘，應對世俗則困擾加多。處身廟堂與江湖之間，進不能兼濟，退不能獨善，其悲憤不言而喻。先生奉持中西交叉，文理滲透，求實致用，開物成務。理念固屬先進，然時過境遷，反成缺陷，往往遭遇冷落甚至非議。既屬"絶學"，則知音固稀；草創雖多，而不暇統成；加之不屑經營，孤立無援，其悲傷亦可感知。然則先生之悲，既爲文人之悲，亦爲古今之悲，亦爲道術之悲，故其悲廣大而深沉，普遍而恆久。先生所謂"天官""野史"，實爲其志業與成就之代表。先生於生命最後時刻作此"悲歌"，既是對向來之"非"作終極之回應，亦是對其價值抱不朽之自信。哀而不傷，雖悲猶壯！而今《劉操南全集》陸續問世，先生或可稍拭淚眼，含笑九天矣！

前　言

本著分上下兩編。上編爲專題考釋；下編爲作品分析。

《詩》爲先秦古籍，古人視之爲經，亦爲文學作品。本著自多學科、多渠道、多角度、多層次，佐以文獻學之研究，結合時代背景，對《詩》冀欲進行歷史唯物主義之探索，以顯示其思想内涵、藝術表現、時代意識和社會教育效益；而其歷史意義與現實意義，亦從而闡發焉。此與同類著作囿於文學視野，或者以今釋古，移古就今，未能歷史地對待問題者，迴異其趣。

作者幼在家塾，誦讀《詩》《書》，迄於皓首，未嘗廢止，以博覽群書自勉。於疑難處，博學審問，慎思明辨，目驗實證，考鏡源流，辨章學術，冀有所得。曾在杭州大學中文系和古籍研究所開設《詩經》研讀選修課數年，頗獲好評。將《雅》《頌》放在當時的歷史條件下考察，肯定政治作用與社會作用，認爲即使爲統治階級歌功頌德的詩篇也不應全盤否定，而應看到其在歷史上所起的積極作用的一面，有可批判地吸收爲現實服務的一面。並將《詩》、禮、樂綜合考察，提出“儀禮之詩”的論題，揭出其對鞏固西周國家和政權有作用等，論證詳密，方法新穎，論者謂有撥雲見霧而現光明之功。張震澤教授贈詩曾以“孤山放鶴林和靖，白首著書劉更生”譽之。

此著陳言務去，言必有據，誠欲含英咀華，深造自得，純屬獨

1

立思考的個人著作。爲古籍所所長姜亮夫教授盛道稱賞,並欣然題簽。

詩、禮、樂三者古時融合,孔子所謂:"興於詩,立於禮,成於樂。"就《詩》而論,孔子説:"《詩》可以興,可以觀,可以群,可以怨。"又説:"不學《詩》,無以言。"《詩》在古代不僅是在陶冶性情和社會交際上起着重大的作用,而且在國家的政治設施及"天下文明"(《易經·乾卦》)的建設上産生巨大的政治效益。"詩言志"從古以來就是中國文化的優良傳統的組成部分之一。我們今日對待《詩經》,不應僅視之爲優秀的文學作品,單純地從文學角度來對待它;而應該從"詩教"的角度視之爲國魂,給予重視,闡發其中的精華部分,使之成爲中國優秀文化建設的有機組成部分。

《詩》《書》《禮》《樂》爲西周治理國家的四術,亦爲中國古代文化的發軔、奠基與核心所在。自《詩》結集以後,成爲"先王之教、王官之學",澤流罔極,源遠流長,内容豐贍,意藴深邃。兩千五百年至三千年前作品,當以兩千五百年至三千年前的歷史社會生活讀之,故應多角度、多層次、多渠道、多學科地對它進行全面和系統的探索,庶可還其本來面目。

對於《詩》的三《頌》、二《雅》、二《南》甚至其餘十三《國風》,就近而言,"五四"以來學者往往未能平心靜氣,深入探索分析,因而産生許多誤解、曲解及偏見。今人治《詩》,矯正前失,重視橫向聯繫,參考出土文物,冀能充分掌握材料,深入研究,作多方面的考察與調查,從探索與理解《詩》中所反映的歷史社會生活現實入手,進而闡發其主題思想。

清劉寶楠云:"文謂典策,獻謂秉禮之賢士大夫。"治學務必博采通人,交流經驗,兼收並蓄,切磋琢磨。此工作非一人一時所能完成,必須高瞻遠矚,長期持久進行。願開風氣不爲師,此僅抛磚引玉而已。

目　錄

上　編

下　編

補　編

緒 論

　　《詩經》是我國古代的一部重要典籍。這部書從它在西周初期的雛形，經過以後詩篇不斷地創作、積累、儲存、流傳，直至春秋中葉定型成書，共五百多年。在這五百多年中，從它的初期起詩就與禮、樂配合，作爲演禮、奏樂的一個組成部分而存在、而流傳。孔子所謂"興於詩，立於禮，成於樂"，三者實爲一體。有時，《詩》後加進了《書》，復與《禮》《樂》配合，稱爲"《詩》《書》《禮》《樂》"。所謂"《詩》以言志，《書》以道事，《禮》以定位，《樂》以陶情"，四者結合起來，又分別開來，相互配合和調劑，在中國古代政治和社會生活中起着重要作用。三者或四者結合起來成爲中國古代國家精神文明建設中的一項重要措施，其中合理的和優秀的部分成爲中國古代文化的核心和優良傳統。《詩》居三者或四者之首，反映着古人重視人的思想意識。"詩以言志"，就是作者世界觀的亮相。從教育角度看，"言志"實亦所以"授志"，一個人的思想是指導着一個人的行動的。古人重視詩的言志，實際上是把詩作爲對人的一種文化教養，使受教育者潛移默化，沉浸於中國古代文化的熏陶之中。這樣的詩的教育觀是中國歷史的產物。《尚書·舜典》說："詩言志，歌永言。"它的歷史極爲悠久，它的影響極爲深遠。所以《詩》在中國文化中所占的地位和所起的作用，是突出的，十分重要。有位日本學者甚至這樣說：你不懂得《詩》，你就不能瞭解中國的文化。曹雪芹在《紅樓夢》中借一僧一道之口，對那塊頑石說："攜你到昌明隆盛之邦，詩禮簪纓之族去走一遭。"曹雪芹所說的"詩禮"，實際上包含着接受中國文化傳統教養的味道。這個問題，不僅有其歷史意義；就在今日，也是有其現實意義和世界意義的。

《詩經》現存三百零五篇。當代大部分學者認爲，這是中國最早的也是全世界最早的一部詩歌總集，或者説是選集。中國詩歌的優良傳統甚爲悠久，《詩經》這部書標誌着中國遠在兩三千年以前，在詩歌領域裏已經取得了十分輝煌的成就。《詩經》在中國文學史上和在戰國時期楚國所産生的《楚辭》一起，合稱"風騷"，奠定了中國詩歌現實主義和浪漫主義及其相結合的基礎。劉勰在《文心雕龍》中說："四始彪炳，六義環深""衣被詞人，非一代也"。這觀點是正確的。今日，我們應該遵循這一正確的觀點，對《詩經》全書及其各篇的思想內容和藝術特色，與旁的文學體裁和作品放在一起，"參伍"以通變，"因革"以爲功，闡發其在文學史上開創、繼承與變革、發展的規律，作爲借鑒，作爲營養，用以灌漑我們今日的詩歌和文藝創作園地。

但是從《詩經》這部典籍在中國歷史上所做出的貢獻，所産生的影響和它所肩負的歷史使命來看，應該說是遠遠不止於此的。我在與海外學友的通信中，就有這麼一點小的啓示。西屋公司顧問工程師馬國均老學長在他寫的一篇《懷念故校長竺可楨先生》的文章中說道：

> 長期接觸，使我領悟到竺校長不但有湛深的詩人修養，而且有着詩人純潔的情懷。舉一個例子：校長給我私人信件都署名"友生竺可楨"五個字。我每見"友生"二字，耳邊

就仿佛聽到《詩經》中"伐木丁丁，鳥鳴嚶嚶"的韻律，心中就引起《詩經》中"嚶其鳴矣，求其友聲"的共鳴。他老人家謙謙君子的風度，對弟子都流露出如此純真的友情，多富詩意。

這是受過"詩教"的人説的話。中國老一輩的學者都是具有這種可貴的嚶鳴相求、虛懷若谷的精神的。師生之間、同學之間充滿着一種嚶鳴相求、如切如磋的友好氣氛。這裏就顯示着《詩》的教育作用。可是這樣的優良傳統，在今日就常使我感到是在減少或者已發生着脱節的現象了。近日讀《報刊文摘》(1987年8月18日)"兩位美籍華人反映"的"近幾年我留美學生表現令人吃驚"的文章，我也和兩位美籍華人美國波士頓大學原物理系主任陳葤教授、美國波士頓學院潘毓剛教授一樣，心潮起伏，感到非常難過：

> 留學生受學校資助，就要爲學校做些工作，但是他們腦子裏沒有"責任"兩字。分配他們改作業，馬馬虎虎，常出差錯。工作不負責任，但待遇上卻會計較。我們給的獎學金比國內公派的資助高50%，從來沒有哪國留學生或美國學生提出待遇低，但他們卻來找我"抗議"，嫌錢少。他們一到美國，就想法買一輛小汽車，美國學生都很少自己買車。舊汽車雖然花不了多少錢，但汽油和維修都要花不少錢。他們一有空就開車出去玩，錢自然不夠花。放探親假，中國政府給他們路費，他們借債買幾千美元東西帶回去，回來還債沒有錢，就埋怨發給他們的錢太少了……

我很擔心，多少年來中國人在美國創下的聲譽要被他們損害。他們的這些表現，如果被美國人形成一種對中國人的不良看法，那是很糟糕的。這話可能有些偏頗，但應作爲鞭策。看來有些受過高等教育的人，可能對於中國文化的修養、思想品德的涵養、接受我國的傳統教育是不夠的。"敬事而信""鞠躬盡瘁"，這是中國讀書人歷來重視的美德啊！怎能拋棄呢？

那麼，我們今天應怎樣全面地、正確地來對待《詩經》這樣一筆非常寶貴的精神財富和文學遺產呢？《易經》上説："天下文明。"就今天來説，這個精神文明的優良傳統部分還是有其世界意義的。所以我們對待《詩經》這部古籍，應從民族文化的優良傳統看，從它對天下文明貢獻的角度看，而不是僅僅作爲知識來看，或祇侈談它的文學的光輝成就（這樣就把《詩經》看扁了，小看了）。《中庸》上説："博學之，審問之，慎思之，明辨之，篤行之。"這樣的讀書爲人之道，應該説是不錯的。我們對於《詩經》的探索，也應從這五個方面下一番功夫。

對於《詩經》需要做些新的探索。《詩經》中的《雅》《頌》，"五四"以來早被視爲"廟堂文學"了。説是"廟堂文學"，這話是不錯的。詩樂結合，《雅》《頌》部分，古時原是被稱爲"廟堂之樂"的。問題是今人稱之爲"廟堂文學"，意味着這是在對《雅》《頌》這兩類作品的不恰當地歧視和否定。解放以後，學術界受到"左"的思想影響，片面地以"階級畫綫"，聽到的罵聲就更多了。這個問題，我看在今天是需要重新考慮的。不要籠統地、泛泛地説，而應作具體的分析，歷史地對待。《詩序》釋"雅"："雅者，正也。言王政之所由廢興也。"釋"頌"："頌者，美盛德之形容，以其成功告於神明者也。"這兩句話説得有没有道理呢？一個歷史唯物主義者，從社會發展史的觀點出發，是會正確地對待這個問題的。

周族開國，傳説在夏末商初，這段歷史差不多是和商代建國的歷史平行的。可以稱爲"先周"。先周史從其社會發展的觀點看可以稱爲周民族的艱苦奮鬥史。傳説姜嫄踏着巨人的足跡而生后稷。這個傳説實際上顯示着姜嫄那時的周民族還存留着母系氏族社會的歷史痕跡。姜嫄的兒子名棄,舜始封於邰(今陝西武功縣),姬姓。棄開始教民種稷和麥,周民族尊稱之爲"后稷"。后是大的意思,稷是五穀之首。由於后稷提倡農業,人民一直對他崇拜。他的子孫不窋、鞠、公劉、慶節等,一代代延續下去。先周史是從母系氏族社會向父系氏族社會轉化開始的。后稷的後裔不窋,《國語》記載説他"竄於戎狄之間"。那時周民族受着北方和西方遊牧民族的侵凌,農業社會一時建立不起來,一個"竄"字,生動地反映了這一情況。不窋流竄,最遠的地方就是跑到今甘肅的慶陽去避居。公劉遷豳,遂又回來開荒定居。古公亶父又受戎狄的脅逼,從豳地再遷到了岐山,在這個地方進一步地營建城郭、宗廟、宮室,開墾荒地,發展農業。周民族由是漸趨富强。其地稱爲周原,民族稱周,領袖號周太王。這個"周"字,值得我們注意。"周"字金文象形,爲田疇的意思。這就可以看出周民族的祖先是十分重視農業生產的。古公第三子爲季歷,商以季歷爲牧師。季歷擁有一定的政治、軍事實力,攻破始呼之戎,又敗翳徒之戎,能夠自衛反攻,後爲太丁所殺。季歷子爲文王,紂封西伯。文王解決了虞(今山西平陸縣)、芮(今陝西大荔縣)兩國的爭端,兩國由是歸附於他。又敗戎人,攻滅密(今甘肅靈臺縣西南)、黎(今山西長治市西南)、邘(今河南沁陽市西北)、崇(今河南嵩縣北)等國,獲得發展,招賢納士,遷居渭水之南,建都於豐(今陝西西安市灃河西岸)。周民族這次搬遷,是爲了進一步求得發展。武王即位,九年東至盟津(今河南洛陽市孟津區東北,孟州市西南),會諸侯,與會者傳有八百諸侯。十一年以戎車三百乘、虎賁三千人、甲士四萬五千人,聯絡諸少數民族伐紂,戰於牧野(今河南淇縣),一個早晨就攻下了商都朝歌(今河南淇縣)。滅商,定都鎬京(灃河東岸,與豐隔水對峙),建立周朝,成爲中國第三個統一的奴隸制國家。旋即偃武修文,"縱馬於華山之陽,放牛於桃林之虛".[①] 轉到重視國家體制的改革和政治與生產建設的軌道上來,擴大父系氏族社會所推行的以血統親疏關係爲紐帶而形成的分封制、等級制和世襲制,用這樣的政體機構和制度加強統治;同時,還注意到類似現代新名詞所説的"統戰"性質的分封功臣和夏、商二王之後,擴大它的統治網,組織大規模的奴隸參加集體勞動,從事農業和手工業的生產,從而生產出比商代更多的糧食。青銅器的種類和數量也隨着激增,這從近年來在陝西出土的許多成套成批的窖藏青銅器中可以例見。釉陶工藝也逐漸興起。這些,都促使奴隸社會的經濟發展推向鼎盛時期,奴隸社會各種制度也不斷地發展而臻於最高階段。

武王滅商後,在位雖祇有兩年,但在政治上卻做了不少工作:封召公奭於燕(今北京);使紂子武庚禄父統殷餘民,"三分其地,置三監,使管叔、蔡叔、霍叔尹而教之"[②]。封弟康叔於康(今河南禹州市西北),弟叔振鐸於曹(今山東菏澤市定陶區西南),舜的後人胡滿於陳(今河南周口市淮陽區);求太伯、仲雍的後人周章,封爲吳君;又封周章弟虞仲於虞(今山西平陸縣)。但政權還不夠鞏固,遺留下一些問題。

成王即位,因年幼,由叔周公旦來攝政。武庚、管叔、蔡叔聯絡東夷部族反周。周公東征,殺武庚、管叔,放逐蔡叔,徙霍叔,封康叔爲衛君。三年遂平定了這場叛亂。成王、周公繼續分封諸侯。這時主要分封的諸侯國爲魯,周公東征滅奄(今山東曲阜市舊城東),使子伯禽率殷民六族爲魯君,繼續進攻淮夷、徐夷,魯境始定。齊,周公東征滅蒲姑(今山東博興縣),以爲吕尚封地,都營丘(今山東淄博市)。衛,使康叔都朝歌,統商都周圍及

---

① 見《史記·周本紀》。

② 見鄭玄《詩譜》。

殷民七族。宋，使紂王庶兄微子開都商丘，有今豫東及蘇、魯、皖各一小部分。

周公是個大政治家，他接受了"三監之亂"的反面教訓，從而懂得要鞏固國家政權，祇靠分封制的體制結構是不夠的。他爲周王朝的百年和千年長治久安計，提出重視政治思想教育的工作。這樣可以增强統治階級内部的團結和安定社會秩序。因而，在還政成王之際，提出一項重視精神文明的措施，就是歷史上所盛道的周公"制禮作樂"。《禮》《樂》與《詩》《書》結合，便是"《詩》《書》《禮》《樂》"。春秋時，孔子就是熱心繼承和發揚這個歷史傳統的，他贊揚道："郁郁乎文哉！吾從周。"

西周初期，周公"制禮作樂"之時，選擇先周史中幾位功勳卓著的祖先：后稷、公劉、大王、王季、文王、武王。根據歷史傳説和民間口頭傳説，將這些素材，加以改編，進行創作，撰寫成《生民》《公劉》《緜》《皇矣》《文王》和《大明》等詩篇，成爲《雅》《頌》中的名篇，今人稱爲史詩。這些詩篇在《詩》的早期雛形中是較早出現的。這些特定的歷史人物，凝聚着周民族開國的艱苦奮鬥精神，顯示着社會發展的歷史影子：從野蠻、文明交替的時代，發展爲建立中國第三個奴隸制國家；從神話式的半神半人式的人物寫到"負扆而立"、形象鮮明、生活樸素、有着細節描寫的篤厚、勇敢、雄壯而有威儀的領導人物。周民族崇揚這些祖先，祭祀這些祖先，自有其奴隸主統治者在政治上的功利目的；但同時他們作爲周民族的全民族代表，又是寄托着周民族的民族感情的。他們在歷史上發揮了積極的作用，推動了歷史的前進。

《周頌》三十一篇，是以祭歌和歌舞的形式出現的。這些詩篇大多作於西周初期成王之世，個别作品的撰寫時間可能稍後一些，是昭王時的作品。"頌者，容也。"①這些詩篇是形象地邊歌邊舞的，是在弛緩蕭穆的音樂氣氛中演出的。舞蹈者在舒暢的心情下，歌頌着周民族的祖先率衆墾荒定居："立（粒）我烝民"，"貽我來牟"②；"率時農夫，播厥百穀"③。國家建立以後，即提倡文教，抑制殘殺："勝殷遏劉"④（戰勝殷商，止住殘殺）在這黍稷豐收之時，舉行儀式，"以洽百禮，降福孔皆"⑤。當時的主祭者就是西周的最高統治者，稱爲周王或周天子的；助祭者是四方來朝的各國諸侯和"二王（夏、殷）之後"。這種祀典，在周初舉行，意在崇揚祖先的功勳，有的則以之"配天"，寓有神道設教的宗教意味；同時，又起着告誡時王，教育後王和團結諸侯的作用。這可與《書》聯繫起來看，《尚書·無逸》就說："嗚呼，君子所其無逸。先知稼穡之艱難，乃逸。"這就是周公爲告誡成王而作的。

周民族的祖先重視農業生產是很突出的。始祖名棄，尊稱"后稷"。民族稱"周"，王朝也稱"周"，地稱"周原"。營建城郭、宗廟、宮室的稱"周太王"。郊祀大典稱爲祭"社稷"。社是后土的神，稷是后稷的神。看起來是神化他們，含有宗教意識，實質也可說是高度重視形象化的表現。"社稷"這個名詞以後在長久的歷史歲月裏成爲國家的代稱。

說到這裏，那麼《詩序》說的"頌者，美盛德之形容，以其成功告於神明者也"這句話有沒有道理，可以不言而喻了。說"成功"嘛，這是中國第三個奴隸制國家開國的"成功"，是社會發展的

---

① 見劉勰《文心雕龙·頌贊》。
② 見《周頌·思文》。
③ 見《周頌·噫嘻》。
④ 見《周頌·武》。
⑤ 見《周頌·豐年》。

"成功"。"告於神明",這種形式,雖然含有宗教意味,但在三千年前采用這樣的形式,是不難理解的。即便是在今天,在社會主義國家,宗教還是允許存在的。

大家知道,奴隸制度是歷史上最爲殘酷的制度,這是事實,也是真理。但人類不會永遠滿足於原始社會,而是要求發展的。就以西安市東郊十餘里六千年前的半坡村人來説吧,生活在氏族公社的聚落裏,共同勞動,没有私有制,没有階級,也没有壓迫和剥削,過着原始共産主義生活。可是這時卻不是他們的黄金時代,他們的生産負擔是極其沉重的,他們的生活是十分艱苦的。爲獲得一些有限的生活資料,就必須付出巨大的勞動,日日都在緊張地勞動着,衹是爲了吃飽而已。所以社會發展是必然的趨勢,是進步的表現。這在《雅》和《頌》的若干詩篇裏就或多或少地反映了這一社會發展的生活情景和歷史痕跡,而且顯示了個人和民族在這歷史進程中所起的作用。中國是一個多民族的國家,不能輕率地、籠統地、不加分析地否定民族的歷史文化和文學。

當然,從社會發展史看,一種社會制度發展到走過頂點的時候,也就是這個制度開始走向否定自身的時候。奴隸制度是歷史上最爲殘酷的制度,奴隸主與奴隸是矛盾對立的雙方。在奴隸制社會裏有其矛盾性,也有其同一性。在新生的階級興起的時候,階級鬥爭終于把舊的制度推翻了。中國的奴隸制發展走向頂點,開始趨於没落、崩潰,這個徵象是在西周末年出現的。西周末期,由於奴隸主貴族的殘暴統治,激起了"國人"的暴動,加速着西周王朝的滅亡。春秋時期是中國的奴隸制開始向封建制過渡的時期。在這個時期,人們已經開始使用鐵制的生産工具,生産技術不斷地改進,提高了生産力,繁榮了社會經濟;並且出現了大型的水利灌溉工程和科學文化的繁榮景象。西周末期以及春秋時期的社會政治和經濟發展的現實,反映到詩篇的創作及其評價的問題上,就出現了與以往性質迥乎不同的情況。西周中期自懿王以降,可以看到若干後期詩篇總的風格傾向是不同於西周初期的"正風""正雅"的,這就是被古代的詩論家視爲或評爲"變風""變雅"的部分。《詩序》說:"至於王道衰,禮義廢,政教失,國異政,家殊俗,而'變風''變雅'作矣。"這個"變"字就寓有貶時與貶詩的含義。從詩和樂兩者結合所反映的時代性質着眼,《詩序》還說:"治世之音安以樂,其政和;亂世之音怨以怒,其政乖;亡國之音哀以思,其民困。"西周初期是治世,而西周中期懿王以後,便浸入於亂世了。"變風""變雅"的思想内容從總的傾向看,反映着周王室在走着下坡路的這個現實。我們如一讀《周南·關雎》和《陳風·月出》,細細體會它们的藝術風格,就可多少有所體會;或如一讀《小雅·鹿鳴》與《小雅·十月之交》,也可理解它們的思想内容從性質上看是迥然不同的:

> 呦呦鹿鳴,食野之苹。我有嘉賓,鼓瑟吹笙。吹笙鼓簧,承筐是將。人之好我,示我周行!
>
> 《小雅·鹿鳴》

> 皇父卿士,番維司徒。家伯塚宰①,仲允膳夫。聚子内史,蹶維趣馬。楀維師氏,艷妻煽方處!抑此皇父!豈曰不時?胡爲我作,不即我謀?徹我牆屋,田卒污萊。曰予不戕,禮則然矣!
>
> 《小雅·十月之交》

這一時期史稱"宣王中興"。宣王在反攻獫狁的衛國戰爭中,"薄

---

① 《毛詩正義》爲"維宰",《詩集傳》爲"爲宰"。

伐獫狁，以奏膚公”，是取得勝利的。但從社會發展的角度看，袛是奴隸制社會的回光返照而已，周奴隸制政權已日薄西山。這時在《詩》的大、小《雅》中出現了不少詩篇，《詩序》把它們納入“變雅”。對它們的評價卻不是一刀切，而能作具體分析。這是由於大、小《雅》詩的思想内容和所反映的當時社會現實是符合的，然後《詩序》做出了符合實際的評價。有的詩，《詩序》指出是對宣王有所諷刺的，不少詩卻是“美”和“嘉”的，“規”和“誨”的。對於厲王和幽王時的詩篇，《詩序》則認爲對這兩個暴君的態度全是諷刺的。《詩序》説：“雅者，正（政）也；言王政之所由廢興也。”政有“興”“廢”，詩亦遂見美刺。《詩序》對大、小《雅》的看法從總的傾向性説是符合周王朝的政治社會現實情況的。舉個例子來説吧，在《節南山》中詩人直説作詩之義：“家父作誦，以究王訩。”《詩序》説：這詩的題旨爲“家父刺幽王也”，這樣解釋是和詩的原意符合的。這時幽王寵用師尹，連引私黨，不顧天怒民怨，聽政不平，大夫家父因此作詩究之。《詩序》乾脆得很，指出這是“刺幽王也”。危言危行，可謂膽識超卓！王應麟説：“尹氏不平，此幽王所以亡。”[①]尹氏爲世卿，卻是個壞蛋，《春秋》亦曾譏之；然而“爲尊者諱”，尖鋭不及《詩序》。從這例中，足以表明在“詩教”中是存在着可貴的“民主性的精華”的！《詩序》提倡“主文譎諫”，“言之者無罪，聞之者足戒”。這個優良傳統看來平常得很，可是真的實行起來卻不那麽容易啊！對這個傳統，秦始皇就是不給開緑燈的，丞相李斯出班奏道：

　　　臣請史官，非《秦紀》，皆燒之；非博士官所職，天下敢有藏《詩》《書》、百家語者，悉詣守尉雜燒之。有敢偶語《詩》

---

①　見《困學紀聞》卷三。

《書》(者)棄市,以古非今者族。①

秦始皇馬上就點頭了:"制曰:可!"千載之後讀之,猶覺毛骨悚然!隨便説一句話,"偶語"前加一個"敢"字,那便是説對你毫不顧惜——"棄市"!可謂"法重心駭,威尊命賤"。秦政這樣殘酷,怕的是有人"以古非今",發揚《詩》《書》的政治輿論作用,會把秦王朝的政權顛覆了呀!

自然,就在這裏,我們可以看出一個問題。詩與禮、樂結合,一開始就是爲西周奴隸制社會的政治體制服務的。這樣的政治制度推行了五六百年,社會精神文明的措施,在不斷發展中前進了;當社會的性質起了變化,那麼如果這套制度與措施仍然不變,就變成僵化的、不相適應的了。這就形成歷史上所説的,在春秋之時就已出現的"禮壞""樂崩"和孟子説的"詩亡"的局面。所謂"詩亡",並不是説周室所儲存的詩篇已經散失了(這時的詩篇,雖陸續有些散失,但基本上是收藏得好好的),而是説這時的"禮樂之《詩》",或稱"儀禮之《詩》",是不能像西周那樣通行了,不能再起多少作用了。孔子早已發覺這問題,孟子因而説:"《詩》亡然後《春秋》作。"《詩》言美刺,《春秋》講褒貶。《春秋》之教是可以補詩教的不足的。在這一點上,孔子是不會理解這裏面有着社會發展、社會性質變化的本質原因在起作用的。孔子在這點上,思想是保守的。但歷史的前進,是不循某些人的意志而轉移的。《易經》上説:"窮則變,變則通,通則久。"這倒是歷史發展的一條規律。這時"禮樂之《詩》"難行,遂演變而爲"專對之《詩》"和"援引之《詩》"了。詩篇未變,《詩》還是《詩》,但士大夫和學者對待它的態度及其所起的作用卻不同了。

---

① 見《史記·秦始皇本紀第六》卷六。

　　這樣説來,對待《詩經》不能僅僅局限於文學角度,還應突出政治的角度來理解它。這個觀點可能有人認爲是在標新立異吧！我們説不是,這是自古已然的。説是有些新意,那也衹能説是"温故而知新"而已。

　　這裏再提一個問題:孔子是怎樣對待《詩》的呢？孔子對於《詩》的看法在當時是有代表性的。弄清這個問題,那麼,基本上就可理解先秦時期的古人是怎樣對待《詩》的。這裏,我們就舉《論語》開卷第一句話爲例來解釋一下吧！

　　　子曰:"學而時習之,不亦説乎！"

　　孔子所説的"學""時""習"和"説"四字,一般看來可能認爲是泛泛地説的。由於讀得很熟,這裏面所包含着的歷史上的特定的內容,便像順口溜那樣滑過去了,這是十分可惜的。《史記·孔子世家》説:"孔子不仕,退而修《詩》《書》《禮》《樂》,弟子彌衆,至自遠方,莫不受業焉。""孔子以《詩》《書》《禮》《樂》教,弟子蓋三千焉。"孔子所説的"學",它的具體內涵實爲《詩》《書》《禮》《樂》,這是有根據的。"時"古人常指"四時"。《論語·陽貨》説:"四時行焉,百物生焉。"《孟子·梁惠王上》説:"不違農時,穀不可勝食也。"《禮記·禮器》説:"四時之和氣也。"這"時"實際上是"四時"的簡稱。"時習"意爲"四時誦習"。《禮記·王制》説:"樂正崇四術,立四教。順先王《詩》《書》《禮》《樂》以造士。春秋教以《禮》《樂》,冬夏教以《詩》《書》。"禮、樂需要演習,《史記·孔子世家》記孔子"與弟子習禮大樹下"。孔子亦習樂,《論語·子罕》上有記述:"吾自衛反魯,然後樂正,《雅》《頌》各得其所。"弟子也跟着老師學,"子遊爲武城宰"①,就是"弦歌之聲"②不絕。《詩》是要誦的。《論語·子路》記孔子話説:"誦《詩》三百。"四時誦習《詩》《書》《禮》《樂》,簡言就稱"時習"。"説"即"悦",爲古今字。"悦"字,淺言之可指學者的志趣,孔子説過:"知之者不如好之者,好之者不如樂之者。"③但學習不僅是因爲志趣,或是爲了獲得知識,更重要的是爲着文化品德的教養。這是"悦"的深一層意思。孔子所説的"悦",兩者兼而有之。後者可引《左傳》爲例。《左傳·僖公二十七年》記載晉國選舉"元帥":"蒐于被廬,作三軍,謀元帥。"趙衰就提:"郤縠可。"提郤縠的理由是郤縠夠得上這樣的選舉條件:

> 説《禮》《樂》而敦《詩》《書》。《詩》《書》,義之府也;《禮》《樂》,德之則也;德、義,利之本也。

大家都認爲對,就這樣,"乃使郤縠將中軍"。郤縠在這次戰役中幹得出色,史家稱頌這次戰役:"出縠戍,釋宋圍。一戰而霸,文之教也。"把打勝仗歸功於文教。元帥是個武職,並非文官,可是那時推選的條件,是看被選人對待《詩》《書》《禮》《樂》的態度、修養和素質如何,這可能是今天有些閱讀《詩經》的人所不瞭解的。當時,朝廷"進士",推薦"卿士",重視《詩》《書》《禮》《樂》的素養,就更不必説了。這裏就可窺見古代的"四術"在"選賢與能"的問題上所起的作用。上引《左傳》文中説的"説"字、"敦"字,孔穎達《正義》解釋爲"愛樂之""厚重之",這和孔子説的"不亦説乎"的"説",精神是一致的。孔子所説的"學"和中國古代如《禮記·王

---

① 見《論語·雍也》卷六。
② 見《論語·陽貨》卷十七。
③ 見《論語·雍也》卷六。

制》説的"順先王《詩》《書》《禮》《樂》以造士"的精神也是一脉相承的。孔子的弟子子夏説過："仕而優則學，學而優則仕。"①這"學"，説的也是《詩》《書》《禮》《樂》。學好了這四術就可以從政。孔子説："興於詩，立於禮，成於樂。"孔子所説的"興""立""成"，從學者來説是指他個人的立身行事，但也可從國家政治的興衰和立、成來説，兩者並不矛盾，而是統一的，後者是目的。這"興""立""成"，甚至可以理解爲儒家政治思想、哲學體系的核心。後世稱孔子的廟堂爲"大成殿"，這"大成"的"成"即《尚書·益稷》説的"簫韶九成，鳳皇來儀"的"成"，也即"成於樂"的"成"。這"大成"二字實際是概括地反映着儒家治國哲學思想體系的最高境界，反映着古代中國文化的特色。從這裏，我們可以約略地理解孔子及其所代表的古代學者是怎樣對待《詩經》的，明白《詩經》在古代政治生活中是占着怎樣極爲重要的地位的。

　　第三個問題談談《詩經》的成書以及過去是怎樣注釋這書的。《詩經》成書及其成爲一書的專稱，是有它形成的過程的。這個過程經歷了五百多年。在這一過程中，原先是《詩》《書》與《禮》《樂》並列，成爲中國古代國家與地方教育中的主要課程，用以教育奴隸主貴族的子弟，培養他們成爲各級政府機構中的繼承人。《禮記·王制》中説：

　　　　樂正崇四術，立四教。順先王《詩》《書》《禮》《樂》以造士。春秋教以《禮》《樂》，冬夏教以《詩》《書》。王太子，王子，群后之大子，卿大夫元士之適子，國之俊選，皆造焉。

　　　　凡入學以齒，將出學，小胥、大胥、小樂正，簡不帥教者，以告于大樂正。大樂正以告于王。王命三公、九卿、大夫、

---

① 　見《論語·子張》。

> 元士皆入學……大樂正論造士之秀者，以告于王，而升諸司
> 馬，曰進士。
>
> 　司馬辨論官材，論進士之賢者，以告于王而定其論。論
> 定，然後官之。任官，然後爵之。位定，然後禄之。

這裏就《詩》而論，可見《詩》在西周、東周時是作爲"先王之教，王官之學"，在當時的庠序學校之中誦讀的。因此不少詩篇，那時的公卿大夫把它視作經典，常常尋章摘句地援引，用以闡發他們的政治主張。這時的詩篇總稱和其分類看來尚未確定。周穆王時，根據《國語・周語上》的記載，周的卿士祭公謀父進諫穆王不要征伐犬戎，已引《周頌・時邁》"載戢干戈，載櫜弓矢。我求懿德，肆于時夏，允王保之"的詩句，稱爲"周文公之頌曰"。周襄王時，《國語・周語中》又記載富辰進諫襄王，"將以狄伐鄭"，不合古訓。富辰認爲："鄭在天子，兄弟也。鄭武、莊有大勳力于平、桓。"引用《小雅・常棣》的詩句，稱爲"周文公之詩曰"。這兩篇詩，稱"周文公之頌"，未稱《周頌》，亦未稱《時邁》；稱"周文公之詩"，未稱《小雅》，亦未稱《常棣》。可見這時詩篇可能尚無定名專稱。《左傳》《國語》引《詩》某篇某句，一般泛稱爲《詩》，稱爲"《詩》曰"或"《詩》云"。這種例證，是不勝枚舉的。《論語》《孟子》及《禮記》引《詩》，亦多如是。《左傳》《國語》引《詩》有時兼及國名，稱爲"《鄭詩》曰""《曹詩》曰"，或"《周詩》有之曰"，可見這時《詩》爲通稱。猶《尚書》《儀禮》《易經》原稱爲《書》《禮》《易》。春秋之時，孔子感到《禮》《樂》廢，《詩》《書》缺"。王官之學廢，而私家之説興。士的階層興起，學《詩》誦《詩》的人多了，學《詩》誦《詩》的對象更爲擴大了。孔子擔負歷史重任，感覺需要"論次《詩》《書》，修起《禮》《樂》"。因此對《詩》和《樂》，做了一番删補、修訂的整理工作，使掌握在周室和各國諸侯太師手中的《詩》成爲早期的定本，便於誦讀。孔子對這詩篇的成數，印象特深，因

而於稱《詩》的同時，常於無意中稱爲"《詩》三百"。在《論語·爲政》中，孔子曾稱："《詩》三百，一言以蔽之，曰：'思無邪。'"又於《論語·子路》中稱："誦《詩》三百，授之以政不達，使於四方，不能專對，雖多亦奚以爲？"不是這樣的原由，孔子稱《詩》，祇言"《詩》可以興"，一"詩"字足矣，何必屢言篇數"三百"？嗣後，七十子後學傳授他的詩學，如《禮記·禮器》中也就習稱孔子曰："誦《詩》三百，不足以一獻。"突出這三百篇的數字。"《詩》三百篇"初步有了定本以後，誦《詩》的士也就以"《詩》三百"稱之。《墨子·公孟篇》説："誦《詩》三百，弦《詩》三百，歌《詩》三百，舞《詩》三百。"《詩》有定本，《詩》也隨着有了專稱了。

戰國之時，《詩》雖漸失其爲"禮樂的《詩》""儀禮的《詩》"，但在公卿大夫間政治生活中卻廣泛流行，而於朝聘會盟時，公卿大夫間賦詩言志的事，應運而生，於是"專對的《詩》""援引的《詩》"也隨之交替興起。古時學生入學誦《詩》，首重樂舞，次及意藴、章句，童而習之。戰國之時，樂舞之弛緩，節奏之鏗鏘，退居其次，漸成遺響逸韻；而章句、意藴，漸見重視。《詩》遂成爲案頭讀物，《詩》學遂也漸漸苗長，口傳不絶。當時的《禮》，亦漸成爲讀物。儒家學者荀卿首將《詩》稱爲"經"。稱"經"當是尊之。《荀子·勸學篇》説："其數則始乎誦經，終乎讀禮。"楊倞注云："數，術也。經謂《詩》《書》，禮謂典禮之屬也。"諸子百家大抵視《詩》爲要籍，祇是斷章取義，各取所需，《詩》云《詩》曰，引以作爲依據，用以加强和闡發他們各自的政治見解和學術主張。孟軻、荀卿、墨翟、韓非諸家對待《詩經》，類多如是。其中儒家器重《詩經》，勝於諸家；而法家則視《詩》《書》爲蠹，如《商君書·去彊》謂"《詩》、《書》、《禮》、《樂》、孝、弟、善、修"爲"削國""貧國"。秦始皇焚《詩》，爲《詩》大厄。

西漢傳《詩》，有魯、齊、韓、毛四家。師徒傳授，各具家數，遂有"師説的《詩》"。《魯詩》創於魯人申培,亦稱申公,而溯源於荀卿。《史記·儒林列傳》説:"申公獨以《詩經》爲訓以教。"《漢書·楚元王傳》説:楚元王"少時嘗與魯穆生、白生、申公,俱受《詩》於浮丘伯。伯者,孫卿門人也";"文帝時,聞申公爲《詩》最精,以爲博士","始爲《詩》傳,號《魯詩》"。"齊詩"創始於齊人轅固生,《史記·儒林列傳》説:"以治《詩》,孝景時爲博士。"《韓詩》創始於燕人韓嬰,《史記·儒林列傳》説:"孝文帝時爲博士。""韓生推《詩》之意,而爲《内外傳》數萬言。其語頗與齊、魯間殊,然其歸一也。"魯、齊、韓三家屬今文學派,最先立於學官。"毛詩"屬古文學派,唯河間獻王好之。《漢書·藝文志》説:"三家皆列於學官。又有毛公之學,自謂子夏所傳,而河間獻王好之,未得立。"後來,吳陸璣《毛詩草木鳥獸蟲魚疏》、陸德明《經典釋文·叙錄》引吳徐整説,俱謂"毛詩"傳自卜商。陸德明説:"毛亨作《詁訓傳》,以授趙國毛萇。時人謂亨爲大毛公,萇爲小毛公。"徐整説:"毛公爲《詩故訓傳》於家,以授趙人小毛公。"這是四家《詩》傳授的大略。

魯、齊、韓三家傳《詩》,都爲"漢興受命"虛構理論,藉以迎合世主。這點"齊詩"派尤爲突出。翼奉曾説:"《詩》之爲學,情性而已。五性不相害,六情更興廢。觀性以曆,觀情以律。"他説的性情,非人的性情,而是律曆的性情。他用陰陽五行學説的觀念,納入《詩經》的篇章次第,藉以解釋《易》和律曆,説明高祖何以受命。《魯詩》派把《詩經》作爲禮教的説明,西漢儒士王式説他"以《詩》三百五篇,朝夕授王。至於忠臣孝子之篇,未嘗不爲王反復誦之也。至於危亡失道之君,未嘗不流涕爲王深陳之也。臣以三百五篇諫"[①]。把《詩經》看成"諫書"。《韓詩》派講些瑣

---

① 見《漢書·儒林傳》卷八十八。

碎的學説，割裂《詩》的篇章，斷章取義地徵引原詩數句，作爲自家論文的脚注。如《韓詩外傳》講"不見道端，乃陳情欲以歌道義"，就引《靜女》"靜女其姝，俟我於城隅；愛而不見，搔首踟蹰"的詩句來説明。《漢書·藝文志》因此對三家詩説有個總的評論，説是："咸非其本義，與不得已，魯最爲近之。"《魯詩》説稍好些，像在説《詩》。其餘兩家，不像在説《詩》，祇是故弄玄虚，牽强附會而已。到了東漢熹平四年（175）春三月，詔諸儒正五經文字，刻五經於石，《詩經》便采用《魯詩》的本子刻石。

　　説《詩》重視《詩》的全書及各篇的全篇大義，始於"毛詩"。"毛詩"有大、小《序》，初綴於詩篇之後，後來翻刻於前。《詩序》總攝全書大義，發凡起例。《小序》分釋各篇之義，援史論詩。《詩序》點出了《詩經》的性質和作用，對《詩》也不是從文學角度來作賞鑒分析的，而是從政治角度上看其社會效益，用以"正得失，動天地，感鬼神"的，是統治階級的"經夫婦，成孝敬，厚人倫，美教化，移風俗"的工具。換句話説，它是一部政治教材，因而，受到先秦、西漢的統治者的重視。《詩序》同時又點出了這部教材的特點是"主文而譎諫"，它不是直通通的，而是飾以文采，運用委婉的、迂迴巧妙的方法來進諫。這樣，既可使進諫者避身遠禍，不致獲罪；又可使被諫者聽了不覺刺耳，引起警覺，易於接受。這也可以説明"變風""變雅"之詩何以采用大量民歌的原因之一。東漢鄭玄推崇《毛傳》，紹鄭衆、賈逵、馬融之學，兼采魯、齊、韓三家詩説，辨析疏通，著作《鄭箋》《詩譜》，成爲解釋《詩經》的權威性著作，從而"毛詩"得以廣泛流傳，而三家詩説遂廢。但《鄭箋》《詩譜》以禮制論《詩》，往往求之過深，違迕詩意，頗受迂闊之譏。唐孔穎達吸收劉焯《毛詩義疏》、劉炫《毛詩述義》的成就，融貫群言，包羅古義，撰《毛詩正義》四十卷，成爲詩學巨著。清陳奐評爲："文簡而義贍，語正而道精。"這一巨著或有未合詩意,違失《序》旨處;然退一步説,饒於史料價值,實爲研究詩學者必讀的基本典籍。

戰國之時,百家爭鳴。這時文史哲諸學不分。到了漢代,學術界總的形勢未變,《漢書·藝文志》歸納天下學術爲九流十家,並無專門的文學一家。然就文學發展史本身的規律來看,卻在不知不覺地和史、哲等分離。到了魏晉南北朝時期,文學的概念漸趨明朗,終于獨立,《詩經》也漸從經學的框子中解脱出來。但是這個過程是非常緩慢的,不知不覺的;所以詩學是在不知不覺中轉了向的。劉勰在《文心雕龍·物色》中寫了他讀《詩經》的感受:

> 是以詩人感物,聯類不窮。流連萬象之際,沉吟視聽之區。寫氣圖貌,既隨物以宛轉;屬采附聲,亦與心而徘徊。故"灼灼"狀桃花之鮮,"依依"盡楊柳之貌;"杲杲"爲出日之容,"瀌瀌"擬雨雪之狀;"喈喈"逐黃鳥之聲,"喓喓"學草蟲之韻;"皎日嘒星",一言窮理;"參差""沃若",兩字窮形。並以少總多,情貌無遺矣。

諸如此類的論述,就是顯示了這個端倪。

詩學研究的方向在轉,這可以以古來學者對於《詩經》"六義"解釋的變化爲例來説明。《詩序》云:

> 故詩有六義焉:一曰風,二曰賦,三曰比,四曰興,五曰雅,六曰頌。
>
> 風,風也,教也;風以動之,教以化之。
>
> 雅者,正也;言王政之所由廢興也。
>
> 頌者,美盛德之形容,以其成功告於神明者也。

這裏祇解釋了"風""雅""頌"三義。鄭玄在《周禮注疏》卷第二十三"教六詩:曰風,曰賦,曰比,曰興,曰雅,曰頌",不僅解釋了

“風”“雅”“頌”，還解釋了“賦”“比”“興”三義。這樣把“六義”全解釋了：

> 風言賢聖治道之遺化也。
>
> 賦之言鋪，直鋪陳今之政教善惡。
>
> 比見今之失，不敢斥言，取比類以言之。
>
> 興見今之美，嫌於媚諛，取善事以喻勸之。
>
> 雅，正也，言今之正者，以爲後世法。
>
> 頌之言誦也，容也，誦今之德，廣以美之。

從這對“六義”的解釋看，是很明顯的，但涉政治，不論文學。鄭玄爲東漢人，可見，直到漢末，“六義”仍是被視爲施行政教的手段。值得注意的是，到了南北朝時期，“六義”的定義起了顯著的變化。鍾嶸在《詩品》中説：

> 故詩有三義焉：一曰興，二曰比，三曰賦。文已盡而意有餘，興也；因物喻志，比也；直書其事，寓言寫物，賦也。宏斯三義，酌而用之，幹之以風力，潤之以丹彩，使味之者無極，聞之者動心，是詩之至也。若專用比興，患在意深，意深則詞躓。若但用賦體，患在意浮，意浮則文散，嬉成流移，文無止泊，有蕪漫之累矣。

很明顯的，鍾嶸説的“興、比、賦”，已經成爲文學表現的手段，而不再是《詩序》《鄭箋》所説的爲政教的手段了。到了唐代，孔穎達奉敕撰《毛詩正義》，他也受着這種歷史潮流的衝擊，用新意解釋“六義”，應該是“疏不破注”的，可是他在注釋“六義”時，用移梁換柱法，偷換了《詩序》《鄭箋》的概念，明白地提出：

> 然則風雅頌者，詩篇之異體；賦比興者，詩文之異辭耳。大小不同，而得並爲六義者：賦比興是詩之所用，風雅頌是

> 詩之成形。用彼三事，成此三事，是故同稱爲義，非別有篇
> 卷也。

公開説"風""雅""頌"爲詩的三體，"賦""比""興"爲詩的三用。
用"賦""比""興"的"三用"，即三種文學表現的方法，來形成"風"
"雅""頌"的"三體"，即三種文學體裁，此即所謂"三體三用説"。
這"三體三用説"，到了宋代朱熹撰《詩經集傳》便予采納和發揮，
進一步把它固定了下來：

> 風者，民俗歌謡之詩也。
>
> 雅者，正也，正樂之歌也。……正小雅，燕饗之樂也；正
> 大雅，會朝之樂。
>
> 頌者，宗廟之樂歌。
>
> 興者，先言他物以引起所詠之詞也。
>
> 賦者，敷陳其事而直言之者也。
>
> 比者，以彼物比此物也。

朱熹所説的"風""雅""頌"，是更爲明顯的視之爲詩歌的三種體
裁；所説的"賦""比""興"，是文學表現的三種方法。這樣的
"轉"，從歷史的變遷和文學的發展來看，説明《詩經》在從政治的
框子中慢慢地解脱出來，而入於文學的懷抱中去了。這也説明，
《詩經》原是閃爍着耀眼光輝的優秀文學作品，祇是在中國特定
的歷史時期一度被人爲地作爲政治的教材而已。這樣的"轉"使
《詩經》在文學史上恢復了"文學的《詩》"。"文學的《詩》"初生的
時候祇是成爲一個新的支流，可是這一支流，波濤澎湃，到了近
代就發展壯大成爲主流。

　　"毛詩"自從鄭玄作《箋》，迄於唐世之孔穎達撰《正義》，學者
都尊信它。由於這樣的"轉"，學者對於《詩序》《毛傳》《詩譜》《鄭
箋》《孔疏》所強調的政教的一面和其中不符史實或詩意的地方，

逐漸有所認識，久而久之，産生懷疑與不滿，從而引起新的探索，宋代學者就是這樣開闢新的境地的。他們勇於破除對於《詩序》的迷信，力求探索詩的本義。歐陽修因撰《毛詩本義》十六卷，鄭樵撰《詩辨妄》六卷。朱熹繼起，先撰《詩序辨説》，次作《詩經集傳》，《辨説》云：以爲《詩序》"有不得詩人之本意，而肆爲妄説者矣"，"故此《序》者，遂若詩人先所命題，而詩文反爲因《序》以作。於是讀者轉相尊信，無敢擬議。至於有所不通，則必爲之委曲遷就，穿鑿而附和之。寧使經之本文，繚戾破碎，不成文理，而終不忍明以《小序》爲出於漢儒也。愚之病此久矣，然尤以其所從來也遠，其間容或真有傳授證驗而不可廢者，故既頗采以附《傳》中，而復并爲一編以還其舊"。提出了尖鋭的問題，顯示了這思潮蓬勃地興起。清姚際恒接着力主廢《序》，敢於説出前人所不敢説的話。崔述撰《讀風偶識》，揭闡風詩之旨，就從正面記述他的讀詩心得。方玉潤撰《詩經原始》，主張"反復涵泳""尋文按義"，有意識地從文學角度闡述詩意詩情。不過這些認識和心得晚於詩篇創作兩千五百年左右，讀者對於産生這些作品的人和事，難免會有不少難以通曉的地方。文學源於生活，由於有着這樣的少知或無知，對於作品即使掌握較多的材料也還是不易看透，從而發生誤解。崔述、方玉潤不免有時失誤，這是可以理解的；但是，他們的創闢之功是不可泯滅的。

　　元明兩代，對於《詩》的研究，常能聯繫名物訓詁，披文入情，辨析詩中所塑造的人物的形象，揭示其心理特徵，有其獨到之處。如元許謙撰《詩集傳名物鈔》八卷，元朱公遷撰《詩傳疏義》二十卷，明朱善撰《詩解頤》四卷，徐光啓撰《毛詩六帖》六卷，實爲一代詩學的佼佼者。試舉一例明之，《衛風·伯兮》，朱公遷釋詩旨爲："一章憫夫之才，二章明己之志，三章、四章則極其憂思之苦而言之。"朱公遷善於從剖析詩人思念的心理角度來理解人物形象，説："首如飛蓬，則髮已亂矣；而未至於病也。甘心首疾，則頭已痛矣；而心則無恙也。至於使我心痗，則心又病矣；其憂思之苦亦已甚矣。所以然者，以其君子之未歸也。"①挖掘得深，對於讀者讀詩，是很有啓迪的。

清代經師研究《詩經》，可分爲兩派：一派主張復興東漢的古文學。陳啓源撰《毛詩稽古編》首駁《朱傳》，戴震撰《毛鄭詩考正》，馬瑞辰撰《毛詩傳箋通釋》，胡承珙撰《毛詩後箋》，都是遵循《序》《傳》，疏通毛、鄭的。陳奐撰《詩毛氏傳疏》三十卷，依《傳》而不及《箋》。這些著作都是長於訓詁制度名物的考訂的。一派重視西漢的今文學。魏源撰《詩古微》，陳壽祺撰《三家詩遺説考》，陳喬樅《詩經四家異文考》五卷，王先謙撰《詩三家義集疏》。三家詩説失傳以後，這時又重提了出來，證據翔實，不是鑿空之談。諸家以外，還有一書，值得一談。清乾隆年間山東棲霞牟庭撰《詩切》五十卷，認爲："當就毛氏經文，考群書，校異聞，刻鄭《箋》，黜衞《序》，略法轅、韓，推詩人之意，博徵浮邱、申培之墜義，以質三百篇作者之本懷。"復有"七害五迁"之論。"七害"爲：一曰樂，二曰禮，三曰《左傳》《國語》，四曰《史記》，五曰《爾雅》，六曰誤讀四子書，七曰《小序》。"五迁"爲：以六義論詩，一迁也；以正變論詩，二迁也；《雅》《頌》分什，三迁也；笙詩，四迁也；協韻，五迁也。當除七害，屏五迁。這些爆炸性的論調，理當慎思明辨，細細考訂，然後定其是非。清代經師的治《詩》，實爲《詩》的宋學的一個反響，功力極深，他們所提出的材料與見解，理當掌握和消化。但從宏觀來看，實有不夠高明的地方。晚近甲骨、金文、竹簡、石室遺書大量出土發現，對於《詩經》研究提供了許多新的資料，清代經師所沒有見到的，即就《詩經》本文而言，不

---

① 見《欽定詩經傳説彙纂》卷四。

少章句有出於齊、魯、韓、毛四家詩以外者。歷史唯物主義、辯證唯物主義和文藝理論等諸學科的學習，有助於我們提高認識和閱讀分析的能力。那麽，我們今天應該采取怎樣的態度來正確地對待這樣一筆豐富的文學遺産呢？

我常聽到有些受過高等教育的人説："對《詩經》没有什麽搞頭了。《伐檀》《碩鼠》講來講去，分析來分析去有什麽花頭呢？做篇論文很難，是吃力不討好的！"我的看法不是這樣。我是十分同意多學科地、多角度地、多層次地對學術進行綜合研究的。"青春有志須勤學，白髮無情要著書。"這話很對。《詩經》已經成爲中國古代的典籍，是一筆異常寶貴的精神財富和文化遺産，需要我們不辭辛苦一代一代地去瞭解、挖掘和研究。那麽，對於《詩經》的探索，不是没有"花頭"，而應該説這是一項光榮而艱巨的任務，大量的工作在等待着人們去做呢。

《詩》三百篇的創作與累積考説

　　《詩》三百篇的創作與累積過程，一時似難説清；但循故書雅記，前賢論述，進而探索，還是可以獲得一些理解的。本文對於這個問題，試以粗淺考説，是否有當，祈請正之。

　　西周初年，周成王幼年即位，叔父周公旦攝政，輔佐成王。武庚、管叔、蔡叔、霍叔“以殷”聯絡東方夷族反周。周公東征，殺武庚、管叔，放逐蔡叔，徙霍叔，封康叔。三年平定，周公勞心苦慮，在軍事上和政治上大幹了一番。還政成王之際，感到靠着擴大父系氏族社會的血緣關係這根紐帶，大舉分封諸侯，“以屏藩周”，政權未見鞏固，卻引起“三監”之亂，思欲長治久安，鞏固政權，還需要在意識形態上做工作，於是提出重視“天下文明”、制禮作樂的政治措施：禮以定位，樂以陶情，詩以言志，讓人們在行動上、感情上和思想上自覺地符合和遵循這種政治體制的要求。詩、禮、樂三者以禮爲核心，“動容周旋中禮”，可以鞏固政權。樂是演奏的，演奏之時，配之以詩。這時的詩，用古代術語來説，稱爲禮樂之詩，也即儀禮之詩。這詩用文字記錄下來，即爲《詩》中的某些詩篇。

　　西周、東周之時，周公、召公始作詩篇。天子巡狩聽政，諸侯卿大夫獻詩，遒人采詩，比音入樂，太師編詩，王官授詩，瞍賦矇誦，詩篇創作、積累從而增多。這些都是環繞着那時的政治需要進行的。《周頌·清廟》,《詩序》云:"祀文王也。"詩中唱着:"濟濟多士,秉文之德。"把文王視爲神,崇祀報答他的在天之靈,作爲禮制,用以鞏固政權。《六臣注文選·四子講德論》云:"周公詠文王之德而作《清廟》,建爲《頌》首。"這詩就是周公作的。次篇《維天之命》,《詩序》云:"太平告文王也。"全詩共八句:上四句狀文王爲神,德配天命;下四句神施其力,德被子孫。這兩詩俱爲祭告文王的樂歌。次篇《維清》,《詩序》云:"奏象舞也。"《鄭箋》云:"《象舞》,象用兵時刺伐之舞,武王制焉。"陳奐《詩毛氏傳疏》云:"《象》,文王樂。象文王之武功曰《象》,象武王之武功曰《武》。《象》有舞,故名《象舞》。"歌舞有時徒歌徒舞,不一定要唱詩。這詩卻是與音樂、舞蹈相配合的。胡承珙《後箋》故云:"成王、周公乃作《維清》以爲象舞之節,歌以奏之。"《時邁》中"載戢干戈",《國語》稱爲"周文公之頌"。《思文》中"思文后稷,克配彼天",《國語》也稱爲"周文公之頌"。《閔予小子》《訪落》《敬之》《小毖》《載芟》五篇,魏源《詩古微》説是"召公西都之頌,在周公居東未歸之時"的詩作。《執競》,《詩序》云:"祀武王也。"詩中有"不顯成康,上帝是皇","自彼成康,奄有四方"。這篇祭歌祭及成王、康王。朱熹《詩集傳》説:"此祭武王、成王、康王之詩。"這詩當爲昭王或稍後的王的詩。《周頌》三十一篇的創作情況,略可窺知。作者爲周公、召公、周王或史臣,時代爲西周初期武王、成王,下逮康王、昭王之世。這些詩都是周公制禮作樂的產物,爲周室廟堂之樂,太師所掌,藏於官府,並用以教戒貴族子弟的,爲《詩》的早期作品。

　　《魯頌》四篇:《駉》《有駜》《泮水》《閟宮》,《詩序》説都是頌魯僖公的。魯僖公在位三十三年,元年爲周惠王十八年,卒於周襄王二十五年。《商頌》五篇:《那》《烈祖》《玄鳥》《長發》《殷武》。《那》,《詩序》云:"祀成湯也。微子至于戴公,其間禮樂廢壞,有正考甫者,得《商頌》十二篇於周之大師,以《那》爲首。"《商頌》今人多認爲是春秋時宋國所作的詩,可稱宋詩。正考父爲宋襄公時人。宋襄公元年當周襄王二年。王國維《說商頌》謂:"《商頌》蓋宗周中葉宋人所作,以祀其先王。正考父獻之於周太師,而太師次之於《周頌》之後,逮《魯頌》既作,又次之於魯後。"這樣看來,《魯頌》《商頌》是東周春秋時期的詩作,是《詩》的後期作品,錄入《詩》中的時間較晚。

《雅》有《大雅》《小雅》。《詩譜》:"《小雅》《大雅》者,周室居西都豐、鎬之時詩也。"孔穎達《正義》云:"以此二《雅》正有文、武、成,變有厲、宣、幽六王,皆居在鎬、豐之地。故曰:豐、鎬之時詩也。"《小雅》七十四篇。其中自《鹿鳴》《四牡》《皇皇者華》至《魚麗》十篇和自《南有嘉魚》至《菁菁者莪》六篇,共計十六篇,稱爲"正小雅"。這十六篇的思想內容:前十篇先述文以治內,後六篇次述武以治外。從編排上是可以看出有其政治內容與意義的。

《小雅》首篇《鹿鳴》,《詩序》云:"《鹿鳴》,燕群臣嘉賓也。"《四牡》,《詩序》云:"勞使臣之來也。"《皇皇者華》,《詩序》云:"君遣使臣也。"這三篇,陳奐云:"《鹿鳴》雖是文王燕群臣之樂,而《雅》《頌》之作,實皆在成王之世。周公制禮,以《鹿鳴》列於升歌之詩。下篇《傳》云:周公作樂以歌文王之道,爲後世法。然則《鹿鳴》《四牡》《皇皇者華》三章皆周公本文王之道,以爲樂歌,《傳》有明文也。"《常棣》,《詩序》云:"燕兄弟也。閔管、蔡之失道,故作《常棣》焉。"《國語》記富辰之言,謂:"周文公之詩曰:'兄弟鬩于牆,外禦其侮。'"《左傳》所記卻是把它繫之厲王之世,謂:"召穆公思周德之不類,故糾合宗族于成周而作詩曰:'常棣之華,鄂不韡韡;凡今之人,莫如兄弟。'"然此自《鹿鳴》至《魚麗》十篇和自《南有嘉魚》至《菁菁者莪》六篇,這十六篇都是成王時詩,屬"正小雅"。那麼,《常棣》一篇似乎不當屬於厲王,厠於"變小雅"中。編詩次序,不致自亂體例如此。説是周公之作,與周公當時所以制禮作樂配詩的情況也較爲合拍。杜注於此,因以"周公作詩,召公歌之"解釋。這十六篇都是周成王時的詩作,爲西周初期周公制作禮樂時的早期詩篇。

鄭玄《詩譜·序》云:"孔子録懿王、夷王時詩,訖於陳靈公淫亂之事,謂之變風、變雅。"據此説明"變風""變雅"是:自西周懿王、孝王、夷王、厲王、共和、宣王、幽王和東周平王、桓王、莊王、釐王、惠王、襄王、頃王、匡王至定王時所作,爲《詩》的中期和晚期的作品。

《詩》有正、變。"變風""變雅"之作,時間較晚,周室在走下坡路。"變"字寓有貶義,但也不能一概而論。《詩序》於此,能作具體分析,對"變小雅"中的宣、幽兩王區別對待。自《六月》《采芑》《車攻》《吉日》《鴻雁》《庭燎》《沔水》《鶴鳴》《祈父》《白駒》《黃鳥》《我行其野》《斯干》至《無羊》這十四篇都是宣王時的作品,有刺詩,也有不少是對宣王美和嘉的,也有規和誨的;對於幽王則全是刺詩了。

《節南山》,《詩序》云:"家父刺幽王也。"詩中"家父作誦,以究王訩"點明作者爲大夫家父。幽王任用師尹,連引私黨,不顧天怒民怨,聽政不平,大夫家父緣是作詩究之。《詩序》提出:"刺幽王也。"責任歸之於最高統治者,可謂有膽有識。王應麟《困學紀聞》云:"尹氏不平,此幽王所以亡。"尹氏爲世卿,《春秋》譏之。尹氏是個壞蛋,罪有應得。《詩序》敢於危言,矛頭指向幽王,可説這是詩教中的民主性的精華。自此以下,"變小雅"的十九篇詩爲幽王時詩。《正月·序》云:"大夫刺幽王也。"《十月之交·序》云:"大夫刺幽王也。"《雨無正·序》云:"大夫刺幽王也。"幽王寵愛褒姒,褒姒撒嬌不肯笑,幽王舉烽火,諸侯入援,祇見鎬京平安無敵,喪然而歸。幽王暴戾,褒姒妖艷,把西周政治搞糟了,翻了過來。《十月之交》詩中指着褒姒鼻子罵道:"艷妻煽方處。"褒姒氣焰萬丈,這個"小人用事"集團,以"皇父卿士"爲魁,都是環繞着褒姒轉的。詩中提出這小集團的名單,義正詞嚴,大聲鞭撻。自此以下,《小旻》《小宛》《小弁》《巧言》《何人斯》《巷伯》《穀風》《蓼莪》《四月》《北山》《鼓鐘》《楚茨》《信南山》《甫田》《大田》《瞻彼洛矣》《裳裳者華》《桑扈》《鴛鴦》《頍弁》《車舝》《青蠅》《賓之初筵》《魚藻》《采菽》《角弓》《菀柳》《采綠》《黍苗》《隰桑》《白華》《緜蠻》《瓠葉》《漸漸之石》《苕之華》《何草不黃》,都是諷刺幽王或與諷刺幽王有關的詩作。

其中如《蓼莪》一篇,《詩序》云:"《蓼莪》,刺幽王也。民人勞苦,孝子不得終養爾。"《鄭箋》云:"不得終養者,二親病亡之時,時在役所,不得見也。"王先謙云:"《釋訓》,哀哀淒淒,懷報德也。郭注,悲苦征役,思所生也。《爾雅》正釋此詩之旨。"詩中"哀哀父母,生我勞瘁","民莫不穀,我獨不卒"孝子不得終養,詩義甚明。《詩序》不把這事委爲祇是社會上的家庭中的現象,而把這現象提高到:關鍵在於領導爲政,罪咎歸之幽王。這個觀點是很尖銳的。"《詩》可以觀",於此就可體會它的作用。

其餘詩篇,如《大東》,《詩序》云:"刺亂也。"詩作繫於厲王、宣王、幽王,尚無定論。《無將大車》《小明》《都人士》繫年未定。《史記·周本紀》裴駰集解引《汲塚紀年》云:"自武王滅殷以至幽王,凡二百五十七年。"幽王在位十一年,即位於前782年,卒於前771年。根據《汲塚紀年》上推武王滅紂,則在前1027年。《詩》的早期和中期的作品是在這兩個半世紀的範圍中的。這一組"變小雅"詩,則大抵作於宣王、幽王之世。宣王於周,號稱中興。獫狁占據焦獲,進攻到涇水北岸。大臣尹吉甫奉命率軍反攻到了太原,有"兮甲盤"銘文記載過這事。宣王屢與獫狁作戰,

《詩》中時見頌揚。日本學者白川靜《金文通釋》説"不其毀述王命伯氏伐玁狁於西及高阺等地",此器就是宣王時所作。宣王領導衛國戰争有功,《詩序》故於宣王有美有嘉,有規有誨。幽王時的詩作,則全爲刺詩。《史記·屈原列傳》中説:"《小雅》怨誹而不亂。"這些詩篇不少是敢怒且敢言的。所謂"不亂",意思是説不反,反映着詩教的觀點。是怨誹之詩,但有其民主性。

《大雅》三十一篇。自《文王》《大明》《緜》《棫樸》《旱麓》《思齊》《皇矣》《靈臺》《下武》至《文王有聲》十篇和自《生民》《行葦》《既醉》《鳬鷖》《假樂》《公劉》《泂酌》至《卷阿》八篇,這十八篇稱爲"正大雅"。

首篇《文王》,《詩序》云:"文王受命作周也。"詩中將文王寫成半人半神。《吕覽·古樂篇》云:"周公旦乃作詩曰:'文王在上,於昭于天。周雖舊邦,其命維新,以繩文王之德。'"《漢書·翼奉傳》云:"周公猶作詩書深戒成王,以恐失天下。……其詩則曰:'殷之未喪師,克配上帝。宜鑒于殷,駿命不易。'"陸德明《音義》云:"自此以下至《卷阿》十八篇,是文王、武王、成王、周公之'正大雅'。據盛隆之時,而推序天命,上述祖考之美,皆國之大事,故爲'正大雅'焉。《文王》至《靈臺》八篇,是文王之《大雅》。《下武》至《文王有聲》二篇,是武王之《大雅》。"這十篇是文王、武王時詩。自《生民》至《卷阿》八篇,是成王時詩。根據《詩序》,《公劉》《泂酌》《卷阿》三詩爲"召康公戒成王"之作,作者爲召康公。這些詩篇都是反映西周盛世早期的作品。

自《民勞》至《召旻》十三篇謂之"變大雅"。其中《民勞》《板》《蕩》《抑》《桑柔》五篇爲厲王時的詩作。《民勞》,《詩序》云:"召穆公刺厲王也。"《板》,《詩序》云:"凡伯刺厲王也。"《蕩》,《詩序》云:"召穆公傷周室大壞也。厲王無道,天下蕩蕩然無綱紀文章,故作是詩也。"《抑》,《詩序》云:"衛武公刺厲王,亦以自警也。"

《桑柔》，《詩序》云："芮伯刺厲王也。"作者爲召穆公、凡伯、衛武公、芮伯，都是諷刺或憂傷厲王無道的詩篇。《云漢》，《詩序》云："仍叔美宣王也。"《崧高》《烝民》《韓奕》《江漢》，《詩序》云："尹吉甫美宣王也。"《常武》，《詩序》云："召穆公美宣王也。"這六篇詩都是贊美宣王之作。作者爲仍叔、尹吉甫、召穆公。《瞻卬》《召旻》，《詩序》云："凡伯刺幽王大壞也。"這兩篇詩是凡伯諷刺幽王的。作者爲凡伯。

從《詩》的《周頌》、二《雅》總的橫向聯繫來看，《詩》中的《周頌》和《雅》中的"正小雅""正大雅"爲西周公卿感於周室建國創業維艱，"以其成功，告於神明"和表彰、效法文、武的功德，以告誡成王而作的。這些《詩》爲早期作品，作者爲周文公（周公旦）、召康公（召公奭）等三公中的特級政務官一流人物。"變小雅"和"變大雅"這兩組詩作於厲王、宣王、幽王之時，作者爲公卿大夫，如家父、衛武公、尹吉甫、召穆公、凡伯、芮伯等。這些詩篇被納於周室是屬於《國語·周語上》所說的"天子聽政，公卿至於列士獻詩"的範疇中的。這是《詩》的中期作品，詩篇儲存於西周初期，經過西周後期的續作，詩篇的數量不斷地積累而增加。

《風》詩中的《豳風》和《周南》《召南》，根據《詩序》的見解，是《詩》在西周早期的另外兩組詩。《豳風》七篇雖屬"變風"，可是它們的創作時代不是始於懿王的。作者有的爲周公，詩的内容所涉及的或者是與周公有着聯繫的。總的説來是周公、成王時的詩作。《詩序》云："《七月》，陳王業也。周公遭變，故陳后稷先公風化之所由，致王業之艱難也。""《鴟鴞》，周公救亂也。成王未知周公之志，公乃爲詩以遺王，名之曰《鴟鴞》焉。""《東山》，周公東征也。周公東征三年而歸，勞歸士，大夫美之，故作是詩也。""《破斧》，美周公也。周大夫以惡四國焉。""《伐柯》，美周公也。周大夫刺朝廷之不知也。""《九罭》，美周公也。周大夫刺朝廷之不知也。""《狼跋》，美周公也。周公攝政，遠則四國流言，近則王不知。周大夫美其不失其聖也。"這組詩，《詩序》列爲西周周公、成王時作品，是可信的。

《周南》《召南》，《詩序》也認爲是西周早期作品。鄭玄《周南召南譜》云："周、召者，《禹貢》雍州岐山之陽。"這裏"地形險阻，而原田肥美"。《詩·大雅·皇矣》："居岐之陽，在渭之將。"説明其地險阻。《詩·大雅·緜》："周原膴膴，菫荼如飴。"説明其地肥美。周的古公亶父，受到戎、狄的逼迫，由豳遷居岐山，開墾荒地，發展農業。周族從此浸强，號周太王，其地稱爲周原。三子季歷，朝商爲西伯，至紂復命文王典治南國江、漢、汝旁的諸侯。孔穎達《正義》云："文王以百里而王。"統治的地域尚小。《周南·漢廣》，《詩序》云："文王之道被於南國，美化行乎江漢之域。"《周南·汝墳》，《詩序》云："文王之化行乎汝墳之國。"文王之時解決虞、芮兩國爭端，戡黎敗戎，攻滅密、邘、崇等國，發展、開拓成爲"三分天下有其二"[①]的局面。武王九年，東至盟津，會諸侯，與會者傳有八百諸侯。武王十一年伐紂，以戎車三百乘，虎賁三千人，甲士四萬五千人，與庸（今湖北竹山縣）、蜀（今川西、陝西）、羌（散布於今甘肅等地）、髳（今山西平陸縣）、微（今陝西眉縣）、盧（今湖北襄陽市西南）、彭（今湖北房縣）、濮（散布於今川東、鄂西）等族伐紂，戰於牧野，滅商。參加牧野之戰的就有江漢、汝墳地域的少數民族。馬瑞辰在《毛詩傳箋通釋》中論述西周建立以後《周南》《召南》詩篇采集命名的由來，其説甚辨。他撰《周南召南考》云："周公主陝東，召公主陝西。乃詩不繫以陝東、陝西，而各繫以南者，南蓋商世諸侯之國名也。《水經注·江水》引《韓詩序》曰：'二南其地在南郡、南陽之間。'是《韓詩》以

---

① 見《論語·泰伯》。

二南爲古國名矣。《史記·夏本紀》夏之後有‘男氏’，《世本》作‘南氏’。《潛夫論》亦作‘南’。‘男’‘南’古同音假借通用，‘南氏’即‘男氏’耳。《逸周書·史記解》：‘昔南氏有二臣貴寵，力均勢敵，競進爭權，下爭朋黨，君弗能禁，南氏以分。’是爲古二南分國之由。周、召二公分陝，蓋分理古二南國之地，故周召各繫以南。《周南》詩中有“南有樛木”與“南有喬木”諸“南”字，馬氏以爲“皆指南國而言”。這個地域後來周室用以封給姬姓諸侯了。

江漢、汝墳這個地域後爲楚族侵滅。楚乃芈姓，出自顓頊。苗裔鬻熊爲周文、武師。鬻熊曾孫熊繹，成王封於丹陽（今湖北秭歸縣東南）。楚文王元年，始遷都郢（今湖北江陵縣西北紀南城）。西周初期，成、康以後，楚漸浸强。《吕氏春秋·季夏紀》載：周昭王親將征荊蠻，隕於漢中。《左傳·僖公四年》管仲對楚使説：“昭王南征而不復，寡人是問？”楚使頑强地對答：“昭王之不復，君其問諸水濱。”嗣後，《左傳·僖公二十八年》又述：“漢陽諸姬，楚實盡之。”顧棟高説：春秋時，楚所滅國凡四十二。西北至於武關，與秦分界。從歷史地域諸侯國家統率的版圖沿革來看，《周南》《召南》中所收詩篇繫之周初是合理的。如説繫於“變風”中，爲懿王以後詩作，這地域早已不爲周、召統治的版圖了，安得題爲《周南》《召南》？

試再索之：這些詩篇又是怎樣采入於周室的？《風》詩由來，古籍所述，有其渠道。《漢書·藝文志》云：“古有采詩之官，王者所以觀風俗，知得失，自考正也。”《食貨志》云：“孟春之月，群居者將散，行人振木鐸徇於路以采詩，獻之太師，比其音律，以聞於天子。”下文所述《邶》《鄘》《衛》等十二《風》詩，諒由於此。《禮記·王制篇》云：“天子五年一巡狩，……覲諸侯，問百年者就見之，命太師陳詩以觀民風。”二《南》之詩，諒由武王巡狩而得。《詩譜》云：“武王伐紂定天下，巡狩述職，陳誦諸國之詩，以觀民風俗。六州者得二公之德教尤純，故獨録之，屬之大師，分而國之。"孔穎達《正義》云："宣十二年《左傳》引《時邁》之詩云：'昔武王克商而作《頌》曰：載戢干戈，載櫜弓矢。'《時邁·序》云'巡狩'，則武王巡狩矣。《王制》説巡狩之禮曰：'命太師陳詩以觀民風俗。'故知武王巡狩，得二《南》之詩也。"這就説明二《南》之詩采集的由來。《正義》又云："武王偏諸國之詩，非特六州而已。而此二《南》之《風》，獨有二公之化，故知六州者得二公之德教風化尤最純絜，故獨取其詩，付屬之於大師之官。"這又説明二《南》之詩儲存的由來。《周南》《召南》實爲周室《詩》的早期作品。

十五《風》詩，除《豳風》和二《南》外，尚有《邶》《鄘》《衛》《王》《鄭》《齊》《魏》《唐》《秦》《陳》《檜》《曹》十二《風》詩，屬於"變風"，爲周懿王至周定王時的詩作。這些詩篇且多作於周室東遷以後。個別作品如《秦風·無衣》，王夫之認爲作於周敬王時。《詩譜》云："天子納'變雅'，諸侯納'變風'。"這些詩篇，正如《漢書·藝文志》和《食貨志》所説，由"采詩""以聞於天子"；或如《王制》所説，是由"巡狩述職"而儲存於周室的。

關於這些詩篇的創作時代，依次論之。《邶、鄘、衛》三十九篇。鄭玄《詩譜》云："邶、鄘、衛者，商紂畿内方千里之地。""自紂城而北，謂之邶，南謂之鄘，東謂之衛。""三監導武庚叛"後，"更於此三國建諸侯，以殷餘民封康叔於衛，使爲之長"。"七世至頃侯，當周夷王時，衛國政衰，'變風'始作。"這地域所采的詩篇始於周夷王時。《邶風》首篇《柏舟》，《詩譜》謂爲衛頃公作，爲周夷王時詩。《淇奥》，《詩序》云："美武公之德也。"衛武公元年當周宣王十六年。這篇詩是宣王、平王時的作品。《緑衣》，《詩序》云："衛莊姜傷己也。"《燕燕》，《詩序》云："衛莊姜送歸妾也。"《日月》《終風》，《詩序》云："衛莊姜傷己也。"《碩人》，《詩序》云："閔莊姜也。"《左傳·隱公三年》云："衛莊公娶於齊東宮得臣之妹，曰莊姜。"這五篇詩爲周平王時作。《擊鼓》,《詩序》云:"怨州吁也。"《左傳·隱公四年》曾述州吁好兵。《氓》,《詩序》云:"刺時也。"指衛宣公時。這兩篇詩爲桓王時的作品。《新臺》,《詩序》云:"刺衛宣公也。"衛宣公二十三年當魯桓公十六年。這篇詩爲莊王時作。《載馳》,《詩序》云:"許穆夫人作也。"作者爲許穆夫人。胡承珙、陳奐、王先謙辨許穆夫人閔衛歸唁之事當魯僖公元年。《定之方中》,《詩序》云:"美衛文公也。"《鄭箋》:"魯僖公二年,齊桓公城楚丘而封衛。於是文公立,而建國焉。"這兩篇詩爲周惠王時的作品。

《王風》十篇,《王城譜》云:"王城者,周東都王城畿内方六百里之地。""周公攝政五年,成王在豐,欲宅洛邑,使召公先相宅,既成,謂之王城,是爲東都,今河南是也。"至平王,"以亂故,徙居東都"。"王室之尊,與諸侯無異。其詩不能復雅,故貶之,謂之王國之'變風'。"《王風》之詩都爲周室東遷以後的作品。《君子于役》,《詩序》云:"刺平王也。"《揚之水》,《詩序》云:"刺平王也。"《葛藟》,《詩序》云:"王族刺平王也。"這三篇顯然都屬平王時的作品。《兔爰》,《詩序》云:"閔周也。"謂"桓王失信"。這篇詩繫之桓王。《丘中有麻》,《詩序》云:"思賢也。莊王不明,賢人放逐,國人思之,而作是詩也。"這篇詩繫之莊王。

《鄭風》二十一篇。《鄭譜》云:"初,宣王封母弟友於宗周畿内咸林之地,是爲鄭桓公。""幽王爲犬戎所殺,桓公死之。其子武公與晉文侯定平王於東都王城。"今《鄭風》始於武公,是平王時及其後所作的詩。《緇衣》,《詩序》云:"美武公也。"《將仲子》《叔于田》《大叔于田》,《詩序》云:"刺莊公也。"這四篇詩皆繫於平王時作。《山有扶蘇》《蘀兮》《狡童》,《詩序》云:"刺忽也。"《春秋》記魯桓公十一年"鄭忽出奔衛"。這四篇詩爲桓王時作。《清人》,《詩序》云:"刺文公也。"詩事涉及高克。《左傳·閔公二年》

述："高克奔陳，鄭人爲之賦《清人》。"這篇詩當爲周惠王時的作品。

《齊風》十一篇。《齊譜》云："周武王伐紂，封太師吕望於齊，是謂齊太公。""後五世，哀公政衰，荒淫怠慢，紀侯譖之於周懿王，使烹焉。齊人'變風'始作。"《雞鳴》首篇，《詩序》云："《雞鳴》，思賢妃也。哀公荒淫怠慢，故陳賢妃貞女，夙夜警戒相成之道焉。"爲《齊風》最早的詩篇，列爲周懿王時的作品。《還》，《詩序》云：爲刺"哀公好田獵"，"國人化之，遂成風俗"而作，也爲懿王時詩。《南山》，《詩序》云："刺襄公也。"自此以下，《甫田》《盧令》《敝笱》《載驅》諸篇皆爲刺襄公之作，爲周室東遷後桓王、莊王時作。《猗嗟》，《詩序》謂："刺魯莊公也。"魯莊公如齊，見於《春秋》莊公二十二年冬："公如齊納幣。"又見二十三年夏："公如齊觀社。"當周惠王五年、六年，則《猗嗟》爲周惠王時作。

《魏風》七篇：《葛屨》《汾沮洳》《園有桃》《陟岵》《十畝之間》《伐檀》《碩鼠》。《魏譜》云："周以封同姓焉。""當周平、桓之世，魏之'變風'始作。"這七篇詩皆爲平王、桓王及其後的作品。

《唐風》實爲晉詩。《唐譜》云："成王封母弟叔虞於堯之故墟，曰唐侯。南有晉水，至子燮，改爲晉侯。"又云："當周公、召公共和之時，成侯曾孫僖侯甚嗇愛物，儉不中禮。國人閔之，唐之'變風'始作。"《史記·晉世家》云："唐叔至靖侯五世，無其年數。靖侯十七年，周厲王……出奔于彘，大臣行政，故曰共和。"《唐風》十二篇，首篇爲《蟋蟀》。《詩序》云："《蟋蟀》，刺晉僖公也。"僖公鄭玄所謂僖侯，"唐之'變風'始作"。時當周共和行政與宣王之時。其下詩篇都爲周室東遷後作。《山有樞》《揚之水》《椒聊》，《詩序》皆謂："刺晉昭公也。"三詩繫之平王。《無衣》，《詩序》云："美晉武公也。"《有杕之杜》，《詩序》云："刺晉武公也。"兩詩繫之釐王。《葛生》《采苓》，《詩序》俱云："刺晉獻公也。"兩詩繋之惠王。

《秦風》十篇。《秦譜》云：周孝王"封非子爲附庸,邑之於秦谷","至曾孫秦仲,宣王又命作大夫,始有車馬禮樂侍御之好,國人美之。翳之'變風'始作"。《秦風》十篇,首篇《車鄰》,《詩序》云："《車鄰》,美秦仲也。"這篇詩爲宣王時的作品。次篇《駟鐵》,又次篇《小戎》,《詩序》俱云："美襄公也。"《蒹葭》,《詩序》云："刺襄公也。"《終南》,《詩序》云："戒襄公也。"這四篇詩繋之宣王。《黃鳥》,《詩序》云："哀三良也。國人刺穆公以人從死,而作是詩也。"《左傳·文公六年》云："秦伯任好卒,以子車氏之三子奄息、仲行、鍼虎爲殉,皆秦之良也。國人哀之,爲之賦《黃鳥》。"魯文公六年當周襄王三十一年。《晨風》,《詩序》云："刺康公也。"《渭陽》,《詩序》云："康公念母也。"《權輿》,《詩序》云："刺康公也。"這些詩篇皆繋於周襄王時。

《陳風》十篇。《陳譜》云：陳自胡公嬀滿開國,"五世至幽公。當厲王時,政衰,大夫淫荒,所爲無度,國人傷而刺之,陳之'變風'作矣"。《陳風》首篇《宛丘》,《詩序》云："刺幽公也。"《史記·陳世家》云："幽公十二年,周厲王奔于彘。"《宛丘》之詩,自當繋於厲王之時。《東門之枌》,《詩序》有"幽公淫荒,風化之所行"語,詩亦繋於厲王。《衡門》,《詩序》云："誘僖公也。"詩當繋於宣王之際。《墓門》,《詩序》云："刺陳佗也。"佗爲桓公庶子,詩當繋於平王、桓王之時。《株林》,《詩序》云："刺靈公也。淫乎夏姬,驅馳而往,朝夕不休息焉。"陳靈公淫詳見《左傳》宣公九年、十年、十一年。其被殺在宣公十年,當周定王八年,即前599年。《株林》之刺,當作於靈公被殺、成公立的前後。詩當繋於定王之際。自鄭玄以來,《株林》一般被認爲是《詩》訖的下限。

《檜風》四篇。《檜譜》云："周夷王、厲王之時,檜公不務政事,而好絜衣服,大夫去之,於是檜之'變風'始作。"《羔裘》之詩,

《詩序》謂:"大夫以道去其君也。"繫之檜仲亡國之君,姜炳璋《詩序廣義》以爲此與《國語·鄭語》史伯謂鄭桓公"檜仲恃險,是皆有驕侈怠慢之心"合。詩作於鄭桓公時,當繫宣王、幽王之世。平王之世,檜國已爲鄭武公滅矣。

《曹風》四篇。《曹譜》云:"周武王既定天下,封弟叔振鐸於曹。"又云:"十一世當周惠王時政衰,昭公好奢,而任小人。曹之'變風'始作。"首篇《蜉蝣》,《詩序》涉及"昭公國小而迫"。曹昭公元年,當周惠王十六年,詩當繫於春秋周惠王時。

這十二《風》詩,逐篇檢核,小部分是周懿王至周幽王時的作品,屬於西周後期,爲《詩》的中期作品;大部分是周平王至周定王時的作品,屬於東周及入春秋時的晚期詩作。

總的説來,《詩》的《風》《雅》《頌》這三組詩,《周頌》和《雅》中的"正小雅"與"正大雅",《豳風》和《周南》《召南》,這些詩篇的創作及其儲存時間最早,爲西周初期作品;"變小雅""變大雅"則爲西周後期作品,而這些作品集中寫於屬王、宣王、幽王之世,爲《詩》的中期作品。詩篇至此,積累添多。其餘詩篇:《魯頌》《商頌》是東周春秋時的作品。《邶》《鄘》《衛》《王》《鄭》《齊》《魏》《唐》《秦》《陳》《檜》《曹》十二《風》詩,少數爲西周後期的作品,多數爲東周春秋時的晚期作品。詩篇在這積累的過程中,總的傾向自然是不斷地加添;但也有所刪除、整理和潤色。詩篇累積到了春秋之時,逐漸定型。

由此可見,《詩》三百篇是從西周初期開始至春秋之時,在漫長的歲月裏不斷地陸續累積起來的。《頌》《雅》《豳》《周南》《召南》諸詩產生較早,其中詩篇有些是三公創作使成王誦習以作戒的,嗣後西周、東周以及春秋之世的王族和公卿大夫士貴族及其子弟繼之誦而習之。把這些詩篇視爲"先王之教,王官之學",成爲儀禮之詩,貴族賦詩言志,用以諷諫,《詩》在古時因有諫書之稱;有時用以專對,增其辭令之美。《國語·周語上》述:穆王之時,祭公謀父引《詩》:"載戢干戈,載櫜弓矢。"稱"周文公之《頌》曰"以諫穆王的"將征犬戎"。厲王之時,厲王寵榮夷公,聽其讒言。周大夫芮伯引《周頌·思文》:"思文后稷,克配彼天。立我烝民,莫匪爾極。"又引《大雅·文王》"陳錫哉周",以爲諷諫。西周大夫引《頌》進諫之時,不少《風》詩尚未創作。因此《國語》《左傳》書中記述諸侯卿大夫士的賦詩、引詩,《雅》《頌》多於《風》詩,就是這個緣故。

　　《詩》的創作和積累過程約略既明,庶可進而論其上限、下限。關於《詩》的上限,何楷論詩,認爲上限始於夏少康之世,有《公劉》《七月》《甫田》《大田》《良耜》《載耜》《載芟》《行葦》八篇爲證。這種提法未爲確論。詩的素材,源於傳説,口耳相傳,產生的時代可能很早;但記録成篇,配以禮樂,唱於祭祀燕饗,還是始於周初。鄭玄《詩譜序》云:"詩之興也,諒不於上皇之世,大庭軒轅逮於高辛,其時有亡載籍,亦蔑云焉。"這是在説,伏羲、三皇之前,未見詩詠。神農以至高辛,有無載籍,也很難説。又云:"有夏承之,篇章泯棄,靡有孑遺。"夏代的詩篇已失傳了。《詩》的歌詠,鄭玄以爲周代始自后稷,"播種百穀","中葉公劉,亦世脩其業","至於大王、王季","文武之德,光熙前緒"纔見;但形成詩篇,"《風》有《周南》《召南》,《雅》有《鹿鳴》《文王》之屬,及成王、周公致太平制禮作樂,而有《頌》聲興焉。盛之至也"。這是《詩》的上限。鄭玄這一見解是符合於《詩》創作的客觀事實的。《詩》的下限,鄭玄《詩譜·序》謂"變風""變雅",迄於陳靈。這是説《詩》的下限,當爲周定王八年,即前 599 年。此説後人多遵從之。但尚有問題:《左傳·定公四年》記述申包胥如秦乞師,"秦哀公爲賦《無衣》"。《史記·秦本紀》亦記申包胥詣秦告急,秦發五百乘救楚。王夫之《稗疏》因以"《無衣》,哀公爲申包胥作"。

據此則《詩》的下限,當迄於定公四年,當爲周敬王十四年,即前505年。此爲一説。《詩》的創作始自武王伐紂,約爲前1027年,迄於周敬王十四年,前505年,如此,則起訖約爲512年。由此可見,《詩》的創作與累積過程綿延五百餘年,在古籍中時間是較爲久長的。

（原刊《杭州大學學報》第18卷第2期,1988年6月）

《詩》三百篇的結集與散佚考略

　　《詩》三百篇結集、整理成爲早期的定本,這個過程從西周初期開始,迄於春秋中葉,時間長達五百多年。這個過程由於文獻記載不足,一時難以摸索清楚,祇能畫出一個大體的輪廓。這個過程可以分爲:西周初期、中期、晚期和春秋中葉四期。概括地説,又可分爲雛形期與定型期兩個階段。雛形期繫於西周初期,即武王、成王、康王時期;定型期繫於春秋中葉,即周景王元年、魯襄公二十九年吳季札聘魯觀樂的前後。

　　《詩》的雛形始於西周初期成王、周公制禮作樂的前後。西周演禮作樂之時,配之以詩,用於郊天祀祖,成爲廟堂樂章;用於朝聘會盟,成爲朝廷樂章。從而産生了《周頌》和大、小《雅》中的若干詩篇。周公陳王業以戒成王。武王巡狩,"命太師陳詩,以觀民風",所作或所采的詩篇,作曲伴奏,成爲鄉樂之詩;嗣後合樂演於鄉飲酒禮、燕禮,從而産生了《豳風》和《周南》《召南》。關於西周之詩,程大昌《詩議》曾説:"古有二'南'而無'國風'之名。""《詩》有《南》《雅》《頌》,無《國風》。其曰'國風'者,非古也。"顧炎武在《日知録》中也説:"《南》《豳》《雅》《頌》爲四詩。"又説:"二《南》也,《豳》也,小、大《雅》也,皆西周之詩也,至於幽王而止(唯《何彼襛矣》爲平王以後之詩)。其餘十二《國風》,則東周之詩也。"

周公制禮作樂，《禮記·明堂位》説："武王崩，成王幼弱，周公踐天子之位以治天下。六年，朝諸侯於明堂，制禮作樂。"《書傳》説："（周公）五年營成周，六年制禮作樂，七年致政於成王。"這事史書上有着記載，是班班可考的。演禮作樂之時，配之以詩，從而産生"《南》《豳》《雅》《頌》"四詩中的若干詩篇。《左傳·宣公十二年》記載：楚子曰："武王克商，作頌曰：'載戢干戈，載櫜弓矢。我求懿德，肆于時夏，允王保之。'"這詩見於《周頌·時邁》，《國語》稱爲"周文公之頌曰"。這是《時邁》作於西周初期武王時周公的傳説。今傳《周頌》三十一篇大多爲西周初期武王、成王時的詩作，少數下逮康王、昭王之世。這些詩篇主要是頌揚周族創業、開國的功勳，贊美祖先重農："大王荒之""文王康之""子孫保之"①，告誡時王與後王，熱烈盼望子孫能繼承、保持這種優良傳統。祭祀土神、穀神，"春祈秋報"，祈求五穀豐登。在祭歌中，如《載芟》《良耜》，還反映了奴隸制社會的農業生産情況。這些詩篇，配合禮樂，成爲舞曲，掌於太師。這類作品看來數量是較多的，有些可能當時就没有記録和儲存，有些可能傳之後世，由於"樂崩""禮壞"，樂章舞曲隨之俱亡。《周禮》説："鐘師掌金奏。凡樂事，以鐘鼓奏九夏：王夏、肆夏、昭夏、納夏、章夏、齊夏、族夏、祴夏、驁夏。"鄭玄注："以鐘鼓者，先擊鐘，次擊鼓，以奏九夏。夏，大也。樂之大歌有九。"杜子春云："《肆夏》，詩也。《春秋傳》曰：'穆叔如晉，晉侯享之。金奏《肆夏》三，不拜；工歌《文王》之三，又不拜；歌《鹿鳴》之三，三拜。……'《肆夏》與《文王》《鹿鳴》俱稱三，謂其三章也。以此知《肆夏》詩也。《國語》曰：'金奏《肆夏》《繁遏》《渠》，天子所以享元侯。《肆夏》《繁遏》《渠》所謂三夏矣。'"吕叔玉云："《肆夏》《繁遏》《渠》，皆《周頌》

---

① 皆見《周頌·天作》。

也。"鄭玄謂:"以《文王》《鹿鳴》言之,則九夏皆詩篇名,頌之族類也。此歌之大者,載在樂章,樂崩亦從而亡,是以頌不能具。"這就可見西周初期有些樂章詩篇,屬於《周頌》性質的,由於"樂崩"而失傳了。

《雅》有《大雅》《小雅》。《詩譜》說:"《小雅》《大雅》者,周室居西都豐、鎬之時詩也。"孔穎達《正義》說:"以此二《雅》正有文、武、成,變有厲、宣、幽,六王皆居在鎬、豐之地。故曰豐、鎬之時詩也。"這就說明大、小《雅》詩是產生於西周初期、中期和晚期的。《小雅》七十四篇。其中自《鹿鳴》《四牡》《皇皇者華》《常棣》《伐木》《天保》《采薇》《出車》《杕杜》《魚麗》《南有嘉魚》《南山有臺》《蓼蕭》《湛露》《彤弓》至《菁菁者莪》十六篇,稱爲"正小雅"。這十六篇的思想內容是:前十篇先述文以治內,後六篇次述武以治外。都是西周成王時的詩作,爲周公制禮作樂時的早期詩篇。編排是視其政治內容與意義來序次的。

十六篇外,猶有《南陔》《白華》《華黍》《由庚》《崇丘》《由儀》六篇早已散佚,成爲有目無辭的詩篇。《詩序》云:"《南陔》,孝子相戒以養也。""《白華》,孝子之絜白也。""《華黍》,時和歲豐,宜黍稷也。有其義而亡其辭。"《鄭箋》云:"此三篇者,《鄉飲酒禮》《燕禮》用焉。曰:笙入,立于縣中,奏《南陔》《白華》《華黍》是也。孔子論《詩》,《雅》《頌》各得其所,時俱在耳,篇第當在於此,遭戰國及秦之世而亡之,其義則與眾篇之義合編,故存。至毛公爲《詁訓傳》,乃分眾篇之義,各置於其篇端云。又闕其亡者,以見在爲數,故推改什首遂通耳,而下非孔子之舊。"《詩序》云:"《由庚》,萬物得由其道也。""《崇丘》,萬物得極其高大也。""《由儀》,萬物之生各得其宜也。有其義而亡其辭。"《鄭箋》云:"此三篇者,《鄉飲酒》《燕禮》亦用焉。曰:乃間歌《魚麗》,笙《由庚》;歌《南有嘉魚》,笙《崇丘》;歌《南山有臺》,笙《由儀》:亦遭世亂而亡之。《燕禮》又有升歌《鹿鳴》，下管《新宮》。《新宮》亦詩篇名也。辭義皆亡，無以知其篇第之處。"

《大雅》三十一篇。自《文王》《大明》《緜》《棫樸》《旱麓》《思齊》《皇矣》《靈臺》《下武》《文王有聲》《生民》《行葦》《既醉》《鳧鷖》《假樂》《公劉》《泂酌》至《卷阿》，這十八篇稱爲"正大雅"。這些詩篇都爲武王、成王時詩。《文王》篇云："殷之未喪師，克配上帝。宜鑒于殷，駿命不易。"反映着西周初期最高統治者文王、武王，接受商代統治者的正反經驗教訓，能勵精圖治、奮發有爲的情況，爲西周初期盛世《詩》的早期作品。

《雅》《頌》以外，又有《豳》和《周南》《召南》。顧炎武據《周禮·籥章》說："《豳》謂之'豳詩'，亦謂之'雅'，亦謂之'頌'，而非'風'也。""《周南》《召南》，'南'也，非'風'也。"《豳》七篇，有些詩篇爲周公所作，有些是涉及周公之事而作的。這些詩篇反映着先周時期周民族的奴隸從事農業、狩獵、染織、釀酒等的艱苦勞動和痛苦生活，以及西周開國以後政治、軍事上的尖銳、複雜和激烈鬥爭的社會現實情況，以喻成王。《周南》《召南》多數爲西周早期的作品。周族發跡於岐山，季歷朝商而爲西伯。紂王命文王典治南國江、漢、汝旁的諸侯，由地方百里，發展爲"三分天下有其二"。武王聯合庸（今湖北竹山縣）、盧（今湖北襄陽市西南）、濮（散布於川東、鄂西地區）等少數民族伐紂、剪商。南國原爲商世諸侯之國，周族開國，加强對這一地域的統治，使之成爲周王朝以中原爲核心地域的周邊。這一政治措施，即《詩序》所謂："南，言化自北而南也。"周初，召公、奭公常駐鎬京，統治西方諸侯；周公旦常駐洛邑，統治東方諸侯。周、召兩公分治，以陝（今河南省三門峽市陝州區）爲界。這樣劃分地域的統治，西周時期一直沿襲着。《周南·關雎》一開頭說："關關雎鳩，在河之洲。"河在古代是黃河的專稱。《關雎》中的河，當指洛邑以北的

黃河一段。《樛木》說："南有樛木。"《漢廣》說："南有喬木。"這兩
個"南"字都指南國。《水經注·江水》說："又南過江陵縣南。"注
引:"《周書》曰:南,國名也。""按韓嬰叙《詩》云:其地在南郡、南
陽之間。"《漢廣》涉及漢水、江水,《汝墳》涉及汝水。《召南·江
有汜》也涉及江水。這二《南》詩中所說地域,從黃河到汝水、漢
水、江水,這就反映了西周的政教統治,正如《詩序》說的:"南,言
化自北而南也。"周初的政教,立足中原,面向齊魯、魏唐、夷狄,
這是當時的統治策略。"自北而南",實爲當時國家行政措施的
要務。《詩序》看到這點,稱贊這是:"正始之道,王化之基。"這兩
個地域所産生的詩歌,編入詩中不能用諸侯封國的名字來稱它,
因此稱《周南》《召南》。名實相符,十分恰當。這二《南》詩,在
"始基"時收集,顯得重要,後來編於《風》首。"始基"之時,"自北
而南",文化程度,自然不會平衡發展的。因此詩篇間所反映的
思想境界,是有精粗高下之分的。江漢地域,周室以之分封姬姓
諸侯,以爲屛藩。成、康以後,"昭王南征而不復",楚日漸强大,
"漢陽諸姬,楚實盡之"。《漢廣》《汝墳》諸詩,屬之二《南》,正可
反證這些作品作於西周初期。

　　西周初期,除《南》《豳》《雅》《頌》外,那時還没有其他的風詩
傳下來。顧炎武《日知錄》說:"其餘十二《國風》,則東周之詩也。
王者之跡熄而詩亡,西周之詩亡也。……《周頌》,西周之詩也。
《魯頌》,東周之詩也。成康之世,魯豈無詩,而今亦已亡矣。故
曰詩亡,列國之詩亡也。其作於天子之邦者,以《雅》以《南》,以
《豳》以《頌》,則固未嘗亡也。"又説:"自幽王以上,太師所陳之詩
亡矣。春秋時,君卿大夫之賦詩無及之者,此孔子之所不得見
也,是故《詩》無'正風'。"《詩》的雛形期祇有《雅》《頌》和二《南》,
所以《鼓鐘》說"以《雅》以《南》",把《雅》和《南》兩者並提。這也
可以説明當時《詩》的分類編制不是《風》《雅》《頌》,而爲《南》

《豳》《雅》《頌》。由於西周初期無《風》,而有二《南》。所以孔子於《詩》,重視《周南》《召南》《雅》《頌》,而不及《風》。《論語‧陽貨》記孔子曰:"人而不爲《周南》《召南》,其猶正牆面而立也與!"又《論語‧子罕》記孔子曰:"吾自衛反魯,然後樂正,《雅》《頌》各得其所。"這就可以理解孔子之所以重視二《南》與《雅》《頌》,而不及《風》的道理。

西周中期以後,迄於春秋時期,中國的奴隸制社會從其頂點跌落下來,轉折而趨於沒落、崩潰。這在政治和文學上的反映,就如《詩序》説的:"王道衰,禮義廢,政教失,國異政,家殊俗,而'變風''變雅'作矣。"在厲王、宣王、幽王之世,朝廷之上,就出現了"變小雅"和"變大雅"這兩組詩。"變小雅"爲《六月》《采芑》《車攻》《吉日》《鴻雁》《庭燎》《沔水》《鶴鳴》《祈父》《白駒》《黃鳥》《我行其野》《斯干》《無羊》《節南山》《正月》《十月之交》《雨無正》《小旻》《小宛》《小弁》《巧言》《何人斯》《巷伯》《穀風》《漸漸之石》《苕之華》《何草不黃》等五十八篇。"變大雅"爲《民勞》《板》《蕩》《抑》《桑柔》《雲漢》《崧高》《烝民》《韓奕》《江漢》《常武》《瞻卬》《召旻》等十八篇。作者爲公卿大夫,如家父、衛武公、尹吉甫、召穆公、凡伯、芮伯等。有些采自民間歌謠,出於無名氏的作者。這些詩篇大體是屬於《國語‧周語上》所説,是在"天子聽政,使公卿至於列士獻詩"的情況下而入於周室,掌於太師的。周室的詩篇儲存通過西周中期"變小雅""變大雅"的創作,不斷地增加。這些"變小雅"和"變大雅"詩篇爲《詩》的中期作品。

除《周頌》和《二雅》外,《頌》中還有《魯頌》與《商頌》兩頌。《禮記‧明堂位》説:"七年,(周公)致政於成王,成王以周公爲有勳勞於天下。""命魯公世世祀周公以天子之禮樂。是以魯君孟春……祀帝于郊,配以后稷,天子之禮也。季夏六月,以禘禮祀周公於大廟。……升歌《清廟》,下管《象》,朱干玉戚,冕而舞《大武》；皮弁素積，裼而舞《大夏》。"《史記·魯周公世家》説："魯有天子禮樂者，以襃周公之德也。周公卒，子伯禽固已前受封，是爲魯公。"這時"魯有天子禮樂"，《周頌》但祀周公，"升歌《清廟》"。魯周公廟舉行祀典時並無《魯頌》。鄭玄《魯頌譜》説："在周公歸政成王，封其元子伯禽於魯。""自後政衰，國事多廢。十九世至僖公，當周惠王、襄王時，而遵伯禽之法，養四種之馬，牧於坰野。""尊賢禄士，修泮宮，守禮教。""僖十六年冬，會諸侯于淮上，謀東略，公遂伐淮夷。""國人美其功，季孫行父請命於周，而作其《頌》。"《詩序》説"僖公能遵伯禽之法"，"於是季孫行父請命於周，而史克作是《頌》"。到了魯僖公時，始作《魯頌》。

《魯頌》四篇：《駉》《有駜》《泮水》《閟宫》。《詩序》因謂這四篇詩都頌僖公，而《駉》詩明言爲史克作。陳奂並説："史克作《頌》。謂作《駉》篇，非謂作《魯頌》四篇也。"這四篇詩的作者爲誰？齊、魯、韓三家皆謂奚斯作《頌》，揚雄《法言·學行篇》説："正考甫嘗睎尹吉甫矣，公子奚斯嘗睎正考甫矣。"班固《兩都賦序》説："昔皋陶歌虞，奚斯頌魯。"《後漢書·曹襃傳》説："昔奚斯頌魯，考甫詠殷。"曹植《承露盤銘序》説："奚斯《魯頌》。"王先謙説："史克見《左傳》在文公十八年，至宣公世尚存，見《國語》。奚斯見閔公二年，故文公二年《傳》已引《閟宫》之詩，不應季孫行父請命於周之前，已有史克先奚斯作《頌》。知《毛序》不足據矣。"可見這裏存在問題。我説，《左傳·文公二年》引詩《閟宫》："春秋匪解，享祀不忒。皇皇后帝！皇祖后稷！"未妨其前"季孫行父請命於周"。《詩》言"奚斯所作"，未妨釋爲作廟作頌。段玉裁《經韻樓集·奚斯所作解》以爲"《巷伯》曰：寺人孟子，作爲此詩"。"《大雅·崧高》曰：吉甫作誦，其詩孔碩。""《烝民》曰：吉甫作誦，穆如清風。""併此篇爲五。云：奚斯所作。"《詩序》但言《駉》爲"史克作"。《閟宫》《有駜》《泮水》三篇，《詩序》未言作者，釋爲奚斯,可無矛盾。書缺有間,難以深考。清牟庭《詩切》謂:"《駉》,伯禽牧馬也。""《有駜》,伯禽饗飲也。""《泮水》,伯禽作宮也。""《新廟》(指《閟宮》),僖公修太廟也。"把頌僖公改爲追美先公伯禽,添一新説,但苦未提證據。

《商頌》五篇:《那》《烈祖》《玄鳥》《長發》《殷武》。《史記·宋微子世家》説:"周公既承成王命","乃命微子開代殷後,奉其先祀"。"國於宋。""襄公之時,修行仁義,欲爲盟主。其大夫正考父美之,故追道契、湯、高宗,殷所以興,作《商頌》。"裴駰《集解》謂:"《韓詩商頌章句》亦美襄公。"司馬貞《索隱》説:"《毛詩商頌序》云:'正考父於周之太師得《商頌》十二篇,以《那》爲首。'《國語》亦同此説。今五篇存,皆是商家祭祀樂章,非考父追作也。又考父佐戴、武、宣,則在襄公前,且百許歲,安得述而美之? 斯謬説爾。"王應麟《困學紀聞》引曹氏曰:"自戴公至襄公凡一百五十有一年,正考甫既佐戴公,而能至于襄公之時作頌,何其壽耶?"牟庭《詩切》釋之爲:"正考父作《商頌》者,謂《那》《烈祖》《玄鳥》三篇也。襄公修行仁義欲爲盟主,其大夫美之者謂《長發》也。追道契、湯、高宗,殷所以興者,則《玄鳥》與《長發》皆是也。太史公撮聚爲説,以致考父、襄公時世乖牾,此史文之疏略爾。要其言《商頌》有考甫作者,有襄公大夫作者,皆可依據,以證《魯語》'校'字之義,從考《韓》詩美襄公之説,是在學者慎思而善取之。"這個問題,久已聚訟紛紜。今人多認《商頌》爲春秋中葉宋國所作的詩,可稱"宋詩"。王國維《説商頌》謂:"閔馬父以《那》爲先聖王之詩,而非考父自作也。""《商頌》蓋宗周中葉宋人所作,以祀其先王。正考父獻之於周太師,而太師次之於《周頌》之後,逮《魯頌》既作,又次之於魯之後。"然則,《魯頌》《商頌》俱爲春秋中葉《詩》定型時期的作品。

《詩》的儲存,從西周初期雛形,經過西周中期、晚期,迄於春秋中葉定型，不斷增加，到定型時，中間可能已經過多次編輯。
這編輯的體例依據是什麼呢？這是值得我們探索的。較爲重要
的問題是：將《周南》《召南》與《豳風》分厠於《邶、鄘、衛》《王》
《鄭》《齊》《魏》《唐》《秦》《陳》《檜》《曹》十二《風》詩中，漢世稱爲
十五《國風》。這十二《風》詩，《詩序》都稱爲"變風"，是周王朝在
走下坡路時的作品。這十五《國風》的編輯體例、排列先後，我們
從《詩》已編就的順序看，主要的原則，恐怕是爲了"觀政"吧！
《漢書·藝文志》說："古有采詩之官，王者所以觀風俗，知得失，
自考正也。"孔子云："《詩》可以興，可以觀，可以群，可以怨。""可
以觀"者，鄭玄釋云："觀風俗之盛衰。"劉寶楠《論語正義》說："謂
學《詩》可論世也。《詩序》云：'治世之音安以樂，其政和；亂世之
音怨以怒，其政乖；亡國之音哀以思，其民困。'世治亂不同，音亦
隨異。故學《詩》可以觀風俗，而知其盛衰，若吳季札觀樂最著
也。"這十二"變風"詩作之時，周室政權正在走下坡路，與盛世相
比，正可顯其"知得失，自考正""《詩》可以觀"的作用。

　　周族原是一個"地方百里"的小國，滅商後一下子躍爲"邦畿
千里"的大國。怎樣來統治這樣的龐然大國呢？有眼光的政治
家，當然願意通過較多的渠道來瞭解一些現實社會情況的。《禮
記·王制》說："天子五年一巡守"，"覲諸侯，問百年者就見之。
命太師陳詩，以觀民風。命市納賈，以觀民之所好惡，志淫好辟。
命典禮，考時月定日，同律，禮樂制度，衣服正之"。孔穎達解釋
爲："此謂王巡守，見諸侯畢，乃命其方諸侯。太師是掌樂之官，
各陳其國風之詩，以觀其政令之善惡。若政善詩辭亦善，政惡則
詩辭亦惡，觀其詩則知君政善惡。故《天保》詩云：'民之質矣，日
用飲食。'是其政和。若其政惡，則《十月之交》：'徹我牆屋，田卒
汙萊'是也。"《禮記·明堂位》說："振木鐸於朝，天子之政也。"
《國語·周語》說："天子聽政，使公卿至於列士獻詩，瞽獻典。"這

些材料都可以説明周王朝是重視從《詩》得到一些政治信息的。《詩》在雛形期分爲《南》《豳》《雅》《頌》。至定型期分爲《風》《雅》《頌》。《南》《豳》歸入於《風》,突出《風》詩。

《關雎》爲四始之始。《詩序》説:"'風',風也;教也。風以動之,教以化之。""上以風化下,下以風刺上。"突出《風》詩,自然也是有其政治意義的。這個問題,我們從吴季札聘魯觀樂、論樂,也就可以獲得理解。季札看似論樂,實與論詩是緊密聯繫着的。季札論樂,見於《左傳・襄公二十九年》。觀樂、論樂之次序爲:一、《周南》《召南》,二、《邶、鄘、衛》,三、《王》,四、《鄭》,五、《齊》,六、《豳》,七、《秦》,八、《魏》,九、《唐》,十、《陳》,十一、《鄶》,十二、《小雅》,十三、《大雅》,十四、《頌》,下面接着爲舞蹈。奏樂時唱詩,即爲《風》《雅》《頌》的詩篇。季札聽了以後,對於十五《風》詩,大、小《雅》和《頌》都從政治角度議論一番,發表了他的觀感。《左傳》云:

> 請觀於周樂。使工爲之歌《周南》《召南》,曰:"美哉!始基之矣,猶未也,然勤而不怨矣。"爲之歌《邶、鄘、衛》,曰:"美哉!淵乎,憂而不困者也,吾聞衛康叔、武公之德如是,是其《衛風》乎!"爲之歌《王》,曰:"美哉!思而不懼,其周之東乎?"爲之歌《鄭》,曰:"美哉!其細已甚,民弗堪也,是其先亡乎?"
>
> 爲之歌《齊》,曰:"美哉!泱泱乎!大風也哉!表東海者,其大公乎!國未可量也。"爲之歌《豳》,曰:"美哉!蕩乎!樂而不淫,其周公之東乎?"爲之歌《秦》,曰:"此之謂夏聲。夫能夏則大,大之至也。其周之舊乎!"
>
> 爲之歌《魏》,曰:"美哉!渢渢乎!大而婉,險(儉)而易,行以德輔,此則明主也。"爲之歌《唐》,曰:"思深哉!其有陶唐氏之遺民(風)乎? 不然,何憂之遠也? 非令德之後,

誰能若是?"爲之歌《陳》,曰:"國無主,其能久乎?"自《鄶》以下,無譏焉。

爲之歌《小雅》,曰:"美哉! 思而不貳,怨而不言,其周德之衰乎? 猶有先王之遺民焉。"

爲之歌《大雅》,曰:"廣哉! 熙熙乎! 曲而有直體,其文王之德乎?"

爲之歌《頌》,曰:"至矣哉! 直而不倨,曲而不屈;邇而不偪,遠而不攜;遷而不淫,復而不厭;哀而不愁,樂而不荒;用而不匱,廣而不宣;施而不費,取而不貪;處而不底,行而不流;五聲和,八風平;節有度,守有序;盛德之所同也。"

季札所觀之樂,也即所聽之詩,可以分爲三組:歌《周南》《召南》《邶》《鄘》《衛》《王》《鄭》爲第一組;歌《齊》《豳》《秦》爲第二組;歌《魏》《唐》《陳》《鄶》爲第三組。茲分組論之:

第一組:《周南》《召南》《邶》《鄘》《衛》《王》《鄭》這些地域和諸侯封國約當於今陝西、河南和河北的南部,湖北的北部,在周屬於畿内國,或近王畿,南國則在王畿之南。這時周的行政核心就設在這中原地區。

《周南》《召南》所屬爲周畿内及南國。武王建都於鎬,後稱"宗周"或"西都";成王營建洛邑,後稱"成周"或"東都"。西周初期周公姬旦長住東都洛邑,統治東方諸侯;召公姬奭長住西都鎬京,統治西方諸侯。以陝爲界。西周官制,卿士是王室的最高政務官,執掌軍事、行政、司法、外事等方面的大權,多由王的近族擔任。卿士之上爲三公,即太師、太傅、太保。三公有着很高的權威,在王年幼或王位暫缺時,可以代行王的權力。周公爲成王時太師,召公爲太傅,各爲三公之一。江、漢、汝旁的諸侯,紂時稱爲"南國"。紂王授命文王典治,周族開國,以之分封姬姓諸侯。周公的統治自洛陽南至汝水、江水,即至江漢合流的武漢一帶；召公的統治自豐、鎬南至江水，即至武漢以上的長江流域。這些地域包括楚、蓼、申、吕、隨、鄀等國。這兩個地區所産生的詩，分别稱爲《周南》《召南》。周代國家重視這兩個地區的統治，也即重視它的政教。季札觀樂，對《周南》《召南》故而贊稱：“美哉！始基之矣。”“始基”，意爲周公、召公的統治以此二南的地域爲“始基”。亦即《詩序》説的“正始之道，王化之基”和“王者之風”，“化自北而南也”。周族的統治者歷來重視這塊基地，所以，這兩個地區所産生的詩篇，編詩之時，列入《詩》首。這是有其深刻的政治意義的。

邶，《釋文》本又作鄁。鄘，《漢書·地理志》作庸。邶、鄘原爲殷的故邑，在河南黄河、淇水之間，屬於殷的畿内。武王滅商以後，初封紂子武庚禄父，而以管叔、蔡叔、霍叔監之，史稱“三監”。武王滅商後兩年死，成王年幼即位。周公攝政，三監、武庚聯絡東方夷族反周。周公東征，殺武庚、管叔，放蔡叔，徙霍叔，而封康叔於衛。合邶、鄘兩邑，改稱爲邶、鄘、衛。邶、鄘、衛這個名詞實實是沿襲社會習慣混合古今都邑的泛稱，循理，新名符合實際，應稱爲衛。邶、鄘、衛既爲合稱之名，所以《邶、鄘、衛》詩原是不分，實際皆爲衛詩。到了漢代，始分爲三，季札觀樂，故稱：“爲之歌《邶、鄘、衛》。”又曰：“吾聞衛康叔、武公之德如是，是其《衛風》乎？”《左傳·襄公三十一年》，北宫文子引《衛詩》曰：“威儀棣棣，不可選也。”今見《邶風》，可見邶、鄘、衛三國詩古時原是不分的，都稱衛詩。顧炎武説：“邶、鄘、衛本三監之地。自康叔之封未久，而統於衛矣。采詩者，猶存其舊名，謂之邶、鄘、衛。邶、鄘、衛者，總名也。不當分某篇爲邶，某篇爲鄘，某篇爲衛。分而爲三者，漢儒之誤。以此詩之簡獨多，故分三名以各冠之，而非夫子之舊也。”又曰：“意者，西周之時，故有邶鄘之詩，及幽王之亡而軼之，而太師之職，猶不敢廢其名乎？”衛國地域在今河南北部及河北南部。

王的地域在今河南北部,洛水西北。武王滅商,決定在"天下之中"的河洛地區營建"行都",史稱"洛邑"。成王繼位,在澗水之東,瀍水西南,繫乎洛水,北倚郟山,營建洛邑,又稱"成周"。成王遷殷頑民於此,作爲監視殷遺民的軍事據點。並建王城,爲周王居住和朝會東方諸侯的都城。王城在西,成周在東,相距約今十五公里。洛邑自平王東遷成爲首都,至景王十一世皆居於此,爲周的畿內重地。《王風》都是東周的作品。季札觀樂,故曰:"美哉!思而不懼,其周之東乎!"杜預注云:"宗周隕滅,故憂思;猶有先王之遺風,故不懼。"平王東遷以後名義上還是天下的共主,政治上也有一定的號召力;但政治權力卻微弱了。鄭玄故説:"王室之尊,與諸侯無異。其詩不能復雅,故貶之,謂之王國之'變風'。"

鄭的地域在今河南中部。西周宣王封弟姬友於鄭,爲鄭桓公。《國語·鄭語》云:"桓公爲司徒,甚得周衆與東土之人。"桓公曾問史伯:"王室多故,其何所可以逃死?"史伯指點:"其濟、洛、河、潁之間乎!"幽王末年,桓公取得虢、鄶、鄢、蔽、補、丹、依、㽛、歷、莘十邑,他的兒子武公把家屬和一部分人民遷到那裏去。犬戎入侵西周,殺死幽王和桓公。武公便建國於東方,這地方過去原爲管國。滅鄶以後,建都於鄶,稱爲"新鄭"。新鄭還是近於王畿的。武公、莊公擔任平王卿士,是周的嫡派支系,政治上有着一定的權力和勢力。周禮不能行於列國,鄭國是首先破壞的,《左傳·隱公三年》就記了"鄭武公、莊公爲平王卿士","周鄭交質"的事,君子還發了一段批評的議論。《鄭風》皆爲東周時的作品。

關於第一組詩,它的編輯體例及其意義,牟庭《詩切》概括得好,他説:"余按:周南、召南,周畿內國也;邶、鄘、衛國,殷之畿也；王國，西周之畿也；鄭，亦周畿內國，雖遷於鄶，猶附近王畿；此皆天下之中也。録《周南》《召南》《邶（鄘衛）》《王》《鄭》五國詩，而中原風俗可見矣。"這五國位於中原，結合他們地域的遠近，政治權力的重輕，血緣關係的親疏來排詩的次序，秩然不紊，便於"觀政"。第一組詩的編輯已可體會它是重視政治意義的。

第二組詩爲：《齊》《豳》《秦》三國《風》詩。

齊的地域在今山東北部和中部。文王訪賢，就拜訪姜太公，歷史上傳爲美談。武王即位，便以吕尚爲師，稱爲"尚父"。伐紂之時，吕尚立了大功。《大明》一詩就是頌揚吕尚的："牧野洋洋，檀車煌煌，駟騵彭彭。維師尚父！時維鷹揚，涼彼武王。肆伐大商，會朝清明！"在遼闊廣大的牧野地方，吕尚率領着虎賁、甲士，像老鷹飛翔一樣，衝殺進去。"紂卒易鄉"①，一個早晨，紂王的奴隸俘虜兵倒戈了，吕尚幫助武王打下江山，武王封吕尚於齊。齊魯的地域那時還是商紂軍事實力重地，紂王來不及調此兵力，自焚於鹿臺而死；但齊魯的實力猶在，萊侯、淮夷未服。武王授命吕尚："東至海，西至河，南至穆陵，北至無棣，五侯、九伯，實得征之。"②孔穎達《正義》説："大公後五世，哀公荒淫怠慢，國人作《雞鳴》之詩以刺之，後凡十一篇，皆《齊風》也。"季札聽到歌《齊》，故贊揚説："美哉！泱泱乎！大風也哉！表東海者，其太公乎！國未可量也。"杜預注曰："太公封齊，爲東海之表式。""言其或將復興。"足見當時武王、周公分封諸侯，軍事、政治的安排布置，是老謀深算，高瞻遠矚，另具識力的；季札不愧爲政治家、外交家，對列國的歷史及其形勢了如指掌。東方諸侯國家以齊國爲大，故周樂之次，也即《風》詩之次，於中原後，就先及之。舉齊

① 見《荀子·儒效篇》。
② 見《史記·齊太公世家》卷三十二。

樂,唱齊詩而東方的風俗可概見矣。

豳,或作邠,它的地域在今陝西旬邑縣和彬州一帶。周族始祖名棄,傳爲堯的農師,舜封於邰(今陝西省武功縣)。棄開始教民稼穡,後人於武功城東,築"教稼臺",以爲紀念。後裔不窋"失其官守,自竄於戎狄之間"。不窋子鞠,鞠的兒子公劉。公劉"復修后稷之業",周族富庶起來,從邰遷豳(今陝西彬州附近),開荒定居。《大雅·公劉》就是歌頌周民族這位英雄人物的。傳至古公亶父,因戎、狄之逼,由豳遷於岐山下的周原,周族漸强,號周太王。古公第三子季歷,商以爲牧師。子文王爲紂西伯。子武王伐紂而有天下。豳這地方實爲周民族重要的發祥地之一。其地東北,傳有豳穀、豳亭和豳城,即爲公劉所邑之地,東周時爲秦所有,在歷史上有其重要的和特殊的地位。《豳風》爲西周初期的作品。

秦的地域在今陝西中部,嬴姓。西周孝王封臣非子於秦(今甘肅天水市張家川回族自治縣東),古稱犬丘,逐漸擴大。曾孫秦仲,宣王以爲大夫。幽王爲犬戎、申侯所殺。平王東遷,秦仲之孫秦襄公趕走犬戎,護送有功,平王賜以岐雍之地,列爲諸侯。西周王畿及豳地逐漸歸秦所有。秦的祖先原居犬丘,春秋時尚被稱爲夷狄之邦。隨着經濟和文化的發展,逐漸東遷,活動於今陝西寶雞市鳳翔區、岐山縣,咸陽市涇陽一帶。秦獻公二年(前383)遷都櫟陽(今陝西西安市臨潼區北武屯附近)。秦孝公十二年(前350)西遷咸陽。清顧棟高《春秋大事表》(卷四)說:"秦以西陲小國,乘衰周之亂,逐戎有岐山之地,……值平、桓懦弱,延及寧公、武公、德公,以次蠶食,盡收虢、鄭遺地之在西畿者,垂及百年至穆公,遂滅芮;築壘爲王城,以塞西來之路,而晉亦滅虢,東西京隔絕。由是據豐、鎬故都,判然爲敵國,與中夏抗衡矣。"秦是發展中的國家,季札觀樂,故曰:"此之謂夏聲。夫能夏則大，大之至也。其周之舊乎！"杜預注曰："秦本在西戎汧隴之西，秦仲始有車馬禮樂，去戎狄之音，而有諸夏之聲，故謂之夏聲。及襄公佐周平王東遷，而受其地，故曰'周之舊'。"《秦風》爲西周晚期至東周春秋時的作品。

第二組詩因東方的國家以齊爲大，西方的國家以秦爲大。故采錄齊詩、秦詩，東方風俗和西戎諸國的風俗就可概見。豳地在周朝開國的歷史上、政治上有其特殊的地位，這地方後來爲秦所有。《豳風》作於西周初期，先於《秦風》，而其地與秦相連，故於《秦風》之前，置《豳風》之詩。讀《豳風》，西周初期周公之政和先周史的民情風尚，可以概見。

第三組詩爲《魏》《唐》《陳》《鄶》諸詩。魏爲周初分封的姬姓北方諸侯國家中的小國。武王封高於畢，稱畢公高，都安邑，在今山西省的西南部，南枕河曲，北涉汾水。《汾沮洳》説："彼汾一曲。"《伐檀》説："置之河之干兮。"詩中就涉及汾水、黃河。季札觀樂，稱《魏風》曰："美哉！渢渢乎！大而婉，險（儉）而易，行以德輔，此則明主也。"杜預注曰："大而約則儉節易行，惜其國小，無明君也。"《史記·魏世家》云："（晉）獻公之十六年"，"晉伐魏滅之"。時當周惠王十六年，魯閔公元年。魏國史約五百年。鄭玄云："當周平、桓之世，魏之'變風'始作。"魏國鄰晉。唐國即晉國，地域在今山西中部。鄭玄云："成王封母弟叔虞於堯之故墟，曰唐侯。其地南有晉水，虞子燮父改爲晉侯。"季札觀樂，故稱《唐風》曰："思深哉！其有陶唐氏之遺民（風）乎？不然，何憂之遠也。"杜預注曰："晉本唐國，故有堯之遺風，憂深思遠，情發於聲。"總的來説，《魏風》《唐風》都可稱爲"晉詩"。北方諸侯的國家以晉爲大，采錄魏、唐兩國風詩，北方風俗，就可概見。

陳的地域在今河南東南部及安徽北部。陳國位置在諸夏的最南。它的南邊，連接吳楚。吳楚古時視爲"荆蠻"。古時中原國家有內諸夏而外夷狄的觀念。武王封舜後人媯滿於陳,有些像今人說的含有"統戰"的性質。陳都宛丘,在今河南周口市淮陽區。《孔疏》云:"陳者,大皞伏羲氏之墟也。於漢,則淮陽郡陳縣,是其都也。帝舜之胄,有虞遏父者,爲周武王陶正。武王賴其利器用,又以其人是聖舜神明之後,乃封其子滿於陳,奉虞舜之祀,賜姓曰媯,是爲陳。胡公後五世,至幽公荒淫無度,國人作《宛丘》之詩以刺之。以後凡十篇,皆《陳風》也。"季札觀樂,因論《陳風》曰:"國無主,其能久乎?"杜預注曰:"淫聲放蕩,無所畏忌,故曰'國無主'。"周敬王四十二年陳亡,當魯哀公十七年。自魯襄公二十九年至此祇六十六年,季札鑒往知來,可謂目光如炬。他的論樂論詩,悉從政教着眼,發人深思。善讀《詩經》者,請勿等閒視之。清牟庭《詩切》說:"南方之國陳爲近,錄陳詩,而南方風俗可見矣。"

檜的地域在今河南中部。《禹貢》屬豫州。在外方之北,滎波之南,居溱洧之間。都城在今河南新密市東北。《詩譜》云:"周夷王、厲王之時,檜公不務政事,而好絜衣服,大夫去之,於是檜之'變風'始作。"東周初年,檜爲鄭武公所滅。檜詩的寫作則在檜國未亡之前。檜詩不入鄭詩,可能爲了它是亡國之音,也即亡國之詩,存其原名,不便合併。季札觀樂,因說:"自鄶以下無譏焉。"清牟庭《詩切》故說:"諸國風獨檜詩錄于國亡之後,錄檜詩,而諸侯亡國之風俗,可概見矣。"這可反映風詩的一個方面。

曹的地域在今山東西南部。武王封弟叔姬振鐸於曹。曹都定陶,在今山東菏澤市定陶區西南。周敬王三十三年,宋景公三十年,滅曹。《曹風》四篇:《蜉蝣》《候人》《鳲鳩》《下泉》。《孔疏》繫其詩的時代先後說:"其詩《蜉蝣》,《序》云'昭公',昭公詩也。《候人》《下泉》,《序》云'共公'。《鳲鳩》在其間,亦共公詩也。"季札觀樂文稱:"自檜以下無譏焉。"檜以下爲檜與曹。檜亡已久,曹爲小國，曹後五十七年亦亡。季札視爲瑣小，因説都不足譏。清牟庭《詩切》卻説："曹國在《禹貢》兗州陶邱之北，雷夏、菏澤之野，魯之西，衛之東，小國也。録曹詩而諸侯小國之風俗，可概見矣。"角度不同，但精神是一致的。

季札觀樂、論樂，在魯襄公二十九年，周景王元年，前 544 年，這時孔子八歲。季札所觀魯樂，實即周樂。杜預曰："魯以周公，故有天子禮樂。"季札所論的樂次，也即太師所掌的詩次。這是歷史上最早和最爲明晰可以考見的詩次。除這詩次以外，今傳還有兩種詩次，一是古文學派"毛詩"的，一是鄭玄《詩譜》的，與此略有不同。清馬瑞辰《毛詩傳箋通釋》於《詩譜次序考》《十五國風次序論》是有着一番考釋的。

"毛詩"爲：

一、《周南》，二、《召南》，三、《邶風》，四、《鄘風》，五、《衛風》，六、《王風》，七、《鄭風》，八、《齊風》，九、《魏風》，十、《唐風》，十一、《秦風》，十二、《陳風》，十三、《檜風》，十四、《曹風》，十五、《豳風》。

《詩譜》爲：

一、《周南》，二、《召南》，三、《邶》，四、《鄘》，五、《衛》，六、《檜》，七、《鄭》，八、《齊》，九、《魏》，十、《唐》，十一、《秦》，十二、《陳》，十三、《曹》，十四、《豳》，十五、《王》。

孔子"自衛反魯，然後樂正，《雅》《頌》各得其所"。鄭玄曰："反魯，魯哀公十一年冬，是時道衰樂廢，孔子來還乃正之，故《雅》《頌》各得其所。"這時孔子年六十八歲，距季札觀樂六十年。孔子這時對"三百五篇""皆弦歌之，以求合《韶》《武》《雅》《頌》之音。禮樂自此可得而述，以備王道，成六藝"。① 又修《春秋》，至

---

① 見《史記·孔子世家》卷四十七。

魯哀公十四年春"西狩獲麟"絕筆,這時孔子年七十一歲。孔子卒於魯哀公十六年,壽七十三歲。孔子在整理《詩》《書》等的文獻中,對於《詩》的編次,可能有所調整。季札觀樂中所見的詩次,和現存"毛詩"所見的,兩者略有差異。這個差異緣何而來,孔子做了多少調整工作,這就需要作進一步探索了。

儀禮的《詩》探說

　　《詩》在先秦和《書》《禮》《樂》配合，《禮記·王制》稱爲"四術"，也稱"四教"。所謂"四術"，實際就是西周奴隸主統治階級治理國家的四種手段；"四教"也即他們教育貴族子弟用以培養人才的四種教育科目。這"四術"或"四教"中，《詩》居首位，可見古人對於《詩》的重視。禮、樂結合，稱爲"禮樂"。演禮之時，樂舞伴奏，配之以詩，在特定的場合中舉行，表現爲一定的儀式。這種儀式古時稱爲禮儀，或稱儀法；就《詩》而論，可以稱爲"儀禮的詩"或"禮樂的詩"。《史記·太史公自序》說："爲天下制儀法。"這"儀法"意即禮儀。禮儀有時可以寫作禮義。《史記·孔子世家》說："取可施於禮義。"這禮義即指禮儀。

　　儀禮可從兩個方面來考察。從它的內涵說，它的核心爲禮制；從它的表現形式說，是爲典禮。先述"禮制"。禮制是爲西周王朝所建立的國家政體結構服務的。武王滅商而有天下，"啓以商政，疆以周索"①，就是繼續推行和擴大父系氏族社會以血緣關係爲紐帶的分封制，並與之相配合的等級制和世襲制。西周王朝所推行的這種政治體制就成了中國古代奴隸社會的根本制度，也就成了周代的"禮制"。周滅商後，把商所奄有的地域，包

---

　　①　見《左傳·定公四年》。

括今河南全部，跨有今山東、河北、山西、陝西、湖北、安徽等省的
大部分或一部分，加進甘肅和江南等地域，分爲若干區域，封給
天子的子弟、親戚、功臣和同盟者，建立諸侯國家。這就是古代
的奴隸主階級的分區統治和剝削勞動人民的制度。據《荀子·
儒效篇》的記載：周分封了七十一國，姬姓占五十三國。根據文
獻猶可考見的，《左傳·僖公二十四年》説：

> 昔周公弔二叔之不咸，故封建親戚，以藩屏周。管、蔡、
> 郕、霍、魯、衛、毛、聃、郜、雍、曹、滕、畢、原、酆、郇，文之昭
> 也。邘、晉、應、韓，武之穆也。凡、蔣、邢、茅、胙、祭，周公之
> 胤也。

文王的兒子封了十六國，武王的兒子封了四國，周公的後裔
封了六國。這二十六個諸侯封國，在成康之世陸續完成。《左
傳·昭公二十八年》説："昔武王克商，光有天下。其兄弟之國者
十有五人，姬姓之國者四十人，皆舉親也。"周室封建同姓諸侯有
五十五國。同姓之外又封了異姓功臣和黃帝、堯、舜、夏和殷的
後裔。

西周的土地制度，是奴隸主國家公有的。從《詩經·周頌》
的《臣工》《噫嘻》和《載芟》諸篇來看，當時是使用成千上萬的奴
隸來從事農耕生產的。《噫嘻》中説："噫嘻成王，既昭假爾。率
時農夫，播厥百穀。駿發爾私，終三十里。亦服爾耕，十千維
耦！"這一篇詩是寫康王祭告成王盼望五穀豐登的；同時，命令田
畯農夫督責奴隸耕種。前兩句説：成王在天之靈，已在呼喚。次
兩句説：田務必統率這些農夫，播種百穀。第五句之"私"字，《説
文》解釋："私，禾也。"是指種子的意思。命令奴隸趕快浸發種
子。（"私"字等解釋見沙文漢《中國奴隸制度的探討》。）第六句
是要奴隸完成耕種方三十里面積的土地的任務。末兩句説：奴

隸們，要努力從事你們的耕作，這兩萬人要成對地耕地去！這時
周天子把土地與奴隸賞賜給諸侯，《大盂鼎》就說："受民受疆
土。"諸侯也把土地與奴隸賞賜他的臣屬。當時的統治階級大大
小小都是奴隸主。西周是列爵分土的，所謂"封建"，封就是"分
土"，建是"建諸侯"。隨着疆域和統治權力的擴大，西周的分封
制較之商代有較大發展。武王時諸侯的爵位分爲三等：公侯百
里，伯七十里，子男五十里。成王、周公時分爲五等。分封制和
等級制、世襲制的關係立表如下：

公	封疆方五百里	嫡長子繼承	由周天子重加策命
↑			
侯	封疆方四百里	嫡長子繼承	由周天子重加策命
↑			
伯	封疆方三百里	嫡長子繼承	由周天子重加策命
↑			
子	封疆方二百里	嫡長子繼承	由周天子重加策命
↑			
男	封疆方百里	嫡長子繼承	由周天子重加策命

　　周民族自后稷受封於邰，到武王滅商，可説是從原始社會的
氏族制度——母系氏族轉化爲父系氏族——綿延發展了一千多
年，遂建立起來的中國第三個奴隸制國家。武王、周公面臨這樣
的現實，怎樣立國和統治？是經過一番較爲周密考慮與計劃的。
氏族是按照血統關係結成集團的。周民族就利用氏族社會的血
緣制這根紐帶，把分封制與宗法制結合起來，擴大商朝的分封諸
侯制，逐漸形成"天子建國，諸侯立家"的成套的政治組織機構，
在封地内賜給諸侯以土地的使用權和奴隸，並給以政治、經濟、
軍事和司法的特權，用以加强對奴隸和殷人的奴役與壓迫。它

的結構形成立表説明如下：

建國	血緣	大宗	天子		天命
	血緣	小宗	諸侯(兄弟)		屏蕃
	血緣	外戚	諸侯(舅甥、異姓功臣)	⎫	
	非血緣	賞賜	諸侯(堯舜夏商之後、 非血緣的異姓功臣)	⎬ 同盟者	

	大宗嫡長子			普天之下，莫非王土；
	天子——天子——天子(王)			率土之濱，莫非王臣。
	小宗餘子			
大宗	諸侯——諸侯——諸侯(公侯伯子男)			封國
小宗	大夫——大夫——大夫(卿士)			采邑
小宗	士 ——士 ——士			禄田

這樣一來，周族就可把當時的奴隸制度國家，"制其畿方千里而封樹之"[①]：諸公之地"方五百里"；諸侯"方四百里"；諸伯"方三百里"；諸子"方二百里"；諸男"方百里"。劃成許多塊塊進行統治。這一制度對西周初期奴隸制國家，確曾起着鞏固統治、安定社會、發展生產的作用；促使奴隸制社會生產力提高，經濟發展臻於鼎盛時期，從而產生了燦爛的青銅器文化。這一制度的出現，柳宗元《封建論》説過："封建非聖人意也，勢也。"是有其適應當時社會發展的必然性的。這是西周國家的政體結構，也是西周禮制的核心所在。由於"維王建國""諸侯立家"是當時國家的體制結構，因此，由這體制結構所產生的治理國家的政治和哲學的思想，遞嬗到了儒家手中，予以繼承和闡發，便出現了"齊家"

---

① 見《周禮·地官·大司徒之職》。

"治國"和推而至於四夷的"平天下"的政治和哲學的思想體系。這種學説體系的中心内容爲"禮"與"仁",而其倫理思想的核心爲"孝弟"。孔子的弟子有子因説:"君子務本,本立而道生。孝弟也者,其爲仁之本與?"①中國的國家社會組織也就從而形成以家庭爲本位的歷史傳統。這裏立表以説明之:

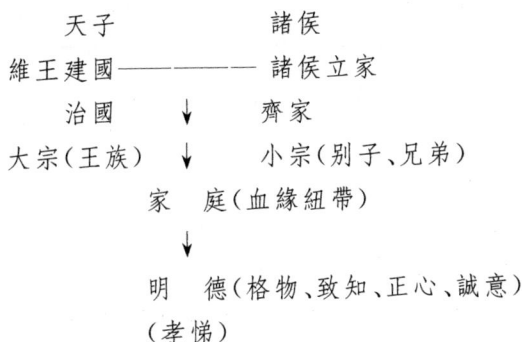

```
    天子              諸侯
維王建國————————— 諸侯立家
    治國      ↓      齊家
大宗(王族)    ↓    小宗(别子、兄弟)
        家  庭(血緣紐帶)
              ↓
    明   德(格物、致知、正心、誠意)
    (孝悌)
```

　　西周王朝推行的"天子建國,諸侯立家"成爲中央與地方統治機構的核心,用以統治整個中國。天子的王位傳於長子,一代一代地遞嬗,稱爲"大宗"。天子的兄弟、别子,横向聯繫,稱爲"小宗",分建諸侯。諸侯的爵位:公、侯、伯、子、男,同樣代代相傳,也稱"大宗"。諸侯分封大夫,也是這樣。從中央到地方縱的聯繫都是世襲,諸侯大夫成爲世家、世卿、世禄。天子的權威從何而來?聲稱"受命於天",是"天授予"的,即今人所謂"皇權神授説"。在奴隸制社會,那時中國所有的土地,以及土地上的人民都歸天子所有。《詩·小雅·北山》所謂:"溥天之下,莫非王土;率土之濱,莫非王臣。"在這樣的政治制度下,奴隸主統治階級提出"敬天、保民、明德"的政治思想。這種思想在西周王朝是

---

　　①　見《論語·學而》。

作爲一種統治思想的；後來，《詩序》解釋"毛詩"中的《風》《雅》《頌》這三類詩篇的大義，就是將這種政治思想體系較爲系統地分別闡發到各類詩篇的詩義中去，從而成爲詩的大、小《序》的。如"頌者，美盛德之形容，以其成功告於神明者也"。主張敬天；"雅者，正也。言王政之所由廢興也"。主張保民，"上以風化下，下以風刺上"，"吟詠情性，以風其上"，"發乎情，止乎禮義。發乎情，民之性也；止乎禮義，先王之澤也"。主張明德。通過"經夫婦，成孝敬，厚人倫，美教化，移風俗"，達到安定社會秩序的目的。這種"天子建國，諸侯立家"的奴隸制國家的政治體制，發展演變成爲封建制國家。"廢封建，而爲郡縣"，建立地主階級的政權，形成秦漢地主階級統一的中國國家。"諸侯立家"的制度在變，"衆建諸侯"成爲殘餘；但"天子建國"的制度未變，還是世襲。"天子"換成"皇帝"，"天子建國"成爲"皇帝建國"，王位遞嬗還是大宗體制。秦始皇做了皇帝，還是夢想着一世、二世、三世地傳下去。皇帝還是宣揚"受命於天""奉天承運"。所以，闡述《詩》的大義"敬天、保民、明德"的思想，漢儒對它做了一番改革性的解釋後，還是繼續宣揚統治階級的思想成爲統治的思想。這種思想在歷史上逐漸成爲習慣勢力，一直影響到了近代，而且會繼續影響下去。中國古代的奴隸社會，與古代希臘、羅馬的奴隸社會制度不同，因而人民的思想和風尚也就不同。如斯巴達，實行貴族政治；如雅典，實行民主政治；羅馬初期是共和制，後來由共和而變爲帝制。氏族制的殘餘在歐洲破壞殆盡，執政者是選舉出來的，並無世襲制度。所以並不重視禮教，也不把倫理教育作爲政治措施、精神文明的重點；而是重視辯論才能和演説的訓練。這就形成了中西不同的歷史傳統。

　　禮制就是顯示着中國古代文化的特徵，與此相適應的就是典禮，或稱"儀禮"。禮制可以説是内容，典禮可以説是形式。西周王朝所舉行的儀禮是繁多的,天天都會碰到。朝聘會盟,禮樂征伐經常要接觸的。"禮以定位",周天子就是運用這種儀禮來訓練、檢閲和推行他的政治權力的。"禮樂征伐,自天子出","自諸侯出","自大夫出",這種不同的政治氣候就可作爲政治的風雨表來看。周禮推行不到的地方,就説明周天子在那裏是没有什麽統治力量的。楚子"問鼎中原",這就説明周天子的政權出問題了。重視儀禮,項目也就繁多了。《禮記·中庸》説:"禮儀三百,威儀三千。"《禮器》説:"經禮三百,曲禮三千。"《春秋説》和《孝經説》:"禮經三百,威儀三千。"這"禮儀""威儀""經禮""曲禮""禮經""威儀",即指"禮制"與"儀禮"這兩個方面。這裏"三百""三千"並非實數,衹是極言其多而已。推行周禮,西周初期是雷厲風行的,不合禮或不執行禮是要罰的。就從一件生活上的小事來説吧,當時,天子、諸侯、大夫、士各級使用的禮器和樂器都是有嚴格規定的。不合這個規定,就是逾越,也可説是僭禮、非禮,那就不是什麽生活問題,而是政治問題了。立表如下:

	禮器	樂器
天子	九鼎八簋	四懸(套)
諸侯	七鼎六簋	三懸(套)
大夫	五鼎四簋	二懸(套)
士	三鼎二簋	一懸(套)

"禮以定位",可以説明禮的作用。禮是緊緊地爲鞏固政權與政治秩序服務的。

　　具體地説,就《詩》而論,這些禮儀與《詩》有着直接的聯繫,這裏可就祭祀、朝聘、鄉射三項禮儀略加闡述。關於祭祀:《儀禮》中的《特牲饋食禮》《少牢饋食禮》和《有司徹》三篇,都是祭禮。《禮記》中的《郊特牲》《祭法》《祭義》和《祭統》四篇是闡述這祭禮的。《禮記‧中庸》説："郊社之禮,所以事上帝也;宗廟之禮,所以祀乎其先也;明乎郊社之禮,禘嘗之義,治國其如示諸掌乎!"郊社是天子祭天地神祇的禮,禘嘗是祭祖先人鬼魂的禮。這種祭禮,周王朝特別重視,因爲這與治國是有着密切關係的。《周頌》諸篇就是顯示這個意義。《昊天有成命》,《詩序》説是"郊祀天地"的;《時邁》是"巡守告祭柴望"的;《噫嘻》是"春夏祈穀于上帝";《豐年》是"秋冬報也";《思文》是"后稷配天";《雝》是"禘大祖";《天作》是"祀先王先公";《清廟》是"祀文王";《執競》是"祀武王";《振鷺》是"二王之後來助祭"的;《有客》是"微子來見祖廟"的;《載見》是"諸侯始見乎武王廟"的。這些祭祀頌歌,在今人看來毫無意義,但在當時的統治階級看來卻是有着政治上的功利目的的。"郊祀天地"和以周的祖先后稷、文王"配天",實際就是形象地説明他們的政權是"受命於天"的。祭祀"先王先公"就是肯定和頌揚他們的宗族組織,即爲"宗統":大宗與小宗。這時,"君統"的政治組織和"宗統"的宗族組織兩者是相互融合的。祭祀"先王先公"不僅有其宗族意義,更重要的是有其政治意義。宗族團結,也即爲鞏固君統服務,這樣促使周王朝的政權萬世一系地傳下去。姬姓諸侯的分封是以宗族組織爲其政治組織的。異姓諸侯又如何呢?他們的分封有兩種情況:一爲親戚關係,這仍是以血緣爲紐帶的;一爲同盟者,如立夏、商二王之後,並請他們參加助祭。這看來與周室並無血緣,但他們的"立家",還是傳子,還是以血緣關係爲其政權遞嬗的組織關係的。微子之後的宋國,可用天子禮樂,還可撰作《商頌》。祀天祭祖同樣有其政治意義。周代統治階級要求貴族們嚴格遵守等級隸屬的統治關係來尊祖敬宗,從"禮以定位"的角度看,很可以看出它的鞏固政權與統治的作用。這種禮儀,古稱"禘"禮。"禘"禮就是嚴格地要求奴隸主貴族們遵守這種尊卑名分的,西周因而特重"禘"禮,把它放在突出、崇高的地位。直到春秋時代,孔子還是這樣看的。由於社會發展,這種禮已僵化,孔子還想挽救。這時,魯國已經不行"禘"禮,人家問他,他尷尬地説:"不知也。"繼而又神秘地説:"'知其説者之於天下也,其如示諸斯乎!'指其掌。"①認爲治國的道理卻在這裏啊,他指指他的手掌。《禮記·禮器》也曾記載他的話説:"誦《詩》三百,不足以一獻;一獻之禮,不足以大饗;大饗之禮,不足以大旅。大旅具矣,不足以饗帝。"因爲這樣做,如孔子弟子曾子所説:"慎終追遠,民德歸厚矣。"這裏包含着潛移默化、移風易俗的社會效益。

　　《儀禮》中有《聘禮》《公食大夫禮》和《覲禮》三篇,爲朝聘的禮。《禮記·聘義》解釋《聘禮》的意義。《鄭目錄》説:"聘義者,以其記諸侯之國交相聘問之禮,重禮輕財之義也。"這"禮"是提倡諸侯間的互敬互讓的,有這精神就可"不相侵陵"。朝聘之時,諸侯手奉圭璋,用以象徵"君子比德於玉"。《聘義》中遂引《秦風·小戎》"言念君子,温其如玉"爲喻。通過聘禮,統治階級希望達到"以正君臣,以親父子,以和長幼"的目的。《公食大夫禮》是諸侯饗大夫的禮。《覲禮》是諸侯見於天子的禮。朝聘的禮爲君臣相見與諸侯邦交的禮。諸侯朝見天子時,同姓、異姓有些分檔:"同姓西面北上,異姓東面北上。"見面時,天子稱呼諸侯:"同姓大國,則曰伯父;其異姓則曰伯舅。同姓小邦,則曰叔父;其異姓小邦,則曰叔舅。"兩者關係不像後世那樣距離懸殊,而是有着親切融洽的味道。《小雅·鹿鳴》是寫周王與群臣關係的,周王把群臣視爲嘉賓。我們理解它的精神,這樣來處理領導與被領導的關係,應該説是有借鑒意義的。這是一首樂歌,也可説是周王對群臣的祝酒辭。《詩序》説:"《鹿鳴》,燕群臣嘉賓也。既飲

---

　　① 　見《論語·八佾》。

食之，又實幣帛筐篚以將其厚意，然後忠臣嘉賓得盡其心矣。"周王對待群臣，視爲"嘉賓"，"鼓瑟吹笙"，在歡樂友好的氣氛下迎接他們；"吹笙鼓簧，承筐是將"，周王以禮相待，給以"幣帛筐篚"的物質獎勵。這樣，就能調動"群臣"的積極性。"人之好我，示我周行！"願意傾筐倒篋地傾吐，向周王獻計獻策。這詩禮樂互用，通過音樂形象的節奏，顯示了君臣相得、和衷共濟的思想感情。詩中所包蘊的精神實質，是值得我們涵泳的。

《儀禮》中的《鄉飲酒禮》《鄉射禮》《燕禮》和《大射》四篇，是寫鄉大夫和諸侯日常工作中的禮儀的。鄉飲酒禮，《鄭目録》云："諸侯之鄉大夫，三年大比，獻賢者能者於其君，以禮賓之，與之飲酒。"鄉射禮，《鄭目録》云："州長春秋以禮，會民而射於州序之禮。謂之鄉者，州鄉之屬鄉大夫或在焉。"《燕禮》，《鄭目録》云："諸侯無事，若卿大夫有勤勞之功，與群臣燕飲以樂之。"《大射》，《鄭目録》云："大射者，諸侯將有祭祀之事，與其群臣射，以觀其禮。數中者得與於祭，不數中者，不得與於祭。"《鄉飲酒禮》與《燕禮》這兩篇是寫鄉大夫與諸侯宴飲的禮。《鄉射禮》與《大射》這兩篇是寫鄉大夫與諸侯的射禮，《禮記》中的《鄉飲酒義》《射義》和《燕義》三篇是解釋這些禮儀的意義的。鄉黨尚齒。《鄉飲酒義》説："六十者坐，五十者立侍，以聽政役；所以明尊長也。六十者三豆，七十者四豆，八十者五豆，九十者六豆，所以明養老也。"有的坐，有的立；有的面前菜盤多些，有的少些，所以"尊長養老"。"合諸鄉射"，也是這樣。《射義》説："射求正諸己，己正而後發。發而不中，則不怨勝己者，反求諸己而已矣。孔子曰：'君子無所爭，必也射乎？'揖讓而升，下而飲；其爭也君子。"這些儀禮重在教育，重視人的素質、品德教育。故《燕義》説："使之脩德學道。春合諸學，秋合諸射，以考其藝而進退之。"這些儀禮自然已經僵化，但禮的内容經過改造，它的精神，還是要重視的。

一個國家社會不能没有禮儀,祇是内容和性質不同罷了。

這些儀禮:祭祀、朝聘、鄉射,都與《詩》有着密切聯繫。周時儀禮的《詩》是與禮、樂密切配合的。祭祀時行禮與樂配合,這樂稱爲廟堂之樂,於《詩》爲《頌》。朝聘時行禮與樂配合,稱爲朝廷之樂,於《詩》爲大、小《雅》。鄉射時行禮與樂配合,稱爲鄉樂,或稱房中之樂,於《詩》爲《周南》《召南》。廟堂的樂、朝廷的樂是無須説明的。鄉樂何以稱"房中樂"呢?《周禮·春官·磬師》説:"磬師掌教擊磬,擊編鐘,教縵樂、燕樂之鐘磬。"鄭注:"燕樂,房中之樂,所謂陰聲也。"賈疏:"云燕樂房中之樂者,此即《關雎》、二《南》也。謂之房中者,房中謂婦人后妃,以風喻君子之詩,故謂之房中之樂。"《詩序》説:"故用之鄉人焉,用之邦國焉。"《儀禮·鄉飲酒》説:"乃合樂:《周南》:《關雎》《葛覃》《卷耳》;《召南》:《鵲巢》《采蘩》《采蘋》。"《燕禮》説:"遂歌鄉樂,《周南》:《關雎》《葛覃》《卷耳》;《召南》:《鵲巢》《采蘩》《采蘋》。"賈疏謂:《關雎》、二《南》爲房中樂,《燕禮》以爲"遂歌鄉樂"。據此可以例證:鄉樂即房中之樂。

大、小《雅》爲朝廷的樂,用於朝聘。如《小雅·湛露》,《詩序》説:"天子燕諸侯也。"《詩》云:"厭厭夜飲,在宗載考。""豈弟君子,莫不令儀。""在宗載考",就是指周天子的同姓諸侯。《鄭箋》云:"燕,謂與之燕飲酒也。諸侯朝覲會同,天子與之燕,所以示慈惠。"《左傳·文公四年》云:"衛寧武子來聘,公與之宴,爲賦《湛露》及《彤弓》,不辭,又不答賦。"問他,他説:"昔諸侯朝正于王,王宴樂之。于是乎賦《湛露》,則天子當陽,諸侯用命也。諸侯敵王所愾,而獻其功,王于是乎賜之:彤弓一、彤矢百、玈弓矢千,以覺報宴。今陪臣來繼舊好,君辱貺之,其敢干大禮以自取戾!"《彤弓》,《詩序》説:"天子錫有功諸侯也。"《湛露》《彤弓》爲周天子燕諸侯和報功諸侯的大典。這兩首詩,實爲朝廷樂章。

周初以來行之，它的作用是諸侯朝見天子而天子授以政教。寧武子的身份是"陪臣"，不合當此儀禮，所以采取"不辭，又不答賦"的態度。這樣可以免於"取戾"。通過這事，可以窺見儀禮的《詩》，在春秋之時雖已禮壞樂崩，但在大夫的心目中還是有着一定分量的。

禮的作用就是定位。所謂"定位"，定的是天子、諸侯、卿大夫、士、庶人及奴隸的位，也即《左傳·昭公七年》無宇説的"古制"。"天子經略，諸侯正封。"天子經營天下，略有四海，諸侯按爵，獲得一定的封疆，以次統治："王臣公，公臣大夫，大夫臣士，士臣皂，皂臣輿，輿臣隸，隸臣僚，僚臣僕，僕臣臺。""下所以事上，上所以共神。"都用禮來約束。最高統治者則用禘禮來顯示他的政權"授之於天"，從而稱爲"天子"。周代始祖后稷和聖王文王都有資格配天，他們魂靈在天帝的左右，"上所以共神"，所以禮以禘禮最尊。魯國"世世祀周公以天子之禮樂"，故也"以禘禮祀周公於太廟"，"配以后稷，天子之禮"①。宋爲商後，所以也有祭祀先祖的《頌》。由於西周直至春秋，公卿大夫都重視《雅》《頌》勝於《風》詩，故援以諷諫多爲《雅》《頌》之詩。

因此儀禮的《詩》是西周以及春秋之時《詩》的一種主要的表現形式。我們要瞭解《詩》在這一歷史階段中在六藝——禮、樂、射、御、書、數，或《詩》《書》《禮》《樂》《易》《春秋》中的地位，歷史地對待這個問題，就必須首先在這方面進行探索。這裏可以舉出幾件事來説明這個問題。

第一件事：《左傳·襄公四年》記載魯襄公委派大夫穆叔到晉國去聘問的事。"穆叔如晉"，"晉侯享之"。宴會上，晉奏樂曲"《肆夏》之三"，穆叔"不拜"。樂工接着歌唱"《文王》之三"（即

---

① 見《禮記·明堂位》。

《文王》《大明》《緜》),穆叔"又不拜"。再"歌《鹿鳴》之三"(即《鹿鳴》《四牡》《皇皇者華》),穆叔於是"三拜"。韓獻子很不理解,派了"行人子員問之",穆叔回答説道:《三夏》是"天子""享元侯"用的樂曲,"使臣弗敢與聞"。《文王》是"兩君相見之樂","臣不敢及"。用這兩種樂曲招待,穆叔哪裏敢當,所以都不拜啊。《鹿鳴》是"君所以嘉寡君",《四牡》是"君所以勞使臣",《皇皇者華》是"君教使臣曰:必諮於周"。穆叔曾聽説過:訪問於善爲諮,諮親爲詢,諮禮爲度,諮事爲諏,諮難爲謀。這些詩都是對我鼓舞鞭策,合於我身份的,穆叔"敢不重拜"。這可説明儀禮的《詩》在演奏之時,用哪一檔,是有嚴格規定的。穆叔就是嚴格遵守這一禮制的規定來辦事的。

第二件事:《論語·八佾》記載孔子批評魯國大夫僭禮的事:"三家者以《雍》徹。子曰:'相維辟公,天子穆穆。'奚取於三家之堂?"孔子批評的是怎麼一回事呢?《雍》即《雝》,爲古今字。《雝》是《周頌·臣工之什》中的一篇,《雝》一章十六句,"相維辟公,天子穆穆"是《雝》中的兩句。"相維辟公"説的是助祭的是諸侯公卿。"天子穆穆"是説天子有穆穆的儀態。《詩序》云:"《雝》禘大祖也。"禘有禘天於圜丘,禘地於方丘。這"禘"是祭於宗廟的。天子祭於宗廟,庶可用徹祭和徹樂。《周禮·樂師》和《小師》,鄭玄注説:"徹者歌《雍》。"爲天子祭於宗廟之樂。三家是魯國的大夫:孟孫、叔孫、季孫,也是魯公的家臣。家臣怎能在他的廟堂之上,采用徹祭和徹樂?這顯然是僭禮了。這一舉動就意味着三家企圖"禮樂征伐自大夫出",所以孔子譏之。這事聯繫《八佾》一章所説,問題看得就更清楚了:"孔子謂,季氏八佾舞於庭,是可忍也,孰不可忍也!"馬融《古文論語訓説》解釋這事:"天子八佾,諸侯六,卿大夫四,士二。八人爲列,八八六十四人也。魯以周公故受王者禮樂,有八佾之舞。季桓子僭於其家廟舞之,

故孔子譏之。"《禮記·郊特牲》也曾議論及此："故天子微,諸侯
僭;大夫强,諸侯脅。於此相貴以等,相覿以貨,相賂以利,而天
下之禮亂矣。諸侯不敢祖天子,大夫不敢祖諸侯,而公廟之設於
私家,非禮也。由三桓始也。"禮的作用本來是作爲定位的一種
約束。這時"天子微,諸侯僭;大夫强,諸侯脅",禮對大夫已經約
束不住了。關於它的歷史背景,吳光同志在《黃老之學通論》中
有段話說得很透闢:

> 當時正處在"禮崩樂壞",天下大亂之時,大宗主周天子
> 權勢日衰,而諸侯大夫的權勢日强,乃至代替周天子而操縱
> 禮樂征伐之權。各諸侯國的宗室奴隸主貴族勢力衰落了,
> 而像魯之季氏、齊之田氏、晉之六卿這樣的新貴族正在崛
> 起,他們和國人一起"犯上作亂",或相互兼併,造成了"弑君
> 三十六,亡國五十二","君不君,臣不臣,父不父,子不子"
> (《史記·太史公自序》)的"春秋亂世"。孔子作爲舊貴族階
> 級的思想代表,十分看不慣這種社會變化,他爲了挽救貴族
> 統治的危機,到處奔走遊說,以圖"存亡國,繼絕世,補弊起
> 廢"(同上);然而受到冷遇,道不能行。

這樣我們對於孔子的言行,可以有個正確的認識了。

第三件事:《春秋·文公二年》記載魯國出現了一件"逆祀"
的事:"八月丁卯,大事于太廟,躋僖公。"魯國廟堂上昭穆的位子
原爲:"惠公與莊公,當同南面西上,隱桓與閔僖亦當同北面西
上。"現在排的位子卻是"升僖先閔",亂了昭穆。禘禮的用意是
"灌於太祖,以降神也。既灌之後,列尊卑,序昭穆"。亂了昭穆,
便爲"逆祀"。所以,孔子對於這次禘祭,十分不滿,卻委婉地說:
"禘自既灌而往者,吾不欲觀之矣。""不欲觀"就是說:看不下
去啊!

　　從這些例證看,那麼,《詩》在周代,如何興起,起何作用,如何成書,是可以從中獲得一些理解的。首先,我們應對"儀禮的《詩》"進行探索,因爲這是《詩》的初期表現的一種形式。如果對這點缺少理解,那對《詩》的形成,要"考鏡源流,辨章學術"就難以進行了。"儀禮的《詩》",在西周初期由於適應當時社會發展的需要,所以很快就能普遍展開;在春秋之時,漸與社會發展背離;這樣,自然就會受到阻力、抵制和破壞,而日趨衰落了。社會在發展,歷史車輪總是滾滾向前的,是不以個人意志爲轉移的,所以,孔子欲興"禮、樂、《詩》、《書》"於七十二君而不遇了。"儀禮的《詩》"衰竭,但春秋之時諸侯、大夫、士仍受着《詩》的教育。"王官之學廢,私家之説興。"士、大夫誦習詩篇不輟,祇是轉了一個角度,繼續發揮它的作用。朝聘會盟之際,士、大夫賦詩言志,於是"儀禮的《詩》"爲"專對的《詩》"所代替,從而"專對的《詩》"應運而興了。"子曰:誦《詩》三百,授之以政,不達;使於四方,不能專對;雖多,亦奚以爲?"①同時,"專對"之時,外交家必須注意辭令之美,《詩》的藝術表現有助於此,因此"賦詩言志","登高能賦",酬酢應對,正可施展才華。所以孔子説:"不學《詩》,無以言。"②戰國之時,社會情況又有不同,"專對的《詩》"失其需要,於是"援引的《詩》"代之盛行。這可看出先秦之時對於《詩》的運用是隨着時代的需要而演變的。

　　"儀禮的《詩》",在春秋之時雖已衰落,但其精神還有可取之處,内容也含有合理的成分,所以它的流風遺韻影響是很深遠的。例如《小雅·鹿鳴》,原是"燕群臣嘉賓"的,發展爲諸侯燕禮、大射儀和大夫士飲酒禮升歌《鹿鳴》。陳奐説:"周公制禮,以

---

① 見《論語·子路》。
② 見《論語·季氏》。

《鹿鳴》列於升歌之詩。"到了兩漢、魏、晉間封建王朝所用禮樂，《鹿鳴》尚爲雅歌一大名曲。韓愈《送楊少尹序》説："楊侯始冠，舉於其鄉，歌《鹿鳴》而來也。"唐宴鄉貢，用少牢，還是歌《鹿鳴》的。近世科舉放榜的第二日，宴主考、同考、執事各官及鄉貢士，稱爲"鹿鳴宴"，亦復歌《鹿鳴》。① 杭州鍾毓龍老先生亦談及他幼年時，舉鄉試，赴鹿鳴宴的事。隔了六十年，他還健在，人家稱頌他爲"重赴鹿鳴"。新中國成立後，國家宴衆大學的名教授於懷仁堂。丁緒賢先生赴宴回杭，興奮地説："赴鹿鳴宴歸矣！"《鹿鳴》作爲樂歌，富於音樂美，是周王宴請群臣饗客的儀禮；嗣後，擴大爲貴族宴飲，至於鄉飲酒禮，更廣泛地用於歡宴舉子之歌。在歷史上，這種儀禮起到了禮賢下士、"尊重人才"的作用，故而膾炙人口。到了今日，有着深厚中國文化修養的老教授還是喜歡提這個名詞，並對這禮的精神實質還深有體會呢。孔子説："禮云禮云，玉帛云乎哉！樂云樂云，鐘鼓云乎哉！"②禮不是崇其玉帛，而是貴其安上治民；樂則貴其移風易俗。我們今日對待這儀禮的《詩》，尤其是它的精神實質和優良傳統，還是應該研究探索，從而有所借鑒的。

（原刊《杭州大學學報》第 20 卷第 2 期，1990 年 6 月）③

---

① 見陳子展《詩經直解》卷十六《鹿鳴》。

② 見《論語·陽貨》。

③ 《杭州大學學報》上題名爲《儀禮與〈詩〉辨析》，今從先生原跡。

賓祭之《詩》與弦歌之《詩》考釋

　　《詩》這古籍,肇於周初,形於歌舞,便與禮樂配合。溯其源流,周室的制禮作樂,配之以詩,乃自原始社會的巫術儀禮和原始歌舞演變發展和改造而來,進而成爲階級社會的上層建築,使之深入人心,潛移默化,移風易俗,形成習慣勢力,爲鞏固奴隸主統治階級政權和安定社會秩序服務。中經春秋戰國,社會不斷發展,制度隨着變革,禮壞樂崩。逮及秦火,《詩》與禮樂脱節、分家,幾成書面讀物。然民間還是諷誦,不獨在竹帛也。這段史實,由於去古既遠,文獻不足,今人對此材料又往往未能充分掌握,談説清楚,看來不易;不過,倘能重視,探賾索隱,管窺蠡測,猶可略知一二。

　　這個問題,前賢早已提出,各抒所見,惜無定論。鄭樵曾説:孔子删《詩》,得詩、得聲者三百餘篇,所存之詩都可施於祭祀燕享。程大昌進而分析,認爲春秋列國燕享所用,不出二《南》《雅》《頌》。這些詩篇纔爲樂詩,亦即樂章。自《邶》至《豳》諸篇,則不在其内,皆爲徒詩。此説陳暘、焦竑從之。兩家之説不同,孰是孰非?魏源在《詩古微》中獨抒新見,認爲《詩》中有"因禮作樂,因樂作詩"與"不爲樂作"兩種情況。[①]"因樂作詩"是爲樂章,爲

---

　　①　見《詩古微》卷之上《詩樂篇一》。

"賓祭"之詩；"不爲樂作"，亦可入樂，爲"弦歌"之詩。余覺此説可從，是符合於《詩》的發軔創作及其後來附益的客觀實際的。今就魏氏之意略予考釋。

《詩》三百餘篇，周公制禮作樂，配之以詩，不過是《頌》《雅》、二《南》中的若干篇；其餘詩篇都是嗣後創作，采輯附益的。陳奐對於《詩》中的"因禮作樂，因樂作詩"詩篇曾作例示説明：

> 《周頌》首三篇《清廟》《維天之命》《維清》，皆文王詩。如《周南》之《關雎》《葛覃》《卷耳》，《召南》之《鵲巢》《采蘩》《采蘋》，《小雅》之《鹿鳴》《四牡》《皇皇者華》，《大雅》之《文王》《大明》《緜》，亦皆文王詩。周公用之宗廟朝廷燕飲盟會。

這些詩篇，成爲樂章，有其特點，都是"三篇連奏"。魏源在《詩古微》上編之二《四始義例篇一》上也説：

> 古樂章，皆一詩爲一終，而奏必三終，從無專篇獨用之例。故《儀禮》歌《關雎》，則必連《葛覃》《卷耳》而歌之；《左傳》《國語》歌《鹿鳴》之三，則固兼《四牡》《皇皇者華》而舉之；歌《文王》之三，則固兼《大明》《緜》而舉之。《禮記》言升歌《清廟》，必言下管《象舞》，則亦連《維天之命》《維清》而舉之。

這些詩篇是周公制禮作樂時創作或編次的。還有：

> 他若金奏《肆夏》之三，工歌《蓼蕭》之三、《鵲巢》之三，笙奏《南陔》之三、《由庚》之三。

這些也是樂章，諒爲嗣後附加的。"毛詩"對於這些詩篇都認爲周公時創作，恐非事實。

就"四始"論，居於《詩》三百餘篇《風》《雅》《頌》之始，此"四始"諸篇創作年代何故都是自文王，這是"毛詩"臆説，還是自有道理？這裏需要探索，有個交代。

　　周民族自后稷封於有邰（今陝西省武功縣），至武王剪商建國，成爲中國第三個奴隸制統一的國家，少説些歷千餘年。周民族在其民族奮鬥史中，舉出具有值得紀念的半神半人史詩性質的英雄人物六位：后稷、公劉、大王、王季、文王、武王。《詩》中因有追述、歌頌六位人物的史詩六篇：《生民》《公劉》《緜》《皇矣》《文王》《大明》（或稱《明明》）。文王爲周民族開國關鍵性的人物，他戰敗西戎、混夷，開拓疆域，西到密（今甘肅靈臺縣西南），東北到黎（今山西長治市西南），東到邘（今河南沁陽市西北），進而威脅紂都朝歌。南方勢力擴充到長江、漢水、汝水三個流域，自北而南教化蠻夷。這片地域被稱爲“南國”，也稱爲“周南”“召南”。晚年文王的政治影響已經取得當時所謂“三分天下有其二”的形勢。這就具備了滅商的條件。《詩》中《風》《雅》《頌》三體諸篇之詩斷自文王，是有道理的。“《關雎》之亂以爲《風》始，《鹿鳴》爲《小雅》始”，此説將另撰專篇論之。這裏就“《文王》爲《大雅》始，《清廟》爲《頌》始”的思想內容問題，試予論述。

　　《文王》提出：

　　……

　　周雖舊邦，　　　　周家雖是舊邦，
　　其命維新，　　　　它的國運氣象是新的。
　　……
　　世之不顯，　　　　周代累世不能説是顯赫，
　　厥猶翼翼。　　　　可是它的策略是小心翼翼的。
　　……
　　宜鑒于殷，　　　　應該借鑒殷商興亡的教訓啊，
　　駿命不易！　　　　要知道保持國運是很不容易的！
　　……

《大明》提出：

……

| 維此文王！ | 啊，看這文王啊！ |
| 小心翼翼。 | 執政真的是小心翼翼啊。 |

……

| 厥德不回， | 他的品德、素質真的不壞， |
| 以受方國。 | 從而受到四方侯國的歸附。 |

……

| 肆伐大商， | 突然襲擊大商， |
| 會朝清明！ | 一朝會師天下便見清明景象！ |

《文王》這篇詩，《鄭箋》説是歌頌文王："受天命而王天下，制立周邦。"它的作用何在？《漢書·翼奉傳》説："（周公）作詩書深戒成王，以恐失天下……其《詩》曰：'殷之未喪師，克配上帝。宜鑒于殷，駿命不易。'"這個意思，我認爲説得很好。這就不像一般人所理解的：統治階級在無恥地吹捧自己，歌功頌德；而是借鑒歷史上的正反經驗教訓，特別是商代的，企圖把國家治理好。要建立一個國家，開國、建國，來之不易，鞏固也不易啊！需要"小心翼翼"，冷靜。周公作詩就是用以"深戒成王"的。這種居安思危的憂患意識，《易·繫辭》也曾有所闡發。它説：

《易》之興也，其於中古乎？作《易》者，其有憂患乎？

《易》之興也，其當殷之末世，周之盛德耶？當文王與紂之事耶？是故其辭危。危者使平，易者使傾，其道甚大，百物不廢。懼以終始，其要無咎，此之謂《易》之道也。

《易》的作者，怎樣來對待殷之"末世"，周之"盛德"，以及"文王與紂"的事呢？不僅没有被勝利衝昏頭腦，而是把國運、把國家建設的前途，估計得艱難些。看來周代正在開國，蒸蒸日上，可是

在這中間還存在着不少危機呢！因此發言吐屬"其辭危"。這樣
對待問題，"厥猶翼翼"，纔能"危者使平"，轉危爲安；不然輕心蹈
之，就會導致傾覆。這就是"易者使傾"啊。這個道理範圍非常
廣大，所有事物，都可概括在內，即"其道甚大，百物不廢"之意。
因此，我們處事應該抱着戒慎恐懼的態度貫徹始終，也即"懼以
終始"。這樣就可避免或者減少失誤，"其要無咎"。這也就是
《易·乾卦》九三説的："君子終日乾乾，夕惕若，厲無咎。"也即
《論語·泰伯》曾子説的："如臨深淵，如履薄冰。"這就是《易》所
説的道理啊。《詩》《易》在兩三千年前就這樣教導人們，提出這
個問題，我看是應該值得重視和珍惜的。這不僅在周民族的建
國史上，而且在華夏文化的精神文明的建設上，是讓人少走彎路
而起過積極的作用的，難道今天我們就可以把它遺忘了嗎？

《清廟》三篇提出：

......

| 濟濟多士， | 濟濟蹌蹌，朝廷上人才真多啊， |
| 秉文之德。 | 像文王那樣深蘊文化修養。 |

......

| 不顯不承？ | 能不把它光大，把它繼承？ |
| 無射於人斯！ | 沒有人對此會厭倦的！（《清廟》） |

駿惠我文王，	兢兢業業，文王於此獲得安慰，
曾孫篤之！	世世代代的子孫該實行它！（《維天
之命》）	

維清緝熙，	眷念今日的清靜光明，
......	
迄用有成，	直到今日用它還是成功，

維周之禎！　　　這是周室治理天下的象徵！（《維清》）

《清廟》是祀文王的《頌》詩，也是樂章。主題思想是重視人才，重視人的文化修養，主張繼承和發揚這個傳統，不要厭倦，這樣就行之有功。這是國家治理的象徵。

一個民族、一個國家興旺發達，能夠數千年遞嬗下來，領導人應該説總是起着關鍵性的作用的。《詩》中《文王》《大明》及《清廟》三篇所塑造的文王這樣的人物形象難道就沒有一點可取之處嗎？我看不僅不能説沒有，而且應該説這是良好的開端。《詩》中塑造了這樣的人物形象，應該説這是華夏文化的一個驕傲啊！處理國家大事，認識到"懼以終始"，不是像老子説的："聖人不仁，以百姓爲芻狗。"這個水平確實不易達到啊！

這些樂章，《關雎》之三屬於房中之樂，爲后妃房中之歌。西周初期政治勢力擴充到長江、漢水、汝水三個流域。《詩序》云："化自北而南也。"教化那裏的蠻夷，稱爲"江漢""汝墳之國"，亦即南國。南國地毗中原，爲周基礎力量的一部分。此樂由中央、地方推而廣之，至於鄉樂，施於鄉飲酒禮和鄉射禮。《鹿鳴》之三，屬於廟堂之樂，爲朝廷慰勞諸侯大夫，燕勞臣下之樂，推廣及於鄉飲酒禮，太學釋菜歌之。這些禮、樂和詩，從中央下達基層，行乎朝廷，遠於鄉黨、邦國，成爲當時精神文明建設的一個主要組成部分；《文王》之三，屬於廟堂之樂，内容是言王天下之事，中央行於朝聘，下及地方，兩君相見時用之；《清廟》之三，屬於宗祀配帝之樂。餘如《祭統》説的大嘗禘，《文王世子》説的養老，《仲尼燕居》説的大饗兩君相見和《明堂位》説的祀周公廟。這些典禮，都是和樂詩配合的，也都是屬於"因禮作樂，因樂作詩"的範疇中的。

周民族重視農業，因而重視農事詩。這些詩篇在《詩》中地位也就顯得突出。《詩》有《風》《雅》《頌》三體,祇有農事詩的《豳詩》,是《豳風》《豳雅》和《豳頌》三體兼備的。

《豳風》有的作自周公,其地爲夏、殷侯國。好稼穡,務本業,成爲周民族歷史的優良傳統。周民族重視農業,可就下列諸事窺之:(1)后稷教民稼穡,《生民》叙其史跡,尊爲始祖。《國語·魯語上》説:"稷勤百穀而山死。"注謂:"稷,周棄也。勤播百穀,死於黑水之山。"故"周人禘嚳而郊稷",舉行大禮。《周頌·思文》曾説:"思文后稷,克配彼天。"《思文》即爲"郊祀后稷以配天之樂歌"①。(2)國號稱"周"。《大雅·大明》:"于周于京。"就是歌頌文王改號爲周,改邑爲京的。岐山之陽土地肥美,稱爲"周原"。《大雅·緜》説:"周原膴膴,堇荼如飴。"周的字義就是田疇周匝之意。(3)國家的政權稱爲"社稷"。社意祀土,稷爲五穀之首。(4)《周頌·清廟》宣揚:"濟濟多士,秉文之德。"這"德"字一般是指精神文明;不過,周民族所稱之"德"的特定的内涵不止於此。《國語·周語下》韋昭注:"自后稷播百穀,以始安民,凡十五王,世修其德;至文王乃平民受命也。"這十五王指:后稷、不窋、鞠、公劉、慶節、皇僕、差弗、毁隃、公非、高圉、亞圉、公叔祖類、大王、王季、文王。這十五王都是重農的,那麽,"世修其德"中的"修"字、"德"字的特定含義就可獲得理解了。這"德"字應該是有重農的含義在内的。就此四事,説明周民族奠定了中華民族數千年的立國之基,這功績是不小的!

周民族重農,朝廷因而有籍田之禮。《詩》中的農事詩《豳風》《豳雅》《豳頌》也藉是得以宣傳的。《國語·周語上》説:"宣王即位,不籍千畝。"卿士虢文公進諫,認爲"民之大事在農","稷爲大官",自古就是重視"順時瞷(視)土"的。"及籍,后稷監之。

---

① 見《國語·周語上》注。

膳夫、農正陳籍禮，太史贊王，王敬從之。"於此可見。

《豳風・七月》，《詩序》謂："陳王業也。周公遭變，故陳后稷先公風化之所由，致王業之艱難也。"魏源謂："周公制禮、制樂章，作《七月》以述侯國之農事，作《豳雅》以歌王朝公卿采邑之農事，作《豳頌》以歌天子之農事。其謂之'豳'者，不忘農務開國，即《無逸》以稼穡艱難訓嗣王之意也，豈皆爲公劉詠哉？"①並定《大田》《甫田》爲《豳雅》，《載芟》《良耜》爲《豳頌》，《七月》爲《豳風》；且舉此五篇所反映的農業操作和田間管理有其内在聯繫爲證。進而與《周禮・籥章》的"中春，晝擊土鼓，吹豳詩以逆暑，中秋夜迎寒，亦如之。凡國祈年于田祖，吹豳雅，擊土鼓，以樂田畯。國祭蜡，則吹豳頌，擊土鼓，以息老物"比較研究，所論"大略得之"。

二《南》、二《雅》、《周頌》和《豳詩》中若干詩篇爲周公制禮作樂所配之詩。就樂而論，各體亦有所别。《雅》爲夏聲，爲中原之樂。雅、夏古通。雅言即爲中原之音，當時被定爲標準語。《雅》詩合樂，不必配舞。《頌》者，容也。《頌》爲宗廟祭祀樂章，演出時載歌載舞，有聲有色，美先人的盛德而形容之。《周頌》諸詩，多作於周公攝政之際，與《召誥》《洛誥》相表裏。《國語・周語上》祭公謀父引《時邁》詩，注謂："周公爲作此詩，巡守、告祭之樂歌也。"《南》，程大昌以爲樂名，引《鼓鐘篇》"以《雅》以《南》"，《文王世子》"胥鼓《南》"。季札觀樂"見舞《象簡》《南籥》者"證之。郭沫若《釋二南》②謂："南器似鈴。豳擊土鼓。"《詩》之核心，與禮樂配合。孔子故云"興於《詩》，立於禮，成於樂"也。

周代儀禮，溯源於原始社會的巫術禮儀；然自歷史觀點分

---

① 見《詩古微》卷之上《詩樂篇四》。

② 見郭沫若：《甲骨文研究》，科學出版社，1962年。

析,周代儀禮所反映的社會生活內容是社會發展至一定的歷史階段的產物,有其特色。《山海經·大荒北經》:"西北海之外,赤水之北,有章尾山。有神,人面蛇身而赤……是謂燭龍。"《大荒西經》郭璞注:"女媧,古神女而帝者,人面蛇身,一日中七十變。"從"燭龍"到"女媧",中國遠古傳説中的"神"和"神人"大抵是"人首蛇身"的巨大爬蟲。《詩》中《大雅·生民》中所歌頌的周的始祖,不是這樣的。雖是半神半人,卻自母系氏族轉化爲父系氏族社會,自姜嫄生棄繼承后稷之官開始,從而綿延周的民族:"厥初生民,時維姜嫄。"這姜嫄可稱爲"農業生產之母"。《尸子·君治》説:"宓羲氏之世,天下多獸,故教民以獵。"《易·繫辭》説:"古者,庖羲氏之王天下也……作結繩而爲網罟,以佃以漁。"周民族等以爲始祖的,不是"教民以獵"的宓羲氏,而爲轉到"教民稼穡"的棄——后稷之官。因此,《詩》中所記神話傳説或歷史史跡、史影的史詩,就與中國遠古傳説的"人首蛇身"的"神"和"神人"不同,和塞外少數民族重視遊牧也不同,而是提高和重視農業并以農爲本的周民族的英雄事跡。這就十分符合中華民族的國情與民情,奠定了中華民族的立國之基。周民族不僅繼承與產生了燦爛的青銅器文化,而且成爲中華民族優秀文化的淵源。

遠古時代,中國地域內居住着許多不同祖先的種族,經過長時期的相互影響和鬥爭,逐漸融合和發展,"講信修睦",成爲中華民族中的各兄弟民族。

黃帝族居西北方。相傳黃帝姬姓,號軒轅氏,周天子也姓姬。《堯典》叙述堯、舜、禹的傳説。《詩》的《韓奕》:"奕奕梁山,維禹甸之。"就是頌揚禹的功績。《論語·泰伯》中孔子頌禹:"卑宮室,而盡力乎溝洫。"在《論語·憲問》中南宮適又説:"禹稷躬稼而有天下。"就是肯定禹的治水和對農業灌溉的作用。古史稱舜命契教化百姓,命皋陶用刑法制苗民,命棄播百穀,食黎民,都有功績。可見周民族重農，應是《詩》的一個重要課題。那麼，與《詩》相輔而行的禮與樂，它們所顯示的深刻的歷史意義也可以理解了。

周民族相傳是帝嚳後裔棄的子孫，有邰氏女姜嫄生棄。棄在原始社會時代做農官，開始種稷和麥，尊爲農神，號爲后稷，子孫世襲。公劉遷豳（今陝西旬邑縣），改善農業，部落隨着興旺起來。從公劉到古公亶父凡十代都居於豳。《七月》就是追述周的祖先居豳時的農事詩。那時是集體生產，靠天吃飯，要獲豐收，認爲需要祈神，獲得"田畯"的歡喜。同時，領導者懂得調動他們的積極性，纔有利於發展生產；因此，舉行祫禮，公堂飲酒，予以慰勞。古公亶父深受遊牧民族戎狄的侵害，就率領着家屬部落，遷居到岐山的周原（今陝西岐山縣）定居。豳人都來歸附，人口驟增。古公分給土地，開墾經營，建築城郭宮室，設立官司，形成初具規模的周國。再經王季、文王、武王三世的經營發展，創造了足以剪滅大商的條件。《魯頌·宮》說："后稷之孫，實維大王，居岐之陽，實始（萌芽之意）剪商。至于文武，纘（繼）大王之緒（事業）。"這可說明周以農業興國，是從發展生產，抵禦外侮，建立國家着眼的。武王滅商，統一天下。周公輔助成王，制禮作樂，重視精神文明建設，生產進一步獲得發展，使西周青銅器文化建設臻於高峰。這些禮樂制度，今日如何評價？我看這不能祇從制度所表現的形式來看，孔子所謂："禮云禮云，玉帛云乎哉！樂云樂云，鐘鼓云乎哉！"而應從其在歷史上所起的積極作用，即起着發展生產與推動社會發展的作用來看的。那麼，周民族的開國和建國在歷史上是應該受到肯定的吧！中國的大思想家孔子曾對夏、商、周三代的政治制度和措施，做了比較，說道："周監於二代，郁郁乎文哉，吾從周。"這個結論我看是正確的。

《詩》三百餘篇，除若干篇爲周公制禮作樂時創作或編纂之外,其餘詩篇還有許多是後世陸續附益的。這些詩篇有的來自公卿、大夫、寺人、國人和列士的創作或奉獻。如《民勞》爲召穆公諫厲王作;《常武》爲召穆公美宣王,爲公卿作。《節南山》爲大夫家父作。《崧高》《烝民》爲尹吉甫美宣王作。《巷伯》爲寺人孟子作。《載馳》爲許穆夫人作。①《黃鳥》爲周人作。《碩人》爲衛人作。② 這些詩篇的創作情況是能夠瞭解一二的。《國語·周語上》云:"故天子聽政,使公卿至於列士獻詩,瞽獻曲,史獻書,師箴,瞍賦,矇誦,百工諫,庶人傳語,近臣盡規,親戚補察,瞽史教誨,耆、艾修之,而後王斟酌焉。"從這記述,可見周人是十分重視詩教的,對它所起的政治作用是有足夠的估計的。其中"列士獻詩""瞍賦",注謂:"賦,公卿列士所獻詩也。"如《卷阿》云:"矢詩不多,維以遂歌。"《毛傳》云:"明王使公卿獻詩,以陳其志,遂爲工師之歌焉。"鄭箋云:"遂爲樂歌,王曰聽之。"《崧高》云:"吉甫作誦。"《孔疏》云:"今吉甫作是工師之誦。"由是可窺,詩篇就是這樣日益附增的。這些詩篇,皆非樂章,或爲徒歌。有的是諸侯所獻,有的源於遒人采風。

采風之詩,有的源於原始歌舞。原始歌舞,舞、樂和詩常是連在一起的。這些詩篇在社會上口頭流傳較久,但纂入《詩》中時間則較《雅》《頌》爲晚,《樂記·樂象篇》説:"詩,言其志也;歌,詠其聲也;舞,動其容也。三者本於心,然後樂器從之。"周民族對這民間口頭創作,予以采用和改造,有的納入典禮樂章之中;有的基本上保留原形,屬於歌謠。文字或加潤色,纂入《風》詩,少數或入《雅》中。如《園有桃》:"心之憂矣,我歌且謠。"《東門之枌》:"子仲之子,婆娑其下。"《褰裳》:"狂童之狂也且!"這些詩

---

① 見《左傳·閔公二年》。

② 見《左傳·隱公三年》。

篇，有的原爲歌謠，或爲舞曲，或爲唱詞，雖非樂章，亦可入樂。《爾雅·釋樂》云：“徒吹謂之和，徒歌謂之謠。”《周禮·瞽矇》云：“諷誦詩，世奠繫，鼓琴瑟。”《孔疏》：“背文曰諷，以聲節之曰誦。”《漢書·藝文志》引《傳》曰：“不歌而誦謂之賦。登高能賦，可以爲大夫。”《左傳·襄公八年》記晉范宣子賦《摽有梅》，季武子賦《角弓》，又賦《彤弓》。這可例示詩與樂的關係——弦歌諷誦是有多種形式的。

周室於《詩》不是單純地把它作爲文學作品來欣賞，而是發揮其形象教育，視作統治的手段，爲鞏固其政權，爲宣揚其政制——特權制、等級制和世襲制的合法性與合理性服務的。因此，在當時的中央和地方的庠序學校的對於貴族子弟的教育中，是把《詩》《書》《禮》《樂》列爲必修課，視爲“先王之教，王官之學”的。《禮記·王制》云：

> 樂正崇四術，立四教，順先王《詩》《書》《禮》《樂》以造士。春秋教以禮、樂，冬夏教以《詩》《書》。王大子、王子、群后之大子、卿大夫元士之適子、國之俊選，皆造焉。

這種教育逐步推廣，就成爲西周的正統和傳統的教育。春秋之際，不僅在中原地區推行，而且傳播和影響及於不行周禮制度的吳楚國家。不過，春秋之際，國家社會的教育體制，不斷變革，漸至王官之學廢，而私家之説興。孔子首先把《詩》《書》《禮》《樂》之教，擴充到士。士的階層興起，受教育的較前激增。過去受《詩》《書》《禮》《樂》之教局限於公卿大夫士；今則諸子百家便多接受、通曉和授受此學。儒家於此更爲重視。《論語》首章便説：“子曰：‘學而時習之，不亦説乎？’”孔子所謂的“學”和“習”的對象，指的就是《詩》《書》《禮》《樂》。這從《史記·孔子世家》的“故孔子不仕，退而修《詩》《書》《禮》《樂》，弟子彌衆”可證，“時習”指循時學習,也即《王制》所謂"春秋教以禮、樂,冬夏教以《詩》《書》"。"教以禮、樂"是習禮、樂。"教以《詩》《書》"是學《詩》《書》。《禮記·文王世子》云:"春誦,夏弦……秋學禮……冬讀《書》。"《內則》云:"十有三年學樂,誦《詩》,舞勺,(十五)成童舞《象》,學射御。二十而冠,始學禮。"(後兩句爲校者所加。)《文王世子》《內則》與《王制》記述稍有出入,總的提法是統一的。不過孔子所說的"學而時習",與西周的"王官之學",是有差距的。學校教育的授《詩》與國家典禮的歌《詩》,學習、傳授與演奏是有不同的。

這時《詩》與樂的關係已經起了變化。儀禮的《詩》,孔子還想繼承下來;可是禮壞樂崩,已入搶救階段。孔子雖是知其不可爲而爲之,但有些力不從心了。這時學《詩》的,是把"賓祭之詩"與"弦歌之詩"混在一起來學的。"弦歌之詩"還是占着主導地位,"賓祭之詩"已退居次要了。《墨子》曾說:儒者"歌《詩》三百,弦《詩》三百,舞《詩》三百"。這是概括地把原有的授《詩》、歌《詩》諸法混說的,有的歌,有的弦,有的舞;並不是說,這三百篇都是歌的、弦的和舞的。《詩·鄭風·子衿》,《毛傳》云:"古者教以詩樂,誦之、歌之、弦之、舞之。"也是這個意思。《孔子世家》云:"三百五篇,孔子皆弦歌之,以求合《韶》《武》《雅》《頌》之音,禮樂自此可得而述。"恐怕也衹是就部分或大部分說而已。因爲"三百五篇"並非都能合於"《韶》《武》《雅》《頌》之音"和屬於"禮樂"的。孔子於《詩》當是根據不同情況區別對待的。《論語·季氏》云:"不學《詩》,無以言。"《論語·子路》云:"誦《詩》三百。"《孔子世家》云:孔子"講誦弦歌不衰"。《論語·陽貨》又記孔子"之武城,聞弦歌之聲"。孔子於《詩》,有時重視音樂,"皆弦歌之,以求合《韶》《武》《雅》《頌》之音",其目的是在恢復古之"禮樂"。一般地說,還是放在弦歌諷誦,側重在闡發《詩》義的。《論語·爲政》因説:"《詩》三百,一言以蔽之,曰:思無邪。"《漢書·藝文志》云:"春秋之後,周道浸壞,聘問歌詠不行於列國,學詩之士逸在布衣。"迄於秦火,儀禮之詩幾絶,弦歌之聲亦輟。那麽,《詩》祇爲少數人所諷誦,有的存於竹帛,有的藏之壁間而已。這時《詩》就與樂脱節,即使暫有歌《詩》,也是不絶如縷了。

戰國之世,荀卿重《詩》,他的詩學重在引《詩》之義;到了漢代,由於輾轉口述,有些被流傳下來。《漢書·楚元王傳》説:"申公俱受《詩》於浮丘伯。伯者,孫卿門人也。"《漢書·儒林傳》説,當時傳《詩》的有魯、齊、韓、毛四家。魯詩,"申公獨以《詩經》爲訓故以教",魯詩是與荀學有些淵源關係的;齊詩,"轅固,齊人也。以治《詩》,孝景時爲博士";韓詩,"韓嬰,燕人也。孝文時爲博士";毛詩,"毛公,趙人也。治《詩》,爲河間獻王博士"。這四家詩,暫不討論它的今文、古文學派的分判,就從《詩》和樂的關係來看,那時樂早已亡,祇是就《詩》誦《詩》而已。這樣《詩》就成爲一本古籍,或稱經籍,口頭諷誦,而與"賓祭"和"弦歌"俱無涉了。

(原刊《杭州大學學報》第 22 卷第 1 期,1992 年 3 月)

孔子删《詩》初探

《史記·孔子世家》云：

> 古者詩三千餘篇，及至孔子，去其重，取可施於禮義，上采契后稷，中述殷周之盛，至幽厲之缺，始於衽席……三百五篇，孔子皆弦歌之，以求合《韶》《武》《雅》《頌》之音。禮樂自此可得而述，以備王道，成六藝。……孔子以《詩》《書》《禮》《樂》教弟子，蓋三千焉。身通六藝者七十有二人。

這裏很清楚地說明孔子重視詩教，這對中國文化優良傳統的形成起着重大的作用。其中"三千餘篇"，"去其重"，"取可施於禮義"成"三百五篇"諸語，爲孔子删詩説之所自。此説班固接受，沒有提出異議。《漢書·藝文志》云：

> 孔子純取周詩，上采殷，下取魯，凡三百五篇，遭秦而全者，以其諷誦，不獨在竹帛故也。

班固説孔子於詩"純取周詩，上采殷，下取魯"，認爲孔子在詩的編定過程中是做過一番工作的。《詩》《書》《禮》《樂》原是周王朝的"先王之教，王官之學"，《詩》是周室及諸侯國家所儲存與流傳的舊籍。班固何以説"三百五篇""孔子純取""上采""下取"呢？這就意味着班固是同意司馬遷的孔子删詩説的。班固對於司馬遷的著作《史記》中所顯示的學術觀點，是很有些不滿意見的：

> 是非頗謬於聖人。論大道則先黃老而後六經，序遊俠則退處士而進奸雄，述貨殖則崇勢利而羞貧賤。

但是對於他的考核史事，那是給以高度評價的：

> ……然自劉向、揚雄博極群書，皆稱遷有良史之材，服其善序事理，辨而不華，質而不俚。其文直，其事核，不虛美，不隱惡，故謂之實録。

删詩的事爲《孔子世家》中所涉及的一個細節，劉向、揚雄、班固的著述中没有論及。但是想來這篇《世家》他們當然是讀過的。他們異口同聲地贊美《史記》爲實録。那麼删詩的事看來也是包括在他們所説的"其事核"之中的吧。孔子删詩説到了唐孔穎達撰《毛詩正義》，孔在疏鄭玄《詩譜・序》"謂之'變風''變雅'"這一條下開始提出了疑問，他説：

> 《史記・孔子世家》云："古者詩本三千餘篇，去其重，取其可施於禮義者三百五篇。"是詩三百者，孔子定之。如《史記》之言，則孔子之前詩篇多矣。案書傳所引之詩，見在者多，亡逸者少，則孔子所録不容十分去九。馬遷言古詩三千餘篇，未可信也。

自後如鄭樵、朱熹、朱彝尊、崔述諸人多不之信，近人蔣伯潛氏著《十三經概論》，於"孔子删詩之説未可信"條下，做過一個概括性的論述，認爲此説是未可信的。舉出四條理由，扼要移録於次：

> 孔穎達《毛詩正義》曰："書傳所引之詩，見在者多，亡逸者少，則孔子所録不容十分去九；遷言未可信也。"此其一。《論語》記孔子言，兩云"詩三百"，前已引之。孔子言詩，輒云"三百"，則其素所誦習，似止此數，非所自删。此其二。《左傳》襄公二十九年，記吴季札適魯，觀樂於魯太師；其事

在孔子前，而所歌之風，無出今十五《國風》之外者。周時諸侯豈僅此數？則季札時以之合樂亦僅此矣。此其三。後儒以《論語》記孔子曰："《詩》三百，一言以蔽之，曰思無邪。"故謂孔子删詩，以"貞淫"爲標準。但《鄭風》《衛風》中言情之作，固仍在也。不但鄭衛，首篇《關雎》又何嘗非言情之作？而逸詩之見於他書者，反多無關男女之情。如《論語·子罕》篇引逸詩曰："唐棣之華，偏其反而；豈不爾思？室是遠而！"《左傳》成公九年引逸詩曰："雖有絲麻，無棄菅蒯；雖有姬姜，無棄蕉萃。"昭公十二年引逸詩曰："思我王度，式如玉，式如金。形民之力，而無醉飽之心。"諸如此類，豈得謂之"淫"哉！此其四。

司馬遷說的關於孔子删詩之說由來，那時史料較多，兩漢學者見聞博洽，劉向、揚雄、班固、鄭玄因而都是理解的；到了唐孔穎達時代隔得遠了，情況不明，於是產生誤解，提出疑問。我認爲："古者詩三千餘篇"，司馬遷這句話說得太概括了些；"去其重"三個字孔穎達沒有很好考慮，結合具體情況，深入理解，產生了誤會，祇是想當然耳，以爲"去其重"，"不容十分去九"。後世不信此說的，推波助瀾，愈說便愈遠了。這裏我願意舉出兩件事來，供作參考。這兩件事看來和孔子删詩說是兩碼事；但是我們卻可從而對"去其重"的内在含義，得一些啓發與聯想。

第一件事，我在 1985 年編輯過一本《〈紅樓夢〉彈詞開篇集》。搜集了許多本子，刻本、印本、剪貼本、腳本和抄本，有的是我在藝人書場彈唱時速記下的。這些本子爲：《南詞小引初集》、《海上塵天影》、《小說新報》、《鳳鳴集》、《倪高風開篇集》、《百靈開篇集》、《無錫報彈詞開篇剪貼集》（一）、《陳姜映清彈詞開篇》、《知音集》、《紅樓夢散篇》、《拾錦第二集》、《開篇大王》、《雲行集》、《空中書場開篇集》、《玉笙開篇集》、《大同開篇彙集》、《聯合開篇全集》、《大百萬金開篇集》、《彈詞開篇集》、(國華電臺版，1934年)、《天聲集》、《聯珠開篇集》、《上海彈詞大觀》、《江南書迷集》、《聯合彈詞開篇全集》、《彈詞開篇集》(上海文化出版社，1958年)、《紅樓夢書錄》、《彈詞開篇》(不同脚本、抄本開篇十册)，我在各種不同本子的彈詞開篇中，選出《紅樓夢》的篇目，都抄下來，總數共計一千九百餘篇，即近兩千篇。其中好幾十篇都是大家熟悉的，如《寶玉夜探》："隆冬寒露結成冰，月色迷蒙欲斷魂。"《瀟湘夜雨》："雲煙煙，煙雲籠簾房；月朦朦，朦月色昏黃。"《黛玉焚稿》："風雨連宵鐵馬喧，花枝冷落大觀園。"等。大多數本子都是有重復的，重復的占絕大多數。祇有極少數的本子，這本子中有的，旁的本子裏沒有。這些旁的本子中沒有的，有些是作家創作，社會上未流行；或者流行不久，一下子過去了。從各種本子匯攏來看，重復的數字占總字數的十分之九。有些篇目，内容大同小異，原爲一篇，在彈唱過程中藝人隨意生發，形成字句稍有出入；或者開篇成爲書面時，作家稍加修改。這些開篇，我在選輯時逐篇注明出處，這篇見於哪些本子，那篇見於哪些本子，寫了幾十頁紙。出版社看了，認爲煩瑣，無此必要，全部把它删了。有些由於内容不健康，或文字過於粗糙，沒有選上。這近兩千篇的開篇，選定二百二十篇，沒有上選的祇十餘篇，去掉的絕大部分是屬於"去其重"的。這一情況出版社的責任編輯是知道得一清二楚的。由此，我們可以設想：這删去的十餘篇很可能一篇也不會流傳下去，成爲逸篇。一般藝人彈唱《紅樓夢》的最多不過掌握數十篇，書坊刻本印出百餘篇，也算了不起了。那麼，譬如說，隔了數百年後，有人提出：《〈紅樓夢〉彈詞開篇集》怎麼會從近兩千篇删爲二百餘篇的？逸篇這樣的少啊！考來考去，這個問題弄不清楚啊。(《紅樓夢》)不會有近兩千篇的，删也不會去掉十之八九的，"未可信也"。這問題提出來不是很有理由嗎？

第二件事是古代的例子。這個例子的重要論點，即關於劉向的校《荀子》"除復重"與孔子刪詩的"去其重"的關係，是我請教遼寧大學張震澤教授時，他啓發我的。以文求師，於此表示衷心感謝。《漢書·藝文志》説："詔光禄大夫劉向校經傳、諸子、詩賦。"劉向校書參考許多本子。他看的本子主要是中秘書。中秘書有太常書、太史書，這些書屬於官書。有博士書爲參書、圭書、立書和向書，這些書屬於私書。劉向校《晏子》上奏："所校中書《晏子》十一篇，臣向謹與長社尉臣參校讎：太史書五篇，臣向書一篇，參書十三篇。"上校《管子》云："所校讎中《管子》書三百八十九篇。大中大夫卜圭書二十七篇，臣富參書四十一篇。射聲校尉立書十一篇，太史書九十六篇。"上校《列子》云："所校中書《列子》五篇。臣向謹與長社尉臣參校讎太常書三篇，太史書四篇，臣向書六篇，臣參書二篇。"上校《關尹子》云："所校中秘書《關尹子》九篇。臣向校讎太常存七篇。臣向本九篇，臣向輒除錯不可考增關斷續者九篇。"如淳引劉歆《七略》説過："外則有太常、太史、博士之藏；内則有延閣、廣内、密室之府。"漢代書有多種藏本，劉向彙集多種本子進行整理工作，是很清楚的。

劉向校《荀子》云：

> 臣向言：所校讎中孫卿書凡三百二十二篇，以相校除復重二百九十篇，定著三十二篇。皆以定殺青，簡書可繕寫。

這裏劉向未交代校讎《荀子》是根據哪些本子。不過把校讎這書總共用過多少本子，共計多少篇，和它的"定著"過程，三百二十二篇，"除復重"二百九十篇，得"定著""可繕寫"的三十二篇，説得很清楚。"除復重"恰好是十分之九。這和孔子刪詩三千餘篇"去其重"成爲三百五篇有些巧合。假使記録劉向校書的具體資料，没有多少流傳下來，祇知道他從三百二十二篇，"除復重"二百九十篇成三十二篇。"除復重"三字又不甚經意，輕輕滑過；那麼，後人也很容易誤解，提出疑問：這些逸篇到哪裏去了？王念孫《讀書雜誌·校荀子後叙》所輯《荀子》逸文祇得四條一百廿字啊！不是很成問題嗎？

那麼，孔子删詩是在怎樣的條件和情況下進行的呢？我想進行一些探索。

《詩》的纂輯成書，在先秦典籍中未見明文記述。但這個問題可從某些跡象考察，從而可以獲得一些知識與理解。《詩》的祖本中的少數詩篇，儲存於西周初年。這是從《毛傳》《鄭箋》《詩譜》中可以獲得一些理解的。其中篇目由《周頌》《小雅》《大雅》《周南》《召南》《豳風》中得知，篇目是逐漸積累加多，而後遞嬗流傳的。從西周、東周至於春秋，由雛形而漸趨於定型。定型以後囿於典籍傳播困難，著於竹帛，藏於官守。民間基本上是口耳相傳，諷誦記憶，錄爲文字，仍是有所變動的。西周初年，周公攝政，輔成王致太平，制禮作樂，提出"敬天、保民、明德"的治理國家的政治思想，詩是用以配合禮樂的。周公、召公始作詩篇；嗣後諸侯卿大夫獻詩，遒人采詩，比音入樂，太師編詩，王官授詩，瞍賦矇誦，配合禮樂，都是環繞着這一政治思想進行的。《周頌·清廟》："祀文王也。"《維天之命》："太平告文王也。"兩篇俱爲祭告文王的樂歌，又爲周公制禮作樂時的樂歌詩章。這時不一定已成專著式的詩篇；但是當有這類詩的積聚，爲《詩》三百早期的詩。初是周公、召公等制作，宣揚周民族自后稷以來至於文王、武王立國創業的艱辛，歌頌先王，教育成王；繼是列國諸侯卿大夫獻詩。誦詩首重《頌》《雅》，與《詩》《禮》《樂》及舞相配合。禮以定位，樂以陶情，而《詩》以言志，有其治國平天下的政治目的。孔子所謂："興於《詩》，立於禮，成於樂。"後由於"觀風俗，知得失""上以風化下，下以風刺上，主文而譎諫"的需要，設采詩的官。於是，列國諸侯地域的民歌、民謠，遒人采之入詩，"比音入樂"，掌於太師。詩在西周初年，初爲頌歌、美詩，降至幽王、厲王，"變風""變雅"的刺詩興起，詩篇增多，官守所藏，漸成《風》《雅》《頌》詩的雛形。掌於周的太師，以及諸侯列國的太師，如魯太師、齊太師能語樂，諒亦可與語《詩》。詩篇藏於王室，亦藏於諸侯國家。在庠序學校中，《詩》與《書》《禮》《樂》相配合，教育貴族子弟，培養爲政治上的接班人。《禮記·王制》所謂："樂正崇四術，立四教。"教育對象爲："王大子、王子、群后之大子、卿大夫元士之嫡子、國之俊選。"教育制度是："春秋教以禮樂，冬夏教以《詩》《書》。"通過選舉，大樂正把這貴族子弟中的優秀學生提拔上來。"大樂正論造士之秀者，以告於王，而升諸司馬，曰進士。"孔子所謂"學而優則仕"，"王親視學"，把學得很不好的淘汰了，"屏之遠方"，"終身不齒"。這種教育制度稱爲"先王之教，王官之學"。

平王東遷，王室衰微。春秋之時，世卿依仗的是世祿與特權，不由學進，選舉之務遂廢，學校多毀，禮壞樂崩，詩教也就起不了它的政治作用，孟子因謂"《詩》亡"。否則，詩篇明明尚在，爲什麼説"《詩》亡"呢？是説詩教亡了。孔子是夢寐以求要繼承和發揚中國文化這一優良傳統的，他説："郁郁乎文哉！吾從周。"又追求着："齊一變，至於魯；魯一變，至於道。"熱心於《詩》《書》《禮》《樂》之教。《孔子世家》曾記："孔子不仕，退而脩《詩》《書》《禮》《樂》，弟子彌衆，至自遠方，莫不受業焉。""孔子以《詩》《書》《禮》《樂》教弟子，蓋三千焉。"由於這樣的緣故，孔子於《詩》《書》《禮》《樂》上下了許多功夫，做了大量工作，兢兢業業，孜孜不倦，這是很好理解的。孔子於《書》，"序書傳，上紀唐虞之際，下至秦繆，編次其事"；於禮，"與弟子習禮大樹下，宋司馬桓魋欲殺孔子,拔其樹";於樂,"聞《韶》音,學之,三月不知肉味";於《詩》,"三百五篇,孔子皆弦歌之,以求合《韶》《武》《雅》《頌》之音,禮樂自此可得而述,以備王道,成六藝"。

關於"三百五篇,孔子皆弦歌之"這句話,這裏需要約略地闡發一下。"三百五篇"中《頌》占 40 篇,《雅》占 105 篇,《周南》《召南》占 25 篇,十三《國風》占 135 篇。《頌》、《雅》、二《南》原爲雅樂,可以弦歌;但在春秋之時,禮壞樂崩,不能盡合,孔子正之。故曰:"吾自衛反魯,然後樂正,《雅》《頌》各得其所。"然則十三《國風》,大都出於里巷民歌民謠,循着各諸侯國地域的聲腔來唱,何以合樂? 這裏有個過程:蓋自遒人采詩,獻之朝廷。掌於太師,太師"比音入樂",於詩於樂,自有一番改造。改造有時表現爲移植,移植有其特點。譬如北朝民歌《木蘭詩》,爲樂府鼓角橫吹曲,可以移植爲蘇州彈詞開篇,稱《新木蘭詞》。但這與改編音樂曲調不同,不能把原詞完全搬過來,必然點易原詞,故前後兩者字句大同小異,有所出入。這種情況曲藝常見,古歌辭中亦遇之,十三《國風》亦然。改編以後,其樂庶與《雅》《頌》統一,朗誦起來,語言亦可都爲雅言。《論語》所謂:"子所雅言,《詩》《書》、執禮皆雅言也。"學者或有訝於《詩》三百篇何以叶韻統一,原因亦在於此。此統一之雅樂,統一之周詩,當爲周室太師所定,頌之於列國諸侯。季札觀樂,魯人奏之,故謂之周樂可,謂之魯樂亦可,兩者一源。不過這些詩樂,由於演奏口耳傳誦,周室藏本與諸侯列國所傳所藏,久之可能稍有出入,各本不能純同,這也容易理解。《風》詩入於周樂;然這被采的詩,猶流於民間,口耳相傳,諸侯列國地域民間仍以地方聲腔唱之,約定俗成,一時難於改易。這些唱腔,自然不會純符雅樂的政治標準。一雅一俗,或稱一古一今,孔子之時矛盾當猶存在。雅樂已崩,俗樂倡行,而且矛盾頗爲顯著,故孔子云:"放鄭聲。"又云:"惡鄭聲之亂雅樂也。"言"放鄭聲""惡鄭聲",此見孔子於樂於詩聯繫起來"論次",又分別起來"正"之也。不言"放鄭詩""惡鄭詩",以詩文字未易;言"放鄭聲""惡鄭聲",以詩之樂已非雅樂,而爲鄭聲也。

鄭玄在《詩譜·序》中説:"周自后稷,播種百穀,黎民阻饑……陶唐之末,中葉,公劉亦世脩其業,以明共財。至於大王、王季,克堪顧天。"這是叙述周民族以農開國的歷史。這段歷史在《詩》的史詩中有所反映。又説:"文武之德,光熙前緒。""其時詩《風》有《周南》《召南》,《雅》有《鹿鳴》《文王》之屬。及成王、周公致太平,制禮作樂,而有《頌》聲興焉,盛之至也。""後王稍更陵遲","厲也幽也,政教尤衰,周室大壞。《十月之交》《民勞》《板》《蕩》勃爾俱作。衆國紛然,刺怨相尋"。鄭玄的這些話,不僅説明詩的"正經"與"變風變雅"的所以形成;同時,也反映着從西周開國諸王遞嬗詩篇是逐漸創作、存儲與增多的。

那麼,這些詩篇又是怎樣儲存與流傳下來的呢?《説文·序》云:"著於竹帛謂之書。"這是對於書的總的解釋。古代典籍用竹用木,用木者稱爲"方",也稱爲"版";用竹者謂之"策",也謂之"簡"。方、版、簡、策,這是古代典籍所用的素材。《周禮·哲蔟氏》云:"以方書十日之號。"《司書》云:"掌邦中之版。"《左傳·襄公二十年》云:"名藏在諸侯之策。"又《襄公二十五年》云:"南史氏執簡以往。"這可説明那時典籍是用方、版、簡、策的。文字書寫材料古時用竹用木。竹上木上用刀來刻,或用漆寫。竹書曰篇,故篇從竹;帛可卷舒,因稱爲卷。《詩》在先秦稱《三百篇》,大部分是寫在竹簡上的。宋翔鳳輯鄭玄《論語序》逸文説:"《易》《書》《詩》《禮》《樂》《春秋》皆尺有二寸。"這些書看來是很笨重的,執簡讀書,很不容易啊。《晉書·束皙傳》云"太康二年,汲縣人不準盜發魏襄王墓……得竹書數十車",皆"簡書""科斗字",雜寫經史。所以搬運一些書要"汗牛",藏一些書要"充棟",不是很方便啊。古時書籍，多爲官司所藏，私家藏者甚少。官守藏書，萃於周室，其次庋於列國諸侯。孔子讀書不易，問禮於老子，因爲老子是"周守藏室之史"的緣故。《左傳·昭公二年》記韓宣子聘魯。韓宣子"觀書於大史氏，見《易象》與《魯春秋》，曰：周禮盡在魯矣"。由此可見書藏於周室，列國諸侯亦得藏書；然未能大備。魯藏《易象》與《魯春秋》是突出的，故韓宣子見之讚賞。典籍罕見，貴族子弟和一般士人讀書是從太師、王官、老師那裏輾轉口耳相傳而來的。

《禮記·明堂位》説："成王以周公爲有勳勞於天下"，"命魯公世世祀周公以天子之禮樂……。朱干玉戚，冕而舞《大武》；皮弁素積，裼而舞《大夏》"。魯得用天子禮樂祀周公。周時《詩》《書》《禮》《樂》，四教合一，周室藏《詩》，魯廟堂當亦首在藏《詩》之列。《論語·季氏》記孔子説："天下有道，則禮樂征伐自天子出；天下無道，則禮樂征伐自諸侯出。"周禮所行的諸侯國家，西周以來蓋亦藏《詩》。《漢書·藝文志》云："古有采詩之官，王者所以觀風俗，知得失，自考正也。"被采詩的地域和國家，周禮所及，自亦藏《詩》。春秋之時列國會盟，《詩》已爲專對的工具，故不行周禮或未被采詩的國家，如楚如吳，以沾中原文化，蓋亦賦《詩》、藏《詩》。《史記·魯世家》有"周公奔楚"之語。《左傳·昭公二十六年》説："王子朝及召氏之族、毛伯得、尹氏固、南宮囂奉周之典籍以奔楚。"《左傳》記載文公十年，成公二年，襄公十二年，昭公三年、七年、十二年、二十三年、二十四年，皆有楚人引《詩》。如文公十年引《時邁》，成公二年引《文王》，且多《雅》《頌》，可知楚亦藏《詩》。吳季札觀樂於魯，信口評議，可知季札稔於詩教，吳國當亦藏《詩》。唯《詩》中無楚風、吳風，吳楚不奉周禮，或以爲非樂詩所及。"吳楚之君自稱王，而《春秋》貶之曰子。"《詩經》所列，除《周南》《召南》外，大都爲北方黃河流域的歌，南北語言差別較大，《孟子》所謂"南蠻鴃舌之人"。采風或有地域限制，西漢末年劉向《説苑》所録越歌，原文尚在，不知所云，譯成楚歌，纔能閲讀。但吳楚兩國，不妨其讀《詩》、藏《詩》。

《漢書·儒林傳》説："(孔子)西入周，南至楚，畏匡厄陳，奸七十餘君。"到過許多國家。《史記·孔子世家》説：孔子"去魯，斥乎齊，逐乎宋、衛，困於陳、蔡之間，於是反魯"。"與齊太師語樂"，"去曹，適宋，與弟子習禮大樹下"。"居陳三歲"，"去魯凡十四歲而反乎魯"。都是爲了欲行周禮，而與時君不合。這時"周室微，而禮樂廢，《詩》《書》缺"，孔子好學，"知其不可而爲之"。在周遊列國中，感到"《詩》《書》缺"，很有可能，或者説，十分注意周室及列國諸侯的藏書，從而尋找機會檢讀，"拾遺補缺"，正樂定《詩》。譬如説，可看的有周的藏本、魯的藏本、齊的藏本、衛的藏本、宋的藏本、鄭的藏本、陳的藏本、魏的藏本、晉的藏本、楚的藏本。這些藏本孔子是有機會可能訪見的。自然，關於説明這個問題的原始資料，一時是難以提出來的，或有待於地下發掘。假使很容易地就能提出直接證據，這問題早已解決，不必進行探索了。這些藏本薈萃起來，詩篇共計是有三千餘篇的。最早的詩篇是從西周初年儲存，以後不斷積累而流傳下來的。司馬遷概括地説："古者詩三千餘篇。"這句話寫得太概括了些，看來與事實有些不盡符合，因而引起後人的誤解，但是把這意思吃透還是可以理解的。這些藏本中的詩篇各本重重復復，篇目字句偶有出入，基本上大同小異，各有缺失，可以相互補充與糾正。孔子就是藉以相互訂補，"去其重"，"取可施於禮義"，"比音入樂"，"皆弦歌之"而成爲當時較爲完備的、定型於竹簡的《詩》三百的。孔子定《詩》的目的與作用之一是用以教育弟子，所謂"施於禮義"。"義"即"儀"。"禮義"實指"禮樂"。施於禮樂，故三百五篇孔子"皆弦歌之，以求合《韶》《武》《雅》《頌》之音"，"以備王道，成六藝"，並以爲施政之資的。《論語·陽貨》記孔子到武城，聞弦歌之聲不絶，他就莞爾而笑，還説了句笑話："割雞焉用牛刀?"他的學生很認真地回答老師説道:過去我聽過夫子説道:"君子學道則愛人，小人學道則易使也。"這裏就可以具體地説明孔子的正樂定《詩》是有他的治國平天下的政治意圖的。這裏説的"道"就是禮樂。孔子認爲:"安上治民，莫善於禮;移風易俗，莫善於樂。"①樂以和人，人和則易使。大家態度謙和，就好辦事了。所謂"弦歌"，就是指"弦歌"三百五篇的事，故正樂定《詩》實爲孔子繼承與發揚中國文化優良傳統中的一件大事。三千餘篇删爲三百五篇，"去其重"者爲十分之九。不合禮樂，不能施之弦歌者爲極少數，因此成爲逸詩者少。《論語》中之逸詩自然屬於這類。《詩》已訂定，藏這定本，私家猶有困難。孔子授徒，看來是循着定本口耳相傳，誦諷弦歌，傳播開來的。有時可能筆之於書，用古文即籀文記録，著之竹帛，偶傳於後。因此到了漢世，今日出土的關於《詩》的篇章字句和今日所傳的齊、魯、韓、毛四家詩都有不同。時多同音假借，文字常不固定。如馬王堆甲乙卷本所寫的《關雎》斷句就是。這一情況，後漢徐防在他上疏中有所反映。疏中曾説:"《詩》《書》《禮》《樂》定自孔子。發明章句始於子夏。"②清段玉裁也説:"校書何放乎? 校書放於孔子、子夏。"段玉裁所説"校"，是指廣義的校。《國語·魯語》記閔馬父語:"昔正考父校商之名頌十二篇於周太師，以《那》爲首。"這個"校"字也是廣義的校。校有定其次序的意思，王國維在《説商頌》中釋校爲獻，若説是獻，無所謂誰是首篇。十二篇次序可能錯亂，故

---

① 此语出於《孝经·广安道章第十二》，原文为:"……移風易俗，莫善於樂;安上治民，莫善於禮。"与此顺序不同。

② 《漢書評林·藝文志》詩的上欄所引。

正考父於周太師處校之。"校《詩》"實爲"定《詩》"。孔子"定《詩》"並不寫校勘記，衹是就各不同本子，補其缺失，比之於音，定其字句，成爲當時完美的本子。

《左傳·襄公二十九年》云：

> 吳公子札來聘。……請觀於周樂。使工爲之歌《周南》《召南》，曰……；爲之歌《邶、鄘、衛》，曰……；爲之歌《王》，曰……；爲之歌《鄭》，曰……；爲之歌《齊》，曰……；爲之歌《豳》，曰……；爲之歌《秦》，曰……；爲之歌《魏》，曰……；爲之歌《唐》，曰……；爲之歌《陳》，曰……。自《鄶》以下無譏焉。爲之歌《小雅》，曰……。爲之歌《大雅》，曰……。爲之歌《頌》，曰……。見舞《象箾》《南籥》者，曰……。見舞《韶濩》者，曰……。見舞《大夏》者，曰……。見舞《韶箾》者，曰……。故遂聘於齊。

季札觀樂，不僅説明：《風》《雅》《頌》詩篇爲樂歌，且可從而證明《頌》樂與舞結合，樂和詩的關係密切；同時也可看出那時《詩》的編次：《風》《小雅》《大雅》和《頌》，與今日傳本編次基本相符；唯十三《國風》，《豳》在《齊》後，今在《曹》後；《秦》在《豳》後，今在《唐》後。自《鄶》以下缺《曹》，餘略相同。由此可知，孔子八歲時《詩》三百已有雛形，今日傳本次序，爲孔子及漢世所定。如《邶、鄘、衛》漢世始分爲三，《豳風》次於《風》後《雅》前。《草蟲》厠於《鵲巢》《采蘩》《采蘋》間。季札觀樂，爲周樂亦爲魯樂，實爲魯樂所顯示的周樂。"自《鄶》以下無譏焉"，不及曹樂，此語如何理解？魯樂未奏，季札未譏；抑《曹風》已缺，遂不及之。《曹風》今存《蜉蝣》《候人》《鳲鳩》《下泉》四篇，爲孔子删詩時所補乎？《毛詩序·商頌·那》云："有正考甫者，得《商頌》十二篇於周之大師，以《那》爲首。"鄭玄云："自正考甫至孔子之時，又亡七篇矣。"兩百年間《商頌》逸其七篇，則禮壞樂崩《詩》亡，司馬遷所謂"《詩》《書》缺"者有其證矣。季札觀樂之時，可能魯之《曹風》已缺，故孔子刪詩、定《詩》、正樂，"《雅》《頌》各得其所"，"皆弦歌之"，有其具體內容和重要意義、作用與貢獻在也。

　　孔子論詩，有時亦即論樂。《論語·八佾》與《泰伯》記孔子論《關雎》之詩與樂，值得深思。孔子云：

　　　　《關雎》樂而不淫，哀而不傷。
　　　　師摯之始，《關雎》之亂，洋洋乎盈耳哉。

所謂《關雎》是指詩有《關雎》、樂有《關雎》兩者言之。周時樂章，都是三篇爲一。《左傳·襄公四年》云："穆叔如晉，……晉侯享之。金奏《肆夏》之三，不拜。工歌《文王》之三，又不拜。歌《鹿鳴》之三，三拜。"《儀禮·鄉飲酒禮》云："工歌《鹿鳴》《四牡》《皇皇者華》。"《儀禮·燕禮》云："笙入，立于縣中，奏《南陔》《白華》《華黍》。"《儀禮·鄉飲酒禮》云："乃合樂《周南》：《關雎》《葛覃》《卷耳》；《召南》：《鵲巢》《采蘩》《采蘋》。"孔子說的"樂而不淫，哀而不傷"的《關雎》，舉一以概三，實指《關雎》《葛覃》《卷耳》三篇：《關雎》《葛覃》"樂而不淫"，《卷耳》"哀而不傷"。古時授詩之義謂《關雎》："樂妃匹也。"《葛覃》："樂得婦職也。"《卷耳》："哀遠人也。"二樂一哀，十分明顯。[①]《儀禮·大射儀》說：納賓後乃奏《肆夏》，樂闋後有獻酢、旅酬諸節，而後升歌；入門而金作，緩之而後升歌；繼以笙入，間歌。這三節都用《雅》。所謂"《雅》《頌》各得其所"。有此四節，而後合樂以成。合樂即《鄉飲酒禮》所歌之《周南》《召南》各三篇。此見《關雎》之樂與《關雎》之詩密切結合。鄭玄云："師摯，魯大師之名。始猶首也。周道衰微，鄭衛之

_____

① 　參考劉台拱《論語駢枝》。

音作。正樂廢而失節。魯大師摯識《關雎》之聲,而首理其亂,洋洋盈耳,聽而美之。"據此則孔子於《詩》於樂,皆究心焉。《詩》樂相宣,正樂亦必定《詩》。春秋之時,禮壞樂崩《詩》亡,故孔子"論次《詩》《書》,修起禮樂"。《史記》實錄,謂孔子因"禮、樂廢,《詩》《書》缺",遂"論次《詩》《書》"。這就可以理解。《漢書·藝文志》云:"三百五篇之外,單章零句有可述者,儒者肄業雖不妨及之,要無與於弦歌之用。"①這就説明少數逸詩,是屬於"無與於弦歌之用"而删的。又云:

> 巡狩采詩,兼陳美刺,而時俗之貞淫見焉。及其比音於樂,誦自瞽矇,而後王之法戒昭焉。故俗有淳漓,詞有正變。②

列國諸侯之風,源於遒人之"采"。古人從民俗學角度視之,"貞淫"俱可入詩。然後"比音入樂",由瞽矇誦之,以爲"後王之法戒"。從詩所反映的社會風俗來説有"淳漓",從詩所顯示的文學風格來説有"正變"。古人對待《風》詩、民間文學,和今人研究民間文學,有人主張從研究它的民情風俗着手,進而爲國家制定法律與政策,提供建議與參考,有其相同之處。

我認爲,從這些歷史跡象與綫索進行探索,自唐以來懷疑孔子删詩説的種種誤解,可以渙然冰釋;而蔣伯潛氏所提出的概括性的四個問題也可以迎刃而解了。

一、孔穎達説:"書傳所引之詩,見在者多,亡逸者少,則孔子

---

① 應守巖案:《漢書·藝文志》無此文,疑出自他書。今查得,此语見於劉寶楠《論語正義》"爲政第二"疏文。

② 應守巖案:《漢書·藝文志》無此文,疑出自他書。今查得,此語見於劉寶楠《論語正義》"爲政第二"疏文。而"及其比音於樂",《集解》为"及其比音入樂"。

所録不容十分去九,遷言未可信也。"詩三千餘篇是周室和諸侯國家各種藏本彙集來的,各本篇目基本相同,稍有出入,故所去的可以是十分去九的。刪去的祇是不合禮樂,即無與於弦歌的"單章零句",數量極少,故詩亡逸者少。

二、"孔子言《詩》,輒云三百,則其素所誦習,似止此數,非所自刪。"司馬遷謂"古者詩三千餘篇"指周室和諸侯國家藏本詩的總數。各本《詩》原爲三百篇左右,孔子定《詩》後仍爲三百篇左右,無大差異;故孔子言《詩》,輒云三百。"輒云三百",無妨孔子有刪詩之事。

三、季札觀樂:"所歌之《風》,無出今十五《國風》之外者。周時諸侯豈僅此數?則季札時以之合樂亦僅此矣。"季札觀樂之時,魯樂所奏,其所據的藏本《風》詩不僅未出十五《國風》,且有所缺。這時《詩》已有雛形。孔子所定,即就這雛形的各種藏本,相互訂補,稍有增刪,同時正樂,於文字上有所改易,與藏本變動不大。並非改弦更張,與藏本截然判爲兩書。唯孔子"論次《詩》《書》",對藏本品質必然大有提高。

四、"孔子刪詩,以'貞淫'爲標準。但《鄭風》《衛風》中言情之作,固仍在也。"《論語》《左傳》中所見逸詩,"豈得謂之'淫'哉"! 孔子刪詩,司馬遷祇説"去其重","取可施於禮義"兩條,並未提出以"貞淫"爲標準。周時采詩"所以觀風俗,知得失,自考正也","貞淫"都可入《詩》。孔子曾云:"《詩》可以觀。""俗有淳漓,詞有正變",正可以觀,從而移風易俗。孔子不仕,《詩》授弟子,義有美刺;作《春秋》。書有褒貶,正反皆可教育,豈必攻乎一端,執一而論? 以"貞淫"爲標準刪詩,自是後儒臆説,不足以亂孔子刪詩之説。

(原刊《杭州大學學報》第 17 卷第 1 期,1987 年 3 月)

孔子的《詩》教與《詩》學初探

　　這裏先將孔子對於儀禮之《詩》和教材之《詩》的態度，做些嘗試性的論述，《詩》三百篇是中國古代詩歌的第一部總集，或稱"選集"。孔子是中國"《詩》教"和"《詩》學"中第一個占着重要地位的承前啓後的關鍵性的人物。西周初期的"詩"一開始就與"禮""樂"密切結合，制禮作樂，配之以詩，作爲西周奴隸制國家的"天下文明"①重要的政治措施，成爲上層建築，爲鞏固奴隸制社會的經濟基礎服務。隨着社會的發展，《詩》在古代社會的運用，在學校教育和社會科學研究中的理解與解釋不斷地演變和發展，它的合理内核，成爲中國文化的優良傳統。

　　在周代，禮樂的演奏，舞蹈的節奏和詩的一唱三歎是結合着的。這樣的儀式在宗廟祭祀和朝聘會盟中舉行，因此可以稱爲"儀禮之《詩》"；公卿大夫士在政治外交場合上賦詩言志，作爲表情達意的工具，可以稱爲"專對之《詩》"；在庠序學校中教育貴族子弟，所謂"先王之教，王官之學"和在私學聚徒講學時教育弟子，可以稱爲"教材之《詩》"。孔子是"儀禮之《詩》""專對之《詩》"和"教材之《詩》"亦即"《詩》教"和"《詩》學"上下交替和新舊轉折時期的開拓人物，孔子及其所創的儒學開拓中國"《詩》

---

　　①　見《易經・乾卦・文言》。

教”和“《詩》學”新的領域。孔子重視《詩》的“觀政”作用,重視《詩》與個人的品德、與文化修養和言志、授志與社會交際的作用,闡發它的理論,使之逐漸系統化,從而使中國的“《詩》教”與“《詩》學”逐漸成爲中國具有民族文化風格的優良傳統。中國共產黨第十三次全國代表大會報告上提出“沿着有中國特色的社會主義道路前進”和“提高勞動者素質”。我們設想這個“中國特色”應該兼具中國歷史文化的民族風格,不僅考慮中國今日的國情,而且顧及中國的歷史文化的優良傳統。因此,我們今日對待《詩經》,不僅將其視爲傑出的、優秀的古代文學作品,單純地從文學角度來欣賞與學習,作爲借鑒,來豐富我們今日的創作;同時,對於中國的“《詩》教”與“《詩》學”也應予以珍視和探索,“吸收其民主性的精華”,作爲中國人民的文化修養,使之爲中國特色的社會主義精神文明建設服務。這個任務是有其時代精神和現實意義的,是光榮的,也是十分艱巨的。需要集合衆多的聰明睿智之士,鍥而不舍,一代代地進行探索與研究,纔能有所成就。

當然,進行這一工作,是會碰到許多困難和問題的。“書缺有間”,這是首先會遇到的。因爲探索和研究這個問題,首先就是歷史上提供給我們的資料使我們深深地感到不是十分完備,是斷鱗片爪,嫌其不足的。在兩千五百年前,孔子就説:“夏禮吾能言之,杞不足徵也;殷禮吾能言之,宋不足徵也。文獻不足故也,足則吾能徵之矣。”①更何況在我們今天呢?關於杞、宋,《禮記·樂記》曾説:“武王克殷,……下車而封夏后氏之後於杞,投殷之後於宋。”就在這裏,可以看出西周初期,夏、殷之後還是有着夏、殷王朝殘餘的政治力量;然而,那時的杞、宋之君,已經不能成夏、殷之禮,再過五六百年,到了孔子之時,孔子自然更是感

---

① 見《論語·八佾》。

到夏、殷兩代"文獻不足"了。這是符合當時歷史情況的。那麼，西周初期的禮樂制度，在社會上流行傳遞到了春秋戰國之際，不過五百餘年，又是怎樣的情況呢？由於天子式微，諸侯力爭，禮壞樂崩，社會制度改革演變，同樣，也已出現"文獻不足"的問題。魯國是保存周禮較多的諸侯國家，韓宣子曾説："周禮盡在魯矣。"①《禮記·明堂位》説："命魯公世世祀周公以天子之禮樂。""祀帝于郊，配以后稷。"可是這些禮制，根據《漢書·藝文志》的記載，是："禮經三百，威儀三千，……自孔子時而不具。"那時已不齊全了。孔子好學，重視文獻，所以，"入太廟"就"每事問"，隨時向人請教。② 他所問的，當是"魯公世世祀周公以天子之禮樂"等的禮制吧！孔子之時，禮樂已漸崩壞，在魯請教，還是不能很好地解決問題；因此，孔子不辭千里迢迢，西入雒邑。《史記·孔子世家》就説：孔子"適周問禮，蓋見老子云"。從這信息，可見孔子之時，《詩》、禮、樂的文獻，已經深有"不足"之感；那麼，後於孔子兩千五百年的今天，要弄清孔子的"《詩》教"與"《詩》學"，"文獻不足"的問題就顯得更爲突出了。關於這個問題，歷史文獻是有所記載的。《左傳》中引《詩》二百五十餘條，《國語》中引《詩》三十餘條，《戰國策》中引《詩》八條，以及《論語》《孟子》等諸子百家的著作中都曾引《詩》，這些援引都能或多或少地反映當時的"儀禮之《詩》""專對之《詩》"和"教材之《詩》"的實際情況；但能説在這裏面已經得到十分充足的反映了嗎？《史記·孔子世家》説："孔子以《詩》《書》《禮》《樂》教弟子，蓋三千焉。身通六藝者七十有二人。"從這幾句歷史性的概括性的記述中，可以體會孔子當時以《詩》教育三千弟子，內容是十分豐贍的。但在他

---

① 見《左傳·昭公二年》。

② 見《論語·八佾》。

的弟子所記夫子言行的《論語》中反映出來的究竟能有多少呢？衹是較爲重要的十餘條而已，更多的是仗着口耳相傳，師弟子間不斷傳授與闡發流傳下去的。

《詩》學到了漢世，重視師説家學，逐漸勒而成書。這時書寫也較前代方便，從而成爲專著，《詩》學成爲儒説的典籍傳之於世。有的則藏之中秘，成爲中秘書。可是這些經過劉向校的儒説，著録於《漢書·藝文志》中的有"五十三家，八百三十六篇"，今天所能見到的已不到十分之一了。如《子思》二十三篇、《曾子》十八篇、《漆雕子》十三篇、《宓子》十六篇、《景子》三篇、《世子》二十一篇、《魏文侯》六篇、《李克》七篇、《公孫尼子》二十八篇等著述類已湮没。儒籍以外，傳世亦多散佚。如《墨子》七十一篇，今存五十三篇；《莊子》五十二篇，今存三十三篇……這些著述，雖非儒家典籍，卻也可以從側面反映記述儒家的"《詩》學"及其傳授情況。這些書的湮没和散佚，也就意味着不少歷史資料也隨着湮没和散佚了。因此，我們今天探索和研究這個問題，就覺得掌握的材料不那麼充分了，而所做出的似乎總結性或結論性的東西，也就不那麼十分謹嚴了。因此，我們有時對於古人如漢儒的見解懷疑或否定，就不能看得那麼準，而是由於資料缺乏往往成爲臆斷而不符合於歷史事實。因此，我們今天對於孔子以及儒家《詩》學的探索，應該説，這是初學的一個起端而已。這個工作是應長期進行的，予以懷疑或否定，應有科學的根據。

這裏先將孔子對於禮儀之《詩》和教材之《詩》的態度，做些嘗試性的論述，專對之《詩》則於他文述之。儀禮之詩是音樂、舞蹈、儀式和詩的歌唱幾個方面結合着舉行的，在西周奴隸制國家的社會上流行，從而成爲禮俗。但這制度的形成是有它的歷史源流的。在原始社會母系氏族公社時期，這時原始宗教、氏族圖騰崇拜和祖先崇拜的現象已經產生;到了父系氏族公社時期,便有父權制的家庭。在父系氏族公社時期,人們崇拜的對象便與族長聯繫起來,滲進了宗教的儀式。"禮"的原始是從崇拜神的宗教儀式開始的。《説文》"示"部云:"禮,履也,所以事神致福也。"嗣後成爲社會習俗而流傳下來。"樂"是音樂、舞蹈。"射"指武藝。"禮""樂""射"的知識和活動,在氏族公社裏是普及於每個氏族成員的。到了奴隸社會,打上了階級的烙印,禮、樂遂爲奴隸主階級所壟斷,成爲協調奴隸主階級内部矛盾和奴隸主壓迫奴隸的工具。《禮記•曲禮》曾説:"班朝治軍,涖官行法,非禮威嚴不行……君臣上下,父子兄弟,非禮不定。"《禮記•樂記》也説:"使親疏、貴賤、長幼、男女之理,皆形見於樂。"射也如此,都是爲禮、樂服務的。《禮記•射義》説:"古者天子之制,諸侯歲獻貢士於天子,天子試之於射宫,其容體比於禮,其節比於樂。而中多者,得與於祭。"周代教育,禮、樂、射、御、書、數,稱爲"六藝"。禮、樂相當於德育,射、御相當於體育,書、數相當於智育。這三者相輔而行。它的核心,又可稱爲"禮教"。周代開國,武王、周公總結夏、商兩代奴隸主階級正反兩方面統治的經驗教訓,結合周初國情,爲周代立國制定了一代的政法規模,提倡孝友,力農無逸。這一主張和言論見於《尚書•周書》中,也滲透於《詩》的《周頌》和二《雅》中。它的表現方式,具體措施就是:制禮作樂,以《詩》配之。他把這一政治思想教育寓於《詩》《禮》《樂》中。孔子繼承這一傳統,簡明扼要地加以理論性的闡發,因説:"興於《詩》,立於禮,成於樂。"國家之"興"、之"立"、之"成""於《詩》""於禮""於樂"。而這《詩》《禮》《樂》的結合在西周奴隸制國家的許許多多的典禮場合中舉行。就《詩》而論,可以稱爲"儀禮之《詩》"。因此,"儀禮之《詩》"在西周初期一上來就是有其深刻的現實政治意義的。《詩經》典籍的形式實是源於"儀禮之

《詩》"。西周之時,並没有把《詩》視爲單純的傑出的文學作品,而是視爲奠定周代國家政治統治的政治教科書。這是歷史事實,我們應該歷史地對待這個問題。這樣説,我看可能是符合於歷史唯物主義觀點的。所以論《詩》,當從"儀禮之《詩》"説起;倘若對於"儀禮之《詩》",一無所知,不予理睬,我看那就很難理解西周時詩的雛形,以及《詩》在中國古代社會中所起的深刻的和巨大的積極作用。

周公是中國奴隸社會上升時期的一位傑出的政治家、思想家和教育家。他的主張和措施在特定的歷史階段中是起着進步作用的,他奠定了中國文化特色的基礎。孔子對於周公的制禮作樂深有體會,看到了它在歷史上所起的作用,因而十分仰慕周公,渴望把它繼承和發揚,以爲立國之本。孔子因説:"周監於二代,郁郁乎文哉,吾從周。"《論語・述而》又説:"甚矣,吾衰也!久矣,吾不復夢見周公!"《史記・孔子世家》記載孔子五六歲時已經學習"陳俎豆,設禮容";既長,"入太廟,每事問";西入雒邑,問禮老子。從社會實踐中不斷深化"周禮"在治國平天下中,在鞏固政權與維持社會秩序方面所起的作用,而醉心於"克己復禮"。但他並不理解社會是在不斷地發展的,對待君君、臣臣的看法,思想是不能僵化的,隨着歷史政治局勢的變易而應做具體分析。西周的儀禮之《詩》,流行到了春秋之世,已經不能適應時代的要求,而需要改革;否則,祇有禮壞樂崩。孔子"是知其不可而爲之者"①,因此,"夫子行説七十諸侯,無定處"。② 他的"克己復禮"的主張,最後祇能成爲一個不能實現的主觀願望而已。

這裏,我想舉出一些具體的例證來説明一些問題。孔子是

① 見《論語・憲問》。
② 見《説苑・至公篇》。

怎樣地對待當時的儀禮之《詩》呢？西周的"儀禮之《詩》"極爲煩瑣，有一整套的制度。其中禘禮是一個大禮，可以作爲代表。這是周代中央或地方最高一級行於宗廟祭祀中的一種禮制。《禮記·禮器》曾引孔子的話說道："誦《詩》三百，不足以一獻。一獻之禮，不足以大饗。大饗之禮，不足以大旅。大旅具矣，不足以饗帝。毋輕議禮。"這就可以看出孔子是何等重視"儀禮之《詩》"了。一般講論孔子《詩》學的，往往徵引《論語》的孔子"誦《詩》三百，使於四方"之例之言，而漏了這條，不知這條同樣說明問題，而且更爲重要。饗帝爲祭天之禮。孔子重視饗帝，認爲它的作用勝於"誦《詩》三百"。這類禮制，在西周初期是有嚴格的等級規定的。當時雷屬風行，誰也不敢觸犯。可見西周至於春秋之際，這禮是周天子的政權鞏固與否的試金石或晴雨表。但到了春秋之世，這禮難以行得通。這也可說明周天子到了那個時期，雖是天下共主，看來已是有些徒擁虛名了。禘禮在魯國，魯昭公是有資格可以舉行的，因爲"魯有天子禮樂（者），以褒周公之德也"。① 在魯太廟中，可以歌舞《周頌》《魯頌》。這個歌舞自然衹能行於魯君，大夫是絕對不容許的。可是那時魯國的三個大夫孟孫、叔孫和季孫，在他們的"三家之堂"都舉行了這祭禮。這當然是"僭禮"，不合於他們的身份的。"禮以定位"，這是非分妄爲。孔子知道這事，因而提出批評。《論語·八佾》記載這事道：

　　三家者，以《雍》徹。子曰："'相維辟公，天子穆穆。'奚取於三家之堂？"

這是怎麼一回事啊？《雍》即《雝》，爲古今字。《雝》是《周頌·臣工之什》中的一篇，一章十六句。"相維辟公，天子穆穆"，是《雝》

① 見《史記·魯周公世家》。

中的兩句。意思是説,助祭的是諸侯公卿,天子有穆穆的儀態。《詩序》説:"《雝》,禘大祖也。"禘有禘天於圜丘,禘地於方丘。這詩禘祖於宗廟,寫天子祭於宗廟,諸侯公卿前來助祭。天子祭於宗廟,纔可用徹祭和徹樂。《周禮·樂師》和《小師》,鄭玄注説:"徹者歌《雝》,爲天子祭於宗廟之樂。"三家是魯國的大夫,也即魯君的家臣,怎能采用徹祭和徹樂?這一舉動就是意味着三家企圖"禮樂征伐自大夫出"。換句話説,他們的用心是在奪取魯國的政權。孔子説過:"天下有道,則禮樂征伐自天子出;天下無道,則禮樂征伐自諸侯出。自諸侯出,蓋十世希不失矣;自大夫出,五世希不失矣。⋯⋯天下有道,則政不在大夫。"這是很明顯的。在孔子看來,政在大夫,就是"天下無道",所以孔子譏之。這事和季氏的"八佾舞於庭"聯起來看,問題可説是很清楚了。《論語·八佾》記載:

> 孔子謂季氏,八佾舞於庭。是可忍也,孰不可忍也!

馬融《訓説》解釋這舞道:"天子八佾,諸侯六、卿大夫四、士二。八人爲列,八八六十四人。魯以周公故受王者禮樂,有八佾之舞。季桓子僭於其家廟舞之,故孔子譏之。"這就可以説明三家"僭禮",非止一端。孔子主張:"君子博學於文,約之以禮,亦可以弗畔矣夫。"[①]他的弟子顏淵贊歎夫子時也説:"博我以文,約我以禮。"[②]但是這個"約束",對三家來説,能起什麼作用呢?三家是魯桓公三個兒子的後裔,孟孫氏任司空,叔孫氏任司馬,季孫氏任司徒,稱爲"三桓",又稱"三卿"。三卿中季孫氏掌握魯國的國政,權力最大。三卿居住曲阜,采地建築城堡。孟孫氏爲成

---

① 見《論語·雍也》。
② 見《論語·子罕》。

邑,叔孫氏爲郈邑,季孫氏爲費邑,稱爲三都。這三都又爲他們的家臣盤踞。孔子反對"陪臣執國命"[①],主張強公室,抑三都,貶家臣,提出墮三都。但最後還是失敗了。孔子墮三都的武力措施難以勝利,那麼,這"約之以禮"的文教,在三桓的身上還會起什麼"約束"作用呢? 就從這件事説,"儀禮之《詩》",到了這個時期,隨着禮壞樂崩也就衰落了。

我們從社會發展的角度來進一步地探索三桓之事:從魯昭公與三桓的君臣名分上説,好像三桓是"僭禮"了,是企圖篡權,可以説,這是"亂臣"的行動吧! 孔子是絶對不會贊成的。但從當時魯昭公與三桓的政治措施和表現來看,就在那個時代裏也已經出現了另一種看法。在春秋戰國之際,隨着奴隸主統治政權的動搖和階級的没落,人民力量的興起,忠君尊王的思想就逐漸爲具有鋭利目光的政治家、思想家所揚棄,從而出現一種重視"民本"和"民爲貴"的思想。這種思想是站在時代的前列,促使社會發展的。曹劌論戰已經認識到:政權的得失和戰爭的勝負,民心的向背是起着重大作用的。這種思想也就表現在對魯君與季氏,即諸侯與大夫兩者關係的評價上。《左傳·昭公二十五年》樂祁説道:

> 政在季氏三世(文子、武子、平子)矣,魯君喪政四公(宣公、成公、襄公、昭公)矣。無民而能逞其志者,未之有也,國君是以鎮撫其民。《詩》曰:"人之云亡,心之憂矣。"魯君失民矣,焉得逞其志?

樂祁認爲:"魯君失民",怎能"逞其志"? 關於這事,《左傳·昭公三十二年》又有記載:昭公死於乾侯。趙簡子問於史墨,提出問

題："季氏出其君，而民服焉，諸侯與之。君死於外，而莫之或罪也？"史墨便説：

> 王有公，諸侯有卿，皆有貳也。天生季氏，以貳魯侯，爲日久矣。民之服焉，不亦宜乎？魯君世從其失，季氏世修其勤。民忘君矣，雖死於外，其誰矜之！社稷無常奉，君臣無常位，自古以然。故《詩》曰："高岸爲谷，深谷爲陵。"三后之姓，於今爲庶，主所知也。

贊許季氏，譏議魯君。爲什麼呢？因爲季氏大夫采取一些有利於民的措施，從而獲取政權；魯昭公失卻民心，因此被逐出國。這是合理的。並説："社稷無常奉，君臣無常位。"這是"自古以然"的。這樣聯繫"禘禮"和"八佾"來看季氏，是可以理解的。孔子在這個問題上，就是想不通。《論語·季氏》因説："禄之去公室五世矣，政逮於大夫四世矣，故夫三桓之子孫微矣。"深深地歎息，是很不以爲然的。孔子呆守禮制，思想未免保守落後，也可以説，思想未免有些僵化吧！孔子自説"絶四"[①]，其中一項是"毋固"。這實是有些固執了。因爲，孔子在封建時代被視爲"大成至聖先師孔子"，《左傳》上這段記載始終未與《論語》的"《雍》徹"和"八佾"相提並論分析，也未提出這個問題。現在，我們可以看出和説清楚這個問題了。"儀禮之《詩》"需要改革卻未能革新，那麼，祇有隨着社會的發展而趨於沒落了。在這個問題上，我們認爲孔子的《詩》學是有保守落後、不利於社會發展的一面的。這一面在歷史上是起着消極作用的。

---

① 應守巖案：指"毋意、毋必、毋固、毋我"，見《論語·子罕》。這是孔子認爲所戒絶的四種毛病，即不要憑空揣測，不要絶對肯定，不要固執拘泥，不要喪失自我。

　　再論孔子關於"教材之《詩》"的《詩》學。中國古代的教育，有官學，有私學。《詩》《書》《禮》《樂》在西周時期屬於官學，那時尊之爲"先王之教，王官之學"。這四教四學又可稱爲"四術"。這四術中，禮是核心。禮的教育不僅是在庠序學校作講解式的知識性的傳授，而且要求貴族子弟在四時"演習"中懂得"君臣之義"和"長幼之序"，使他們在日常行動中"動容周旋中禮"，養成習慣，習以爲常。自然而然，孔子以《詩》《書》《禮》《樂》教三千弟子，也是繼承這樣的教育方法。《論語》一開頭就説："學而時習之，不亦説乎?"將《詩》《書》《禮》《樂》的傳授與四時的演習訓練結合起來。這樣，它的效果，從個人行爲和爲政時的"安上治民"來説，可以影響社會，從而"移風易俗"，形成"文質彬彬""郁郁乎文哉"的社會風尚。樂教包括樂德、樂舞與樂語，由大樂正負責教授國子，"春誦夏弦"。樂德則側重於提高學生的審美觀念和人的素質。樂舞、樂語則側重於藝術的訓練。《詩》《書》的教育則寓德育於智育，重視人的思想教育與品德教育。《禮記·經解》因説："其爲人也，温柔敦厚，《詩》教也;疏通知遠，《書》教也。"這是從誦讀《詩》《書》，作爲人的文化修養效果來看問題的。誦《詩》，爲人處世，能夠寬厚待人。讀《書》，看待問題，有政治識見，就能高瞻遠矚。禮與樂關係密切，相互爲用;而以禮教寓於樂教中，使受教育的樂於接受，深入心扉。《禮記·樂記》故説："使親疏貴賤、長幼男女之理，皆形見於樂。"樂爲禮服務，而輔之以《詩》。這三者:樂以陶情，《詩》以言志，禮以定位，各有功能，而統一爲用，指導着人們的行動。故孔子説："興於《詩》，立於禮，成於樂。"這是中國古代政治家、思想家所倡導的建設精神文明的具體措施，在歷史上從而逐漸形成中國文化的民族風格。這個問題，值得我們重視與研究，"批判其封建性的糟粕，繼承其民主性的精華"。

　　《詩》的流行與演變。從歷史上看，從西周以迄春秋，《詩》的作用主要表現在用於典禮、諷諫、言語和賦詩言志。典禮行於宗廟祭祀和朝聘會盟，成爲儀禮之《詩》。諷諫行於公卿大夫士的參政、議政，遵循"先王之教"，以刺時君。獻詩、陳詩則作詩、誦詩陳述參政者的意見。言語和賦詩言志，盛行於春秋以及戰國時期列國公卿大夫士之間，作爲交際、外交、講學和論著的一種方式，"言之無文，行之不遠"。運用比興說理表情達意，婉而多諷，使人樂於接受，默識心通，進行思想感情交流。孔門因而將"言語"列爲四科之一。孔子並說："不學《詩》，無以言。"《論語·子路》又說："誦《詩》三百，授之以政，不達；使於四方，不能專對。雖多，亦奚以爲？"關於誦《詩》，邢昺解釋："三百五篇，皆言天子諸侯之政也。古者使適四方，有會同之事，皆賦詩以見意。今有人能諷誦《詩》文三百篇之多，若授之以政，使居位治民，而不能通達；使於四方不能獨對，諷誦雖多亦何以爲？言無所益也。"辦理政事，吐屬芬芳，聽其言論，無異乎一種藝術享受；否則，讓人硬着頭皮聽，言語不動人，效果自然差。孔子在這個問題上，重視詩的作用，這是十分高明的。這是中國古代國家精神文明臻於成熟的表現。曾聽人說：中國是詩的國度。我們應該發揚這個優良的傳統。

　　周代國家的教育，是以禮樂爲核心，而掌於大司樂的。《周禮·春官·大司樂》說："大司樂掌成均之法，以治建國之學政，而合國之子弟焉。"大司樂的職稱約略相當於現在大學裏的校長兼教授，他的專業是以樂爲核心，旁及其他學科。大司樂下設樂師、大師。大司樂"以樂語教國子：興、道（導）、諷、誦、言、語；以樂舞教國子：舞《雲門》《大卷》《大咸》《大磬（韶）》《大夏》《大濩》《大武》"；"乃分樂而序之，以祭、以享、以祀"；"帥國子而舞"；"禁其淫聲、過聲、凶聲、慢聲"。《樂師》說："凡射：王以《騶虞》爲節，諸侯以《貍首》爲節，大夫以《采蘋》爲節，士以《采蘩》爲節。""春，入學，舍采（菜）合舞；秋，頒學合聲。"《大師》說："大師掌六律六同，以合陰陽之聲。"大司樂不是祇管分工很細的樂舞的專業，而且教《詩》。"教六《詩》：曰《風》、曰賦、曰比、曰興、曰《雅》、曰《頌》。以六德爲之本，以六律爲之音。"結合起來爲政治服務。通過這樣的教育達到治國的目的。樂教不單是知識，是技術，它的靈魂是政治修明。"六德"爲本，通過"六律"，達到"六德"的教育。《孝經》因說："移風易俗，莫善於樂。"這是周代官學傳統教育的大略。

春秋之世，王官之學廢，而私家之說興。"孔子以《詩》《書》《禮》《樂》教弟子，蓋三千焉。"他的教育首先是對傳統文化的學習和理解，故說："述而不作，信而好古。"他的學習與繼承重點放在《詩》《禮》《樂》上，多方面地進行。孔子"爲兒嬉戲，常陳俎豆，設禮容"，"適周問禮"，"與齊太師語樂，聞《韶》音，學之，三月不知肉味"，"自衛反魯，然後樂正，《雅》《頌》各得其所"，"三百五篇，孔子皆弦歌之，以求合《韶》《武》《雅》《頌》之音。禮樂自此可得而述"。① 這可說明孔子於《詩》《禮》《樂》這三個方面都是下過苦功的，他的學習重視這三者教育的政治作用和社會效果。這種特色實際也是繼承着中國歷史的傳統的，並逐漸成爲中國文化的民族風格。

孔子重視《詩》《禮》《樂》的政治作用與社會效果，是可以舉些例證來說明的。《論語·陽貨》記載孔子弟子子遊在武城做官，孔子經過，發生一件"趣聞"：子遊遵循夫子的教導，居位治民，爲施行禮樂的教化，在武城"弦歌"不輟。孔子聽了，隨口說句笑話："割雞焉用牛刀？"子遊就不服氣地說："昔者偃也聞諸夫

---

① 以上引語皆出自《史記·孔子世家》。

子曰：‘君子學道則愛人，小人學道則易使也。’”予以反問。孔子趕緊改口，糾正失誤，説道："偃之言是也，前言戲之耳！"從這片段性的記述，不僅説明子遊篤厚認真，謹守師教，孔子幽默風趣；而且更重要的是可以窺見《詩》、樂之教的深刻內涵，用以化民成俗，寓德育於智育之中。這樣的教育方式，影響深遠。就我的體會，直到抗戰時期，浙江大學西遷，間關萬里，敬業樂群，師生都説"弦歌不輟，風雨一堂"。"三百五篇孔子皆弦歌之"，這在教育史上、文化史上是有其特色的。這裏再説一些瑣事。孔子去曹適宋，有些狼狽，累累若喪家之狗。可是他卻還"與弟子習禮大樹下"。陳亢問他的兒子伯魚説："子亦有異聞乎？"他的兒子回答：祇聽説了兩件事：一件是"不學《詩》，無以言"。一件是"不學禮，無以立"。這是什麽道理呢？學《詩》是文化修養，這不僅用於列國外交，在日常生活中，也應賦詩以言。孔子贊賞《志》上説的："言以足志，文以足言。不言，誰知其志。言之無文，行而不遠。"①關於這點，我們祇要細細玩味《論語》的記述，即孔門師弟饒有詩意的吐屬，就可以理解。孔子很看不起發不義之財的，因《論語·述而》説道："飯疏食，飲水，曲肱而枕之，樂亦在其中矣。不義而富且貴，於我如浮雲。"這話多麽雋永而富於詩情畫意，境界又是多麽崇高啊！孔子與弟子言志。子路説："願車馬，衣輕裘，與朋友共，敝之而無憾。"顏淵説："願無伐善，無施勞。"（不要老説自己的優點，把困難推給人家。）子路説："願聞子之志？"（願意聽聽夫子的志向？一"願"字，一"聞"字，一"子"字説得都有分寸，很有禮貌。假如一個没有文化修養的人便這樣説了："你倒説説看！"那多粗魯啊！）孔子就説："老者安之，朋友信之，少者懷

----

① 見《左傳·襄公二十五年》。

之。"①一"安"字，一"信"字，一"懷"字，可見孔子的胸襟多麼開闊和崇高啊。這三個字在一個人的小天地內做到也不容易啊！不要說推而廣之於一邦一國了。因爲這三個字沒有一個是從個人私利着想，向錢看的。又如《論語·先進》中，子路、曾皙、冉有、公西華侍坐，各言其志。子路說："千乘之國……比及三年，可使有勇，且知方也。"說得直率。冉有說："比及三年，可使足民。如其禮樂，以俟君子。"說得樂觀，而有分寸。公西華說："宗廟之事……願爲小相。"自謙並非大器。曾皙說："莫春者，春服既成，冠者五六人，童子六七人。浴乎沂，風乎舞雩，詠而歸。"想要歡娛晚年，優遊卒歲。孔子喟然歎曰："吾與點也。"②在無道之世，感覺難於作爲。說得從容自然，"不怨天，不尤人"，襟懷坦然，無半點牢愁。他們的對話各顯性情，各見理想，多麼富於情趣與詩境啊！從孔門師弟子的吐屬與行動中可見，這或多或少，都是得之於《詩》的涵養。

《詩》在古代雖爲政治教科書，卻是傑出的古代詩歌創作。這作品所以有這樣傑出的成就，從其用韻的協調與統一來看，自然是經過潤飾與整理的。這潤飾與整理者可能爲周大師，或爲孔子。說是孔子參加過潤飾與整理的工作是有理由的。《史記·孔子世家》中是有關於這一方面的論述的：

> 古者詩三千餘篇，及至孔子，去其重，取可施於禮義。上采契、后稷，中述殷、周之盛，至幽、厲之缺，始於衽席。故曰：《關雎》之亂，以爲風始；《鹿鳴》爲《小雅》始；《文王》爲《大雅》始；《清廟》爲《頌》始。三百五篇，孔子皆弦歌之，以求合《韶》《武》《雅》《頌》之音。禮樂自此可得而述，以備王

---

① 以上引語見《論語·公冶長》。
② 以上引語見《論語·先進》。

道，成六藝。

還有一則資料見於《左傳·襄公二十九年》，吳公子季札聘魯，魯招待他，爲演周樂：

請觀於周樂。使工爲之歌《周南》《召南》，曰：“美哉，始基之矣，猶未也；然勤而不怨矣。”爲之歌《邶、鄘、衛》，曰：“美哉，淵乎，憂而不困者也。吾聞衛康叔、武公之德如是，是其《衛風》乎？”爲之歌《王》，曰：“美哉，思而不懼，其周之東乎？”爲之歌《鄭》，曰：“美哉，其細已甚，民弗堪也，是其先亡乎？”爲之歌《齊》，曰：“美哉，泱泱乎，大風也哉！表東海者，其大公乎？國未可量也。”爲之歌《豳》，曰：“美哉，蕩乎！樂而不淫，其周公之東乎？”爲之歌《秦》，曰：“此之謂夏聲，夫能夏則大，大之至也，其周之舊乎？”爲之歌《魏》，曰：“美哉，渢渢乎，大而婉，險而易，行以德輔，此則明主也。”爲之歌《唐》，曰：“思深哉，其有陶唐氏之遺民（風）乎？不然，何憂之遠也？非令德之後，誰能若是？”爲之歌《陳》，曰：“國無主，其能久乎？”自《鄶》以下，無譏焉。爲之歌《小雅》，曰：“美哉，思而不貳，怨而不言，其周德之衰乎？猶有先王之遺民焉。”爲之歌《大雅》，曰：“廣哉，熙熙乎，曲而有直體，其文王之德乎？”爲之歌《頌》，曰：“至矣哉，直而不倨，曲而不屈，邇而不逼，遠而不攜，遷而不淫，復而不厭，哀而不愁，樂而不荒，用而不匱，廣而不宣，施而不費，取而不貪，處而不底，行而不流。五聲和，八風平，節有度，守有序，盛德之所同也。”見舞《象箾》《南籥》者，曰：“美哉，猶有憾。”見舞《大武》者，曰：“美哉，周之盛也，其若此乎？”見舞《韶箾》者，曰：“聖人之弘也，而猶有慚德，聖人之難也。”見舞《大夏》者，曰：“美哉，勤而不德，非禹，其誰能修之？”見舞《韶濩》者，曰：

> "德至矣哉,大矣。如天之無不幬也,如地之無不載也。雖甚盛德,其蔑以加於此矣,觀止矣。若有他樂,吾不敢請已。"

從第一則資料看,説明孔子曾將"詩三千餘篇","去其重",厘定爲"三百五篇"。這事史稱孔子"删詩"。此説始述於漢司馬遷,至唐孔穎達開始懷疑。嗣後,宋歐陽修、鄭樵、朱熹,清朱彝尊、崔述諸人都不之信。愚意:學者於司馬遷所述"去其重"三字未能深入理解,發生誤解,因撰《孔子删〈詩〉初探》一文辯解,認爲此説可信。孔子訂《詩》,"上采契、後(后)稷,中述殷、周之盛,至幽、厲之缺",從政治角度來對待這部文學作品所反映的歷史和社會生活,使之具有教育意義。將"三百五篇","皆弦歌之,以求合《韶》《武》《雅》《頌》之音"。恢復《詩》與禮、樂結合的面貌。將"三百五篇"順着《風》《小雅》《大雅》和《頌》的編次提出首列的四篇,稱爲"四始",作爲代表作品:"《關雎》之亂,以爲《風》始;《鹿鳴》爲《小雅》始;《文王》爲《大雅》始;《清廟》爲《頌》始。"孔子做這工作的目的,是用"以備王道,成六藝"。

因此孔子訂《詩》,他對於《詩》的基本看法和政治主張,與漢世所傳古文家"毛詩"、《詩序》和《傳》中所顯示的政治主張與思想體系一脉相承,有着繼承與發展的關係。"毛詩"相傳創始於毛公。《漢書·儒林傳》説:"毛公,趙人,以治《詩》爲河間獻王博士。"《漢書·藝文志》著録《毛詩故訓傳》三十卷。又説:"毛公之學,自謂子夏所傳,而河間獻王好之,未得立。"《毛詩正義》於"關雎,后妃之德也"下引沈重云:"案鄭《詩譜》意,《大序》是子夏作,《小序》是子夏、毛公合作。卜商意有不盡,毛更足成之。或云:《小序》是東海衛敬仲所作。"吴陸璣《毛詩草木鳥獸蟲魚疏》説:"孔子删詩授卜商,商爲之序,以授魯人曾申。申授魏人李克。克授魯人孟仲子。仲子授根牟子。根牟子授趙人荀卿。荀卿授魯國毛亨。毛亨作《詁訓傳》，以授趙國毛萇。時人謂亨爲大毛公，萇爲小毛公。"陸德明《經典釋文·叙錄》引吳徐整説："子夏授高行子，高行子授薛倉子。薛倉子授帛妙子。帛妙子授河間人大毛公。毛公爲《詩故訓傳》於家，以授趙人小毛公（一名萇）。小毛公爲河間獻王博士，以不在漢朝，故不列於學。"關於《詩》學傳授和誰是《詩序》的作者，歷史上記述傳説紛紜，這裏暫置之不論。司馬遷説："中國言六藝者，皆折中於夫子。"①但從漢世所傳今文家三家詩看，《漢書·藝文志》説："漢興，魯申公爲《詩》訓故，而齊轅固、燕韓生皆爲之傳；或取《春秋》，采雜説，咸非其本義。與不得已，魯最爲近之。"從四家詩看，"毛詩"當是與孔子的《詩》學"最爲近之"。"毛詩"在西漢時未得立於學官，到了東漢卻盛行起來。當時著名的學者如鄭衆、賈逵、馬融、鄭玄都是治"毛詩"的。這是由於它所含的思想内容所決定的。孔子《詩》學及其源流和在歷史上所產生的影響是可以作爲綫索，從而進行探索的。

從第二則資料看，説明季札觀的是周樂。周樂所歌的詩實爲周詩。但季札觀樂中的周詩，與孔子訂《詩》以後的詩，兩者從篇目和編次上看差異較大。這個問題還未解決，需要我們進行探索。

"魯以周公故有天子禮樂。"②季札在魯國觀樂，奏的雖是魯樂，實際是周樂。春秋時期，"周室微而禮樂廢"。可是保存在魯國的，看來比其他列國所保存的還要完備些；因此，季札所觀是十分豐贍的，有《周南》《召南》《邶、鄘、衛》《王》《齊》《豳》《秦》《魏》《唐》等諸地域和諸侯國家的《風》；有《小雅》《大雅》和《頌》；

---

① 見《史記·孔子世家·贊》，卷四十七。

② 見《左傳·襄公二十九年》杜注。

有結合舞的《象箾》《南籥》《大武》和《韶箾》的樂。這些樂和舞的演出,大部分是歌唱結合的,合稱"周樂",在聘禮的宴會上舉行。歌唱時的唱詞即爲周詩。季札目視耳聽以後,談了他的意見,論的當是周樂。但樂與詩聯繫,他贊美周樂:"美哉!""美哉!"杜預注因說:"美哉"是"美其聲"。這是對的。但季札所稱"美哉"之下,樂語的內容,當也聯繫到周詩的內容的。那麼,我們可以從他論樂而聯繫到詩的內容時,可以和今日傳下來的經過孔子刪訂的《詩》的內容來個比較研究。這兩者是對口相互符合呢,還是可以從而領悟兩者顯然存在着的差別呢?這裏,舉兩個例子來談談。一是"爲之歌《邶、鄘、衛》",季札贊美道:

> 美哉,淵乎!憂而不困者也。吾聞衛康叔、武公之德如是,是其《衛風》乎?

衛的世系,可以譜列於次:

> 康叔—康伯—孝伯—嗣伯—疌伯—靖伯—貞伯—頃侯—釐侯—武公—莊公—桓公—州吁—宣公—惠公—黔公—懿公—……

季札所說《衛風》,實即《邶、鄘、衛》風。《邶、鄘、衛》分爲三風,是漢世纔如此的。季札簡稱《邶、鄘、衛》風,就稱《衛風》了。今這三風:《邶風》十九篇,《鄘風》十篇,《衛風》十篇,共三十九篇。鄭玄《詩譜·序》說:"孔子錄懿王、夷王時詩,訖於陳靈公淫亂之事,謂之'變風''變雅'。"這三十九篇詩,據《詩序》說:《干旄》,美好善也。衛文公臣子多好善,賢者樂告以善道也。""《淇奧》,美武公之德也。有文章,又能聽其規諫,以禮自防,故能入相于周,美而作是詩也。""《木瓜》,美齊桓公也。衛國有狄人之敗,出處于漕。齊桓公救而封之,遺之車馬器服焉。衛人思之,欲厚報之,而作是詩也。"除這些是美詩外,其餘都是刺詩。這三十九篇中並無贊美康叔的詩。從季札的贊語中,當有歌頌康叔之詩的。否則,何以贊爲"美哉,淵乎!""吾聞衛康叔、武公之德如是"乎?如果說周樂中有頌康叔之詩,《詩》中怎麼會不見呢?

二是"爲之歌《齊》",季札贊美道:

> 美哉,泱泱乎,大風也哉。表東海者,其大公乎? 國未可量也。

齊的世系,可以譜列於次:

> 大公—丁公—乙公—癸公—哀公—胡公—獻公—武公—厲公—文公—成公—莊公—釐公—襄公—……

《齊風》共十一篇。這十一篇,據《詩序》說,多爲刺詩。其中如《南山》詩,《詩序》說:"《南山》,刺襄公也。鳥獸之行,淫乎其妹。大夫遇是惡,作詩而去之。"因此,在這十一篇詩中並無贊美齊大公之作。季札卻贊爲:"美哉,泱泱乎,大風也哉!表東海者,其太公乎?國未可量也。"這不也是一個問題嗎?看來,季札的贊美不是泛泛而論的,話的分量說得很重。那麼,這些贊頌的詩篇又到哪裏去了?列國的詩在魯國所奏的周樂中,會不會原有着西周時的頌詩呢?這個問題我們能不能與孔子刪訂《詩》事聯繫起來考慮呢?是孔子認爲《周頌》《魯頌》《商頌》是合於先王之教,衛、齊等諸國歌詩,頌揚康叔、太公不合禮制,是逾越,不可"施於禮義(儀)",也即不合禮樂之制,而刪削之與?

季札觀樂,在《風》《雅》《頌》外,還耳聞目見有《象》《南籥》《大武》和《韶籥》衆多的音樂和舞蹈。可能這些歌舞,並無唱詞。孔子訂《詩》爲"三百五篇",都弦歌之,"以求合《韶》《武》《雅》《頌》之音。"這些歌舞就無從反映到《詩》中去了。這樣,周樂經過孔子董理,儀禮上的東西就轉化爲書面上的"《詩》三百"了。這一轉化在中國文化史上、古代文獻上實是一件大事。過去,詩附禮樂,是不穩定的,洋洋盈耳,究竟詩篇共有多少,怕也是不明確的。現在就很清楚了,基本上固定下來,孔子舉其總數,所以屢稱《詩》三百。後人也這樣稱孔子的"《詩》三百"。自此以後,《詩》就成爲私學中的教材,案頭諷誦。對孔子來説:《詩》的删訂是有着他的編纂體例的。他以《詩》授三千弟子,有他的授《詩》之義。同時,又可以弦歌,自然是"禮樂自此可得而述,以備王道,成六藝"了。就《詩》而論,季札觀樂之詩,應爲儀禮之《詩》;而孔子删訂之詩,實際上轉化而爲教材之《詩》了。關於《詩》的纂輯,自然問題較爲複雜。"書缺有間","文獻不足",實是需要我們下功夫去探索的。古人已做過不少工作,顧亭林的《日知録》就已做出許多貢獻。這裏摘録兩條,以志景仰:

> 吴楚之無詩,以其僭王而删之與?非也。太師之本無也。楚之先,熊繹辟在荆山,篳路藍縷,以處草莽。惟是桃弧棘矢,以共禦王事,而周無分器。(原注:左氏昭公十二年傳。)岐陽之盟,楚爲荆蠻,置茅蕝,設望表,與鮮牟守燎,而不與盟。(原注:晉語)是亦無詩之可采矣。況於吴自壽夢以前,未通中國者乎?滕薛之無詩,微也。若乃虢鄶皆爲鄭滅,而虢獨無詩。陳蔡皆列春秋之會盟,而蔡獨無詩,有司失其傳爾。

> 自《周南》至《豳》,統謂之《國風》,此先儒之誤。程泰之辨之詳矣。豳詩不屬於《國風》。周世之國無豳,此非大師所采。周公追王業之始,作爲《七月》之詩,兼《雅》《頌》之聲;而用之祈報之事。《周禮·籥章》,逆暑迎寒,則吹豳詩;祈年於田祖,則吹豳雅;祭蠟,則吹豳頌。雪山王氏曰:"此一詩而三用也。"(原注:謂《籥章》之豳詩,以鼓鐘琴瑟四器之聲合籥也。笙師吹竽、笙、塤、籥、篴、笛、管、舂、牘、應、雅,凡十二器,以雅器之聲合籥也。凡爲樂器,以十有二

127

律爲之數度,以十有二聲爲之齊量。凡和樂亦如之。此用
《七月》一詩,特其以器和聲,有不同爾。)《鴟鴞》以下,或周
公之作,或爲周公而作,則皆附於《豳》焉。雖不以合樂,然
與二《南》同爲有周盛時之詩,非東周以後列國之風也。故
他無可附。

《詩》自孔子董理以後,《詩》的流傳,就從儀禮之《詩》轉化教材之
《詩》,從而成爲中國古代儒家六部大書之一,而且列於首位。這
在中國文化史上的貢獻是難以估價的。這六部大書,古稱"六
藝",相互爲用。它的貢獻不祇局限於文學,而是在於它奠定了
古代中國文化、中國政治與中國學術上的基礎。

> 《論語·述而》:"《詩》、《書》、執禮,皆雅言也。"
>
> 《論語·泰伯》:"興於《詩》,立於禮,成於樂。"
>
> 《荀子·儒效》:"《詩》言是其志也,《書》言是其事也,
> 《禮》言是其行也,《樂》言是其和也,《春秋》言是其微也。"
>
> 《荀子·儒效》:"故《詩》《書》《禮》《樂》之道歸是矣。"
>
> 《莊子·天運》:"丘治《詩》《書》《禮》《易》《春秋》。"
>
> 《莊子·徐無鬼》:"橫說之則以《詩》《書》《禮》《樂》。"
>
> 《莊子·天下》:"《詩》以道志,《書》以道事,《禮》以道
> 行,《樂》以道和,《易》以道陰陽,《春秋》以道名分。"
>
> 《商君書·農戰》:"《詩》、《書》、《禮》、《樂》、善、修、仁、
> 廉、辯、慧,國有十者,上無使守戰。"
>
> 《史記·儒林傳》:"自是之後,言《詩》,……言《尚
> 書》,……言《禮》,……言《易》,……言《春秋》,……"
>
> 《禮記·王制》:"順先王《詩》《書》《禮》《樂》以造士。"

就從這些古人著述記載的內容來看,《詩》在中國古代文化、政治
和學術上所占地位的重要性就可想見了。不僅儒家是這樣看,

道家、法家不問贊同與否，也都是重視的。儀禮之《詩》，西周之時，是與禮樂緊密結合着的，教育奴隸主的貴族子弟演習，爲鞏固奴隸制政權服務。儀禮之《詩》遞嬗到了春秋戰國之世，私學興起，演變成爲私學中的《詩》的教材。這時誦《詩》之士，不再局限於貴族子弟，而更多的爲士這一階層的人所共同學習。隨着新的時代思潮的掀起，這種思潮不斷地爲當時學者所掌握而滲透於授《詩》之義中。授《詩》之義起着變化，漸向新興的地主階級轉變和靠攏。到了漢世，《詩》學爲鞏固地主階級政權與維護封建社會秩序服務，成爲教育人民的思想利器。《詩》教在歷史上是起着積極的作用的。

　　其次，就樂與詩的關係來看：儀禮之《詩》以樂爲主，《詩》爲附庸。音樂總是隨着時代的發展而變動不居的。新聲、新曲掀起，舊聲、舊曲隨着衰竭。《漢書·藝文志》就説："周衰俱壞，樂尤微眇。以音律爲節，又爲鄭衛所亂，故無遺法。漢興，制氏以雅樂聲律，世在樂官，頗能紀其鏗鏘鼓舞，而不能言其義。"聲樂演變，配合曲種、樂曲的歌辭，很自然地也會隨着變革；否則便不能適應音樂的需要。這樣古詩即使有些記録，也容易散失和湮沒。儀禮之《詩》，成爲《詩》的教材以後，命運就大爲不同了。《詩》在先秦，由於書寫和收藏條件的制約，傳播主要是靠口耳相傳，不在竹帛，而在諷誦。但已勒而成書，到了漢世，就有本子流傳下來，藏於中秘。後世因得之從而廣爲流傳。《漢書·藝文志》中就録《詩》"六家四百一十六卷"。這是《詩》從儀禮之《詩》提出以後，獨立成爲教材之《詩》，和《詩》學闡發的結果。承學之士"游文於六經之中，留意於仁義之際"，"感物造耑，材知深美"，融入中國文化、中國政治和中國學術中而形成特色，造福人類，影響世界。孔子於此，實是做出了巨大貢獻的。

　　孔子於《詩》發表了許多深刻的見解，成爲當代和後世《詩》

學理論建設的不刊之論,尤其是在"觀政""興國"和"思無邪"三個方面對後世的影響十分深遠。在《論語·陽貨》中,孔子對學生説道:

> 小子何莫學夫《詩》?《詩》可以興,可以觀,可以群,可以怨。邇之事父,遠之事君;多識於鳥獸草木之名。

這段話的意思是説,《詩》的功能很多:誦《詩》可以振奮人心,可以觀察社會,可以敬業樂群,可以不滿現實,學得諷喻的方法。從近的説,有齊家的道理,用以侍奉父母;從遠的説,有治國的道理,用以侍奉君王;而且可以獲得許多關於鳥獸草木的百科知識。從這段話來看,孔子是把《詩》視爲政治倫理教育和美育以及博物的教本的。這話他是以私人講學的身份對門弟子説的,卻不衹是教育他的弟子獲得知識和文化修養,而是教育他們懂得發揮《詩》的作用,居位治民,用之於爲政的。"學而優則仕",他的弟子如子路、仲弓、宰我、言偃、端木賜、宓子賤等,學成以後是從政的。他是從爲政的角度來説這話的。孔子説:"《詩》可以興。"還説:"興於《詩》。"他把國家的振興和《詩》的振奮人心兩者有機地密切聯繫起來。孔子説:"可以觀。"《漢書·藝文志》闡發這個道理,曾説:"王者可以觀風俗,知得失,自考正也。"何休《公羊傳》注説:"男女有所怨恨,相從而歌。饑者歌其食,勞者歌其事。"觀詩目的是瞭解民情。所以,古之爲政者向"民間求詩","王者不出牖户,盡知天下所苦,不下堂而知四方"。孔子還説:"雖小道必有可觀者焉。"這可説明孔子主張爲政是要重視政治的信息的。這個"觀"字反映了爲政者的一種工作方法,是有道理的。孔子説:"可以群。"孔安國《訓説》中解釋這個"群"爲:"群居相切磋。"《禮記·學記》説:"三年視敬業樂群。"孔安國説:"樂群,謂群居朋友善者願而樂之。"《小雅·伐木》一詩可説明古人是重視朋友間的嚶鳴相求之誼的。孔子説："可以怨。"孔安國説："怨刺上政。"焦循《毛詩補疏序》説："夫《詩》,温柔敦厚者也。不質直言之,而比興言之;不言理而言情,不務勝人而務感人。""不質直言之,而比興言之",《詩序》所謂"主文而譎諫",使"言者無罪,聞者足戒"。不是説教,而是啓發。這樣的方法做思想工作,應該説是優秀的。孔子這樣闡發《詩》的作用,這就大大地超越了過去儀禮之《詩》衹是就形式上牢固地限制着人們的思想與行動,而局限於爲鞏固奴隸制政權服務的。過去官學中的太師和大司樂"教國子""教六詩",重點卻是放在教他們掌握樂詩唱腔,演奏諷誦,這就會流於形式,而漸趨僵化。孔子卻説:"禮云禮云,玉帛云乎哉!樂云樂云,鐘鼓云乎哉!"孔子是重視禮義樂義而闡發這個道理。《詩序》説:"故正得失,動天地,感鬼神,莫近於詩。先王以是經夫婦,成孝敬,厚人倫,美教化,移風俗。"這或許可以説是繼承孔子的詩學觀,而把它的作用和效果在封建社會提到了理想的哲學的高度。

孔子又説:"《詩》三百,一言以蔽之曰:思無邪。"這個"思無邪",聯繫《孔子世家》所説的"三百五篇,孔子皆歌弦之,以求合《韶》《武》《雅》《頌》之音,禮樂自此可得而述,以備王道,成六藝"來看"無邪",意味着誦《詩》以後,誦《詩》者的思緒深受《詩》的涵泳,優遊於禮樂之中。王安石論詩教,因説:"夫聖人之術,修其身,治天下國家,在於安危治亂,不在章句名數焉而已。"①這是由於古代學科簡單,教材少,把《詩》作爲政治教科書而形成的一種看法。雖和我們今日有些單純地衹把《詩》視爲傑出的文學作品不同,但作爲學術研究,應當研究,不能説是没有意義的。

---

① 見《王文公文集·答姚書》。

試論《詩》的儲存、分類、成書及其傳授

　　《詩》的成書是逐漸形成的。自西周初期周室開始創作、采集、積累、儲存詩篇，迄於春秋成爲定本，最晚不逾春秋時代。《詩》在未成書前，人類的神話傳說、口頭創作，形成《詩》的素材和不少篇章，它的表現形式主要是口語相傳。因此，早期的《詩》都是中國先民在不同的時間和空間的集體創作。從來源分，《詩》的主體是周詩，有較少量的宋、秦、楚詩；其中部分篇章和句子是前代遺留，或是吸取歷史上遺留下來的神話和傳說的素材概括和改編、再創作而成的。《詩》的素材和作品的萌芽，可以上溯到殷商和周族的原始氏族公社時代；但這不能作爲《詩》的上限。《詩》的詩篇創作、采集、積累、儲存的上限則是始於西周初期。《詩》作爲中國古代的典籍是始於西周初期周公制禮作樂，而以詩配之的時期。《詩》的作品産生最晚的較有史實可證的，一般認爲迄於《陳風·株林》。

　　《株林》中有"胡爲乎株林，從夏南"一語，這與《左傳》《國語》中所載史事，可以相互印證。《左傳·宣公九年》記述：陳定公通於夏姬，次年定公爲夏姬的兒子徵舒所殺。《國語·楚語》曾説："子南之母，亂陳而亡之。"這件事發生在周定王九年，當是前598年。《魯頌》爲《駉》《有駜》《泮水》和《閟宮》四篇。《泮水》《閟宮》爲奚斯作。奚斯作於魯僖公二十年左右，當周襄王十二

年,前 640 年左右。《駉》《有駜》爲史克作。史克比奚斯約遲八十年,卒於襄公六年。這兩篇作品約當寫於周靈王時,當前 570 年左右。那麼,《駉》《有駜》之作,後於《株林》。但《駉》與《有駜》是否史克所作,未成定論。《左傳》記魯襄公二十九年季札在魯觀樂,歌《周南》《召南》《邶、鄘、衛》《王》《鄭》《齊》《豳》《秦》《魏》《唐》《陳》《鄶》諸《風》,所歌諸《風》的次序和現在毛本的次序稍有不同,但它的地域和國名與今傳本全同,可見其詩周時已成雛形。這事是在前 543 年。孔子生於魯襄公二十一年,當爲前 551 年。這時孔子八歲。《詩》自西周開始,詩篇儲存,續有增損,這時詩篇未見定數。到了春秋之世,孔子以《詩》《書》《禮》《樂》教育三千弟子,稱《詩》屢舉“《詩》三百”。這“《詩》三百”之數,是舉《詩》的成數而言,和毛本《詩》的約數相合。《詩》的纂輯成書,諒在此時。嗣後陸續稍有修改變易,如《邶、鄘、衛》,季札觀樂時原是合而爲一,簡稱之爲《衛風》,至漢人始三分之。顧炎武《日知録》故説:“《邶、鄘、衛》者總名也,不當分某篇爲《邶》,某篇爲《鄘》,某篇爲《衛》。分而爲三者,漢儒之誤,以此詩之簡獨多,故分三名以各冠之,而非夫子之舊也。”

今傳本《詩經》三百十一篇,内六篇有目無辭。傳於今者,實際三百零五篇,概稱“三百篇”。這三百零五篇,分爲《風》《雅》《頌》三個部分。内《國風》一百六十篇,包括十五《國風》,即《周南》十一篇,《召南》十四篇,《邶》十九篇,《鄘》十篇,《衛》十篇,《王》十篇,《鄭》二十一篇,《齊》十一篇,《魏》七篇,《唐》十二篇,《秦》十篇,《陳》十篇,《檜風》四篇,《曹》四篇,《豳》七篇;《雅》一百零五篇,其中《小雅》七十四篇,《大雅》三十一篇;《頌》四十篇,其中《周頌》三十一篇,《魯頌》四篇,《商頌》五篇。漢儒分爲《風》《雅》《頌》三類,到宋儒程大昌起把《南》與《風》分開,分爲《南》《風》《雅》《頌》四類。

　　《詩》的爲詩，西周之時一開始就與禮樂密切結合，可以稱爲儀禮之《詩》。到了春秋之時，周室衰微，禮壞樂崩，孔子以《詩》《書》《禮》《樂》教育三千弟子，把《詩》列爲教學的重要科目，被學者所重視。嗣後先秦諸子：墨子、孟子、莊子、韓非子都誦習《詩》，除韓非子外，都推崇《詩》，引《詩》來宣傳他們的政治的和學術的主張。所以，《詩》到春秋之世，由儀禮之《詩》轉爲教材之《詩》。這轉的關鍵性的人物則爲孔子。《莊子·天運篇》説："丘治《詩》《書》《禮》《樂》《易》《春秋》。"《孔子世家》説："孔子之時，周室微而禮、樂廢，《詩》《書》缺。"孔子"上采契、后稷，中述殷、周之盛，至幽、厲之缺，始於衽席"。"禮樂自此可得而述，以備王道，成六藝。"《詩》學實發軔於孔子。孔子於《詩》，不僅使儀禮之《詩》轉爲教材之《詩》；而且在轉的過程中，做過一番刪訂董理的工作。儀禮之《詩》和教材之《詩》兩者的要求不同，因此，刪訂董理之時，體例就有差異。儀禮之《詩》，詩融於禮樂中，爲禮樂服務，詩篇分類大體自廟堂之樂、朝拜之樂與房中之樂，從歌舞音樂角度分之。《詩》在西周初期，有《頌》《雅》《豳》《南》之別。嗣後《詩》的序次和分類改爲《風》《雅》《頌》。這個改編諒是始於東周，而完成於春秋。教材之《詩》沿襲舊的體例分爲《風》《雅》《頌》外，突出顯示它的政治意義，結合詩篇創作的時間、地域和列國諸侯的國情、民俗，重加刪訂董理。季札所觀周樂和其所聽之歌——周詩，爲儀禮之《詩》，與孔子刪訂成爲的教材之《詩》，有其統一的一面，也有其差異的一面。儀禮之《詩》掌於周官大司樂，或爲大師。樂爲重點，詩附於樂。大司樂除負積累、儲存之責外，編纂當亦爲其主持，有時可能邀請國史參與協助。教材之《詩》，當爲孔子所定。

　　孔子於《詩》，"以備王道，成六藝"，有着很高的要求，因此教材之《詩》三百篇的定本，意味着在《詩》的演變、發展史上是一個騰飛。這個騰飛如何理解，我們當於孔子之前、孔子之後時人論《詩》的資料反映中探索之。季札觀樂，於歌有贊有評，而"自《鄶》以下無譏焉"。就"歌《邶、鄘、衛》"論，曰："美哉！淵乎，憂而不困者也。吾聞衛康叔、武公之德如是，是其《衛風》乎？"就"歌《齊》"論，曰："美哉！泱泱乎，大風也哉。表東海者，其大公乎？國未可量也。"季札所聽所歌的周詩，諒有頌衛康叔與齊大公的。今毛本中一首也沒有。這該不會是孔子定本以後散失的吧！今本《詩》中卻多"變風"刺詩。這樣的差異，可能由於孔子重視"《詩》可以觀"的"觀政"作用而有所刪訂的吧！《禮記‧王制》說："天子五年一巡狩，命太師陳詩以觀民風。"西周盛時，環海所封有千八百國，各陳一詩就有千八百篇。何以《詩》中多存"變風"，而《邶、鄘、衛》《鄭》《齊》《魏唐》《秦》《陳》《檜》諸《風》，尤多春秋時詩？孔子重視《雅》《頌》《周南》《召南》，而不及《風》。《風》中多"變風"，可能是由於這個原因。看到這個問題，我們討論詩的分類和纂輯的體例，就不得不首先考慮它的政治意義。那麼，《風》《雅》《頌》的分類從政治意義上來説，正統的看法，應該作怎樣的理解呢？《詩序》於此有段精闢的議論：

> 上以風化下，下以風刺上，主文而譎諫。言之者無罪，聞之者足以戒，故曰"風"。至於王道衰，禮義廢，政教失，國異政，家殊俗，而"變風""變雅"作矣。國史明乎得失之跡，傷人倫之廢，哀刑政之苛，吟詠情性以風其上，達於事變而懷其舊俗者也。故"變風"發乎情，止乎禮義。發乎情，民之性也；止乎禮義，先王之澤也。是以一國之事，繫一人之本，謂之"風"。言天下之事，形四方之風，謂之"雅"。"雅"者，正也，言王政之所由廢興也。政有小大，故有《小雅》焉，有《大雅》焉。"頌"者，美盛德之形容，以其成功告於神明者也。是謂四始，《詩》之至也。然則《關雎》《麟趾》之化，王者

之風，故繫之周公。"南"，言化自北而南也。《鵲巢》《騶虞》之德，諸侯之風也。先王之所以教，故繫之召公。《周南》《召南》，正始之道，王化之基。是以《關雎》樂得淑女以配君子，憂在進賢，不淫其色，哀窈窕，思賢才，而無傷善之心焉，是《關雎》之義也。

這段議論，對於《風》《雅》《頌》分類的政治意義分析深刻而透徹。《風》有"正風""變風"。"正風"是"《關雎》《麟趾》之化，王者之風"。"《周南》《召南》，正始之道，王化之基"是"上以風化下"，"是以一國之事，繫一人之本，謂之'風'"。"變風"是由於"王道衰，禮義廢，政教失，國異政，家殊俗"而作，"國史明乎得失之跡，傷人倫之廢，哀刑政之苛，吟詠情性以風其上，達於事變而懷其舊俗"而存。"變風""發乎情"，這是"民之性"；"止乎禮義"，這是"先王之澤"。"風"爲"四方之風"，所以"風"不論它爲"正風""變風"，都有爲政、觀政的政治作用。"風"言"一國之事"，是着眼於一個諸侯國或一個地域的，如《邶、鄘、衛》，如《周南》《召南》。"雅"指的是王政。王政有大小，小者爲《小雅》，大者爲《大雅》。《鄭譜》云："《小雅》《大雅》者，周室居西都豐鎬之時詩也。"詠周室天子之政。"《大雅》之初，起自《文王》，至於《文王有聲》。"頌聖君，爲政之大者，稱《大雅》。"《小雅》自《鹿鳴》至於《魚麗》，先其文所以治內，後其武所以治外。"崇善政，爲政之小者，稱《小雅》。《雅》有"正雅""變雅"。"《大雅》十八篇，《小雅》十六篇爲正經。"餘爲"變大雅""變小雅"。"正雅"爲王政之興，"變雅"爲王政之廢。"正雅"爲"言天下之事，形四方之風，謂之'雅'"。"變雅"爲"王道衰，禮義廢，政教失，國異政，家殊俗"而作。"頌"是西周開國，"美盛德之形容，以其成功告於神明者也"。這《風》《雅》《頌》三百五篇，從"正風""正雅"和《周頌》中提出四篇代表作，稱爲"四始"，是"《詩》之至也"。《詩序》這段話對於《詩》的

《風》《雅》《頌》的政治意義概括性的論述,自然也是對於《詩》的分類與纂輯體例傳統看法的綜述,不是編撰者的個人觀點,而是有其繼承和闡發的歷史淵源的。這一觀點的闡述至少可以上溯至孔子。

孔子重《詩》,所以他在誦《詩》、讀《書》、執禮時,都用雅言,即夏言。孔子魯人,不用魯語,而用夏言,這就意味着孔子重視先王訓典,看到《詩》的作用。使用雅言,更可顯其社會效益。孔子於《詩》重視《周南》《召南》與《雅》《頌》,實即重視"正風""正雅"與《周頌》。孔子推崇《周南》《召南》,《論語·陽貨》曾說:"人而不爲《周南》《召南》,其猶正牆面而立也與!"贊美《關雎》,在《論語·八佾》中說:"《關雎》,樂而不淫,哀而不傷。"在《論語·泰伯》中說:"師摯之始,《關雎》之亂,洋洋乎盈耳哉!"孔子正樂,重視《雅》《頌》。《漢書·禮樂志》說:"周道始缺,怨刺之詩起;王澤既竭,而詩不能作;王官失業,《雅》《頌》相錯,孔子論而定之。故曰:'吾自衛反魯,然後樂正,《雅》《頌》各得其所。'"於三百五篇,"故曰:《關雎》之亂,以爲《風》始;《鹿鳴》爲《小雅》始;《文王》爲《大雅》始;《清廟》爲《頌》始"。這與《詩序》的四始與"正風""正雅"的看法符合。

關於"風"與政,《論語》中記述孔子的言論頗多。孔子對季康子問政時說:"子爲政,焉用殺?子欲善而民善矣。君子之德風,小人之德草。草上之風,必偃。"①《孟子·滕文公上》說:"上有好者,下必有甚焉者矣。君子之德,風也;小人之德,草也。草上之風,必偃。"《說苑·君道》說:"夫上之化下,猶風之靡草。"《孟子》《說苑》是引申孔子之言的。孔子對季康子又說:"政者,

① 見《論語·顏淵》。

正也。子帥以正，孰敢不正？"①《論語·子路》："苟正其身矣，於從政乎何有？不能正其身，如正人何？""其身正，不令而行；其身不正，雖令不從。"《禮記·哀公問》記孔子對哀公曰："政者，正也。君爲正則百姓從政矣。君之所爲，百姓之所從也；君所不爲，百姓何從？"《詩序》説："'風'，風也，教也。風以動之，教以化之。""上以風化下"；"'雅'者，正也。言王政之所由廢興也"。與《論語》所述是一脈相通的。孔子推崇《雅》《頌》與《周南》《召南》，實是認爲"以備王道"，孟子因此把《詩》認爲是"王者之跡"。《孟子·離婁下》："孟子曰：'王者之跡熄而《詩》亡。'"趙注："王者，謂聖王也。太平道衰，王跡止熄。頌聲不作，故《詩》亡。"説明《詩》的頌聲可見"王者之跡"。《詩》的"變風""變雅"，同樣可以作爲"觀政"之用，《漢書·食貨志》説："男女有不得其所者，因相與歌詠，各言其傷。"孔子主張：《詩》"可以觀"。"可以觀"就是"觀風俗，知得失，自考正也"。"可以怨"與《詩序》説的"下以風刺上"，"主文譎諫"相類。後世從而遂有諷諫、諷刺、諷喻的傳統。例如：白居易的"諷喻詩"，吳敬梓的諷刺小説《儒林外史》，實是受着傳統思想的啓發，而形之於筆墨的。孔子修《春秋》嚴於褒貶，《詩序》倡言美刺，兩者俱爲議論政事，含義相通。從政治角度闡發《詩》及其《風》《雅》《頌》分類和纂輯的意義，從而形成一種思想體系，在歷史上是起過一定的積極作用的。這樣從政治角度對待詩篇，自然有其合理内核；這樣評價詩篇是否符合《詩》的本義，這是另一問題。不過在中國歷史上，既然出現過這樣一種思潮，從政治的角度來評價《詩》所反映的社會生活内容，可以作爲從政的借鑒；那麼，我們歷史地對待這個問題，就應加以探索和理解，對於《詩》的《風》《雅》《頌》的分類，不能單純地從

---

① 見《論語·顏淵》。

音樂和地域的角度來對待,而應該結合它的政治意義來研究。

自然,從音樂和地域的角度來論述《風》《雅》《頌》的分類,探索它的纂輯體例也是必要的。《詩經》産生的地域主要是黄河流域,向南及於漢水、江水。從當時的政治區域來説,《詩經》産生的地域是周部族的本部地區、中原以及其他各封邦。《雅》《頌》代表前者,西周京師在豐、鎬之間,相當於後世的陝西鳳翔、京兆一帶。其中《商頌》是宋詩,《魯頌》是魯詩,産生地是河南商丘與山東兖州。《風》詩代表後者,産生地爲邶、鄘、衛、魏、豳、南諸地區和鄭、齊、唐、秦、檜、曹、魯諸封國,基本上包括了當時的華夏地區。總的説:西自甘肅、陝西、山西,東至河南、河北、山東,南及湖北。其中對《風》詩産生的地域,衆説紛紜,有的還未十分確定。如邶、鄘、衛爲衛,還是衛分爲三。邶、鄘兩國,據《詩譜》説:"自紂城而北謂之邶,南謂之鄘,東謂之衛。"《史記正義》引《帝王世紀》則云:"殷都以西爲鄘,蔡叔監之,殷都以北爲邶。"王國維氏據北伯鼎謂邶即燕(河北),鄘即魯(山東)。二南的地域,從周公、召公統治區域來分,把二南的地域説在陝州的東西一帶,即在河南與陝西之間。實則《詩序》明説:"'南',言化自北而南。"《詩》中也明言江漢,理當結合《韓詩》所説:"二南者,南郡與南陽也。"南郡、南陽地屬荆州,即戰國時楚的地域。胡小石《中國文學史》獨主《南》詩産生地域不外黄河流域,此説難以成立。

《詩》的分類,與地域有着密切的關係。春秋之世,《詩》祇言《風》。漢時始言《國風》。《國風》十五,今編次是:《周南》《召南》《邶》《鄘》《衛》《王》《鄭》《齊》《魏》《唐》《秦》《陳》《檜》《曹》《豳》。所謂國,並非後世所説的國家。《大雅·民勞》:"以綏四國。"《豳風·破斧》:"四國是皇。""四國"與"四方"通,是地方的通稱。周南、召南不是國號。《邶》《鄘》兩《風》的詩中都涉及淇水,那麼,這個邶、鄘兩國的屬地就難以考察。實際上十五國有些國並非國,而爲地域。"風"是地方音樂的腔調的名稱。《大雅·崧高》:"吉甫作誦,其詩孔碩,其風肆好。"就是說那時詩的內容健康,唱的腔調也好聽。《左傳·成公九年》中述:"樂操土風,不忘舊也。"土風就是本土的腔調。那麼,鄭風就是鄭地的腔調,齊風就是齊地的腔調。王是周東部雒邑王畿內方六百里之地,那麼,王風相當於近世說的北平戲爲京戲。南原爲樂器名,商代甲骨文中已見。這歌曲産於南國,它的音調,不同於北方,曲調的末尾有和聲。《小雅·鼓鐘》說:"以雅以南,以籥不僭。"以雅以南,即爲雅爲南。《鄭箋》:"雅,《萬舞》也。萬也,南也,籥也,三舞不僭,言進退之旅也。周樂尚武,故謂《萬舞》爲雅。雅,正也。籥舞,文樂也。"雅爲雅樂的萬舞,南爲南樂的夷舞,籥爲羽籥的翟舞。三者皆舞,但有差別。可見"南"別於"風"。孔子說:"《關雎》之亂,洋洋乎盈耳哉。"是說演奏《關雎》這組詩到亂辭時,音響闊猛。這就說明"南"在曲調上是有其特色的。鄭樵的《二南辨》,初言"南"是樂名。程大昌《詩論》纔把"南"和"風"分開。到了近人梁啓超氏更擴大其說。"南""風""雅""頌"之名,遂爲一般學者所公認。"南""風"是漢水、江水及黃河流域地方的樂歌或小調,"雅"是周王朝直接統治地區的樂歌。周發跡於岐山,建國後都鎬京,故以秦地之樂爲正聲。李斯《上書秦始皇》云:"夫擊甕叩缶,彈箏搏髀,而歌呼嗚嗚快耳者,真秦之聲也。"楊惲《報孫會宗書》云:"家本秦也,能爲秦聲。婦趙女也,雅善鼓琴。奴婢歌者數人,酒後耳熱,仰天撫缶,而歌呼嗚嗚。"是很好的說明。"雅""嗚"古讀音一樣。周所居的地區爲夏,雅、夏古字通。《荀子·榮辱》云:"越人安越,楚人安楚,君子安雅,是非知能材性然也,是注錯習俗之節異也。"《儒效》云:"居楚而楚,居越而越,居夏而夏,是非天性也,積靡使然也。"可證雅、夏古通。周人自尊爲"正聲",故將周地區的音樂稱爲"雅",而"雅"同時也就賦有了

“正”的意義，連帶這地區的語言也稱爲“雅言”。孔子魯人，重視《詩經》，因以雅言誦之。“頌”字，古即“容”字。阮元《釋頌》，以爲“頌”指容貌威儀而言。《商頌》《周頌》《魯頌》如説商的舞歌，周的舞歌，魯的舞歌；可見頌不但可歌，而且兼有手舞足蹈的儀容。阮元又説：“所謂《商頌》《周頌》《魯頌》者，若曰商之樣子、周之樣子、魯之樣子而已，無深義也。何以三《頌》有樣，而《風》《雅》無樣也？《風》《雅》但弦歌笙間，賓主及歌者皆不必因此而爲舞容，惟三《頌》各音皆是舞容，故稱爲《頌》。若元以後戲曲，歌者舞者與樂器全動作也。《風》《雅》則但若南宋人之歌詞彈詞而已，不必鼓舞以應鏗鏘之節也。”這話是正確的，不過並不是三《頌》各章都是這樣。王國維在《説周頌》中給以修正。《頌》是天子宗廟祭祀的舞曲。《詩序》説：“《頌》者美盛德之形容，以其成功告於神明者也。”奏這種歌曲時，歌舞、樂器同時動作，莊嚴肅穆，音樂節奏極緩，故詩韻從而失去作用而變爲無韻之詩。《周頌》是西周初年周王朝祭祀宗廟的舞曲，具有濃厚的宗教氣氛。歌頌祖先功德，如《武》《桓》《賚》等篇，爲頌揚武王滅商的《大武舞》的樂章。《臣工》《噫嘻》《豐年》《載芟》《良耜》等爲春夏祈穀、秋冬報賽答謝神明的祭歌，《魯頌》《商頌》爲春秋時期魯國和宋國用於朝拜、宗廟的樂章。除《魯頌》中的《泮水》和《閟宮》爲臣下歌頌國君外，其餘都爲宗廟的祭歌，創作時代較晚，內容不若《周頌》質樸，方玉潤《詩經原始》因説“褒美失實”。

一般來説，《風》《雅》《頌》除音調不同外，從作品的內容上説，也有它不同的地方。《風》詩大部分是民間的創作，接近於人民自己的觀點，從而反映當時社會各階級、各階層的生活面貌、思想感情，體現了人民的真摯的感情和合理的願望，思想性和藝術性都是極高的。當時，奴隸主統治階級所以采集有其功利目的，主要是藉以考察政治的得失；其次是充實樂章。統治階級爲了製作樂歌，有時也會蒐集民間詩歌，吸取民間樂調加以改編或改造。《小雅》用於燕禮，大夫士用《小雅》，諸侯宴其臣及他國之臣也用《小雅》。《大雅》用於饗禮，兩君相見用《大雅》。王國維氏於《釋樂次》中考析甚詳。《夢溪筆談》云："先王之樂爲雅。"奴隸主統治階級所以用《雅》，主要用以建立嚴格的等級從屬制度，遵循爵次名位和禮教，制定樂章，以防微杜漸，"安上治民"，"移風易俗"，鞏固社會秩序。如《左傳·襄公四年》所載穆叔之所以在聽歌《鹿鳴》時纔拜，正是由於等級名分的關係，這和孔子看到季氏的八佾舞於庭而大不以爲然的道理一樣。《雅》詩不少是創作於西周奴隸制社會上升時期，所以不少是美詩。所謂"正雅"，是歌功頌德。但當周代奴隸制社會走向它的反面的時候、下坡路的時候，人民的力量不斷高漲，統治階級内部充滿着矛盾，有不少善良、正直的公卿大夫士被壓抑排擠出來，因而走向人民，同情人民。他們是熟悉本階級的生活面貌的，因而在《雅》詩中出現不少政治諷刺詩，即刺詩，斥責現實，反映喪亂，表達了他們主持正義和對小人於暴政的深切的仇恨，也曲折地反映了人民的意志。《頌》是奴隸主統治階級的宗教式的祭歌，善頌善禱。但由於這些祭歌，有的來自民間祭歌，其中也就部分地反映着人民祈求農作豐收與英雄崇拜的端緒。《雅》《頌》中有不少有價值的史詩，記載着周代開國英雄的史績。《禮記·樂記》說："先王之制禮樂也，非以極口腹耳目之欲也，將以教民平好惡，而反人道之正也。……夫物之感人無窮，而人之好惡無節，……此大亂之道也。""故禮以道其志，樂以和其聲，政以一其行，刑以防其奸。禮樂刑政，其極一也；所以同民心而出治道也。"通過《詩》禮樂以鞏固統治秩序，維護社會治安，這樣的政治措施是十分高明的。

　　《詩經》結集定本以後，在孔子時代，學術、教育出於私門，把

《詩》列爲教學的重要科目,受諸子百家的重視。先秦諸子,如墨子、孟子、荀子、莊子等,都曾引《詩》以宣揚他們自己的主張。戰國之士,列國士大夫經常借《詩》言志以辦理外交。他們都是斷章取義,借題發揮,用以顯示個人的意志;對於詩的本義是可以不理睬的。例如:《左傳·文公十三年》記載鄭伯與魯公會宴於棐,鄭伯意欲和晉國修好,希望魯公去晉説情。宴會時,鄭大夫子家賦《小雅·鴻雁》,取這詩第一章"之子于征,劬勞于野。爰及矜人,哀此鰥寡"暗示鄭國寡弱,需要魯晉哀恤。魯大夫季文子答賦《小雅·四月》,義取行役逾時,思歸祭祀,表示拒絶。子家又賦《鄘風·載馳》的第四章,取小國有急,盼望大國援助。季文子又賦《小雅·采薇》的第四章,取其"豈敢定居,一月三捷",許爲鄭還,不敢安居,表示允許爲鄭奔走。這場外交,雙方都是賦詩示意。所以孔子强調誦詩,《論語·子路》曾説:"誦《詩》三百,授之以政,不達;使於四方,不能專對:雖多,亦奚以爲哉?"又説:"不學《詩》,無以言。"《漢書·藝文志》説:"《傳》曰:'不歌而誦謂之賦,登高能賦,可以爲大夫。'""古者諸侯卿大夫交接鄰國,以微言相感,當揖讓之時,必稱詩以喻其志。蓋以別賢不肖而觀盛衰焉。"這種制度,到了"春秋之後,周道浸壞,聘問歌詠,不行於列國。學詩之士,逸在布衣,而賢人失志之賦作矣"。

　　戰國以後,遞嬗到了漢代,《詩》尊爲經,稱爲《詩經》,藉以宣揚和闡發封建政治倫理道德。漢朝傳《詩》的,有齊轅固生、魯申培公、燕韓嬰、趙毛亨四家。齊、魯、韓三家《詩》是今文,在西漢立於學官,置博士。"齊詩"創始於齊人轅固生,景帝時,以治《詩》爲博士。《魯詩》溯源於荀卿,創始於魯人申培公。《漢書·楚元王傳》云:荀卿授《詩》浮丘伯,伯授申培、楚元王、穆生及白生。申培於文帝時以治《詩》爲博士。《漢書·儒林傳》謂:申公獨以《詩經》爲訓故以教,亡傳,疑者則闕弗傳。《韓詩》創始於燕人韓嬰，文帝時爲博士。《儒林傳》云："嬰推詩人之意而作《內外傳》數萬言，其語頗與齊、魯間殊。"三家詩，"齊詩"亡於魏代，《魯詩》亡於西晉，《韓詩》雖存，無傳者。南宋以後，《韓詩》亦亡，僅存《外傳》。到了清代，輯佚學及今文學興起，於是久已衰亡的今文《詩》學又成爲學者探索的對象。"毛詩"爲古文學，相傳創始於毛公。《儒林傳》："毛公，趙人也，以治《詩》爲河間獻王博士。"《漢書·藝文志》云："毛公之學，自謂子夏所傳，而河間獻王好之，未得立。"《藝文志》錄《毛詩故訓傳》三十卷。吳陸璣《毛詩草木鳥獸蟲魚疏》說："孔子刪詩授卜商，商爲之序，以授魯人曾申。申授魏人李克。克授魯人孟仲子。仲子授根牟子。根牟子授趙人荀卿。荀卿授魯國毛亨。毛亨作《訓詁傳》，以授趙國毛萇。時人謂亨爲大毛公，萇爲小毛公。"陸德明《經典釋文·敘錄》引吳徐整說："子夏授高行子。高行子授薛倉子。薛倉子授帛妙子。帛妙子授河間人大毛公。毛公爲《詩故訓傳》於家，以授趙人小毛公。小毛公爲河間獻王博士，以不在漢朝，故不列於學。"說殊分歧，但多說"毛詩"傳自卜商，成爲儒家一脈相傳之學，這是無疑的。

今人黃焯撰《毛詩鄭箋平議》，《序》中曾說："《詩》之本義，皆見之於《序》。《序》義乃孔子親問於太師，以授子夏。使《詩》而無《序》，雖聖人不能知其本義。今試讀同時人集，去其前提，而以意測其詩旨云何，猶鮮有當者。況出於古人兩千餘年以上之詩篇哉？"呂東萊《家塾讀詩記》引程氏曰："學《詩》而不求《序》，猶欲入室而不由戶也。"陳奐《詩毛氏傳疏》云："讀《詩》不讀《序》，無本之教也。"這些見解是有一定的道理的。《詩》三百篇於周秦西漢雖以諷誦得傳，它的篇義，又以口耳相傳，說《詩》者囿於見聞、偏愛，傳之者、記之者於是諸說分歧。四家詩中，"毛詩"篇義獨完，又詳於訓詁。"毛詩"在西漢時雖未立於學官，到了東漢卻是盛行起來。東漢學者如鄭衆、賈逵、馬融、鄭玄都是治"毛詩"的，多有論述。後世學者，對於"毛詩"，多所推崇。宋呂東萊説："以魯、齊、韓之義尚可見者較之，獨'毛詩'率與經傳合。"李清臣、葉夢得都説："《毛傳》簡質深密。"黃震説："'毛詩'注釋簡古。"王應麟也説："毛之説簡而深。"清陳奐説：《毛傳》"文簡而義贍，語正而道精"。

東漢鄭玄雜采今文三家《詩》説，且爲"毛詩"作《箋》，《毛傳》鄭箋便爲學者公認，從此盛行於世。南北朝時，北朝兼崇毛、鄭；南朝崇《毛傳》，對於鄭玄、王肅的異同，互相申駁。唐貞觀中，孔穎達以劉焯《毛詩義疏》和劉炫《毛詩述義》爲稿本，撰《毛詩正義》四十卷。二劉出於隋世。他們的前代，南北之學雖殊，《詩》宗毛、鄭則大抵無異。所以《孔疏》能融貫群言，包羅古義，彙集六朝的《詩》説，遠明周漢，下被宋清，引申毛、鄭《詩》説，成爲權威性的著作。

宋學崛興，毛、鄭之學漸衰。南宋鄭樵倡言排擊，朱熹遵之；降及元、明，《詩》學幾廢。到了清代，"毛詩"古文學又大行。經師治《詩》，多遵《序》《傳》，陳奐、胡承珙都篤信《毛傳》。陳奐《詩毛氏傳疏》，專依《毛傳》而不及《箋》，偏於訓詁名物，於辭義或少推究。胡承珙《毛詩後箋》網羅衆説，申解《序》《傳》，探索故訓之原，深識辭言之理。陳啟源《毛詩稽古編》首駁朱熹《詩集傳》。馬瑞辰《毛詩傳箋通釋》，兼取毛、鄭，對於字義訓詁，爲之疏通證明。

《漢書·藝文志》説三家詩，"咸非其本義，與不得已，魯最爲近之"。三家詩都未能懂得《詩》的本義，三家比較起來，魯最近之。東漢熹平四年(175)，訂正儒家經本文字，由蔡邕以隸體書於石，該石立於洛陽太學，史稱"熹平石經"，刻的就是《魯詩》。"毛詩"盛行，唐開成二年(837)，又以真書刻石經於陝西長安國子監，史稱"開成石經"，刻的就是《毛傳鄭箋》。今石悉存於陝西

西安碑林博物館中。《敦煌遺書總目録索引》所存敦煌本《詩》，
爲六朝、唐寫本《毛詩傳箋》，其文字雖有與今阮刻本《毛詩正義》
不同的，有些可能是陸德明《經典釋文》中所稱之别本；但亦可見
《毛傳鄭箋》的盛行了。

《詩》所反映的廣闊的和深邃的社會現實

　　《詩經》的内容是豐富多彩的,它所反映的社會現實是廣闊而深邃的,真可稱之爲"中國古代的百科全書"。孔子認爲誦《詩》可以"多識於鳥獸草木之名",即可以豐富博物知識。司馬遷《史記·太史公自序》也説:"《詩》記山川、溪谷、禽獸、草木、牝牡、雌雄,故長於風。"它所攝寫的東西是非常豐富的。漢代學者因此研究各地的山川風貌、物産民情。據有的學者統計,《詩經》中涉及的草有一百零五,木有七十五,鳥有三十九,獸有六十七,蟲有二十九,魚有二十。① 在這三百零五篇中,通過詩人的歌詠還從側面反映了古代人民在古代社會生活中有關天文、地理、歷史、政治、音樂、建築、氏族、家庭等諸多方面的認識與感受。我們因此把它作爲寶貴的資料,承上啓下,進行研究,並探索它的源流。班固撰寫《漢書》,他是十分重視這一點的。班固曾説,他的著作《漢書》資料來源之一是出於"采獲舊聞,考跡《詩》《書》"的。《漢書·地理志》就是很好的例證。班固在論述天下郡國的物産和風俗時,就是經常引《詩》以爲證的。如《志》中説秦:

　　　　秦地於《禹貢》時,跨雍、梁二州,詩風兼秦、豳兩國。昔

---

　　① 　參見《古典文學三百題》,上海古籍出版社,1986 年。

后稷封釐，公劉處豳，大王徙邠，文王作酆，武王治鎬，其民有先王遺風，好稼穡，務本業，故《豳》詩言農桑衣食之本甚備……

天水、隴西，山多林木，民以板爲室屋。及安定、北地、上郡、西河，皆迫近戎狄，修習戰備，高上氣力，以射獵爲先。故《秦》詩曰："在其板屋。"又曰："王于興師，修我甲兵，與子偕行。"及《車轔》《四載》《小戎》之篇，皆言車馬田狩之事……

秦地天下三分之一，而人衆不過什三；然量其富居什六。（秦豳）吳札觀樂，爲之歌《秦》，曰："此之謂夏聲。夫能夏則大，大之至也。其周舊乎？"

說魏：

邶、鄘、衛三國之詩，相與同風。《邶》詩曰："在浚之下。"《鄘》曰："在浚之郊。"《邶》又曰："亦流于淇"，"河水洋洋"。《鄘》曰："送我淇上"，"在彼中河"。《衛》曰："瞻彼淇奧"，"河水洋洋"。故吳公子札聘魯，觀周樂，聞《邶、鄘、衛》之歌曰："美哉淵乎！吾聞康叔之德如是，是其《衛風》乎？"……

康叔之風既歇，而紂之化猶存，故俗剛强，多豪桀侵奪，薄恩禮，好生分……

《詩·風》唐、魏之國也……

其民有先王遺教，君子深思，小人儉陋。故《唐》詩《蟋蟀》《山樞》《葛生》之篇曰："今我不樂，日月其邁。""宛其死矣，它人是媮。""百歲之後，歸于其居。"皆思奢儉之中，念死生之慮。吳札聞《唐》之歌，曰："思深哉，其有陶唐氏之遺民乎？"魏國亦姬姓也，在晉之南河曲。故其詩曰："彼汾一曲”，“實諸河之側”。

自唐叔十六世至獻公……，晉於是始大。至于文公，伯諸侯，尊周室，始有河內之土。吳札聞《魏》之歌，曰：“美哉沨沨乎！以德輔此，則明主也。”

説韓：

《詩·風》陳、鄭之國，與韓同星分焉。

説鄭：

（其子）武公與平王東遷，卒定虢、會之地。右雒左泲，食溱、洧焉。土狹而險，山居谷汲，男女亟聚會，故其俗淫。《鄭》詩曰：“出其東門，有女如雲。”又曰：“溱與洧，方渙渙兮；士與女，方秉蕑兮。”“恂盱且樂；惟士與女，伊其相謔。”此其風也。吳札聞《鄭》之歌，曰：“美哉！其細已甚，民弗堪也。是其先亡乎？”

説陳：

周武王封舜後嬀滿於陳，是爲胡公。妻以元女大姬，婦人尊貴，好祭祀，用史巫，故其俗巫鬼。《陳》詩曰：“坎其擊鼓，宛丘之下，亡冬亡夏，值其鷺羽。”又曰：“東門之枌，宛丘之栩，子仲之子，婆娑其下。”此其風也。吳札聞《陳》之歌，曰：“國亡主，其能久乎？”

説齊：

以封師尚父，是爲太公。《詩·風》齊國是也。臨甾名營丘，故《齊》詩曰：“子之營兮，遭我乎嶩之間兮。”（《齊》詩中無此詩句。疑爲《齊風·還》中：“子之還兮，遭我乎猺之間兮。”）又曰：“竢我於著乎而。”此亦其舒緩之體也。吳札聞《齊》之歌,曰:"泱泱乎,大風也哉!其太公乎?國未可量也。"

說曹:

濟陰、定陶,《詩・風》曹國也。武王封弟叔振鐸於曹,其後稍大,得山陽、陳留,二十餘世爲宋所滅。

說衛:

衛地有桑間濮上之阻,男女亦亟聚會,聲色生焉。故俗稱鄭、衛之音。①

班固在這裏討論及天下郡國人文地理、風俗民情和生產情況,都是參考《風》詩所寫,作爲活的生活資料結合起來考慮的;從而説明郡國各地不同的歷史源流、政治風貌和特色。《漢書・藝文志》説:"故古有采詩之官,王者所以觀風俗、知得失、自考正也。"班固撰《漢書・地理志》可以説是他借鑒於《詩》以"觀風俗、知得失、自考正"的具體實踐。這樣的考跡《詩》《書》,治學方法是值得我們重視和學習的。

班固從人文地理、民俗學的角度運用了《詩》、發揮了《詩》這一方面的潛在力量,這是一個好的起點。但《詩》在這個問題上,好比一個礦藏,是需要我們付出艱苦的勞動,兢兢業業,不斷地予以發掘的。

《詩經》的内容是豐富多彩的。就我們今天在這時代精神裏所獲得的理解來説:《詩經》不僅是重要的古籍,而且是一部傑出的古代文學作品,是詩歌創作。文學創作是源於社會現實生活

---

① 應守嚴案:以上引文原爲一段,爲了眉目清楚,做了以國別爲目的分段處理。

的。所以,《詩經》豐富多彩的内容,不僅由於它所描寫的時代悠久、地域遼闊,更爲重要的還是由於《詩經》所反映的内容,是它那個時代的社會現實所派生的。《詩經》的内容相當真實地反映了中國古代在一定的歷史階段中歷史的和政治的社會生活,是極爲廣闊而深刻的。《詩經》對於當時的社會矛盾、社會問題以及各階級、各階層的生活面貌、思想感情都做了本質的反映和概括;同時,對於統治階級的政治思想、政治措施、政治理想及其對於貴族子弟和公卿大夫士的願望與教育,也有着感情深摯的抒發和細緻的描寫。在《詩經》中,有的歌頌了人民真摯而健康的愛情,也描述了統治階級的婚姻和他們的家庭生活;有的記述了人民對於民族歷史和英雄事業的崇拜與敬愛;有的反對讒邪,歌頌正直,突破肯定天道的宿命觀念,展示了同情人民的人道主義精神;有的突出了古代社會偉大的政治領袖的豐功偉績與政治家高瞻遠矚的進步思想;有的揭露了社會現實中的尖銳矛盾,描述了人民在軍役、徭役中的苦難,鞭撻統治集團腐朽惡劣的行徑……所有這些都巧妙地通過藝術形象表現出來,從而塑造了衆多可敬可愛的人物形象,表現了它的時代的進步思想與感情,構成古典現實主義詩歌和中國文化的優良傳統,並爲後世樹立了典範。

　　《詩經》是豐富多彩的,就題材和内容而論我們可以把它約略分爲五類:一、情歌與婚姻詩;二、勞動歌詩;三、衛國戰爭詩;四、政治諷刺詩;五、史詩與祭歌。一般講述《詩經》,是從《風》《雅》《頌》的體制來分類的。自然從《詩經》的文學體裁,結合它的音樂特色來分是可以反映它的一定的内容特徵的;但是我們不從這個體制着眼,而是直接從它反映社會現實生活的内容來分類,這樣可能更加符合客觀實際,從而能探索出一些新鮮的東西。

一、情歌與婚姻詩

　　情歌與反映兩性生活的詩歌，是《詩經》中一個重要組成部分。這部分的詩歌不僅具體生動地本質地反映和概括着人們的兩性生活，而且表現得多種多樣。由於《詩經》所攝寫的社會已經從奴隸制走向封建制的社會，母系氏族社會早已消逝，家庭、私有制與國家早已建立。這一社會性質，體現在男女問題上是較爲複雜的，這就形成了它的內容的多樣性和所反映的深刻性與廣闊性。由於人類的愛情與兩性生活，不是赤裸裸地以動物方式來滿足他們的性的活動，而是一種社會生活，這就形成社會性質對於社會生活起着派生和制約的作用。這裏，讓我們先談一下愛情與兩性生活和社會性質的關係；其次再來考察它在文學作品《詩經》中的反映。

　　歷史告訴我們，人類的兩性關係最初是雜亂的性交關係，父女、母子可以互爲夫妻。後來人們在長期的經驗積累中認識到血緣婚生的子女不健康，因而後來禁止血族的性關係，發展爲群婚制。在原始社會，由於婦女在農業生產中起着主要作用，擔負主要的職能，就形成了母權制。隨着生產的發展，產生畜牧經濟，在這方面，男子起了主要作用。人們生產的東西有了剩餘，氏族內部就積累起了財富。這種財富隨着男子在勞動中所起的決定作用而爲男子占有，女子日漸處於被支配的地位。於是家庭關係遂由母系氏族轉化爲父系氏族。又隨着金屬工具的發明，已不需要整個氏族一起去生產了，生產可單獨由一人或幾個人來進行，這樣更能調動人的積極性，於是大家族就分化爲一夫一妻的家庭。在奴隸社會、封建社會、資本主義社會裏，都是生產資料爲私人占有的社會，婦女因而一直處於被壓迫的地位，在政治上、經濟上和男子處於不平等的地位。這種支配男女關係的最主要的力量，雖然是經濟，但它常常通過法律、道德和宗教而起着作用，而成爲習俗。在階級社會中，愛情與兩性生活，始終爲社會關係所限制、所決定；隨着社會關係的變化，對於愛情的觀點也發生變化。

在封建社會裏，家庭是封建王國的縮影。人們的隸屬關係，奴隸制的殘餘，存在於皇帝與人民間，也存在於家庭中，存在於父母、子女和夫妻間。男女結合完全遵從父母之命與媒妁之言，議婚不是爲了男女雙方的幸福，而是成爲封建家庭，甚至國家聯合的手段或謀取財產的手段；因此，青年男女雙方真摯的戀愛是無足輕重的，青年男女在根深蒂固的封建道德統治下常受屈辱。至於勞動人民——農民和手工業者，一方面他們是小私有者，在婚姻中不可避免地要從經濟利益方面去考慮，而且男性是財產的支配者，男女不平等的基礎並未消失；另一方面，封建道德占着統治地位，男女青年的愛情和婚姻也受着封建道德的約束和愚弄。一般説來，那時還不可能産生無產階級式的愛情和婚姻。但是由於他們是被壓迫的勞動者，婦女自己也能勞動，兩性接觸的機會較多，在勞動中就産生了戀愛的萌芽，甚至叛逆封建道德的行爲。夫妻在共同勞動和共同患難中，形成了高尚的"糟糠夫妻"感情而爲人民所樂道。

恩格斯在《家庭、私有制和國家的起源》一書中説：

> 在整個古代，婚姻都是由父母爲當事人締結的，當事人則安心順從。古代所僅有的那一點夫婦之愛，並不是主觀的愛好，而是客觀的義務；不是婚姻的基礎，而是婚姻的附加物。現代意义上的爱情关系，在古代祇是在官方社會以外纔有。

> 對於騎士或男爵，像對於王公一樣，結婚是一種政治的

行爲,是一種藉新的聯姻來擴大自己勢力的機會;起決定作用的是家世的利益,而絕不是個人的意願。在這種條件下,愛情怎能對婚姻問題有最後決定權呢?

當父權制和專偶制隨着私有財產的分量超過共同財產以及隨着對繼承權的關切而占了統治地位的時候,結婚便更加依經濟上的考慮爲轉移了。買賣婚姻的形式正在消失,但它的實質卻在越來越大的範圍內實現,以至不僅對婦女,而且對男子都規定了價格,而且不是根據他們的個人品質,而是根據他們的財產來規定價格。當事人雙方的相互愛慕應當高於其他一切而成爲婚姻基礎的事情,在統治階級的實踐中是自古以來都沒有的。至多祇是在浪漫故事中,或者在不受重視的被壓迫階級中,纔有這樣的事情。

這無疑是正確的。在我國漫長的歷史歲月中,一直保留着這個特點。在中國奴隸制社會的歷史時代裏自然也不會例外。

基於這些認識,我們來對《詩經》中的情歌與反映兩性生活的詩歌,加以考察。

首先《詩經》所描述與歌頌的是官方社會以外的勞動人民,他們在勞動中建立友誼,他們纔有真摯的愛情的萌芽和對於合理生活的美好願望。這就可以說明《詩經》確是真實地反映了當時社會的生活面貌。舉例說吧!

《齊風·還》這篇詩是歌頌一位獵者雄健能幹,在勞動中他與女友建立了友誼:

> 子之還兮,遭我乎猇之間兮,並驅從兩肩兮,揖我謂我儇兮。

譯文:

> 你的行動真輕捷啊,碰到我在猇的山中啊,我與你並肩

坐在一輛車子上一道去追逐兩個小獸啊,你對我打躬作揖地説我是很能幹的啊。

《鄭風‧女曰雞鳴》這篇詩是歌頌一對青年男女,看來是一家獵戶人家。從詩篇他們的對話中,顯示着這兩口子的戀愛生活,以及他們對於生活的美好展望。他們在某一個早晨,款款地談着:

女曰:"雞鳴。"士曰:"昧旦。""子興視夜。""明星有爛!""將翱將翔,弋鳧與雁。"

"弋言加之,與子宜之。宜言飲酒,與子偕老。琴瑟在御,莫不靜好?"

"知子之來之,雜佩以贈之。知子之順之,雜佩以問之。知子之好之,雜佩以報之。"

譯文:

女子説:"雞叫了。"男子説:"天還沒有亮呢!"(女)"你出去望一下。"(男)"曉星正光輝着呢!"(女)"鳥兒將飛滿在天空,我們去射野鴨與飛鴻。"

"一箭就射中了,與你一同來吃吧。可以喝喝酒,與你一同厮守到白髮飄飄的時候。琴瑟放在架子上,不是都很修潔嗎?"

"我知道你要來,挑一些美玉來贈給你。知道你很恭順,挑一些美玉來慰問你。知道你很善良,挑一些美玉來酬答你。"

《衛風‧木瓜》這篇詩不僅體現了青年男女間誠摯純樸的情感,更表示了情侶雙方對待異性的尊重和敬愛。詩中洋溢着人們克己為人的戀情和豪邁、爽朗、懇摯的性格:

投我以木瓜,報之以瓊琚。匪報也,永以為好也。

譯文：

> 把木瓜給我投擲了過來，我把瓊琚還送了過去。這不是還送啊，這是在結久遠的和好啊。

《鄭風·溱洧》是寫青年男女的喜悅。正當春水盈盈的時候，鄭國溱水、洧水兩岸，男的、女的擠得滿滿的，他們都在歡樂地歌唱、舞蹈，拿着芍藥花枝相互贈送。青年永遠是年輕的，在他們的生命中充滿着光與熱：

> 溱與洧方渙渙兮，士與女方秉蕑兮。女曰："觀乎？"士曰："既且！""且往觀乎？"洧之外洵且樂。維士與女，伊其相謔，贈之以芍藥。

譯文：

> 溱水和洧水，正在盈盈地流啊。男的和女的，正拿着芳香的蘭花啊。女的說："去看吧？"男的說："已經去過了！"（女的說）"姑且再去看一會兒吧？"洧水的外邊，真的喧嘩而且熱鬧。男人和女人，他們互相開着玩笑，都在贈送芍藥花兒。

《鄭風·子衿》是寫一位姑娘，她熱忱地期待她的愛人。愛人沒有來，她爲愛情而矜持、羞怯與焦慮：

> 青青子衿，悠悠我心。縱我不往，子寧不嗣音？

譯文：

> 你那青青而輕柔的總帶啊，永遠飄蕩在我的心頭。縱使我不能來到你的身邊，難道你就不能傳個歌聲來打個招呼嗎？

在這些詩歌中所反映的青年男女的戀愛生活，他們的感情是真摯而强烈的,對於異性是尊重的,對於生活的願望是合理與美好的,這就足以説明他們的戀愛生活是健康和高尚的。它的思想意義與藝術成就也由此可見一斑。可是,這些詩歌所體現的人物性格與所顯示的思想意識和當時的社會制度,即鞏固私有制,以及適應和維護這制度的禮制和禮教是有抵觸的。因此,這些詩篇采集入於《詩經》之後,統治階級根據他們的需要就做了另外一種或多種的解釋,使詩人的作詩之義和古代學者的授詩之義産生了很大的差異,有的甚而是本質上的差異。在當時,這制度和服務這制度的禮制和禮教所形成的力量是客觀存在着的。那麼青年男女的戀愛在當時不少或者説是大多數是不能如願以償的,而且其中更多是含有悲劇成分或者形成悲劇的。於是這些受壓的人們表現了他們的抵制、反抗與鬥爭的精神。

《召南·摽有梅》是一首寫農村婦女的戀歌。詩中寫的是一位農家的女孩子,她在春光爛漫的時候,懷着無限希望,去追求她的伴侶;可是一直到梅子落盡,她的希望隨着春光倏地消逝了。

> 摽有梅,其實七兮。求我庶士,迨其吉兮!
> 摽有梅,其實三兮。求我庶士,迨其今兮!
> 摽有梅,頃筐塈之。求我庶士,迨其謂之!

譯文:

> 梅子成熟了,它的果實落得祇剩七成了。我尋求我的伴侶,懷着無限的希望!
>
> 梅子成熟了,它的果實落得祇剩三成了。我尋求我的伴侶,一直希望到現在!
>
> 梅子成熟了,用淺的籃子盛回家去。我尋求我的伴侶,不過掛在嘴邊説説罷了!

《鄭風·將仲子》這篇詩是寫一位年輕的姑娘,她愛上了仲子。從字面看,這姑娘似乎是不敢熱愛仲子的,她顧慮重重,害怕父母、諸兄和衆人的多言;可是她的心房是沸騰和跳躍着的,她爲着愛情擔憂,同時又是充滿着擺脱禮制束縛的熱烈願望。詩中深刻地揭露了禮制、輿論與家長制對真正愛情的禁錮與迫害。這冷冰冰的現實與合理的愛情生活構成了不可調和的矛盾:

> 將仲子兮,無踰我里,無折我樹杞。豈敢愛之? 畏我父母。仲可懷也,父母之言,亦可畏也。

譯文:

> 請你仲子啊,不要跑到我的鄉裏來,不要攀折我家的柳樹。哪裏敢愛他呢? 怕我的父母啊。仲子是值得懷念的,父母的嘮叨,也是可怕的。

《鄘風·柏舟》這篇詩是寫一位姑娘,愛着蕩漾在柏木舟裏頭髮披在兩旁的青年,她的母親卻没同意她的婚事。這姑娘反抗"父母之命"的婚姻,站起來説:她是誓死不愛他人的。詩中充滿了被壓迫者反抗鬥爭的意志與精神:

> 汎彼柏舟,在彼中河。髧彼兩髦,實維我儀。之死矢靡它! 母也天只! 不諒人只!

譯文:

> 柏木舟在水中蕩漾,在那河的中央。那頭髮披在兩旁的青年,是我心愛的人。我誓死不愛他人! 母親哪,天啊,可是不諒解人家的苦衷啊!

這些詩篇,一方面歌頌了誠摯的愛情;同時也揭露了封建迫害給予他們的痛苦,表現了人民爭取自由和幸福生活的願望與鬥爭。當時的社會禮制與誠摯的愛情是有矛盾的,有時是對立的。這些詩篇形象地説明了這問題,它的進步意義也就從中體現出來。

我們知道在中國古代社會裏,勞動人民中間,一方面他們是小私有者,在婚姻問題上往往會從經濟利益方面去考慮。同時,男性是財産的支配者,存在着男女不平等的基礎;另一方面封建道德占着統治地位,婦女往往受歧視。因此,在男女問題上社會上不時會出現悲劇,這是值得深思的。例如,《衛風・氓》這篇詩所寫的悲劇故事,我們是應當深深地同情的。它的悲劇意義是帶有它時代的特徵的。《氓》中所叙述的是一位善良、勤奮的婦女自述她被氓引誘、受騙、結婚而被遺棄的經過。

> 氓之蚩蚩,抱布貿絲。匪來貿絲,來即我謀。送子涉淇,至于頓丘。匪我愆期,子無良媒。將子無怒,秋以爲期。
>
> 乘彼垝垣,以望復關。不見復關,泣涕漣漣。既見復關,載笑載言。爾卜爾筮,體無咎言。以爾車來,以我賄遷。
>
> 桑之未落,其葉沃若。于嗟鳩兮,無食桑葚。于嗟女兮,無與士耽。士之耽兮,猶可説也。女之耽兮,不可説也。
>
> 桑之落矣,其黄而隕。自我徂爾,三歲食貧。淇水湯湯,漸車帷裳。女也不爽,士貳其行。士也罔極,二三其德。
>
> 三歲爲婦,靡室勞矣。夙興夜寐,靡有朝矣。言既遂矣,至于暴矣。兄弟不知,咥其笑矣。靜言思之,躬自悼矣。
>
> 及爾偕老,老使我怨。淇則有岸,隰則有泮。總角之宴,言笑晏晏。信誓旦旦,不思其反。反是不思,亦已焉哉。

譯文:

　　你啊,一個多麽老實的漢子,帶了貨布來買我的絲。你不是來買絲的,原來是來向我求婚的。我送你涉過淇水,一直到了頓丘。並非我有意誤了佳期,因爲你没有央媒人來説親啊。請你不要動氣,我決定就把秋季作爲我們的佳期吧。

我跑到垝垣上去,日夜遥遠地盼望着復關。我看不見復關,是多麽心急,我竟凄然地哭了。我看到了復關,就有説有笑,我是多麽高興啊。你請了卜筮的人,算算兩人的命數,也並無不吉的話語。你把車子帶來,把我和嫁妝一起運走了。

桑葉在没有脱落的時候,它的葉子綠油油的,是多豐潤啊。唉!鳩,小心啊,不要貪吃桑葚。唉!少女,少去和男人尋歡吧。他們男人作樂,是没有關係的。我們女子去尋歡作樂,就不是那麽簡單了。

在桑葉快要脱落的時候,它的顏色蒼黄而脱落下來。(光景是多麽凄涼啊!)自我嫁你以後,在這三年的時間裏,我都是過着貧困的日子。淇河的水盈盈地流着,我們的車子也被水浸濕了。我這做女子的,不曾有什麽過錯;但你對我的態度卻完全兩樣了。你啊,真是壞透了,對我總是三心二意的。

我做了你家的媳婦三年了,滿屋的人没有像我這樣勞苦的。早起晚睡,没有一天不是這樣。但是你啊,目的達到了,對我就凶暴起來了。回家,我的同胞兄弟不理解我所受的委屈,反而哧然一笑。私下想想,徒自悲傷哭泣罷了。

你説:"我想和你白頭偕老。"但今天又嫌我老。唉!淇水雖闊,也有它的邊岸;隰地也有淺的地方。我倆孩提時的相會,那情景是多麽愉快而相愛啊。你那誠懇的山盟海誓,就不想實行了嗎?那些誠懇的話,你是不想實行了。我也祇好算了，還有什麼話説呢？

《氓》是一篇具有叙事成分的抒情詩，是寫一位婦女受着社會多重蹂躪和傷害的悲憤詩。詩中刻畫了兩個對立的人物形象。其中氓是個商人，他的素質很差，没有做人的一些起碼的品德修養，他沾染着濃厚的損人利己的思想和封建意識的糟粕，他是個無情無義，自私自利，極其卑賤的人。他以謊言和虛偽的殷勤，騙得了婚姻和女人。一旦得逞，成家立業以後，馬上便擺出一副凶狠的家長神態，虐待妻子，最後遺棄了她。這種惡狠的心腸和卑鄙的手段，正是腐朽的剝削階級思想的反映，是"重男輕女""男尊女卑"思想畸形發展的産物。

詩中還刻畫了一個具有生活真實感的勞動婦女的形象。她熱情善良，仁厚而勤勞；她熱愛生活，並且有着美好的也是合理的願望。在愛情一開始，她就以純真的心意，接受了氓的求婚。她也曾爲愛情中的離别與相逢，感受着折磨與歡欣。爲了改善生活和追求理想，她辛勤不懈地勞動，在困苦的生活中，她爲家庭爭得温暖，但從氓那裏得到的並不是尊重與體貼，不是友好的關愛和安慰，而是冷酷的虐待和遺棄。但面對這冷酷的迫害，她既没有哀告，也没有乞憐，她凜然不屈，毅然訣别。可以理解，她的遭遇和内心的痛苦，是封建社會婦女的悲慘處境的真實反映。詩篇告訴我們：人的素質在處理人與人的關係中起着關鍵性的作用。假使氓有着真摯、善良、熱情、勤勞的素質，或是詩中的"我"，頭腦能冷靜些，珍惜自己的感情，對氓多多考察，拒絶他的誘騙，不是感情衝動，被甜言蜜語蒙住了眼睛，那麼這悲劇是可以避免的。

在"官方社會"中，《詩經》也描述了統治階級的兩性生活，從而顯示了他們的精神面貌。

《召南·何彼襛矣》是寫王姬出嫁的詩。詩中盛稱王姬出嫁時的艷妝及其家世的顯赫;可是在這詩中,卻用魚兒與釣絲來比喻他們兩姓的婚姻關係。這就可以看出他們是着眼於怎樣的觀點來處理婚姻問題的:

> 何彼襛矣?唐棣之華。曷不肅雝,王姬之車。
>
> 何彼襛矣?華如桃李。平王之孫,齊侯之子。
>
> 其釣維何?維絲伊緡。齊侯之子,平王之孫。

譯文:

> 怎麼那樣的艷麗啊?像那唐棣的花枝。多麼莊嚴又大方,那貴族婦女的車輛。
>
> 怎麼那樣的艷麗啊?像桃李花一般的漂亮。她是平王的外孫,她是齊侯的女郎。
>
> 用什麼東西來釣魚啊?用長長的絲做緡。她是齊侯的女郎,她是平王的外孫。

這裏所攝寫的"官方社會"中的對於婚姻嫁娶的看法及其思想意識是多麼明顯啊,是用長長的絲做緡來釣魚以顯示顯赫的地位和艷妝的。也許有人以為《何彼襛矣》這詩寫得太簡單了。那麼,再看《衛風·碩人》一詩是怎樣反映這一問題的。《碩人》寫齊莊姜出嫁到衛國來,詩篇寫得十分細膩。全詩共四章,第一章寫齊衛門第的顯赫;第二章寫莊姜的美麗;三四兩章寫莊姜出嫁時的排場和旅途所見。可是仔細體會一下:貴族統治階級的生活方式看來是十分富麗堂皇的,而使人遺憾的是中間看不到他們之間絲毫真摯的感情,他們的兩性生活實際是非常空虛的。這詩所反映出來的貴族階級對於婚姻的看法與《何彼襛矣》基本上是一致的。

> 碩人其頎,衣錦褧衣。齊侯之子,衛侯之妻。東宮之

妹,邢侯之姨,譚公維私。

手如柔荑,膚如凝脂。領如蝤蠐,齒如瓠犀。螓首蛾眉,巧笑倩兮,美目盼兮。

碩人敖敖,説于農郊。四牡有驕,朱幩鑣鑣,翟茀以朝。大夫夙退,無使君勞!

河水洋洋,北流活活。施罛濊濊,鱣鮪發發,葭菼揭揭。庶姜孽孽,庶士有朅。

譯文:

姑娘長得很苗條,披着一件織錦的外套。她是齊侯的女兒,衛侯的妻子,東宮得臣的妹妹,邢侯的妻妹,譚公是她的姊夫。

雙手像柔軟的荑草,皮膚似凝滑的脂肪,頭頸一伸像細長的幼蟲,牙齒排列像瓠瓜潔白的籽,蟬一樣的花額,蛾一樣的彎眉,抿着嘴一笑露出了白牙啊,眯着眼睛一瞅露出了黑珠啊。

姑娘長得很高大,車子停留在郊野。四匹馬强壯得很,紅的銜鐵非常美麗。姑娘乘車到衛國來會見。大夫們趁早回去吧,不要讓君王太辛苦了。

洋洋的河水,潺潺地向北流着。網兒放下去索落落,鱣鮪跳起來潑辣辣,蘆葦長得高高的。侁娣們穿得很漂亮,媵臣們也很威武。

從這詩所寫的生活細節及其所顯示的思想意識就可以説明恩格斯的"当事人雙方的相互愛慕應當高於其他一切而成爲婚姻基礎的事情,在統治階級的實踐中是自古以來都没有的"。理論,符合於歷史上的現實生活,是非常正確的。就《碩人》來説,衛侯也是把娶妻作爲政治活動的有機組成部分,所以詩中誇説齊、衛、邢、譚的家世譜系的顯赫，而並不需要從愛情的角度來考慮，他們之間也是談不上什麼情愛的。文學作品是以形象來思維的。《詩經》通過細節描寫具體地本質地說明了這問題。正如《禮記·昏義》説的：“昏禮者，將合二姓之好。上以事宗廟，而下以繼後世也。故君子重之。”婚姻是合二姓之好，而非合二人之好。在稱謂所以盛稱婚伯、姻伯，而從本人來説，祇是“事宗廟”“繼後世”而已。因此，貴族統治階級關於婚姻問題的最後決定權怎能屬於愛情呢？婚姻的締結，他們是完全依循政治和經濟爲轉移的。

《周南·樛木》就是一首妻妾祝頌領主幸福生活的詩。在這裏我們可以意識到一般的貴族婦女的享受榮華的逸樂和腐化的思想，從而可以説明他們的婚姻關係是建築在什麼基礎上的。但是這樣的思想意識是適應和符合於當時的貴族統治階級所需要的，所以這詩在《詩序》看來，是被歌頌爲得“正始之道，王化之基”的。

> 南有樛木，葛藟累之。樂只君子，福履綏之。
> 南有樛木，葛藟荒之。樂只君子，福履將之。
> 南有樛木，葛藟縈之。樂只君子，福履成之。

譯文：

> 南國有株彎樹，野葡萄纏繞在上面啊。歡樂的君子呀，幸福生活安定了他啊。
> 南國有株彎樹，野葡萄掩蓋在上面啊。歡樂的君子呀，幸福生活送給了他啊。
> 南國有株彎樹，野葡萄纏繞在上面啊。歡樂的君子呀，幸福生活成就了他啊。

但是我們對於中國古代的婚姻禮制，應該看到它是有着合

理的内核的,不能一概予以抹殺。家庭是社會的基礎,也是組成
國家的無數個重要細胞。貴族統治階級重視這個問題。齊家而
後治國,國與家之間存在着有機的内在的邏輯關係。家不齊何
以治國? 這個道理在中國歷史上是有其産生和存在的理由的。
《周南·關雎》一詩就顯示了這個道理而且樹立了典範。《詩序》
因説:"《風》之始也,所以風天下而正夫婦也。"《關雎》一詩可能
源於民間,采集以後,經過貴族統治階級的修改潤色,所以詩中
並未排斥情愛,以"關雎"起興,提倡淑女以配君子。未婚之時,
"窈窕淑女,君子好逑","寤寐求之","輾轉反側"。既婚之後,組
織家庭,"琴瑟友之","鐘鼓樂之"。這樣的家庭可以"風天下而
正夫婦也",是幸福美滿的。

　　從《詩經》的情歌與反映兩性生活的詩歌中,我們可以體會
《詩經》中所閃耀的現實主義精神,它真實地本質地反映了各階
級各階層的生活面貌和思想感情。《詩經》可以算作反映中國古
代人民生活的第一部百科全書,在世界文學史上是有其崇高的
地位的。

二、勞動歌詩

　　勞動歌詩,其中某些口頭創作及其素材在《詩經》中是産生
最早的。所謂"最早",並不是説《詩經》中若干篇勞動歌詩都是
早於其他詩篇的,而是從中國詩歌的發展史來看這個問題的。
具體地説,有些勞動歌詩可以約略探索它的創作時代,有些是難
以説清楚的。

　　我們知道勞動創造了人,也創造了人類社會。人類在原始
社會的生産勞動中産生並通過勞動提高了自己的思維和語言。
同時,在原始社會的生産實踐和社會生活中,加深了對勞動與集

體的認識,激發起勞動的熱情與理想。當人類將這種思想感情運用加工的語言構成一定形式而表達出來時,這就形成原始形態的語言藝術——文學。因此,原始的文學,它必定是與勞動相結合的,勞動創造了文學。自然,原始文學是原始社會的上層建築,它的內容與形式是爲原始社會的基本現實——集體的生產勞動所限制所決定的。

由於原始文學與當時的勞動呼聲相融合,是由當時的勞動節奏所派生,因而原始文學成爲有節奏、有韻律的詩歌形式。它的內容也就顯示了對收穫和漁獵的贊美,對人類的集體的勞動生活與情感的概括與抒發,以及在藝術中再現現實生活的諸特徵。所以,勞動歌詩是最早的文學形式。由於原始社會物質生產的原始性,社會的精神生產是直接糅合在物質生產中的,物質財富的創造者同時也是精神財富的創造者,因此,原始詩歌是在集體勞動中創造和發展,並長久地在人民口頭上流傳的。在原始社會的農業生產中,人類一方面感覺自然力量的存在,隨時影響他們的收穫;另一方面,人類的科學技術知識還不足以理解自然力量的客觀存在,祇能按照人的意識來創造神,並用一定的儀式來祭祀它。因此,原始的祭祀目的是爲提高勞動收穫,原始的勞動祭歌是勞動歌詩的表現形式之一。

《詩經》是中國最早的一部詩歌總集。其中,人民的口頭創作占了相當一部分。《詩經》在未成書和結集以前,許多作品主要是口耳相傳,後有書面記錄,被采集並藏於周室及諸侯國中。秦漢之際,《詩》的授受,"不獨在竹帛",主要是"諷誦",還是口耳相傳的。所以《詩經》中的口頭創作部分,是人民在不同的時間和空間中的集體創作,有着一定程度的變異性。《詩經》所反映的時代,大部分屬於周代,但很少一部分也涉及商代。有些詩篇的章與句,甚至整篇,其素材是從古代的遺留中演變、發展而來的,有的甚至還可上溯到原始氏族社會。因此,《詩經》中的勞動歌詩最早的可能產生於原始社會,故其中還保存着一些原始詩歌的特徵。

《詩經·周頌》中的《載芟》《良耜》,便是周民族的勞動祭歌。《載芟》據《詩序》說是"春籍田而祈社稷也",這是春季祈年豐收的祭歌。《良耜》是"秋報社稷也",這是秋季報答上蒼的祭歌。這兩篇祭歌,都是與農業生產相結合的,可能是氏族社會解體、進入奴隸社會時的創作,而在周初記錄下來,列入周室的祀典,而編為《周頌》的。

《載芟》:

> 載芟載柞,其耕澤澤。千耦其耘,徂隰徂畛。侯主侯伯,侯亞侯旅,侯彊侯以。
>
> 有嗿其饁,思媚其婦。有依其士,有略其耜,俶載南畝。
>
> 播厥百穀,實函斯活。驛驛其達,有厭其傑。厭厭其苗,緜緜其麃。
>
> 載穫濟濟,有實其積,萬億及秭。為酒為醴,烝畀祖妣,以洽百禮。
>
> 有飶其香,邦家之光! 有椒其馨,胡考之寧! 匪且有且,匪今斯今,振古如茲。(原詩一章三十一句,依內容及叶韻分段)

譯文:

> 拔草除柴,把泥土翻得鬆鬆的。上千成對的人在薅草,向田間、向四周,有老爹、有大伯,有小叔、有小弟,有强的、有弱的。
>
> 送飯的娘子真多,打扮得多麼漂亮。男子也很高興,犁頭極為鋒利,開始在南畝耕種起來。

　　播下各種種子，一受地氣就都活了。啊，苗兒陸續地長出來了，先出土的冲得多麼高啊。苗兒碧油油的，很可愛，這是由於人們不斷地耕耘啊。

　　收穫時真的人頭濟濟，禾穗顆粒飽滿，積成整萬、整十萬石的糧食。拿來制燒酒，拿來制甜酒，獻給先祖、先妣，來配合祭典。

　　飯是那樣的香，真是國家的祥瑞。酒是那樣的香，老年人吃了也要延年。不但現在是這樣，不但今天這樣，自古以來一直都是這樣的。

《良耜》：

　　畟畟良耜，俶載南畝。播厥百穀，實函斯活。

　　或來瞻汝，載筐及筥。其饟伊黍，其笠伊糾。其鎛斯趙，以薅荼蓼。荼蓼朽止，黍稷茂止。

　　獲之挃挃，積之栗栗。其崇如墉，其比如櫛，以開百室。

　　百室盈止，婦子寧止，殺時犉牡，有捄其角。以似以續，續古之人。

譯文：

　　鋒利的好犁頭啊，開始在南畝耕種起來。播下各種種子，一受地氣都活了。

　　有人來看望你們，提起筐兒、籃兒。送來的是小米飯，男子戴着輕笠，提起鋤頭掘地，把雜草薅去。雜草爛掉了，穀子高粱都茁壯長起來。

　　割起來喊喊喳喳地響，堆得密密匝匝地高。它高得像城牆，排起來像梳子的刺，百間倉庫都打開了。

　　百間倉庫都堆滿了，老婆和兒女都快樂安寧。把這些黑嘴的大牯牛宰殺了吧，它們的角是彎彎曲曲的。拿來追念以往,祭祀先祖啊。

從這兩篇詩中所寫"千耦其耘",上千人成對地從事農業集體的勞動;"其崇如墉",耕作以後,他們所得的收穫物是不分散的,大量地堆積起來;"烝畀祖妣,以洽百禮",大量的糧食,用來做酒,獻給他們的先祖、先妣,這時的祭典稱爲"百禮",説明這祭典不是簡單的,而是隆重的;感到飯香酒冽,這是"邦家之光"。從這些詩的描寫中,可看到歷史的殘影,人們熱情地贊美莊稼和農具,表達對土地豐收的喜悦,勞動者對於邦家生活的前途充滿着樂觀的開拓精神。由此可見,這兩篇詩當是氏族社會解體,進入奴隸制社會時的産物。階級社會是社會發展的一個過程。進入階級社會,生産力也就進一步獲得發展。在這兩篇詩中所寫的集體生産,農耕的情景是熱鬧的,人們的心情是愉快的,詩中形象地再現了這現實生活。西周初期是中國奴隸制社會的上升時期,這兩篇祭祀歌詩具有教育意義和感人力量,在生産鬥爭中,起着動員和鼓勵的作用。所以,周公制禮作樂之時,列入《周頌》,用以教育貴族和人民。這兩篇詩對我們來説還有可貴的認識意義(參考傅慶昇提綱)。

"風詩"中的《芣苢》是一首有名的勞動歌詩。這詩歌頌婦女采集芣苢的勞動。《騶虞》是歌頌獵户的箭術高强。這些詩篇源於民歌,奴隸主貴族統治階級采集後用以教育貴族子弟;但根據他們的政治需要,在授詩之時不知不覺地把這兩詩的本意篡改了。《詩序》云:"《芣苢》,后妃之美也。""《騶虞》,《鵲巢》之應也。"認爲前者是歌頌后妃的美德,後者是贊美國君的仁政。其實,這兩詩主要是寫古代勞動人民的勞動生活,説明勞動人民喜愛勞動,有着勤勞樸素的美德。同時,也就形成了中國詩歌描寫勞動人民和歌頌勞動生活的優良傳統。

《芣苢》：

> 采采芣苢，薄言采之！采采芣苢，薄言有之！
> 采采芣苢，薄言掇之！采采芣苢，薄言捋之！
> 采采芣苢，薄言袺之！采采芣苢，薄言襭之！

譯文：

> 鮮艷的芣苢，趕快去采它！鮮艷的芣苢，趕快去取它！
> 鮮艷的芣苢，趕快去拾它！鮮艷的芣苢，趕快去捋它！
> 鮮艷的芣苢，趕快去用衣兜來盛它！鮮艷的芣苢，趕快去用衣袋來裝它！

《騶虞》：

> 彼茁者葭，壹發五豝，于嗟乎騶虞！
> 彼茁者蓬，壹發五豵，于嗟乎騶虞！

譯文：

> 那密叢叢的蘆葦，獵人發箭射中了五隻野豬，唉，是騶虞啊！
> 那密叢叢的蓬蒿，獵人發箭射中了五隻野豬，唉，是騶虞啊！

周族開國，傳說在夏末商初，后稷始封於邰。從社會發展史看，自從原始社會的母系氏族社會轉化爲父系氏族社會開始，后稷提倡農業，一直爲人民所尊敬。接着他的子孫一代代地延續下去。後裔不窋，"竄於戎狄之間"，最遠跑到甘肅省的慶陽去避居。公劉遷豳，遂回來開荒定居。古公亶父又受戎狄的侵凌，從豳地再遷到了岐山，開墾荒地，發展農業，營建城郭，周族從此漸趨富強。武王剪商，建立中國第三個奴隸制統一的國家。《七月》一詩屬於《豳風》。豳地是后稷的曾孫公劉開荒立國定居的所在。《七月》是首農事詩,也可以説是勞動詩。這詩當然是勞動人民所創作的。詩中較爲詳細、具體地表述他們的勞動和被剝削的過程,以及他們的生活狀況與思想感情。在這詩中,我們可以看出當時奴隸的勞動强度是極大的,他們所受的剝削也是極爲厲害的。他們終年勞動,種植莊稼,紡織絲帛,獵取野獸,生産了各種財富,遭到殘酷的剝削,過着驚人的缺衣少食的貧困生活。冬季農事完畢,還要爲奴隸主服苦役,修葺房屋,自己的房屋卻没有時間去修補。天寒地凍還要去河上鑿冰,貯藏起來供應奴隸主在夏天冷飲消暑。在九月、十月天氣爽朗的時候,大家擠上公堂爲奴隸主舉酒祝賀。因此,全詩中祇見一個"喜"字,就是:"田畯至喜。"餘下就是這些奴隸不斷地嗟歎着他們命運的悲慘。這是一幅悲慘凄涼的畫卷啊!

　　七月流火,九月授衣。一之日觱發,二之日栗烈。無衣無褐,何以卒歲!三之日于耜,四之日舉趾。同我婦子,饁彼南畝,田畯至喜。

　　七月流火,九月授衣。春日載陽,有鳴倉庚。女執懿筐,遵彼微行,爰求柔桑。春日遲遲,采蘩祁祁。女心傷悲,殆及公子同歸。

　　七月流火,八月萑葦。蠶月條桑,取彼斧斨,以伐遠揚,猗彼女桑。七月鳴鵙,八月載績。載玄載黃,我朱孔陽,爲公子裳。

　　四月秀葽,五月鳴蜩。八月其穫,十月隕蘀。一之日于貉,取彼狐狸,爲公子裘。二之日其同,載纘武功,言私其豵,獻豣于公。

　　五月斯螽動股,六月莎雞振羽。七月在野,八月在宇,九月在户,十月蟋蟀入我床下。穹窒熏鼠,塞向墐户。嗟我婦子,曰爲改歲,入此室處。

六月食鬱及薁,七月烹葵及菽。八月剝棗,十月獲稻。爲此春酒,以介眉壽。

七月食瓜,八月斷壺,九月叔苴。采茶薪樗,食我農夫。

九月築場圃,十月納禾稼:黍、稷、重、穋,禾、麻、菽、麥。嗟我農夫,我稼既同,上入執宮功。晝爾于茅,宵爾索綯,亟其乘屋,其始播百穀。

二之日鑿冰冲冲,三之日納于凌陰。四之日其蚤,獻羔祭韭。九月肅霜,十月滌場,朋酒斯饗。曰殺羔羊,躋彼公堂,稱彼兕觥,萬壽無疆!

譯文:

七月裏黃昏大火星向西遷移,九月裏就要交納寒衣。十一月的時候,寒風呼呼地吹,十二月的時候,寒氣凜冽入骨。我們沒有好衣也沒有粗服,怎麼能度過這殘歲?正月的時候,要修理農具,二月的時候便走出家門去做工。老婆帶着兒子,送飯到南畝去,領主派來的官看見了笑嘻嘻。

七月裏黃昏大火星向西遷移,九月裏就要交納寒衣。春天漸漸地暖和了,黃鶯在叫着。一個女孩子拿着深的籃子,沿着那一條小路,去找尋那柔嫩的桑葉。春天的日子慢慢地長起來了,采着的白蒿有一大堆。女孩子的心裏有些悲傷,她怕被齒公子俘虜而去。

七月裏黃昏大火星向西遷移,八月裏采集編蠶箔的蘆葦。養蠶的季節去裁剪桑條,拿那斧頭,去砍那些長長的翹起的枝條,捋一些柔嫩的桑葉。七月裏的伯勞鳥兒歡叫着,八月裏就來績麻。把它染成黑的、黃的,其中一些染成紅的,就顯得特別鮮亮,我們選揀好的爲齒公子做一件衣裳。

四月裏遠志開花了，五月裏蟬兒叫着"知了知了"。八月裏大家忙着收穫，十月裏樹木的葉子都落下來。十一月的時候，就去打獵，剝下狐狸的毛皮爲齒公子做一件長袍。十二月的時候，大家會聚，趁便練習一些武功。祗有一歲的小野豬，就歸我們私有，揀三四歲的大野豬獻納公家。

五月裏蝗蟲跳躍了，六月裏紡織娘翅膀振動了。七月在田野裏，八月在屋簷下，九月在户内，十月裏這蟋蟀躲到我們的床底下。用煙來熏老鼠洞，把朝北的窗户塞住，門縫也泥好。啊，我的老婆、兒子要準備過年了，都躲到這屋子裏來吧！

六月裏吃些郁李和櫻荑，七月燒些葵菜和豆子。八月裏樹上去打打棗子，十月裏去割稻。就在這時釀些春酒，獻給奴隸主祝他們長壽。

七月裏吃瓜，八月裏葫蘆成熟了。九月裏去拾些麻子，采些苦菜，弄些劣柴，這樣用來養活我們農夫。

九月裏修築場地，十月裏交納莊稼：黍、稷、重、穆、禾、麻、菽、麥。啊，你看！我們這些農夫，我們的莊稼已經收攏了，還要去爲奴隸主修建屋宇。白晝弄好茅草，夜裏搓繩絞索，趕快去修蓋房屋，這樣纔好開始播種百穀。

十二月的時候，開鑿冰塊冲冲響。正月的時候交到藏冰室裏。二月的時候選擇一個早晨，準備着羔羊、韭菜去祭奠。九月裏天氣高爽，十月裏天氣晴朗，奴隸主你一樽我一樽地對飲。喂，殺一隻羊吧！我們就要升階走到公堂上去，雙手捧起彎彎的牛角酒杯，敬祝奴隸主萬壽無疆！

武王剪商，建立中國第三個奴隸制度統一的國家。武王在位祗有兩年，成王年幼即位，周公旦攝政。武庚、管叔、蔡叔聯絡東方夷族反周。周公東征，三年平定了這叛亂。周公還政成王之時,經歷三監的叛亂,感覺憑着分封制、等級制和世襲制這樣的政體機構和制度,來統治西周的奴隸制度社會的國家,政權還不能鞏固;於是重視精神文明的建設,制禮作樂,以詩配之,爲維護國家秩序和鞏固經濟基礎服務。《七月》這樣的農事詩,或稱"勞動詩",周公正好把它作爲素材,宣傳"君子所其無逸,先知稼穡之艱難,乃逸"①的主張,用以告戒成王,以及貴族子弟。《詩序》因稱《七月》爲:"陳王業也。周公遭變,故陳后稷先公風化之所由,致王業之艱難也。"孔穎達《正義》並説:"經八章皆陳先公風化之事。此詩主意於豳之事,則所陳者處豳地之先公公劉、大王之等耳。"當時生產力低,要改善生活,有識見的政治家自然懂得必須發展生產,"先知稼穡之艱難";那麼,從《七月》詩中是可以吸取教訓的。這一觀點,是中華民族文化核心中的優良傳統,在歷史上也是起着進步作用的。這首詩從而獲得重視,成爲古代詩歌中的瑰寶,而得以廣泛流傳並被保存下來。

《詩經》中的勞動歌詩説明勞動創造了文學。原始詩歌是直接爲社會生産鬥爭服務的,是人民集體的精神財富。

三、衛國戰爭詩

周族以農立國,自后稷封於有邰開始,經武王滅商,建立中國第三個奴隸制統一的國家,一直到西周崩潰,周王朝始終處於四周落後種族不斷的侵擾中。周族開國的歷史,差不多和商代建國的歷史是平行的。傳説姜嫄的兒子名棄,舜始封於有邰,開始教民種稷和麥,周民族尊之爲后稷。后稷的後裔不窋,《國語》記載説他"竄於戎狄之間",遭受着北方和西方的遊牧民族侵凌,

---

① 見《尚書·無逸》。

農業社會一時建立不起來，公劉遷豳，遂回來開荒定居。古公亶父又受戎狄的脅逼，從豳地遷到了岐山，開墾荒地，發展農業，由是漸趨富強。其地稱爲"周原"，民族稱"周"。武王建國後，"西有昆夷之患，北有獫狁之難"，有時侵擾到了西周的京師，《小雅·六月》説："侵鎬及方（豐），至于涇陽。"這對周民族人民的生活和經濟的發展，是個嚴重的威脅。周族被迫多次進行戰略上防禦性的進攻，取得了暫時的安定。這種戰爭具有愛國主義性質，是符合人民利益的。這樣的歷史社會現實，反映到古代學者的思想意識中，因而主張："内其國而外諸夏，内諸夏而外夷狄。"①《詩經》中的《小雅》有一部分的編纂是反映着這一看法的。自《鹿鳴》《四牡》至《魚麗》十篇和自《南有嘉魚》至《菁菁者莪》六篇，這十六篇稱爲"正《小雅》"，顯示着這是西周國勢強盛的時候，前十篇就述文以治内，後六篇次述武以治外；而《常棣》一詩主張諸侯王國"兄弟鬩於牆，外禦其務"。這些思想和主張也是具有愛國主義性質的。《詩經》中的不少帶有謳歌衛國戰爭的詩篇就顯示了這主題思想。這些詩篇同時也形象地攝寫了對外戰爭的史實。自然由於作者立場的不同和所處的歷史情況的差異，詩中所蘊含的愛國主義與人民性的深度也是有差別的。

《小雅·六月》是周宣王時代的創作。它所反映的是抗擊北方強敵獫狁的對外戰爭：

> 六月棲棲，戎車既飭。四牡騤騤，載是常服。獫狁孔熾，我是用急。王于出征，以匡王國。
>
> 比物四驪，閑之維則。維此六月，既成我服。我服既成，于三十里。王于出征，以佐天子。

---

① 見《公羊傳·成公十五年》。

　　四牡修廣，其大有顒。薄伐玁狁，以奏膚公。有嚴有翼，共武之服。共武之服，以定王國。

　　玁狁匪茹，整居焦穫。侵鎬及方，至于涇陽。織文鳥章，白旆央央。元戎十乘，以先啓行。

　　戎車既安，如輊如軒。四牡既佶，既佶且閑。薄伐玁狁，至于大原。文武吉甫，萬邦爲憲。

　　吉甫燕喜，既多受祉。來歸自鎬，我行永久。飲御諸友，炰鼈膾鯉。侯誰在矣，張仲孝友。

譯文：

　　六月裏棲棲遑遑，兵車都已準備好了。四匹馬四匹馬成列地都非常矯捷，披戴了軍中的服裝。玁狁非常猖狂，我們因此也很緊張。王命令我們去出征，來保衛周王的國家。

　　把四匹馬四匹馬的氣力比量一下，操練起來它們都合乎規格。就在這六月裏啊，做好了我們的軍服。我們的軍服做好了，就馬上行軍三十里。王命令我們去出征，來幫助天子。

　　四匹馬四匹馬排列着都非常高大，雄偉矯健。去征討玁狁，建立大大的功勳。勇敢地嚴肅地來擔當這次作戰的任務。擔當這次作戰的任務，來安定周王的國家。

　　玁狁是自不量力的，盤踞在焦穫的地方。侵略到鎬地和豐都，一直到涇水的北面。我們的旗幟上畫着威武的鳥兒，白旗迎風飄蕩閃閃有光。戎車十輛，首先向前進發。

　　兵車是平穩的，從前看看像輊，向後看看像軒。四匹馬四匹馬排列着都非常壯麗，不僅威武，而且訓練有素。去征討玁狁，一直追逐到太原（今銀川地區）。能文能武的尹吉甫啊，是萬邦人歌頌的榜樣。

尹吉甫參加宴會十分高興，受到了很多賞賜祝福。這
次回到鎬京，我們行軍外出已很久了。陪他飲酒的有許多
僚友，酒菜是豐盛的清燉甲魚，紅燒魚圓。是哪一個留守在
朝廷呢？陪伴着他的是孝友張仲先生。

這篇詩有人認爲是歌頌奴隸主統治階級的大臣尹吉甫，藉
着他的抗戰勝利，來頌美周王朝的君臣的。言外之意，這詩是不
值得稱頌的。周宣王領導的這次抵禦外侮的戰爭實際是和國家
與人民的利益相一致的。詩中歌頌的保衛國家和土地、憎恨敵
人的思想，是具有愛國主義性質的。《詩序》說：“《六月》，宣王北
伐也。”朱熹《詩集傳》說：“成康既没，周室浸衰，八世而屬王胡暴
虐，國人逐之，出居于彘。玁狁内侵，逼近京邑。王崩，子宣王靖
即位，命尹吉甫率師伐之，有功而歸。詩人作歌以叙其事如此。”
宣王北伐是應該肯定與歌頌的。這詩所反映的現實，及其所顯
示的愛國主義思想，超過了統治階級的意願；同時，在一定程度
上也是顯示着在那個歷史條件下的人民的抗敵行爲和鬥爭
精神。

在周代，當外族侵凌，衛國戰爭掀起時，是統治階級出來領
導和充任各級軍官，奴隸和農奴或農民充作士兵，組成部隊共同
來狙擊敵人的。這樣就形成詩歌内容的複雜性。《小雅·采薇》
便是周士兵的詩歌：

采薇采薇，薇亦作止。曰歸曰歸，歲亦莫止。靡室靡
家，玁狁之故；不遑啓居，玁狁之故。

采薇采薇，薇亦柔止。曰歸曰歸，心亦憂止。憂心烈
烈，載饑載渴。我戍未定，靡使歸聘。

采薇采薇，薇亦剛止。曰歸曰歸，歲亦陽止。王事靡
盬，不遑啓處。憂心孔疚，我行不來。

彼爾維何？維常之華。彼路斯何？君子之車。戎車既駕，四牡業業。豈敢定居，一月三捷。

駕彼四牡，四牡騤騤。君子所依，小人所腓。四牡翼翼，象弭魚服。豈不日戒？玁狁孔棘。

昔我往矣，楊柳依依。今我來思，雨雪霏霏。行道遲遲，載渴載饑。我心傷悲，莫知我哀。

譯文：

采薇啊采薇啊，這薇又生起來了。回家啊，回家啊，這一歲又將終了。顧不了室，顧不了家，沒有空閒坐下來休息，爲了玁狁的緣故。

采薇啊采薇啊，這薇還柔嫩啊。回家啊，回家啊，我的心裏是很憂愁啊。憂思猛烈得很，又是饑餓，又是口渴。我的防務還沒有定，沒有人回去代我問問家室。

采薇啊采薇啊，這薇已堅硬了。回家啊，回家啊，這時間已到十月了。王事沒有個了結，沒有空閒坐下來歇息。憂心苦悶得很，我行役不能回家啊。

那一簇簇的是什麼啊？是常棣的花朵。那高大的車是誰坐的啊？是將帥的車子。兵車都已配備好了，四四馬非常壯健。哪裏敢停留下來，一月之中要打三次勝仗。

配備好了的四四馬，四四馬非常矯健。將帥乘上車去，士兵們用它來做隱蔽。四匹馬非常齊整，象骨的弓弰，魚皮的矢服。哪裏不是整天地警戒呢？同玁狁作戰是十分緊急啊。

以前我去的時候，楊柳向人嫋嫋娜娜。現在我回來了，雨雪迎着紛紛落下。路上走得很慢，又是口渴又是饑餓。我的心裏傷悲，可是沒有人知道我的悲哀。

《采薇》一詩《毛詩・序》説作於文王之世。齊、魯、韓三家今文説認爲是周懿王時代的作品。獫狁侵周，非止一世，這就難以斷定。作者是一個抗擊獫狁，保衛祖國的農民戰士。詩中反映獫狁入侵，嚴重地影響與破壞人民的生活與生産，爲此人民參加這長期的戰役來保衛祖國。《采薇》六章，李光地《詩所》説："首章言以獫狁之故，而不得已於役。次、三章，乃道其思家之情如此，先公後私之義。""此二章(指四、五章)言師行，戰則務捷，居則必戒。應首章獫狁之故。""卒章(指六章)應次、三章之意。"由於這抗戰是統治階級領導的，而當時領導的軍官對於士兵並不能與之同甘共苦，待遇很不合理，形成士兵的處境艱難。詩中反映邊防兵士服役思歸、愛國戀家的苦悶和矛盾的情緒與心理。這首詩的描寫是極爲深刻動人的。詩中反映兵士對敵人的憎恨，對待遇不平的憤慨、軍中生活的不滿，以及思念家鄉、渴望和平和保家衛土的錯綜複雜心理以及悲哀的感受。但這首詩所體現的愛國主義的思想感情是主要的。這首詩在藝術表現上，重復的起興，加重表現兵士渴望和平、思念家鄉的情感，與堅持抗戰的矛盾心理。問答式與比喻手法，和結尾的景物描寫，有力地加重了抒情的力量。詩中"昔我往矣，楊柳依依。今我來思，雨雪霏霏"成爲千古傳誦的名句。劉勰曾説："依依盡楊柳之貌。"方玉潤也説："末乃言归途景物，并回忆来时风光，不禁黯然神傷。絶世文情，千古常新。"

周幽王末年，政治腐敗，統治階級內訌。幽王廢太子宜臼，宜臼出奔於申。幽王的岳父申侯勾結鄫、西弗、犬戎(獫狁)聯兵攻陷宗周。幽王被殺，周地大部淪陷。這時秦襄公舉兵抗擊，秦地人民紛紛奮起，有力地抗擊犬戎。《漢書・趙充國辛慶忌傳》贊説："山西天水、隴西、安定、北地，處勢迫近羌、胡，民俗修習戰備，高上勇力、鞍馬騎射，故《秦詩》曰：'王于興師，修我甲兵，與子偕行。’其風聲氣俗，自古而然。今之歌謠慷慨，風流猶存耳。”
《秦風·無衣》就是秦地人民的戰歌：

> 豈曰無衣？與子同袍。王于興師，修我戈矛，與子
> 同仇。

譯文：

> 哪個説没有衣服？給你戰袍。周王要出發征戰，修理
> 我們的短戈和長矛，與你一同去抵禦敵寇吧。

《無衣》詩表現了秦地人民捍衛國家的熱情和責任感。雖然，人民是處於無衣無褐的貧苦境遇中，當大敵當前的時候，還是慷慨悲歌，團結互助，相互鼓舞，拿起武器，勇敢樂觀地投入戰鬥。這詩熱情地刻畫了人民的愛國主義精神和行爲。詩篇使用復唱形式，三次迴旋，一唱三歎。每章采取豪邁的自問自答方式，不僅加強了詩的戰鬥氣氛，更充分地表現了人民强烈的團結友愛精神。

四、政治諷刺詩

政治諷刺詩和情歌與婚姻詩一樣是《詩經》中的重要部分。《史記·屈賈列傳》説：“《國風》好色而不淫，《小雅》怨誹而不亂。”古人是把這兩類詩篇等價齊觀的。這是《詩經》中光彩奪目的詩篇。這些詩篇一部分産生於統治階級内部，一部分産生於民間，在中國歷史上都起着良好的教育作用；同時，也就成爲中國文學的優良傳統。政治諷刺詩在《詩經》中所占的篇幅是較多的。

當西周奴隸制社會走向下坡路的時候，社會動蕩，社會上的階級矛盾日趨尖鋭，統治階級日趨腐化與没落。隨着人民力量

苗長壯大,統治階級的内部矛盾更加激化。這時,在統治階級内部的志士仁人看不慣統治者的罪惡,又不忍心看見老百姓受罪;同時,他們自身也受着凌辱、壓迫和被排擠。因而,他們從統治階級内部遊離出來,靠近人民,同情人民,發出正義的呼聲,這是符合於社會變動時的規律的。因而他們的作品所反映的現實與人民的觀點是相統一的。這些作品有的雖未明顯地揭示出他們的政治主張,但在客觀上直接地或間接地反映了人民的鬥爭意志,打擊了統治階級,表達了人民的願望。

西周自厲王時起,便開始没落並走向崩潰。厲王暴虐,盡專山林川澤之利,斷絶人民漁獵樵采之源。這樣的慘重剥削和暴虐的統治,醸成"下民胥怨",國人暴動,"厲王出奔於彘",人民推翻了厲王政府。再加上厲王、宣王時代,由於剥削的加重,經濟的衰落,嚴重地削弱了人民抗禦自然災害的能力,因而可以説年年有災荒。如幽王二年,鎬京發生大地震,涇、渭、洛三川竭,岐山崩。天災人禍,連續不斷,加劇了經濟的破産和危機;同時四夷入侵,成爲西周社會的嚴重威脅。社會上各種矛盾錯綜爆發,使整個王朝淪於潰決的邊緣,許多士大夫寫下了他們階級的哀歌。

《十月之交》這篇詩概括地描述和斥責了統治集團的禍國殃民罪行,表現了作者主持正義、同情人民的耿介崇高的品質。從某一意義上看,這詩是可以把它作爲《離騷》來讀的:

> 十月之交,朔月[日]辛卯,日有食之,亦孔之醜。彼月而微,此日而微。今此下民,亦孔之哀。
>
> 日月告凶,不用其行。四國無政,不用其良。彼月而食,則維其常。此日而食,于何不臧。
>
> 爗爗震電,不寧不令。百川沸騰,山冢崒崩。高岸爲谷,深谷爲陵。哀今之人,胡憯莫懲?

皇父卿士，番維司徒。家伯維宰，仲允膳夫，棸子內史，蹶維趣馬，楀維師氏——艷妻煽方處。

抑此皇父，豈曰不時。胡爲我作，不即我謀。徹我牆屋，田卒汙萊。曰予不戕，禮則然矣。

皇父孔聖，作都于向。擇三有事，亶侯多藏。不憖遺一老，俾守我王。擇有車馬，以居徂向。

黽勉從事，不敢告勞。無罪無辜，讒口囂囂。下民之孽，匪降自天。噂沓背憎，職競由人。

悠悠我里，亦孔之痗。四方有羨，我獨居憂。民莫不逸，我獨不敢休。天命不徹，我不敢效，我友自逸。

譯文：

十月的日月交會，初一辛卯，這天日食了，真是醜事。那天月光是微弱了，今天日光也微弱了。現在的老百姓啊，是要受到災難了。

太陽、月亮傳來了凶訊，不在常軌中運行。四方沒有好好的政治，不用有才能的善人。月食過了，便恢復了常道；可是這次太陽也蝕過了，爲什麼不轉好呢？

閃閃霎霎的電光，正是不安寧啊。許多水都沸騰了起來，高山也都崩裂了。高岸陷下去變成了谷，深谷填滿了變成了陵。可悲現在的人啊，爲什麼不從這裏得到警惕？

當卿士的皇父，當司徒的番氏，當太宰的家伯，管御廚的仲允，管人事的棸子，管馬的蹶氏，做師氏的楀氏，都環繞一個妖冶的夫人而氣焰萬丈。

這個皇父啊，真是不合適啊。爲什麼要騷擾我們啊，也不同我們協商一下啊。把我們的牆屋拆掉了，把我們的水溝塞上了，還說不是要戕害你們，而是供給上役的常禮罷了。

皇父自以爲很聖明,卻要在向地築一個都邑。選擇三卿,準備得真是充分啊。不肯留下一個年老的人,來保衛天子。選擇有車馬的富有百姓,讓他們到向地去居住下來。

勤勤懇懇地做事,不敢說是勞苦。無罪無辜,說壞話的人多着呢。老百姓的災難,哪裏是上天掉下來的。指指戳戳,背後的許多怨言,實在是人弄出來的啊。

我真擔心啊,快要積憂成疾了。四周的人熙熙攘攘,我獨憂思重重。人家都很安逸,我獨不敢休息。上天不講道理啊,我卻不敢效法我的朋友放縱自樂。

全詩共八章。第一、二、三章,把暴政與自然災害,做了描寫與叙述,日食的可怕,日月運行的失常,山崩水沸的災害,都是由於暴政所致,但統治集團並未引起警惕。第四章把統治機構中的小人用事,即皇父集團開了一張名單,指名道姓地詈罵,這些小人都圍着艷妻團團轉着。第五、六章揭發皇父集團的罪惡:築采邑,毀屋廢田,在向地營建私邑,企圖鞏固他們的腐朽統治。這種措施斷送了王朝,破壞了生產,他們卻借禮法來掩護。第七章詩人言其勤勞王事,卻遭受了無辜的謗讒;同時,指出下民的遭殃是統治者的暴政所致,並不是老天降下來的。第八章詩人自述獨自憂勞,安命盡職,表現了他的耿介品質、忠實的政治態度和反對邪佞的不屈精神。這詩的作者大膽地把下民和統治者區別開來,認定人民的災難是貪婪腐敗的統治者所造成的,對統治集團的貪婪自私和腐敗予以揭露與鞭撻,對下民的遭殃予以同情,關懷國是,懷疑天道,都是具有歷史進步意義的。《詩序》說這詩是"大夫刺幽王也",《鄭箋》說是"當爲刺厲王"。刺幽?刺厲?史無定論。但從日食證之。"十月之交,朔日辛卯"的日食發生於幽王六年周曆十月初一,爲世界上年月日可考的最早日食記録。"彼月而食",則爲八月二十一日的月偏食,中國可見九分月相。那麽,《詩序》所說是符合於科學推算的。

《雨無正》同樣是刺幽王的詩,是刺幽王的昏暴和他的僚臣的自私誤國。詩人在惡政與災害面前感到惶憂不安,懷着無限的哀傷:

> 浩浩昊天,不駿其德。降喪饑饉,斬伐四國。昊[旻]維天疾威,弗慮弗圖。舍彼有罪,既伏其辜。若此無罪,淪胥以鋪。
>
> 周宗既滅,靡所止戾。正大夫離居,莫知我勩?三事大夫,莫肯夙夜。邦君諸侯,莫肯朝夕。庶曰式臧,覆出爲惡。
>
> 如何昊天,辟言不信?如彼行邁,則靡所臻?凡百君子,各敬爾身。胡不相畏,不畏于天。
>
> 戎成不退,饑成不遂。曾我暬御,憯憯日瘁。凡百君子,莫肯用訊。聽言則答,譖言則退。
>
> 哀哉不能言,匪舌是出,維躬是瘁。哿矣能言,巧言如流,俾躬處休。
>
> 維曰予仕,孔棘且殆。云不可使,得罪于天子。亦云可使,怨及朋友。
>
> 謂爾遷于王都,曰予未有室家。鼠思泣血,無言不疾。昔爾出居,誰從作爾室?

譯文:

> 茫茫上天啊,没有什麽道理啊。把饑荒降落下來,四方人民的生機都被斬削了。上天真暴虐啊,一點不爲人民打算。有罪的釋放了,他們是應該處分的。像這些無罪的人,到處都受災難。
>
> 鎬京已經覆亡了,喪禮還不會完結。上大夫已經逃跑

了，没有人知道我的勞苦。三公大夫，不肯早晚辦事。邦君諸侯，不肯朝夕辦事。原想是會改好的，那知愈弄愈糟了。

咳，上天啊，好話没有人相信了。他們這樣搞下去，不曉得弄得怎樣啊。這些君子啊，都是明哲保身的。那個不相互猜忌呢，他們就是天不怕地不怕啊！

兵事不裁撤，饑荒是不會停止進攻的。我曾當過王的近侍，憂慮得一天天地消瘦下去。這些君子啊，都不肯說話。好聽的話就回答你幾句，難聽的話就被拒絕斥退了。

傷心極了，不好說話啊。不是嘴裏說不出話，祇怕性命有危險啊。花言巧語的人真得意啊，滔滔不絕像流水一樣，生活得好好的。

說起做官，那真危險啊。說有些事不好做吧，就得罪了天子。說有些事可以做吧，朋友便埋怨你了。

提起你們的遷都出走，就說我們還没有家眷。焦慮得叫人的血都要哭出來了，没有一句話不叫人傷心的。就是你們出走了，哪個肯跟你們做家眷呢？

在這詩中，詩人憂愁幽思，他所揭露的混亂的現實，是有其深刻的思想內容的。寒天飲冷水，點滴在心頭。他不怕"得罪於天子"，也不明哲保身，這就說明古來的大夫、士骨頭就是硬的，是有氣節的。

《正月》詩中，對於統治者的醜惡嘴臉與人民的痛苦生活揭露得更爲深刻和淋漓盡致了。

正月繁霜，我心憂傷。民之訛言，亦孔之將。念我獨兮，憂心京京。哀我小心，癙憂以痒。

父母生我，胡俾我瘉？不自我先，不自我後。好言自口，莠言自口。憂心愈愈，是以有侮。

憂心惸惸，念我無祿。民之無辜，并其臣僕。哀我人斯，于何從祿？瞻烏爰止，于誰之屋？

瞻彼中林，侯薪侯蒸。民之方殆，視天夢夢。既克有定，靡人弗勝。有皇上帝，伊誰云憎？

謂山蓋卑，爲岡爲陵。民之訛言，寧莫之懲。召彼故老，訊之占夢。具曰予聖，誰知烏之雌雄。

謂天蓋高，不敢不局；謂地蓋厚，不敢不蹐。維號斯言，有倫有脊。哀今之人，胡爲虺蜴！

瞻彼阪田，有菀其特，天之扤我，如不我克。彼求我則，如不我得。執我仇仇，亦不我力。

心之憂矣，如或結之。今兹之正，胡然厲矣。燎之方揚，寧或滅之。赫赫宗周，褎姒滅之。

終其永懷，又窘陰雨。其車既載，乃棄爾輔。載輸爾載，將伯助予？

無棄爾輔，員于爾輻。屢顧爾僕，不輸爾載。終踰絕險，曾是不意？

魚在于沼，亦匪克樂，潛雖伏矣，亦孔之炤。憂心慘慘，念國之爲虐。

彼有旨酒，又有嘉殽。洽比其鄰，昏姻孔云。念我獨兮，憂心慇慇。

佌佌彼有屋，蓛蓛方有穀，民今之無祿，天夭是椓。哿矣富人，哀此惸獨！

譯文：

正月裏飛着濃厚的霜兒，我心裏就很擔憂。人民的謠言，流傳得很廣。想我一個人啊，愁思就是割不斷啊。哀傷我的小心，憂懼得快要生病了。

父親、母親生下了我，爲什麽給我許多苦痛。不把我生得早一些，也不把我生得遲一些。好的話從嘴裏說出來，壞的話也從嘴裏說出來。我憂傷憔悴，因此受到人家的嗤笑。

我孤單單地在焦急，想起來很失望啊。人民是沒有罪過的，可是都做了奴隸。可憐這些人啊，到哪裏有好的生活呢？看看烏鴉休息吧，停留在哪一處的屋上？

看看那樹林中啊，都是些雜柴、荆棘啊。人民正在活倒霉，那老天也是糊里糊塗的。事情是有一定的，沒有人能勝過的。浩蕩的上帝啊，他現在在恨哪一個呢？

誰說山是低的？有山脊，有平巒。人民的傳言，也沒有警惕一下。問問元老，問問占夢的官，都說我是聖人，誰曉得這隻烏鴉是雌的還是雄的？

誰說天是高的？走起來不敢不彎腰，怕碰着腦袋呢。誰說地是厚的？走起來不敢不輕步行走，怕地塌下去呢。誰敢說話？被指着方說，想想纔說，跟着人家說的說。可歎現在的人啊，都變成了蛇蠍。

看看那山坡荒僻的田裏，有一株苗兒突出，長得很茂盛，那像是賢士在野啊！老天威迫我，我幾乎無力抵禦。他要求我啊，像怕得不到我。他控制我又好像是仇敵，使我失去了力量。

我的心裏真擔憂，像腸子打了個結，現在的政治，真是腐敗極了。燎火正在燃燒，哪裏能撲滅得了。顯赫的鎬京，褒姒這個妖姬就足以傾覆了它。

早早考慮，還碰到陰雨窘迫。車子已裝載好了，車板又弄壞了。把載的東西卸下來，於是請人家來幫助我。

不要拋棄你的箱版，把它縛在車輻上。屢屢招呼你的僕人，不要跌落你載的東西。終于通過了險地，竟是這樣不小心留意。

魚兒游在池塘裏，哪裏有快樂。雖然潛伏在水底裏，上面還是看得清楚的。心緒零亂得很，想國家正有人在作惡呢。

他們有着好酒，又有好菜，鄰居互相拉攏，裙帶大事周旋。想我一個人啊，憂愁愈來愈重了。

那些猥瑣的人都有大屋啊，那些卑鄙的人都有好生活啊。人民現在可是沒法活下去了，天災人禍把他們害苦了。有錢的人歡樂啊，可憐這窮苦的人！

這些詩篇所反映的現象是複雜的。但從總的傾向來說，這些詩人都是富於正義感的，懷着強烈的不滿情緒、堅強不屈的精神，表現了對國家、對人民的熱愛與同情，對腐朽的統治集團的憎恨，對暴政的仇視。這些詩篇的主題思想和人物形象具有崇高的思想境界。這是中華民族的一個驕傲。在中國歷史上，曾產生了不少偉大的愛國詩人，如屈原、杜甫，在他們的詩篇中閃耀着他們的眷顧國家和熱愛人民的崇高品質。這一方面是由於他們所處的時代和社會現實所滋養的；另一方面，文學創作和學術思想的發展是有其歷史淵源的。從文學的傳統性看，《詩經》中的這些詩篇"衣被詞人，非一代也"，從而奠定了民族的優良傳統。

政治諷刺詩有一部分來自民間。這些詩篇直接地反映人民的鬥爭意志，在《詩經》中所居的地位是更高的。

《碩鼠》是西周末春秋初期魏地的民歌。詩中充滿詩人對奴隸主貴族寄生的厭惡和蔑視，對不合理的剝削制度的憎恨，以及表現對平等、自由的渴望，期盼生活有所改善，從政治與社會的壓迫中解放出來：

碩鼠碩鼠，無食我黍！三歲貫女，莫我肯顧。逝將去女，適彼樂土。樂土樂土，爰得我所。

譯文：

大老鼠啊大老鼠，你別吃我的莊稼。我侍候了你三年，你沒有肯瞧瞧我。我決意要離開你，去找那安樂的地方。安樂的地方啊安樂的地方啊，於是得到了我的所在。

這詩在反復的歌唱中，通過形象的比喻，深刻地揭露奴隸主貴族和剝削制度的殘酷可憎。

《伐檀》是魏地的一首勞動即興詩，作者是奴隸。他爲奴隸主修造車乘，終日勞動。"杭育杭育"地砍樹，勞動強度是很大的；可是他的勞動情緒低落，把木頭拋棄在河旁，看着澄清的河水出神。那些盤踞高位的人在他面前出現了。那些人"不稼不穡"，怎麼就拿去"禾三百廛"啊！"不狩不獵"，怎麼倒看見他們院子裏掛着"貆"啊！他們有着吃不盡的糧食，他氣憤得跳了起來：

坎坎伐檀兮，寘之河之干兮。河水清且漣猗［漪］。不稼不穡，胡取禾三百廛兮！不狩不獵，胡瞻爾庭有縣貆兮！彼君子兮，不素餐兮！

譯文：

杭育杭育地砍檀樹啊，放它在河岸啊。河裏的水碧綠而且有波紋啊，不種植，不收割，怎麼就拿去禾三百廛啊！不巡狩，不田獵，怎麼看見你院子裏掛着貉子啊！那班君子啊，不簡便飲食的啊！（意思是飲食不簡便啊，吃得很好。）

詩中尖銳地揭露奴隸制社會中的不合理現象。一些人在服勞役，一些人坐享其成，不勞而獲。這不勞動的卻從奴隸的手中奪去大量的糧食和野獸。這種分配不合理的現實,深深地激起了奴隷的不滿和反抗情緒,他們開始在半怠工了。詩人采取質問的表現方式,加強了詩的表現力、説服力和感染力。質問後的回答更直接地揭露他們生活的腐化,表現了對剥削者的嘲笑與蔑視。

這些作品的人民性,都是以直接形式表現出來的。通過作者的生活感受和感情的抒發形象地反映出古代社會中的基本矛盾和基本問題;同時,也集中地表達人民對於平等美好生活的渴望。這些作品在藝術風格上有着凌厲鋒捍和爽朗明快的特色,有很高的水平,具有不朽的價值,是詩中的瑰寶。

五、史詩與祭歌

《詩經》中有不少出色的史詩與祭歌,它們在周民族的開國史上和中國的社會發展史上顯示着巨大的作用和特殊的意義。這在《詩經》和中國文學史中也有其重要的地位。

周民族的溯源傳説在夏末商初,這段歷史可以稱爲"先周"。這先周史可以從周民族的社會發展史、奮鬥史和開國史等的不同角度來看。傳説周民族始祖后稷,他的母親姜嫄是踏着巨人的足跡而生他的。這個傳説意味着姜嫄所處的時代尚屬"不知有父"的母系氏族社會,而從后稷以後轉變爲父系氏族社會。后稷是父系氏族社會的一位領袖,卻是一位半神半人的歷史人物。説他半神,後世追念他時在祭歌中把他神化了;説他半人,歷史上是有這位人物的。周民族認爲他是開始教民種稷和麥的人。傳到他的曾孫公劉(一説公劉是他的十餘世孫),受到遊牧民族的侵擾,被逼從邰遷豳,開荒定居;再傳到十三世孫古公亶父,又受戎、狄的侵擾,於是從豳再遷到岐山下的周原。古公亶父率領人民開墾荒地,發展農業,營建城郭宗廟宮室,定國號曰周,號周太王。太王的第三子季歷,商武乙時朝商,被封爲牧師。曾攻西落鬼戎,俘虜二十狄王,旋爲太丁所殺。季歷的兒子文王,紂王封(他)爲西伯。西伯發政施仁,諸侯歸附。爲求地域發展,從渭水北的周原遷徙到渭水南、灃水西的豐建都。武王滅商,建都於鎬。從社會發展史看,周民族從原始社會的母系氏族社會,轉變爲父系氏族社會,從而逐漸發展成爲奴隸制社會,建立中國第三個奴隸制統一的國家,把奴隸制社會經濟推向了鼎盛時期。從奮鬥史與開國史看,周民族是不斷抵禦外來民族,特別是少數的遊牧民族的侵擾,從而建立家園與國家的。以農立國,發展農業生產,人民得以安居樂業,使西周初期奴隸制社會經濟不斷發展與上升而臻於鼎盛時期。《詩經》中的史詩與祭歌就是歌頌和記述周民族的這段艱苦奮鬥而達到成功的歷史的。人民是歷史的主人,但是英明的領袖在歷史上也是有着他的重要地位與作用的。

《大雅·生民》就是周民族的史詩,也可説是他們的祖先神的祭歌,因而也可説是神話詩。説是史詩因爲這裏面有着歷史的影子;説是神話詩,因爲這些史實是在歷史上口頭傳述下來,隔的時代久遠了,又是經過神化的,衹是虛幻而曲折地反映了一些社會現實罷了。《生民》八章,詩中突出地寫周民族的始祖后稷出生時的神異,並且歌頌他在農業生產創造上的巨大成就。第一章寫后稷的母親怎樣踏着上帝的脚趾跡而懷孕,這裏透露了在姜嫄時代,還保留着母系氏族社會的殘餘。第二章寫后稷誕生的神異。第三章寫后稷被棄而不死的神異。第四章寫后稷在幼年所表現出來的對農藝的天賦才能。第五、第六兩章寫后稷對農業的偉大貢獻。第七、第八兩章寫祭祀。

　　　厥初生民,時維姜嫄。生民如何? 克禋克祀,以弗無

子。履帝武敏歆,攸介攸止,載震載夙,載生載育,時維
后稷。

　　誕彌厥月,先生如達。不坼不副,無菑無害,以赫厥靈。
上帝不寧,不康禋祀?居然生子。

　　誕寘之隘巷,牛羊腓字之;誕寘之平林,會伐平林;誕寘
之寒冰,鳥覆翼之。鳥乃去矣,后稷呱矣。實覃實訏,厥聲
載路。

　　誕實匍匐,克岐克嶷,以就口食。藝之荏菽,荏菽斾斾,
禾役穟穟,麻麥幪幪,瓜瓞唪唪。

　　誕后稷之穡,有相之道。茀厥豐草,種之黃茂。實方實
苞,實種實襃。實發實秀,實堅實好。實穎實栗,即有邰
家室。

　　誕降嘉種;維秬維秠,維穈維芑。恒之秬秠,是穫是畝。
恒之穈芑,是任是負,以歸肇祀。

　　誕我祀如何?或舂或揄,或簸或蹂。釋之叟叟,烝之浮
浮。載謀載惟,取蕭祭脂。取羝以軷,載燔載烈,以興嗣歲。

　　卬盛于豆,于豆于登。其香始升,上帝居歆。胡臭亶
時!后稷肇祀,庶無罪悔,以迄于今!

譯文:

　　當初生育周民族的母親是姜嫄。她是怎樣生育周民族
的呢?恭恭敬敬地向郊禖祈禱,來求子息。她踏了上帝的
足跡就懷孕了,把孩子生下來養起來,這孩子就是周民族的
始祖后稷。

　　滿月了,頭生的兒子很順利地生下來了。陰門不破不
裂,臨盆無災無難,就是這樣奇異。是上帝不叫我家安寧
嗎?不受我家的禋祀嗎?居然這樣讓我生下一個孩子!

　　把他拋棄在一個小巷裏,牛羊就來庇護他;把他拋棄在大樹下,碰巧有人前來砍樹;把他拋棄在寒冰上,鳥兒飛來用翅膀溫暖他。於是鳥兒飛開了,后稷就啼了起來,哭聲又長久又宏亮,聲音充斥在大路上。

　　后稷剛會爬地時,就很聰明。能夠自己去尋找食物。他去種植大豆,茂盛的豆莢一行行地垂下來。麻麥密密幪幪,瓜瓞羅羅球球。

　　后稷種植農作物,有他一套處理的法子:拔除叢草,播下種子,揀種漬種,播種下種。抽芽秀花,充實美好,穀穗一顆顆的。這就是有邰氏的家室。

　　天賜下好種子——秬子、秠子、穈子、芑子。種滿了秬子、秠子,按田畝來收穫;種滿了穈子、芑子,把它捆載而歸,用來奉祀上帝。

　　怎樣祭祀呢? 或是舂或是臼,或是簸或是蹂,淘米的聲音嗖嗖響,蒸飯的熱氣勃勃上。用香蒿與祭脂追念祖先,用牡羊來祭奠神靈,把蕭脂燒得很旺,用來祈求來歲豐收。

　　把祭肉放在木豆裏,太羹放在瓦登裏。它的香氣開始上升,上帝來享用了。這馨香之氣是很及時啊。后稷創造了祭祀,沒有絲毫過錯和懊悔,祭祀之禮一直延續到現在。

這詩可與《史記·周本紀》對讀,散文内容給人的印象更爲清晰,衹是記述稍有一些出入罷了:

　　周后稷名棄,其母有邰氏女,曰姜原。姜原爲帝嚳元妃。姜原出野,見巨人跡,心忻然說,欲踐之。踐之而身動如孕者,居期而生子。以爲不祥,棄之隘巷,馬牛過者,皆辟不踐。徙置之林中,適會山林多人,遷之而棄渠中冰上,飛鳥以其翼復薦之。姜原以爲神,遂收養長之。初欲棄之,因

193

名曰棄。棄爲兒時，屹如巨人之志。其遊戲，好種樹麻、菽。麻、菽美。及爲成人，遂好耕農，相地之宜，宜穀者稼穡焉，民皆法則之。帝堯聞之，舉棄爲農師，天下得其利，有功。帝舜曰："棄，黎民始饑，爾后稷播時百穀。"封棄於邰，號曰后稷，別姓姬氏。

大周民族原是上古時期生活在陝西的一個古老部族。傳說遠祖棄在堯舜時做過農官，封於邰，號稱后稷。《生民》這詩爲周開國的著名的六篇史詩之首。它的素材萌芽於部落社會，初爲口頭傳說，到了西周初期，形成文字定型下來，而成於奴隸制社會的統治階級之手。詩中突出農業與祭祀，是人民重視農業與統治者重視祭祀兩種因素的雜糅。其中神化部分，是出於對古史的不理解，形象地誇大或有意無意地摻入了階級社會統治階級所需要的東西。詩中對人類生產及其過程有着形象的描繪。歌頌后稷怎樣聰明，喜愛耕種，善於耕種，次及農作物怎樣結實肥大，把農作物經過舂、揄、簸、蹂、釋、蒸等種種手續，成爲高貴的祭品。這不僅顯示了勞動祭歌的特徵，實際上也顯示了人們對於祖先英雄事業的敬愛。通過對姜嫄和后稷的讚美歌頌，表達人們對土地、對莊稼的熱愛，對勞動技能和智慧的讚美，顯示人們崇高的情感和理想。以農立國，這是中華民族的立國之本，周民族是極爲重視農業生產的。這詩通過祭歌的形式，歌頌后稷對於農業生產的重視和實踐，被采集收錄於《詩》的《大雅》中，用於教育當代和後世的人民，從而奠定了中國文化重視農業生產的基礎，成爲優良的歷史傳統。因此，《生民》詩在西周初期起着鼓勵生產、發展生產、鞏固氏族和國家的作用，富有現實意義，在歷史上也始終是起着進步作用的。

《公劉》是描寫周民族祖先公劉率領部落遷徙和建都豳地的史詩。夏末，居住於邰的周民族，不斷遭受夏和東方部落的侵凌,他們不時過着流竄的生活,難以定居經營農業。在公劉時,他起來組織與率領着全族人民遷徙到了豳地,創立新的生活。《史記》對於公劉的英雄事業也是倍加贊美的:

> 夏后氏政衰,去稷不務,不窋(繼后稷而立者)以失其官,而犇戎、狄之間。不窋卒,子鞠立。鞠卒,公劉立。公劉雖在戎、狄之間,復修后稷之業,務耕種,行地宜。自漆、沮渡渭,取材用。行者有資,居者有畜積,民賴其慶。百姓懷之,多徙而保歸焉。周道之興自此始。故詩人歌樂,思其德。

公劉是周民族的組織者和領導者,他領導周民族抵禦外患,組織生産,改善百姓生活。

《公劉》便是周人頌美公劉的詩篇:

> 篤公劉!匪居匪康,迺場迺疆,迺積迺倉,迺裹餱糧,于橐于囊,思輯用光。弓矢斯張,干戈戚揚,爰方啓行。
>
> 篤公劉!于胥斯原。既庶既繁,既順迺宣,而無永歎。陟則在巘,復降在原。何以舟之?維玉及瑤,鞞琫容刀。
>
> 篤公劉!逝彼百泉,瞻彼溥原。迺陟南岡,迺覯于京。京師之野,于時處處,于時廬旅,于時言言,于時語語。
>
> 篤公劉!于京斯依。蹌蹌濟濟,俾筵俾几,既登迺依,迺造其曹,執豕于牢,酌之用匏。食之飲之,君之宗之。
>
> 篤公劉!既溥既長,既景迺岡,相其陰陽,觀其流泉。其軍三單,度其隰原,徹田爲糧。度其夕陽,豳居允荒。
>
> 篤公劉!于豳斯館。涉渭爲亂,取厲取鍛。止基迺理,爰衆爰有。夾其皇澗,溯其過澗。止旅迺密,芮鞫之即。

譯文:

　　仁厚的公劉啊！在邠不安不寧，於是清治田畝，在露天累積糧草，在屋裏累積穀物，於是包紮了乾糧，放在小袋裏、大袋裏，熱望人心協和，國族光大。弓矢準備好了——干戈斧鉞，於是並起開路前行。

　　仁厚的公劉啊！親自去視察原野，來的人已很多，物產也豐富，生活優裕，人心融洽，沒有什麼人在歎息怨望。他登到山上去，又走下來到了平原。他的腰帶是用什麼製的呢？是美玉和瓊瑤，並用鞞琫來裝飾他的佩刀。

　　仁厚的公劉啊！向那湧着泉水的地方走去，觀察那廣大的原野。於是爬上了南山，看到京的地方。在京邑的原野，於是居住下來，於是安頓下來，於是説説，於是談談。

　　仁厚的公劉啊！在京的地方定居了。雍雍大雅，放好筵席放好几子。已經坐席了，倚在几上，賓客們依次坐定。在圈裏牽出豬兒，用瓢兒來酌酒。請大家來飲酒吃飯，大家擁戴公劉做他們的君主、宗主。

　　仁厚的公劉啊！土地開拓得已很遼闊了，於是跑上山岡來看日影，看看山南山北，看看流水。軍隊分作三處，住在水邊平原，生產農作物來充糧食。一直開闢到山的西面，邠人居住的地域確实是很大的。

　　仁厚的公劉啊！在邠地營建宮室。渡過渭水的中流，采取粗石，采取鍛石。居住的區域整理好了，居住的人家多而富足了。住滿了皇澗的兩岸，有的上溯到了過澗。居住的人都安定了，有的在芮水的旁邊住下。

　　公劉是周民族的先祖。據《史記·周本紀》説："后稷卒，子不窋立……不窋卒，子鞠立，鞠卒，子公劉立。"可見（公劉）是后稷的曾孫。但據《劉敬傳》説："周之先，自后，堯封之於邠，積德累善十有餘世，公劉避桀居豳。"認爲是后稷的十餘世孫。司馬遷既是兩存其説,我們也難以做出判斷。但自文王上溯公劉十二世,商祚祇六百多年,公劉當爲夏末商初時人。

這首詩歌詠公劉從邰遷豳的事蹟。詩中寫到遷豳之際,怎樣準備、出發,以及到了豳地怎樣相看地宜、安置部落、發展生產和擴大疆土的情景。這首詩當是根據歷史傳説編寫,傳説難免有失實的地方,或者有着誇張,但應有着它的真實生活的影子。這首詩的現實性是強的。《詩序》説:"《公劉》,召康公戒成王也。成王將蒞政,戒以民事,美公劉之厚於民而獻是詩也。"后稷是周民族第一個大人物,公劉是第二個,循次是《緜》詠太王,《皇矣》詠王季,《文王》詠文王,《大明》詠武王,合爲周代開國六個偉大人物。《詩序》説:召康公爲成王説周的開國史,"戒以民事""而獻是詩",這句話是可信的。全詩共六章。第一章寫準備行程,做好三件事。第一件是搞好農業生產,糧食有了積蓄;第二件是做人的思想工作,人民相互和睦;第三件是警惕戒備,做好防禦敵人的保衛工作。第二章寫公劉佩帶着玉飾的容刀視察原野,陟巘降原,忙碌一番。這裏,初步塑造出公劉是個篤厚、勇敢、雄壯而有威儀的領導人物。第三章寫相土安民,公劉築室於京,建設賓館。飲水問題解決了,生活安定,言言語語,一派歡樂景象。第四章寫群臣宴飲公劉。公劉站着,用匏酌酒,大家推公劉爲君主,爲宗主。大家生活雖樸素,情緒卻熱烈。第五章寫拓墾土田,測量原、隰之地,治田爲糧。第六章寫繼續營建,調查水源,丈量田地,合力開荒;然後涉過渭水,采來礪石,改善工具。勠力同心,人口增多,生活也富裕起來了。

公劉是一個富有謀略與計劃的領導人物。他熱愛周民族,組織大遷徙,創造新家園,具有開拓者的英雄氣概。他對周民族的發展,有着巨大的貢獻。全詩各章都以"篤公劉"頌語起興,加強表達了對公劉的愛戴與尊敬。在人物塑造上已經運用了肖像描寫,加深了形象的刻畫。

《緜》是歌頌古公亶父的史詩。《史記·周本紀》歌頌古公亶父道:

> 古公亶父復修后稷、公劉之業,積德行義,國人皆戴之。薰育、戎狄攻之,欲得財物,予之。已復攻,欲得地與民。民皆怒,欲戰。古公曰:"有民立君,將以利之。今戎狄所爲攻戰,以吾地與民。民之在我,與其在彼,何異?民欲以我故戰,殺人父子而君之,予不忍爲。"乃與私屬遂去豳。渡漆、沮,踰梁山,止於岐下。豳人舉國扶老攜弱,盡復歸古公於岐下。及他旁國,聞古公仁,亦多歸之。於是古公乃貶戎、狄之俗,而營築城郭室屋,而邑別居之。作五官有司,民皆歌樂之,頌其德。

古公亶父是公劉以後的周民族的祖先。周民族的强大開始於周文王時代,它的基礎卻奠定於古公亶父。當殷商末葉,周民族在豳地遭受其他部落的侵犯。周民族又在古公亶父的率領下,南遷到岐山之下,渭水流域。周民族從此逐漸興盛與壯大起來:

> 緜緜瓜瓞,民之初生,自土沮漆。古公亶父,陶復陶穴,未有家室。
>
> 古公亶父,來朝走馬,率西水滸,至于岐下。爰及姜女,聿來胥宇。
>
> 周原膴膴,堇荼如飴。爰始爰謀,爰契我龜:曰止曰時,築室于茲。
>
> 迺慰迺止,迺左迺右,迺疆迺理,迺宣迺畝。自西徂東,周爰執事。
>
> 迺召司空,迺召司徒,俾立室家。其繩則直,縮板以載,

作廟翼翼。

　　捄之陾陾,度之薨薨,築之登登,削屢馮馮,百堵皆興。鼛鼓弗勝。

　　迺立皋門,皋門有伉。迺立應門,應門將將。迺立塚土,戎醜攸行。

　　肆不殄厥慍,亦不隕厥問。柞棫拔矣,行道兌矣。混夷駾矣,維其喙矣。

　　虞芮質厥成,文王蹶厥生。予曰有疏附,予曰有先後,予曰有奔奏,予曰有禦侮。

譯文:

　　緜緜不斷的瓜瓞啊,周民族起初創業的時候,居住在沮水、漆水。古公亶父住在土窑土室裏,還没有官室。

　　古公亶父,有一次早晨趕着馬,沿着漆水、沮水的涯岸,來到岐山的一邊;亶父的妃子姜氏,也來視察營建都邑的地方。

　　周地的平原肥美得很,種了菫菜、苦菜,都甜蜜蜜的。於是停息下來,於是契刻我們占卜的龜:説可以住下來了,説可以動土了,就在這裏建築房屋了。

　　於是決定安頓下來,於是計劃左右的地場,於是劃出疆界分出條理,於是浚通溝洫,耘好田疇。從漆水、沮水的西邊一直到東邊,大家都擔任工作。

　　於是就把司空召來,於是就把司徒召來,策劃籌建官室。拉綫的繩子是直直的,束好夾板填土築牆,建造威武的神廟。

　　盛土運筐的人很多,填土薨薨響,搗土登登響,隆起的地方削平唰唰響。許多牆壁都做好了,大鼓聲也被各種勞動聲響所壓倒。

於是建立外郭的皋門，皋門造得高峻。於是建立王宮的應門，應門造得雄壯。於是建立祭土神的大社，兵衆都出動了。

沒有斷絕人家的慍怒，也沒有毀壞自己的聲譽。柞樹、棫樹都挺生起來，道路也開闢了。混夷畏避逃竄，確実是疲敝極了。

虞國、芮國有事來要求平斷，文王感動了他們。周人有宣布德澤使民親附的；周人有前後輔佐相導的；周人有奔走四方的；周人有捍衛國家的。

《詩序》説："《緜》，文王之興，本由大王也。"周民族的開國奠定於古公亶父。

這詩主要歌頌古公亶父遷國開基的功勳。全詩共九章。第一章言周之興，奠於古公亶父避狄遷岐，艱難創始。第二章言古公來岐，偕妃太姜，視察所居之處。第三章言卜居周原高平、肥美之地。第四章言定點安居，整理疆界，忙於營建。第五章言作宮室、宗廟。第六章攝寫營建勞動歡樂情景。第七章言立門、社。第八章言文王繼起，伐木開路，混夷逃跑。第九章言文王協調虞、芮兩國爭田，采取一些開明政治設施。這首詩《鄭箋》、趙岐《孟子章句》、韋昭《國語注》都説是周公美文王之作。陳子展《詩經直解》卻謂："詩必作於周初，作者未必爲周公。……用於典禮，而謂出於相傳制禮作樂之周公，則亦未爲不可。"這詩記述古公從遷岐、授田、築室，直寫到驅逐混夷，與重視政治設施，可與《史記》相互印證。詩中系統地、多方面地、形象地反映周民族的遷徙、驅逐混夷和授田、築室的勞動情景和政治機構設施的萌芽；同時，集中地反映周民族的重視農業墾植和對勞動的熱愛與創建新的家園的喜悦。古公亶父是一位傑出的"復脩后稷、公劉之業"的部落國家的英雄和領袖；他的事業不僅是周民族的歷史，同時，也是中華民族的光榮歷史。《詩序》説："《頌》者，美盛德之形容，以其成功告於神明者也。"西周天子祭祀先祖，是在五穀豐登的年歲裏，選擇周民族開國史著有功勲的祖先后稷、公劉、古公亶父、王季、文王、武王六個偉大英雄人物，加以追薦，給以"歌功頌德"，邊歌邊舞，著作《周頌》。用以教育時王、後王、諸侯和貴族子弟。這樣的"歌功頌德"，難道就可以簡單化地衹是用階級劃分，把它完全否定了嗎？從歷史唯物主義的觀點看，這個問題就值得重新考慮，應該給以正確的評價啊！

試論《詩》的卓越成就

　　《詩經》三百零五篇代表着中華民族兩千五百多年前保存於國家、掌握於太師、流行於社區的詩歌創造。西周的統治階級建立了中國第三個奴隸制社會統一的國家。當這社會處於發展階段,當時具有遠見的有膽識和有作爲的政治家,爲了鞏固政權、維護社會秩序和促進生產力的發展,提倡精神文明並爲經濟基礎服務,采取相應的措施,制禮作樂,以詩配之。關於詩篇的作者,有的是屬於高級政務官的三公,有的是諸侯或公卿、大夫、士,他們陳述政見,參政、議政,爲之作詩、獻詩。當時的庶民、奴隸,有的聚於都邑或手工作坊中;有的則是春、夏、秋時間散處田野從事農業勞動或兼漁牧,冬間則回到都邑集體生產,爲公家服役,營建宮室,修葺房屋。婦女則紡績染織,至於深夜。"饑者歌其食,勞者歌其事",統治者爲了掌握情況,瞭解情況,出於功利目的,用以"觀政",因而出現"采詩"制度。《漢書·食貨志》記述説:

　　　　孟春之月,群居者將散,行人振木鐸徇于路以采詩,獻之太師,比其音律,以聞於天子。

何休的《公羊傳》注又説:

　　　　五穀畢入,民皆居宅,里正趨緝績。男女同巷,相從夜績。……從十月盡正月止，男女有所怨恨，相從而歌，饑者歌其食，勞者歌其事。男年六十，女年五十無子者，官衣食之，使之民間求詩，鄉移於邑，邑移於國，國以聞於天子。故王者不出牖户，盡知天下所苦，不下堂而知四方。

兩者所述"采詩"，目的大致相同；唯采者一爲"行人"，一爲男女年老"無子者"，方式不止一種，可以相互補充，未必矛盾。兩説寫得具體，後人或有疑之，其實是有道理的。《詩經》三百零五篇，有貴族的創作，也有流傳於民間的歌謠。朝廷就是通過采詩把它們彙集起來，而編纂成書，流傳於後世的。一個國家不論古代和後世，總有它的組織、領導和措施。中國古代的詩歌，就在獻詩和采詩的情況下，獲得集中、交流並流傳後世。統治階級用《詩經》的詩篇陳述政見，參政、議政和觀政，並用以作政治教科書教育貴族子弟，他們是從政治角度來對待這部作品的。後世儒家接受了這種觀點，闡揚詩中的思想内容，從而成爲詩教與詩學。這在中國的政治教育史上、學術史上是有其卓越成就和貢獻的，今天我們還是應予以重視和給以研究與總結的。不僅如此，《詩經》作爲中國古代最早的一部傑出的詩歌創作，它在中國文學史、詩歌史中所起的作用和在其他方面所做出的貢獻也是了不起的。《詩經》和《離騷》奠定了中國詩歌的現實主義和浪漫主義兩大支派的基礎。人民口頭詩歌的發揚，擴大了士人寫作視野與技巧；同時，士人的文化修養也有助於人民口頭詩歌水平的提高。人民是有生活實感的，同時，總是站在時代的浪尖上推動着社會前進的。這就可以看出《詩經》在中國文學中所起的源泉作用和進步作用。中國文學每一新體裁的產生不外乎兩種情況：一是產生於民間，一是受着外來文學的影響。民間新生苗長的東西，經過士人的采用，作爲新的文學樣式而予以加工、提高與再創作，自《詩經》《楚辭》《樂府詩》以及唐詩、宋詞、元曲、明清小説等許多文體的形成發展都是這樣。《詩經》的卓越成就，促進了民歌的發展，影響了中國詩歌新體裁的形成、發展，循着民歌方向前進，這在中國歷史上和文學史上是功不可没的。

　　《詩經》的結集，自然還不能説把所有的西周以及先周所流傳下來的詩歌創作都包羅進去。在《詩經》以外，還有着不少逸詩，有的還在流傳，有的已經湮没。逸詩的數量是不多的。如始見於皇甫謐《帝王世紀》的《擊壤歌》，始見於伏生《尚書大傳》的《卿雲歌》，分見於《尸子》與《孔子家語》等書的《南風歌》。（但《南風歌》作爲堯、舜傳説時代的歌謡，這是出於後人的僞托，並不可信。）古籍中偶爾保存下來一些質樸的歌謡，比較接近於原始的形態，可以作爲古代詩篇的，如《吳越春秋》中所載的《彈歌》："斷竹，續竹，飛土，逐宍。"詩很簡短，淳樸自然，反映着漁獵社會的生活，很有概括力，是一支原始型的優秀歌謡。《禮記·郊特牲》中記載一篇傳爲伊耆氏《蠟辭》："土，反其宅；水，歸其壑！昆蟲，毋作；草木，歸其澤！"類似"咒語"，從這詩中可以看出那時人類多麽相信着他們語言的力量啊。他們有着堅强的意志，企圖指揮自然和改變自然。《易經·歸妹》上六中述："女承筐，無實；士刲羊，無血。"這是一首牧歌，男女在戲謔地對唱，有情有景，洋溢着愉快之情；但這類作品是爲數不多的。如《左傳·僖公二十八年》：聽輿人之誦曰："原田每每，舍其舊而新是謀。"《左傳·宣公二年》："城者謳曰：'睅其目，皤其腹，棄甲而復。于思于思，棄甲復來！'使其驂乘謂之曰：'牛則有皮，犀兕尚多，棄甲則那？'役人曰：'從其有皮，丹漆若何！'"《左傳·襄公三十年》："輿人誦之曰：'取我衣冠而褚之，取我田疇而伍之。孰殺子産，吾其與之！'及三年，又誦之曰：'我有子弟，子産誨之。我有田疇，子産殖之。子産而死，誰其嗣之？'"《韓非子·外儲説右上》："君重斂而田成子厚施，……故周、秦之民相與歌之曰：'謳乎,其已乎;苟乎,其往歸田成子乎!’”這些作品是東周時的歌謠,數量少,品質亦不高。朱東潤《詩三百篇探故》的緒言說:“誦為古代詩歌之原始形態。《詩‧節南山》云:‘家父作誦,以究王訩。’《崧高》云:‘吉甫作誦,穆如清風。’皆其例也。家父、吉甫之誦,配以管弦,入之聲歌,遂為《詩》三百五篇之二,而輿人之誦,則永遠留此原始之形態,此統治階級之作品與民間作品之別也。”又說:“其形式皆簡單,其措語皆直率,其感情皆濃摯而鬱烈,其不忌鄙俗,至有婁豬、艾豭之語,又《詩》三百五篇之所不敢言者。蓋當時民間之詩歌如此。”朱氏認為這是民間的詩,與《詩經》的風格不同;因而以此作為例證,說明“《國風》不必出於民間”,這是“可以自信”的。實際上,民間的誦、歌、謠,采之入《詩》,文字上經過潤飾,未必保持原來的“鄙俗”樣式,所以不同於他所舉的歌謠的原始形態。這倒恰恰可以說明《詩經》之所以成為《詩經》,在藝術上之所以有如此卓越成就的原因之一。

《詩經》的卓越成就,同時體現在作品中所反映的歷史和現實社會生活的多樣性、廣泛性和深刻性上。《詩經》中的主要篇章及所顯示的進步的思想內容,可以歸納為:民間的情歌和勞動歌詩;公卿大夫士具有政治遠見,具有開拓精神的政治理想詩和揭露腐朽的統治集團的政治諷刺詩,以及由太師樂工演奏的,周民族的歌頌先周英雄開國的史詩。這些詩篇從各種角度,並在不同程度上反映歷史的和當代的社會現實,寄托周代開國時的政治理想,展示當時的社會矛盾和階級間的基本問題;同時,也記錄了這五百年間的社會風尚和制度文物。因此,《詩經》中的進步的東西,成為中國文化的優良傳統,它不僅具有歷史意義,而且永遠輝煌地照耀着中國文化、學術和詩歌前進的道路。這些內容,在前面一章《〈詩〉所反映的廣闊的和深邃的社會現實》一文中已有所論述。

首先,我們可以理解到的,西周初期是中國奴隸社會經濟處於上升以至臻於鼎盛的時期。這時,政治局面開拓之際,君臣渾然一體。《詩序》所謂:"治世之音安以樂,其政和。"《鹿鳴》一詩,是王者宴群臣嘉賓之詩,顯示着領導與被領導之間的和睦相處,開誠相見。全詩共三章。第一章言樂與幣。周王賞賜群臣,宴會伊始,器樂初作。周王先向嘉賓諮詢,問以治國大道。第二章言德與酒。正面引導,爲民樹立光輝的榜樣。第三章寫合樂與酒言之,"以燕樂嘉賓之心"!君臣關係,視若主賓關係,看不出絲毫的官僚習氣,在音樂美中充滿着莊敬而又歡融的氣氛。這樣群臣的積極性自然被調動起來了。《詩序》因說:"《鹿鳴》,燕群臣嘉賓也。既飲食之,又實幣帛筐筐以將其厚意,然後忠臣嘉賓得盡其心矣。"《鹿鳴》一詩所顯示的上下級關係,是值得效法的;因而,後世從周王宴請群臣,漸擴大爲貴族宴飲,乃至用於鄉飲酒禮之時。《鹿鳴》一詩所顯示的處理領導與被領導的關係,平等相處,感情融洽,它的精神實質,到現在還是有可以借鑒之處的。

可是好景不長,由於社會的發展,西周統治階級所推行的政治設施逐步走下坡路,在《詩經》中關於這一方面的反映,即對周代社會的階級矛盾和現實生活的矛盾是有着廣泛的描寫和表現的。其中,有的是攻擊統治階級的剝削和徭役的罪惡的,如《伐檀》《碩鼠》《東方未明》《陟岵》等。詩中反映了人民的痛苦、哀愁和悲慘的處境;同時,也表現了人民的反抗意識和平均、平等的要求。在《詩經》中,許多反映對敵鬥爭的詩篇,有的表現了領導與士兵群眾爲祖國統一與完整而鬥爭,如《六月》《江漢》《常武》;更有的表現了人民熱愛鄉土與和平,詛咒異族的侵凌,如《采薇》《無衣》等。這些詩篇熱情歌頌衛國戰鬥的功勳,同時塑造了英雄的人民形象。在《詩經》中,有着不少反映公卿大夫士的政治鬥爭的詩篇,如《節南山》《正月》《十月之交》《北山》《巷伯》等,表現了他們痛惡暴政、主持正義、廉潔、公正不阿的情操。這不僅揭發了黑暗的現實,而且塑造了耿介不屈的志士仁人的形象。有的詩篇反映了人民真摯的情感和合理的願望,表達了敦樸的家族情感和善良的愛情理想,如《溱洧》《木瓜》《摽有梅》等。有的歌頌勤勞善良的婦女,同情她們不幸的悲痛遭遇,塑造了可敬可愛的婦女形象,如《氓》《谷風》等。這些詩篇對現實的反映都是通過人物的生活遭遇和内心感受來寫的,因而,有着強大的感染力。許多詩篇是在人民的口頭上廣泛流傳的,在流傳過程中,廣大人民會不斷地加以補充或修正,這樣就使作品的内容更加充實、完美、成熟。詩篇所反映的社會生活不是個别的現象,而是富有它的時代的典型意義的,代表着、寄托着人民大衆的思想感情與願望,從而成爲不朽的詩篇。

《詩經》的卓越成就,也體現在作品中文學語言的豐富性和多樣性上。

由於《詩經》的主要組成部分來自人民的口頭創作,它是廣大人民生活的藝術再現;因而在《詩經》中出現的語言、詞彙和涉及的制度名物是非常豐富與多彩的。就這點説,《詩經》可説是古代的百科全書,如《詩經》中充滿着鳥獸草木之名。草有麥、黍、稷、麻、茅、瓜、菽等一百零五種;木有桃、李、柏、桑、楊等七十五種;鳥有雎鳩、黄鳥、鵲、鴟鴞等三十九種;獸有馬、牛、羊、狐、狼、兔等六十七種;蟲魚有螽斯、草蟲、鱣鯊、魴鯉等四十九種。攝寫事物,富於生活氣息,傳神繪形,歷歷如在目前。例如:《伯兮》寫日光爲"杲杲出日";《東門之楊》寫星光爲"明星煌煌","明星";《十月之交》寫電光爲"爗爗震電";《庭燎》寫燭光爲"庭燎晰晰";《庭燎》寫車鈴聲爲"鸞聲將將";《盧令》寫犬環聲爲"盧令令";《草蟲》寫蟲聲爲"喓喓蟲鳴";《匏有苦葉》寫雁聲爲"雝雝鳴雁"；《鴻雁》寫雁哀聲爲"哀鳴嗷嗷"；《風雨》寫雞聲爲"雞鳴喈喈"，"雞鳴膠膠"；《鹿鳴》寫鹿聲爲"呦呦鹿鳴"。《大車》寫大車遲重之聲爲"大車檻檻"，"大車哼哼"；《車鄰》寫小車輕快之聲爲"有車鄰鄰"；《伐檀》寫砍木用力之聲爲"坎坎伐檀"；《斯干》寫小兒哭聲爲"其泣喤喤"……不勝枚舉。用疊字象形狀聲，在人耳目，給人印象很深。這不僅説明《詩經》的創作源於人民生活，而且可以看出這樣的創作是最富於感染力的。《詩經》中所運用的動詞和形容動作的詞彙，也是極爲豐富的。如《芣苢》一詩寫婦女採集芣苢，就用了"采之""有之""捋之""袺之""襭之"這些詞來描繪她們的勞動過程，寫得很精細。説明作者對於事物的動態和事物之間的聯繫有着實踐的體驗，或者可説作者的觀察辨識能力是十分敏鋭的，這樣纔能把事物的變化具體正確地描繪出來。如《生民》寫穀物的成長，先寫除草，接着寫植物的吐芽出苞："實方實苞，實種實褎。實發實秀，實堅實好，實穎實栗。"寫到穀類成熟，顆粒下穗；然後收割，把它舂煮成飯；然後釀酒："或舂或揄，或簸或蹂。釋之叟叟，烝之浮浮。"予以形象的描寫，寫得十分細緻。這樣的描寫在後世缺乏生活的文人筆下，是難以達到的。這也正顯示文學源於人民生活的特徵，從這個角度評價《詩經》，其成就就是很卓越的。

　　《詩經》中所運用的形容詞和比喻用語不僅細緻確切，而且靈活自如。如《采葛》中"一日不見，如三月兮！""一日不見，如三秋兮！""一日不見，如三歲兮！"諸句，比喻相思迫切的心情："三月""三秋""三歲"，"以漸而深"。姚舜牧云："葛生於初夏，采於盛夏，故下承三月。蕭采於秋後，故下承三秋，艾必三年之久爲佳，故下承三歲。"層次遞進，表現得多麼生動、真切與巧妙。如《叔于田》："叔于田，巷無居人。豈無居人？不如叔也，洵美且仁！"運用問答體、誇張手法突出叔的可愛。《正月》："民今方殆，視天夢夢。"《板》:"上帝板板,下民卒癉。"把天擬人化了。這些形容和比喻,出於口語,信手拈來,毫不費力。刻畫被描寫的對象,闡發人物的心理,十分高明,足以發人深思,引起共鳴,更能發揮文學的社會作用。《詩經》中人物心理的刻畫,常是由表及裏,遞次深入的。如《伯兮》寫婦人思念征夫:"自伯之東,首如飛蓬。豈無膏沐,誰適爲容?""願言思伯,甘心首疾。""願言思伯,使我心痗。"明人朱善解釋這詩説道:"首如飛蓬,則髮已亂矣;而未至於病也。甘心首疾,則頭已痛矣,而心則無恙也。至於使我心痗,則心又病矣。其憂思之苦,亦已甚矣。所以然者,以其君子之未歸也。"①不是層次分明,環環入扣嗎?

《詩經》中所運用的語言,又是富於音樂性的。詩中使用的重言和雙聲疊韻可以説多到已成習見了。所以音韻學家竟爲它制《雙聲疊韻譜》了。如關關、姜姜、喈喈、丁丁、嚶嚶、喓喓、呦呦、交交諸詞皆重言;鴛鴦、蟏蛸、參差爲雙聲;倉庚、螟蛉、窈窕爲疊韻。韻律原是出於天籟,同時也是源於勞動者的音響。由於社會發展,人類對於藝術的追求,語言教學中的音樂性也隨着提高與美化了。重言雛形是出於勞動音響諧言,嗣後衍成爲形容詞;它的本身原是具有描寫事物屬性的形態的作用。雙聲疊韻更是中華民族語言音樂性的特點,在《詩經》中有效地加强了詩歌的藝術效果。

《詩經》中的語言較多的是在口語的基礎上,經過洗練、提高從而轉化爲文學語言的,是古代人民社會生活和文學創作實踐的產物。這對中華民族語言的形成和發展,起着奠定基礎的重大作用。其中大量的詞彙和成語,今天還是活在人民的口語之中或流行在社會上的。如《大雅·大明》中説:"小心翼翼。"《大

① 《詩經傳説彙纂》卷四引,清王鴻緒撰。

雅·板》中説:"不可救藥。"《周頌·敬之》中説:"高高在上。"今天,人民大衆還不是脱口而出嗎？其實這是兩千五百年前《詩經》中已有的語言。

《詩經》中有着多種多樣的抒情詩的表現形式和技巧。有時采取第一人稱,作者直接抒發或歌唱他的生活感受;有時采取説理與抒情相結合的樣式,加强詩的説服力與感染力;有時是借助於第二、第三人稱來表現他的感受和見解;有時是以個性化的語言,通過對話形式表現兩個人物的共同的或不同的感受和意願,而且有的具有戲劇的性質。在《詩經》中也有運用擬人的方式寫成具有寓言性的禽言詩的。如《鴟鴞》,就是一首著名的禽言詩。《詩序》曾説:"《鴟鴞》,周公救亂也。成王未知周公之志,公乃爲詩以遺王,名之曰《鴟鴞》焉。"《詩經》中的抒情詩的結構和章法是比較自由的。一般作品是抒發作者在特定的現實情勢中的感受和思想情感的變化的,這與小説、戲劇在描寫中構成對客觀事件的起訖與發展變化和矛盾衝突是不同的。抒情詩不從描繪現實矛盾和鬥爭角度出發,而是着力於揭示詩人的現實感受的。在《詩經》中,詩人的這種感受往往具有社會性或典型性,所以較之後世的一般知識分子所寫的,視野更爲廣闊;它是廣大人民的生活感受,因此,它的價值也是更高的。

在章法上,《詩經》有着許多不同樣式的復唱。最早的復唱應該是勞動動作重復的伴奏。這種形式,今天的民歌中還有保留。《詩經》的韻律變化是多種多樣的,如頭韻、尾韻、連韻、隔句韻、換章換韻、旋相爲韻等樣式。

《詩經》中有多種多樣的具有高度藝術性的表現技巧。對比手法在《詩經》中是常見的。這是由於社會現實豐富多彩,或者各種不同的人物形象、錯綜複雜的矛盾現象湧現在人們的腦海裹,形成了人們内心的矛盾。對比手法可以有效地顯示或刻畫人物的內心特徵，突出地反映現實情勢。爲了達到這樣的藝術效果，在《詩經》中往往使用排比與反比的手法，加强詩的表現力與説服力、感染力。有時使用問語或富有鼓動力量的呼唤語，作爲比興的方式。這些藝術技巧，是從複雜的現實生活中由於藝術再現的需要而産生的，而且常與深刻的思想内容結合，這就使這樣的藝術技巧具有了不朽的價值。當然，《詩經》中涵泳的藝術手法，遠遠不止這些，這是有待於人們去發掘的。這些藝術技巧，實爲構成中國文學的民族形式的因素。遠在兩千五百年前，《詩經》在使用語言、表現手法和樣式上，就有着驚人的成就，我們必須努力去探索和發掘。《詩經》不愧爲中國古典現實主義文學的基石，不愧爲世界進步文學中的珍貴遺産。

《敦煌本毛詩傳箋校録》疏證

　　1988 年歲首，白晝少暇，每讀姜亮夫先生《敦煌學論文集》，至於夜深漏盡，孤燈粲然。其文集由上海古籍出版社出版，汪洋恣肆，博大精深；末學荒落，難以窺其涯涘。

　　《敦煌本毛詩傳箋校録》録阮刻本於上，校其異文於下。自 53 頁至 150 頁。"所據皆巴黎藏本，凡七卷"，即《敦煌遺書總目索引》中《伯希和劫經録》所注録也。其與《北京圖書館藏敦煌遺書》《斯坦因劫經録》和《敦煌遺書散録》中之本未涉。《校録》首列《叙録》，其目録爲：《唐寫本毛詩詁訓傳鄭箋殘卷（鄁）》P2538、《唐寫本毛詩詁訓傳國風殘卷》P2529、《六朝寫本毛詩詁訓傳鄭箋殘卷》P2570、《唐寫本詩經白文殘卷》P2978、《六朝寫本毛詩詁訓傳鄭箋殘卷（小雅）》P2506、《六朝寫本毛詩詁訓傳鄭箋殘卷（小雅）》P2514、《六朝寫本毛詩詁訓傳殘卷（大雅）》P2669，凡七卷；亦即《伯希和劫經録》中之 2538《毛詩故訓傳第三（鄭氏箋）》、2529《毛詩詁訓傳卷一至七》、2570《毛詩卷第九殘卷》、2978《毛詩白文》、2506《詩經卷第十殘卷（鄭氏箋）》、2514《六朝寫本毛詩詁訓傳鄭箋殘卷（小雅）》、2669《毛詩詁訓傳（鄭氏箋）》七卷所列。次爲《校録》，其序次爲：P2538、P2529、P2570、P2978、P2506、P2514、P2669。循次得校文"四十餘則""三百六十一則""三十則""一百零五則""八十二則""百六十二

則""四百一十則",都一千一百九十餘則。《詩》之異文甚夥,姜
先生別撰"《毛詩校注》一稿,分別其是非然否,各有所論斷"。
"全書"藏於篋中,尚未"殺青","而義不得再摘爲文"。顧念"學
術公器",先"刊其原卷校文,以當鼓吹"。即此事也,高格風流,
功在詩學,讀之孤燈吐輝,令人夜不寐矣。

　　敦煌異文一千餘則,余讀《説文解字》、《經典釋文》、《藝文類
聚》、《文選注》、《初學記》、《御覽》、《玉篇》、漢魏碑刻、故書雅記,
往往從其援引,得其轉注假借之證,知其字出有據也。其中手民
誤植,"抑釋捌忌","捌"敦煌本作"栵"。疑爲誤字,未易多覯。
敦煌本俗文學殊多俗字、通假字、誤文,此爲經籍,迻自傳本,故
多有其根據。偶有不解者,如"靡"作"羑",乃自囿於見聞而已。
試舉例以明之:阮刻本"邶",敦煌本作"鄁",《經典釋文·毛詩音
義》云:"本又作鄁。""北"古"背"字,古時脊背稱"北"。人輒面南
引申之,其相反方向爲北。故"邶"古可寫作"鄁"。"瘞辟有摽",
敦煌本"辟"作"擘",《釋文》云:"本又作擘"。《毛傳》:"辟,拊心
也。"《説文》:"擘,撝也。""撝,裂也。"意爲擘裂,猶俗言擘開。
"辟"爲"擘"的省借。"説于農郊",敦煌本作"税乎農郊",《釋文》
云:"説于,本或作税。""芄蘭",敦煌本"芄"作"丸",《釋文》云:
"本亦作丸。""王族刺平王也",敦煌本"平"作"桓",《釋文》云:
"案《詩譜》是平王詩,皇甫士安以爲桓王之詩。崔集注本亦作桓
王。""敝予又改爲兮",敦煌本"敝"作"弊"。《釋文》云:"本又作
弊。""聊樂我貟",敦煌本"貟"作"云",《釋文》云:"本亦作云。"
"聊可與娱",敦煌本"娱"作"虞",《釋文》云:"本亦作虞。"阮刻本
"見此邂逅",敦煌本作"見此解覯","邂",《釋文》:"本亦作解。"
"覯",《釋文》:"本又作逅。""載玁歇驕"之"驕",敦煌本作"獢"。
《釋文》云:"本又作獢。""游環脅驅"之"驅",敦煌本作"駈"。《釋
文》云:"本亦作駈。"敦煌本異文,《釋文》時見佐證。陸德明撰

《釋文》,《毛詩鄭箋》當時遵用,曾見崔靈恩《毛詩集注》、俗間徐爰《詩音》和吳興沈重《詩音義》諸本,敦煌本諒有爲其所見本者,從而時多符合。阮刻本"雨雪其雱",敦煌本"雱"作"霶",《藝文類聚》卷第二引作"雨雪其霶"。"旁"字,《説文》列四體:𣱟、𣱟(古文)、𤕰(亦古文)、𤕰(籀文)。後世衍爲異體。"作是詩以絶之",敦煌本"之"下有"也"字,《類聚》卷十八,卷七十一引作"故作是詩,以絶之也"。"揚之水",敦煌本"揚"作"楊",《類聚》卷八、卷八九引"毛詩"曰:"楊之水,不流束薪。""楊之水,不流束楚。"《釋文》云"揚之水","或作楊"。"揚""楊",《類聚》互用。阮刻本"騶虞",敦煌本"騶"作"騶",漢韓勒碑"騶"亦作"騶"。①"怨州吁也",敦煌本"怨"作"怨",隋董美人墓誌"怨"亦作"怨"。"夭夭",敦煌本作"夭夭",魏元譚妻司馬氏墓誌作"夭"。"不濡軌",敦煌本"軌"作"軓",隋任軌墓誌作"軓"。"行道遲遲",敦煌本"遲"作"遟",隋賈珉墓誌作"遟"。"邦之桀兮",敦煌本作"邦之傑兮",隋宮人常泰夫人房氏墓誌作"邦"。"叔處于京",敦煌本"京",作"亰",漢孔彪碑作"亰"。"路車有奭",敦煌本"奭"作"奭",周華岳頌作"奭"。"于彼原隰",敦煌本"隰"作"隰"。隋主簿張濬墓誌作"隰"。"駪駪征夫",敦煌本"征"作"征",魏樂安王太妃馮墓誌作"征"。"死喪之威",敦煌本"喪"作"喪",漢曹全碑作"喪"。"率西水滸",敦煌本"率"作"𡿧"。魏魏靈藏造象記作"𡿧"。"聿來胥宇",敦煌本"胥"作"勑",漢韓勒碑作"胥"。"作廟翼翼",敦煌本"廟"作"庿",隋薛保興墓誌作"庿"。《文王有聲》"遹求厥寧",敦煌本下"遹"字作"𢜫"。看似無據,然"詒厥孫謀",敦煌本"厥"作"𢜫"。"𢜫"見魏孝文皇帝《吊比干文》。"毚兔"之"兔","大兕"之"兕","遇犬獲之"之"犬"諸字,敦煌異文作"菟"、作

① 轉引自秦公:《碑別字新編》,文物出版社,1985年。下略。

"兕"、作"友",亦似奇特;卻非率意造作。"茈"見唐司馬興墓誌,"兕"見魏劉懿墓誌,"友"見魏太中大夫元玗墓誌;而"爲猶將多"之"猶",敦煌本作"猷",由來有自,祇結構不同而已。"錦衾爛兮。"箋:"不失其祭也"。敦煌本"祭"作"桀"。"桀"見魏高宗夫人于氏墓誌。可見敦煌本中異文,多屬隸辨之事。余別撰文爲記,以繁體、異體、古文字多,煩瑣不便印刷,暫置於篋,此文示其一端而已。

敦煌本異文,緣何滋生,亦可從而探索焉。字有古今、繁簡、異體、通假之別,《毛傳鄭箋》,漢世簡牘,輾轉抄寫,文字孳乳衍變,移録之時不免有所選擇改易,傳本遂生差異,可理解也。抄本早者,訛誤往往可以少於後起之本。東漢熹平四年(175),訂正儒家經本文字,由蔡邕以隸體書册,刻石立於洛陽太學,史稱熹平石經,其中《詩》爲《魯詩》。曹魏齊王正始三年(242),於太學門前又立正始石經,用古文、小篆、漢隸三體寫成。史稱正始石經,亦曰三體石經。今存熹平石經殘石四塊,三百餘字;正始石經兩千五百餘字。唐開成二年(837)又以真書刻石經於陝西長安國子監,史稱開成石經,《詩》爲《毛傳鄭箋》。今石悉存於陝西西安碑林博物館中。

敦煌本《毛詩傳箋》爲六朝、唐寫本,後於《魯詩》刻石,而前或約當於開成石經。今阮刻本循唐石經小字本(正義本)、相臺本、閩本、明監本、毛本等校勘;敦煌本爲阮元所未見,而早於阮元之所見本。《詩經》古本之傳於世者,1977年於安徽阜陽雙古堆一號漢墓發現阜陽漢簡。墓主爲西漢第二代汝陰侯夏侯竈。夏侯卒於漢文帝十五年(前165),阜陽漢簡中有《詩經》。胡平生、韓自强編著《阜陽漢簡詩經研究》,由上海古籍出版社出版。《阜詩》與"毛詩"異文極夥。胡、韓兩氏研究,"其非""'毛詩'系統可以斷定",亦不屬"已經亡佚了的魯、齊、韓三家《詩》中的某一家","是否與《文王詩》有關也無從考證","可能是未被《漢志》著録而流傳於民間的另外一家"。余將《阜詩》與敦煌本校,兩者異文不符,敦煌本爲"毛詩"系統故不相涉。今就《毛詩傳箋校録》,進而考索致異之由,則敦煌本之價值,將隨研究工作之深入而益彰矣。兹就鄙聞所及,略予條理而疏證之。然亦限於篇幅,僅録一部分,以就正於博雅通人焉。

> 阮刻本
>
> 61 頁① 薄言還歸(《采蘩》)
>
> 81 頁 行與子還兮(《十畝之間》)
>
> 97 頁 爾還而入(《何人斯》)
>
> 100 頁 其還(《小明》)
>
> 118 頁 薄言還歸(《出車》)
>
> 149 頁 還兮(《十畝之間》)
>
> 敦煌本
>
> "還"作"旋" P2538
>
> "還"作"捵" P2529
>
> "還"作"旋" P2578 下同
>
> "還"作"旋" P2578 下同
>
> "還"作"旋" P2578
>
> "還"作"旋" P2578

《十畝之間》:"行與子還兮。"《經典釋文·毛詩音義》云:"還兮,本亦作旋。"《采蘩》:"薄言還歸。"王粲《從軍詩》云:"日暮薄言歸。"阮籍《詠懷詩》:"命駕起旋歸。"《文選注》引"毛詩"曰:"薄言旋歸。"《泉水》:"還車言邁。"任昉《奏彈曹景宗》云:"不時言

---

① 此爲《敦煌學論文集》之頁碼,上海古籍出版社,1987 年版。下同。

邁。《文選注》引"毛詩"曰:"旋車言邁。"《禮記·玉藻》云:"周還中規。"鄭注:"還音旋。本亦作旋。下同。"《左傳·宣公十二年》:"少進馬還。"杜預注:"還,便旋不進。"阮刻本"還",敦煌本作"旋",由來尚矣。"還""旋"義通音同,得假借爲用也。

阮刻本

62 頁　蔽芾(《甘棠》)

106 頁　朱芾斯皇(《采芑》)

107 頁　赤芾金舄(《采芑》)

敦煌本

"芾"作"茀"　P2529　傳同

"芾"作"茀"　P2506　傳同

作"赤茀金舄"　P2506

《甘棠》:"蔽芾甘棠,勿剪勿伐。"《韓詩外傳》卷一引《詩》作"蔽茀"。"茀",朱駿聲《説文通訓定聲·履部》:"艸多也。从艸弗聲,字亦作芾。《周語》:道茀不可行也。注:艸穢塞路,爲茀。"朱熹《詩集傳》:"蔽芾,盛貌。"《張遷碑》:"蔽沛棠樹。"聲近而義同。《廣雅》:"芾芾,茂也。"芾、沛聲近。阮刻本"芾",敦煌本作"茀"。"芾""茀"聲近而義同,故可通也。

阮刻本

62 頁　委蛇委蛇(《羔羊》)

63 頁　江沱之間(《江有汜》)

敦煌本

"蛇"作"蚹"　P2529　下同

"沱"作"沲"　P2529　下同

《經典釋文》云:"蚹,本又作蛇。"《廣韻》下平聲麻第九:"蛇、虵，俗。"《説文解字》："它或从虫。""蛇"，俗字；"虵"，古字。"𠤎"或作"它"，文之異體。碑別字："紽"，魏瀛州刺史元廞墓誌作"紽""跎"，僞周徐征墓誌作"跎"；"施"，隋張囧墓誌作"㐌"。阮刻本"蛇"，敦煌本作"虵"，存古字。"蛇""虵"爲古今字，可通用也。

> 阮刻本
> 62 頁　殷其靁（《殷其靁》）
> 120 頁　殷士膚敏（《文王》）

> 敦煌本
> 作"璅其雷"　P2529　下同
> "殷"作"殷"　P2669　下經傳箋皆同此作

　　《説文》：靁，"从雨，畾象回轉形。""古文靁"，俗省作"雷"。《釋文》云："靁，亦作雷。"馬融《長笛賦》云："靁歎頽息。"李善注："靁與雷，古今字也。"《集韻》："䃔同殷。"俗字加"石"旁。敦煌本加"王"旁。王（玉）爲"石之美有五德者"。"殷"，隋姜明墓誌作"殷"，與敦煌本作"殷"，字形稍異。阮刻本"靁"，敦煌本作"雷"。"靁""雷"亦繁簡字也。

> 阮刻本　　　　　　　　　　　　　　　　　　　敦煌本
> 63 頁　唐棣之華（《何彼襛矣》）　"唐"作"棠"　P2529

　　《論語·子罕》："唐棣之華。"劉峻《廣絕交論》："顯棣華之微旨。"注引《論語》曰："棠棣之華。"《爾雅·釋木》："唐棣，栘。"邢昺疏："《詩·召南》云：'唐棣之華。'"《説文》："栘，棠棣也。"段注："《釋木》曰：'唐棣，栘。'常棣、棣，唐與'常'音同。蓋謂其花赤者爲唐棣，花白者爲常棣，一類而錯舉。故許云：栘，棠棣也。"阮刻本"唐"，敦煌本作"棠"。"棠"與"唐"同音通用。

阮刻本

63 頁　曷不肅雝(《何彼襛矣》)

66 頁　雝雝鳴鴈(《瓠有苦葉》)

136 頁　於樂辟廱(《靈臺》)

敦煌本

"雝"作"雍"　P2529

"雝"作"雍"　P2529

"廱"作"雝"　P2529　下經傳箋同

謝希逸《宋孝武宣貴妃誄》云："肅雍揆景。"《文選注》引"毛詩"曰："曷不肅雍,王姬之車。"《瓠有苦葉》："雝雝鳴雁。"唐開成石經作"雍雍"。《周頌·雝》,《論語·八佾》云："以《雍》徹。"《玉篇》始有雍字。"雝""雍"古今字,"雝"爲古字。阮刻本"雝",敦煌本作"雍"。敦煌本從俗寫也。

阮刻本

60 頁　如有隱憂(《柏舟》)

63 頁　如有隱憂(《柏舟》)

67 頁　憂心殷殷(《北門》)

122 頁　天位殷適使不挾四方(《大明》)

敦煌本

"隱"作"隐"　P2538

"隱"作"殷"　P2529

"殷"作"慇"　P2529

"殷"作"殷"　P2669　下經傳箋皆同此作

阮刻本"隱",敦煌本作"隐""殷"或"慇""殷"。漢衡方碑作

"隱"。"慇"即"殷"，爲繁簡字；即"殷"，爲隸變，碑別字。隋姜明墓誌作"殷"。《爾雅·釋訓》："殷殷"，"憂也"。邢疏："《小雅·正月》云：'憂心慇慇。'《毛傳》云：'慇慇然痛也。'"《廣雅·釋詁》："慇，痛也。从心殷聲。《正月》：'憂心慇慇。'""殷"與"隱"通。《柏舟》："如有隱憂。"《毛傳》："痛也。"《禮記·檀弓》下："哀戚之至隱也。"鄭注："隱，痛也。"《孟子·梁惠王》："王若隱其無罪而就死地。"趙注："隱，痛也。"《楚辭·九歎·遠逝》云："志隱隱而鬱怫兮。"王逸注："隱隱，憂也。《詩》云：'憂心殷殷。'一作隱隱。"阮籍《詠懷詩》："感物懷殷憂。"《文選注》引《詩》曰："耿耿不寐，如有殷憂。"其例不勝枚舉，悉可證矣。

（原刊《敦煌研究》1990 年第 1 期）

《周南·關雎》闡義

　　《關雎》是《詩》三百零五篇的第一篇,也是《風》和《周南》的第一篇。《詩》的《風》《小雅》《大雅》和《頌》的爲首四篇,古時稱爲"四始",編次時有特定的含義。《史記·孔子世家》云:"《關雎》之亂以爲《風》始,《鹿鳴》爲《小雅》始,《文王》爲《大雅》始,《清廟》爲《頌》始。"這裏,我們要探索和討論《關雎》的主題思想。古人稱《詩》的主題思想爲"詩旨"或"詩本義"。關於《關雎》的主題思想,今日有人概括地説:"《關雎》是戀愛或婚禮之歌,但它的欽定解釋卻是對后妃之德的禮贊。"這樣的題解衆多,約舉數説如次:

　　今人袁梅《詩經譯注》説:"這是古代的一首戀歌。一個青年愛上了那位温柔美麗的姑娘。他時刻思慕她,渴望和她結爲情侶。"

　　清方玉潤《詩經原始》説:"此詩蓋周邑之詠初昏者。"

　　今人藍菊蓀《詩經國風今譯》説:"這是歌頌農村青年男女自由戀愛結合的賀婚歌。"

　　這三者的理解都是屬於"戀歌或婚禮之歌"的。但這詩在漢時卻不是這樣來解釋的。

　　《詩序》説："《關雎》,后妃之德也,風之始也,所以風天下而正夫婦也。"

　　這是屬於"對后妃之德的禮贊"的解釋。

　　那麽,哪種看法較爲符合三千年前創作時的社會生活情況和意識形態呢?這就成爲值得我們探索與討論的問題了。

　　首先看"鐘鼓樂之"中的"鐘鼓"。那時民間結婚,擊鐘節鼓是不是習以爲常的樂器呢?我們認爲不是,爲什麽?那時的"鐘",屬於青銅器。商周雖是青銅器時代,青銅器文化光輝燦爛,但冶煉青銅器,工程浩大,不是輕而易舉的,生産力有限,民間不可能使用這青銅器做鐘;商周時代,衹有天子、諸侯有青銅作坊,如商朝歌、周洛陽和其他諸侯的都邑。就冶煉論,從開采銅礦,人工選礦,置入大熔爐,加入木炭,鼓風助燃,煉出粗銅,把渣棄去,再入煉鍋,加錫,煉出青銅,入範成器,起碼要經過十餘道工序。就加錫論,中原地區是不産錫的。那時中原地區大規模青銅鑄造所用的錫料可能來自云南地區。商代武丁、婦好時期,中原殷人爲了解決這個問題,包括金屬礦産,不惜遠征西南,進行掠奪。這一情況直到西周後期的厲王、宣王時還是存在的。《翏生盨》和《師震簋》銘文就記載了"孚(俘)戎器,孚(俘)金","孚(俘)吉金"的内容。商代甲骨卜辭中也曾發現有問"是否有羌俘和礦石送來"的内容(《甲骨續存》一,P1605)。[1] 這就可見鑄青銅器原料來之不易,商周時視爲一件大事。因此,把青銅器所鑄的鼎視爲重器,視爲當時國家政治勢力的象徵。當時的天子和諸侯在鑄青銅器時大多鑄上銘文,而這彝器銘文都是屬於王或諸侯的。如1976年在臨潼出土的利簋,銘文記述周武王征

　　　　　　　　　　　　　　　　　　　　　　　　　　　　　　

　　① 參見金正耀:《晚周中原青銅的錫料問題》,《自然辯證法通訊》1987年第4期。

商後,賜右史利金,用作檀公宝尊彝。青銅器在商周時代,庶人和奴隸是談不上鑄作和享用的。

青銅器一般分爲四類:禮器、樂器、食器和兵器。就禮、樂兩器而論,當時使用這兩器是有嚴格的等級規定的。禮器:天子九鼎八簋,諸侯七鼎六簋,大夫五鼎四簋,士三鼎二簋或一鼎一簋;樂器:天子四懸(即四套),諸侯三懸,大夫二懸,士一懸。西周時期的詩、禮、樂是融爲一體的。詩、禮、樂是西周統治階級推行階級教育的措施,不同的禮儀就演奏着不同的樂章;而演禮奏樂之時,配之以詩。演奏的場合是繁夥的。遼寧大學張震澤教授介紹這種禮制說:"演奏時以祭的形式出現,春祠、夏礿、秋報、冬嘗、郊天、祀地、出師、送喪……無不舉行大祭。祭必合諸侯、宴賓客,行禮如儀。從天子說,是一種教化;從諸侯說,就是一次演習和受訓,諸侯回國就依此照行。"①演奏的作用:禮用以辨異,分別貴賤,所謂定位;樂用以求同,緩和上下,所謂陶情;詩以言志、受志,就是武裝人們的頭腦,指揮人們的行動。這樣用以鞏固國家的統治和安定社會的秩序。總的來說,西周的禮樂綱目是不勝枚舉的。《禮記·禮器》所謂:"禮經三百、曲禮三千。"《中庸》也說:"禮儀三百,威儀三千。"這時大事用禮,日常生活也用禮,行禮時配之以詩和樂。大禮則用《雅》《頌》,小禮則用二"南"。就樂而論,《頌》與《大雅》《小雅》稱爲廟堂之樂或朝廷之樂,演奏時用鐘鼓;二"南"稱爲房中樂,不用鐘鼓。何謂"房中樂"? 張震澤教授說:"《儀禮·燕禮》鄭注云:'謂之房中者,後夫人之所諷誦,以事其君子。'《周禮·磬師》賈疏亦云:'房中樂者,此即《關雎》、二《南》也。'今觀其詩,大致皆言夫婦婚姻男女子息之事,《周南》多言夫婦德行,《召南》亦言夫婦,而傾向勸人敬慎

---

① 見張震澤:《論〈漢廣〉》,《遼寧大學學報》1987 年第 5 期。

王事。二《南》大旨正符合於'毛詩'所説的'經夫婦,成孝敬,厚人論,美教化,移風俗',正是'正始之道,王化之基',也是一種最根本的教育。"①

禮樂場合,不是隨便亂用樂器的。天子諸侯卿大夫郊祀燕饗,則用鐘鼓;因此,鐘鼓之設,是用於隆重的政治性的典禮場合的。這在《詩》中有着反映。《小雅·彤弓》"鐘鼓既設,一朝饗之","鐘鼓既設,一朝右之","鐘鼓既設,一朝酬之"。《小雅·鼓鐘》云"鼓鐘將將","鼓鐘喈喈","鼓鐘伐鼛","鼓鐘欽欽"。《小雅·楚茨》云"禮儀既備,鼓鐘既成","鼓鐘送尸,神保聿歸"。《小雅·賓之初筵》云:"鐘鼓既設,舉酬逸逸。"《大雅·靈臺》云:"於論鼓鐘,於樂辟廱。"《周頌·執競》云:"鐘鼓喤喤,磬筦將將。"以及《唐風·山有樞》云:"子有鐘鼓,弗鼓弗考。"這些擊鐘節鼓大多見於喪祭、鄉射、朝聘、郊祀;天子、諸侯婚禮中用不用鐘鼓,故書雅記中尚未見記述。《大雅》寫及文王婚事:"文定厥祥,親迎于渭。造舟爲梁,不顯其光。"寫得疏略,没有説用鐘鼓。這個問題"書缺有間",還没有弄清楚。《禮記·士昏禮》記載士的結婚儀式,寫得較爲仔細,但是没有使用鼓鐘的記録。士的婚禮尚無鼓鐘,那麼,民間的庶人和奴隸怎麽會使用得上鐘鼓呢?

周代祭祀、宴享使用的鐘是一套編鐘,每一套件數可以不等,但總是順着大小次序懸列的。每鐘懸鼓、隧兩音,音色純淨、優雅。有的鐘鑄銘文。如陝西歷史博物館陳列的編鐘有:柞鐘八個,瘋鐘十三個,是按大小順次懸列的,懸在堂上,典雅堂皇,頗占地方。周代郊野今稱爲"農村",民間庶人、奴隸住的都爲半地穴式的居室,極爲簡陋。試思,如何懸鐘?在奴隸社會裏,庶人、奴隸所住的都是可憐的避風雨的地穴,這與天子、諸侯、卿大

---

① 見張震澤:《論〈漢廣〉》,《遼寧大學學報》1987年第5期。

夫住的版築基址的宫殿,天差地別,截然不同。在這樣的現實生活上所産生的思想意識也就不同。庶民、奴隸在土穴中生活,怎會很愉快地和樸素地攝寫他們的"鐘鼓樂之"的現實生活和"窈窕淑女,鐘鼓樂之"的生活情趣呢? 因此,方玉潤所謂"詠初昏者"與藍菊蓀所謂"歌頌農村青年男女自由戀愛結合的賀婚歌"之説,看來與三千年前的"農村"人"初婚"的情景是對不上號的,可能衹是望文生義的一種虛構與臆想而已。

"鐘鼓樂之"既不符合三千年前西周的民間現實社會生活;那麽,《關雎》就不可能是反映那時詠"農村""初昏"的詩了。這詩的"本義"何在,就成爲值得探索的問題。我們認爲,《關雎》的思想内容可能包含三層意思。

第一層意思是:當時奴隸主貴族盛行多妻制;但是天子、諸侯對於他們的子弟選擇后妃卻是要求"淑女以配君子",使能"刑(型)于寡妻,至于兄弟,以御于家邦",做他們政治上優秀的賢内助。這是他們對於后妃素質的要求,也是對於君子的盼望。《關雎》三章,第一第二兩章就反映了這思想,寫的是"樂得淑女以配君子"。西周奴隸主統治者盛行多妻制,周公制禮作樂,針對問題,定出措施,后妃必須明媒正娶,《豳風·伐柯》説:"取妻如何? 匪媒不得!""窈窕淑女,君子好逑。"那就"可以輔佐君子,求賢審官",有利於鞏固他們的統治。這不僅是家庭問題,還涉及政治問題。后妃以下,隨嫁的妾媵則爲諸侯之女,要求可以降低一些,相安於室,没有嫉妒之心也就可以了。其餘的就可從民間庶人和奴隸中誘騙或者强搶。《豳風·七月》就有"女心傷悲,殆及公子同歸"的記載與反映。西周的奴隸主統治者及其政治家對於后妃提出較爲嚴格的要求,這是由於他們有鑒於歷史上的正反經驗教訓。孔子曾説:"周監於二代,郁郁乎文哉! 吾從周。"這裏邊當然也包含着齊家治國的道理。《史記·外戚世家》中曾經説到這個借鑒的由來："夏之興也，以塗山；而桀之放也，以末喜。殷之興也，以有娀；紂之殺也，嬖妲己；周之興也，以姜原及大任；而幽王之禽也，淫於褒姒。故《易》基《乾》《坤》，《詩》始《關雎》。"這不是交代得很清楚嗎？武王伐紂，就在《牧誓》中理直氣壯地指着紂王的鼻子説："今商王受，惟婦言是用。"《史記·殷本紀》也説："紂嬖於婦人，愛妲己，惟妲己之言是從。"可見當時武王認爲紂的這一失誤是嚴重的，關係到國家興亡的大事。周代建國，是沿襲和發展父系氏族社會的血緣關係這根紐帶的。天子建國、諸侯立家成爲國家政體結構的基礎，家齊而後國治，國治而後天下平。因此，一開始周王朝就是重視這個與政治密切關聯着的家庭婚姻問題的。《詩》的編次把《關雎》列入首篇，提倡淑女以配君子；嗣後形成"詩教"，成爲"先王之教，王官之學"，這有它的歷史原因與政治原因，決不是偶然的。西周的《詩》《禮》《樂》是爲政治服務的。文學來源於生活，這種思想，在《詩》中是有多處可以看到它的反映的。《小雅·南山有臺》中説："樂只君子，邦家之基。""樂只君子，邦家之光。""樂只君子，民之父母。"《小雅·瞻彼洛矣》説："君子萬年，保其家室。""君子萬年，保其家邦。"《大雅·思齊》説："刑于寡妻，至于兄弟，以御于家邦。"《周頌·載芟》説："有飶其香，邦家之光。"這些詩句所反映的思想意識都是可以納入齊家、治國的政治、倫理的思想體系中的。它爲春秋戰國及其後世的儒家思想所繼承與闡發，使之系統化、理論化，但不是儒家首創的。孔子自己曾説："述而不作。"這種思想在西周初期早已興起來了。因此，《關雎》列於首篇，從其編詩之義來説，應該説就已蘊藉着這種思想内涵，是有其特定的意義的。這在古代社會中是會產生特定的政治社會效益的。《詩序》提出："后妃之德也。風之始也，所以風天下而正夫婦也。"就是繼承這一特定的歷史環境下的傳統思想而加以闡發與提高的。它的意思是説：《關雎》中提出的淑女有着后妃的素質啊，可以作爲移風易俗、教化天下的開始。中國古來優秀的政治家本就提倡爲政以德，首先是身體力行，爲民表率。《論語·顏淵》云："政者，正也。"《論語·子路》云："其身正，不令而行。"《荀子·君道》云："君者，民之原也。原清則流清，原濁則流濁。"就婚姻問題上説，爲政者淑女以配君子，這樣做就可起正天下夫婦關係的作用了。

第二層意思是：組織這樣的家庭以後，夫婦的日常生活，相敬如賓，和睦融洽。這用當時的形象的語言來説，就是"琴瑟友之"。琴瑟取其和，故曰"友之"。陳奂《詩毛氏傳疏》的解釋故説："友之友，讀如相親有之有。""琴瑟於閨門燕居之時"，這是在寫夫婦的日常生活。這種生活，用音樂語言來説，即所謂"房中樂"。這種生活情趣，《詩》中也時有反映。《小雅·常棣》説："妻子好合，如鼓瑟琴。兄弟既翕，和樂且湛。"《鄭風·女曰雞鳴》也説："宜言飲酒，與子偕老。琴瑟在御，莫不靜好。"從這些反映看，當時的家庭和社會生活是較爲安定的。

第三層意思是：《關雎》詩中所涉及的家庭，不是一般的家庭，而是屬於構成國家政體結構的一個主要的細胞。換句話説，這個家庭就是屬於西周奴隸主貴族占着重要地位的家庭。這個家庭的一些生活場面，是與國家的政治生活交織在一起而分不開的。在這政治場面中，淑女不一定參政、議政；可是她的意志、活動對於政治會起一定的作用，有時甚至起着關鍵性的作用。《關雎》中寫道："窈窕淑女，鐘鼓樂之。"這裏的"鐘鼓"，不是一般人所説"鐘鼓"，説的是"鐘鼓於朝庭贊見之際"的"鐘鼓"，這是可以通過禮制的考證而獲得理解的。天子郊天祀祖用鐘鼓，天子與諸侯朝聘會盟之際也用鐘鼓。周王朝時的"鐘鼓"，是在這種場面出現的。這"鐘鼓樂之"，是在顯示着一種隆重的政治上的典禮或稱儀式的。所以鐘鼓之樂,周時稱爲廟堂之樂,而這樂器——懸樂,在《詩》中大多數是在《雅》《頌》中所寫祭祀與朝聘會盟中見到的。"鐘鼓樂之",擊鐘節鼓這種場面反映着政治氣氛的肅穆和歡樂,警策而又舒暢。琴瑟取其和,故曰:"琴瑟友之。"鐘鼓取其歡,故曰:"鐘鼓樂之。"鐘鼓之樂,也即政治清明的表現。《毛傳》云:"德盛者宜有鐘鼓之樂。"放到特定的歷史階段說,這是奴隸社會鼎盛時期的景象。這種政治歡樂的場面,詩中也有反映。《小雅·彤弓》說:"我有嘉賓,中心貺之。鐘鼓既設,一朝饗之。""我有嘉賓,中心喜之。鐘鼓既設,一朝右之。""我有嘉賓,中心好之。鐘鼓既設,一朝酬之。"《小雅·彤弓》反映着西周初期君臣關係的融洽,從它的歷史社會意義說,也可看作一種理想地顯示着領導與被領導的融洽相處的關係。《關雎》中的"鐘鼓樂之",與《彤弓》中的"鐘鼓既設",放到西周初期的歷史社會環境中看,可以說有着生活上的聯繫,不是截然分開毫不搭介的。這一聯繫同時就說明兩者之間有着政治生活上的聯繫。"鐘鼓樂之"是以特定的政治生活爲背景的。

由此,可以理解"窈窕淑女,君子好逑""窈窕淑女,琴瑟友之"和"窈窕淑女,鐘鼓樂之"這三句話所顯示的詩的內涵的三個層次。首句是歌頌淑女以配君子,淑女是君子的好伴侶(好逑,即好仇、好儔,即好伴侶);次句讚美組織家庭後的融洽的日常生活;三句讚美組織家庭後的舒暢的政治生活。第一句是總說,第二、第三兩句是分寫這一家庭的兩種不同的日常與政治的生活場面。時間是放得很長的,不是初婚,可以說是"執子之手,與子偕老",過這"白頭偕老"的一生呢。不正是這樣嗎?《韓詩外傳》說《詩》不就把《關雎》吹到天上去了嗎?"子夏問曰:'《關雎》何以爲《國風》始也?'孔子曰:'《關雎》至矣乎,夫《關雎》之人,仰則天,俯則地,幽幽冥冥,德之所藏;紛紛沸沸,道之所行。如神龍變化，斐斐文章。大哉《關雎》之道也，萬物之所繫，群生之所懸命也。河洛出書圖，麟鳳翔乎郊，不由《關雎》之道，則《關雎》之事將奚由至矣哉？'"把它神化了，不講道理了。結合作品來說，詩中"關關雎鳩，在河之洲"，"參差荇菜，左右流之"，"參差荇菜，左右采之"，"參差荇菜，左右芼之"這四句是詩的起興部分。"求之不得，寤寐思服。悠哉悠哉，輾轉反側"這兩句是寫君子追求淑女感情的懇摯及其過程。詩的起興和對君子追求淑女感情的抒發，這些描寫都是爲歌頌"窈窕淑女，君子好逑"的主題服務的。在西周當時的奴隸主統治者和政治家，以及其所制定的禮制看來，"淑女"是可以而且應該"寤寐思服"的！"求之不得"也應該"輾轉反側"的！前提是因爲好逑的對象是"淑女"啊。這裏，提一反證，在《周南·漢廣》一詩中出現的看法就不同了。漢水上有位出遊之女，可就"不可求思"了！這兩篇詩，一寫"淑女"，一寫"游女"。"淑女"和"游女"是對舉的。爲什麼一個是"寤寐求之"，歌頌的；一個是"不可求思"，不容許的呢？關於這個問題，將於《〈關雎〉與〈漢廣〉釋義》一文中論之。

《關雎》中所蘊藉和顯示的思想內容、人的素質和生活方式，是符合古代中國的歷史傳統和社會生活的政治要求的。《詩序》繼承了這傳統意識，加以發揮，因而稱爲"后妃之德"。這"后妃之德"不一定穿鑿，單指哪一個，但其精神是可以理解的。《詩》三百篇是詩，詩有詩的表現方法。有時說理，不一定像散文那樣直說。詩中含義常是通過詩情、詩境、詩意、詩味表現和流露出來的。《尚書》是國家的文告，用較爲質樸的散文筆調寫的，它的思想內容常是平鋪直叙寫出來的。《詩經》不是這樣，所以《關雎》中這三層意思，需要"以意逆志"，"披文見情"，反復諷誦，玩詠，憑藉多方面的歷史知識深入發掘而後纔能理解。三千年前的作品，三千年後讀之，時代隔得遠了。古人說"詩無達詁"，所以不少問題，都需要我們不斷地進行探索。

中國古代社會是從原始社會母系氏族社會和父系氏族社會繼承、演變和發展而成爲奴隸社會和封建社會的。在這樣的社會中所產生的國家的政體機構中血統關係這根紐帶，在組織關係中經常起着極爲重要的作用。天子建國，諸侯立家，在周王朝是國家政治機構的核心。因此，齊家、治國的政治、倫理的思想體系就成了它的統治理論的主導思想。婦女在古代不會有多少權力參政、議政，但古代的各個王朝帶有濃厚的家族統治的色彩，家法大於國法。有人成了國君以後，整個王族或皇族都成了不同於庶民的貴族。商代的王子、王婦、王婿等儘管不一定都有具體的職務，但都屬於擁有一定權力的統治集團。這種情勢，王族或皇族的婦女往往在政治上起着十分重要的作用。《論語‧泰伯》有載：西周武王曰："予有亂臣十人。"馬融謂："治官者十人謂：周公旦、召公奭、太公望、畢公、榮公、太顛、閎夭、散宜生、南宮适，其一人謂文母。"孔子說："唐虞之際，於斯爲盛，有婦人焉，九人而已。"這是在歷史上婦女起着進步作用的。從壞的例子來看，也是有的。幽王失政之時，《小雅‧十月之交》裏就列着一張禍國殃民的"小人用事"的名單：

皇父卿士，番維司徒，家伯冢宰，仲允膳夫，棸子內史，蹶維趣馬，楀維師氏，艷妻煽方處！

這張名單，譯成白話，就揭發得更爲形象、生動：

當卿士的皇父，當司徒的番氏，當塚宰的家伯，管御廚的仲允，管人事的棸子，管養馬的蹶氏，做師氏的楀氏——都環繞着一個妖冶的夫人而氣焰萬丈！

孔子舉的是幫助武王治亂的功臣十人中有婦人，就是文王母。《十月之交》舉的是壞蛋褒姒。可見"后妃之德"有時是能左右國家興衰的政治大局的。這個道理,直至近代、當代,還有它的現實意義!

中國古代社會,從夏代、商代、周代建立中國第一個、第二個和第三個奴隸制國家,以逮秦始皇確立中國第一個統一的封建制國家,直至清代,都是"家天下"的。改朝換代,不過是君主改了個姓,建立新朝的君主又是父傳子了。誠如《禮記·禮運》中說的"大人世及以爲禮"。數千年來一直都是世襲的。因而家庭關係重孝,兄弟關係講悌。孔子的學生有子就說"君子務本","孝弟也者,其爲仁之本與"①!這就與歐洲古代的奴隸社會的國家體制不同。歐洲在古希臘、古羅馬時代,氏族制的殘餘早已破壞殆盡,他們的執政者都是選舉的,並無世襲制度。有的實行貴族政治,如斯巴達;有的實行民主政治,如雅典。不是世襲,而是選舉,因此便於各憑本事跳龍門。主張個性解放,發展個人才能,注重辯才,提倡自由競爭。歐洲的歷史傳統就與中國的傳統不同,這樣的歷史傳統和政治社會現實,反映到婚姻問題上來,就沒有也不可能有中國式家長制的"淑女以配君子"的習俗與要求,而是主張自由戀愛。這就形成中西文化不同的歷史傳統、生活習慣和思想意識。歐洲式的自由戀愛,在中國到了近代,即五四以後,纔隨着反封建的浪潮,爭民主爭自由,而逐漸普遍地興起。因此,運用近代、當代的思想意識來解釋或附會兩三千年前的中國古代典籍,看來提得很新,合情合理,實際卻是與歷史客觀現實不相符合的。

高亨《詩經今注》說《關雎》:"這首詩歌唱一個貴族愛上了一個美麗的姑娘,最後和她結了婚。"金啟華《詩經全譯》說:"男子慕戀女子,想和她結成伴侶的戀歌。"看來是合乎情理的,但實際

---

① 見《論語·學而》。

上是把"統治階級之詩"①誤爲民歌而現代化了。《關雎》詩中有着男女相悦的一面,爲其共同性,這是不會錯的。但還有其特殊性,這就顯示了詩的特色,就是詩中所提出的"淑女"的素質,以及那"琴瑟友之"和"鐘鼓樂之"的兩種不同生活的場面和背景。假使把這特色抹了,《關雎》一詩衹是存其四言詩的軀殻,它的靈魂也就煙消雲散了。《詩》之所以爲《詩》,《風》之所以爲《風》,《關雎》之所以爲《關雎》,也就説不上了,這怎能歷史地、唯物主義地對待這篇古詩呢?因此,《關雎》既不反映"民間結婚",也非提倡"自由戀愛",而是古人早已認可的對"后妃之德的禮贊",我看還是有其根據的。這樣的婚姻觀,《詩序》説的"后妃之德",是否合理,是否可以批判地繼承,這是另一回事。但它原含蘊着這樣的思想內容,我們衹能揭而出之還其本來面目,説明它的歷史意義和現實意義,而無權想當然地解釋,使之走樣。

---

① 見朱東潤:《詩三百篇探故·緒言》,上海古籍出版社,1981 年。

《周南·關雎》主題思想的再認識

一、緒論

　　《周南·關雎》是列入《詩》三百零五篇中的第一篇,也是《周南》和《風》诗的第一篇。它和《小雅》的第一篇《鹿鳴》《大雅》的第一篇《文王》《頌》的第一篇《清廟》,古稱"四始"。《詩》的這樣編次,司馬遷曾説是有其特定的含義的。但這篇詩古今學者對它的認識特別分歧。有位著名的學者概括地説:"《關雎》是戀愛或婚禮之歌,但它的欽定解釋卻是后妃之德的禮贊。"並且指出稱述"后妃之德"的是"御用文人"。這個見解是有代表性的,可引兩例明之,藍菊蓀《詩經國風今譯》説:"這是歌頌農村青年男女自由戀愛結合的賀婚歌。"而《詩序》卻説是:"《關雎》,后妃之德也,風之始也;所以風天下而正夫婦也。"這兩説截然不同,哪一説符合原意呢? 孰是孰非? 要符合歷史唯物主義觀點,客观地正確地對待這個問題,就需要通過科學論證,纔能獲得或者接近於較爲符合客觀實際的論斷。

二、從淑女、君子的稱謂論證

《關雎》對於它所歌詠的對象有兩句詩道及："窈窕淑女，君子好逑。"女的稱爲"淑女"，男的稱爲"君子"。這個淑女、君子指的就是"農村青年男女"嗎？淑女的身份是從屬於君子而定的，所以先從"君子"一詞進行探索與議論。

"君子"一詞，在殷周時代，是在《詩》中首先出現的。一個名詞在特定的歷史階段中出現應該是有其特定的歷史含義的。這詞不見於甲骨卜辭①，這就是說那時可能還沒有這個名詞；不過，在甲骨卜辭中有着與這特定含義相當或相近的"君"與"子"之詞。大量的甲骨卜辭是"王占辭"，那時是王占卜的辭，除此以外還有較多的"非王卜辭"。這"非王卜辭"主體是"子"的卜辭，即他的子屬的卜辭，所以李學勤就將這類卜辭定名爲"子卜辭"，這"子"在商武丁時代的非王卜辭和文丁後的銅器銘文中是屢見不鮮的。王慎行和王漢珍兩氏在《乙卯尊銘文通釋譯論》中對"子"的特定身份及其權力，詳予闡發。這尊的銘文中有："子見（獻）才（在）大（太室）"，"王商（賞）子"和"子娄（光）商（賞）姬（姒）丁貝"三句，出現三個"子"字。二王認爲：這"子"當是與商王有血緣關係的世襲貴族之尊稱。"見"當假借爲"獻"；"大室"爲天子祖廟的中室。第一句意謂：子在天子祖廟的中室（即太室）進獻祭品。王指商王。"商"讀爲"賞"。第二句意謂：商王賞子，即商王給子賞賜。娄釋爲光，讀覘。"姬丁"疑指子的夫人，或其女性親屬。第三句意謂：子又分賞給姒丁貝。這見子能在商王的祖廟太室中，進獻祭品，祀享先公先王，從而受到商王的

---

① 　見李學勤：《帝乙時代的非王卜辭》，《考古學報》1958 年第 1 期。

嘉賞;子又以之分賞與其眷屬妣丁。這見"子"的身份與地位,當是與商王有着血親關係的父權家族族長,與商王是同姓、同宗和同族的。二王又據標有名落款的青銅器銘文來考證。從《叔鼎》知:子能視覲商王,受王賜賞,當繫貴族。從《簪卣》知:有權呼令他人的首腦就是"子"。從《省卣》知:這個受賞的小子(小宗之子)省又可稱爲"君"。①

從甲骨卜辭和青銅器銘文互證,説明殷商時期,"子"與"君"有時通用。這"子"能向商王貢納,對僚屬賜賞玉貝,能派下屬率人參加王室的軍事行動和偵察敵國的虛實。可見他在政治上和軍事上有着特定的權力和崇高的地位。

商代對於王室貴族有着"子"或"君"的稱謂,這個稱謂在歷史上流傳下來,到了西周,約定俗成,可能把它合稱爲"君子"。它的内涵,有所變化,但在稱謂名詞上可能就是有着這樣的淵源關係的。"君"是下屬對長上通用的一種尊稱,"子"則是君主對他的王族的稱謂。兩者稱謂的角度不同,但其政治身份與政治地位則是一樣的。《説文》云:"君,尊也。"《荀子·王制》云:"能以使下謂之君。"《左傳·桓公二年》杜注:"君子者,其可以居上位、子下民,有德之美稱也。"這裏就可窺見"子""君"和"君子"三者名稱不同,而其政治地位是相同的。

"君子"首先見之於《詩》。關於《詩》中"君子",袁寶泉和陳智賢二氏在《詩經探微·〈詩經〉中之"君子"》一節中,詳證博引,有許多精闢的見解,糾謬發覆,是可信服的。他倆指着"君子"説:"一個詞的詞義,特别是一些專有名詞和政治術語,在一定的歷史時期内具有特定的具體内涵和鮮明的時代烙印。"他倆從

---

① 見王慎行、王漢珍:《乙卯尊銘文通釋譯論》,《古文字研究》第 13 輯,中華書局,1986 年。

《詩經》中共有六十一首詩裏出現"君子"的材料出發,舉出朱熹在《詩集傳》中對於《小雅·巧言》《瞻彼洛矣》《青蠅》《大雅·既醉》《假樂》《泂酌》《卷阿》等詩中所出現的"君子"說明都是天子;因此,以《假樂》爲例,具體分析其中的君子,"確非周天子莫屬"。又引朱熹對《衛風·淇奧》《秦風·車鄰》《終南》《小雅·蓼蕭》《庭燎》《雨無正》《桑扈》《采菽》等詩中的"君子"認爲都是諸侯;具體分析《終南》中的君子,乃是秦國國君。接着分析《庭燎》。《庭燎》是天子朝會之詩。參加天子朝會的"君子"應是諸侯、卿大夫等一類人物。《采薇》中的"君子",顯然便是一位領兵的將帥。兩位並說:有些詩中的"君子",不能分析得那樣明確;但如細心推敲,絕大多數的"君子",從宏觀的角度,作爲一個整體來研究,仍可認識它的階級屬性。例如:《關雎》中的"君子",他對"淑女"要"琴瑟友之","鐘鼓樂之",已足見身份之不平常。就社會地位而言,《詩經》中的"君子"可以包括天子、諸侯、卿大夫和將帥等奴隸主貴族的上層人物。[①]

由此可知,《詩經》中的"君子",與甲骨卜辭和青銅器銘文中的"子",從文字語言的表像上看來,稱謂不同,實際上是一脈相承,有其演變與發展的關係的。

《關雎》中所稱的"君子",也不是隨隨便便的稱呼,而是有其特定的歷史内涵的。君子如爲天子,其妻淑女,應稱爲后;如爲諸侯,其妻淑女,應稱爲妃。《詩序》統稱之爲"后妃"。觀察、分析后妃之素質,稱之爲"后妃之德",古人用辭,有古人之習尚;然則,稱之爲"后妃之德",反映一定歷史階段之習尚,歷史地對待,看來符合一切歷史階段稱謂之客觀實際。然則,君子、淑女,實謂天子、諸侯及其后妃;稱之爲"農村青年男女",顯然舛誤。殷

① 　見袁寶泉、陳智賢:《〈詩經〉探微》,花城出版社,1987年。

周爲奴隸制社會，天子、諸侯及其后妃養尊處優，豈會下放農村？其時青年男女，自屬奴隸或農奴，豈能稱爲君子、淑女？不知倡此説者，證據何在？理由何在？

三、從鐘鼓、琴瑟的禮制論證

《關雎》歌詠淑女以配君子，淑女是君子的好配偶。人們優待淑女，有着這兩句話"琴瑟友之"，"鐘鼓樂之"。這琴瑟、鐘鼓，用以優待淑女，就牽涉到古時奏彈這樂器的一個禮制問題。琴瑟彈奏不易，欣賞亦難，這不是一般民間所用的樂器。擊鼓鳴鐘更是非同小可，西周時天子纔可以在屋的四面掛鐘，諸侯可以三面掛鐘，大夫可以兩面掛鐘，士則衹許一面掛鐘，一般人是不能掛鐘的。這就是禮所謂的：天子四懸，諸侯三懸，大夫二懸，士一懸。所以然者，這固然是在顯示着奴隸制社會的等級森嚴，同時這樣做也是與受生產力的束縛有關的。鐘屬於青銅器，鑄一件鐘不容易。青銅器的鑄成須經十餘道工序。煉銅礦時，在熔爐中需要加錫。不然，熔爐煉銅溫度必須高至一千攝氏度以上，古時運用爐橐鼓風，溫度達不到這樣高。加了錫，熔點就可降低，衹須六百度左右，而且合金成爲金錫之齊，便爲美金。可是黃河流域，陝西、河南古時不見錫礦。錫礦衹有采自江南，采錫衹有來自江南地域，殷周時成爲一個問題。因之，那時京都大邑纔有青銅器的作坊，在那裏煉原材料，這原材料就爲朝廷所掌握。諸侯、大夫、將帥等需要這原材料，就由天子賞賜。諸侯、大夫、將帥等有功纔會受此恩賞；所以獲賞之後，視爲榮耀，十分珍惜，特爲鑄器，器上鐫銘，以記其事，子孫寶之。青銅器一般分爲禮器、樂器、食器和兵器四種，奴隸主貴族都視爲寶物。就鐘而論，一套編鐘懸於廟堂，不僅數額有定，而且不能隨便敲擊，衹能用於燕饗之禮,祭祀天地祖宗,行於朝聘會盟,成爲制度,定爲禮制,成爲規範,不可逾越,否則便爲"僭禮"。"禮以定位",這樣就可緊緊地爲鞏固政權和維護政治秩序服務。因此,《關雎》詩中優待淑女,"鐘鼓樂之",就此一事,可窺此"君子"者,當爲奴隸主貴族中的人物。

　　鐘鼓、琴瑟與禮制相關。此說古人早已道之。明何楷說過:"琴瑟,常御之樂也,故《鹿鳴》燕群臣,則曰:鼓瑟鼓琴。鐘鼓,至大之樂也,故《彤弓》饗諸侯,則曰:鐘鼓既設。蓋燕禮小而饗禮大,所用之樂亦從以異也。"就是說這樂器用於燕禮、饗禮之時,爲廟堂之樂。再細些說:鐘鼓、琴瑟兩者的運用,還有差別。鐘鼓多用於饗禮,用於朝聘會盟;琴瑟則多施於衽席,爲家庭娛樂。《小雅·常棣》曾說:"妻子好合,如鼓瑟琴;兄弟既翕,和樂且湛。""宜爾室家,樂爾妻孥;是究是圖,亶其然乎。"琴瑟故可爲房中之樂。《關雎》之詩,其用廣泛,《詩序》記載:"故用之鄉人焉,用之邦國焉。"

　　由於社會和生産力的發展,統治階級在堂上懸掛的編鐘,逐漸加多,自西周、東周的春秋、戰國,逮及西漢,編鐘的數額由數枚、十餘枚、數十枚發展至百餘枚。但其功用,就舉晚清出土"邵黛編鐘"爲例來說,銘文還是明確記載着:"我以享孝,樂我先祖。"是用於饗禮,爲着奉禮先祖而設,爲廟堂之樂,看得十分隆重,"世世子孫,永以爲寶"。銘中嘗云:"頡岡事君,余畀婁武。"劉雨經過考證釋爲:"邵黛持以勇武,保衛君王。"邵黛是有武功於王,纔作此鐘的。又謂:"大鐘八聿,其寵四堵。"意思是說:這鐘八列,造作成四堵,兩列合造成一堵。八聿四堵,是爲這套編鐘的排列方式。這套編鐘的數額"當在數十件之上"。這與當代新出土的曾侯乙墓的編鐘復原後排列成三列一堵的方式是不同的。可見廟堂上所列的樂器組合方式自殷商、西周和東周是在不斷演變與發展的。邵黛這人，據王國維《邵鐘跋》的考證：邵黛"爲呂錡後人"。[1] 劉雨氏進一步考釋："魏絳當然亦可稱呂絳或呂黛。""我們大膽假設鐘銘之邵黛，即文獻中之名臣魏絳。"此鐘鑄在晉"悼公末年"（前562—前558）。[2]

依據上面所述的出土文物，作爲例證，我們對鐘鼓、琴瑟這類樂器奏演的禮制有所瞭解，也可從而理解《關雎》所詠的對淑女的友好"鐘鼓樂之"是怎麼一回事了。從這樣寓有一定的政治性的生活內涵中，可以理解這"君子"及其相當於"后妃"的"淑女"身份是不尋常了。這"君子"的政治地位可以說是一位顯赫的奴隸主貴族吧！這樣看來，君子、淑女，怎麼會是"農村青年男女"呢？那時居住在農村的都是"無衣無褐"的奴隸或農奴啊。根據考古學家的發掘報告，他們住的房子是半土室式的。在地面上挖個坑，坑中架幾根柱，柱上橫些椽子，蓋些茅草，柱隙透着些光，吹吹風，簡陋得很！能擺下這樣的鐘鼓、琴瑟嗎？這些奴隸或農奴看來對這些樂器，怕看還沒有看見，夢還未夢見呢？"鐘鼓樂之"，"琴瑟友之"，又從何處説起呢？

四、從關雎、荇菜的景物描寫論證

衆所周知，周民族是重視農業生產的。周民族的重視農業生產，在中國歷史上可説是領先和突出的。這可舉出幾件事來證明：（1）周民族尊崇后稷，稱爲始祖。"后"意爲大，"稷"爲五穀之首。這與其他王朝稱頌始祖，往往捏造一些神話以示它的神

---

① 見《觀堂集林》卷十八《邵鐘跋》。

② 見《邵黛編鐘的重新研究》，《古文字研究（第12輯）》，中華書局，1985年。

異偉大,意義大不相同。(2)以社稷象徵國家,社指土地,土地百穀藉以生長;稷爲農作物,爲五穀之首。以社稷象徵國家,其意即爲重視農業,以農業放在國事的首位。西周以之列入祀典:"鐘鼓樂之。"《周頌·載芟》序:"春籍田而祈社稷也。"《良耜》序:"秋報社稷也。"把農作豐收,視作"邦家之光"。重視農業生産,遂成爲中華民族的優良傳統。(3)古公亶父遷岐,經營農業。岐山,稱爲周原,進而成爲王朝之名。"周"義爲田疇屈曲之形。把"周"作爲王朝之名,可見周民族是把農業生産置於極爲突出與重要地位的。(4)周民族的重視農業生産,這是一個很好的開端。以農立國,從此成爲中國古代社會經濟的主體;同時也就形成了中華民族的優良傳統。這點,古人深有體會,經常道之。南宋張栻曾説:"周自后稷以農爲務,歷世相傳。其君子則重稼穡之事,其室家則重織紝之勤。相與服習其艱難,詠歌其勤苦。此實王業之根本也……,故誦'服之無斁'之章,則知周之所以興;誦'休其蠶織'之章,則知周之所以衰。"①《關雎》之詩,雖未涉及農務,但自以農爲本的宏觀視之,從這詩的景物描寫與反映中顯示了大自然的美好和人民的勞動生活的一些場景,寓情於景,使我們不能不有所感受。

《關雎》詩中的景物描寫,攝取了兩件事:一是"關關雎鳩";一是"參差荇菜,左右采之"。雎鳩是一種鳥,不是觀賞的鳥,而是魚鷹,人們將它飼養,用來捕魚。關於鳩類,《左傳》説有五鳩。這五鳩都見於《詩》,嚴粲曾説:"祝鳩,鵻鳩也,《四牡》《嘉魚》之鵻是也。雎鳩,'關關雎鳩'之鳩是也。鳲鳩,布穀也,《曹風》之鳲鳩是也。鶆鳩,《大明》之鷹是也。鶻鳩,鶯鳩,非《斑鳩》《小

---

① 見《詩傳大全》卷一。

宛》之鳴鳩，《氓》食桑葚之鳩是也。"①在這五鳩中，四鳩都是野鳥；祗有雎鳩不是，是人馴以捕魚的。郭璞説："雕類，今河東謂之鶚，好在江邊沚中。"《湘陰縣圖志》："鶚，一種體呈棕褐色或白色，翼展度常達四五尺，能潜入水中捕食魚類之猛禽也。"魚鷹，我在江蘇、浙江，有時旅遊到河南、江西，時常見之。褐色，由人飼養，泅水攫魚，毛羽不見鮮麗，鳴聲喑喑，並不悦耳。詩人取興，觸景生情，當是有意無意；然何以取以爲興？偶然中有不偶然者在，詠吟者爲生活樸質之人，覩之神往，聆之心賞，故曰："關關雎鳩，在河之洲。"

荇菜，從古供爲食用。其名爲菜，便知食用。如薺菜、芥菜、芹菜、蕁菜等。菜可供食，自然供食者不必都呼爲菜。陸璣《詩疏》説："其莖以苦酒（醋）浸之，脆美可案酒。"《顔氏家訓》説："今荇菜是水生之黄華，似蕁（蒓）。"似蕁葉圓而稍羨，不若蒓葉之光。今河北安新近白洋淀一帶有售，稱黄花菜。食時以水淘之，醋油拌之，頗爲爽口。詩詠："參差荇菜，左右流之。""參差荇菜，左右采之。""參差荇菜，左右芼之。"流、采、芼，據馬瑞辰《毛詩傳箋通釋》考證，其意皆爲"取"。采集荇菜，實爲勞動生產，以此起興，歌詠淑女。此淑女之素質，或多或少，諒與重視農業之勞動觀點有其聯繫，以之顯示"其德"。任后妃後，謂之"后妃之德"，自屬美談。《儀禮·鄉飲酒》説："乃合樂，《周南》：《關雎》《葛覃》《卷耳》。"《燕禮》説："遂歌鄉樂《周南》：《關雎》《葛覃》《卷耳》。"古時《關雎》《葛覃》《卷耳》三篇成組合樂共奏。《詩序》云："《葛覃》，后妃之本也。后妃在父母家，則志在於女功之事。躬儉節用，服澣濯之衣。"又云："《卷耳》，后妃之志也。又當輔佐君子，求賢審官，知臣下之勤勞，内有進賢之志，而無險詖謁之心。朝

———————————

① 見《正字通》卷十二。

夕思念，至於憂勤也。"其中諒有誇大附會失實之處；然所謂"后妃之本""后妃之志"，對於后妃於勞動有所要求，不能忽視抹殺。《葛覃》中述"是刈是濩"，《卷耳》中述"采采卷耳"，皆爲勞動之事。《關雎》言："流之""采之""芼之"，卻正相應。此當與周之尚農務本的風尚相應，可以理解，故謂"后妃之德"，不得謂無理。我們試誦《鄭風·溱洧》："溱與洧，方渙渙兮。士與女，方秉蕳兮。女曰觀乎，士曰既且。且往觀乎，洧之外，洵訏且樂；維士與女，伊其相謔，贈之以芍藥。"其景物描寫與士女行動，就與《關雎》迥然不同，大異其趣了。人的素質如何，也可於此稍稍覘之。

五、從友之、樂之的意識形態論證

《鄭風·溱洧》歌詠男女相悅之事，環境氣氛和人物對話的描寫是："溱與洧，方渙渙兮。士與女，方秉蕳兮。女曰觀乎，士曰既且。且往觀乎，洧之外，洵訏且樂。"進而對他倆的行爲表現交代是：維士與女，贈送芍藥。"伊其相謔，贈之以芍藥。"《關雎》所詠的君子、淑女，用什麼表示他倆的情愛呢？君子對淑女的願望是"鐘鼓樂之"和"琴瑟友之"。君子爲什麼以"鐘鼓""琴瑟"的"樂之""友之"作爲他的理想呢？這就是有些學者所理解的是在寫婚禮和唱婚歌嗎？唱婚歌、行婚禮運用鐘鼓琴瑟，古籍中從無此類禮俗的記載，是沒有這種習俗的。《大雅·大明》寫到文王的婚事："文王初載，天作之合。在洽之陽，在渭之涘。""文王嘉止，大邦有子。大邦有子，俔天之妹。文定厥祥，親迎于渭。造舟爲梁，不顯其光。"寫這婚禮是夠隆重的。爲了"親迎于渭"，在渭水上特意搭了一座浮橋，足夠氣派；可是沒有看見"鐘鼓樂之""琴瑟友之"。難道這是由於作者的文筆的闕略而遺漏了嗎？這恐怕不是的。在《儀禮》中有篇記述婚禮的叫《士昏禮》。據清經學家鄭珍的研究,《士昏禮》即爲《昏禮》見《尚書·堯典》。篇中所寫,對於昏禮寫到昏前昏後,自"昏禮,下達納采,用雁",直寫到"主婦薦,奠酬無幣"爲止,十分細緻詳盡,也没有涉及動用樂器"鐘鼓"和"琴瑟"啊!這怕也不能説是行文時的遺漏吧?《詩·唐風》中還有一首《綢繆》是詠新婦喜見新郎,新郎喜見新婦的詩:"綢繆束薪,三星在天。今夕何夕,見此良人?子兮子兮,如此良人何!""見此邂逅,子兮子兮,如此邂逅何!""見此粲者,子兮子兮,如此粲者何!"也未見動用樂器啊!所以主張鐘鼓、琴瑟用以寫婚禮的,怕衹是一種主觀的猜想吧!

那麽鐘鼓樂之、琴瑟友之,在特定的歷史階段中,是顯示着怎樣的一個特定的内涵呢?結合禮制的時代背景是可説明一些問題的。

先將《關雎》通讀:第一章可説是這篇的總綱。"窈窕淑女,君子好逑。"歌詠淑女就是君子的好配偶。這是全詩的主題,也即詩的主題思想。不説窈窕淑女,君子逑之。這可能包含着一個道理,是在説明淑女纔是君子的配偶。如把視綫放開些説,像《周南·漢廣》的游女,那麽"漢有游女",就是"不可求思"。[①]《關雎》倡導淑女以配君子,所以第二章接着寫"窈窕淑女,寤寐求之"。這求之感情很深:"求之不得,寤寐思服。悠哉悠哉,輾轉反側。"第三章便寫求得淑女後的願望,成爲家室,過其理想生活:家庭生活和政治生活,即是那時的宫廷生活,房中與廟堂的生活。用詩的語言講,即爲"琴瑟友之","鐘鼓樂之"。君子、淑女結合以後,君子如爲天子,則淑女爲后;如爲諸侯,則淑女爲妃。《詩序》籠統地説:謂之后妃。此見《關雎》所言之君子,不須也不能落實到具體的人,如有的説:君子指文王,而淑女指大姒。

---

① 見拙著《〈關雎〉與〈漢廣〉釋義》。

實際是在概括地説這檔子身份的君子與淑女。"鐘鼓樂之","琴瑟友之",就是説這位淑女異日可以參加燕禮、饗禮。從這淑女參加這類禮制,對她的願望來説,琴瑟可爲房中樂。這語重在"友之"。"友之"説明家室相處和睦,衽席之間,相敬如賓。鐘鼓爲廟堂樂。這語重在"樂"字。奉祀天地、宗廟,享宴朝聘會盟。"樂之"不僅后妃爲樂,實意味着政治上"百揆時順","四門穆穆",天下安樂。這是《關雎》詩之作者理想。未必能夠達到,卻是有此願望。古人因頌詩之作者爲:妃匹之際,萬化之原。我文王刑於寡妻,是立千古夫婦之準也,詩人因溯文王后妃之德,而推本言之。《詩序》所以首先提出:"《關雎》,后妃之德也,《風》之始也,所以風天下而正夫婦也。"《關雎》詩中寄托着這樣深刻的政治內容,所以儒家特別重視之。這樣在特定的歷史中所提出與倡導的思想意識,不問今人視之正確與否,贊成或抵制,怎能與一般的青年男女,或農村青年男女戀愛的思想意識混爲一談呢?那就把這詩的複雜的思想內容看得太簡化了,誤解和曲解得也太多了。

六、從詩旨、詩教的形象教育論證

寫到這裏,我們已經理解《關雎》中所寫的君子身份確实是不尋常啊,應該説是一位地位顯赫的奴隸主貴族吧。就殷商的"子卜辭"説,這位"君子"可能與"子"的地位不相上下。殷商卜辭中"子"與西周《詩》中的"君子"看來稱謂上有其淵源關係;而其內容上當也有一定的聯繫。《關雎》中所寫的君子和淑女,從兩者的身份看,從兩者成爲家室後的願望與行動,從兩者生活占有一定的政治性內容看,可以説明他們的結合是婚姻上的企求而不是戀愛上的追尋!

恩格斯在《家庭、私有制和國家的起源》中説："對於騎士或男爵，以及對於王公本身，結婚是一種政治行爲，是一種借新的聯姻來擴大自己勢力的機會，起決定作用的是家世的利益。"恩格斯從階級關係理論上闡發這個道理，這話是大家都知道且很熟悉的。

商、周兩族是殷商時期兩個著名的部族。殷商和先周兩族同時存在了一千年左右，有着互相鬥争和消長的歷史。先周自古公亶父以來，自强不息，一貫主張"剪商"。周族要在政治上不斷開拓，方式之一，即利用與商族通婚來加强和改善商周的關係，達到其最後"剪商"的目的。司馬遷的《周本紀》中曾經寫到過這種史實；同時，我們在《詩》中也可看到它的反映。古公亶父的兒子季歷就曾擇娶商族的太任姑娘爲妻。《大雅·大明》説："摯仲氏任，自彼殷商。來嫁于周，曰嬪于京。乃及王季，維德之行。大任有身，生此文王。"文王也從商畿娶婦太姒。《大雅·大明》説："文王初載，天作之合。在洽之陽，在渭之涘。文王嘉止，大邦有子。大邦有子，俔天之妹。文定厥祥，親迎于渭。""有命自天，命此文王。于周于京，纘女維莘。長子維行，篤生武王。保右命爾，燮伐大商。"這兩件事，殷商與先周"申之以婚姻"，這樣的婚姻關係都有其特定的政治内容。這正如恩格斯所指出的，"王公本身，結婚是一種政治行爲，是一種借新的聯姻來擴大自己勢力的機會"。季歷、太任和文王、太姒兩方的結合不能衹是在追求戀愛吧。從先周史看，古公亶父曾與羌人太姜結婚，這自然也有其政治上的意義。歷史上説，太姜，太任，太姒三位婦女在周代開國史上是起着很重要的作用的。這是重視婚姻問題對先周所起的正面作用，也就是正面教育。

另外一面，婚姻不當，歷史也給人以反面教育。武王曾總結這個經驗教訓，武王伐紂，他就指責商紂"惟婦言是用"①，亂了國家。因此，西周開國開明之主懂得：婚姻大事，后妃的素質，關係着國家的盛衰。"宜鑒于殷"，把重視這事提上日程。周公制禮作樂，重視詩教，就是看到了這個婚姻問題。今日，民間還說，婚姻爲周公之禮。嗣後產生"樂正崇四術，立四教，順先王《詩》《書》《禮》《樂》以造士……王大子、王子、群后之大子、卿大夫元士之適子、國之俊選，皆造焉"的教育制度。這一教育制度因而稱爲"先王之教，王官之學"。就教科、教材而論，《詩》是其首，而《關雎》又爲《詩》的四始之首。那麼，國家編《詩》，置之首篇講述婚姻之道，怎能脱離政治，不論編《詩》之義，或授《詩》之義，而提倡自由戀愛呢？這種解釋，怎能符合歷史上的客觀實際呢？這個問題讓我們虛心一點聽聽過去歷史學家的意見吧！班固在《漢書·外戚傳》中就曾説道："自古受命帝王及繼體守文之君，非獨內德茂也，蓋亦有外戚之助焉。夏之興也以塗山，而桀之放也用末喜；殷之興也以有娀及有㜪，而紂之滅也嬖妲己；周之興也以姜嫄及太任、太姒，而幽王之禽也淫褒姒。故《易》基《乾》《坤》，詩首《關雎》，《書》美釐降，《春秋》譏不親迎。夫婦之際，人道之大倫也，……可不慎歟？"

《關雎》在中國歷史上就是擔負了這詩教的作用。匡衡對於《關雎》之義，給予高度評價，把它推到了極端。他説："臣又聞之師曰：'妃匹之際，生民之始，萬福之原。'婚姻之禮正，然後品物遂而天命全。孔子論《詩》，以《關雎》爲始。言太上者民之父母，后夫人之行，不侔乎天地，則無以奉神靈之統，而理萬物之宜。……自上世以來，三代興廢，未有不由此者也。"②這是有其

---

① 見《尚書·牧誓》。
② 見《漢書·匡衡傳》卷八十一。

歷史原因的。今天有無借鑒作用,這是另一問題,閱讀古籍,尋求原義,盡量避免誤解,歷史地對待,學術研究理當如是。倘若隨意地把今人的主觀意識摻雜附會上去,把古人變爲今人,今釋充作古義,就會陷入主觀唯心主義的泥淖中去。

七、結論

綜上諸論,説明《關雎》所歌詠的是統治者的婚姻之道,是有其特定的政治性的内涵的,不是在倡導自由戀愛,也不是民間婚禮的贊歌。清方玉潤在《詩經原始》中説:"此詩蓋周邑之詠初婚者",着一"蓋"字,表示還有疑問。方氏意在推求《詩》之原始,此説實是未能探出《關雎》原始之義,祇能説是他自己個人的懸解;可是此説到了今日,爲許多學者所接受,推波而助瀾之。人云亦云,科學論證不足,看來是站不住脚的。自由戀愛民間多見,《詩》中亦時遇之。但這是不符合於《關雎》詩篇之所歌詠的。這當具體分析,區別對待。不能借此詩篇,用以倡導自由戀愛,而誤解曲解這篇詩。

(原刊《杭州大學學報》第 25 卷第 1 期,1995 年 3 月)

《周南·關雎》中"河"字解

　　《周南·關雎》:"關關雎鳩,在河之洲"中"河"字,如何確切地解説?《毛傳》《鄭箋》未釋。朱熹《詩集傳》説:"河,北方流水之通名。"余冠英先生《詩經選》説:"河,黄河。"此説甚是,惜未能考證。朱熹説河是流水通名,於古未當。鄙意:河在古代是黄河的專稱。《關雎》中所説的"河",即如司馬遷《太史公自序》中所説"太史公留滯周南"的洛陽地域的黄河,也如"河出圖,洛出書"所説的河。

　　河是古代水道專稱,在古籍中,例證是不勝枚舉的。約述如次:

　　一、應劭《風俗通義》説:"江、河、淮、濟,爲四瀆。"這裏的河與江、淮、濟並稱四瀆。江、淮、濟爲水道專稱,剩下河字當亦爲專稱了。

　　漢桓譚《新論》説:"四瀆之源,河最高而長,從高注下,水流激峻,故其流急。"四瀆既指江、河、淮、濟,而河爲其源。河高激峻,這裏的河顯然是指黄河。

　　《尚書緯·考異郵》説:"河者,水之氣,四瀆之精也。"四瀆爲江、河、淮、濟,而河爲精。這裏的河,指的也是黄河。

　　《孝經緯·援神契》説:"河者,水之伯,上應天漢。"水之伯與四瀆之精相類,上應天漢,唐李白所謂:"黄河之水天上來。"這裏

248

的河,當指黄河。

二、《左傳·僖公二十四年》:"秦伯納之,……及河。……投其璧于河。濟河,……入桑泉。"杜注:"桑泉在河東解縣西。"重耳渡過的河也指黄河。

《莊子·秋水》:"秋水時至,百川灌河。"王先謙《集解》:"河,孟津也。"孟津是黄河的一個渡口,可知是指黄河。

三、司馬遷《史記·河渠書》説,他"從負薪,塞宣房,悲瓠子之詩,而作《河渠書》"。司馬遷寫的《河渠書》實際是寫黄河水道的書。《河渠書》説:"河菑衍溢,害中國也尤甚。唯是爲務故道河自積石,歷龍門,南到華陰,東下砥柱,及孟津,洛汭,至於大邳。於是禹以爲河所從來者高,……乃厮二渠以引其河。"《書》中所寫就是黄河流域情況。這《書》可分爲兩大段:自首至"秦以富强,卒并諸侯,因命曰:鄭國渠"爲前段,述前代的河渠;自"漢興三十九年,孝文時河決酸棗,東潰金隄"至尾爲後段,叙漢世的河渠。所寫的都是黄河及其渠道,所以《河渠書》實際就是《黄河志》。

《水經注》是中國古代寫國家水道支流的專著。正文首述河水;次爲汾水、澮水、涑水、文水、原公水、洞過水、晉水、湛水、濟水、清水、沁水、淇水、蕩水、洹水、濁漳水、清漳水、易水、滱水……所説的汾、澮、涑、文等水都是專稱,那麼可知河水亦當爲黄河的專稱。

《説文·水部》:"河,河水,出敦煌塞外昆侖山,發源注海。"許慎所釋的河也指黄河。

四、《詩》中河字凡 26 見。其中《玄鳥》:"景員維河",河乃"何"誤,不在此例;餘 25 見,分舉如次。"河水瀰瀰""河水浼浼"在《邶風·新臺》。"在彼中河""在彼河側"在《鄘風·柏舟》。《詩集傳》説:"河在濟西、衛東、北流入海。""誰謂河廣"在《衛風·河廣》。《詩集傳》說:"衛在河北,宋在河南。""必河之魴""必河之鯉"在《陳風·衡門》。余冠英先生說:"黄河的鯿,尤其名貴。""不敢馮河"在《小雅·小旻》。"居河之麋"在《小雅·巧言》。"及河喬嶽"在《周頌·時邁》。《詩集傳》說:"河之深廣,嶽之崇高。"意指黄河、華山。"允猶翕河"在《周頌·般》等等。《詩》中所涉及的"河"都是黄河流域的"河"。這"河"指的都是黄河。

《詩》中除歌詠河水外,也有詠歌其他水的。如"揚之水""汶水湯湯""汶水滔滔""彼汾沮洳""彼汾一方""彼汾一曲""漢有游女""漢之廣矣""如江如漢""遵彼汝墳""亦流于淇""送我乎淇之上矣""瞻彼淇奧""送子涉淇""淇水湯湯""淇則有岸""以釣于淇""淇水在右""淇水悠悠""在彼淇梁""在彼淇厲""在彼淇側"等。涉及揚、汶、汾、漢、江、汝、淇諸水,這些都是水道的專稱;因此,河爲專稱,亦可以從而旁證。

《關雎》中的河字,是指黄河,可以落實下來了。那麼,何以說它在洛陽地域呢?這我們可從《關雎》一篇編於《周南》之中來進行考察。

我們回顧一下先周和西周初期遷都、建都的歷史就可說明問題。

周的先公大王避狄,自豳遷居岐山之下的周原,修建王業,商王帝乙封大王的兒子王季爲西伯,至紂又命文王典治南國江、漢、汝旁的諸侯。武王滅紂而有天下,分封諸侯。至成王時,營建成周洛邑,周公姬旦長住東都洛邑,統治東方諸侯;召公姬奭長住西都鎬京,統治西方諸侯。周召兩域,以陝(即今河南三門峽市陝州區)分界。周公統治下的南方地域,屬於周南;召公統治下的南方地域,屬於召南。周南南方地域,南至汝水和江漢合流的武漢,因有漢陽諸姬之説。召南南方地域南到長江流域楚、申、吕、隨國。周南地域所收詩歌,稱爲《周南》;召南地域所收詩歌,稱爲《召南》。《關雎》一篇屬於《周南》。那麼,"在河之洲"的"河",當是洛陽地區一段的黃河了。這黃河與司馬遷所說的"見父於河洛之間"的"河、洛"爲黃河、洛陽,與"河出圖、洛出書"的河當是同一地域。"在河之洲"的河,既得確釋;那麼,《周南》的地域範疇也可從而獲得信息。今人論《周南》《召南》的,大都重視《水經注・江水》說:"二南,國也。按韓嬰叙《詩》云:其地在南郡、南陽之間。"似把二南的地域範疇說小了。看到了"南"字,忘掉了"周"字。假如祇在"南郡、南陽之間",那麼,"在河之洲"的河怎樣解釋呢? 不能把河理解爲黃河,便隨便說成"流水通名"了。

（原刊《中國人民警官大學學報》哲社版,1998 年第 1—2 期）

《〈關雎〉錯簡臆説》獻疑

中華書局《文史》第二十五輯發表王景琳先生撰《〈關雎〉錯簡臆説》論文。王先生以爲《關雎》:"二、三兩章與四、五兩章錯簡。"全詩的順序應如下:

> 關關雎鳩,在河之洲。窈窕淑女,君子好逑。(第一章)
> 參差荇菜,左右采之。窈窕淑女,琴瑟友之。(第二章)
> 參差荇菜,左右芼之。窈窕淑女,鐘鼓樂之。(第三章)
> 參差荇菜,左右流之。窈窕淑女,寤寐求之。(第四章)
> (亂)求之不得,寤寐思服。悠哉悠哉,輾轉反側。(第五章,即"亂"章)

王氏在此主要提出兩條理由:《論語·泰伯》孔子曰:"師摯之始,《關雎》之亂,洋洋乎盈耳哉!"説明《關雎》存在"亂"章。然今《關雎》未見亂章何在,一也。"詩第一章以'關雎'起興,謂'君子'見到'窈窕淑女',由愛慕而希望成爲配偶。第二、三兩章仍爲興。'琴瑟友之''鐘鼓樂之'二句,今人多解作'君子'所設想的熱鬧的婚禮場面。但以全詩看來,'淑女'尚無所表示,始終是'君子'一方的思慕之情,若指婚禮場面,於理恐有不通。故以爲此當謂'君子'與'淑女'相遇後,'君子'操琴瑟、弄鐘鼓,向其求愛。而操琴瑟、弄鐘鼓仍未得到'淑女'的明確表態,故第四章則

又寫'君子''寤寐求之'。最後一章是'亂'辭：'求之不得,寤寐
思服。悠哉悠哉,輾轉反側。'"王氏認爲若將《關雎》錯簡改正,
則"順序"矣。

王氏之論《關雎》錯簡,說來頭頭是道,沁人心脾,豁人耳目;
然愚不無疑焉。《詩》之成書,仿於周公制禮作樂,敷衍而爲四
教。《禮記·王制》云:"樂正崇四術,立四教。順先王《詩》《書》
《禮》《樂》以造士。春秋教以禮樂,冬夏教以《詩》《書》。"《詩》以
言志,《書》以道事,禮以定位,樂以陶情。四者相互配合,以爲
"先王之教,王官之學"。演奏爲樂,配詞成詩;詩樂行於典禮。
三者爲西周時期搞精神文明重要的政治措施。《論語·八佾》載
孔子說:"郁郁乎文哉! 吾從周。"重視文教,故曰:"興於詩,立於
禮,成於樂。"①詩樂兩者有其聯繫,亦有區分。《史記·孔子世
家》云:"三百五篇孔子皆弦歌之,以求合《韶》《武》《雅》《頌》之
音。"此詩之樂也。《論語·子路》記孔子曰:"誦《詩》三百,授之
以政,不達;使於四方,不能專對,雖多亦奚以爲?"此指《詩》也。
就《關雎》論,有《詩》之《關雎》,樂之《關雎》。《詩》之《關雎》爲
《關雎》之詩的一篇,樂之《關雎》爲《關雎》《葛覃》《卷耳》三篇一
組之詩。古者行禮,升歌既畢,有間有合。《禮記·鄉飲酒禮》
《鄉射禮》云:"乃合樂,《周南》:《關雎》《葛覃》《卷耳》,《召南》:
《鵲巢》《采蘩》《采蘋》。"又《燕禮》云:"遂歌鄉樂,《周南》:《關雎》
《葛覃》《卷耳》,《召南》:《鵲巢》《采蘩》《采蘋》。"此見《詩》《禮》
《樂》三者結合也。《論語·八佾》記孔子曰:"《關雎》樂而不淫,
哀而不傷。"劉寶楠《論語正義》:"別爲之說曰:《詩》有《關雎》,樂
亦有《關雎》。此章特據樂言之也。古之樂章,皆三篇爲一。
《傳》曰:《肆夏》之三,《文王》之三,《鹿鳴》之三。""《周南》:《關

---

① 見《論語·泰伯》。

雎》《葛覃》《卷耳》,《召南》:《鵲巢》《采蘩》《采蘋》。而孔子但言
《關雎》之亂,亦不及《葛覃》以下,此其例也。樂亡而《詩》存。説
者徒執《關雎》一詩以求之,豈可通哉?"然則,孔子所謂"《關雎》
之亂",洋洋盈耳,顯然謂樂之《關雎》,而非《詩》之《關雎》也。然
則亂辭,當於演奏《關雎》《葛覃》《卷耳》組詩尾聲求之,而不當執
《關雎》一詩而定之矣。不特此也,《關雎》之亂,是否即爲《楚辭》
如王逸所釋"總撮大要",洪興祖釋"撮其大要"者乎?樂早散佚,
未可知矣。僅就地域聯繫,曲種不同,亦難斷也。然則,王氏執
《關雎》有亂,繹其文思,從而疑有錯簡,果有當乎? 一也。

　　《關雎》首章:"關關雎鳩,在河之洲。窈窕淑女,君子好逑。"
細玩詩意,君子已遇窈窕之淑女矣。因起愛慕、希冀之情;然而,
"求之不得",於是"寤寐思服",浮想聯翩,瞻望前程,"琴瑟友
之","鐘鼓樂之"。琴瑟友之爲一種生活情境,鐘鼓樂之爲又一
生活情境。兩者背景不同,一爲日常燕居,如《小雅·常棣》:"妻
子好合,如鼓琴瑟。"一爲處於典禮場合,如《小雅·賓之初筵》:
"鐘鼓既設,舉酬逸逸。"此爲西周奴隸主貴族所理想之家庭。古
之王族,所謂家天下者,國與家未能截然劃分。齊家所以治國,
王族不同於庶民。商代的王子、王婦、王婿等不一定都有具體的
職務,但都屬於擁有一定權力的統治集團。其燕居生活可與特
定的政治生活相聯繫。西周時期嫡長繼承君位,所謂大宗,"維
王建國",一代代地遞嬗;別子或兄弟分封爲諸侯或卿大夫,所謂
小宗,也一代代地遞嬗,其長子亦稱大宗。"諸侯立家",在這樣
的歷史政治社會生活的背景下,詩中也就反映着一定的貴族奴
隸主的日常與政治的生活,《關雎》的"琴瑟""鐘鼓",就是透露着
這樣的信息。古有房中之樂,弦歌《周南》《召南》,不用鐘磬之
節,這就屬於"琴瑟友之"範疇。天子、諸侯、卿大夫燕饗,鐘鼓之
設,這就屬於"鐘鼓樂之"範疇。《小雅·彤弓》云:"鐘鼓既設,一

朝饗之","鐘鼓既設,一朝右之","鐘鼓既設,一朝酬之"。《小雅·鼓鐘》云:"鼓鐘將將","鼓鐘喈喈","鼓鐘伐鼛","鼓鐘欽欽"。《小雅·楚茨》云:"禮儀既備,鐘鼓既戒","鼓鐘送尸,神保聿歸"。《小雅·賓之初筵》云:"鐘鼓既設,舉酬逸逸。"《小雅·白華》云:"鼓鐘於宮,聲聞於外。"《大雅·靈臺》云:"於論鼓鐘,於樂辟廱。"《周頌·執競》云:"鐘鼓喤喤,磬筦將將。"《唐風·山有樞》云:"子有鐘鼓,弗鼓弗考。"這些擊鐘節鼓見於喪祭、鄉射、朝聘、郊祀者夥,然尚未聞奏於冠昏者。《禮記·士昏禮》應載而未見,可略窺矣。琴瑟爲房中樂,詩中見之。《鄭風·女曰雞鳴》云:"琴瑟在御,莫不靜好。"《小雅·常棣》云:"妻子好合,如鼓瑟琴。"《關雎》一篇,方玉潤《詩經原始》謂:"此詩蓋周邑之詠初昏者。"余冠英先生《詩經選》謂:"琴瑟鐘鼓的熱鬧是結婚時應有的事。"愚意此蓋以後世之事而懸擬於古人者。王氏謂:"'琴瑟友之''鐘鼓樂之'二句,今人多解作'君子'所設想的熱鬧場面。""若指婚禮場面,於理恐有不通。"此議甚佳,唯愚所論內容不同。三千年前之作品,三千年後之人讀之,當歷史地對待,尋繹當時的生活內容,庶可符於歷史唯物主義。

　　《關雎》所詠之琴瑟、鐘鼓,應從當時之禮制習俗、貴族奴隸主家庭兩種不同生活背景視之。王氏認爲:"此當謂'君子'與'淑女'相遇後,'君子'操琴瑟、弄鐘鼓,向其求愛。而操琴瑟、弄鐘鼓仍未得到'淑女'的明確表態,故第四章又寫'君子''寤寐求之'。"這是今人概念,果能符合於古之貴族生活情景與思想意識乎?試思其時"君子"已得"操琴瑟,弄鐘鼓,向其(淑女)求愛",成爲天下儀表,托於歌詠,被之弦歌,列於三百篇之首乎?其時社會有此習俗,而君子有此思想行爲者乎?古人重視詩教,孔子云：“人而不爲《周南》《召南》，其猶正牆面而立也與？”①《毛詩序》以爲“《關雎》，后妃之德也”。豈無所見？《毛傳》《鄭箋》何以於“君子之操琴瑟、弄鐘鼓”，求愛淑女俱無所知耶？

　　然則，“琴瑟友之”，“鐘鼓樂之”古無斯解也。無斯解，則錯簡之説，難以取證矣。王氏以今人之思想意識，重編詩之章次，猥云“錯簡”，謂爲“順序”，當乎否耶？二也。

　　然則，王氏《關雎》錯簡之説，當爲没有根據的臆説而已。

---

　　①　見《論語・陽貨》。

《周南·螽斯》詩義辨析

《螽斯》三章,每章四句:

螽斯羽,	螽斯展着翅膀,
詵詵兮。	密密地在飛啊。
宜爾子孫,	祝賀你們多子又多孫,
振振兮。	振奮有爲啊。

螽斯羽,	螽斯展着翅膀,
薨薨兮。	嗡嗡地在飛啊。
宜爾子孫,	祝賀你們多子又多孫,
繩繩兮。	謹慎小心啊。

螽斯羽,	螽斯展着翅膀,
揖揖兮。	緊緊地在飛啊。
宜爾子孫,	祝賀你們多子又多孫,
蟄蟄兮。	安靜和氣啊。

這篇詩如何理解?高亨先生《詩經今注》説:"這是勞動人民諷刺剝削者的短歌。詩以蝗蟲紛紛飛翔,吃盡莊稼,比喻剝削者子孫衆多,奪盡勞動人民的糧穀,反映了階級社會的階級實質,

表達了勞動人民的階級仇恨。"又解釋"宜爾子孫，振振兮"説：
"爾，你，指剝削者。振振，多而成群貌。此句言你的子孫似蝗蟲
一般，吃盡勞動人民的糧穀，養肥自己，當然是多而成群了。"高
氏解釋："繩繩""蟄蟄"爲"衆多貌"。有的人説：這詩的許多新的
見解，高氏是運用馬列主義階級觀點來分析的。可是這樣的分
析是否符合詩的原意呢？看來還是成爲問題的。"宜爾子孫，振
振兮"中的"宜"字，陳奐《詩毛氏傳疏》解釋："宜者，承上轉下之
詞。"馬瑞辰《毛詩傳箋通釋》謂："古文宜作多，竊謂宜從多聲，即
有多義。""宜爾子孫，猶云多爾子孫也。"這個"宜"字不問怎樣解
釋，把它釋爲轉折詞，或者釋爲多的意義，暫時存疑。但這是一
句祝賀之辭，這是可以肯定的。那麼，我們設想這詩是"表達了
勞動人民的階級仇恨"，這話將從何説起呢？倘若這裏的"宜"字
換成"恨"字或是"怒"字，那就可以對口徑了。不過"宜"字沒有
聽説可以解釋成爲"恨"或"怒"的。"宜"可假借爲"餚"。《女曰
雞鳴》："與子宜之。"聞一多釋作："與子餚之。"《爾雅・釋言》：
"宜，肴也。"邢昺疏引李巡曰："飲酒之肴也。"那麼，餚爾子孫，真
的寢皮食肉，煞是仇恨；但與下文"振振兮"義不貫串。這樣解
釋，不免穿鑿。螽是蝗類，古人早已知道它對人類會造成一種自
然災害。《春秋經》桓公五年：螽。杜預注："蚣蝑之屬，爲災故
書。"但是詩人於此不一定浮想聯翩，引爲比興。可能衹是從它
多子聯想，當時成爲一種習俗看法，如今人所言"榴開多子，草種
宜男"那樣的想法。倘若古人對於螽斯深惡痛絶，看到螽斯，當
即聯想它的災害。那麼，《豳風・七月》"五月斯螽動股，六月莎
雞振羽"，出之勞人之口，何以不見憤懣情緒？"斯螽"既已"動
股"，不是很快就要"吃盡莊稼"了嗎？《螽斯》一詩，未必出自勞
動人民之手。即使出自其手，當時奴隸未必有此高度的覺醒，認
識到"諷刺剝削者的子孫"，"似蝗蟲一般，吃盡勞動人民的糧

穀"，從而"反映了階級社會的階級實質，表達了勞動人民的階級
仇恨"。這樣的理解未必合乎這詩的原意。金啟華《詩經全譯》
説，這詩"祝人多子多孫"。程俊英《詩經譯注》説："這是一首祝
人多子多孫的詩，詩人用蝗蟲多子比人的多子，表示對多子者祝
賀。"這話應是符合詩的原意的。但這看法祇道出了這詩的一般
認識，它的特殊性的含義還有待於探索與闡發。這詩思想内涵
的特殊性是什麽呢？我想可以借助於禮俗學的知識，從禮俗學
的角度對它來進行探索與具體分析。

武王伐紂，滅了商朝，建立了中國第三個奴隸制社會的國
家。武王運用怎樣的政治機制來統治這樣一個地域龐大的國家
呢？武王是繼續利用和擴大父系氏族社會血緣關係這根紐帶，
分封同姓和有血緣關係的異姓，以及聯絡歷史上遺留下來的在
政治上尚有一定實力的堯、舜、禹、湯的後裔，形成大大小小的許
多諸侯國家。天子建國，諸侯立家，成爲那時的國家體制。在這
樣的國家體制裏，將分封制與宗法制緊密地結合起來，作爲統治
的核心。天子建國，在西周時稱王，例如：文王、武王、成王、康
王……從大兒子長房一代代地傳下去，稱爲大宗。那時認爲這
是國家之本。《史記》記載他們的譜系大事，稱爲本紀。天子分
封兄弟和別子，或異姓功臣，這異姓功臣有的是帶有血緣關係的
舅姪，這是旁系，稱爲小宗。還有照顧歷史上遺留下來的政治力
量，把他們都封爲諸侯。這些諸侯也是長房繼承一代代地傳下
去，也稱大宗。夏商兩代有"父死子繼"和"兄終弟及"兩種形式。
父傳於子叫世，兄傳於弟叫及。商的後期，嫡子繼承的制度逐漸
確立。從西周開始，嫡長子繼承成爲一種固定的制度。《史記》
記載諸侯譜系的大事，稱爲世家。大宗、小宗都是世襲的。這是
縱的聯繫。異姓諸侯之間也有血緣關係。所以，諸侯娶妻，常結
兩國之好；而且聘娶一國之女，則二國往媵之，以姪娣從，藉以增

强諸侯國之間的横向聯繫。例如:《左傳·成公九年》,魯伯姬嫁於宋,衛、晉、齊三國先後皆來媵。在這樣的國家政治機制下,奴隸主貴族爲了維護他們的特權,鞏固他們的既得利益,就希望子孫衆多;這樣便於千秋萬世地傳下去。這和古代的希臘、羅馬的奴隸社會的政治機制大不相同。希臘、羅馬的奴隸社會,氏族制的殘餘早已破壞殆盡,並無宗法制度。斯巴達實行貴族政治,雅典實行民主政治,羅馬的執政者是選舉的,没有世襲制度,没有什麽大宗、小宗。這樣對於子孫傳遞的看法和要求就完全不同了。中國古代統治階級爲了掌握和鞏固他們的政權,就是希冀子孫衆多的。這種思想,在民間與傳宗接代的思想結合起來,很快成爲一般人所共有的思想,在社會生活裏也就形成一種風俗。

商周是青銅時代。奴隸制貴族很重視他們的青銅器的鑄作。從這青銅器的銘文記載中,我們可以瞭解主人的政治地位。因而,這青銅器的鑄作可以視爲他們政治權力的象徵。例如:1976 年 3 月,陝西臨潼零口公社西段大隊出土了一批西周青銅器,其中有一件是記載周武王伐商朝的利簋。這件青銅器作於武王即位後的四年二月,距今已有三千年左右。銘文大意是説:武王征伐商紂,在甲子這天的早晨,消滅了商王朝。辛未這天,武王在管地,賞給右史利青銅,利便做了這個祭祀祖先的銅簋。西周奴隸制國家貴族重視青銅器,視爲政治權力的象徵。所以在青銅器的銘文上經常鑄上"子子孫孫永寶用之",這樣的銘文記述是不勝枚舉的。如𠨕叔毁蓋:"用乍寶毁,子子孫孫其萬年永寶用。"[1]叔姬簋:"曾侯乍叔姬、邛嬌媵器器彝,其子子孫孫,其永用之。"[2]干氏叔子盤:"干氏叔子乍中姬客母媵盤,子子孫

---

① 見清吳榮光編:《筠清館金文》卷三。

② 見《周金文存》卷三(影印本),台聯國風出版社,1978 年。

孫永寶用之。"①西周奴隸主貴族天子、諸侯、卿大夫及其后妃、夫人、臣妾生活在這樣的歷史環境中，自然有着這樣的思想意識，喜歡聽、喜歡説"宜爾子孫，振振兮"這樣一類庸俗的祝賀之辭。

《螽斯》一詩，《詩序》説："《螽斯》，后妃子孫衆多也。言若螽斯，不妬忌則子孫衆多也。"我們知道：文學作品是有其形象性與典型性的。奴隸主貴族及其臣妾愛説、愛聽這些祝賀之辭。他們把這諛詞、生活感受，形象性地歸之於后妃。贊美"后妃子孫衆多"，像"螽斯"蟲子那樣，生活在一起，"不妬忌"，這是可以理解的。嚴粲《詩緝》説："螽蝗生子最多，信宿即群飛。因飛而見其多，故以羽言之。""螽斯羽，詵詵兮"，以比"宜爾子孫，振振兮"，顯得形象鮮明。"不妬忌"，是説和睦相處，蝗子聚處一團，不相殘害，便見蕃多，詩人藉以爲祝。陳子展先生《詩經直解》説："《螽斯》主題義與《樛木》同。所不同者，一頌多福禄，一頌多子孫。"這一見解是卓越的。我説：《桃夭》的頌是宜其"室家""家室"和"家人"；《兔罝》的頌是"公侯干城""好仇"和"腹心"；《麟之趾》的頌是"振振公子""公姓"和"公族"。這些頌詞橫向聯繫起來看：它們所涉及的政治背景和社會生活與《螽斯》的頌詞"宜爾子孫"所涉及的内容是相通的，都是那時的"天子建國、諸侯立家"的政治機制下所形成的思想意識的反映。這些詩篇，編於《周南》，列於《國風》之首，《詩序》稱之爲："正始之道，王化之基。"我看不是没有原因的。同時，我們從這些地方也可以約略探索或窺見《詩》的編詩之義。

---

① 見《周金文存》卷四（影印本），台聯國風出版社，1978年。

《周南·桃夭》闡義

《桃夭》三章,每章四句:

桃之夭夭,	桃枝長得嫩夭夭,
灼灼其華。	開着紅灼灼的花。
之子于歸,	這位小姐出嫁,
宜其室家。	適宜於她的室家。
桃之夭夭,	桃枝長得嫩夭夭,
有蕡其實。	結着斑斕的果實。
之子于歸,	這位小姐出嫁,
宜其家室。	適宜於她的家室。
桃之夭夭,	桃枝長得嫩夭夭,
其葉蓁蓁。	它的葉子濃密滋潤。
之子于歸,	這位小姐出嫁,
宜其家人。	適宜於她的家人。

這篇詩,陳子展先生《詩經直解》說:"一章,以眼前其華之艷起興,美嫁娶之及時也。""二章,預祝其實之蕡。""三章,預祝其葉之盛。"劉勰《文心雕龍·物色》所謂:"既隨物以宛轉,屬采附

聲,亦與心而徘徊。""故灼灼狀桃花之鮮,依依盡楊柳之貌。"借
物起興,一唱三祝。方玉潤《詩經原始》遂評:"艷絕。開千古詞
賦香奩之祖。"詩的內容,金啟華先生《詩經全譯》說:"祝賀婚姻
的幸福。"這當然是十分正確的;但這詩的特殊性還是需要探索
與闡發的。

詩中"室家""家室""家人"諸詞爲同義語,這是由於變文趁
韻而這樣遣詞造句的。這裏的"室家""家室""家人"三詞,概括
可稱爲家。這家在古代的階級社會中,具體可以分爲兩種:一種
可解釋爲奴隸主貴族的家;一種則解釋爲奴隸的家。那麼,《桃
夭》所稱的"室家",是屬於哪一種家呢?《小雅·常棣》云:"宜爾
室家,樂爾妻孥。"《小雅·南山有臺》云:"樂只君子,邦家之基。"
《小雅·斯干》云:"室家君王。"《小雅·無羊》云:"室家溱溱。"
《大雅·思齊》云:"刑于寡妻,至于兄弟,以御于家邦。"《大雅·
既醉》云:"室家之壺,君子萬年。"《周頌·訪落》云:"未堪家多
難,紹庭上下,陟降厥家。"《周頌·桓》云:"克定厥家。"從這些詩
所稱的"家室""室家""邦家""家邦""家"等看來指的都是貴族奴
隸主的家。《豳風·七月》云:"入此室處。"不嬰毁銘文"伯氏錫
汝弓一、矢束、臣五家、田十田",叔夷鐘記"錫釐僕三百又五十
家"等材料中所指的家,看來都是屬於奴隸的家。

那麼,我們來鑒別一下,《桃夭》中所指的家是屬於哪一家。
雖然詩中沒有多少明確反映階級屬性的字眼、材料,但從這詩歌
頌"之子于歸",我看就不像女的奴隸。女的奴隸的婚嫁,是會受
掠奪的。如《七月》所謂:"女心傷悲,迨及公子同歸。"這詩所指
的家自然是屬於貴族奴隸主的家啊!這樣的家是和《思齊》寫的
"刑于寡妻,至于兄弟,以御于家邦"的家,是同一類型的。這樣
的家,就家而論,定是會有"妻孥";生活中也會雜有或參與"家
邦""邦家"的政治生活的。詩中說"宜其室家",這個"宜"字,便

是對這"于歸"的小姐的行爲和思想意識有着一定的要求,而與一定的貴族奴隷主的日常和政治生活聯繫起來了。

中國的奴隷社會是經歷了夏、商和西周三個歷史階段的。夏代是奴隷制社會的形成時期,商代則是其發展和繁榮的時期。周人代商以前,是處於氏族社會末期的家長奴役制階段;滅商以後,則在發達的商代奴隷制經濟的基礎上,運用血緣關係加強統治,把宗法制、分封制和井田制三者結合起來,從而進入奴隷社會的鼎盛時期。[①]

西周政治就是利用血緣關係這根紐帶來加強統治的。天子建國,諸侯立家,國與家是有着上下等級的從屬關係的。《孟子·梁惠王》因説"萬乘之國""千乘之家""千乘之國""百乘之家"。在這樣的政治體制上因而產生齊家而後治國,治國而後平天下的政治概念。國與家的關係不僅密切,而且是有機聯繫的。因此,國家、家邦、邦家、家室、室家這些詞彙不是各自獨立,而其内涵在思想意識上是脉脉相通的。《禮記·曲禮下》説:"五官之長曰伯……天子同姓,謂之伯父;異姓謂之伯舅……九州之長,入天子之國,曰牧。天子同姓,謂之叔父;異姓謂之叔舅。"我們從這些稱呼上,就可看出天子與諸侯之間有着血緣關係,也即家族和室家的關係。我們從《周南》中不少詩篇所反映的生活和人的思想意識來看,這裏面許多是貴族奴隷主的日常生活和政治生活及其思想意識。《關雎》中有"琴瑟友之""鐘鼓樂之";《葛覃》中有"言告師氏";《卷耳》中有"酌彼金罍""酌彼兕觥";《樛木》中有"樂只君子,福履綏之""福履將之""福履成之";《螽斯》中有"宜爾子孫,振振兮""繩繩兮""蟄蟄兮";《兔罝》中有"赳赳武夫,公侯干城""公侯好仇""公侯腹心";《汝墳》中有"王室如

毁";《麟之趾》中的"振振公子""振振公姓""振振公族";以及《桃
夭》中的"之子于歸,宜其室家""宜其家室""宜其家人"等,自然
都是與歷史上的一定的社會階級生活,較多的是與貴族奴隸主
階級生活内容聯繫着的。

中國古代的各個王朝,都是帶有濃厚的家族統治色彩的。
一個人成了國君以後,他的整個王族或皇族就都成了不同於庶
民的貴族。《桃夭》中的"宜其室家"的"宜",就是意味着這位小
姐——"之子"合宜做這家貴族奴隸主中的一個成員。因此,《桃
夭》中"宜其室家"的"宜"與《螽斯》中"宜爾子孫,振振兮"的"宜"
和《麟之趾》中"振振公子""振振公姓""振振公族"頌詞的思想感
情是相通的,内容也是有着聯繫的。《詩序》説:《桃夭》,后妃之
所致也。不妒忌,則男女以正,婚姻以時,國無鰥民也。"《詩序》
歌頌"之子于歸","宜其室家",社會效益是"后妃之所致也"。放
在西周初期奴隸社會上升至鼎盛時期的歷史階段看,雖是饒於
美化成分,總的精神是可以理解的。《詩序》説:"國無鰥民。"國
即都。《周禮》"惟王建國"即"惟王建都",詩屬《周南》,這"都"可
指洛陽。國無鰥民,或可意味爲洛陽之都中無鰥民。"男女以
正,婚姻以時。"這是指奴隸主統治者説的。即使不能做到,也該
是他們的理想目標吧! 至於奴隸,那自然是談不上了。《禮記·
曲禮下》説:"天子之妃曰后,諸侯曰夫人,大夫曰孺人,士曰婦
人,庶人曰妻。"后是最高層次的。后能重視這個婚姻問題,表率
天下。孔子曾説:"政者正也。君爲正,則百姓從政矣。"[1]自然
一都之中"男女以正,婚姻以時"有可能達到。《孟子·梁惠王
下》孟子説:"昔者太王好色,愛厥妃。……當是時也,内無怨女,
外無曠夫。王如好色,與百姓同之,與王何有?"朱熹《詩集傳》

---

[1] 見《禮記·經解》。

説："文王之化，自家而國。"西周時政治清明，婚姻問題處理得好是不足爲怪的。陳喬樅《齊詩遺説考》説："據《易林》説，則《桃夭》之詩蓋當時實指其事也。張冕云：《桃夭》如爲民間嫁娶之詩，《大學》何由即指爲實能宜家而可以教國？詳《易林》之語，似是武王娶邑姜事。"看來陳説是歷史地看問題的。我看《桃夭》之詩，古代是歌詠貴族奴隸主階級的婚嫁的。後世誦《詩》的人多了，影響擴大，普及民間，從而逐漸解釋成爲歌頌民間嫁娶的詩。陳子展先生説："《桃夭》民謠風格，顯無統治階級人物烙印，當爲民間嫁娶之詩。"我看，這是對於《桃夭》一詩的誤解！統治階級人物的烙印好像没有，實際是有的，這在上面已經説明了。

《周南·兔罝》闡義

《兔罝》三章,每章四句:

肅肅兔罝,	周密寂靜的兔網,
椓之丁丁。	打椿的聲音丁冬響着。
赳赳武夫,	雄赳赳的武夫,
公侯干城。	是公侯禦侮的干城。
肅肅兔罝,	周密寂靜的兔網,
施于中逵。	安排在九通路口。
赳赳武夫,	雄赳赳的武夫,
公侯好仇。	是公侯很好的幫手。
肅肅兔罝,	周密寂靜的兔網,
施于中林。	安排在樹林中間。
赳赳武夫,	雄赳赳的武夫,
公侯腹心。	是公侯智謀的腹心。

這篇詩的思想内容,金啟華先生《詩經全譯》説:"歌贊武士的英勇。"詩意是明顯的。但是這詩是在怎樣的歷史時代背景下創作,而其思想内容有怎樣的特定内涵,還是需要我們進行探索的。

公侯的"侯"是諸侯的泛稱。"侯"的專稱則如《召南·何彼襛矣》"齊侯之子",《鄘風·載馳》"歸唁衛侯",《衛風·碩人》"邢侯之姨"等諸詩句中的"侯"字。"侯"字甲骨文作"𠂋",古文作"𠂋"。《説文》云:"春饗所射侯也。从人,从厂,象張布,矢在其下。"像張布、搭矢、射侯的形。《齊風·猗嗟》云:"終日射侯,不出正兮。"就是例證。古代初民,常苦禽獸逼人,還有異族前來侵犯,就有强有力的善射擊的人出來保衛,衆人於是推他爲酋長,射侯升級成爲公侯。《禮記·射義》云:"故天子之大射,謂之射侯。射侯者,射爲諸侯也。射中則得爲諸侯,射不中則不得爲諸侯。"諸侯、公侯的職官就是這樣演變來的。[①] 西周天子建國,諸侯立家,形成奴隸制國家的統治機構。武夫正是公侯的干城、好仇(儔)和腹心,他們爲着捍衛和鞏固他們的統治服務。這樣的統治網,在詩人看來正像兔罝的蕭蕭地"施于中逵""施于中林",散布在都邑之中。這詩不僅是在"歌贊武士的英勇",而且從這"歌贊"裏,我們更可以窺見那時士氣的振奮和國防的鞏固。

《墨子·尚賢上》説:"故古者堯舉舜於服澤之陽,授之政,天下平。禹舉益於陰方之中,授之政,九州成。湯舉伊尹於庖廚之中,授之政,其謀得。文王舉閎夭、泰顛於罝網之中,授之政,西土服。"孫詒讓《墨子閒詁》解釋這事説:"古者書傳未湮,翟必有據。"陳啟源《稽古編》也説:"或疑《墨子》之言不見經典,未可據信。夫古人軼事,經史所不載,而幸存於諸子百家之言,以傳後世者多矣。可悉指爲誣乎?縱使事屬傅會,要必當時説此詩者原有得賢於兔罝之解,故以閎夭、太顛實之也。又漢賈山云:'文王之時芻蕘采薪之人皆得盡其力,芻蕘采薪非兔罝之流乎?'山

---

① 參見楊樹達:《積微居金文説》卷一《矢令彝三跋》,科學出版社,1959年。

之言亦本是詩矣。可見毛、鄭以前釋《兔罝》詩者皆作是解，並非一家之私説也。"墨子主張尚賢，把賢人視爲"國家之珍""社稷之佐"。但他的所謂"賢人"，是突破階級的局限，主張唯才是舉，歌頌"湯舉伊尹於庖廚之中"的。墨子認爲《兔罝》之士爲"閎夭、泰顛"，而文王舉之，以見文王尚賢，足爲後世法則。"文王舉閎夭、泰顛於罝網之中，授之政"，猶"湯舉伊尹於庖廚之中，授之政"；一個"其謀得"，一個"西土服"，言之鑿鑿。這看來一定是有歷史故實的。祇是古史散佚，"書缺有間"，"文獻不足徵"而已。那麼，《詩序》理解《兔罝》，認爲："后妃之化也。《關雎》之化行，則莫不好德，賢人眾多也。"説話是有根據的。同時，我們通過《墨子》所舉的例證，《詩序》所提示，其精神也是可以理解的。文王之時，西周奴隸制國家經濟處於上升時期，政治清明，賢能的人即使是武夫也能獲得信任，得盡其力，他們對於公侯，對於國家有着凝聚力、向心力，爲之干城，爲之好仇，爲之腹心，是完全有可能的；而且，可以斷定是符合事實的。這詩就在這樣的歷史政治和社會生活背景中創做出來，並被采入西周早期《周南》詩篇中的。

《周南·芣苢》志疑

《周南·芣苢》詩云：

<table>
<tr><td>采采芣苢，</td><td>衆多的車前草啊，</td></tr>
<tr><td>薄言采之。</td><td>於是采了它。</td></tr>
<tr><td>采采芣苢，</td><td>衆多的車前草啊，</td></tr>
<tr><td>薄言有之。</td><td>於是有了它。</td></tr>
<tr><td></td><td></td></tr>
<tr><td>采采芣苢，</td><td>衆多的車前草啊，</td></tr>
<tr><td>薄言掇之。</td><td>於是摘了它。</td></tr>
<tr><td>采采芣苢，</td><td>衆多的車前草啊，</td></tr>
<tr><td>薄言捋之。</td><td>於是捋了它。</td></tr>
<tr><td></td><td></td></tr>
<tr><td>采采芣苢，</td><td>衆多的車前草啊，</td></tr>
<tr><td>薄言袺之。</td><td>於是撐開衣兜兜了它。</td></tr>
<tr><td>采采芣苢，</td><td>衆多的車前草啊，</td></tr>
<tr><td>薄言襭之。</td><td>於是撐開衣兜捧了它。</td></tr>
</table>

這詩看來文從字順，形象鮮明，細讀卻有許多問題，難以索解。

"采"字此處釋爲衆多。《曹風·蜉蝣》："蜉蝣之翼，采采衣服。"《毛傳》:"采采,衆多也。"《秦風·蒹葭》:"蒹葭蒼蒼,白露爲霜。"《毛傳》:"蒼蒼,盛也。""蒹葭萋萋,白露未晞。""蒹葭采采,白露未已。"《毛傳》:"萋萋猶蒼蒼也。""采采猶萋萋也。"皆衆多之意。

芣苢是什麽草?古今公認爲車前草,唯《韓詩薛君章句》釋爲:"芣苢,澤瀉也。臭惡之菜。詩人傷其君子有惡疾,人道不通,求己不得,發憤而作。以事興芣苢雖臭惡乎我,猶采采而不已者,以興君子雖有惡疾,我猶守而不離去也。"據《中藥大辭典》①介紹:澤瀉爲多年生沼澤植物,冬季葉子枯萎時,采挖塊莖,除去莖葉及鬚根,洗淨,微火烘乾,再去鬚根、粗皮,以備藥用。澤瀉采集是挖的,與《詩》所寫"采""将""袺""襭"不符,澤瀉非芣苢也。

芣苢公認爲車前草,遂釋此詩爲:婦女采集車前草之歌,但有問題尚須研究。

車前草供藥用,可分爲車前與車前子兩物。按《中藥大辭典》介紹,車前又可分爲車前與平車前兩品種。兩者産地分布不同,以此爲判,《詩》之車前爲車前,而非平車前。車前爲多年生草本,連花莖高達50厘米,有須狀根。葉叢生,具長柄,幾與葉片等長或長於葉片,基部擴大;葉片卵形或橢圓形,先端尖或楕,基部狹窄成長柄。花莖數株,具棱角,有疏毛,穗狀花序。種子近橢圓形,黑褐色。花期6～9月,果期7～10月。采集車前的葉子在夏季,去泥曬乾,全草以備藥用。采集其子則在秋季果實成熟時,割取果穗,曬乾搓出種子,簸去果殼雜質。種子呈橢圓形或不規則長圓形,亦備藥用。

《詩》中所寫"薄言采之","采"之當指爲葉。又言"薄言将

之","捋"之當指爲子。采葉宜於夏季,捋之則爲秋季,兩者時令不同。此詩寫在同一時間,諒是古人采集,不若後世細緻。車前草《江蘇植藥志》稱爲打官司草。余幼時輒掇爲戲,也呼此名。摘下兩莖,相折扭拉,試其堅韌,斷者爲輸。穗果粘着不散,與田間稗子不同,須在七八成熟時捋之;否則,散落麥間,無法收拾。余嘗捋取籃中,攜歸曬乾,裝於枕芯。打官司草,通常掇摘。《詩》寫芣苢,何以"薄言捋之"?諒古人渾言。秋季果實成熟,行將開裂,拔取采集之也。

　　車前藥用,《中藥大辭典》叙及"選方"二十種:一、治小便不通,二、治尿血,三、治白帶,四、治熱痢,五、治泄瀉,六、治黄疸,七、治感冒,八、治衄血,九、治高血壓,十、治目赤腫痛,十一、治火眼,十二、治喉痹乳蛾,十三、治疰腮,十四、治百日咳,十五、治痰嗽喘促,咯血,十六、治驚風,十七、治小兒癎病,十八、治濕氣腰痛,十九、治金瘡血出不止,二十、治皰瘍潰爛。都述劑量和藥方出處,卻未涉及古人説的"則婦人樂有子矣""宜懷妊焉"的效應。

　　車前子的功用主治:利尿、清熱、明目、袪痰。治小便不通、淋濁、帶下、尿血、暑濕瀉痢、咳嗽多痰、濕痹、目赤障翳等疾。唯《本草經疏》曾云:"車前子,其主氣癃、止痛、通腎氣也。""女子淋漓不欲食,是脾腎交病也。濕去則脾健而思食,氣通則淋漓自止,水利則無胃家濕熱之氣上熏,而肺得所養矣。男女陰中俱有二竅,一竅通精,一竅通水……二竅不並開,故水竅常開,則小便利而濕熱外泄,不致鼓動真陽之火,則精竅常閉而無漏泄,久久則真火寧謐,而精用益固。精固則陰强,精盛則生子。"《醫林纂要》則云:車前子,"用子兼潤心腎。又甘能補,故古人謂其强陰益精。然要之,行水去妄熱,是其所長,能治濕痹五淋,及暑熱瀉痢,通利小便;若補腎令人有子,則虚語也。以子治産難,催生下胎,則信有之,亦咸能軟堅,滑能利關節之功耳"。兩者看法不同,但認爲子潤心腎,强陰益精是統一的。

今人説野麻安胎,夏枯草收斂,民間婦女於産前和産後分別采用,飲之。古人諒是重視芣苢,故《詩》有《芣苢》之詠。《詩序》遂説:"《芣苢》,后妃之美也。和平,則婦人樂有子矣。"有其一定的依據。后妃之美是一事,謂之"婦人樂有子矣"爲又一事。"樂有子"可能與飲車前子湯有聯繫,古人因采集之。有子而樂,自然心氣和平,益見后妃之美,是兩事又爲一事。

關於芣苢,今人又有新説。在半坡仰韶文化中,1972 年陝西臨潼在姜寨出土文物中有"人面含魚紋陶盆"一件。高 19.3 厘米,口徑 44 厘米。盆内有人面魚紋畫,這人面頭的兩側繪有草葉狀物。《中國海報》,1990 年 1 月 17 日,轉引《科技日報》解釋這草狀物爲芣苢,即車前。云爲婦女祈求懷孕的藥草,因釋這圖爲"原始嬰兒出生圖"。這圖的人面頭頂及口部兩側所繪鋭形條紋表示女陰,人面爲剛從女陰中出生的嬰兒頭部,魚紋表示在河邊或水中生育。生育不在家中,或生育需要用水。

現在,俄美等國家,水中分娩視爲時髦,引起許多人的關注與研究。在澳大利亞新南威爾士州就有一位孕婦,名叫桑娜的,她采用水中分娩法,安全生下了一對男孩。水中分娩,水的温度需要適當。生下之孩,有的還能游泳。太古之時是否有過這種分娩法,值得探索。分娩之前是否服飲芣苢湯汁,芣苢是否已知爲芣苢,可爲懷孕草藥,有此療效,從而可與《芣苢》歌詠之事聯繫?半坡類型或半坡文化魚紋圓底盆,一出陝西臨潼的姜寨,一出甘肅秦安的大地灣,多飾動物紋象,尤以魚紋爲多。這陶盆左側人面,右側魚紋,是否有着必然的聯繫,抑爲兩事,都是需要進一步尋找證據,獲得充分材料與理由,纔得判斷的。因此這一新説,尚在質疑之列。

　　芣苢，諸説皆作車前子解，獨韓詩解作“木，似李，食其實，宜子孫”。與詩意不符，既爲果實，何用“薄言掇之”？此植物之利用，“采之”當爲葉，“掇之”當爲其子，季節亦當各異。究爲何物？究作何用？難解。

《關雎》與《漢廣》釋義

　　《關雎》和《漢廣》是《周南》十一篇中的兩篇。它的編次從地域來說，是由北而南，即從黃河流域洛陽的王城和成周——洛水，下逮申、呂、漢水、江水；從西周的統治區域來說，先從西周政治、經濟、文化統治的中心區域的王畿中原，再從而推廣及於周楚交界，南蠻百濮之地——周的統治勢力較爲薄弱的區域。武王滅商，建立西周，定都鎬京。鑒於鎬京僻處西陲，難以控制殷朝奴隸主疆域遼闊"邦畿千里"的東方勢力；同時，懲於荆楚的南方勢力，決定在"天下之中"的河洛地區營建"行都"，史稱"洛邑"。成王繼位，派召公奭與周公旦營建洛邑，又稱"成周"，意爲周朝開國大業已成。周公營建的洛邑，包括王城和成周兩座城堡，相距約十五公里。王城在西，是周王居住和朝會東方諸侯的都城；成周在東，是監視殷遺民的軍事據點。這時西周有兩都城：鎬京和洛邑。周公旦長住東都洛邑，統治東方諸侯；召公奭長住西都鎬京，統治西方諸侯。兩公"分陜而治"。東都的建成使兩都京畿連成一片，成爲統治四方的政治中心，加强了全國的統治，穩定了西周初期的形勢，爲西周奴隸主政治的發展和制度的建立起了鞏固和保障的作用。

　　建國以後，西周的政策轉入偃武修文的階段，重視精神文明的建設。由於荆楚南蠻强悍不馴，周室將其優越的精神文明，自北而南,推移及於南土。"南"即《周南·樛木》"南有樛木"之"南"和《漢廣》"南有喬木"之"南"。《毛傳》於《樛木》下注:"南,南土也。"這時黃河流域的西周京畿,是政治、經濟和文化的中心區域,是領導全國的。就政治文化而論,《詩序》稱之爲"正始之道,王化之基"。西周將其精神文明推行至於江漢流域,《詩序》稱:"南,言化自北而南也。"西周初期,周公旦、召公奭"分陝而治",同時統治"南國"的東西不同區域。在這"南國"東西兩域所采集到的詩篇,稱爲《周南》《召南》。《關雎》是河洛地區所創作的詩篇,列於《周南》首篇,同時也爲《詩》的首篇,《詩序》因而稱爲"正始之道,王化之基","王者之風","風之始也",可以"用之鄉人焉,用之邦國焉"。《漢廣》是《周南》中的第九篇,是江漢地區所創作的詩篇,列之稍後,顯示着"德廣所及也。文王之道,被于南國,美化行乎江漢之域"。這兩篇詩列入《周南》之中,它的編排先後,及其所反映的生活氣息和思想意識是有其特定的思想含義和歷史意義的。

詩中,《關雎》提出"淑女",《漢廣》提出"游女",兩者對舉。《關雎》說:"窈窕淑女,寤寐求之。"《漢廣》說:"漢有游女,不可求思。"一個是贊美君子睡着醒着都在追求淑女,一個是嚴肅地警告不可以去追求漢水的出遊之女。爲什麼要這樣說呢?是值得我們重視和探索的。"窈窕淑女,君子好逑。"句意是說,淑女是君子的好伴侶,應當追求她,淑女是當配君子的。"漢有游女,不可求思。"對"游"字的解釋,《說文》:"旌旗之流也。"段注:"旗之游如水之流。"游女可以釋爲出遊之女,或爲冶遊之女。淑女與游女兩者在古人看來素質上是有所區分的。漢爲漢水,《周南》中的漢水,當指漢水中下游的一段。《說文》所謂:"東爲滄浪水。"段注:"地連紀都,咸楚都矣。"這時"滄浪水"尚非楚都,但鄰楚境。漢有游女就是意味着楚有游女。楚之游女,"不可求思"。

爲什麼呢？這應放到特定的歷史階段中去獲得理解，有它特定的歷史內涵。

西周初期奴隸主統治者天子和大小諸侯對於他們的子弟在婚姻問題上所選擇對象是有他們特定的願望與要求的。主張"淑女以配君子"，卻不同意追求楚之"游女"。理由就是：一是關係到人的素質；二是周楚兩國在較長的歷史歲月裏存在着敵愾的情緒。因此，家庭問題會與政治問題聯繫着統一考慮的。但這在當時卻會碰到一些現實問題，糾纏起來，情況就複雜了。西周的統治階級看到這點，爲了防微杜漸，因而，他們一方面贊美《關雎》淑女以配君子，用以"風天下而正夫婦"，"厚人倫、美教化、移風俗"，作爲正面的引導；另一方面在《漢廣》中則鄭重地提出："南有喬木，不可休思！漢有游女，不可求思！""漢之廣矣，不可泳思！江之永矣，不可方思！"一再強調，反復叮嚀。這樣告誡，即使子弟感情上一時接受不了，思想上、行動上也就不敢隨便胡來，認識到："漢有游女"是"不可求思"的！從而逐漸成爲習慣，自覺遵守，警惕着：這是"先王之所以教"！這個"不可求思"，就是西周時統治階級定出禮制，約束他們，使他們自覺地遵守"無思犯禮"；否則，就是"犯禮"了。

"漢有游女"爲什麼"不可求思"呢？張震澤教授首先將這個問題考釋清楚了。他說道："從政治文化上看，漢水實爲周、楚兩國的大界，其南北兩岸，族類不一，風俗習慣不同，兩國統治階級之間，敵愾之情悠久，瞭解這一點，對於解釋《漢廣》一詩，是有一定意義的。"①商時已有楚國，存在矛盾，尚不尖銳。周滅商後，以地方百里的西伯，發展成爲統一"邦畿千里"的大國。擺在面

---

① 見張震澤：《論〈漢廣〉》，《遼寧大學學報》1987年第5期。下略。文多創見，拙稿衹是略敲邊鼓而已。

前的就是怎樣鞏固這個統治。黃河流域西郊，東都京畿連成一片，統治勢力是最爲鞏固的。就"南土"論，自陳蔡以南申吕區域，統治力量漸漸薄弱。至於江水、漢水流域，與楚交界，離楚的政治統治中心區域迫近，西周於此就得特別警惕。商時已有"南國"並以之封與西伯統治，武王時聯合這個地域的少數民族反商。建國以後，周的統治力量是不夠鞏固的，因而，不斷封了許多同姓諸侯小國，以爲防藩。周成王時封楚熊繹於荆蠻，畀以子男之田，建都丹陽（今湖北秭歸縣東南）。楚子並不滿意，他就"不奉周禮"；故周初采詩，編於《周南》，《詩》無楚風。迨周康王，遂於長江下游封矢於宜（今江蘇鎮江市丹徒區），並令伐楚。《矢令簋銘》就曾述及此事："唯王于伐楚，伯在炎，唯九月既死霸丁丑，作册矢令尊，宜于王姜。"昭王南征荆楚，戰爭失敗没於漢水，史書記載僞稱"南征而不返"。周與楚爭，漸不能敵。春秋時，據顧棟高考證，楚滅"漢上諸姬"計有：權、邧、鄝、鄂、羅、廬、戎、郡、郹等四十二國。《左傳·僖公二十八年》欒貞子曾說："漢陽諸姬，楚實盡之。"嗣後楚自稱王，問鼎中原。孔子之修《春秋》，猶是貶之稱爲"楚子"，以示微言大義。周楚敵愾氣氛，自西周初期迄於春秋一直緊張。在這樣特定的歷史情勢下，"漢之廣矣，不可泳思！江之永矣，不可方思"不是有它的特定的歷史內容嗎？不過時隔二三千年，這段歷史漸爲人們所遺忘了。今日重温，對於正確地瞭解創作《漢廣》的歷史背景是有幫助的。

《漢廣》分爲三章，每章八句。第一章有兩句説："南有喬木，不可休思！漢有游女，不可求思！"突連冒出兩個"不可"，説得很有分量。"不可"二字，語氣是告誡性質，在詞彙裏是堅決否定之詞。接連兩句："漢之廣矣，不可泳思！江之永矣，不可方思！"又是兩個"不可"。第一章統共四句，冒出四個"不可"，句句有着"不可"："不可休""不可求""不可泳"和"不可方"。其中的"不可

休""不可泳"和"不可方"實是陪襯,是加强突出"不可求"的分量
而説的。三個"不可"襯托一個"漢有游女,不可求思"。這個
"求"字可以説是詩眼,讀這篇詩,唯一印象,就是"漢有游女"是
"不可求思"啊!高大的喬木不好在下面休息,這就奇怪了。俗
話説得好:"門前大樹好乘涼!"爲什麽"不可休思"呢?漢水出遊
之女該是一個漂亮的姑娘吧,爲什麽"不可求思"呢?漢水廣矣,
江水長矣,爲什麽就不好潛水而游,或是撑排渡過去呢?但這看
似奇怪,卻不奇怪。從它的特定的歷史背景來看,就可迎刃而解
了。張震澤教授於此做了精闢的解釋:"楚蠻風俗男女戀愛自
由,在周人眼裏叫作'淫',淫即犯禮,犯禮之事不可做,故漢之游
女不可求。'不可'蓋應解爲'不能''不應'的意思。'漢有游女,
不可求思',二句,正面表示禁止,反面卻反映了諸侯及其子弟仍
有追逐民間少女的惡習,與《關雎》詩意也正好互相補充。"

　　關於"不可"兩字,有些學者把它誤解了。以爲"不可求思"
就是説:追求不到啊!這話反映着追求者追求不到的悵惘心理。
其實不然,"不可"就是告誡你説"不可"。這事你不可做,不應該
做啊!不是説:在熱烈地追求,盼望着做而做不到啊。"不可"兩
字,《詩》中出現 27 次,都是可以作爲"不能"與"不應"的意思來
理解的。張震澤的訓詁是正確的。《周南·漢廣》首見:第一章
"南有喬木,不可休思!漢有游女,不可求思!漢之廣矣,不可泳
思!江之永矣,不可方思"!第二章"漢之廣矣,不可泳思!江之
永矣,不可方思"!第三章"漢之廣矣,不可泳思!江之永矣,不
可方思"!《邶風·柏舟》中有:"我心匪鑒,不可以茹;亦有兄弟,
不可以據。""我心匪石,不可轉也;我心匪席,不可卷也;威儀棣
棣,不可選也。"《鄘風·牆有茨》中有:"牆有茨,不可埽也;中冓
之言,不可道也。""牆有茨,不可襄也;中冓之言,不可詳也。""牆
有茨,不可束也;中冓之言,不可讀也。"《衛風·氓》中有:"女之

耽兮,不可説也。"《小雅·黃鳥》中有:"此邦之人,不可與明。"
"此邦之人,不可與處。"《小雅·大東》中的:"維南有箕,不可以
簸揚;維北有斗,不可以挹酒漿。"《大雅·抑》中有:"斯言之玷,
不可爲也。""言不可逝矣。""神之格思,不可度思。"所有《詩》中
涉及的"不可"兩字,詞義都很明顯,解作"不能"和"不應"的意
思,並無扞格,都爲堅決否定之詞。那麽,"漢有游女,不可求
思",意爲"漢有游女,不可以去追求啊"!"漢之廣矣,不可泳思!
江之永矣,不可方思!"也就是説:這漢水和江水是不可潛水或撐
排過去的啊!理由是:有着周楚分界的限制。那麽,江漢不可隨
便越過,游女不可隨便追求,都是可以理解的了。

第二章:"翹翹錯薪,言刈其楚。"楚,薪也。古稱爲荊楚。
"刈楚"語意雙關,"刈楚"即爲除楚。游女不可求思!歸根結底,
礙着楚的强悍,憤恨的心理發展便思刈除了。第三章:"翹翹錯
薪,言刈其蔞。"那麽,根據第二章的認識,"刈蔞"是否也可解釋
爲"刈楚"呢?張震澤於此也是做了考釋:"'蔞'蓋'楚'字的餘
音,其義仍爲'楚'。春秋邾國,《公羊》作'邾婁','婁'爲邾之餘
音,可證也。"探賾索隱,舉出例證,恰當地解決了這問題。"言刈
其蔞",也即"言刈其楚"啊。

第二章和第三章説及"之子于歸,言秣其馬"和"之子于歸,
言秣其駒"。這"之子于歸"的"之子"是指哪個出嫁呢?這不是
指"游女",而是周女。《周南·桃夭》説:"之子于歸,宜其室家。"
是説"這個姑娘出嫁,和她所匹配的'室家'是相稱的"。當時黃
河流域中原的禮俗,"之子于歸"是用馬車迎娶的。《衛風·碩
人》寫莊姜的出嫁,就是"四牡有驕,朱幩鑣鑣",四隻牡馬拖着她
的車子送她的,張震澤謂:"南土楚濮則無是。"黃河流域和南楚
的禮俗是不同的。這就可以説明迎娶的"之子"是周女了。君子
回想他將與周女結婚,就高高興興地喂馬了。第二章和第三章

最後四句,再一次地復説:"漢之廣矣,不可泳思! 江之永矣,不可方思!"這可理解爲這是君子在回饋啊。漢水、江水就是不可潛渡啊! 游女也就是不可去求啊! 這一情況,出現在黃河流域就不同了。《衛風‧河廣》中説:"誰謂河廣? 一葦杭之;誰謂宋遠,跂予望之。""誰謂河廣? 曾不容刀;誰謂宋遠? 曾不崇朝。"過渡容易得很! 一爲《漢廣》,一爲《河廣》(漢是漢水,河是河水。河古代爲黃河的專稱,猶江、淮、濟同爲水的專稱)。兩者對舉,何以《漢廣》,就"不可泳思",《河廣》就"一葦杭之"? 一是周楚分界,一是同爲中原王畿,國家政治上的統治形勢不同啊! 因此,我們如能歷史地正確地對待這個問題,那麼,有的把"不可求思"理解爲"但是無人作媒哪能得而慰藉"①,這正如張震澤所指出的:"理解爲一個男子想望一個女子而不可得的意思,恐怕一定是錯誤了。"高亨《詩經今注‧漢廣》題解謂:"一個男子追求一個女子而不可得,因作此歌以自歎。"未免空泛。

總的來説,《關雎》提倡淑女以配君子,組織家庭,夫婦間相敬如賓,和睦共處,在日常生活中"琴瑟友之",政治場合中"鐘鼓樂之"。這是西周開明的統治者和政治家對待子弟婚姻問題的主張和願望,他們用正面教育來引導子弟。《漢廣》則從另一角度側面告誡子弟:"漢有游女,不可求思!"看來這是小事,實際是關係着國家興衰和社會安定的政治上的大事。《詩序》則從正面引導,闡發這個道理:《漢廣》,德廣所及也。文王之道,被于南國,美化行乎江漢之域,無思犯禮,求而不可得也。"這話雖有美化成分,卻不是泛説,而是有着它歷史意義與現實內容的。

---

① 見藍菊蓀:《詩經國風今譯》。

《衛風·氓》講析

　　現在講《氓》。此詩寫一姑娘自述：上了西周時衛地的氓的當，婚後備受凌辱，終于被遺棄了。詩中寫了她的初戀、熱戀、迎娶、婚偶和受虐待，到被遺棄的過程。重於抒情，兼有敘事成分。姑娘含辛茹苦，悲憤欲絕，因此傾吐往事──被遺棄的過程，説的次序前後有些顛倒。塑造了"我"與"氓"兩個人物形象，善惡昭彰，愛恨分明，刻畫得都很成功。這位姑娘的品質與遭遇，值得我們尊敬與同情。舊時箋注盡多誣衊謾罵之詞，把責任、罪愆推向女方。《詩序》云："《氓》，刺時也。宣公之時，禮義消亡，淫風大行，男女無別，遂相奔誘。華落色衰，復相棄背。或乃困而自悔，喪其妃耦，故序其事以風焉。美反正，刺淫泆也。"《詩集傳》云："此淫婦爲人所棄，而自叙其事以道其悔恨之意也。夫既與之謀而不遂往，又責所無以難其事，再爲之約以堅其志，此其計亦狡矣。以御蚩蚩之氓，宜其有餘，而不免於見棄。蓋一失其身，人所賤惡，始雖以欲而迷，後必以有時而悟，是以無往而不困耳。"這一偏見，今人尚有受其影響，強調姑娘"悔恨"，忘了譴責"蚩蚩之氓"者，理當予以澄清，還其正確評價。

　　全詩共六章，每章十句，共六十句。每句四字，共二百四十字。在《詩經》中除《豳風·七月》外，這是比較長的一篇。

　　第一章寫初戀：

　　氓之蚩蚩，抱布貿絲。匪來貿絲，來即我謀。送子涉淇，至于頓丘。匪我愆期，子無良媒。將子無怒，秋以爲期。

　　"氓"，古義爲"亡民"，即逃亡出來的"民"。《戰國策·秦策》："不憂民氓也。"高誘注："野民曰氓。"即野小子。這是一般對氓的解釋。在《衛風·氓》中，有其特定含義，是指武王伐紂滅商以後，在商都朝歌統治區所留下殷的遺民，西周統治者對待他們有着特定的策略。廣大的人民住在原來的村莊，分與小塊土地。他們集體耕作，擔負着沉重的徭役和貢賦，但是他們的勞動果實剩餘的可歸己有。《氓》詩是攝寫衛地"氓"的一家所發生的事。"氓"這男人"抱布貿絲"，可能是經營商業活動的。他的身份諒是屬於奴隸中的"頭人"一類。《詩》中的"我"，即姑娘。她把"氓"與"士也罔極"的"士"聯繫起來，可以説明這樣的推想是有理由的。"以我賄遷"，説明這姑娘是有財物的。迎娶時，"氓"用車子接她，看來"氓"家的生活是過得去的。但"氓"的素質是極壞的，與今日玩弄婦女的"流氓"，本質固無不同，不妨斥之爲流氓。這家的事可能不是個別現象，而是反映着一個社會現象和問題，有其代表性的。《詩序》曾説："一國之事，繫一人之本。"周人重視"觀政"，注意朝歌的世風人情，所以把它采入和編入《風詩》中了。

　　"蚩蚩"，《毛傳》云："敦厚之貌。"布，孔穎達《檀弓》注云："古者謂錢爲帛布。"鄭康成曰："幣者所以貿買物也。季春始蠶，孟夏賣絲。"氓這小子，在"我"這姑娘的第一個印象中是很老實的，但實質並不如此，老實是裝出來的。"我"心地善良、純樸，但缺乏社會經驗，一下子就看錯了。氓是狡猾的，這姑娘諒是在這市集上初次碰到氓的。氓來買絲，這是初步接觸。姑娘看不出氓來打她的主意，對氓產生好感，輕易地把純潔的愛情交給了他。姑娘送氓，跨涉淇水，邊走邊談，依依不捨，一直送到頓丘。頓丘,《水經注》云:"頓丘,在淇水南。"這一細節,在姑娘被遺棄後痛苦地回憶起來時,還是記憶猶新的。這樣的會晤、分離,姑娘與氓想來是有好多次的。詩思是可以跳躍,有選擇性的,不少就省略了。有一次,氓對姑娘臉色有些難看,有些責怪。姑娘覺察,便誠懇地、委婉地解釋道:"不是我拖延期限啊!這是由於你沒有托媒人來説親啊!"姑娘的回答是多麽合情合理,這麽一句好話,氓聽了頓時顯出怒容,急躁起來。姑娘體貼他的盛情,還是温存地説:"請您不要動氣吧!我倆選擇一個秋天,作爲佳期就是。"這兩個人物的性格,在這裏已初步生動地刻畫出來了:姑娘善良;氓是狡猾暴躁的。而朱熹卻説:"既與之謀,而不遂往,……再爲之約,以堅其志。此其計亦狡矣。"真是不問事實,顛倒黑白。道學家是懷着成見看問題的,把問題就看偏了。我們應爲姑娘仗義執言,昭雪平反。

第二章寫熱戀與迎娶:

> 乘彼垝垣,以望復關。不見復關,泣涕漣漣;既見復關,載笑載言。爾卜爾筮,體無咎言。以爾車來,以我賄遷。

《詩集傳》:"垝,毁。垣,牆也。復關,男子之所居也。"王應麟引《寰宇記》云:"在澶州臨河縣,復關城在南,黃河北阜也。"體,卦體,卦象。賄,財物,指嫁妝。這位姑娘與氓約期以後,十分想念,常常跑到"垝垣"去眺望"復關"——氓所住的地方。看到了呢,非常高興,説啊笑的;望不到呢,十分難過,掉的眼淚如斷綫珍珠相仿。這姑娘已經陷入熱戀的迷津中去,把她自己純潔、高尚的愛情不自覺地交給氓了!誰知氓在耍着花樣,欺騙姑娘,借助迷信,謊説占卜的預兆很好,用以騙取姑娘的信任。這樣,姑娘就被迎娶過去了。

關於占卜,古人很有看法。摘録兩條,看看古時學人立場,藉以提高認識與覺悟。

劉瑾曰:"卜筮之法,所以開物成務,定天下之吉凶,成天下之亹亹者,曾謂有淫人之瀆問,而尚得無凶咎之言乎?"①

何楷曰:"卜筮無咎矣,而厥後色衰被棄,似卜筮不靈然者,先儒所謂《易》爲君子謀,不爲小人謀也。"②

這兩人認爲卜筮極靈,祇是這"淫人"豈會得真正的吉兆?說來道貌岸然,全是欺人之談,這話説得多麼愚蠢啊!

第三章寫被遺棄的痛苦與悲憤:

> 桑之未落,其葉沃若。于嗟鳩兮,無食桑葚! 于嗟女兮,無與士耽! 士之耽兮,猶可説也;女之耽兮,不可説也!

此章寫姑娘被遺棄後的憤慨。循序,此章應該寫在婚偶、受虐待之後。詩人情緒激動,因而搶先説了。姑娘回憶過去:"桑之未落,其葉沃若。"那時,"送子涉淇","載笑載言",年輕貌美,情濃意洽,多少往事,剩下來的祇是痛苦而已! 姑娘悲憤地説着:"斑鳩鳥啊,你不要拼命地吃那桑葚啊,吃多了會醉倒的! 天下的姑娘們啊,我奉勸你們不要去和男子熱戀啊,那是會上當受騙的! 男子與姑娘熱戀,會得到諒解的;姑娘和男子熱戀,那就難以解脱了!"自然,普天下的男子並不是個個都是壞蛋! 這姑娘的話是有着片面性的,但她飽嘗了這被遺棄的痛苦,她這種情緒是可以理解的。姑娘根據自己切身的感受,想到天下同樣受苦的人,勸告她們,警告她們,這恰好説明她的心地是十分善良的。我們應該尊敬她,把矛頭指向罪惡的氓纏是。可是在我國歷史上,關於評價這事的輿論是十分不公正的。鄭康成云:"士

---

① 見《詩傳大全·説見上》。
② 見清王鴻緒撰:《詩經傳説彙纂》卷四。

有百行,可以功過相除;至於婦人無外事,惟以貞信爲節。"孔穎達云:"鳩食桑葚,過時則醉而傷其性。女與士耽,過度則淫而傷禮義。"朱熹云:"婦人無外事,惟以貞信爲節,一失其正,則餘無足觀爾。"都是認爲婦人以貞信爲節,這"婦人一失節",成了"淫婦",還談得上什麼呢?她說:"女之耽兮,不可說也。"祗是"深自愧悔之辭"而已。真正豈有此理!這些話能不教我們義憤填膺嗎?

第四章寫婚後受到冷淡的痛苦:

> 桑之落矣,其黃而隕。自我徂爾,三歲食貧。淇水湯湯,漸車帷裳。女也不爽,士貳其行。士也罔極,二三其德。

帷裳,孔穎達曰:"此言帷裳者,婦人之車故也。"以幃障車之傍,以爲容飾,故謂之幃裳。桑葉"沃若""黃隕"是自然現象,詩人藉以象徵人事變化,容顏漸衰,情意亦弛。湯湯,廣闊的樣子。姑娘出嫁,跨過浩淼的淇水,水波浸濕車上的布幔。姑娘嫁到氓家,多年過着少吃乏用的苦日子,但心不變;氓卻反復無常了,三心二意,沒個準兒。關於"不爽",古人又是信口雌黃了。輔廣說道:"女也不爽,此但言其誓約之言不差耳。豈不悔其初之失哉。然終不說破,是亦狡者之所爲也。"悔也没用,輕而易舉地加上"狡者"罪名。有"花崗巖腦袋"的人是没法和他講道理的,祗有把它揭出,讓它曬曬陽光。

第五章進一層寫婚後備受虐待,無處傾吐:

> 三歲爲婦,靡室勞矣。夙興夜寐,靡有朝矣。言既遂矣,至于暴矣。兄弟不知,其笑矣。靜言思之,躬自悼矣!

姑娘嫁到氓家,多年來,全家的人没有像她那樣家務勞累的。起早摸黑,每天都是這樣。姑娘任勞任怨,樂於承擔。氓的目的既達,就變得十分粗暴。鄒泉曰:"言既遂矣,即《谷風》既生既育之旨。"①這是一種推測。姑娘處境爲難，她的兄弟也不同情她。因爲她和氓的結合，不是父母之命，媒妁之言，而是自己愛上的。也許兄弟曾勸説過，這野小子不可靠啊！現在悔已遲了，一聲冷笑。靜夜自思，還有什麽話好説呢？掉了牙齒咽在肚裏，顧影自憐而已。這十句詩聲聲歎息，字字血淚。古人説：讀《出師表》而不下淚者，非忠臣也。余謂：讀此詩不下淚者，豈仁人乎？可是道學家的心腸兩樣，朱熹還在口誅筆伐道："蓋淫奔從人，不爲兄弟所齒，故其見棄而歸，亦不爲兄弟所恤，理固有必然者，亦何所歸咎哉，但自痛悼而已！"禮教有時吃人，我今見之。

第六章寫決裂態度：

> 及爾偕老，老使我怨。淇則有岸，隰則有泮。總角之宴，言笑晏晏。信誓旦旦，不思其反。反是不思，亦已焉哉。

姑娘痛定思痛，對氓的醜惡靈魂認識清楚，毅然決斷："算了！"姑娘苦痛着想：氓曾誓言"白頭偕老"，現在卻説："你這黃臉婆，我討厭了。"這不使她傷心嗎？遍人間煩惱填胸臆，無窮無盡，沒有邊底。姑娘因説："淇則有岸，隰則有泮。"總角，頭髮上梳成的兩個小辮子。古人幼時總角，成年纔戴帽子。孔穎達説："《甫田》云；'總角丱兮。'是男子總角未冠，則婦人總角未笄也。以無笄直結其髮，聚之爲兩角。"青梅竹馬，正作姑娘的時候。"言笑晏晏"，有説有笑，他倆曾經發誓：海枯石爛，此心不渝。現在氓是"不思其反"，不屑一顧了，那也就算了！快刀斷麻，一刀兩截。姑娘無半點求情之意，真的自尊，有品格，有骨氣，令人敬佩。

這詩的特點，略述如次：

---

① 見清王鴻緒撰：《詩經傳説彙纂》卷四。

一、抒情細緻曲折,感人肺腑。先是喜悦,後爲悲憤,終則果斷決裂;二、寓叙事於抒情,於激情中叙事,叙其戀愛與被棄過程;三、情境穿插靈活多變。詩中三涉淇水,反映三種不同情境。第一次是初戀,送氓涉過淇水,姑娘喜悦,寫她邊談邊送,依依不捨。第二次是出嫁車過淇水,"淇水湯湯",寫她希冀前程幸福。第三次被遺棄後返家再涉淇水,痛苦没個邊際。境遇不同,感情迥異。兩次寫到桑葉,沃若、黄隕,反映着人的兩種不同遭遇與感情。

歷史上,對姑娘的評價是可以聽到許多誣衊之詞和謾駡之聲的,今故録兩則於下:

朱熹曰:"責之以良媒,是欲謀之人也;而不知人之不吾與也。要之以卜筮,是欲詢之神也;而不知神之不吾告也。及其見棄而歸兄弟,是欲依其親也;而不知親之醜吾行,而不見恤也,亦將如之何哉?女之苟合者,色衰而愛弛;士之苟合者,利盡而交絶。合之不可以苟也如此。"①

沈守正曰:"詩雖作于悔恨,然悔所托之非人,不悔始奔之非正,此之謂淫人之悔也。"②

駡這姑娘"苟合","淫奔非正",豈能予以絲毫同情!其"悔改"也是"淫人之悔"而已。曾讀《紅樓夢》,有范鍇其人者議黛玉是"喪身失節",幾與"金桂懷奸導淫"相等。此等讕言,令人髮指。從這觀點來體會,"我"這姑娘可以説是在舊社會中千百萬受迫害的婦女的一個縮影吧!在新社會中,還會有舊社會的遺留。至於今日,在《大學語文》中,猶有受舊説影響來説明這詩的主題思想的:"詩中通過女主人公對自己錯誤愛情和不幸婚姻的

---

① 見明朱善撰:《詩解頤》卷一。
② 見清朱鶴齡撰:《詩經通義》卷二。

訴説,表現了她悔恨的心情。"着眼於指責姑娘的"自己錯誤愛情"和突出她的"悔恨的心情";對氓的卑劣品質,卻無絲毫譴責:這是不應該的。氓這小子既從"我"的眼中側面反映,性格已經完全暴露,還逍遙法外了兩千年,難道我們今天仍對之聽之任之嗎?

釋“氓”

　　“氓”這個字的具體內容，在古代有一般的和特定的兩種解釋。

　　《衛風·氓》“氓之蚩蚩”中的“氓”字，一般解釋爲民。《説文》：“氓，民也。”段注：“《詩》‘氓之蚩蚩’。《傳》曰：氓，民也。”《方言》亦曰：“氓，民也。”但分析言之，民與氓猶有小別。段注又説：“蓋自他歸往之民，則謂之氓。故字從民亡。”認爲“自他歸往之民”謂“氓”，這在古書有證。戰國時許行“自楚之滕”，自謙爲“願受一廛而爲氓”①。“氓”之外，又有“甿”字。《説文》：“田民也。”甿與氓，稱謂角度不同，義卻相通，段注：“甿爲田民，農爲耕人，其義一也。民部曰氓，民也。此從田，故曰：田民也。”唐人諱民，段注因説：“《周禮》‘以下劑致甿’，《石經》皆改爲甿。”這是“氓”的一般解釋。

　　余謂：《衛風·氓》中“氓”非一般解釋，實有其特定含義。這“氓”指武王伐紂滅商以後，在商都朝歌所留下的殷的遺民，即商當時統治下的大多數人民，有的爲奴隸。這樣的“氓”，西周統治者對待他們有着特定的策略。關於這一歷史情況，在《周禮·地官·遂人》中有着某些反映，因而理解和分析《氓》詩的內容，應

---

　　①　見《孟子·滕文公上》。

和他的歷史背景聯繫起來看。

西周武王建立中國統一的第三個奴隸制國家,他在政治和經濟的措施上是有一番作爲的。《尚書·武成》和《左傳·昭公七年》記載武王數紂之罪,指斥"紂爲天下逋逃主,萃淵藪",早已看到這個問題。紂死以後,商的殘餘勢力還頑强存在,武王針對這一現實,分別做出了對策。一是將懷有强烈殷商思想意識和握有權力的貴族稱爲頑民,把他們遷徙到陪都洛邑,並設置軍隊來監視他們;有的則分配到魯、衛、晉等諸侯封國,讓諸侯來管制他們。但這策略衹能對付少數的殷商貴族。還有大多數居住在商代朝歌統治區域內的人民和奴隸,這些土著稱之爲"氓",是無法都把他們搬家而采取這一辦法的。因此,武王對這部分人采取的措施是,讓他們還是住在原來的村莊,分與少塊土地;可有家室,卻是沒有多少自由,受着遂人、里宰、旅師的管理,不服從命令的可以殺死。他們集體耕作,擔負着沉重的徭役和貢賦,但是他們的勞動果實剩餘的可歸己有。這比在商時都歸奴隸主所有,卻有所改善。這是"氓"在特定歷史社會現實中的特定含義。《氓》詩是攝寫衛地"氓"的一家所發生的事。這家的事,可能不是個別現象,而是反映着一個社會現象和問題,有其代表性。周人重視"觀政",注意朝歌的世風人情,所以把它采入和編入《風詩》中了。

這户"氓"家,"氓"這男人"抱布貿絲",可能是經營商業活動的。他的身份是屬於奴隸中的"頭人"一類。詩中的"我",即姑娘曾説:"士也罔極。"把"氓"與"士"聯繫起來,可以説明這樣的推想是有理由的。"以我賄遷",説明這姑娘是有財物的。迎娶時,"氓"用車子接她;可是姑娘到了"氓"家,受到虐待:"三歲爲婦,靡室勞矣。"從這姑娘的遭遇,可以略窺商的衛地遺民農村的社會生活。"氓"家的生活是過得去,但"氓"的素質是極壞的。

《詩序》説過:"一國之事,繫一人之本。"從這詩看可以窺見商遺民的一些生活動向或信息。這就是這詩所以采之和編入《風詩》中的緣由。

"氓"這一家,在周代國家中是人民組織中一個小小的細胞;但周代統治階級並沒有忽略這一階層的人。《周禮·地官·遂人》就是反映周人對於他們的政治措施的。《周禮》這書雖非西周初年周公致太平之書,而是戰國時的作品;但其中卻有西周、東周以及春秋戰國以來歷史現實生活的素材與影子。《遂人》記載中有着關於周人對待"氓"的政治措施的某些調整。如"凡治野以下劑,致甿(氓)以田里,安甿(氓)以樂昏,擾甿(氓)以土宜,教甿(氓)稼穡以興耡,利甿(氓)以時器,勸甿(氓)以彊予,任甿(氓)以土均平政"。設置了許多對待"氓"的辦法,用以維持社會秩序,使"氓"得以安居樂業。這些政治措施是:一、分配給以"田里",即"百畝之田"與"五畝之宅",使之安居樂業;二、注意婚配,即是"樂昏"以安民情;三、種植莊稼,不簡單化,寧可麻煩些,重視"土宜",亦即因地制宜,例如高田種黍稷,下田種稻麥;四、教氓稼穡,如何發土播種;五、給以農具,便利生產,也即"時(蒔)器";六、讓氓懂得農活所費勞動力有差距,亦即"彊予";七、"土均平政",在生產中注意調節,或協調。這些措施,周人考慮衛地的"氓"的實際問題是很周到的,當非戰國時的措施。在現實社會中,衛地是會出現問題的。《氓》詩所反映的不合《遂人》所說的"樂昏"的要求,"一國之事,繫一人之本",所以《詩序》提出來認爲這詩"刺時也","故序其事以風焉。美反正,刺淫泆也"。這是有理由的。自然,《詩序》把"氓"的罪愆,歪曲到姑娘身上去,這是錯誤的。

《齊風·盧令》鑒賞

盧令令,其人美且仁。盧重環,其人美且鬈。盧重鋂,
其人美且偲。

《盧令》詩篇,見於《詩·齊風》。這詩我們就詩的文字書面
上看,顯然是寫一位攜犬出獵者,聞犬環聲令令,從而誇譽其人
卷髮美髯,儀容威嚴。詩分三章,每章兩句。首章首句寫犬:這
犬頸裏繫着鈴環,傳出令令環聲。犬有田犬、狩犬之分。《戰國
策》云:"韓國盧天下之駿犬也,東郭逡海内之狡兔。韓盧逐東
郭,……俱爲田父之所獲。"這犬知爲田犬。首句寫犬,未見韓
盧,已聞鈴聲不絕,意味着這犬跑得迅捷。二章寫聞者驚異,觀
察鈴聲自盧犬所繫重環。孔穎達云:"重環謂環相重,大環貫一
小環也。"大環套着小環搏擊而起。三章寫聞者再睹鈴聲自盧犬
所繫重。朱熹云:"鋂,一環貫二也。"大環套着兩個小環而起。
獵者縱犬,先聞其聲。盧爲駿犬,便捷輕利,聞聲驚視,始見重
環,停神細察,知爲重鋂。詩人耳目所及,繪形傳神,層次遞進,
絲絲入扣。首句寫犬,實爲寫人。犬由人縱,走故矯疾。首章次
句,因即寫人。"其人美且仁。"各章此句都着"美"字,將人拎起,
炫人眼目。詩言"其人",知爲詩人旁觀,非獵者自道。首贊其
美,次譽爲仁,美者總論,仁則稱其性格。待人接物,和藹可親。
其於犬也,當善馴伏;犬亦聽其指揮。曰仁,則指内美,稱美首重

内美。二章曰"且鬈"。朱熹云："鬈，鬚鬢好貌。"頭髮卷着好看。三章曰"且偲"。朱熹云："偲，多鬚之貌。"鬍子豐滿好看。"鬈""偲"，俱狀獵者儀容，是爲外美，唯其内美，遂見其鬈、偲，外貌亦美。王質曾説："'其人'言縱犬獵獸之人也，此當是旁觀而爲之誇譽者也。"作詩之意，此論得之。這詩是《風》詩中最短的一篇，三章僅二十四字。"令""仁"屬真部，"環""鬈"屬元部，"鍂""偲"屬之部；首次兩句叶韻，韻式爲 AA。三字句接五字句，音拍爲單、單、單、雙、雙、單，錯落變化。單音拍落脚，便於換氣。《風》詩有歌有謡。《魏風·園有桃》云："心之憂矣，我歌且謡。"《毛詩故訓傳》解釋："曲合樂曰歌，徒歌曰謡。"合樂有樂器伴奏，如《周南》的《關雎》《葛覃》《卷耳》，皆合樂詩[1]，受音樂制約，曲式比較穩定。謡則歌唱比較自由，近於朗誦。謡詞較短，用最經濟的語言。這詩從犬到人，寫聲狀貌，文字簡練、質樸，形象鮮明，饒於風趣，有其特色。

《盧令》原屬民間口頭創作。但在周代，統治階級采集，編入詩樂，從瞭解民風、政治角度來看，這是一大轉變。《漢書·食貨志》："遒人以木鐸徇于路"，爲皇家采詩。《禮記·王制》：天子"命大師陳風以觀民俗"，有其政治目的。孔子云："《詩》可以興，可以觀，可以群，可以怨。"《漢書·藝文志》亦云："觀風俗，知得失。"這是統治者對待風詩的態度。《詩大序》因説："上以風化下，下以風刺上；主文而譎諫，言之者無罪，聞之者足以戒，故曰風。……是以一國之事，繫一人之本謂之'風'。"統治者援此作些開明措施，緩和矛盾。古人因稱："聖王辟四門，開四聰，延直言之路下不諱之詔，立敢諫之旗，聽歌謡於路。"[2]"樂正崇四

---

① 見《儀禮·鄉飲酒禮》與《燕禮》。
② 見《後漢書·郅壽傳》。

術"，《詩》《書》《禮》《樂》相互配合調劑，而《詩》居其首，成爲先王之教，王官之學，用以教育太子、世子、俊士、彦士，培養其爲政治上的接班人，爲王、爲公、爲卿大夫士。故《風》源於民間，有其作詩之義。被采入詩，由於政治需要，加入編詩、授詩之義。這三義可能統一，或相矛盾。矛盾之時，古人放棄本義，重視編詩、授詩之義。今人於此，往往很不理解，斥爲穿鑿附會，不問内容，一脚踢開；其實，把這道理説清，就好理解了。

《詩序》於詩，常用一刀切法。認爲西周初期文、武、成王時，制禮作樂，"禮樂征伐自天子出"，政教燦爛，是光明時期。《風》屬"正風""上以風化下"；西周後期以及東周以降，浸至禮壞樂崩，"禮樂征伐自諸侯出"，是幽暗時期。《風》入"變風""下以風刺上"。前者爲美，後者爲刺。一爲王化之基，用以移風易俗；一用以"諷喻""譎諫"，以達事變，而懷舊俗。《盧令》非周初詩，乃春秋時周桓王、莊王、齊襄公時作品。《詩序》因説：

> 《盧令》，刺荒也。襄公好田獵畢弋，而不修民事。百姓苦之，故陳古以風焉。

《詩序》釋詩，有其思想體系。有時囿於正、變之説，一刀切述其美刺。但其解釋《盧令》，並非鑿空虚構。其所序詩反映着歷史上一種思潮。襄公荒於田獵是有根據的。《國語・齊語》《管子・小匡》都述襄公田獵畢弋，不聽國政。《公羊傳》載莊公四年，與齊侯狩於郜。《左傳》載莊公八年，與齊侯田於貝邱。《史記・齊太公世家》記齊襄公十二年冬十二月"游姑棼，遂獵沛丘"，卒爲無知所殺。都足爲襄公好田獵的明證。好田獵給百姓帶來災難，《詩序》提出譴責，"刺荒""陳古以風"：

> 今王田獵於此，百姓聞王車馬之音，見羽旄之美，舉疾首蹙額而相告曰：吾王之好田獵，夫何使我至於此極也。父

子不相見,兄弟妻子離散。此無他,不與民同樂也。

又云:

今王田獵於此,百姓聞王車馬之音,見羽旄之美,舉欣欣然有喜色而相告曰:吾王庶幾無疾病歟?何以能田獵也。此無他,與民同樂也。(《孟子·梁惠王下》)

這是兩種不同的態度和田獵效果,古代政治家是視爲大事而(予以)重視的。齊襄公"不修民事,百姓苦之",是以前一種態度對待田獵的。《詩序》刺之,其意可嘉!文學作品有其典型意義。一襄公有百襄公,有荒於田獵的襄公,亦有尚未荒於田獵的襄公。主文譎諫,陳古以風。讀者引以爲戒,在教育上、政治上可起到一定的積極作用。

自然,《盧令》爲詩,狀獵者卷髮美鬈,誇譽其人,未必有其"陳古""刺荒"之意,此論何楷《古義》已發。從詩本義說,是與編詩、授詩之義有矛盾的。但此《序》意:刺齊襄公荒於田獵,齊、魯、韓三家詩無異義,宋儒也無新說,足見在歷史上曾獲得公認。《盧令》的現實意義何在?《詩序》把它提高到政治層面來看,譴責統治者。"是以一國之事繫一人之本謂之'風'",從這個角度來考慮問題,實足發人深思。我們今日應采取多學科、多角度、多層次的方法綜合地研究、鑒賞古籍。《詩序》從"民事""國情"的角度提出問題,可以使我們獲得啓發。

《豳風・東山》講析

　　我講《詩經》,有時采用邊讀邊講法。古人云:"讀書百遍,其義自見。"讀書比看書好,這樣可以更好地理解課文。閱讀文學作品,需要根據文學藝術的特徵和規律進行探索。讀書是一種方法,邊讀邊思,反復涵泳,這樣便於深入作品所創造的藝術境界中去。

　　陸璣《文賦》曾説:"詩緣情而綺靡,賦體物而瀏亮。"這兩句所説的"詩""賦"特徵,有其差別,亦有共同之處,實是互文爲訓的。意思是説,詩賦的文學創作特徵是"緣情"和"體物"。就是説,作品的内容要有感情,需要形象化。"緣情"是説創作源於感情,依附於感情;"體物"是説表現物象,離不開物象。這兩者的關係是相互依附和相互滲透的。感情通過物象來表現,物象又是寄寓着作者的感情的。這兩者是水乳交融,不可分割的。"綺靡"是對作品文學語言上的要求。"瀏亮"是對作品音調聲音上的要求。《尚書・舜典》上説:"詩言志,歌永言。""言志"是顯示作者的胸襟抱負,"永言"是突出語言的音樂性。《文心雕龍・知音》篇説:"夫綴文者情動而辭發,觀文者披文以入情。""綴文者"指作者,作者創作是"情動而辭發",屈原"憂愁幽思",故作《離騷》。"觀文者"指讀者,讀者當"披文以入情",故王裒讀《詩》至"哀哀父母,生我劬勞","未嘗不三復流涕"。深入作品,體會人物的思想感情,讀書實是一個好方法,所以數千年來傳誦不絕。
中國人讀書起步早,六七歲時便已養成習慣。幼時對於所讀的
書不一定有多少理解,但是儲之腦際,隨着年歲長大,人世閱歷
的豐富,便能慢慢消化。就會對於人的氣質修養,行文寫作,潛
移默化,不自覺地會發生作用。人腦比之電腦,電腦需要將所要
輸入的東西,編成程式輸入。幼年讀書實爲簡單方法的輸入,經
此輸入,卻能終身受用。這個方法已經沿襲運用了數千年。看
來不合理、沒道理,卻是很合理,很有道理的。它的合理性和有
道理,通過讀書實踐就會逐漸理解的。可惜今人,把這行之有效
的方法遺忘了,已經產生脫節現象。這是十分使人遺憾的。

　　《東山》這篇詩寫作的時代背景,是較爲清楚的。《詩序》曾
說:"周公東征也。周公東征,三年而歸。"鄭康成說:"成王既得
《金縢》之書,親迎周公。周公歸攝政,三監及淮夷叛,周公乃東
伐之,三年而後歸耳。"西周初年,武王滅商後二年死。成王年幼
即位,叔周公旦攝政。武庚、管叔、蔡叔與東方夷族反周,周公東
征。戰爭從陝西岐山至山東一帶進行,歷時三年。《東山》這篇
詩是寫一個兵士參加了這次戰爭。戰爭結束了,他從山東回到
自己的故鄉。這詩作於返鄉的途中。詩人的感情比較複雜。參
戰之時,"常虞罹於鋒鏑""死於瘡痍亦天壤";①現在勝利回鄉,
"一旦釋甲冑而完歸,其喜悅當何如哉"!"喜之之極,不覺反生
其悽愴也。"②詩中"我東曰歸,我心西悲",顯示詩人憂喜交集之
情。啓程之時,正下着濛濛細雨,雨是下着,已是零雨。役滿回
鄉,自是歡悅,頗覺欣慰,卻又擔憂。旅途勞頓,飽經風霜。三年
戰亂,沿途看到田園荒蕪,懸想故里不知怎樣,又生愁緒。詩境

---

① 　見明姚舜牧:《重訂詩經疑問》卷三。
② 　見清王鴻緒:《欽定詩經傳說彙纂》卷九。

氣氛,既非春光明媚,亦非雨惡風狂,是風雨後的零雨。天邊絲
雨,撩人情思,這情景正合詩人喜憂交集的心情。寫景中滲透了
作者的感情。全詩共四章,詩人自寫其所見,自抒其情懷,悉是
自言自語。兵士回家,未必沒有同伴,卻見其"敦彼獨宿","在衆
不失其寡",以此見其心緒之重。因此,自抒所感所受,未必祇是
一個人在獨行踽踽的。

　　下面通過朗誦和逐句串講,讓我們來體驗一下詩人的思想
感情。

　　"我徂東山,慆慆不歸。我來自東,零雨其濛。"這四句是詩
的重點。詩人行役三年,思歸之情,開頭兩句,噴薄而出。接着
兩句,言事寫景,寓情於景。吟誦一下,這種感情就可有所感受
的。徂,往。東山,《詩集傳》云:"所征之地也。"朱東潤主編《中
國歷代文學作品選》(以下簡稱《作品選》)云:"在魯國東境,即今
費縣蒙山。"零,《詩集傳》云:"落也;濛,雨貌。"零雨意爲雨將止
時,猶有零雨。如今整數下的餘數,稱爲零頭。董迫云:"我徂東
山,記其地也;慆慆不歸,記其久也;我來自東,記其還也;零雨其
濛,記其時也。"①這四句詩說明了詩作的地點、時間、事件和情
境。全詩共四章,每章起端都是重復歌唱這四句詩,突出重點,
抒發感情。《詩集傳》云:"言其往來之勞,在外之久","見其感念
之深"。在音樂結構上、思想內容上都占有重要的地位。

　　詩人今日可以回家,但在行役這三年中祇是想着,卻是辦不
到的。"不歸"兩字,又加"慆慆"兩字形容,說明他思家之切。這
個問題老在腦子裏轉,然而不能;現在可以回家了,悲喜之情,躍
然紙上。這詩四章寫着:"其新孔嘉,其舊如之何!"從這兩句所
透露的信息看,可能兵士從軍之時,說不定還是新婚別呢!那時

---

① 　見宋呂祖謙:《呂氏家塾讀詩記》卷十六。

"執手相看淚眼","未登程,先問歸期",自然到了營中,常是想家,"歸"字繫在心頭;可是"歸"上來個"不"字,卻不能歸啊。從而在"不歸"上又加個"滔滔"。我們讀一讀,這"滔滔不歸"四字,感情是多麼沉鬱啊!接着便説"我來自東"。復員了,自然喜悦,可是天呢?零着濛雨,還有些不暢,感情就一下子轉過來了。這四句是全篇總叙,内容豐富,概括性强,刻畫人物心理,多麼深刻、真摯!字字落實,語語有味,運用的語言應該是最經濟的。好詩不厭百回讀,大家讀一讀,玩味玩味,諒有同感。作家"情動辭發",讀者"披文入情"。讀書涵泳,纔能"入情"。看一兩遍,有時是隔靴搔癢的,曹雪芹創作《紅樓夢》時説:"滿紙荒唐言,一把辛酸淚!都云作者癡,誰解其中味?"你説《紅樓夢》是"滿紙荒唐言"嗎?這是一句調侃之言。曹雪芹寫《紅樓夢》,把自己的心都掏出來了。讀者當識其苦心。但讀《紅樓夢》的,有多少人能"解其中味"呢?邊讀邊思,是有道理的。

"我東曰歸,我心西悲;制彼裳衣,勿士行枚。"這四句的内容意義可豐富啦。首兩句寫得靈活,一個"東"字,一個"西"字;一個"曰"字,一個"悲"字。真有手揮五弦,目送飛鴻之妙。我在東山説着要回家了。一個"曰"字,"下筆如有神"。唱着:"回家啦,回家啦!"喊得多歡啊!但我想着西方的家,悠悠地忽然傷感起來。爲什麼呢?這是歡樂時的悲傷。回家自然是高興的事,何況"凱旋"還鄉呢?但在現實生活裏,人的心情是複雜而又矛盾的。在古代,猶有其特殊性,身歷其境的人是容易體會出這種感情的。抗戰時期,我在貴州住了八年,不時想家。抗戰勝利了,可以回到江南。忽地想到淪陷區經受着日本鬼子的糟蹋,心中又有些感傷了,寫下"漫憶江南團圞月,滿山杜宇紅如血"的詩句。關於寫詩,五四時期提倡新詩的人説:"話怎麼説,詩就怎麼寫。"我説這話不對。話怎麼説,詩就怎麼寫嗎?口頭語和書面語是有差別的。把口頭語轉化書面語,還有個洗練、概括、提高和潤色的過程呢!這裏"我東曰歸,我心西悲",古人就是這樣説話的嗎?顯然説話不會這樣説的。《詩集傳》云:"裳衣,平居之服也。"《作品選》:"士,事。"行,跑路。枚,古代行軍時,軍馬口中銜棒,使不發出聲音。脱去軍裝,不再行役,可過和平日子了。《木蘭詩》云:"脱我戰時袍,着我舊時裳。"所説也是這個意思。兩句寫悲,兩句寫喜,四句之中,感情起伏,文章頓起波瀾。

"蜎蜎者蠋,烝在桑野;敦彼獨宿,亦在車下。"蠋,《毛傳》云:"桑蟲。"這是一種野蠶。蜎蜎,爬動貌。烝,《詩集傳》云:"發語辭。"王安石云:"古用車戰者謂,戰則將卒有所蔽倚,止則爲營衛,與塹柵無以異。兵械衣服之屬,皆可以載其中。"兵士看到許多野生的蠶在桑樹上蠕動,反映着他的行程恰像蠶的爬動,感到行程緩慢,實際上也就反映着這兵士的心有些焦急。晚上這兵士在車下過夜。這四句"覩物起興",寫兵士歸途的辛苦。首章重點在"言其歸"。《詩緝》云:"此設爲軍士自道之辭,……行役最以雨爲苦。言雨之濛濛,形容得羈旅愁慘之意。我自東言歸,行而未至,我心念家之在西而悲也。在途經行桑野,因感所見而自歎曰:彼蜎蜎然微動之桑蟲,久在桑野之葉中,如我敦然不移,而獨宿亦在車下也(古之用車止則爲營衛故士卒宿於車下)言獨宿思室家也,見上之體其情也。""見上之體其情也",詩意未顯。嚴粲此論,想是受着《詩序》"勞歸士,大夫美之"思想的影響而這樣看的。這與《作品選》"今人或疑爲戍卒還鄉途中思家之作"説異。詩中常説"我",此"我"當是作者,亦即兵士,而非其"上",今説較爲合理。

第二章兵士寫其歸途所見:"果臝之實,亦施于宇。伊威在室,蠨蛸在户。"果臝是一種野生的瓜蔞。施,讀易(yì),蔓延。《周南·葛覃》:"葛之覃兮,施于中谷。"《詩集傳》云:"施,移也。"

"亦施于宇",是說爬到屋子上來了。這種野生植物蔓生草舍,足見荒涼。伊威,土鼈蟲。古云:"濕生,常棲於陰濕之處。"蛸,長腳蜘蛛,俗呼"蟢子"。唐代韓翃詩:"少婦比來多遠望,應知蟢子上羅巾。"即此蟲。空屋無人,室內爬着許多土鼈蟲,窗戶上結滿了蜘蛛網。

"町畽鹿場,熠耀宵行。不可畏也,伊可懷也!"町畽,農家房前隙地。現在印滿獸跡,野鹿成群跑來跑去。結合前邊果蠃、伊威、蠨蛸諸景象,是寫兵士白天所見。熠耀,光不定貌。宵行,《詩集傳》云"蟲名","有光如螢"。螢火蟲則爲夜間所見。這五物都是兵士旅途所見,從白天寫到晚上,從野外寫到室內,通過這五物,具體表現農村荒涼,一片蕪穢。這樣必然引起詩人聯想:家鄉是怎樣一個情景呢?可能也是這樣吧!這裏可能透露出家鄉情況的一個信息吧!那也顧不得許多,畢竟是自己的家鄉,家鄉是可愛的。所以說道:"不可畏也,伊可懷也!"這兩句寫得好!表現了詩人真摯、細膩、複雜而又矛盾着的感情。鄭康成云:"室中久無人,故有此五物,是不足可畏,乃可爲憂思。"嚴粲《詩緝》云:"室廬將近,則家事纖悉,一一上心,此人之情也。"朱熹云:"言己東征,而室廬荒廢,至於如此,亦可畏矣。然豈可畏而不歸哉,亦可懷思而已。此則述其歸未至,而思家之情也。"古人讀書,約文緒義,深思見微,理當學習。唐詩人宋之問《渡漢江》云:"近鄉情更怯,不敢問來人。"宋之問自瀧州貶所逃歸洛陽,家中情況不明,愈近家鄉愈覺提心吊膽,生怕聽到壞消息;同時,自從貶地逃歸怕見熟人,不敢隨便和人交談,情緒畏縮。用一"怯"字,十分傳神。與此詩用一"畏"字,用一"懷"字,都用得好。《紅樓夢》寫"香菱學詩",曹雪芹借香菱之口討論道:"'日落江湖白,潮來天地青。'這'白''青'兩個字也似無理,想來必得這兩個字纔形容得盡,念在嘴裏倒像有幾千斤重的一個橄欖。"這句話真道出了詩家煉字功力。看一字是輕的,深刻確切,表現出來的内容,十分精當,那就顯出分量來了。此處一個"畏"字,一個"懷"字,說它字字有千斤之重未嘗不可! 若不深加體會,那就滑過去了。聽課讀書,切忌浮光掠影,囫圇吞棗,需要一字也不隨便放過。第二章兵士寫其歸途所見:從白天到晚上,場地到房屋,室内到室外,一片荒涼蕭瑟之境。圖形繪色,歷歷如在目前,較第一章所寫,深入一層。第一章泛泛而論,卻是"緣情"而發;第二章盡是勾勒描寫,自是"狀物"傳神。這篇詩表現着兵士思鄉熱忱,情真意切,實爲力透紙背之作。

第三章兵士在旅途中寫其轉思妻子迎迓丈夫歸來的懸念。"鸛鳴于垤,婦歎于室。洒掃穹窒,我征聿至。"《詩集傳》云:"鸛,水鳥似鶴者也。垤,蟻塚也。"《韓詩薛君章句》:"天將雨而蟻出壅土,鸛鳥見之長鳴而喜。"①鸛是候鳥,繁殖於中國北方,在長江流域及以南地區越冬。寒冬江西鄱陽湖中常見之,杭州西湖冬日在野鴨群中也常混有雁、鷺、鸛和董雞類的鳥。鸛爲涉禽,經常活動於溪流近旁,夜宿高樹,主食魚、蛙、蛇和甲殼類。兵士轉思妻子在家,聽到鸛鳥在蟻塚上叫,意味着春天已到,丈夫行役三年,總該回來了吧? 浮想聯翩,縈於胸中,不禁歎息。這詩不説兵士思念妻子,卻寫妻子迎迓丈夫,情思曲折。兵士回家,妻子是不知道的;丈夫在途,她還蒙在鼓中。驀地心血來潮,看到鸛鳴,卻愁丈夫要歸家了。於是打掃打掃,等着等着! 王寶釧不是在寒窰等着薛平貴回來一十八年嗎? 上場時也是拿着一柄掃帚。俗語説:"你好我好,奈泥菩薩齋灶。"這説明兵士這家夫妻感情是篤厚的。杜甫在《月夜》中説:"今夜鄜州月,閨中秖獨看。"天寶十五年(756),杜甫攜眷北行,行至鄜州(今陝西富縣),

---

① 自《作品選》轉引。

被安史叛軍擄至長安。一夕，他在長安望月，不寫他念妻子，轉寫妻子看月眷念羈人，感情益見深摯。寫作手法與此類似。至德二年（757），杜甫從鳳翔突然奔回鄜州家中，該是多麼興奮啊！《羌村》三首詩中卻道："柴門鳥雀噪，歸客千里至。妻孥怪我在，驚定還拭淚。"相見時倒是不止地揮淚了。讀這詩時，人的脉搏是會加速跳躍起來的！"披文以入情"，説明讀者有着豐富的感情，是會與作者產生共鳴的。

　　"有敦瓜苦，烝在栗薪。自我不見，于今三年。""有敦"，敦然，猶言團團，指瓜的形狀。"栗薪"，《韓詩》："栗作㵛。㵛薪，猶積薪。"①古俗：男女成婚時，將葫蘆剖成兩半，盛酒暢飲，稱爲團圓酒。酒後相會，稱爲合卺。《禮記·昏義》云："合卺而酳。"孔穎達疏："以一瓠分爲二瓢謂之卺，婿之與婦各執一片以酳，故云合卺而酳。"後遂稱結婚爲"合卺"。兵士與妻子別後，妻子將瓢置於柴草，故有"有敦瓜苦，烝在栗薪"之語。丈夫出征，不知何時纔能回家："君子于役，不知其期，曷至哉？"②也不知他能否安然回家。妻子在家的心情是很苦的。"自伯之東，首如飛蓬。豈無膏沐，誰適爲容。"③這種情景，《詩》中屢見。她沒有興致再去端詳這"合卺"。觸景生情，她不忍看也不敢看，因而，置之栗薪。這段兵士寫其懸念，也即寫其幻覺，表現手法曲折有致。文學作品中常見這種手法。如《西廂記·長亭送別》，王實甫寫張生的心境不直接寫張生自道，而是從鶯鶯眼中、心中着筆。文思之妙，於此可見。此章刻畫，入木三分，較之上章尤進一層。

　　第四章兵士寫在途中所見一家喜事，從而聯想其家未曉爲

---

① 　參見《作品選》。

② 　見《王風·君子于役》。

③ 　見《衛風·伯兮》。

憂爲樂？"倉庚于飛，熠燿其羽。之子于歸，皇駁其馬。親結其
縭，九十其儀，其新孔嘉，其舊如之何？"倉庚，黃鶯。《豳風・七
月》："春日載陽，有鳴倉庚。"《詩集傳》云："倉庚，黃鸝也。"孔穎
達曰："《葛覃》黃鳥是也。"兵士自山東返歸陝西，路程是遙遠的。
起程時，"零雨其濛"，現在已是"二月黃鶯飛上林"的時分了。鶯
聲嚦嚦，春光是多麼明媚啊！"于飛"即飛焉。鶯翅在陽光照耀
下閃閃發光。皇，淡黃色，駁，淡紅色，俱指馬色。駕馬拉車，車
上放着妝奩。結婚的日子母親在給她繫結佩巾。儀式有九種、
十種，足夠煩瑣的。母親還在叨叨不休。詩人驀地想起自己，這
對新郎、新娘是這樣美好！那麼，我這老夫老妻將怎樣呢？這一
喜事，是她家的喜訊，還是凶兆？是正襯，還是反襯？喜還是悲，
這是一個問號。詩中未寫答案，用"如之何"三個字表達，成一懸
念。這讓讀者想去，顯得悠然不盡，雋永無窮。這個問號，朱熹
在《詩經集傳》（卷三）中的回答是："言東征之歸士，未有室家者，
及時而昏姻。既甚美矣；其舊有室家者，相見而喜，當如何耶？"
"此章則新者及時，舊者相見。夫婦之樂可知矣。周公之勞歸
士，亦本之人情而已。"朱熹還云："聖人之所以能感人者，以其以
己之心，度人之心；而天下之人，亦樂於效力，而不患上之不我知
也。《東山》之詩，述其歸而未至也。則凡道途之遠，歲月之久，
風雨之陵犯，饑渴之困頓，裳衣之以久而垢敝，室廬之以久而荒
廢，室家之以久而怨思，皆其心之所苦，而不敢言者，我則有以慰
勞之。及其歸而既至也，則天時之和暢，聽禽鳥之和鳴，而人情
和悦，適與景會。舊有室家者，其既歸而相見，固可樂；未有室家
者，其既歸而新昏，尤可樂。此皆其心之所願，而不敢言者，我則
有以發揚之。莫苦于歸，而在途之時，而上之人，能與之同其憂；
莫喜于歸，而相見之時，而上之人，能與之同其樂。樂以天下，憂

以天下；然而不王者，未之有也。其是之謂歟？"①

　　經師解經，忌於增字，又有疏不破注之訓。但釋文學作品，可以根據歷史社會現實，作形象補充。這一問號，古人回答看得樂觀，亦有道理。今天我們歷史地對待這個問題，作實事求是的分析，這答案是喜是憂呢？《東山》四章，第一章寫兵士復員返鄉，是起；第二章寫其旅途所見，是承；第三章寫兵士轉思妻子在迎迓丈夫之懸念，是轉；第四章寫兵士途中見人結褵；而懸念其家爲憂爲樂，爲合。四章結構緊湊，卻又善於翻騰變化，從章法看也是值得我們學習的。

---

① 　見清王鴻緒撰：《詩經傳説彙纂》卷九。

《小雅·鹿鳴》三篇闡義

　　《儀禮·燕禮》："工歌《鹿鳴》《四牡》《皇皇者華》。"周代詩樂相宣，這三篇詩是一組。鄭玄注："《鹿鳴》，君與臣下及四方之賓，宴講道修政之樂歌。""《四牡》，君勞使臣之來樂歌"，"采其勤苦王事，念將父母懷歸"。"《皇皇者華》，君遣使臣之樂歌"，"采其更是勞苦，自以爲不及，欲諮謀于賢知，而以自光明也"。這三篇詩，《史記·孔子世家》述孔子之言："《關雎》之亂以爲《風》始，《鹿鳴》爲《小雅》始，《文王》爲《大雅》始，《清廟》爲《頌》始。"是孔子自衛反魯正樂之時，冠於四部之首。《鹿鳴》之三是周文王時詩，周公制禮作樂時所定，使後世使臣皆法文臣，故於聘、享、燕、射之時都歌之。禮、樂、詩三者是相互配合的。孔子云："興於詩，立於禮，成於樂。""四始"之詩，在周代是起這樣的作用的。"《鹿鳴》之三"這三篇詩在古代處理政事"君臣關係"迨及國家的"天下文明"的建設中是起着積極作用的。這裏，將這三篇詩的內涵、思想意義及其政治效益，略予探索與剖析。

　　《鹿鳴》三章，每章八句：

呦呦鹿鳴，	群鹿呦呦地叫，
食野之苹。	它嚼着野地裏的藾蒿。
我有嘉賓，	我有佳客嘉賓，
鼓瑟吹笙。	就要鼓瑟吹笙。

吹笙鼓簧，　　　　吹笙還要鼓簧，
承筐是將。　　　　於是讓他承受禮筐。
人之好我，　　　　人家對我很友好啊，
示我周行！　　　　纔會給我指示大道方向！

呦呦鹿鳴，　　　　群鹿呦呦地叫，
食野之蒿。　　　　它嚼着野地裏的青蒿。
我有嘉賓，　　　　我有佳客嘉賓，
德音孔昭。　　　　他們的情操都很高尚。
視民不恌，　　　　留給人民的形象不是輕佻，
君子是則是效。　　君子就相互向他學習仿效。
我有旨酒，　　　　我將玉液旨酒款待，
嘉賓式燕以敖！　　嘉賓來宴就能暢飲逍遥。

呦呦鹿鳴，　　　　群鹿呦呦地叫，
食野之芩。　　　　它嚼着野地裏的芩草。
我有嘉賓，　　　　我有佳客嘉賓，
鼓瑟鼓琴。　　　　就要鼓瑟鼓琴，
鼓瑟鼓琴，　　　　鼓瑟鼓琴，
和樂且湛。　　　　使大家都沉浸在歡樂裏。
我有旨酒，　　　　我將玉液旨酒款待，
以燕樂嘉賓之心！　嘉賓自然陶醉歡心。

　　《詩序》云："《鹿鳴》，燕群臣嘉賓也。既飲食之，又實幣帛筐
筐以將其厚意，然後忠臣嘉賓得盡其心矣。"説明這篇詩的内涵：
"燕群臣嘉賓"，給以禮貌和物質獎勵，藉以調動他們的積極性。

孔子所謂:"君使臣以禮,臣事君以忠。"①這是符合於古代"君使臣,臣事君"的實際的。詩中的"我",傳説指爲文王。嘉賓指的是誰?《小序》指爲"群臣";鄭注釋爲"臣下及四方之賓"。文王之時是否已有諸侯鄰國之事,可能有些問題。諒是成王之世,周公制禮作樂,將《鹿鳴》《四牡》《皇皇者華》三篇列爲升歌,後賢有所增加與美化。詩中所見:"我有嘉賓,鼓瑟吹笙。""我有嘉賓,德音孔昭。""我有嘉賓,鼓瑟鼓琴。"這些嘉賓,屬於臣下,顯其感情融洽;或爲外賓,則爲和平共處。"德音孔昭",指出嘉賓的情操都是高尚的。"鼓瑟吹笙""和樂且湛",君臣都沉浸在歡樂的氣氛中。這種領導與被領導的關係,看來不像後世法家所宣揚的像秦始皇式的封建專制皇帝,"剛戾自用",使人"誠惶誠恐";而是對待"臣下""外賓",視爲嘉賓,以禮相待的,也即把自己與人家放在平等地位來對待的。這樣人家就樂於與他合作共事。"吹笙鼓簧,承筐是將",關心人家的生活,給予一些物質獎勵。"人之好我,示我周行""嘉賓式燕以敖""以燕樂嘉賓之心",尊崇人家,"居上不驕",人家自會樂於獻計獻策,肝膽相見,説真話了。

《四牡》五章,每章五句:

四牡騑騑,	四匹公馬躍躍如飛,
周道倭遲。	在大道上迂迴奔馳。
豈不懷歸?	誰不想早些歸去?
王事靡盬,	王事還不能寧息,
我心傷悲!	我的心啊,有些悲傷!

---

① 見《論語·八佾》。

四牡騑騑，	四匹公馬躍躍如飛，
嘽嘽駱馬。	那匹黑鬣白馬已經氣喘喘的。
豈不懷歸？	誰不想早些歸去？
王事靡盬，	王事還不能寧息，
不遑啓處！	不暇在家危坐安處！

翩翩者鵻，	翩翩地飛翔的鴿子，
載飛載下，	高飛向前又向下，
集于苞栩。	群集於茂盛的櫟樹。
王事靡盬，	王事還不能寧息，
不遑將父！	不暇回家贍養老父！

翩翩者鵻，	翩翩地飛翔的鴿子，
載飛載止，	高飛向前又停下，
集于苞杞，	群集在茂盛的枸杞處。
王事靡盬，	王事還不能寧息，
不遑將母！	不暇回家贍養老母！

駕彼四駱，	駕着那四匹黑鬣白馬，
載驟駸駸。	猛加鞭子讓它奔馳不息。
豈不懷歸？	誰不想早些歸去？
是用作歌，	所以吟唱這詩篇，
將母來諗！	祇是思念着高堂老母！

　　《詩序》云："《四牡》，勞使臣之來也，有功而見知，則説矣。"述義亦精。《左傳·襄公四年》云："《四牡》，君所以勞使臣也。"《國語·魯語》云："《四牡》，君之所以章使臣之勤也。"説明《序》言是有所本的，詩中的"我"，自爲使臣。使臣駕車，以爲軍事出

使。使臣對於國家之事，能夠正確對待。他說："豈不懷歸？"這是他的心理活動。可是顧念"王事靡盬"，便以王事爲重，克制自己。又說："我心傷悲！"心裏有着悲傷，説明他的理智與感情有着矛盾。爲何"懷歸"？由於"不遑將父！""不遑將母！"寫了這歌，説了真話；可是他爲着王事，"駕彼四駱，載驟駸駸"。爲國出力！這説明他是"不以家事辭王事"，素質甚美。文辭亦一波三折，極見情韻。《毛傳》云："思歸者，私恩也。靡盬者，公義也。傷悲者，情思也。"鄭箋云："無私恩，非孝子也；無公義，非忠臣也。君子不以私害公，不以家事辭王事。"這樣處理國家與個人之事，是顧全大局，能明大義的。王家對他，並不因爲他有情緒，説了心裏話，就找他岔子、加罪；而是充分肯定，看他"四牡騑騑，周道倭遲"，十分勤勞，勞之章之。這樣對待臣下，無疑也是英明和正確的。否則，人家不敢説真話，衹能説門面話了。

《皇皇者華》共五章，每章四句：

皇皇者華，	煌煌鮮麗的花，
于彼原隰。	在那原野，在那窪地。
駪駪征夫，	衆多使者乘着車馬匆匆奔馳，
每懷靡及。	各自都沒有懷着私心雜念。
我馬維駒，	我們的馬是六尺高的一匹，
六轡如濡。	六道轡疆好像油一樣光潔。
載馳載驅，	把馬趕着，讓馬跑着，
周爰咨諏。	爲了廣爲徵詢人才。
我馬維騏，	我們的馬是淡黑色的騏馬，
六轡如絲。	六道轡疆好像六根柔絲。
載馳載驅，	把馬趕着，讓馬跑着，

周爰咨謀。	爲了廣爲徵詢籌謀。
我馬維駱，	我們的馬是黑鬣白毛的駱馬，
六轡沃若。	六道彎轡都很活絡。
載馳載驅，	把馬趕着，讓馬跑着，
周爰咨度。	爲了廣爲商酌分寸。
我馬維駰，	我們的馬是灰白雜毛的駰馬，
六轡既均。	六道彎轡擺動得均匀。
載馳載驅，	把馬趕着，讓馬跑着，
周爰咨詢。	爲了廣爲向親信諮詢。

這篇詩寫衆多使臣，"駪駪征夫"，"于彼原隰"，全心撲在公事上："周爰咨諏""周爰咨謀""周爰咨度""周爰咨詢"，做徵詢工作。辦事都能如此，國運自然昌隆。《小序》云："《皇皇者華》，君遣使臣也。送之以禮樂，言遠而有光華也。"《小序》説的"送之以禮樂"，是指《鹿鳴》之三"君宴"群臣嘉賓"的"燕禮"和升歌中的樂奏唱。"燕禮"是禮，"升歌"是樂；而《鹿鳴》《四牡》《皇皇者華》則爲詩也。這事在《左傳·襄公四年》中有其反映。穆叔對晉國的行人子員説過："《鹿鳴》，君所以嘉寡君也。""《四牡》，君所以勞使臣也。""《皇皇者華》，君教使臣曰：'必諮於周。'"又説："訪問於善爲咨。咨親爲詢，咨禮爲度，咨事爲諏，咨難爲謀。"《國語·魯語下》也有類似的記載：叔孫穆子説："夫《鹿鳴》，君之所以嘉先君之好"；"《四牡》，君之所以章使臣之勤"；"《皇皇者華》，君教使臣曰'每懷靡及'，諏、謀、度、詢，必咨於周"。又説："懷①

---

① 應守嚴案：《國語》無此字，疑爲衍字。

和(鄭司農云:"和當爲私")爲每懷。咨才爲諏,咨事爲謀,咨義爲度,咨親爲詢,忠信爲周。"理解雖有出入,精神卻是統一的。魯襄公四年爲周靈王三年,即前369年,距西周初年約爲七百餘年。這制度在春秋時還起作用,可見在西周時是行之有效的。咨詢一辭,近年來廣泛應用。它的辭義、性質與所指的具體內容,和西周時所說的,自然是兩回事。但數典可以不必忘祖。古爲今用,繼承這一傳統,予以改革,可以賦以新義的。

《皇皇者華》詩中的"我",與《四牡》中"我"一樣,俱爲使臣,唯這使臣爲聘問使臣。四章分言使臣的諏、謀、度、詢四事,概括地說,實爲博訪衆采一事。君致使臣,"送之以禮樂";臣之於君,能先君命。雙方關係是相對的,君臣相得,融樂無間。真有些像劉備向諸葛亮說的"孤之有孔明,猶魚之有水也"的味道。諸葛亮也由是感激,鞠躬盡瘁,死而後已。《詩》三百篇以《小雅·鹿鳴》列入"四始"之中,豈爲無因? 墨子主張"尚同爲政",即統一思想辦事:"上同乎天子","天子之所是,必亦是之;天子之所非,必亦非之"。怎樣尚同? 墨子說道:"夫唯能使人之耳目,助己視聽;使人之吻,助己言談;使人之心,助己思慮;使人之股肱,助己動作。助之視聽者衆,則其所聞見者遠矣;助之言談者衆,則其德音之所撫循者博矣;助之思慮者衆,則其談謀度速得矣;助之動作者衆,即其舉事速成矣。故古者聖人之所以濟事成功,垂名於後世者,無他故異物焉,曰:唯能以尚同爲政者也。"怎樣"濟事成功","垂名於後世者"? 墨子就引《皇皇者華》爲證:"詩曰:'我馬維駱,六轡沃若。載馳載驅,周爰咨度。'又曰:'我馬維騏,六轡如絲。載馳載驅,周爰咨謀。'即此語也。"①說明使臣聘問"咨詢"的作用,不能低估,是十分透闢的。

① 以上俱見《墨子·尚同中》。

　　《鹿鳴》這組詩，需要歷史地對待，理解其精神實質，這樣讀書，就能通其大義了。古代的國家社會也有其政治組織。《鹿鳴》一詩，實際是顯示着領導與被領導的關係，領導能將"臣下"置於"嘉賓"之列，以禮相待。這種態度與認識，看來平常，做到卻是不容易的。就以古代的君主來說，開明與暴戾該有個區別對待吧！這與暴戾的"專制皇帝"和上下交征利的"官僚"，當有個雲泥之判吧！《中庸》云："居上不驕，爲下不倍（背）。"以誠待人，以身作則，纔能獲得人家信任，有凝聚力啊！尉繚批評秦始皇説：始皇爲人"居約易出人下，得志亦輕食人"。侯生、盧生評他"剛戾自用"，"以爲自古莫及己"。秦始皇的功勳，暫置別論；但他在對待人的問題上，是不好的。"一言興邦""一言喪邦"，國家和老百姓是吃夠了他的虧和苦頭的。

　　第二篇《四牡》、第三篇《皇皇者華》，顯示着領導使用"臣下"注意管理國家需要做的兩件事。一爲軍事出使，首先看到人家"有功"。"周道倭遲"，確很辛苦，沒有功勞也有疲勞，因而重視慰勞。不去計較他有情緒"我心傷悲"，發過怨言"豈不懷歸"。體諒到他"不遑將父！""不遑將母！"確也有些難處啊！從而給以慰問。這是偉大的政治家應有的風度氣量和胸襟啊！倘如勾踐對范蠡那樣的説："子聽吾言，與子分國；不聽吾言，身死，妻子爲戮。"那就不對。范蠡衹好説："臣聞命矣。君行制（法），臣行意（志）。"①無可奈何，遂乘輕舟以浮於江湖。諸葛亮熟悉這歷史情況，未出山前，選擇所事，就好爲《梁甫吟》了。一旦聘問出使，就幫助國家做訪問忠信、徵求人才、調查材料、解決疑難、協調上下等的工作。使下情得以上達，這樣國家定出方策來，便易適於國情。辦事的一心撲在工作上，不搞小動作，君主可免勞瘁於叢

---

　　①　以上見《國語·越語下》。

胜瑣事，能得垂拱而治。

　　《鹿鳴》《四牡》《皇皇者華》這三篇詩顯示西周初年統治者這樣對待管理國家的問題，從而在鞏固政權與安定社會秩序上起了積極作用。《詩序》總結歷史上的正反經驗因論《詩》的大、小《雅》的作用：“《雅》者正也，言王政之所由廢興也。”從政治角度來估價這些詩篇的價值是有道理的。還在《魚麗》的《小序》中，説明“正《小雅》”的通例是：“文武以《天保》以上治內，《采薇》以下治外。”點出“《鹿鳴》之三”顯示如何“治內”之事。領導應該認識：“人之好我，示我周行。”幹部要做好助手，朱熹《詩集傳》説：“廣詢博訪。”這些見解，是值得今人重新考慮的。

　　這三篇詩古人看到它的政治效益，從而重視宣傳。宣傳之道，一爲行於國家典禮。《儀禮》中見西周時於燕、鄉、賓、射諸禮升歌中皆歌之。《大戴禮·投壺》八篇中有歌《鹿鳴》的。禮、樂、詩三者配合，使之深入人心。《孝經》云：子曰“移風易俗，莫善於樂。安上治民，莫善於禮”。就是使之成爲習慣勢力，起鞏固政權的作用。二爲“工以納言，時而颺之”①。“師箴、瞍賦、矇誦。”②君主做不到時，作爲諷喻誦之。因此，同樣一詩，在衰世歌之爲刺。《鹿鳴》之三，《史記》和王符《潛夫論》引三家詩説，就作爲刺詩。三爲詩樂之教。大司樂以樂教國子。《鄭風·子衿》，《毛傳》云：“古者教以詩樂，誦之、歌之、弦之、舞之。”習詩也即習樂。《墨子》亦稱“儒者歌《詩》三百，弦《詩》三百，舞《詩》三百”。司馬遷又説：“三百篇孔子皆弦歌之。”這就可見古人宣傳《詩》教是多方面和多渠道的。這和刮一陣風是不同的。

　　五四以後，將《詩》突出視爲文學名著，這是不錯的；但看來

_____

　　①　見《尚書·益稷》。
　　②　見《國語·周語上》。

問題不應這樣簡單。在先秦，它位於四術和六藝之首，可以説是中國古代文化的核心，也是東方文化的精華所在。《詩》教内容，博大精深，不能等閒視之。這個問題需要我們兢兢業業，集衆多人的聰明睿智，重新考慮、探索和研究。

（原刊《杭州師範學院學報》1991 年第 2 期）

《大雅·公劉》"酌之用匏"説

　　《大雅·公劉》云："執豕于牢,酌之用匏,食之飲之。"這句意思是説:從豬圈裏把豬牽了出來,殺來請客,舉起匏打上了酒來喝吧。"執豕于牢",説明那時豬已養在欄裏了。"酌之用匏",説明宴集群臣,用匏酌酒,生活還是很樸素的。《詩》中所述酒器約有十二種:鉼、罍、尊、卣、玉瓚、斝、兕、觥、匏、斗、犧尊、璋等。在《周南·卷耳》一詩中,詩人説他飲酒,用"金罍""兕觥"酌酒。"毛詩"云："人君黄金罍。"《韓詩》云："金罍,大夫器也。"《毛傳》曰："兕觥,角爵也。"《卷耳》中的"我"雖非最高統治者——人君,或大夫;但看來是有一定的政治地位的。《豳風·七月》云："稱彼兕觥。"彼指豳公,豳公酌酒用兕觥。《周頌·良耜》云："殺時犉牡,有捄其角。以似以續,續古之人。"是説:把這黑嘴唇的大牡牛殺掉吧,它的角是彎彎的。拿來追念過往,祭祀先祖。也就是説:殺這黑嘴唇的大牡牛,用它的角盛酒,來祭祀先祖。酌酒也是兕觥。《七月》《良耜》兩詩所取的素材是較早的。《卷耳》則當寫於西周初期。公劉這時已被推爲"君之宗之";但用的酒器爲匏。説明那時的物質享受較差,較之後王季、文王、武王之世差遠了。公劉是周族的祖先,司馬遷在《周本紀》中説他是后稷的曾孫,在《劉敬傳》中説他是后稷的十餘世孫。但從文王上溯

317

公劉十二世計，諒爲夏末商初時人。一"匏"字略窺歷史的影子，說明這素材的早；因爲一族的領袖宴會在後世是不會以匏爲飲器的。

《豳風·七月》所詠的歷史社會現實釋證

　　周民族自后稷封於有邰，至武王剪商建國，成爲中國第三個奴隸制統一的國家，從歷史的歷程來說，約歷千年左右。從社會發展史說，自原始社會的母系氏族社會轉化爲父系氏族社會；自原始社會解體，進入奴隸社會；自國家的産生，進入文明時代。

　　周民族相傳是帝嚳後裔棄的子孫。有邰氏女姜嫄生棄。棄在原始社會時期做農官，開始種稷和麥，被尊爲農神，號稱后稷，子孫世襲。公劉遷豳，改善農業，部落隨着興旺起來。從公劉到古公亶父，十代都居於豳。《詩·生民》說："厥初生民，時維姜嫄。"姜嫄的兒子棄始爲農官，子孫世襲。這段歷史意味着周民族自母系氏族社會轉化爲父系氏族社會。后稷傳至公劉。《史記·周本紀》說："后稷卒，子不窋立……不窋卒，子鞠立，鞠卒，子公劉立。"但據《史記·劉敬傳》說："周之先，自后稷堯封之於邰，積德累善十有餘世，公劉避桀居豳。"后稷傳至公劉這段世系中間正相隔着"十有餘世"。曾孫的稱謂，這辭含義不一定是第四世孫；而實際說是子孫。所以這段世系，遞嬗多少年代還有哪些先祖先公，今人已難考察清楚。從公劉傳至古公亶父，《周本紀》載：傳了十代。這十代君主都可稱爲豳公，他們的名字是：公劉、慶節、皇僕，差弗、毀隃、公非、高圉、亞圉、公叔祖類、太王（即古公亶父）。這時社會的生産方式，土地爲氏族公社所有，氏族成員集體耕種，尚未分給個體家庭耕種；自然更未臻於將土地歸爲家庭永久使用。這時私有制和社會分工與交換處於萌芽狀態，個體家庭的私有財產尚未使私有制滲透到社會生活的各個方面，社會組織是血統關係結成的集團。公劉實際是氏族社會的氏族長，他負責處理氏族公社的日常事務，是爲大家服務的公僕，而不是高居於群衆之上的氏族貴族；人們在集體生產和生活中創做了反映勞動生活的原始文化和藝術，形成了樸素的集體觀念；同時，由於人們的思維簡單，知識貧乏，對於許多現象不能理解，產生了神和宗教迷信的思想。

《豳風·七月》就是追述周的祖先居豳時的農事詩。它所反映的生產方式和歷史社會生活現實，它的史影就是產生於這一歷史階段中的。這時公社生產是集體生產，靠天吃飯，要獲豐收，需要敬神；同時，氏族長也懂得這點，調動社員的勞動積極性，也就需要敬神。周族在邰和豳時，常受遊牧民族的侵凌，不時感到難以抵禦，農業生產受到掠奪、破壞和影響，生活不得保障，生產便也難以上去。這個矛盾有時激化，古公亶父深受戎狄的侵凌，他就率領家屬部落，遷居到岐山的周原定居。豳人都來歸附，人口驟增。古公分給土地，開墾經營，建築城廓宮室，設立官司，形成初具規模的周國。嗣經王季、文王、武王的經營，重視農業生產，發展中的自然經濟起了決定性的作用；同時，開拓政治、軍事、宗教、文化等其他因素的交互作用。總之，在積極擴大自己勢力的同時，又臣屬於商，結納殷之叛國勢力，從而創造了足以剪滅大商的條件。正如《魯頌·閟宮》所說："后稷之孫，實維大王，居岐之陽，實始剪商。至於文武，纘大王之緒。"武王滅商，統一天下，對殷遺族做了統戰工作：釋箕子之囚，表商容之閭，封比干之墓。周公輔助成王，制禮作樂，重視精神文明的建設，生產進一步獲得發展，使西周青銅器文化建設達到高潮。這時社會進入奴隸社會上升時期,促進了生產力的高度發展,這是中國歷史發展中的一個巨大進步。

周公是西周的大政治家、大教育家。他並不由於周族"剪商",統一天下而被勝利衝昏頭腦;相反,由於"武庚之叛"而高度警惕,對當時的統治者——時王及其後來的繼承者進行教育,要他們以殷爲鑒,吸收民族優秀傳統:"惟我周太王、王季,克自抑畏","自朝至於日中,昃,不遑暇食,用咸和萬民","先知稼穡之艱難,乃逸"①。懂得周民族自后稷以來開國的不易,特別需要汲取公劉遷豳以來豳公慘澹經營,發展生產的經驗,把經營公社的經驗教訓告誠成王,獻《七月》詩,以"陳王業"。因此《七月》這詩,應該歷史地對待,放到這樣一個特定的歷史階段中來分析。可是不少學者,對於這個問題認識模糊,看似新見紛起,卻是誤解不少。今天看來有必要對這問題進行一番探索與再認識,通過科學論證,給予澄清。

一、《七月》作者爲誰? 這是一個關鍵性的問題,首先需要研究。詩中七次提到"我"字,如"同我婦子""我朱孔陽""入我床下""食我農夫""嗟我婦子"和"嗟我農夫,我稼既同"。七個"我"字,當是同一個人。那麼這第一人稱落實到人是指氏族社會中的氏族長"豳公",還是指它的社員"農夫"呢? 這就需要認真對待。就詩而論,這第一人稱可能是詩的作者;但也可能不是,而是作者借用詩的主人的口吻來說的。

《詩》中"同我婦子"和與此類似而有聯繫的句子與事見過三次:

  1. 同我婦子,饁彼南畝,田畯至喜。(《豳風·七月》)

---

① 以上見《周書·無逸》。

2. 曾孫來止，以其婦子，饁彼南畝，田畯至喜。（《小雅·甫田》）

3. 曾孫來止，以其婦子，饁彼南畝，田畯至喜。（《小雅·大田》）

總的來説，這三詩中所寫的事應該説是同一類型的一件事。那麽，《七月》中"同我婦子"的"我"，與《甫田》《大田》中的"曾孫"，是不是同一檔子的人呢？公劉以後至於成王，周族都可稱爲"曾孫"。循此爲例，那麽《七月》詩中"同我婦子"的"我"，不問其爲居豳的那一代，其爲后稷之曾孫，稱作豳公可無疑矣。

鄭康成於《甫田》云："曾孫謂成王也。""田畯，司嗇（穡），今之嗇夫也。"《孔疏》云："鄭以爲曾孫成王之來止也，則以其己之婦與子，謂后與世子出觀農事，使知稼穡之艱難也。"《七月》與《甫田》《大田》三詩相當，那麽《甫田》《大田》之曾孫爲成王，婦、子爲其后與世子出觀農事；可知《七月》也爲豳公與其妻與子出觀農事了。

周民族重農，自强不息。《史記·周本紀》載："公劉雖在戎狄之間，復修后稷之業，務耕種，行地宜。""周道之興自此始，故詩人歌樂思其德。"又云："古公亶父復修后稷、公劉之業，積德行義，國人皆戴之。"嗣歷王季、文王、武王進一步發展，成爲優良傳統，征農之事，《詩》中不斷湧現。《小雅·楚茨》云："（自昔何爲？）我蓺黍稷。我黍與與，我稷翼翼。我倉既盈，我庾維億。以爲酒食，以享以祀，以妥以侑，以介景福。"[①]《小雅·信南山》云："畇畇原隰，曾孫田之。我疆我理，南東其畝。""既霑既足，生我

_____

① 應守巖案：此段引文的首句"自昔何爲"，爲校者所加，引文標點也做了改動。

百穀。""曾孫之穡,以爲酒食,畀我尸賓,壽考百年。"這些詩中的
"我",即爲"曾孫"。他們參加種植"我藝黍稷",遂得"我黍與與,
我稷翼翼"。興修水利,"曾孫田之,我疆我理",遂得"既霑既足,
生我百穀"。由此旁證,亦可説明《七月》中"我",主持農事,實爲
豳公,非農夫矣。推廣言之,詩中七個"我"字,皆爲豳公,亦可
知也。

循此"我朱孔陽","我"爲豳公。"我朱孔陽,爲公子裳。"意
謂:豳公將已染成玄色、黄色鮮艷的帛,爲豳公子製件衣裳。

"入我床下"之"我"爲豳公。《七月》云:"七月在野,八月在
宇,九月在户,十月蟋蟀入我床下。"又云:"穹室熏鼠,塞向墐户。
嗟我婦子,曰爲改歲,入此室處。"其中之"我",亦爲豳公。或云:
此狀農夫的生活可以,豳公生活怎會如此狼狽?答云:周族開國
是曾經過這個歷程的,西周建國,因以此告誡成王。楚人開國,
不是也曾"篳路藍縷,以啓山林"嗎?周族追溯王業,《大明》是由
文武而上溯王季。《緜》是由文王而上溯大王。《皇矣》歷舉大
王、王季、文王。《七月》則更上溯至豳公;因爲豳公的王業,艱於
他公他王,正可説明這詩思想内容的深刻性和典型性啊!

或問:豳公過着這樣艱苦的生活,有證據嗎?這是有的。
《大雅·緜》云:"古公亶父,陶復陶穴,未有家室。"請看:周族遷
豳,在豳十代,這個時間不能説太短吧!可是在古公亶父經營未
遷岐山之時,還是住在土穴中呢。這就是那時的現實生活啊!
《緜》,《鄭箋》云:"古公,豳公也。""復者,復於土上,鑿地曰穴,皆
如陶然。本其在豳時也。"《孔疏》:"《説文》曰:'穴,土屋也;覆於
地也。則覆之與穴,俱土室耳。'故箋辨之云:覆者於地上,鑿地
曰穴,皆如陶然。《大司徒》注云:'壤亦土也。……覆者地上爲
之,取土於地,復築而堅之,故以土言之。穴者鑿地爲之,土無所
用,直去其息土而已,故以壤言之。……古公在豳之時,迫於戎

狄,國小民少,未有寢廟,故未敢有宮室,以是故覆穴而居也。公
劉始遷於豳,比至古公,將歷十世。'"《王風·大車》云:"死則同
穴。"《鄭箋》:"穴謂塚壙中也。"那時豳公在"陶復陶穴"中居住,
招呼婦子"入此室處",生活自然是艱苦的。唯其艱苦,周公所以
以此教育時王啊!今日的國家和社會與三千年前的性質和生活
情況自然完全不同;但如提倡南泥灣精神,用以教育接班人,能
説這是沒有道理的嗎?能説老一輩的革命家沒有經過這樣的艱
苦奮鬥的歷程嗎?

"采荼薪樗,食我農夫"與"嗟我農夫,我稼既同"之"我",亦
爲豳公。能這樣説嗎?能的。《小雅·甫田》云:"我取其陳,食
我農人。"《甫田》《七月》兩詩的"食我農人"與"食我農夫"語法結
構相同,"我取其陳"與"采荼薪樗",事亦相類。"我取其陳,食我
農人",意謂:我把陳穀,給我的農人吃啊!"采荼薪樗,食我農
夫",意謂:采荼薪樗,用來養活我的農夫啊!荼菜當是時種菜
蔬,周族遷居岐山還是以此爲食的,不過長得好些。《緜》詩曾
説:"周原,菫荼如飴。""食我農夫"與"嗟我農夫",語法結構相
似。"嗟我農夫",意謂:喂,我的農夫啊!下云:"我稼既同,上入
執宮功。"意謂:我的莊稼都搞好了,還要社員去擔任修葺茅屋的
事呢!

二、《七月》詩中反復多次寫到天象時令、農活和政事。這是
在寫農夫的終年參加集體勞動,顯示其生活痛苦呢,還是在詠豳
公觀察天象順應時令,來安排政事和農活呢?前面的"我"字問
題解決,這個問題也就迎刃而解了。《七月》詩所詠的自然是後
者。它是在歌詠豳公這氏族長在處理社務啊。

"七月流火,九月授衣。一之日觱發,二之日栗烈。無衣無
褐,何以卒歲?"意謂:豳公看到七月大火星在西流,天氣就將寒
冷,"授衣"的問題就提到日程上來了。這是他的政事,也是他的

任務。十一月、十二月天氣已是風烈氣寒,没有絲織的衣、毛織的褐,怎能讓人們過冬呢?《尚書·堯典》云:"曆象日月星辰,敬授人時。"古人是依據天象以授農時的。豳公提出"授衣",是從觀察"流火"而想起的。這是由於古時尚無曆本。商人用過火曆,習俗流傳而來,所以詩從七月説起。

"三之日于耜,四之日舉趾。同我婦子,饁彼南畝,田畯至喜。"意謂:一月"于耜",二月"舉趾",豳公帶着他的妻和子,到南畝去行禮,田畯感到欣慰。這是第一章。

"七月流火,九月授衣。春日載陽,有鳴倉庚。女執懿筐,遵彼微行,爰求柔桑。春日遲遲,采蘩祁祁,女心傷悲,殆及公子同歸。"豳公看到豳地春天到來,黃鶯在鳴,姑娘采桑和采蘩去了,忙碌得很;同時,瞭解到她們的傷悲情緒,怕與公子同歸。這是第二章。

"七月流火,八月萑葦。蠶月條桑,取彼斧斨,以伐遠揚,猗彼女桑。七月鳴鵙,八月載績。載玄載黃;我朱孔陽,爲公子裳。"到了八月,豳公安排社員"萑葦""載績",把染成玄色、黃色的,選擇色彩鮮艷的,替公子製件衣裳。這是第三章。

"四月秀葽,五月鳴蜩,八月其獲,十月隕蘀。一之日于貉,取彼狐狸,爲公子裘。二之日其同,載纘武功,言私其豵,獻豣于公。"豳公順着時節的變易:八月收穫,十月草木凋零,在十一月、十二月的時候,組織社員從事武事,獵取狐狸,就爲公子製件皮袍。通知社員,捕獲到三歲的野豬獻給公家,一歲的可歸己有。武功就是武事,當時是由領袖組織的。陝西藍田出土的《應侯鐘》,銘文就有"見工于洛☐"(《H一一:一〇二》九·一)的記載。是紀商王於洛末纘武事的。連劭名解釋:"工當讀爲功。《七月》:'載纘武功。'《毛傳》:功,事也。《崧高》:'世執其功。'《毛傳》:功,事也。《小爾雅·廣詁》:功,事也。所以見工可以釋爲見事。"①由"見工于洛☒"的記載,可知"載纘武功",爲主其事者所安排。就《七月》論,當爲豳公。這是第四章。

"五月斯螽動股,六月莎雞振羽,七月在野,八月在宇,九月在戶,十月蟋蟀入我牀下。穹窒熏鼠,塞向墐戶。嗟我婦子,曰爲改歲,入此室處。"豳公隨着時節轉移,十月之時蟋蟀已入他的牀下,於是"熏鼠""墐戶",招呼妻子、兒女,準備過冬,迎接來歲。生活雖苦,情緒卻是積極和樂觀的。這是第五章。

"六月食鬱及薁,七月烹葵及菽。八月剝棗,十月獲稻。爲此春酒,以介眉壽。七月食瓜,八月斷壺,九月叔苴,采荼薪樗,食我農夫。"這裏分兩層來寫:一方面,豳公於六月、七月、八月、十月食鬱及薁,烹葵及菽,和剝(撲)棗、獲稻,用以釀酒祝壽;另一方面,七月、八月、九月食瓜、斷壺、叔苴、采荼、薪樗,以食農夫,考慮農夫的生活。這是第六章。

"九月築場圃,十月納禾稼。黍稷重穋,禾麻菽麥。嗟我農夫,我稼既同,上入執宮功。晝爾于茅,宵爾索綯。亟其乘屋,其始播百穀。"九月,豳公喚社員築場圃。十月納禾稼——黍稷重穋、禾麻菽麥這些農產品。招呼農夫,我的莊稼之事已完成了,現在要你們執行修葺房屋之事。白天弄些茅草,晚上搓繩,趕快蓋好屋子,迎接來歲的播種。這屋看來尚是茅屋,還沒到達像《斯干》詩中寫的"築室百堵"的"君子攸寧"啊!這屋恐非豳公住的室處,而是作爲公堂,用以舉行祭祀活動的。這是第七章。

"二之日鑿冰沖沖,三之日納于凌陰。四之日其蚤,獻羔祭韭。九月肅霜,十月滌場。朋酒斯饗,曰殺羔羊。躋彼公堂,稱彼兕觥,萬壽無疆。"十二月、一月豳公安排社員鑿冰,納於凌陰。

---

① 見連劭名:《讀周原出土的甲骨刻辭》,《古文字研究》第 13 輯,中華書局,1986 年。

在二月的一個早晨,舉行獻羔祭韭的禮。九月、十月天氣爽朗的
時候,殺了羔羊,大家躋上公堂,舉起兕觥,祝賀萬壽無疆。"躋
彼公堂",這裏有點值得注意:豳公的公堂,爲何要稱"彼"呢? 稱
"我"不好嗎? 余以爲,豳是商的臣屬,這個公堂,稱觴上壽的,看
來不是豳公,可能卻是商王呢!《小雅・楚茨》説:"濟濟蹌蹌,挈
爾牛羊,以往烝嘗,或剥或亨,或肆或將。祝祭于祊,祀事孔明,
先祖是皇,神保是饗。孝孫有慶,報以介福,萬壽無疆。"《小雅・
信南山》説:"疆場翼翼,黍稷或彧。曾孫之穡,以爲酒食,畀我尸
賓,壽考萬年。""祀事孔明,先祖是皇,報以介福,萬壽無疆。"這
公堂可知是用以祭祀祖先,禱祝國運萬壽無疆的。這個禮俗在
周族是一直綿延着的。由於豳與岐山、豐鎬等的情勢不同,所祀
的對象因而也是不同的。關於這點,1977 年在陝西岐山縣鳳雛
村出土的甲骨刻辭中,卻可獲得證明了。有片刻辭:《H 一一・
一》是這樣記述的:"癸巳,彝文武帝乙宗。""其彝,血牲三,豚
三。"對此連劭名解釋爲:"彝指祭祀的典禮","要在文武帝乙的
宗廟中舉行祭祀的儀式"。另一刻辭:《H 一一:一一二》五・
一:"彝文武丁𠤐貞:王翊日乙酉其桒。"情況類似。又《H 一一:
八四》二卜辭:"貞:王其桒又(侑)大甲,㗊周方白(伯),盄(炬)其
由(隹)正,不(左)於受(紂),又(有)又(佑)?"這辭徐錫臺解釋:
"'王'不是殷王,而是周文王,它屬於第一人稱。顯示了周君獨
立性。""桒'即祈求之意。'又,爲侑字','桒侑大甲',即周文王
祭時獻祭品於'大甲'。'大甲'爲合文,是成唐(湯)之孫,爲商朝
第三王,屬於第二人稱。""卜辭中一面稱王,顯示了其獨立
性,……祭祀殷人祖先,表現了其臣屬性。"①《緜》説:"周原膴

膴，堇荼如飴。爰始爰謀，爰契我龜。曰止曰時，築室于茲。"周族刻辭，始於遷於岐山。殷商有王卜辭和非王卜辭，一般諸侯是沒有的，周原卻有卜辭，可見其時周族勢力相當强大。這時侑祭，尚祭商的先王成湯、大甲。那麼《七月》所詠："曰殺羔羊，躋彼公堂，稱彼兕觥，萬壽無疆！"豳的祭祀，詩中祀的當是商王，禱祝他們萬壽無疆！以此詩中，一言"躋彼"，一言"稱彼"，這個"彼"字就好理解。結合前第六章，豳公"爲此春酒，以介眉壽"，想來也是用於公堂，祝禱商王的。《大雅·皇矣》詩云："維此二國，其政不獲。"陳子展氏《詩經直解》譯爲："啊，祇此邰、豳兩個小國！他的大政就不得施行。"這時豳公頻頻受到"串夷""犬侯""多子族"的威脅和侵凌，生産力難以提高，生活當然是困難的。"稱彼兕觥，萬壽無疆"怕是表面文章而已。從這八章詩中看豳地的生産，屬於自給自足的自然經濟，未涉貨幣交換；因此爲這經濟基礎服務的上層建築，也祇涉及原始的政治、宗教、文化等在起其相互作用而已。

三、在這氏族公社中，社員的生活是樸素的、艱苦的，工作也是緊張的。那麼，氏族長和他的社員們情緒又如何呢？或云《七月》中出現"嗟我婦子"和"嗟我農夫"兩個"嗟"字，還有"無衣無褐，何以卒歲"的呼吁，他們的生活一定是痛苦的，充滿着憂傷的情緒的。此語非是，這該是一大誤會吧！"嗟"字原有兩義，一爲憂傷。如《周南·卷耳》："嗟我懷人！"《毛傳》："懷，思。"《左傳·襄公十四年》杜注："詩人嗟歎。"一爲告囑之辭。《周頌·臣工》："嗟嗟臣工。"《鄭箋》："嗟嗟，敕之也。"《大雅·桑柔》："嗟爾朋友，予豈不知而作。"嗟與諮同，《爾雅·釋詁》："嗟、諮，也。"諮亦有兩義。一爲囑告。郝懿行《爾雅義疏》云："《釋名》：'嗟，佐也。言之不足以盡意，故發此聲以自佐也。'《文選·吳都賦》注引《爾雅舊注》云：'嗟，楚人發語端也。'按嗟自發端，非必楚語。"就囑告言之。《大雅・蕩》："文王曰咨，咨女殷商。"《鄭箋》："咨，嗟也。"《論語・堯曰》："咨爾舜。"《皇侃論語疏》云："咨，咨嗟也。"《尚書・堯典》："帝曰：咨，四岳。朕在位七十載，汝能庸命，巽朕位。"又曰："帝曰：咨，汝羲暨和，朞三百有六旬有六日，以閏月定四時成歲。"《孔傳》："咨，嗟。"《尚書・甘誓》："王曰：嗟，六事（軍事）之人，予誓告汝。"《尚書・吕刑》："王曰：嗟，四方司政典獄。"《費誓》："公曰：嗟，人無譁。聽命。"《胤征》："告于衆曰：嗟予有衆。"這些嗟字，都是囑告，並無歎息之意。《七月》"嗟我婦子""嗟我農夫"，亦爲囑告。倘易爲咨。"咨我農夫"，這個誤會就可免除了。"嗟我農夫！"陳子展《詩經直解》譯爲："可憐的我們這些農夫！"當是譯誤的。正確的理解應爲："喂！我的農夫。"

"無衣無褐，何以卒歲？"衣以絲爲之，褐以毛爲之。豳公提出："無衣無褐，何以卒歲？"自是關懷社員生活，並非説是缺乏衣褐。他是感到臘月"觱發""栗烈"，果如是，"何以卒歲"這是用未雨綢繆之言。八章所陳，皆論衣服飲食之事，首提"授衣"，遂言"采桑""載績"；次言"于耜""舉趾"，遂言"食鬱""亨葵""剥棗""穫稻"，纔能循理成章，前後呼應，有其内在聯繫。"嗟我婦子，曰爲改歲，入此室處。"這個"嗟"字，正是緊扣着"曰"。豳公招呼妻兒，説是咱們快要迎接新年了，就進這屋裏來吧！冬已到了，春還遠嗎？可見他們生活雖苦，情緒卻是積極樂觀的。

古之學者，誦這詩時，因而對其所詠生活，輒嚮往之。牛運震《詩志》云："此詩以編紀月令爲章法，以蠶衣農食爲節目，以預備儲蓄爲筋骨，以上下交相忠愛爲血脉，以男女室家之情爲渲染，以穀蔬蟲鳥之屬爲點綴，平平常常，癡癡鈍鈍，自然、充悦、和厚、典則、古雅，此一詩而備三體。又一詩中而藏無數小詩，真絶大結構也。"崔述《豐鎬考信録》云："讀《七月》，如入桃源之中，衣冠朴古，天真爛熳。熙熙乎太古也。然此詩當爲大王以前豳之舊詩；蓋周公述之以戒成王，而後世因誤爲周公所作耳。"可謂有識！

四、《七月》的主題思想如何認識？亦即其作詩之義，授詩之義爲何？余謂誦此詩者，首當瞭解周族之國情。周族爲夏、殷侯國，務本業，成爲優良傳統，其重視農業可舉數事説明。

1. 后稷教民稼穡。《生民》珍此史跡，尊爲始祖。《國語·魯語上》説："稷勤百穀而山死。"注謂："稷，周棄也。勤播百穀，死於黑水之山。"故"周人禘嚳而郊稷"，舉行大禮。《周頌·思文》並説："思文后稷，克配彼天。"《思文》即爲"郊祀后稷以配天之樂歌"。①

2. 國號稱周。《大雅·大明》"于周于京"，就是歌頌文王改號爲周，改邑爲京的。岐山的土地肥沃，重視陽光、水利。《小雅·信南山》："我疆我理，南東其畝。""既霑既足，生我百穀。"同時除蟲，《小雅·大田》"去其螟螣"，"秉畀炎火"。遂得（《大雅·緜》）："周原膴膴，菫荼如飴。"周的字義就是田疇周匝之意。

3. 國家的政權稱爲社稷。社意祀土，稷爲五穀之首。

4. 《周頌·清廟》宣揚："濟濟多士，秉文之德。"這德固指精神文明，實指建築於此農業經濟基礎上的德。

《國語·周語下》注説："自后稷播百穀，以始安民，凡十五王，世修其德，至文王乃平民受命也。"這十五王指：后稷、不窋、鞠、公劉、慶節、皇僕、差弗、毀隃、公非、高圉、亞圉、公叔祖類、大王、王季、文王，都是重農的。所以，這"世修"就是世循重農"其德"啊，這就奠定了中華民族數千年立國之基，起了積極作用，這功績是巨大的。"文王乃平民受命也"，豳公更是慘澹經營。《七月》提倡重農，在周民族發祥建國的發展史上是有其典型意義、

---

① 見韋昭注：《國語·周語上》。

形象教育意義的,豈可輕率否定?《七月》一詩,正顯示着豳公的積極有爲。它的内容豐贍,《孔疏》説得最爲完備,也最深刻。《孔疏》云:

> 民之大命,在温與飽。八章所陳,皆論衣服飲食。首章爲其總要。餘章廣而成之。……絲麻布帛,衣服之常,故蠶績爲女功之正,皮裘則其助;……黍稷菽麥,飲食之常,故禾稼爲男功之正,菜果則其助。……養蠶時節易過,恐失其時,殷勤言之,故二章三章,皆言養蠶之事。耕稼者一年一事,非時月之功,民必趨時,不假深戒,首章已言其始,七章畧言其終,不復説其芟柞耘耕之事。故男功之正少,女功之正多也。絲麻之外,唯有皮裘,可衣者少;黍稷之外,果瓜之屬,可食者多,故男功之助多,女功之助少也。……先公之教,急於衣食。四章之末,説田獵習戎。卒章之初,説藏冰禦暑。非衣食之事而言之者,廣述先公禮教具備也。閒於政事,然後饗燕。卒章説飲酒之事,得其次也。

《七月》開端"流火""授衣"兩句,即已揭示要領,與《堯典》所述"敬授民時"有同等分量,實爲興邦圖强的關鍵語言。

《七月》八章,每章皆爲十一句,爲《風》詩中最長的一篇。八章就是八遍歌唱。往復錯落,卻見整齊。各章舒展自如,約爲十一句,當於歌唱實踐中不斷損益加工所致。西周詩樂並重,賓祭之詩,自屬周公制禮作樂的重點。由詩配樂,自樂制詞,兩者交替爲用,密切結合。《七月》樂章,從而形成周族重農,遂有籍田之禮,《載芟》《良耜》之春祈秋報,《周頌》於是重之。《國語·周語上》載:"宣王即位,不藉千畝。"卿士虢文公緣是進諫"民之大事在農","稷爲大官",自古就是重視"順時覛(視)土"的。"及籍,后稷監之。膳夫、農正陳籍禮,太史贊王,王敬從之。"周族重農,《詩》中遂有《豳風》《豳雅》《豳頌》之作。魏源在《詩古微》卷之上《詩樂篇四》說:"周公制禮、制樂章,作《七月》以述侯國之農事,作《豳雅》以歌王朝公卿采邑之農事,作《豳頌》以歌天子之農事。其謂之'豳'者,不忘農務開國,即《無逸》以稼穡艱難訓嗣王之意也,豈皆爲公劉詠哉?"《七月》爲《豳風》,《大田》《甫田》爲《豳雅》,《載芟》《良耜》爲《豳頌》,三者有其樂制上的聯繫。就詩內容言之,又有農業操作和田間管理的聯繫。魏源所論是符合歷史實際的。

由此論之,《七月》的主題思想,《詩序》結合時代背景謂"陳王業也",能說沒有道理嗎? 就此作品,闡其教育作用和政治效益,復說:"周公遭變,故陳后稷先公風化之所由,致王業之艱難也。"這話也是不錯的。王柏《詩疑》引申之云:"周公以立國之本,衣食之原,朝夕誦於王前,可謂萬事教幼王之法。實與《無逸》相表裏,不可偏廢。"朱熹《詩集傳》說:"周公以成王未知稼穡之艱難,故陳后稷公劉風化之所由,使瞽矇朝夕諷誦以教之。"胡承珙《毛詩後箋》說:"此實周公上述豳俗,以明農桑爲王業之本,與《大雅·公劉》《尚書·無逸》同義。而其後創制《周禮》,遂以播之《籥章》,專官守之。若非追陳豳俗,何以名之爲《豳》? 若非周公所作,又何以《鴟鴞》以下六篇皆周公之詩,而附於其後邪?"諸說可以相互補充,實是值得我們重視的。提倡自力更生,奮發圖強,難道就是不應該的嗎?

20世紀50年代,余於《七月》曾作翻譯,並予題解。深愧知識淺陋,學術荒落,未能慎思明辨,且爲浮説所惑。今録題解於次,以供反思:

> 在階級社會中,人民的勞動便成爲剝削者的對象。《七月》這首詩便具體生動地説明了這問題。《七月》是首農事詩,也可以説是首勞動詩。人民記述他們的勞動過程,勞動

被剝削的過程以及他們的生活狀況、思想感情。《七月》所反映的:農夫的勞動強度是極大的,可是他們所受的剝削又是極凶的。詩是他們在嗟傷自己的命運。農夫終年勞動,種植莊稼,紡織絲帛,獵取野獸,生產了各種財富,遭到領主的殘酷剝削,過着驚人的缺衣少食的貧困生活。冬季農事完畢,還要爲領主服苦役,修葺房屋,自己卻没有時間修補。在嚴冬,農夫要到河上去鑿冰,貯藏到夏季供領主們消暑。在九十月天氣爽朗的時候,領主們你一杯我一杯飲酒,還得由他們來祝賀。這些領主們都是些貪婪、强暴、殘酷、僞善的寄生蟲。詩中涵寓着農夫的仇恨和哀傷。這是農夫仇恨剝削,渴望解放的思想反映。

(原刊《杭州大學學報》第 23 卷第 3 期,1993 年 9 月)

説《周頌》的"合理内核"

《詩》三百篇的框架是由《風》《雅》《頌》三部分組成的。其中關於《雅》《頌》的若干詩篇，總的傾向來説："五四"以來，學者對它是頗多誤解與偏見的。許多見解，今日看來是否都是遵循着歷史唯物主義原則，歷史地予以對待的呢？這就關係到怎樣鑒別古籍中的精華與糟粕，以及如何弘揚祖國優秀文化遺産的問題，是值得我們重新予以反思與探索的。我認爲《雅》《頌》詩中的《周頌》，它的思想内涵及其精神實質都是有其"合理内核"的，應予以繼承和發揚。

那麼，《詩》三百篇在《雅》《頌》詩中所突出的核心問題是什麼呢？我們的回答是：用簡樸的詩歌形式——樂歌和舞曲，顯示和反映了我們祖先的發祥和創業的歷史，即歌頌了周民族在涇渭河谷，向黄河流域發展，開墾土地，建立家園的光輝事蹟；也即周民族自原始公社——母系氏族社會轉化爲父系氏族社會，到中華民族第三個奴隸制統一國家的建立奮鬥史。從古籍所綴述的史實來説，也即從堯舜時后稷封於有邰，到武王伐紂而有天下，周民族重視和提高生産力，從而使農業生産成爲西周社會經濟的主體，奠定了中華民族"以農立國"的基礎。這是中華民族立國的良好的開端，也是《雅》《頌》詩中所歌頌與反映的"合理内核"。作爲華夏孫都應肯定這段歷史，歌頌這段歷史；因此，這樣的"合理内核",應該珍惜,予以繼承和發揚,怎能像潑水一樣,簡單地,輕易地把它拋棄呢?

關於《周頌》,《毛詩·序》早已做了解釋:"《頌》者,美盛德之形容,以其成功告於神明者也。"這一解釋,是符合歷史客觀實際的。《毛詩·序》說的《頌》,主要指的是《周頌》。《周頌》是《頌》詩的代表作。它與《魯頌》《商頌》的性質和作用是有所區分的。這點,孔穎達在《正義》中已予説明:

> 此解《頌》者,唯《周頌》耳。其商魯之《頌》,則異於是矣。《商頌》雖是祭祀之歌,祭其先王之廟,述其生時之功,正是死後頌德,非以成功告神,其體異於《周頌》也。《魯頌》主詠僖公功德,纔如"變風"之美者耳,又與《商頌》異也。

《周頌》的主題思想,突出"以其成功告於神明",也即"成功告神"。"成功"有其特定的歷史內涵,這是《頌》詩的實質。"告神"是中國古代國家,即周民族的一種祭祀的典禮,爲其形式。形式是爲內容服務的,今天我們應該歷史地來對待這個問題。《周頌》的"成功",顯示和歌頌周民族祖先的發祥和創業的輝煌歷史,與對"時王"的歌功頌德不同;與《商頌》之頌先王、《魯頌》之頌僖公也是異趣的。《周頌》不僅不對"時王"獻諛,而且藉以告誡"時王",吸收歷史上統治者的正反經驗教訓,懷有憂患意識,奮發圖強,要他勤於政事,知道稼穡之艱難!

先論"頌"的形式:"頌"就其藝術表現來説,是舞曲,也是樂歌。演奏時,不少頌詩歌辭、音樂、舞蹈三者是結合的。例如:《維清》《酌》《桓》《賚》《般》諸篇是屬於象舞、武舞的歌辭。表演時奏樂、歌唱、舞蹈三者同樣占着重要的地位。祀農詩如《豐年》《載芟》諸篇偏重樂歌,但又伴着舞蹈。根據"頌"的表演特點來看,阮元《釋頌》因把"頌"字釋爲"舞容",並説:"《商頌》《周頌》

《魯頌》者,若曰:'商之樣子''周之樣子''魯之樣子'而已。"又就"頌"的表演場合來看,宋鄭樵説:在西周時,"宗廟之音曰頌","陳周、魯、商三頌之音,所以侑祭也"。① "頌"是在廟堂中舉行的。朱熹《詩集傳·頌序》因説:"頌者,宗廟之樂歌。"這些解釋不差,都是顯示其形式的。形式是爲内容服務的,我們不能簡單地祇從形式着眼,以"歌頌神鬼的廟堂文學"一語就把"頌"詩全否定了。

對"頌"詩所歌頌的"成功",究竟持何態度?研究這個問題,有必要做些解釋。"頌"詩一般是抒情的,篇幅較短。有時不是裝入許多反映歷史現實社會生活的内容,而祇是顯示其一種歡樂的情緒與莊嚴蕭穆的氣氛而已。所以,王國維在《説周頌》中説"'頌'之聲較'風''雅'爲緩"。因此,我們分析一首"頌"詩,對這詩的時代背景和其所顯示的歷史社會政治文化生活内容,祇能到詩外去找了。詩論家常説誦詩:"事在詩外,人在詩中。"詩的本事,不會都吟入詩中的。詩作家也説:詩的功夫在詩外。因此,我們剖析《雅》《頌》詩中所歌詠的"成功",就需要做一番歷史的考證與回憶了。周的始祖爲后稷,傳爲堯的農師。后稷中有名棄的,舜封之於有邰。"后稷教民稼穡,樹藝五穀。五穀熟而民人育。"②周民族積若干代的奮鬥,至武王伐紂,建立周王朝,進一步發展生産,使青銅器文化達到高潮。《周頌》所歌頌的成功,應該説就是這種成功。

先周與商代這兩者的歷史是平行的。在長時期的政治、經濟、文化、軍事的競争與鬥争中,最後,武王伐紂,剪滅了商,是有其歷史淵源與原因的。從生産發展的情況説,商代前則是牧畜、

---

① 見《通志略·樂略》。
② 見《孟子·滕文公上》。

狩獵、漁撈和農業並存的。後期則農業逐步發展,漸與牧畜業相等,進而超越了它。商代重農,是從盤庚遷殷,避免了河患和遊牧部落的侵擾開始奠定的,那時,農業生產較爲原始,商人用火焚燒山林草木,運用石鏟、骨鏟和石耜起土和翻土。所開的田地,靠着灰肥。灰肥力竭,祇能燎荒,另換地方墾種。土地使用因是采用爰田法的。甲骨文中"共"字作🗿,形像雙手壅土。"畎"字作𓅱,説明用水灌溉田畝。農業生產雖有一定成就,但其生產力是遠不及周民族的。

周民族定居在今陝西中部,在涇、渭河谷經營農業,較之商人爲早爲勤爲久。《大雅・生民》是一首帶有神話色彩的詩篇。詩中已經叙述了周始祖后稷的誕生和他的發明農業的歷史。后稷具有驚人的智慧和本領,所種的莊稼非常豐茂、美好,年年豐收。"蓺之荏菽,荏菽旆旆,禾役穟穟,麻麥幪幪,瓜瓞唪唪。""有相之道。茀厥豐草,種之黃茂。實方實苞,實種實襃。實發實秀,實堅實好。實穎實栗,即有邰家室!"終於以一個農業發明者的身份爲氏族領袖,在有邰住下,祭祀上帝,蕃衍子孫,繁榮氏族。

當時,部落氏族間的生產方式不同,有的是遊牧,有的是種植,因而牧地常與耕地爭地;同時,遊牧民族有時還要掠奪農民的勞動成果。棄的後裔不窋,由是失官,被逼竄於戎狄之間。不窋子鞠。鞠子公劉,爲了避免侵略,率領周族從邰遷居於豳(今陝西旬邑縣)。公劉到了豳地,就踏勘地形,考察水源,選擇陽光充足、地勢平坦、水源富饒之區,定居下來。安排人民進行墾種,還涉渭水,采取礦石,煅礦金屬,建築宮室。《大雅・公劉》詩中就寫到他的組織人力,在豳地定居下來,拓墾土田的情況。他是一個深受人民敬仰和愛戴的民族領袖形象。

周族遷豳,實行集體耕作制度。墾荒種植,積累財富,使部落興旺起來。公劉的十世後裔古公亶父，或稱太王，又爲避免遊牧部落戎狄的侵略，渡過漆水和沮水，踰梁山，遷徙到渭水岐山之南的平原沃野定居下來。開荒築室，這地稱爲周原。遷徙初期，"陶復陶穴"，住在土窟裏。後來營建城郭、屋室，生活改善，人民得以安居樂業。古公亶父是位具有遠見的部落國家的偉大元首。《周本紀》説他："乃貶戎狄之俗，而營築城郭室屋，而邑別居之。作五官有司，民皆歌樂之，頌其德。"《大雅·緜》就是歌詠古公亶父遷岐之詩。詩中歌頌周民族在岐下墾植，發展生産。"周原膴膴，堇荼如飴。"自西向東，進行井疆溝洫制度。"（迺慰迺止，）迺左迺右。迺疆迺理，迺宣迺畝。自西徂東，周爰執事！"這與《小雅·信南山》中所寫"我疆我理，南東其畝"反映的田畝規劃是統一的。溝洫灌漑，有利於作物苗長。《小雅·白華》："滮池北流，浸彼稻田。"同時，可使暴雨汛期，免於水表逼流，減少了水災。

周民族自古公亶父經王季、文王以至武王爲時百年，在岐下墾植，"天作高山，大王荒之"[1]，生産不斷發展，提高了戰鬥力，纔有實力與殷抗衡；但也因此受到殷的壓迫。殷以季歷爲牧師，季歷旋爲太丁所殺；文王也曾被紂囚於羑里。周族遭受殷人壓迫，從而增強了憂患意識，聯絡友好鄰邦，剪除殷的羽翼各族。《周易·繫辭下》因説："易之興也，其於中古乎？作易者，其有憂患乎？"《大雅·大明》是周人自述開國史詩之一。詩自文王父母王季太任及父王出生叙起，至武王伐紂勝利爲止。重點是在贊頌武王在牧野與商戰，由於奴隸倒戈，商紂自焚鹿臺而死，從而取得了一擧滅商的決定性勝利。

先周與殷代大家地處於黃河中下游的華戎雜處之區，由於

---

① 　見《周頌·天作》。

牧地和耕地的爭奪而引起的戎狄之患綿延於商、周兩代。商族
處於伊、洛兩水以東,備受黃河水災,被迫多次遷都;周民族發跡
於黃土高原,基本上不受水患。從地域條件論,周民族所處優於
商人。周民族一向重視農業生產,特别自古公亶父遷岐,開荒墾
植,農業生產不斷發展:"周原膴膴,菫荼如飴。"農業豐收,生產
水平勝於同時代的殷人。殷重旱作,周重排灌;殷行爰田,周行
井田。生產方法,土地制度,俱是周民族領先和優越,因而經濟
實力,兩者比較,殷就遠遜於周了。

　　周民族重視農業生產,在歷史上是領先與突出的。關於這
事,可舉數事説明:1.周民族稱頌其始祖爲后稷。后意爲大,稷
爲五穀之首。這與其他王朝之稱頌始祖"以馬上得天下",爲了
麻痹人民,捏造一些神話傳説,意義是不同的。2.以社稷象徵國
家,把農業放在首位,周實啓之。社指土地,百穀藉以生長;稷喻
農作物。例如《周頌》的《載芟》《良耜》兩詩,一爲"春籍田而祈社
稷":"載芟載柞,其耕澤澤。"一爲"秋報社稷":"畟畟良耜,俶載
南畝。"把農作豐收視作"邦家之光""振古如兹",就是顯示這一
思想意識了。3.古公亶父遷岐,經營農業。其地稱爲周原,代稱
岐山,進而以爲王朝之名。周之字義爲田疇屈曲之形。從王朝
的題名看,周是把農業生產放在極爲重要的地位的。4.由於周
民族的重視農業生產,這就成爲中國古代社會經濟的主體,承前
啓後,從而形成了中華民族的優良傳統。《史記·貨殖列傳》云:

　　　關中自汧、雍以東至河、華,膏壤沃野千里。自虞、夏之
　　貢,以爲上田。而公劉適邠,大王、王季在岐,文王作豐,武
　　王治鎬,故其民猶有先王之遺風,好稼穡,殖五穀。

　　綜合諸事,説明了周民族以農開國的成功,從而舉行祀典,
是有其深刻的思想内涵和歷史上的深遠意義的。

　　次就《雅》詩中的祭祀詩看，也可作爲佐證，藉以説明這個問題。《小雅·楚茨》，《詩序》以爲"刺幽王也"。這一見解，後人多有異議。自其內容看，姚際恒《詩經通論》以爲："王者嘗烝以祭宗廟也。"陳子展《詩經直解》也説："當是有關王者秋冬祭祀先祖，祭後私宴同姓諸臣之詩。"詩是祀神，思想內容卻爲顯示其重視農業生產的。詩首便説："楚楚者茨，言抽其棘。自昔何爲？我藝黍稷。"先述除草墾植，樹藝黍稷。全詩共六章。第一章總冒：由墾辟而有收成，由收成而舉行享祀，由享祀而受福祿。緣何致祭，飲水思源，重在一個"藝"字。第二、三章言初獻、亞獻、三獻牲體之潔，俎豆之盛，祀者的敬謹從事。第四章祝神致語："苾芬孝祀，神嗜飲食。"第五章送尸歸神，態度肅穆。卒章爲祭畢私宴。這詩含有宗教性質。值得我們注意的是，告神的宗旨是説自古以來，周民族就是重視墾植黍稷的。農作豐收之時，祈求幸福，可以改善一下生活。"我黍與與，我稷翼翼。我倉既盈，我庾維億。以爲酒食，以享以祀，以妥以侑，以介景福。"這就可以説明西周初年，舉行這種祀典是有其積極意義的。幽王時，"政煩賦重，田萊多荒，饑饉降喪，民卒流亡"。在這凶歲時，最高統治者就不能舉行這種祭禮。那時誦這詩篇，也就成爲刺詩了。這詩朱熹《詩集傳》因此把它疑爲《幽雅》，而與《思文》《臣工》《噫嘻》《豐年》《載芟》《良耜》六篇一同列入《周頌》中了。

　　《信南山》詩，姚際恒《詩經通論》云："此篇與《楚茨》略同。但彼篇言烝嘗，此獨言烝，蓋言王者烝祭歲也。"同樣是寫王者的烝祭。全詩共六章。前三章涉及祭祀，便詢"粢盛"從何而來，回答道：自古以來的農業豐收，由於天時、地利、人事的獲得協調啊。"信彼南山，維禹甸之。"禹早就"盡力乎溝洫"。周民族繼承了這傳統："畇畇原隰，曾孫田之。"墾植原野重視田畝的灌溉和陽光照射。"我疆我理，南東其畝。"雨雪適時，又有利於殺蟲鬆土，潤澤土壤。"上天同云，雨雪雱雱，益之以霡霂，既優既渥，既霑既足，生我百穀。"百穀從而暢茂起來。"曾孫之稼，以爲酒食。"有了收穫，纔能做酒煮飯。第四、五章，言在豐登之時，獻瓜斟酒，舉行祀典。第六章寫祭祀獲福。"報以介福，萬壽無疆。"祭祀的歡樂氣氛，也就反映了農業的豐收。

就《頌》論之，《周頌·思文》是郊祀后稷的。《魯語》云："展禽曰:周人郊稷。"《祭法》云:"周人郊稷。"周人爲什麼這樣鄭重其事地重視這郊祀呢？這點在《周頌·思文》中說得已很清楚了，因爲這裏反映了人民淳樸的願望:

思文后稷！	這個有文德的后稷！
克配彼天。	能夠配享那個上天。
立我烝民，	穀粒養了我們衆民，
莫匪爾極。	莫不是您的大德。
貽我來牟，	遺留給我們小麥大麥，
帝命率育，	上帝命令用它養活人民，
無此疆爾界，	不要分此疆彼界，
陳常于時夏！	遍施農政於這個大中國！①

爲了敬仰后稷提倡農業，養活人民的大德，把這優良傳統——農政，不分此疆彼界，通過這祀典，很好地遍施於這中國大地，中華民族的祖先具有多麼宏偉的胸襟！

《周頌·天作》，陳子展認爲:"當是成王祀岐山之樂歌。"這一解釋是符合西周祀典的歷史事實的:

　　　　天作高山，　　　　　　天造做了高山，

---

① 翻譯錄自陳子展《詩經直解》，下亦如此。

大王荒之。	太王墾辟了它。
彼作矣，	他已經創始呀，
文王康之。	文王賡續了他。
彼徂矣，	他們已經過去了呀，
岐有夷之行。	岐山有了平易的道路。
子孫保之！	子孫要永葆它！

這頌是祀太王和文王的。歌頌他倆的是什麼呢？太王居岐，從事墾植，發展農業；文王繼續開拓，使周民族的農業經濟不斷地發展，就是高峻的岐山也有了平易的道路。周民族的子孫應該把這先王的勤勞往事，牢記心頭，予以繼承和發揚啊！楊樹達於《詩周頌天作篇解》做了闡發："天作岐山，太王墾辟其蕪穢。彼爲其始，文王賡續爲之。是以雖彼險阻之岐山，亦有平易之道路也。夫先人創業之艱難如此，子孫其善保之哉！"

此外，《周頌·噫嘻》是寫成王發動農夫在集體勞動的方式下進行大規模的農業生産的。《周頌·載芟》是寫原始社會末期氏族首領所領導的大規模的集體農業生産勞動。農事操作首先是除草播種，考慮它的成活率，再經中耕除草，獲得豐收。組織的成員爲："侯主侯伯，侯亞侯旅。"根據《毛傳》解釋，主爲家長，伯爲長子，亞爲仲叔，旅爲子弟，血緣關係濃厚，勞動時相互協調，氣氛和睦。《周頌·良耜》則生動地描寫了奴隸農業勞動生産的情景。全詩共二十三句，情緒熱烈，歡慶豐收。首四句：始耕播種，贊美犁頭的鋒利；田畝向陽，播下種子，成活力强。次八句：述餉田耘草，荼蓼腐爛，化爲綠肥，黍稷從而苗長暢茂。次七句：言豐收，堆積如墉如櫛，老婆兒女都很高興。末四句：言田事畢而祭祀。全詩自積極從事農業生産着眼，從而獲得豐收。最後，相互鞭策，繼往開來，奮鬥不已。這詩寫得形象鮮明，思想積極樂觀。而《周頌·昊天有成命》則是成王郊祀天地之歌。"頌"

的主題思想是告戒成王,繼承文王和武王的優良傳統,不敢貪圖逸樂,勤政愛民,四方纔會得安靖。

先周的統治者,對於農奴,采取貢納方式,少量的剩餘部分歸之,剝削有其限度;不若殷商悉取勞動成果,從而造成多次奴隸暴動。周人吸取這個教訓,以爲"殷鑒不遠"①,"天畏棐忱,民情大可見,小人難保"②。主張惠於萬民,柔遠能邇。把勸勉農事,放到日程上來。西周大克鼎的銘文上有"王大藉農于諆田"。《小雅·甫田》:"我取其陳,食我農人。""曾孫不怒,農夫克敏。"農奴遂能發揮他的積極性。《周頌》諸篇,據鄭康成説:"《周頌譜》:周頌者,周室成功致太平德洽之詩,其作在周公攝政、成王即位之初。"旨在告戒成王及其嗣王。這與周公之作《無逸》意旨有相通處。《無逸》中周公提出效法殷之中宗、高宗、祖甲和周之文王,"不敢荒寧","先知稼穡之艱難,乃逸"。殷祖甲之後嗣王,不聞小人之勞,唯耽樂之從,當引以爲戒的。《周書》曾述:父王在鎬,就召太子發來,告以"不爲驕佟,不爲泰靡","春夏育山林","以成草木之長","以成魚鱉之長","以成鳥獸之長","萬物不失其性,天下不失其時"的教育。可知周公對成王的告戒,是有其歷史傳統的。《周頌》並非諛辭,這與後世的"群臣誦功","誠惶誠恐",皇帝"功蓋五帝,澤及牛馬"③,"臣罪当誅兮,天王聖明"④之類宣揚封建專制主義,是大異其趣的。有人混爲一談,可説是對於《周頌》的誤解與偏見了。

中國的傳統文化涵蓋面很廣,它是具有生命力的,是動態

① 見《大雅·蕩》。
② 見《尚書·康誥》。
③ 見《史記·秦始皇本紀》。
④ 語出韓愈:《琴操十首·拘幽操》。

的,而不是靜止的。先周、西周重視農業生產,不斷發展,進而認識到稼穡之艱難,建國之不易,懷有憂患意識。我們拋棄它的宗教外衣,從而領會它的精神實質,吸取它"勤儉奮鬥"的優良傳統,在今天還是有其積極意義,可發揮其積極作用的。

(原刊《杭州師範學院學報》1993 年第 1 期)①

---

① 《杭州師范學院學報》原題爲《詩·周頌》,現易。

《詩經》簡介

　　《詩經》是中國第一部詩歌總集。這些詩篇主要産生於西周初年至春秋中葉，約爲前十一世紀至前六世紀，中間經歷五百餘年。各篇創作之時世，一般難以確定。《周頌》全部和《大雅》的大部分是西周初年的作品；《大雅》的小部分和《小雅》的大部分是西周末年的作品；《國風》的大部分和《魯頌》《商頌》的全部則是東遷以後至春秋中葉的作品。

　　《詩經》産生的地域主要是黄河流域，南到漢水、江水。根據當時的政治區域劃分，《詩經》産生的地域是周王朝統治的本部地域和它的各諸侯國。《頌》《雅》代表前者。豐鎬之地相當於今陝西鳳翔、西安一帶。其中“商頌”是宋詩，“魯頌”是魯詩，産生地是河南商丘與山東曲阜。“國風”代表後者，産生地是邶、鄘、衛、魏、豳、南諸地區和鄭、齊、唐、檜、曹、魯諸封國，基本上包括當時的華夏地區。總的説來，西自甘肅、陝西、山西；東至河南、河北、山東；南及湖北。“二南”的地點，古代儒生多拘於周召之説，把“二南”之地説成在陝縣（今河南三門峽市陝州區）的東西一帶，在河南與陝西之間。實則，“南”詩中明言江漢，當從《水經注・江水》説：“二南，國也。按韓嬰叙《詩》云：其地在南郡、南陽之間。"較爲近是。《爾雅・釋地》："漢南曰荆州。"南郡、南陽地屬荆州,即戰國楚都的地域。

《詩經》三百零五篇是逐漸累積而成的。成書最晚不會遲於春秋時代。未成書前,主要以樂詩的形式流傳,它是中國祖先在不同時代和地域的集體創作。《詩經》主要是周詩,部分的篇、章、句可能是前代遺留,因而有些可以上溯到殷商和周族的氏族公社時代。作品産生最晚的爲《陳風・株林》,《株林》中有"胡爲乎株林?從夏南兮"一語。《左傳・宣公九年》載:陳靈公通於夏姬。次年陳靈公被夏姬子徵舒所殺。《國語・楚語》所謂:"子南之母,亂陳而亡之。"這事發生在周定王九年,當前 598 年。唯《邶風・燕燕》三家詩以爲:此爲衛定姜送歸妾之詩。《坊記》注釋之曰:此是魯詩,在陳靈公之後。"風"詩根據"毛詩",終于陳靈;根據"三家詩",終于衛獻。

《左傳》記魯襄公二十九年季札在魯觀樂,歌"周南""召南""邶、鄘、衛""王""鄭""齊""豳""秦""魏""唐""陳""鄶""曹"諸風,所歌諸風的次第和傳本"毛詩"次第稍有不同,但國名全同。《詩經》那時看來已經結集。這事在前 543 年,孔子八歲。孔子在《論語》中屢述"詩三百""誦詩三百"。《墨子・公孟》亦云:"誦詩三百,歌詩三百,弦詩三百,舞詩三百"是舉詩的成數而言,與傳本"毛詩"約數符合。"《詩》三百"原先都是用以歌唱、演奏或伴以舞蹈的,後經春秋戰國社會的大變動,樂譜失傳,剩下歌辭,就成爲一部詩集了。詩篇次第季札觀樂所聞,與傳本"毛詩"、鄭玄《詩譜》所述稍有差異。歐陽修《詩本義》云:"周南、召南、邶、鄘、衛、王、鄭、齊、豳、秦、魏、唐、陳、檜、曹,此孔子未删之前,周太師樂歌之次第也。周、召、邶、鄘、衛、王、鄭、齊、魏、唐、秦、陳、檜、曹、豳,此今詩之次第也。周、召、邶、鄘、衛、檜、鄭、齊、魏、唐、秦、陳、曹、豳、王,此鄭氏《詩譜》次第也。"《詩經》纂輯成書可能在寫作《株林》(前 598 年)後,至季札觀樂(前 543 年)間,它的篇章分合和次序前後嗣尚有改動。如"邶、鄘、衛"季札觀樂時原合爲一,到了漢代,分而爲三。顧炎武《日知録》(卷三)云:"邶鄘衛者總名也,不當分某篇爲邶,某篇爲鄘,某篇爲衛,分而爲三者,漢儒之誤,以此詩之簡獨多,故分三名,以各冠之,而非夫子之舊也。"如《儀禮》以《鵲巢》《采蘩》《采蘋》三篇連奏。《左傳》云:"風有《采蘩》《采蘋》。"今本"毛詩"則以《草蟲》,次《采蘩》《采蘋》的中間,《左傳》以《賚》爲《大武》的三章,《桓》爲《大武》的六章。杜注曰:"不合於今《頌》次第。"《論語》引《詩》:"唐棣之華,偏其反而,豈不爾思,室是遠而。"今"毛詩"無,子夏引《詩》:"巧笑倩兮,美目盼兮,素以爲絢兮。"今"毛詩"無末句。可知《詩經》的風次、篇次、章次、章句在春秋成書以後,尚有改動。

《詩經》今傳三百零五篇。《史記·孔子世家》云:"三百五篇,孔子皆弦而歌之。"《漢書·藝文志》云:"凡三百五篇,遭秦而全者,以其諷誦,不獨在竹帛故也。"《詩緯含神霧》《尚書璿璣鈐》所述皆"三百五篇",所見相同,笙詩六篇,有聲無辭,不列於詩,故《毛詩故訓傳》不以六笙詩列入篇數。《序》云:"有其義而亡其辭。""亡"字當讀爲有無之無,鄭康成箋《詩》誤解爲亡逸之"亡"。並謂此六笙詩"遭戰國及秦而亡之"。後來陸德明、孔穎達、成伯璵都誤解爲《詩經》原是三百十一篇的。

《詩經》分爲風、雅、頌三類。其中"國風"一百六十篇,包括十五"國風",即周南十一篇,召南十四篇,邶十九篇,鄘十篇,衛十篇,王十篇,鄭二十一篇,齊十一篇,魏七篇,唐十二篇,秦十篇,陳十篇,檜四篇,曹四篇,豳七篇;雅一百零五篇,"小雅"七十四篇,"大雅"三十一篇;頌四十篇,其中"周頌"三十一篇,"魯頌"四篇,"商頌"五篇;共三百零五篇。這些詩都是從音樂角度來劃分的,漢儒分爲風、雅、頌三類。到了宋儒程大昌,把南與風分開,成爲南、風、雅、頌四類。程大昌《詩論》曰:"蓋南、雅、頌樂名也,若今樂曲之在某宫者也。南有周、召,……若夫邶、鄘、衛、王、鄭、齊、魏、唐、秦、陳、檜、曹、豳,此十三國者,詩皆可采,而聲不入樂,則直以徒詩,著之本土。"

春秋之世,《詩》祇言"風",漢人始盛言"國風"。"國風"十五,即周南、召南、邶、鄘、衛、王、鄭、齊、魏、唐、秦、陳、檜、曹、豳。所謂國,並非後代所説的國家,而是地方的通稱,如《民勞》:"以綏四國。"《破斧》:"四國是皇。""四國"與"四方"通。周南、召南不是國名,而邶、鄘也非國家。實際上十五國,祇是十五地域而已。"風"是地方音樂腔調的名稱。《詩·大雅·崧高》:"其詩孔碩,其風肆好。"就是説那詩内容健康,唱的腔調也很好聽。鄭風就是鄭地的腔調,齊風就是齊地的腔調。"王"是周東都洛邑幾内方六百里之地,王風相當於近世説北平戲爲京戲。郭沫若先生曾釋"南"原爲一種樂器。"南係獻於宗廟之器物。"爲樂,可能即此,這歌曲的音調和北方不同。曲調的末尾有和聲。《小雅·鼓鐘》云:"笙磬同音,以雅以南。""雅",二雅也;"南",二南也。可見"南"別於"風"。孔子説:"關雎之亂,洋洋乎盈耳哉。"亦見"南"在曲調上有其特色。鄭樵的《二南辨》,初言"南"是樂名;程大昌《詩論》纔把"南"與"風"分開;近人梁啓超擴大其説:南、風、雅、頌之名,遂爲一般學者公認。"南""風"諸什是江水、漢水及黄河流域的地方樂歌。"雅"是周王朝的樂歌,《大雅》用於諸侯朝會,《小雅》用於貴族宴享。周發跡於岐山,宗周都鎬京,因將周直接統治地區的音樂稱爲雅。"風"一般爲徒歌,"雅"則較多伴奏。"頌"是"容"的古體字,阮元《釋頌》以爲"頌"指容貌盛儀而言。商頌、周頌、魯頌,如説商之舞歌、周之舞歌、魯之舞歌。"頌"不但可歌,而且兼有手舞足蹈的儀容,"頌"是天子宗廟祭祀的舞曲,《詩·大序》云:"頌者,美盛德之形容,以其成功告於神明者也。"這種歌曲奏時,樂舞同時動作,音樂節奏極緩。王國維《説周頌》云:"風雅所以有韻者,其聲促也。頌之所以多無韻者,其聲緩而失韻之用,故不用韻。"詩韻漸失作用,"頌"就變爲無韻的詩。

《詩經》的内容是豐富多彩的,它對當時的社會矛盾、社會問題以及各階級、各階層的生活面貌、思想感情做了相當真實的反映和概括。在《詩經》中有的歌頌人民真摯而健康的愛情;有的贊美人民的勞動喜悦;有的記述人民對於歷史、對於英雄事業的尊崇與敬愛;有的反對讒邪,歌頌正直,突破懷疑天道與宿命觀念;同時,有的揭露社會現實的尖鋭矛盾,描述人民在軍役、徭役中的苦難,鞭撻統治集團的腐朽。這些是《詩經》中民主性的精華,是中國古代文藝寶庫中的瑰寶。

情歌與反映兩性生活的詩歌,是《詩經》中一個重要的組成部分。不少詩歌是歌頌勞動人民的真摯愛情和他們的美好願望的。如《鄭風·女曰雞鳴》就是歌頌一對青年獵户的戀愛生活和他們對於生活的美好展望。詩中描寫他們在某一早晨侃侃而談的情景。《衛風·木瓜》體現了青年男女間雙方對於異性的尊重和敬愛,洋溢着豪邁、爽朗、懇摯的感情。《鄭風·溱洧》抒發青年男女青春的喜悦,正當春水盈盈的時候,在鄭國的溱水、洧水兩岸,男的女的擠得滿滿的,他們在熱情、歡樂地歌唱、舞蹈,拿着芍藥花相互贈送。《鄭風·子衿》是寫一位姑娘,在熱忱地期待她的愛人。愛人還没有來,她爲愛情而矜持、羞怯與焦慮,這些詩歌所顯示的思想意識與當時的社會制度,以及維護這制度的禮制、禮教是相矛盾的。因而,他們的追求往往不能如願以償,而且帶來更多的悲劇成分。在這裏,被壓迫地表現了反抗與鬥爭的精神。如《鄘風·柏舟》是一位姑娘熱愛蕩漾在柏木舟裏頭髮披在兩旁的青年。她的母親不同意,她就反抗"父母之命",誓死不愛他人。在古代社會裏,男性是財産的支配者,産生了男女不平等。小私有者會從經濟利益去考慮婚姻問題,勞動人民也受封建道德的支配和愚弄。在這個問題上,婦女會碰到悲慘遭遇。如《衛風·氓》就是一位婦女哭訴她受氓的引誘與欺騙,因而結婚和被離棄的經過。《邶風·谷風》是寫一位賢淑的婦女被凶狠的丈夫的"但見新人笑,那聞舊人哭"而遺棄的痛苦。在"官方社會"中,《詩經》也描繪了統治階級兩性生活的面貌。《召南·何彼襛矣》是寫一位王姬出嫁,詩中盛稱王姬出嫁時的艷妝和其家世的顯赫,他們的婚姻關係卻用魚兒與釣絲來比喻,這可看出他們是怎樣處理這個問題的。《衛風·碩人》是寫齊國莊姜出嫁到衛國去的事情。第一章寫齊、衛門第的顯赫;第二章寫莊姜的美麗;第三章、第四章寫莊姜出嫁時的鋪張和路上所見,寫得富麗堂皇,詩中卻絲毫看不出他們有着什麼真摯的感情。《周南·樛木》是一首妻妾祝頌她們的丈夫庸庸福祿的詩,從而反映出貴族婦女寄生、逸樂的腐化思想。《邶風·新臺》《齊風·南山》《陳風·株林》諸詩則更暴露了統治階級生活的荒淫無恥與靈魂的醜惡。從這些詩中,可以說明《詩經》廣闊地反映了各階級、各階層的生活面貌,深刻地顯示了古典現實主義的精神。

　　勞動歌詩在《詩經》中產生是較早的。《周頌·載芟》與《良耜》是周族的勞動祭歌。《載芟》據《詩序》是:"春籍田而祈社稷也。"《良耜》:"秋報社稷也。"詩中有着關於公社時代集體生產情景的描繪,從而刻畫了人們勤勞、樂觀、美好的品格,對莊稼和農具的讚美,土地和豐收的熱愛,以及抒發了人們充滿着信心的對於生活的瞻望。這兩首詩,可能在周初被記錄下來,而保留在祭歌中。《周南·芣苢》是一首有名的勞動歌詩,詩中歌頌婦女連續地采集芣苢的勞動,寫得真切細緻。《召南·騶虞》是歌頌獵戶的箭術高強,"壹發五豵"。這些詩篇可以說明中國人民喜愛勞動。這與中國人民勤勞本質是相符合的。在階級社會中,人民的勞動成爲剥削的對象。《魏風・伐檀》體現勞動人民不平的呼聲。伐檀工奴在勞動時向剥削者提出了嚴厲的責問:爲什麽那些人"不稼不穡"可以拿去"禾三百廛"啊?"不狩不獵",可是看到他們院子裏掛着"貆"啊?一些人在服勞役,一些人在坐享其成。這詩尖鋭地揭示出現實中不合理的現象,有力地向統治階級提出控訴。《魏風・碩鼠》描寫了人民由於不堪忍受沉重的剥削而想逃亡,强烈地表達了人民對美好生活的追求。這些詩篇就成爲鼓舞人民爲反抗剥削和壓迫,争取美好生活而鬥争的精神力量。

　　《詩經》中有不少出色的叙事史詩,《大雅・生民》充滿着對后稷初生的神話描寫,又是神話詩。后稷是周族的始祖,傳説他是農業的發明者,詩中歌頌后稷怎樣聰明,喜愛耕種,使農作物長得結實肥大,成爲高貴的祭品。這裏顯示了人們對於祖先英雄事業的敬愛,曲折地表達了人們對於土地、莊稼和勞動技能的熱愛與贊美,顯示了人們崇高的情感和理想。《大雅・公劉》描寫周族祖先公劉率領部落遷徙和建都豳地的情形。夏末,居住於邰的周族不斷遭受夏人和東方部落的侵犯,於是在公劉的組織和率領下,全族遷徙豳地,創立新的生活。公劉抵禦外患,組織生産,改善百姓生活,遂爲全族所愛戴與尊敬。從詩中對公劉的頌美中,可以看到:原始社會領袖與全族利益的統一,以及周族的精神面貌。《大雅・緜》是歌頌古公亶父的詩篇,周民族的强大開始於文王,基礎卻奠定於古公亶父。古公亶父率領周族南遷到岐山之下、渭水流域,周族從此逐漸興盛與壯大起來。詩中寫到授田、築室,反映着人們對土地的熱愛,創造新的生活的喜悦。關於勞動場面的描繪,深刻地表達了勞動熱情,不僅藝術地再現了勞動情景,而且這些詩篇反映的不僅是周族的歷史,還是中華民族的光榮歷史。

在《詩經》中有着不少帶有謳歌衛國戰争的詩篇。西周建國，"西有昆夷之患，北有獫狁之難"，一直受着四周落後種族的侵凌。這對人民生活，社會發展是個嚴重威脅。周族被迫，多次進行戰略上的防禦抵抗，取得暫時的安息。這種戰争，具有愛國主義性質，是符合人民利益的。《小雅·六月》是歌頌周宣王抗擊北方强敵獫狁的詩。由於抗敵鬥争勝利，詩中對王朝君臣加以歌頌贊美。這是一首武士功勳詩。詩中寫到士兵抗擊外族猖狂進攻的英勇行爲和不可戰勝的威力。在周代的戰役中，統治階級充任各級軍官，奴隸、農奴或農民作爲士兵組成部隊。《小雅·采薇》便是周士兵的詩歌，詩中反映獫狁入侵，"靡室靡家"，嚴重地破壞人民的生産，因而人民願意長期參加艱苦、激烈的戰鬥，保衛祖國。但這場戰役是統治階級領導的，這就出現了一些具體情況：一方面，人民"豈敢定居，一月三捷"，勇於參戰，抵禦外侮；另一方面，也寫到了士兵的苦難處境，對軍中不合理的待遇，感到"我心傷悲，莫知我哀"。幽王末年，犬戎（獫狁）攻陷宗周，周地大部淪陷。秦地人民就紛紛起來抗擊，《秦風·無衣》就是當時的戰歌，他們在"無衣"的困難境遇中，拿起武器，勇敢地投入戰鬥。這些詩篇都深刻地體現了人民的愛國主義精神。

政治諷刺詩是《詩經》中的重要篇目，也是富有人民性的光輝詩篇。這些詩篇大部分産生於統治階級内部，有些也産生於民間，對於後世的作家、詩人關心國家的命運和同情人民的疾苦，起着極大的教育作用。西周自厲王起，開始没落。暴虐的統治，慘重的剥削，促使社會階級矛盾日趨尖鋭化，國人暴動，"厲王出奔于彘"，厲王政權終被推翻。厲王、宣王時代，年年荒旱；幽王時代地震山崩，河川枯竭；天災人禍，加劇了經濟的破産和政治的危機。四夷入侵，西周社會面臨嚴重威脅，整個王朝勢將崩潰，許多士大夫寫下了階級没落的哀歌。《小雅·十月之交》

概括地敘寫與斥責統治集團的禍國殃民,更大膽地把那些執政的小人名單提了出來,指出"艷妻煽方處"是政治昏暗的根本原因。《小雅·正月》對於統治者的醜惡嘴臉"具曰予聖"和人民的痛苦生活"民今之無禄",有着具體和深刻的揭露:"謂天蓋高,不敢不局;謂地蓋厚,不敢不蹐。維號斯言,有倫有脊。哀今之人,胡爲虺蜴!"這些詩句,作者愛恨分明,强烈地仇恨統治集團的暴政,深刻地同情人民的苦難,表現出不屈不撓的鬥爭精神。中國歷史上有不少偉大的詩人,例如屈原、杜甫等,他們作品中所體現的眷顧國家,熱愛人民的思想感情,自然是由於他們所處的時代的社會現實和他們的胸襟抱負所派生與決定的;但從歷史的繼承性看,也是與《詩經》這些詩篇所奠定的優良傳統分不開的。政治諷刺詩一部分來自民間,直接地反映人民的思想觀念和鬥爭意志。如《魏風·碩鼠》是西周末春秋初期魏地的民歌,這首詩把貪婪的剥削階級看作人人憎惡的大老鼠,比喻非常辛辣,生動。詩中所説的"樂土",盡管衹是一種空想,卻能反映出被壓迫群衆對當時社會秩序的懷疑與否定。《魏風·伐檀》把憎惡剥削和寄生的思想,用質問的方式提出,質問之後,更直接地揭露他們的腐化生活,表現了對剥削者的無情嘲笑和輕蔑。這些作品深刻地反映出當時社會的基本矛盾和問題;同時,也表達了人民反對剥削、寄生和對於美好生活的渴望。自然,在"雅""頌"詩中,有不少是反映統治階級寄生腐化生活的。但這些作品,今天把它作爲歷史的資料來看,還有它的一定的客觀上的認識意義。

　　對於《詩經》的創作,先秦和漢代曾用"六義"來解釋。《周禮·春官·大師》云:"大師……教六詩:曰風、曰賦、曰比、曰興、曰雅、曰頌,以六德爲之本。"鄭玄注云:"風,言賢聖治道之遺化也。賦之言鋪,直鋪陳今之政教善惡。比,見今之失,不敢斥言,取比類以言之。興,見今之美,嫌於媚諛,取善事以喻勸之。雅,正也；言今之正者，以爲後世法。頌之言誦也；容也。誦今之德，廣以美之。"《詩序》云："故詩有六義焉。一曰風，二曰賦，三曰比，四曰興，五曰雅，六曰頌。""是以一國之事，繫一人之本，謂之風，言天下之事，形四方之風，謂之雅。雅者，正也；言王政之所由廢興也。政有小大，故有小雅焉，有大雅焉；頌者，美盛德之形容，以其成功，告於神明者也。是謂四始，詩之至也。"古人從經學角度，以"六德"釋"六義"。"四始"釋詩，不少是借題發揮，穿鑿附會之談，今人則從文學角度解釋，認爲：風、雅、頌屬於三種體裁；賦、比、興屬於詩的三種表現方法。賦、比、興的基本含義，宋代朱熹的解釋流行最廣，也最著名。《詩集傳》云："賦者，敷陳其事而直言之者也。""比者，以彼物比此物也。""興者，先言他物以引起所詠之詞也。"賦的表現方法：記事、狀物、抒情、表意，采用白描形式；比興，《文心雕龍》云："比者，附也；興者，起也。""起情故興體以立，附理故比例以生。"注意托物寓情。較短的篇章使能造成富有情趣的形象與境界。《詩經》中賦、比、興的運用，大大豐富了詩歌的表現方法。這一方法，在中國詩歌的創作園地中一直繼承着、發展着。

關於《詩經》的編纂，漢代盛行兩種傳說：一是"采詩"說，一是"刪詩"說。"采詩"說在先秦書中，沒有明確記載。《漢書·食貨志》云："男女有不得其所者，因相與歌詠，各言其傷。……春秋之月，群居者將散，行人振木鐸徇于路以采詩，獻之太師。比其音律，以聞於天子。"何休《公羊解詁》云："男女有所怨恨，相從而歌。饑者歌其食，勞者歌其事。男年六十、女年五十無子者，官衣食之，使之民間求詩。鄉移於邑，邑移於國，國以聞於天子。"采詩之說，兩千年來研究《詩經》的似乎一直沒有確斷。清崔述《讀風偶識》云："余按：克商以後，下逮陳靈近五百年，何以前三百年所采殊少，後二百年所采甚多？周之諸侯千八百國，何以獨此九國有風可采，而其餘皆無之？曰：孔子之所删也。……且十二國風中，東遷以後之詩，居其大半，而《春秋》之策，王人至魯，雖微賤無不書者，何以絶不見有采風之使？乃至《左傳》之廣搜博采，而亦無之？則此言出於後人臆度無疑也。"提出疑點，未做結論。這個問題根據何休解釋，是各國自行采集而獻於王朝的緣故。《周頌》《大雅》《小雅》撰作時代多在西周，應早爲王朝太師所纂録，頒布於諸侯國家。此外各國的詩，率由各國自行收集，獻於王朝。南國開闢在西周中葉以後，至平王遷都洛邑六七十年間。南國諸侯遂爲楚國所併。二南諸詩，殆此百餘年中陸續所獻，魯宋兩國僅獻頌詩，不獻風詩，故有《魯頌》《商頌》，而無《魯風》《宋風》。侯國自集其詩，必有其人，故近人或以爲樂師爲之。樂師加以選擇，被之管弦，獻之王朝。王朝太師又加删汰，未必有詩即録。三百篇中，各國風詩不齊。多者三十餘篇，如邶、鄘、衛風；少者十餘篇，如周南、召南；或數篇，如曹風。侯國隨時獻詩，王朝太師亦隨時纂録頒布。各國士大夫亦得從而諷誦肄習。孔子到過宗周，得知周太師之樂與魯太師樂不全協調，加以整理。故云："吾自衛反魯，然後樂正，《雅》《頌》各得其所。"

　　《詩經》今傳三百零五篇。原有多少？説有三千餘篇。漢人因有孔子删詩之説。《史記·孔子世家》云："古者詩三千餘篇，及至孔子去其重，取可施於禮義，上采契、后稷，中述殷、周之盛，至幽、厲之缺。"司馬遷説本魯詩。對這一説法漢孔安國《吕氏家塾讀書記》引，唐孔穎達的《毛詩正義》，宋鄭樵的《詩辨妄》，朱熹的《詩集傳》，葉適的《石林詩話》，清江永的《鄉黨圖考》，崔述的《讀風偶識》，方玉潤的《詩經原始》都曾提出疑問與辯論。孔穎達云："經傳所引諸詩，見存者多，亡失者少，不容孔子十去其九。"關於逸詩，魏源《詩古微》做過統計：《左傳》引《詩》二百十七條，逸詩兩條；列國公卿引見《詩》百有一條，逸詩五條；列國宴享歌詩贈答七十條,逸詩三條。《孟子》《荀子》及《禮記》所引,逸詩亦鮮。清方玉潤《詩經原始》云:"夫子反魯在周敬王三十六年,魯哀公十一年,丁巳。時年已六十有九。若云刪詩,當在此時。乃何以前此言《詩》,皆曰'三百',不聞有'三千'説耶?此蓋史遷誤讀正樂爲刪詩云耳。"今觀孔、方前後兩家之説,不信刪詩之説,很有道理。《詩經》今傳三百零五篇外,尚有逸詩若干。這些逸詩大都是零章斷句,而且許多是僞托的。

《詩經》在未結集之前,周王朝已將詩篇頒布給列國諸侯。諸國士大夫得而諷誦。他們在宴享及奏對的時候,常常可以稱引。西周時,祭公謀父諫周穆王征伐犬戎,他曾徵引《周頌·時邁》,芮良夫諫周厲王,也曾引過《周頌·思文》和《大雅·文王》。可見西周之時,《雅》《頌》早爲人所傳誦。在春秋隱公、桓公、莊公、閔公、僖公時,《詩經》中有些詩篇尚未創作。如《秦風·黃鳥》,《左傳》記於魯文公六年,《陳風·株林》作於魯宣公十年,創作年代俱在魯僖公後。根據《左傳》所記,在五公時,列國君卿大夫引詩,賦詩已有十五條,《國語》所記,東周人士賦詩、引詩已有十四條。賦詩的人有楚成王、秦穆公、齊管仲、晉士蒍、韓簡、臼季、秦公孫枝、宋子魚、公孫固、魯臧文仲、齊姜氏等人。由此可知:當時列國君卿大夫早已誦詩。這是由於周代將詩、書、禮、樂列入教育項目,用"詩教"教人的緣故。

《詩經》結集以後,孔子之時學術、教育出於私門,詩學遂爲一般學者所重視。先秦諸子:墨子、孟子、莊子、韓非子等都利用詩來宣傳他們的觀點和主張。春秋之世,列國君卿士大夫辦理外交,借賦詩言志。當時引詩,都是斷章取義,對於原詩的藝術形象、主題思想並不留意。如《左傳·文公十三年》記載:鄭伯與魯文公會於棐地。鄭伯想和晉國和好,希望魯文公爲他説情。宴會時,鄭大夫子家賦《小雅·鴻雁》,斷取首章的"劬勞於野""哀此鰥寡",意思是説鄭國寡弱,暗示魯文公勸晉國憐恤他們。魯大夫季文子答賦《小雅·四月》,義取行役踰時,思歸祭祀,表示拒絶。子家又賦《鄘風·載馳》的第四章,義取小國有急,盼望大國援助。季文子再賦《小雅·采薇》的第四章,取"豈敢定居,一月三捷"表示答允爲鄭國奔走。這場協商,雙方都是借詩喻意。孔子授詩,強調學生誦詩,用於專對。《論語·子路》記孔子云:"誦詩三百,授之以政,不達;使之於四方,不能專對,雖多亦奚以爲?"這是由於這一特定的歷史情況形成的。

中國古代詩歌與音樂密切聯繫,又與禮相結合。統治階級爲了制禮作樂,充實樂章,也就注意采集民間詩歌,進行改編。《雅》是廟堂樂歌,《小雅》用於燕禮,鄉飲酒禮有時用風。王國維《釋樂次》云:"升歌之詩,以《雅》《頌》。大夫、士用《小雅》,諸侯燕其臣及他國之臣,亦用《小雅》,兩君相見,則用《大雅》或用《頌》;天子則用《頌》焉。升歌既畢,則笙入。笙之詩,《南陔》《白華》《華黍》也。歌者在上,匏竹在下,於是有間有合。間之詩,歌則《魚麗》《南有嘉魚》《南山有臺》,笙則《由庚》《崇邱》《由儀》也;合之詩,《周南》:《關雎》《葛覃》《卷耳》,《召南》:《鵲巢》《采蘩》《采蘋》也。自笙以下諸詩,大夫、士至諸侯共之。"鄉飲酒禮:乃合樂《周南》:《關雎》《葛覃》《卷耳》,《召南》:《鵲巢》《采蘋》《采蘩》。鄉射禮、燕禮同。周代所以用風、雅、頌,主要用以建立嚴格的等級制度,根據名位和禮教,制定樂章,以此防微杜漸,鞏固社會秩序。《左傳·襄公四年》載:穆叔如晉,晉侯享之,金奏《肆夏》之三,工歌《文王》之三。都不拜。因爲穆叔知道《肆夏》"天子所以享元侯也"。《文王》是"兩君相見之樂也"。歌《鹿鳴》之三,穆叔三拜,因爲《鹿鳴》是"君所以嘉寡君也"。穆叔感到這樣纔符合他的等級名分。頌是宗教式的祭歌,用以歌功頌德。這可説明統治階級重視詩樂,有着鞏固統治秩序的政治目的。在封建社會裏所謂"《詩》《書》《禮》《樂》""學《詩》""學《禮》""《詩》《禮》傳家",中間的《詩》都含有這樣的意思。孔子論《詩》,重視《書》《禮》《樂》相配合,作爲道德、教育的工具,用以鞏固封建社會秩序。《論語·泰伯》云:"興於《詩》,立於《禮》,成於樂。"《季氏》云:"不學《詩》,無以言。""不學《禮》,無以立。"《陽貨》云:"《詩》可以興,可以觀,可以群,可以怨。邇之事父,遠之事君;多識於鳥獸草木之名。"《爲政》云:"《詩》三百,一言以蔽之,曰:思無邪。"都有此意。

《詩經》在先秦時代原稱爲《詩》,或作"《詩》三百"。到了漢代,《詩》被儒家尊爲經典,因稱《詩經》。《詩經》的名稱逐漸代替了《詩》。《史記·儒林傳》云:"言《詩》,於魯則申培公,於齊則轅固生,於燕則韓太傅。"《漢書·藝文志》云:"《詩經》二十八卷,魯、齊、韓三家。"秦漢以後,讀《詩經》的,一般爲儒家思想所束縛,把《詩經》的研究納入經學之中,到了近代,纔逐漸解放出來。但古人的研究,有其貢獻,我們應予以批判繼承。

《詩經》代表着中國兩千五百年前的詩歌創作,在列國諸侯采詩、獻詩的情況下,人民口頭詩歌得以纂輯、交流和流傳於後。不管當時統治階級的主觀意圖和目的怎樣,客觀上卻使口頭詩歌獲得提高與發展的機會。人民口頭詩歌擴大了作家寫作的視綫與技巧;作家的文化修養也有助於詩歌水平的提高,這樣就使詩歌的思想性與藝術性逐步提高,達到高峰,人民是始終站在進步立場的。這使人民口頭詩歌在《詩經》中起了源泉作用和進步作用。《詩經》是中國第一部詩歌總集,它是中國古代文學寶庫中的一份珍貴遺產。

編訂説明:據代抄(複寫)稿録編。原題《詩經》,今題爲編訂者酌擬。

關於《詩經》中的愛情詩歌

愛情詩歌，是《詩經》中一個重要組成部分。

《詩經》的時代是由奴隸制走向封建制的社會，是母權早已過去，家庭、私有制與國家早已建立的社會。這一社會性質反映在男女的愛情關係上是極爲複雜的。因爲人類的愛情與兩性生活不是赤裸裸的以動物方式來滿足的，而是一種社會生活。

這篇小文準備討論兩個問題：一、愛情、兩性生活和社會性質的關係；二、它在文學作品《詩經》中的反映。

一

歷史告訴我們：最初人類的兩性關係是雜亂的性交關係，父女、母子可以互爲夫妻。後來人們在長期經驗積累中認識了血緣婚生的子女不健康，於是禁止了血族的性交關係，發展爲群婚制。在原始社會的初期，婦女在生產中起主要作用，擔負主要的職能，形成了母權制。隨着生產力的發展，人們生產的東西也有了剩餘，男子在生產勞動中起了決定的作用，女子日漸處於被支配的地位。母權氏族社會也必然被父權氏族社會取而代之。再隨着金屬工具的出現，社會上已不需要整個氏族一起生產了，於是大家族就分化爲一夫一妻制的家庭，因爲這樣反而能提高生產的積極性。顯然,在這樣的社會中、家庭中,男女是不能夠平等的。這種支配男女關係的最主要力量雖然是經濟,但它卻常常通過法律、道德、宗教、藝術而起着作用。

在封建社會中,家庭就是封建王國的縮影。人格的隸屬關係,奴隸制的殘餘不僅存在於地主與農民之間,存在於皇帝與人民之間,而且存在於家庭中,存在於父母子女和夫妻之間。在上層統治者之間,男女結合完全遵從父母之命與媒妁之言,議婚不是爲了男女雙方的幸福,而是封建家族乃至國家之間聯合的手段,謀取財產的手段。因此,他們之間真摯的戀愛是根本不存在的。封建社會裏的勞動人民,一方面是小私有者,在婚姻生活中不可避免地要從經濟利益方面去考慮;同時,在當時的社會裏,封建道德占着統治地位,也必然地影響着勞動人民。因此,民間婚姻也遵從着父母之命、媒妁之言;另一方面,他們是被壓迫的勞動者,在日常勞動生活中,兩性接觸的機會較多,這必然會產生他們之間的友誼,並在反對封建道德的共同鬥爭中,形成了有高尚感情的"糟糠夫妻",爲人民自己所樂道。

恩格斯在著名的《家庭、私有制和國家的起源》一書中寫道:"在整個古代,婚姻都是由父母爲當事人締結的,當事人則安心順從。古代所僅有的那一點夫婦之愛,並不是主觀的愛好,而是客觀的義務;不是婚姻的基礎,而是婚姻的附加物。現代意义上的爱情关系,在古代祇是在官方社会以外繞有。"

"對於騎士或男爵,像對於王公一樣,結婚是一種政治的行爲,是一種藉新的聯姻來擴大自己勢力的機會;起決定作用的是家世的利益,而絕不是個人的意願。在這種條件下,愛情怎能對婚姻問題有最後決定權呢?"

"當事人雙方的相互愛慕應當高於其他一切而成爲婚姻基礎的事情,在統治階級的實踐中是自古以來都沒有的。至多祇是在浪漫故事中,或者在不受重視的被壓迫階級中,纔有這樣的事情。"

基於上述的認識,我們來對《詩經》中的愛情詩歌略加考察。

二

反映在《詩經》中的愛情詩歌,最重要的是勞動人民自己的愛情之歌。

《齊風·還》,歌頌一位獵者雄健能幹,在勞動中與他的女友建立了愛情:

> 子之還兮,遭我乎猺之間兮,並驅從兩肩兮,揖我謂我儇兮。

譯文:

> 你的行動真輕捷啊,碰到我在猺山中啊,我與你並肩坐在車子上一同去追兩個小野獸,你對我作揖說我能幹啊。

《衛風·木瓜》這首詩不僅體現了青年男女間誠摯純樸的感情,而且表示了對異性的尊重和敬愛,詩中洋溢着一種爽朗、誠懇的氣氛:

> 投我以木瓜,報之以瓊琚。匪報也,永以為好也。

譯文:

> 把木瓜給我擲了過來,我將瓊琚來送還。不是單單送還啊,是想永結和好啊。

《鄭風·子衿》是寫一位姑娘,她熱情地期待她的愛人,但她的愛人沒有來,她為愛情而焦慮:

青青子衿,悠悠我心。縱我不往,子寧不嗣音?

譯文:

　　你那青青輕柔的綬帶,永遠飄蕩在我的心頭,縱使我不能來到你的身旁,難道你不能送來"歌唱的聲音"?

這些詩歌不是已經説明了勞動人民的真摯純樸的戀愛嗎?

必須強調指出:這種思想感情與當時的鞏固私有財産的剥削制度,以及適應並維護這一制度的封建禮教是尖鋭矛盾的。在當時的社會中,這制度所形成的力量是頑强的客觀存在。那麽青年男女的戀愛一定有許多是不能如願的,乃至造成了許多悲劇;但也正在這裏,被壓迫的勞動人民表現了堅强的反抗鬥争的精神!

《召南·摽有梅》是一首農村婦女的戀歌。詩中寫一位農家的女孩子,春光爛漫,懷着無限的希望,去追求她的伴侶,可是一直到梅子落盡,這希望還是不能達到:

摽有梅,其實七兮。求我庶士,迨其吉兮。
摽有梅,其實三兮。求我庶士,迨其今兮。
摽有梅,頃筐塈之。求我庶士,迨其謂之。

譯文:

　　梅子成熟了,果實落得祇剩七成。我尋求我的伴侶,懷着無限的希望。

　　梅子成熟了,果實落得祇剩三成。我尋求我的伴侶,一直希望到現在。

　　梅子成熟了,用淺籃子盛回家去。我尋求我的伴侶,祇是在説説而已。

《鄘風·柏舟》一詩是寫一位姑娘,熱愛蕩漾在柏木裏頭髮披在兩旁的青年。可是她母親不同意她的婚事,她反抗"父母之命",發誓不愛他人。詩中充滿了她的反抗鬥爭的精神!

> 汎彼柏舟,在彼中河,髧彼兩髦,實維我儀。之死矢靡它! 母也天只,不諒人只!

譯文:

> 柏木舟在水中蕩漾,在那河的中央。那頭髮披在兩旁的,是我心愛的人兒。我誓死不愛他人,母親哪,天啊! 不諒解人家的苦衷啊!

這些詩篇,一方面歌頌了誠摯的愛情;另一方面也揭露了封建制度的迫害,顯示了勞動人民爲爭取幸福生活的鬥爭。

在封建社會裏,封建道德占統治地位,勞動人民受到它的愚弄,而在這樣的社會中,男性是財產的支配者,男女不可能做到真正的平等。因此男女問題的悲劇就常常發生,《衛風·氓》就反映了這個情況。它完整地叙述了婦女被氓引誘、欺騙、結婚與被遺棄的故事:

> 氓之蚩蚩,抱布貿絲。匪來貿絲,來即我謀。送子涉淇,至于頓丘。匪我愆期,子無良媒。將子無怒,秋以爲期。
>
> 乘彼垝垣,以望復關。不見復關,泣涕漣漣。既見復關,載笑載言。爾卜爾筮,體無咎言。以爾車來,以我賄遷。
>
> 桑之未落,其葉沃若,吁嗟鳩兮,無食桑葚。吁嗟女兮,無與士耽。士之耽兮,猶可説兮;女之耽兮,不可説也。
>
> 桑之落矣,其黃而隕。自我徂爾,三歲食貧。淇水湯湯,漸車帷裳。女也不爽,士貳其行。士也罔極,二三其德。
>
> 三歲爲婦,靡室勞矣。夙興夜寐,靡有朝矣。言既遂矣,至于暴矣。兄弟不知,咥其笑矣。靜言思之,躬自悼矣。

及爾偕老，老使我怨。淇則有岸，隰則有泮。總角之宴，言笑晏晏。信誓旦旦，不思其反。反是不思，亦已焉哉！

譯文：

你啊，一個多麼老實的漢子，帶了貨布來買我的絲。你不是來買絲的，原來是來向我求婚的。我送你涉過淇水，一直到了頓丘。並非我有意誤了佳期，因爲你沒有央媒人來説親。請你不要動氣，我決定就把秋季作爲我們的佳期。

我跑到堍垣上去，日夜盼望着復關。我看不見復關，心急流淚，我見到了復關，就有説有笑。你請了卜筮的人，算過我們兩人的命運，也並無不吉的話語。你把車子帶來，把我和嫁妝一起騙走了。

桑葉在未落的時候，葉子繁茂綠油油的。唉！鳩啊，留心些，不要貪吃桑葚。唉！少女，少去和男人尋歡。男人作樂，是沒有關係的。我們女子去尋歡作樂，就不是那樣簡單了。

到桑葉要脱落時，它顏色枯黃而下。自從我嫁給了你，三年來都是過着貧苦的日子。淇河的水盈盈地流着，我們的車子也被水浸濕。我做女人的，不曾有過錯處；但你對我的態度卻完全兩樣了。你啊，真是壞透了，對我總是三心二意的。

做了你家的媳婦三年多，滿屋的人沒有像我這樣勞苦的。早起晚睡，沒有一天例外。但是你啊，目的達到，對我就凶暴起來了。回家，我的兄弟不知道中間的蹊蹺，反而哧然戲笑。私下想想，我是多麼悲傷。

你起初説：我想和你白頭偕老，但今天又嫌我老。唉，淇水雖闊，也有它的邊岸，隰地也有淺的地方。我倆孩提時的相會,那情景是多麼愉快而可愛。你那時誠懇的山盟海誓,就不想實行了嗎? 那些誠懇的話,你是不想實行了。我也祇好罷了,還有什麼話說呢。

《衛風·氓》是一首比較完整的敘事詩。詩中刻畫了兩個對立的形象,氓是一個商人,他有濃厚的剝削階級的意識,玩弄婦女,是一個無情無義的卑劣形象。他以謊言和虛偽的殷勤,賺得了女性。一旦欺詐成家以後,立刻便擺出一副凶狠的家長神態,虐待妻子,最後遺棄了她。這種卑鄙無恥的手段,也正是封建社會男尊女卑的產物。

詩中也刻畫了一個具有生活實感的勞動婦女的形象。她熱情善良,仁厚而勤勞。在愛情一開始,她就以純真的心,接受了氓的求婚。她為了愛情中的離別與相逢,受盡了折磨;為了生活的理想,堅持辛勤不懈地勞動。但從氓那裏得到的並不是尊敬與體貼,而是冷酷的虐待與遺棄。但她沒有乞憐,凜然不屈,發出了對封建制度罪惡的控訴的呼聲! 這是一個堅強的勞動婦女的形象!

三

《詩經》也反映了統治階級的兩性生活的面貌。

《召南·何彼襛矣》是寫王姬出嫁的詩,詩中盛稱王姬出嫁時的艷妝及其家世的顯赫,用魚兒與釣鉤來比喻兩姓的婚姻關係:

> 何彼襛矣? 唐棣之華。曷不肅雝,王姬之車。
> 何彼襛矣? 華如桃李。平王之孫,齊侯之子。
> 其釣維何? 維絲伊緡。齊侯之子,平王之孫。

譯文：

> 怎麼那樣艷麗啊，好像那唐棣之花。多麼莊嚴，多麼大
> 方，那貴族婦女的車輛。怎麼那樣艷麗啊，如桃李一般漂
> 亮。她是平王的外孫，她又是齊侯的女郎。用什麼東西來
> 釣啊，長長的絲兒做綸。她是齊侯的女郎，她是平王的
> 外孫。

《衛風·碩人》暴露他們的娶妻是作爲政治的活動，在詩中
也大力描寫出嫁時的鋪張，形式的堂皇，中間卻看不見有絲毫真
摯的感情：

> 碩人其頎，衣錦褧衣。齊侯之子，衛侯之妻，東宮之妹，
> 邢侯之姨，譚公維私。
> 手如柔荑，膚如凝脂，領如蝤蠐，齒如瓠犀，蓁首蛾眉，
> 巧笑倩兮，美目盼兮。
> 碩人敖敖，說於農郊，四牡有驕，朱幩鑣鑣，翟茀以朝，
> 大夫夙退，無使君勞。
> 河水洋洋，北流活活，施罛濊濊，鱣鮪發發，葭菼揭揭，
> 庶姜孽孽，庶士有朅。

譯文：

> 姑娘長得很苗條，披着一件織錦的外套。她是齊侯的
> 女兒，衛侯的妻子，東宮得臣的妹妹，邢侯的姨姨，譚公是她
> 的姊夫。
> 雙手像柔軟的荑草，皮膚似凝滑的脂肪，頭頸像細長的
> 幼蟲，牙齒排列得像瓠瓜潔白的籽，蟬一樣的花額，蛾一樣
> 的彎眉，抿着嘴一笑露出了白牙啊，睞着眼睛一瞅露出了黑
> 珠啊！

　　姑娘長得很高大，車子停留在郊野。四匹馬兒强壯得很，紅的銜鐵非常美麗。她乘翟車到衛國來會見：大夫們趁早回去吧，不要叫君王太辛苦。

　　盈盈的河水，潺潺地向北流着。網兒放下去索落落，鱣魚跳起來潑辣辣，蘆葦長得高高的。姪娣們穿得很漂亮，媵臣們也很威武。

這不就説明了恩格斯的話的正確嗎："當事人雙方的相互愛慕應當高於其他一切而成爲婚姻基礎的事情，在統治階級的實踐中是自古以來都沒有的。"

恩格斯詰問道："在這種條件下，愛情怎能對婚姻問題有最後決定權呢？"

從《詩經》的情歌與反映兩性生活的詩歌中，我們可以體會到：《詩經》真實地、本質地反映了當時社會的各階層各階級的兩性生活的面貌；《詩經》有無比深刻廣闊的現實主義精神，《詩經》是中國古代人民生活的第一部百科全書，它在世界文學中應當占有顯著的地位。

（原刊《浙江師院》1957 年第 1 期）

《周頌》的歷史意義

　　《詩》三百篇創作、儲存、積累和編纂，它的程式是從"頌""雅""南""豳"即《周頌》《大雅》《小雅》《周南》《召南》《豳風》發軔，從而演變、發展爲"風""雅""頌"的。關於這個問題，余於《詩三百篇的創作與累積考說》一文試作探索，企圖予以説明。

　　《詩》的作品，或説《詩》這部書，一上來或説在古代相當長的歷史階段内是和古代的政治結下不解之緣的。從歷史唯物主義角度對待這部古代典籍，首先就要從這角度着眼，理順這裏面的許多問題。

　　《周頌》在《詩》三百篇中是創作在先、儲存在先、積累在先和編纂在先。基於這樣的客觀存在，論述《詩經》首先就要予以足夠的重視。不少學人，重視"風詩"，突出"風詩"，這是應該的、必要的。"風詩"在《詩》中是應重視與突出的。但從《詩》史着眼，《詩》學着眼，《周頌》就可以忽視了嗎？ 如果對於《周頌》不作深入研究，知之甚少，那麼對《詩》的這部古籍也就難以作較爲全面深入的理解，就难以明白它在古代社會所起的社會效益、政治意義、教育意義、歷史意義和現實意義了。

　　《毛詩序》中對"頌"，有着一句贊美之辭："頌者，美盛德之形容，以其成功，告於神明者也。"這句話闡發得較晚，卻是繼承與總結西周和春秋以還《詩》的論"頌"，道出了《周頌》創作的歷史意義。這句話在今日可能是許多學人會把它視爲"迂腐之談"，而輕率地、粗暴地予以否定的。我的看法不是這樣。這裏，我談談我的看法。

《詩序》認爲周民族的開國、立國，是"成功"的。成功之道，由於"盛德"。那麽，在古代史上，有沒有一些民族開國，立國不是"成功"，而是"失敗"的呢？有的。我們可以舉出古代江漢地區的土著，傳說中的三苗，就是一個例子吧！《史記·五帝本紀》記載："三苗在江淮荆州，數爲亂，於是舜歸而言於帝（堯）：請流共工於幽陵，以變北狄；放驩兜於崇山，以變南蠻；遷三苗於三危，以變西戎；殛鯀於羽山，以變東夷。"這是古代的民族、部落的鬥爭，有的在鬥爭中失敗了。"三苗"是"四皋"之一，失敗後被逼從江漢地區遷到"三危"。三危在今甘肅敦煌一帶。《尚書·禹貢》云："三危既宅，三苗丕叙。"《戰國策·魏策一》記吳起說："三苗之居，左有彭蠡之波，右有洞庭之水。文山在其南，而衡山在其北。"彭蠡應即鄱陽湖，洞庭爲洞庭湖。文山、衡山地望，尚未確定，應在彭蠡、洞庭的南北。這是一塊很大的地盤。三苗，別稱"有苗"或"苗民"，是一個龐雜的族系。遠古之世，江漢地區的部落流徙不定。不同族類，互爲消長。夏人與三苗衝突，夏人前進，三苗後退，終遷三危。江漢地區幾經變遷，後爲楚人所域。三苗失敗，總的來說，由於"德義不備"。那麽，周民族的開國、立國，由於"盛德"，獲得"成功"，美之頌之，能說不應該嗎？

周民族的開國，傳說在夏末商初。傳說姜嫄踏着巨人的脚跡而生后稷。這個傳說實際上顯示着那時的周民族還存留着母系氏族社會的歷史痕跡。姜嫄的兒子名棄，始封於邰，開始教民種稷和麥，周民族尊稱之爲后稷。從母系氏族社會向父系氏族社會轉化開始。后稷的子孫：不窋、鞠陶、公劉、慶節等，一代代延續下去。《國語》記載不窋："竄於戎狄之間"，受着北方和西方遊牧民族的侵凌，農業社會一時建立不起來。跑到今甘肅的慶陽去避居。公劉遷豳，遂又回來開荒定居。古公亶父又受戎狄脅逼，從豳地再又遷到了岐山，營建城郭，發展農業。周民族由是漸趨富强，其地稱爲周原，民族稱周，領袖號周太王。"周"字金文象形，爲疇的意思。古公第三子爲季歷，爲商牧師。擁有一定的政治、軍事實力，能夠自衛反攻，但爲太丁所殺。季歷子爲文王，紂封西伯。文王解決虞、芮兩國的爭端，又敗戎人，攻滅密、黎、邘、崇等國，獲得發展，招賢納士，遷居渭水之南，建都於豐。武王即位，九年東至盟津，會諸侯。十一年以戎車三百乘、虎賁三千人、甲士四萬五千人，聯絡諸少數民族伐紂，戰於牧野，一個早晨就攻下了商都朝歌。滅商，定都鎬京。建立周朝，成爲中國第三個統一的奴隸制國家。周民族的祖先十分重視農業生產，始祖各異，尊稱"后稷"。民族稱周，王朝也稱周。開國以後，教導執政的最高的統治者，"先知稼穡之艱難"，奠定了以農立國的優良傳統；同時，中華人民共和國是一個多民族的國家，從此也就成爲多民族國家的基礎。那麼，這個成功顯示着周民族的奮鬥史，是社會發展的成功，是組成中華民族開國、立國不可分割的部分的成功，就不應該，就不值得"美"之、"頌"之嗎？

《詩序》說："頌者，美盛德之形容，以其成功，告於神明者也。"這裏首先說明了"成功""盛德"和"頌"之、"美"之的内涵和意義。接着還要從歷史唯物主義的角度來說明這個"告於神明"四字特殊含義，看看這四個字在歷史上是否提出了一些新的東西，在那時的社會效益，有沒有它的進步意義呢？我的回答，也是肯定的。說明這個問題，我們不妨回顧一下商代的"周祭"。董作賓先生的《甲骨文斷代研究例》將殷墟甲骨卜辭分爲五期，第五期爲帝乙、帝辛。這一時期的祀典分爲翌、祭、酒、劦、彡五種。祭祀先王先妣："依其世次日干，排入'祀典'，一一致祭"的。

"秩序井然,有條不紊。"帝乙帝辛之時,重修祖甲時的祀典,以五種祀典爲主幹,"遍祭先祖妣,一周之期,恰滿三十六旬,近於一年之日數,故即稱一年爲一祀"①。《禮記·表記》説:商人"尊神,率民以事神"。河南安陽殷墟出土的甲骨卜辭,其中祭祀卜辭,就是商王及王室貴族祭祀先祖妣及各種鬼神的記録。祭祀極爲頻繁、複雜。它的目的,無非祈求神明,以加强和維護他們的統治。這裏套用《詩序》的一句話是:"以其迷惑,卜於神明者也。"直接地説,商朝的統治者極端迷信,是因其愚昧,求助神明也。可是神明没有救他,《史記·殷本紀》曰:"甲子日,紂兵敗,紂走入,登鹿臺,衣其寶玉衣,赴火而死。"《大雅·文王》:"宜鑒於殷,駿命不易。"周王朝是借鑒於這歷史的經驗教訓的。"告於神明",也是祀典,可是提出了新的東西。周王朝不是以其愚昧、迷惑、卜求於神明者也。而是"以其成功,告於神明者也"。"告其成功"與"抒其愚昧",這裏面的内涵難道就没有本質的差異嗎?没有它的歷史的進步意義嗎?這個問題,有所認識,那麽,它的歷史意義也可從而進行探索了。

《周頌》是《詩》三百篇中的首先組成部分。是周的樂歌,周的舞歌。樂舞伴奏,配之以詩,在祀天祭祖的隆重場合中舉行,成爲周的禮制。原始社會的樂,祇是一種原始歌舞;禮,《説文解字》所謂:"所以事神致福也。"樂舞祇是圖騰崇拜與巫術祭祀而已。這種儀式後世逐漸發展成爲以父系社會家長制爲基礎的英雄崇拜或祖先崇拜。周公制禮作樂,繼承和發展歷史上的東西,使詩、禮、樂通過人際的節制、順從、恭敬等手段成爲凝聚民族,穩定社會的精神力量。禮以定位,使人懂得人的差別;所謂:禮主別異;樂以陶情,使人情感愉悦;所謂:樂主和同,使有凝聚力。

① 俱見董作賓:《殷曆譜》上編卷一及卷三。

詩以言志，作爲人的主導思想，使其理性自覺，以維護等級制、世襲制和特權制爲核心的人倫關係和道德行爲，作爲精神文明建設的一種社會意識。在春秋時，孔子闡發起其義，所謂："興於詩，立於禮，成於詩。"這種禮制，在社會發展及其上升時期，對於鞏固統治階級的政權、維護社會秩序，促進生産和社會發展是起着積極作用的。而推行到一定的歷史時期，成爲僵化的程式，就會阻礙社會發展。"窮則變，變則通。"禮有因革，則就需要通變以爲功了。《周頌》的創作，就商代的"周祭"祭禮卜辭所顯示的禮制來説，可説是一個性質迥異的飛躍性的改革了。

編訂説明：據手稿（複印）本録編。手稿最後還有"這裏再將《周頌》三十一篇《清廟》《臣工》之什十篇、《閔予小子》之什十一篇條分縷析，作具體分析："一段文字，知其文未竟。

"毛詩"派詩學論

漢世傳詩,有魯、齊、韓、毛四家。魯、齊、韓三家詩列於學官,"毛詩"(以下不加引號——編者)之學後顯,暗然日章,而三家詩漸湮失傳。其事誦詩者悉諗之。此不具論。

毛詩之學,見於《詩序》及《傳》,爲詩之顯學。歷史上有其崇高地位;然其所見,有偏頗處,未盡善也。後世遂多訾議。管窺所及,此文願供愚忱,以待商榷。

毛詩認爲詩之創作:"情動於中,而形於言。"是人類心理情緒的反映,而表現之於語言文字。此心理反映又爲詩人主導思想"志"的表現。毛詩《大序》是這樣説的:

> 詩者,志之所之也。在心爲志,發言爲詩。情動於中,而形於言。

詩是一種文藝創作,透過詩的語言,從而捕捉詩人"在心"之"志",孟子所謂"以意逆志"。那麼什麼是詩人之志呢?《詩序》認爲:《詩》三百篇悉爲詩人抒其政治倫理之志。詩以言志,此志之政治效益有助於風化、有助於政教,其目的即爲有助修身、齊家、治國、平天下也。《詩序》解釋《詩》之風、雅、頌三義,云:

> "風,風也;教也。""雅者,正也。言王政之所由廢興也。政有小大,故有小雅焉,有大雅焉。""頌者,美盛德之形容,

> 以其成功,告於神明者也。"

《詩》的政治效益,《詩序》云:

> 故正得失,動天地,感鬼神,莫近於詩。先王以是經夫婦,成孝敬,厚人倫,美教化,移風俗。

而《詩》之所以能發生此等作用,其方式、方法有其特殊性,起到一般教育所不能起的作用,爲:

> 上以風化下,下以風刺上。主文而譎諫,言之者無罪,聞之者足以戒。

國史看到這點:

> 是以一國之事,繫一人之本,謂之風;言天下之事,形四方之風,謂之雅。……明乎得失之跡,傷人倫之廢,哀刑政之苛。吟詠情性,以風其上。

由是編《詩》。

《詩序》把《詩》三百篇的"作詩之義""誦詩之義""釋詩之義""授詩之義""知人論世"都統一到"達政""譎諫"這個角度來對待。

《詩序》用這樣一個角度,來對待《詩》三百篇是有道理的。這個觀點是有其歷史傳統繼承,也是有其衍變和發展的。在中國歷史社會、文化教育是有其巨大貢獻的。就《詩》三百篇作品的內容來說,作者的"作詩之義"也有這種觀點的流露與闡發的。《小雅·節南山》篇中就說:"家父作誦,以究王訩。式訛爾心,以畜萬邦。"《小雅·巷伯》說:"寺人孟子,作爲此詩。凡百君子,敬而聽之。"可以作爲例證。但這是一部分,不是全部。作者吟詠,還有其他情況的。何休《春秋公羊傳·解詁》就說:"饑者歌其食,勞者歌其事。"陷入饑勞困境,企盼走出低谷,即事而啄,情達而止。采詩、誦者、聽詩者可以"王者不出牖户，盡知天下所苦"，以觀民風；然未必爲作者意也。《詩》中多男女相悦之辭，未必意在"達政""譎諫"，而一刀切之，提高釋爲政治問題，則釋詩之義與作詩之義，有時可以統一，有時則將扞格不通矣。毛詩派統一《詩序》的這一觀點，以之爲各篇撰《小序》，爰是不免有穿鑿之説，偏頗之論也。

　　"達政""譎諫"之説，爲《詩序》論詩特色。毛公從而作《毛詩故訓傳》、鄭玄從而作《毛詩箋》、孔穎達以是作《疏》。《毛詩正義》①化解詩人之志，刻苦用心，將《詩》三百篇，放大提高，悉置之於有關"一國之事""天下之事"的大背景上，爲之溝通闡發，而毛詩派論詩之優劣，益顯矣。

　　作者依據這個觀點，參考《周禮》《左傳》，就《詩》三百餘篇各篇撰了《小序》。《詩序》以《周南》《召南》爲："正始之道、王化之基。"言"《關雎》樂得淑女，以配君子。"《小序》遂言："《葛覃》：后妃之本也。""《卷耳》：后妃之志也。""《樛木》：后妃逮下也。""《螽斯》：后妃子孫衆多也。""《召南·鵲巢》：夫人之德也。《采蘩》："夫人不失職也。"《草蟲》："大夫妻能以禮自防也。"《采蘋》："大夫妻能循法度也。"等等。這類組詩都是顯示當時奴隸主階級最高層次的天子、諸侯、大夫的后、妃、妻的齊家，以及治國之事，"所以風天下，而正夫婦也"。又如《小序·鹿鳴》："燕群臣嘉賓也。"《四牡》："勞使臣之來也。"《皇皇者華》："君遣使臣也。"又言："《鹿鳴》廢，則和樂缺矣。《四牡》廢，則君臣缺矣。《皇皇者華》廢，則忠信缺矣。《常棣》廢，則兄弟缺矣。《伐木》廢，則朋友

---

　　①　《毛詩正義》是對於毛《傳》、鄭《箋》等的疏解，又稱《毛詩注疏》。出於王德昭、齊威之手，由孔穎達綜其成。每首詩前結合前人意見寫有"小序"，《四庫全書總目》說："能融貫群言，包羅古義，終唐之世，人無異詞。"

缺矣。《天保》廢，則福祿缺矣。《采薇》廢，則征伐缺矣。《出車》廢，則功力缺矣。《杕杜》廢，則師衆缺矣。《魚麗》廢，則法度缺矣。《南陔》廢，則孝友缺矣。《白華》廢，則廉恥缺矣。《華黍》廢，則蓄積缺矣。《由庚》廢，則陰陽失其道理矣。《南有嘉魚》廢，則賢者不安，下不得其所矣。《崇丘》廢，則萬物不遂矣。《南山有臺》廢，則爲國之基墜矣。《由儀》廢，則萬物失其道理矣。《蓼蕭》廢，則恩澤乖矣。《湛露》廢，則萬國離矣。《彤弓》廢，則諸夏哀矣。《菁菁者莪》廢，則無禮儀矣。《小雅》盡廢，則四夷交侵，中國微矣。”《小雅》這類詩都是講治國之事，修明法度，鞏固社會秩序，增加國家人民的凝聚力；否則，就難以立國，外患就要來了。

至於《大雅》和《頌》，《小序·大雅·文王》：“文王受命作周也。”“《大明》：文王有明德，故天復命武王也。”“《緜》也：言文王之興，本由大王也。”“《棫樸》：文王能官人也。”《周頌·清廟》：“祀文王也。”“《維天之命》：太平告文王也。”“《維清》：奏象舞也。”“《烈文》：成王即政，諸侯助祭也。”《詩序》以這樣的框架來闡釋《詩》三百篇的“作詩之意”“誦詩之義”“授詩之義”並作爲奴隸社會，以及後世的封建社會的政治措施與教育方式，以培養其政治上的接班人和影響更廣大的庶民。這種形象教育，在古代社會生產力不發達的情勢下，以簡馭繁，使之深入人心。歷史地對待這種詩教的作用和貢獻，無疑地應該說是可以肯定的。不過這樣的內涵，要《詩》三百篇的“詩人之志”來承擔，其實是承擔不了這個重負的。

《詩》大、小序通過“以意逆志”“知人論世”把這許多詩篇整個都安置在有關“一國之事”“天下之事”的時代背景中，來解釋各篇，寫出大小序言，這自然是難以符合各篇作詩之義；而且隨時可以出現有悖於詩人之志的情況。例如：《鄭風·褰裳》的《小

序》:"《褰裳》思見正也。狂童恣行,國人思大國之正己也。"朱子
《詩序辨説》就説:"此序之失,蓋本於子大叔、韓宣子之言,而不
察其斷章取義之意耳。"《揚之水》之《小序》:"閔無臣也。君子閔
忽之無忠臣,良士終以死亡,而作是詩也。"《辨説》就説:"此男女
要結之詞,序説誤矣。"顯然,《詩序》對不少詩的作詩之義,是存
在誤解、歪曲和穿鑿附會的。因此《四庫全書總目提要》云:
"《詩》有四家,毛氏獨傳。唐以前無異論,宋以後則衆説爭矣。"

最後説一説《詩序》的作者問題,《後漢書·儒林傳》:《毛詩
序》爲子夏所創,毛公及衛宏又加潤益者。《隋書·經籍志》載毛
詩二十卷。漢河間太守毛萇傳,鄭氏箋,唐孔穎達疏。《傳》作者
或言毛亨。《詩序》及《傳》作者,異説紛紜,這暫不論,但《詩序》
及《傳》定了詩旨的調子,這樣就形成了毛詩派。毛詩派對於
"詩"的解釋,總的來説,孔穎達《毛詩正義》説《毛傳》於《詩》做了
三件事:

1.《釋詁》《釋言》通古今之字,古與今異言也。

2.《釋訓》言形貌也。然則訓詁者,通古今之異辭,辨物之形
貌,則解釋之義,盡歸於此。

3.《詩》云:"古訓是式。"《毛傳》云:"古,故也。則故訓者,故
昔典訓,依古(故)昔典訓而爲傳。"

前兩條爲"通古今之字"與"辨物之形貌",即溝通"古與今"
的"異言"與"辨物"——顯示草木蟲魚鳥獸,以及典章制度等方
面的"形貌"。這兩種工作對後世讀《詩》者從文物訓詁角度理解
《詩》的内涵,作用和貢獻很大。清代漢學(又稱樸學)興起,肯定
它的成績。馬瑞辰《毛詩傳箋通辭》,於此下了苦功,做了闡發。

後一條,毛詩派"依古(故)昔典訓",對《詩》三百篇,循着《詩
大小序》的"達政""譎諫"的功能與框架,不計作者本心,但求美
刺效應,"而爲傳義",發揮了詩教的作用;也説了許多錯話,做了

許多蠢事。毛詩派的"依古昔典訓",清陳奐《詩毛氏傳疏》,下了切實功夫,說明毛詩派的"詩以達政"是有它的根據和合理性的。"《正義》云:故訓者依故昔典訓而爲傳義。"

就第一條説:《關雎》第一篇:"左右流之""左右采之""左右芼之",《毛傳》:"流,求也。""芼,擇也。""采",即采,其義自明。"求""采""芼"三字,馬瑞辰《毛詩傳箋通釋》釋之。"流、求一聲之轉。"《爾雅·釋詁》:"流,擇也。"《釋言》:"流,求也。'擇'與'求'義正相成。'流',通作'摎'。"《後漢書·張衡傳》注:"摎,求也。……四章采之,五章芼之,與流同。《廣雅·釋詁》:采,取也。又曰:芼,取也。《爾雅》:芼,搴也;搴,亦取也。《傳》訓芼爲擇,蓋謂擇而取之,猶流之訓求,又訓擇耳。芼者,覒之假借。《説文》:覒,擇也。……《玉篇》引《詩》,亦作覒。"這可説明《毛傳》含義之豐贍,與古之學者治學之謹嚴。

就第二條説:《召南·采蘩》言之。"于以采蘩,于沼于沚。"《毛傳》:"蘩,皤蒿也。于,於。沼,池,沚,渚也。公侯夫人執蘩菜以助祭,神饗德與信,不求備焉。沼沚溪澗之草,猶可以薦,王后則荇菜也。"馬瑞辰《毛詩傳箋通釋》云:"蘩爲白色,讀若老人髮白曰皤。白蒿曰蘩,……蘩又爲凡蒿之通稱,《爾雅》:蘩之醜,秋爲蒿。《楚詞·大招》:吴酸蒿蔞,王逸注:蒿,蘩草也……《夏小正》:二月榮菫采蘩,《傳》云:皆豆實也。與《鄭箋》云:以豆薦蘩菹正合。"這就屬於"辨物之形貌"。通過這樣的"辨物",對詩中"公侯之事"也就可瞭解大概了。《毛傳》"之事,祭事也"。《箋》云:"言夫人於君,祭祀而薦此豆也。"《小序·采蘩》:"夫人不失職也。夫人可以奉祭祀,則不失職矣。"《毛傳》:"奉祭祀者,采蘩之事也。不失職者,夙夜在公也。"相互印證,而獲得理解。漢人畢竟去古爲近,尚有些三親資料。名物訓詁,是讀《詩》的基本功夫。缺少了這一環,望文生義,就很難,或者説無法歷史地對待古人的作品。

　　就第三條說:《小序》對《詩》的作品結合《周禮》《左傳》所顯示與記述的制度與史事的若干詩篇寫出題解,這就是世稱的《大小序》。通過這《序》,讀者可以從而進一步探索與發掘作品的内在含義。例如:《召南·采蘋》這篇詩寫將出嫁的姑娘,在南澗之濱,采蘋采藻,盛之筐筥,用於祭奠。這種禮制,古時行過,後世所無。《小序》因題此詩:"《采蘋》大夫妻能循法度也。能循法度,則可以承先祖,共祭祀矣。"《毛傳》並釋"于以奠之,宗室牖下"爲:"奠,置也。宗室,大宗之廟也。大夫、士祭於宗室(廟),奠於牖下。"《小序》所謂"法度",就指這種禮制。《左傳·隱公三年》云:"蘋蘩蕴藻之菜,筐筥錡釜之器,潢汙行潦之水,可薦於鬼神,可羞於王公。"所述結合《召南·采蘋》的《小序》和作品綜合理解,得知這類作品是在怎樣的社會現實生活下産生的。忽略了這點,對作品望文生訓,會走入歧途,産生各種各樣的誤解。

　　編訂説明:據手稿録編。

讀“毛詩”鄭箋

《召南·小星》云：“嘒彼小星，三五在東。”傳云：“嘒，微貌。小星，眾無名者。三心五噣，四時更見。”箋云：“於①眾無名之星，隨心噣於天；猶諸妾隨夫人以次序進御於君也。心在東方，三月時也；噣在西方，五月時也。② 如是終歲，列宿更見。”傳、箋皆釋三五，爲三月五月之星。以心在東方爲三月，噣在東方爲五月。一夜之星，祇能說三月五月，穿鑿甚矣。朱熹《詩集傳》謂三五在東，言其稀也。甚恰當。

《小雅·采緑》云：“五日爲期，六日不詹。”傳云：“詹，至也。婦人五日一御。”箋云：“婦人過於時，乃怨曠。五日六日者，五月之日、六月之日也。期至五月而歸，今六月猶不至，是以憂思。”按：五日爲期，六日不詹；猶言某日爲期，次日猶其至也。《詩集傳》謂：“五日爲期，去時之約也；六日不詹，過期而不見也。”是矣。傳箋注，據禮制以釋詩，而不自知其膠柱之鼓瑟也。

康成曾注三禮，長於禮。其箋毛傳，亦喜以禮制附會之，是

---

　　①　應守巖案：“於眾無名之星，隨心噣於天。”《毛詩正義》鄭箋云：“眾無名之星，隨心噣在天。”知“於”爲衍文。“噣於天”爲“噣在天”之誤。

　　②　應守巖案：“噣在西方，五月時也。”鄭箋原文爲：“噣在東方，正月時也。”不知先生出於何處？

380

其蔽也。如箋《邶風·綠衣》云："綠兮衣兮,綠衣黃裏。"傳云："興也。綠,間色;黃,正色。"箋云："綠兮衣兮者,言褖衣自有禮制也。諸侯夫人祭服之下,鞠衣爲上,展衣次之,褖衣次之。次之者,眾妾亦以貴賤之等,服之。鞠衣黃,展衣白,褖衣黑,皆以素紗爲裏。今褖衣反以黃爲裏,非其制也。以喻賤兮妾兮,賤妾自有定分,當以謙恭爲事。今賤妾反以驕僭爲事,亦非其宜。妾之不能(可)陵尊,猶衣之不可亂制,汝賤妾何爲上僭乎?"鄭君以綠衣爲褖衣,未知何據。推其由來,或以綠衣,於古無徵,而以褖衣爲有禮制也。不知《周官》多後王之辭。以後釋古,未必盡古。里巷歌謠,其事亦未必於禮皆有徵。又詩貴蘊藉空靈,其所比興,非若邏輯類比,難以執一而論也。鄭君往往以此態度釋詩,誠如孟子所議:固哉,高叟之爲詩也,無怪吾儕讀其箋者,每感其言與詩扞格,而於《國風》《小雅》,爲尤甚也。

　　編訂説明:據抄寫稿録編。

"齊詩"評議

《漢書·藝文志》載："凡諸子百八十九家,四千三百十四篇。諸子十家,其可觀者,九家而已。"九流者:儒、道、陰陽、法、名、墨、縱橫、雜、農;加小説爲十家。十家各自成學派,然實相互影響,"各引一端,崇其所善"。"同歸而殊途,一致而百慮"。

這裏未暇全面論述,祇就儒家中的一派言之。思孟之徒的五行之説,是受陰陽家鄒衍"終始"學説的影響。漢興,傳詩者有魯、齊、韓、毛四家;而"齊詩"説詩多紹述鄒衍之説,推波助瀾,變本加厲。儒學創於孔子,他的支流後裔,就揉入了他家學説,未必純爲儒説。

《荀子·非十二子篇》就批評思孟學派的"五行"説云:"略法先王而不知其統,猶然而材劇志大,聞見雜博,案往舊造説,謂之五行。甚僻違而無類,幽隱而無説,閉約而無解;案飾其辭而祇敬之曰:'此真先君子之言也!'子思唱之,孟軻和之,世俗之溝猶瞀儒,嚾嚾然不知其所非也,遂受而傳之,以爲仲尼、子游爲兹厚於後世,是則子思、孟軻之罪也。"這話説得中肯,提得尖鋭。子思、孟子認爲他的學説是"真先君子之言",其實非純儒家之言,是"略法先王而不知其統"的。思、孟的"五行"説,實是原於鄒衍的"五德終始"論的。司馬遷在《孟子荀卿列傳》中介紹鄒衍的學説云:

騶衍睹有國者益淫侈，不能尚德，若《大雅》整之於身，施及黎庶矣。乃深觀陰陽消息而作怪迂之變，《始終》《大聖》之篇十餘萬言。其語閎大不經，必先驗小物，推而大之，至於無垠。先序今以上至黄帝，學者所共術，大並世盛衰，因載其禨祥度制，推而遠之，至天地未生，窈冥不可考而原也。先列中國名山大川、通谷禽獸，水土所殖，物類所珍，因而推之，及海外人之所不能睹。稱引天地剖判以來，五德轉移，治各有宜，而符應若兹。

子思、孟子接受騶衍所説的"禨祥度制"與"五德轉移"的命題，揉入儒家學説之中加以闡發，《中庸》遂説："國家將興，必有禎祥；國家將亡，必有妖孽。見乎蓍龜，動乎四體，禍福將至，善必先知之，不善必先知之。故至誠如神。"孟子遂説："五百年必有王者興，其間必有名世者。由周而來，七百有餘歲矣；以其數，則過矣；以其時考之，則可矣。夫天，未欲平治天下也，如欲平治天下，當今之世，舍我其誰也？吾何爲不豫哉！"①思、孟的話顯然是受騶衍的"禨祥度制"與"五德推移，治各有宜，而符應若兹"的影響而"造説"的。這類議論在孟子看來是"甚僻違而無類，幽隱而無説，閉約而無解"的"案飾其辭"。若孟子之言，更是"材劇志大"的"聞見雜博"而已。其中騶衍主張的"尚德"，要求統治者"整之於身，施及黎庶"，而不滿於"有國者益淫侈"，與儒家修己治人之道符合；因此騶衍之説有些爲子思、孟子所吸收，而融入其思想體系之中。

騶衍的"五德轉移"説，在《吕氏春秋·應同》中介紹得較爲具體。《應同》云：

① 見《孟子·公孫丑》下。

> 凡帝王者之將興也，天必先見祥乎下民。黃帝之時，天先見大螾大螻。黃帝曰："土氣勝！"土氣勝，故其色尚黃，其事則土。及禹之時，天先見草木秋冬不殺。禹曰："木氣勝！"木氣勝，故其色尚青，其事則木。及湯之時，天先見金刃生於水，湯曰："金氣勝！"金氣勝，故其色尚白，其事則金。及文王之時，天先見火，赤烏銜丹書，集于周社。文王曰："火氣勝！"火氣勝，故其色尚赤，其事則火。代火者必將水，天且先見水氣勝。水氣勝，故其色尚黑，其事則水。

鄒衍提出歷史的發展是"土德後木德繼之，金德次之，火德次之，水德次之"的五德轉移的循環論。是他對於歷史發展的哲學的概括，其性質是屬於形而上學的唯心主義的解釋。這種解釋伸縮性大，便於附會歷史和迎合世主，嘩衆取寵，有欺騙性，足以惑世誣民，"囂囂然"，一時是會被世主歡迎和采用的。"怪迂阿諛苟合之徒"，原無心於學術，祇把學術視爲幌子，藉此以弋名利而已。《史記·封禪書》就有關於其學盛行一時的記述：

> 自齊威、宣之時，鄒子之徒，論著終始五德之運。及秦帝而齊人奏之，故始皇采用之。……鄒衍以陰陽主運顯於諸侯，而燕齊海上之方士傳其術不能通，然則怪迂阿諛苟合之徒自此興，不可勝數也。

鄒衍這些議論，到了漢興，人家已聽膩了。傳《詩》的"齊詩"一家搬弄"轉移"之説，就換了一個新的花樣。翼奉、郎顗起來就倡"五性""六情""四始""五際"之説，爲漢室受命於天服務，用以諛媚人主。這樣"齊詩"就得列於學官，顯赫一時。這裏就轉引關於翼奉説的"六情"的一段議論吧。《漢書·翼奉傳》記他的對策云：

> 北方之情，好也；好行貪狼，申子主之。東方之情，怒

也;怒行陰賊,亥卯主之。……南方之情,惡也;惡行廉貞,
寅午主之。西方之情,喜也;喜行寬大,己酉主之。二陽並
行,是以王者吉午酉也。《詩》曰:"吉日庚午。"上方之情,樂
也;樂行姦邪,辰未主之。下方之情,哀也;哀行公正,戌丑
主之。辰未屬陰,戌丑屬陽,萬物各以其類應。

這樣的好、怒、惡、喜、樂、哀稱爲六情,配上:申子、亥卯、寅午、己
酉、辰未、戌丑,用以說《詩》,說明:

《詩》之爲學,情性而已。五性不相害,六情更興廢。觀
性以歷,觀情以律。

接着吹捧皇帝:

今陛下明聖虛靜,以待物至。萬事雖衆,何聞而不諭,
豈況乎執十二律而御六情!於以知下,參實亦甚優矣,萬不
失一,自然之道也。
明主所宜獨用,難與二人共也。故曰:"顯諸仁,藏諸
用。"露之則不神,獨行則自然矣。

這裏説明了什麽道理? 説祗有"明主所宜獨用",可以"萬不失
一",怕他曝光,還説"露之則不神,獨行則自然"。以施其不可告
人的伎倆,猶自吹噓:

唯奉能用之,學者莫能行。

翼奉又講:"《易》有陰陽,《詩》有五際,《春秋》有災異,皆列終始,
推得失,考天心,以言王道之安危。"他的《詩》説"五際","言王道
之安危"。什麽是"五際"呢? 孟康引《詩内傳》説:"五際,卯、酉、
午、戌、亥也。陰陽終始際會之歲,於此則有變改之政也。"這卯、
酉、午、戌、亥的五際中間是有政權變改的道理的。這"五際"又
與"四始"和《詩》配合,就有着"革命"的道理。《齊詩緯・汎曆

樞》介紹這道理説：

> 《大明》在亥，水始也；《四牡》在寅，木始也；《嘉魚》在
> 巳，火始也，《鴻雁》在申，金始也。
>
> 午亥之際爲革命，卯酉之際爲改正。辰在天門，出入候
> 聽。卯，《天保》也；酉，《祈父》也；午，《采芑》也；亥，《大明》
> 也。然則亥爲革命，一際也；亥又爲天門出入候聽，二際也；
> 卯爲陰陽交際，三際也；午爲陽謝陰興，四際也；酉爲陰盛陽
> 微，五際也。

接着："齊詩"還把《詩經》的篇目排出始際表來，用以推算：

> 《大明》爲亥始，自亥至寅十篇爲：《縣》《棫樸》《旱麓》
> 《思齊》《皇矣》《靈臺》《下武》《文王有聲》《鹿鳴》《四牡》。
>
> 《四牡》爲寅始，自寅至巳十篇爲：《皇皇者華》《常棣》
> 《伐木》《天保》《采薇》《出車》《杕杜》《魚麗》《南陔》《白華》
> 《華黍》《南有嘉魚》。（內《南陔》《白華》《華黍》笙詩三篇作
> 一篇）
>
> 《南有嘉魚》爲巳始，自巳至申十一篇爲：《南山有臺》
> 《由庚》《崇邱》《由儀》《蓼蕭》《湛露》《彤弓》《菁菁者莪》《六
> 月》《采芑》《車攻》《吉日》《鴻雁》。（內《由庚》《崇邱》《由儀》
> 笙詩三篇作一篇）
>
> 《鴻雁》爲申始，自申至亥十一篇爲：《庭燎》《沔水》《鶴
> 鳴》《祈父》《白駒》《黃鳥》《我行其野》《斯干》《無羊》《文王》
> 《大明》。

自亥至寅，自寅至巳，自巳至申，自申至亥，即自《大明》至《四
牡》，《四牡》至《南有嘉魚》，《南有嘉魚》至《鴻雁》，《鴻雁》至《大
明》，周而復始。因説：《大明》爲亥始，即爲革命之始，始於《大
明》，謂武王革命。戌亥接續之交，當有變改之政。謂之一際、二

際。寅爲木始，寅卯接續之際，謂之三際。其象爲《文王》之自
《四牡》而《天保》。已爲火始，火盛於午，午與已接續之際，不可
無革命之政，猶成王后有宣王不興。以《采芑》次《嘉魚》，爲四
際，《鴻雁》爲金始，至酉而盛，亦至酉而衰，故以《祈父》之詩，刺
宣王。四始、五際絶於申，周而復始，死而復蘇，則戌亥之間，又
爲天門，亥仲又爲革命。"齊詩"就是這樣來解釋《詩經》，以説明
周代和漢代的政治的興衰。這不是一派胡言嗎？《詩經》中若干
篇次，與金、木、水、火、土五行和周室、漢室的政治興衰有什麼關
係呢？這不是故弄玄虚，白日見鬼嗎？可是當時的皇帝竟點頭
而列入於學官之中呢！

　　後漢郎顗，益發有勁。他説："臣伏惟漢興以來三百三十九
歲，於《詩》三蔀。高祖起亥仲二年，今在戌仲十年。……言神在
戌亥，司候帝王興衰得失。""臣以爲戌仲已竟，来年入季，……宜
因斯際，……事有所更。""今年仲竟，来年入季。仲終季始，歷運
變改。"①郎顗把《詩經》的篇目做了編排，以十歲爲一蔀，注上
"四始""五際"。始從亥、寅、已、申爲記，稱爲"四始"；際從亥、
卯、午、酉、戌爲記，稱爲"五際"。際以亥仲、卯仲、午仲、酉仲、戌
仲起數，始以亥孟、寅孟、已孟、申孟起數。從此推知漢高以亥仲
爲革命，魏文、蜀漢以寅孟爲革命，晉武又以卯仲爲革命，循是以
推寅孟、已孟、卯仲、午仲、酉仲、戌仲。舉例如下：

亥仲際當乾：

《大明》亥仲九年　高祖元年乙未亥仲至九年癸卯　漢
九年

亥季十年　高祖十年甲辰至惠帝七年癸丑　漢十九年

---

　　①　俱見《後漢書·郎顗傳》。

子孟十年　高后元年甲寅至文帝二年癸亥　漢二十九年

子仲十年　文帝三年甲子至十二年癸酉　漢三十九年

子季十年　文帝十三年甲戌至后元六年癸未　漢四十九年

丑孟十年　文帝后元七年甲申至景帝中元二年癸巳　漢五十九年

丑仲十年　景帝中元三年甲午至武帝建元三年癸卯　漢六十九年

丑季十年　武帝建元四年甲辰至元朔元年癸丑　漢七十九年

寅孟十年　武帝元朔二年甲寅至元狩五年癸亥　漢八十九年

《四牡》寅仲十年　武帝元狩六年甲子至元封三年癸酉　漢九十九年

寅季十年　武帝元封四年甲戌至天漢三年癸未　漢一百九年

卯孟十年　武帝天漢四年甲申至后元元年癸巳　漢一百十九年

卯仲季當震：

《天保》卯仲十年　武帝后元二年甲午至昭帝元鳳三年　漢一百二十九年

……

《十月之交》戌仲十年　安帝延光三年甲子戌仲至順帝陽嘉二年癸酉　漢三百三十九年

這裏哪有一點學術氣息，完全是一套脫離實際的僵化的術數遊戲。《詩·汎曆樞》還解釋說："凡推其數皆從亥之仲起，此天地所定位,陰陽氣周而復始,萬物死而復蘇。大統之始,故王命一節爲之十歲也。"①推其數從亥起,所以亥爲革命,爲天門,爲水始、爲神、爲君、爲元皇。説來煞是有介事的。這套遊戲奧妙在爲漢興受命服務。這套把戲説出了漢室三百三十九年的興衰:漢高祖是以亥仲革命的,符合《詩經》"四始""五際"的道理。這就説明漢朝的政權由來是得之於"列終始,推得失,考天心"的。這樣可以諂媚人主,愚弄百姓,自然可以熒惑一時。這不是學術,更不是真理。秋風落葉,隨着流水而逝,便淘汰了。翼奉、郎顗的"齊詩"説,實與鄒衍的"五德轉移説"手法有類似之處,而每況愈下,更爲拙劣。荀子倘生漢代,不知將如何斥之!

吾師竺可楨教授於此邪説,深惡痛絶。曾云:"造此陰陽家之邪説,以惑世誣民者爲燕齊方士,而其建設之傳播,則有負責者三人,即鄒衍、董仲舒與劉向也。""嗚呼!機祥災祲之迷信,深中於士大夫者,智日以昏,而志以偷,誰之咎也?"於鄒衍亦譴責之。

憑藉陰陽五行學説以説《詩經》,今已成爲陳跡;然偶尚有主張的。例如黎子耀教授著作《周易秘義》。書中侈言:"《詩經》爲陰陽五行之詩。"將《詩經》與《易經》並論:"《詩經》爲陰陽五行之詩,首言關關;《易經》爲陰陽五行之書,首言鍵鍵(乾乾),各得開宗明義之旨。"沉渣泛起,看來没有這個必要了。因草《〈詩經〉是陰陽五行之詩嗎?》一文辟之。文見 1992 年《浙江學刊》,這裏就不絮述了。

(原刊《華東師範大學學報》,1993 年第 5 期)

---

① 見《後漢書·郎顗傳》注引。

《周南·芣苢》詩義考釋

采采芣苢,薄言采之。采采芣苢,薄言有之。
采采芣苢,薄言掇之。采采芣苢,薄言捋之。
采采芣苢,薄言袺之。采采芣苢,薄言襭之。

此詩共三章,每章四句,反復歌唱。詩中寫婦女采集芣苢的勞動,運用六個動賓短語,突出它的采集程式。"之"是賓詞,指芣苢;"采""有""掇""捋""袺""襭"是動詞,顯示婦女采集的心理與方式。三章對采集者的心理與采集的方式,分三層來寫。

第一層:"采之""有之"。"芣苢"何物?《爾雅·釋草》:"芣苢,馬舄。馬舄,車前。"郭璞注云:"今車前草,大葉長穗,好生道邊。"陸璣《疏》云:"馬舄,一名車前,一名當道,喜在牛跡中生,故曰:車前當道也。今藥中車前子是也。""馬舄、車前"是"芣苢"的後世之名。"好生道邊","喜在牛跡中生",當屬野生植物,西周亦當如是。與黍、稷、菽、麥不同,視其經濟效益,不會大面積耕種。第一章言:"采之""有之"。宋輔廣云:"求其所生之處,曰采;得其所生之處,曰有。"這話說得仔細,說明"芣苢"並非"平原綉野",遍地都是,而是需要尋覓。婦女懷着希望,高興前往,不難尋求,於是"采之""有之"。朱熹《詩集傳》云:"采,始求之也;有,既得之也。"這話也說得親切。

第二層:"掇之""捋之"。"毛詩"云:"掇,拾也;捋,取也。"明徐鳳彩云："掇者,芣苢之子在穗,故拾其穗;捋者,芣苢之用在子,故取其子。"此語可覘作者格物致知的功夫。婦女采集芣苢,其事在"拾""取"其穗,作用是可備藥用。采集之時,當非芣苢初生,而爲其成熟之時。食菜輒取其初生,藥用則待成熟。陸璣《疏》言芣苢:"幽州人謂之牛舌草,可鬻作茹,大滑;其子治婦人難産。"此言:"掇之""捋之",當儲藥用,非采以爲食。余寓園庭,此草多年叢生,其穗俗呼打官司草。七八月間子方成熟,初夏則穗未成實,剥之爲嫩粒。因之以"掇之""捋之"兩語,斷定此詩所寫采集及其歌唱,絶非在初春、初夏。

第三層:"袺之""襭之"。《爾雅·釋器》云:"執衽謂之袺,扱衽謂之襭。"《毛傳》云:"袺,執衽也;扱衽曰襭。"朱熹《詩集傳》云:"袺,以衣貯之,而執其衽也。襭,以衣貯之,而扱其衽於帶間也。"明黄佑云:"此章既采,而攜以歸時事也。采之既多,非掬之所能容,以衣貯之,而執其衽於手中;非手之所能執,以衣貯之,而扱其衽於帶間。袺之、襭之,可謂不厭矣。"四家解釋,一脉相承,愈來愈細,而愈切於事實。可謂前修未密,後出轉精。婦女既拾焉穗,掬之手中,貯之以衽,復扱其衽於帶。注釋區别袺、襭、實爲細寫婦女芣苢既采,而攜歸之事。《豳風·七月》言采桑:"女執懿筐,遵彼微行。"《召南·摽有梅》言集梅:"摽有梅,傾筐塈之。"或懿筐,或傾筐;後世采茶、采菱,亦有盛器,此則無器,執衽而已。可見"采采芣苢",量不會多;亦非經常爲之。

綜合三層意思:一寫婦女采集芣苢,邊覓邊采;二寫拾取其穗;三寫以衽盛之。此采集事不同於禾黍稼穡;而有類於采蕨、采薇。

這樣説:這采集芣苢是"集體勞動",還是少數人或個別的勞動呢？是"一群勞動婦女"①，還是不屬於這個階級、階層的婦女，甚至可能是貴族，爲了藥用，而從事於這采集的。實事求是，歷史地對待這詩的作詩之義，這就值得我們探索與研究了。

西周是奴隸社會，那時"勞動婦女"是奴隸，是"會説話的工具"，奴隸主爲什麽要喚她們"成群結隊"地去"采采芣苢"呢？是她們的自由意志與行動嗎？這首歌也是她們"一面采集，一面集體唱這只輕快樸實的勞動歌"②嗎？放到那時的歷史的社會現實生活中，會有這樣的情況產生嗎？芣苢是種野生植物，直到今天還是如此；但非野菜，如薇蕨、馬蘭、薺菜之類，采來可以充饑或佐膳。爲了藥用，恐怕那時的奴隸不可能，也不會自發地，"集體"成群地去采集的。那時奴隸主驅使大批奴隸爲其耕耘："率時農夫，播厥百穀。駿發爾私，終三十里。亦服爾耕，十千維耦。"③女的奴隸，當是蠶桑。《豳風·七月》曰："蠶月條桑。"漚麻、績麻。《陳風·東門之池》曰："東門之池，可以漚麻。"《陳風·東門之枌》曰："不績其麻，市也婆娑。"這些生產，都有經濟效益，從而進行壓榨。歷史上恐無驅使女奴隸集體一群采集芣苢之事。如後世之采茶、采菱之事這時尚未開發，不見得有集體采集芣苢之事。爲了藥用，采集芣苢，諒是分散的、個別的、即興的。就如今日的農民、居民之采集益母草（俗稱苦菜），挑薺菜、摘枸杞頭、馬蘭頭之類，都不是集體的。因此，"采采芣苢"説是一群"勞動婦女""集體編唱"的"勞動歌"，怕是不合乎那時的歷史社會現實情況的。

關於《芣苢》，方玉潤《詩經原始》對它做了這樣的闡述：

---

① 見袁梅：《詩經譯注》（國風部分），齊魯書社，1980年。
② 見袁梅：《詩經譯注》（國風部分），齊魯書社，1980年。
③ 見《周頌·噫嘻》。

> 讀者試平心靜氣，涵泳此詩，恍聽田家婦女，三三五五
> 於平原綉野、風和日麗中，群歌互答，餘音嫋嫋，若遠若近，
> 忽斷忽續，不知其情之何以移，而神之何以曠。則此詩可不
> 必細繹而自得其妙焉。

這也是不符合《芣苢》所寫的情景及其所反映的生活真實的。這
祇是方氏個人主觀的不切實際的藝術虛構而已。西周時"平原
綉野"，遍地會長着這麼多的芣苢，"若遠若近"會有"三三五五"
的人在采集嗎？會"群歌互答"嗎？這事在其後世，直到今日也
未出現過啊！因爲采集芣苢，從農作物生産角度看，還不上檔子
啊！比如吳歌《蒔秧要唱蒔秧歌》：

> 蒔秧要唱蒔秧歌，兩手彎彎蒔六棵；（農民蒔秧，面前六
> 行，拖一步插六棵）六棵頭上結白米，桑樹頭上結綾羅。
>
> 蒔秧要唱蒔秧歌，兩腿彎彎泥裏拖；背朝日頭面朝水，
> 手拿仙草（指稻秧）蒔落棵。①

這倒可以藝術誇張一些地説："三三五五"，"群歌互答"，"若遠若
近，忽斷忽續"，"餘音嫋嫋"的。

《芣苢》詩旨，陳子展《詩經直解》云："婦女采車前草之歌。
勞者歌其事，此正事外無甚意義。"陳氏所云："婦女采車前草之
歌。勞者歌其事。"甚是，唯所謂"歌其事"，乃歌其采集希冀而
得，攜歸之喜悦心理。采集之時，十分欣慰。與一般"饑者""勞
者"之歌有別，一爲憤怒，一爲喜悦。至於"此正事外無甚意義"，
文獻不足，難以證實；偶見傳説，然未可輕率排除。芣苢可備藥
用。古人一時認識，意會可治某病。醫治某病，未必合乎科學原
理，但歷史可能有過此事。婦人或意其可治難産，或意其可治惡

---

① 見中國歌謡叢書《吳歌》，中國民間文藝出版社，1984年。

疾,遂企求之。"采之有之"甚慰,勤於"掇之捋之""袺之襭之"以歸。爰是吟詩,志興記事。詩吟有其一般性,亦有其特殊性。此真爲《芣苢》之特殊性,可以理解。采茶采菱,爲農作生產,常見其一般性。采集芣苢,古往今來,祇見此詩,真有其特殊性,遂見於《詩》,亦情理中事。

《詩序》云:"《芣苢》,后妃之美也。和平則婦人樂有子矣。"《詩序》說得含蓄。孔穎達《正義》遂正反論之:"若天下亂離,兵役不息,則我躬不閱,於此之時,豈思子也。今天下和平,於是婦人始樂有子矣。經三章皆樂有子之事也。"意謂:后妃佐治天下,其美使天下和,政教平,婦人樂有子女,因采芣苢,以利生育,遂歌詠之。否則,兵革不休,自顧不暇,婦人不望子女,何必事采集也。《詩序》自政治角度,闡述詩旨。所謂:"是以一國之事,繫一人之本,謂之風。"見婦女喜集芣苢,詠之於詩,知其樂有子女;因悉政教之美,天下和平。此學說屬於文藝理論之反映論,爲我國優秀的文藝理論傳統。問題在於:此事是否符合歷史實際,是否美化古人? 但置之於一定的歷史階段中,西周奴隸制上升時期:"文王之化",政治清明,婦人樂有子女,往采芣苢,應該說是可信,而不足爲怪的。此詩列於二《南》,孔子重視,曾說:"人而不爲《周南》、《召南》,其猶正牆面而立也與。"①看來是有道理的。

編訂說明:據手稿錄編。

_____

① 見《論語·陽貨》。

説《兔罝》與《甘棠》

　　《詩經》是中國三千年左右前的一部文學作品,含有百科全書性質,反映着一定的社會生活内容。今天我們怎樣來閱讀和理解它,這就需要歷史地對待。這樣纔能或多或少地符合歷史唯物主義的研究方法;否則,對於這部文學作品可能會有更多的誤解與曲解。我看這是理解、研究《詩經》的必要和主要的一法。這裏舉出《兔罝》和《甘棠》兩篇詩來,例示地説明這個問題。

　　《周南·兔罝》首章寫道:"肅肅兔罝,椓之丁丁。赳赳武夫,公侯干城。"這篇詩是歌頌武夫的,我們怎樣來理解它呢? 這就需要通過歷史的典章制度知識的幫助來理解它。

　　西周時期,中國官制開始爵禄的制度。天子建國,諸侯、大夫立家。天子封諸侯,諸侯封大夫,成爲當時的統治機構。天子稱王,王位傳於長子,稱爲大宗,一代代遞嬗下去。天子封諸侯,同姓諸侯是天子的别子或兄弟,稱爲小宗;諸侯傳位長子,就稱大宗,也是一代代傳下去。天子、諸侯、大夫的爵位是世襲的。諸侯、大夫之下有士一等。士處於貴族的最底層。士下是庶人,庶人下是奴隸。《禮記·曲禮》説:"禮不下庶人,刑不上大夫。"説明士屬於禮的範圍,是可以受刑的。奴隸則不在禮的範圍,是可以任意殺戮的。廣義地説,士指一般的貴族男子。狹義地説,士專指武士。春秋戰國之際,西周的政制分崩離析,士的階層興起,成千上萬的士活躍在各國的政治舞臺上,那是文士。文士通過考試參政,後來演變成爲文官制度。

《兔置》一篇所歌頌的是武夫,就是:天子、諸侯、大夫三等下一等的士。這時的士大多是武夫的士。這一等的士是選拔的;不像天子、諸侯、大夫那樣是世襲的。選拔就是要看被選拔者的忠心與本領。《兔置》選拔出來的武夫,詩中頌他:"赳赳武夫","公侯干城","公侯好仇","公侯腹心"。這可説明:武夫與公侯的關係搞得好,就有着凝聚力,武夫樂意爲公侯出力;公侯希望得到保護,武夫能捍衛公侯,公侯是可以放心的。這就可以約略説明西周初期政治清明,政治局面是安定團結的。《墨子·尚賢上》説:"文王舉閎夭、泰顛於置罔之中,授之政,西土服。"這個材料很重要,因爲,它可説明這個問題;同時,我們也可以理解《兔置》所以采編入詩的一些具體情況。文王選拔"閎夭、泰顛"這類的士,就是選拔得好,能得人心,這不是很能説明當時的政治清明嗎?采詩所以觀政,《兔置》編入《周南》,這還不能説明"王者之風"嗎?墨子因把這個美談,作爲尚賢的典範,向時君勸説。這就可以説明《詩經》把它編采入詩,不是偶然的,而是有它深刻的用意的。

《兔置》歌頌的士,從他所牽涉的社會面説,自然是十分廣闊的。武士是公侯的干城、腹心。雄赳赳,氣昂昂地爲公侯出力,那就顯示諸侯的力量是多麼强大啊!諸侯臣服天子,那麼,天子的寶座也就坐得很穩啊!這是符合西周初期奴隸主國家經濟上升時期的現象的。《詩序》因説:"《兔置》,后妃之化也。《關雎》之化行,則莫不好德,賢人衆多也。"公侯能夠善於選拔武士,這可以作爲一個側面説明政治的清明。古代王族,所謂家天下者,國與家未能截然劃分。齊家所以治國。王族不同於庶民。商代的王子、王婦、王婿等不一定都有具體的職務,但都屬於擁有一定的權力的統治集團。西周繼承這個傳統，而更重視對於后妃的政治倫理道德的要求；所以，我們不拘泥於《詩序》所説的字面意思，而要體會其精神内涵，這不可以説明由於最高統治者的教化流行，從而獲得"人皆好德也，賢人衆多"的效果嗎？

《召南·甘棠》，《詩序》説："《甘棠》，美召伯也。召伯之教，明於南國。"這詩歌頌召伯聽訟，詩義甚明。《左傳·定公九年》引這詩云"蔽芾甘棠，勿剪勿伐；召伯所茇"後，引申説："思其人，猶愛其樹。"用以説明甘棠遺愛的道理，長期流傳，傳爲美談。可見這事，我們把它放在一定的歷史階段中去研究，是有其特定的歷史意義和社會的現實意義的。

中國古代的官制，在夏商時代，巫史在整個國家機構中居於最爲重要的地位，一切活動幾乎都是通過巫史的占卜來決定的。到了西周與春秋，公卿成爲國家宗室貴族勢力的政權支柱，國家大事是由公卿議政聽訟。宗族勢力提高，巫史地位相對下降，這時軍事、行政、司法、外事等職務從巫史職務中分化出來，形成卿士寮與太史寮並列。在卿士寮與太史寮之上，還有三公的設置，即太師、太傅、太保。這三公主要由王族和王親的長老來擔任。三公權威很高，王一般需要聽從他們的話。在王年幼或王位暫缺的特殊情況下，三公可以代行王的權力。

西周初期，周公、召公、畢公稱爲三公，地位是十分顯赫的。在開國、建國大業中樹立了功勳。召公是歷史人物，與周同姓，姬姓，名奭。他是武王的兄弟，食采於召，作上公，爲二伯。後封於燕。成王年幼即位，召公和周公夾輔王朝。《書》中多次記述召公政事。如《尚書》的《召誥》和《洛誥》曾記成王營建成周之事。成王五年二月二十一日在陝西豐京祭告宗廟，委派太保召公去洛邑查看築城地點，召公於三月初五到達洛邑，勘查地形。初七指使殷民規劃城郭、郊廟、朝市的位置，到十一日規劃成功等。召公可稱爲周室特級的政務官。從古代官制的演變史看：夏商兩朝推行巫史制，西周是公卿制，戰國、秦漢是丞相制，漢武帝及其以後是尚書制，明、清兩代是內閣制。召公是凌駕於公卿之上的僅次於周公的三公之一，政治地位是崇高的。對於《甘棠》一詩，孔穎達《正義》云："武王之時，召公爲西伯行政於南土，決訟於小棠之下。其教著明於南國，愛結於民心，故作是詩。"從"決訟於小棠之下"看"止舍小棠之下，而聽斷焉"。辦的怕不是一件很大的事，而是小事。這就説明召公聽政，管得寬"明明在下"，深入民間，辦事公正，因而頌聲四起。

這裏，我們不妨聯繫宋代蘇軾任杭州知州時"判牘"的一件事進行思考。據《西湖志》載：蘇軾常旌旗導從，詣湧金門，泛舟截湖，"至冷泉亭，則據案判牘（剖決），落筆如風雨，公爭辯訟，談笑而辦"。把民事訴訟弄到人民群衆中去辦理，藉以啓發教育群衆。這對祇能在衙門辦理的舊官僚習氣來説，是一種難得的突破和革新。今日，靈隱寺的大雄寶殿右側猶有一副醒目的對聯。上聯題曰："古跡重湖山，歷數名賢，最難忘白傅留詩、蘇公判牘。"其頌揚的便是蘇東坡的"判牘"。蘇軾的政治地位與召公的身爲三公，不可同日而語。召公卻能紆尊下問，在甘棠樹下聽訟。這件事放到公卿制中來看，是十分突出的，可爲天下與後世的表率。因小見大，《召南》采以入詩，以明"先王之所以教"。《詩序》云："《甘棠》，美召伯也。召伯之教，明於南國。"《毛傳》云："召伯，姬姓，名奭，食采於召，作上公，爲二伯，後封於燕。此美其爲伯之功，故言伯云。"從這個角度看，我們可以從而探索它的政治歷史上的教育意義與典型意義。甘棠遺愛，從而成爲中國文化史上的優良傳統。

《漢書·藝文志》云："古有采詩之官，王者所以觀風俗，知得失，自考正也。"從《兔罝》《甘棠》兩詩采編入詩，多少可以説明

《毛詩序》説明"王者之風,故繫之周公","先王之所以教,故繫之召公"的編詩之義的。《詩》三百零五篇,我們今天當進行一番橫向聯繫探索的工作。輕率地下結論,這不是社會科學研究者所當采取的態度。

　　編訂説明:據手稿録編。

略談《召南·草蟲》與李白《長相思》的"絡緯"

　　南朝梁劉勰《文心雕龍·物色》中論及自然景物對於詩人心情的影響，提出"歲有其物，物有其容；情以物遷，辭以情發"，"詩人感物，聯類不窮"。認爲先有外在事物，源於人的耳目，發爲吟詠。"一葉且或迎意，蟲聲有足引心"，一片樹葉有時能夠觸動人的心意。《淮南子·説山訓》云："見一葉落而知歲之將暮。"這裏通過"草蟲"的"喓喓"和"絡緯"的"秋啼"引起人們的愁思來説明這個問題，做一些比較粗淺的闡發。

　　《草蟲》見於《詩·召南》，是"毛詩"中的一篇。"絡緯"指李白樂府詩《長相思》"絡緯秋啼金井闌"句中起興的一個秋蟲。《草蟲》和《長相思》兩詩俱是通過秋蟲，男女怨曠，觸發詩人抒發相思之情。這兩篇詩所寫的俱爲思婦聽到秋蟲啼泣，懸念丈夫行役不歸，淒惻傷懷，不能自已。劉勰在《物色·贊》中闡發這類詩的創作特色云："目既往還，心亦吐納。""情往似贈，興來如答。"詩人寄情於景物，景物也就給詩人以靈感。《草蟲》與《長相思》恰好反映這一創作特色，這可説是這兩篇詩所共同的。但這兩詩由於寫作的時代背景和所采取的文學體裁不同，詩人心境、性情有異，因情造文，各運巧思；因而，兩詩的風格與成就也是不同的。《草蟲》云：

　　　　喓喓草蟲，趯趯阜螽；未見君子，憂心忡忡；亦既見止，亦既覯止，我心則降。

　　陟彼南山，言采其蕨；未見君子，憂心惙惙。亦既見止，
亦既覯止，我心則說。

　　陟彼南山，言采其薇；未見君子，我心傷悲。亦既見止，
亦既覯止，我心則夷。

這篇詩的內容王照圓的《詩問》解釋爲："兩年事爾，君子行役當
春夏間，涉秋未歸，故感蟲鳴而思。至來年春夏猶未歸，故復有
後二章。"①"毛詩"的表現手法，輒爲分章歌詠，感情遞進濃烈，
一唱三歎。草蟲爲晚秋的蟲。《小雅·出車》："喓喓草蟲。"鄭箋
云："草蟲鳴，晚秋之時也。"明朱祖埤曰："張衡謂：大火流，草蟲
鳴，是深秋候。"草蟲爲晚秋的蟲。古人於此常爲觸動情思。岳
飛《小重山》詞云："昨夜寒蛩不住鳴。"即聽了秋蟲寒泣，撩人愁
緒。此詩第一章，由於草蟲的喓喓，阜螽的趯趯，以興悲秋。朱
熹因謂："諸侯大夫行役在外，其妻獨居；感時物之變，而思其君
子。"詩人感草蟲之鳴，而見伊"憂心忡忡"。第二章言伊采蕨，與
下章采薇，以興傷春。宋嚴粲《詩緝》（卷二）曰："言有升南山而
采蕨者矣，感節物之新，而思其君子也。"君子未見，則"憂心惙
惙"；繼而轉悲爲喜，冀見君子，則"我心則說"。這是思婦心中的
風雨使然。第三章從悲秋到傷春，又是一年。心雖傷悲；然而，
熱烈盼望，終思"我心則夷"！嚴粲曰："人喜悅則心平夷。"憂不
能已，卻思相見之樂。

　　這詩各章所寫，前兩句起興："喓喓草蟲，趯趯阜螽"，"陟彼
南山，言采其蕨"，"陟彼南山，言采其薇"；覩物傷懷，宕人心弦。
次兩句寫未見時的悵惘："憂心忡忡"，"憂心惙惙"，"我心傷悲"。

――――――――――

　　①　王照圓（1763－1851），清末女詩人、訓詁學家。

後三句盼望晤聚，夢寐以求，轉悲爲喜。"我心則降"，"我心則說（悅）"，"我心則夷"。三章所寫：未見既見，或悲或喜。情緒波動，轉折遞進。宋謝枋得云："惙惙，憂之深，不止於忡忡矣。傷則惻然而痛，悲則無聲之哀，不止於惙惙矣；此未見之憂，一節緊一節也。降則心稍放下，悅則喜動於中，夷則心氣和平；此既見之喜，一節深一節也。此詩每有三節：蟲鳴、螽躍、采蕨、采薇之時，是一般意思。忡忡、惙惙、傷悲之時是一般意思。則降、則悅、則夷之時，是一般意思。"① 謝氏於《詩》，可謂體貼入微，開掘得深。《草蟲》妙處，在於秋蟲起興，領起全篇。遞寫思婦悲、悅之情，全從現實生活中來，不假藻飾，樸素自然，詩意盎然，故能感人肺腑。劉勰贊賞此詩"喓喓學草蟲之韻"，"以少總多"，"情貌無遺"，確爲戁然，深有心得之言。

李白《長相思》云：

> 長相思，在長安，絡緯秋啼金井闌，微霜淒淒簟色寒。孤燈不明思欲絶，卷帷望月空長歎，美人如花隔雲端。上有青冥之高天，下有渌水之波瀾；天長路遠魂飛苦，夢魂不到關山難。長相思，摧心肝。

《長相思》原是屬於樂府《雜曲歌辭》舊題。這類歌辭多寫思婦之情。如李陵《與蘇武》詩："行人難久留，各言長相思。"古詩《客從遠方來》："文彩雙鴛鴦，裁爲合歡被。著以長相思，緣以結不解。"蘇軾《留別妻》詩："生當復來歸，死當長相思。"所寫都爲着綿以致相思纏綿之意，後來發展成爲顯示夫婦離別相思淒惻之情。此曲唐時猶盛。李白沿用這一格式，以抒思婦念婿久戍不

---

① 謝枋得（1226—1289），號疊山，南宋末年著名愛國詩人。此語見《詩傳大全》卷一。

歸之情。詩的表現手法,也以秋蟲起興,采用細節描寫,形象地誇張思婦的孤寂生活和伊與夫婿的距離;從而,深入寫伊悲痛的心理。人物造型及其背景描寫,與《詩》迥異,想象更爲豐裕,富於浪漫氣息,有新的發展。筆力動宕,讀之催人淚下。這詩藻飾華麗,疏密濃淡相間,詩情畫意,奪人耳目。有說:"這首詩寄寓了李白對理想的追求以及理想不能實現時的苦悶、悲哀心情,大約是他離開長安以後懷念朝廷的作品。"①詩無達詁,見仁見智,不妨這樣看的。

絡緯,俗稱絡絲娘,或稱紡織娘,秋蟲。"絡緯秋啼金井闌",那絡絲娘正在金井闌邊啼泣呢!它與前句"長相思,在長安"和後句"微霜淒淒簟色寒"承上啓下,緊接起來,把婦人的生活環境,外在景物與她的内心活動聯繫起來,而思婦的觸景生情,躍然紙上。"絡緯秋啼"這個細節插得好,寫得活。《草蟲》和《長相思》這兩篇作品創作於兩個不同的時代,看來毫不搭介。同爲秋蟲起興,一寫思婦在南山采蕨、采薇;一寫在長安金井闌邊,閨房之中。詩人的身份和社會地位不同,性格也異;不過思想感情、藝術表現有相通處。誠如劉勰所說"既隨物以宛轉","亦與心而徘徊"。

《長相思》寫的思婦柔情,較之《草蟲》喓喓,更爲細膩。思婦處於幽閨之中,簟色寒清,孤燈不明,微霜在地,卷帷長歎。托出思婦不寐,愁緒萬千;而美人如花,顧影自憐。一層層寫,寫得透貼。李白另一詩作《長相思》云:"月明如素愁不眠,趙瑟初停鳳凰柱,蜀琴欲奏鴛鴦弦。此曲有意無人傳,願隨春風寄燕然。"亦從望月不眠而調瑟着筆,遣辭華麗,托情綿邈,與此詩有異曲同

---

① 見復旦大學中文系古典文學教研室選注:《李白詩選》,人民文學出版社,1961 年。

工之妙。雲端，舉頭可見，近在咫尺；遠則便在天邊。用一"隔"字，極妙！遠呢，近呢？雲端能隔嗎？卻是隔着，吐屬綺麗、新巧，符合閨閣婦女口吻。真的隔了，隔得遠呢！接着渲染咫尺天涯："上有青冥之高天，下有淥水之波瀾。"上天下地，幽冥高遠，波瀾起伏，曲折迴環。要去談何容易？這樣形象地寫雲端之隔，辭藻濃麗，意境開闊，筆力動宕。較之李白另一詩作"憶君迢迢隔青天"，更見鋪陳之美。在水有蛟龍，在山有虎豹。行路蕭條，哪裏去得了呢？兩語概括性強，寓有無限丘壑。接寫"天長路遠魂飛苦"，不特行旅之難，魂飛也是苦呢？"夢魂不到關山難"，再襯一筆，實寫關山；那麼，祇有"長相思"了！可是"長相思"啊，心肝都摧毀了。"長相思，摧心肝。"就用白描手法作結。兩句"長相思"一前一後，首尾呼應。顯得全篇一氣呵成，結構嚴謹。李白另一詩作："昔時橫波目，今作流淚泉。不信妾腸斷，歸來看取明鏡前。"以鋪叙作結。這是説明不同作品，采用不同手法表現，是藝術表現的多樣性啊。

　　此詩寫思婦柔情，深入婦人內心深處。刻畫生活，寒簟、孤燈，寫得綺麗繁縟，用細筆。寫行旅之艱，魂飛之難，水闊山遙。如李白《蜀道難》中所寫："上有六龍回日之高標，下有衝波逆折之回川。"用大筆。劉勰所謂："詩人麗則而約言，辭人麗淫而繁句。"各抒其長，各處其當，精心狀物，內容不同，風尚亦異。《草蟲》源於民歌，訴之於聽，重在寫景。反復歌唱，每於音節處換字，所抒感情，較爲直起直落，故曰："未見君子，我心傷悲；亦既見止，亦既覯止，我心則夷。"《長相思》爲作家文學，訴之於視，重在造境。文人學士，吟誦玩味，所抒感情，曲折細膩，潛氣內轉，故曰："絡緯秋啼金井闌，微霜淒淒簟色寒。孤燈不明思欲絶，卷帷望月空長歎。"又曰："天長路遠魂飛苦，夢魂不到關山難。長相思，摧心肝。"李白爲大詩人，善寫闊大。如《關山月》："明月出天山，蒼茫雲海間。長風幾萬里，吹度玉門關。”亦善寫細膩。如《長干行》：“十四爲君婦，羞顔未嘗開。低頭向暗壁，千唤不一回。”《長相思》所寫則疏密結合，大細相間。形象生動、鮮明而完整。細味《長相思》與《草蟲》，從而可以理解文藝作品表現手法與藝術風格之多樣性。

編訂説明：據手稿録編。

《魏風》論

　　魏是西周初年周王朝分封的姬姓的諸侯國家中的一個小國。它的歷史流傳下來的典籍記載不多。除《史記·魏世家》外，或云：晉之《乘》，中有魏史，今不可見。武王伐紂之時，封高於畢，稱畢公高，遂爲畢姓。都安邑，在晉之南河曲。今山西省的西南部。《禹貢》屬冀州，雷首之北，析城之西。其封域：南枕河曲，北涉汾水。故《汾沮洳》云：“彼汾一曲。”《伐檀》云：“寘之河之干兮。”《漢書·地理志》屬河東郡。傳說：舜都蒲阪，禹都平陽，皆屬河東。季札觀樂，稱《魏風》：“渢渢乎，大而婉，儉而易，行以德輔，此則盟主也。”魏鄰晉，故稱《唐風》，曰：“思深哉，其有陶唐氏之遺風乎？”《史記·魏世家》曰：“獻公之十六年，趙夙爲御，畢萬爲右，以伐霍、耿、魏，滅之。以耿封趙夙，以魏封畢萬，爲大夫。”則魏滅於周惠王十六年、魯閔公元年（前 661），畢萬爲畢公之苗裔。魏建國自西周迄春秋初期約五百年。

　　《魏風》之作，《毛詩正義》謂：“閔公已前，魏國尚存；故平桓之世，得作詩也。”《魏風》七篇蓋作於東周至春秋初期：平、桓、莊、釐、惠諸王之時（前 770—前 661）百年間也。《魏風》七篇不同於《鄭風》《衛風》《二南》多纏綿言情，亦殊於《王風》《唐風》的感傷憂思，《秦風》的慷慨悲涼，多爲魏國社會生活及政治情況最爲深刻、最爲真實的反映。視其內容，可分爲三：《葛屨》《汾沮

泇》《園有桃》爲一類；《陟岵》《十畝之間》爲一類；《伐檀》《碩鼠》
爲一類，反映着魏國社會與政治的三種情況。《詩序》針對現實
提出三種看法：譴責統治者提高警惕，采取改革措施，"德以將
之"，使能"得禮"。季札所謂："儉而易，行以德輔，此則盟主也。"
魏西接於秦，比鄰於晉，介於兩大國間。經濟落後，政治措施不
當。當知改革政治，奮發圖强，使老百姓生活改善，好轉，不能一
味教老百姓束緊褲帶。這樣不能調動人民的積極性，民心渙散，
缺乏戰鬥力。你有關門計，我有跳牆法。上下不是一條心，社會
秩序豈得安定，政治權也不能鞏固。"其民機巧趨利，其君儉嗇
褊急。"國家怎能搞得下去。外患頻仍，祇有挨打，導致"國迫而
數侵削，役乎大國，父母兄弟離散"，"其國削小，民無所居焉"。
加之統治者橫徵暴斂，朘削於民，以求逸樂，出現了"在位貪鄙"，
"重斂蠶食於民，不脩其政"。民生塗炭，亂自上作。人民憤怒之
火燃燒，驚天動地，反抗逃亡的局面。古時治國以禮。禮者含有
今日所謂法治之意，祇是方法不同，其政治意義都是行政管理，
通過禮的施行以鞏固政權和社會秩序。《魏風》七篇不論詩人作
詩之意爲何，《詩序》悉從政治角度着眼，孔子所謂："《詩》可以
觀。"《陟岵》一詩，自是"孝子行役思念父母"，《詩序》卻提高到政
治問題上看，歸咎於統治者，於此提出問題。三類詩顯示魏國社
會與政治的三種情況：一曰"刺褊"，"其君儉以能勤，刺不得禮"；
二曰"刺時"，"父母兄弟離散"，"民無所居"；三曰"刺貪"，"在位
貪鄙，無功而受禄，君子不得進仕"，"其君重斂蠶食於民，不脩其
政"。這三種政治情況："離散"和"重斂"顯然説明政治腐敗；"刺
儉"，儉有什麼不好？然而"刺"之。"其君儉以能勤"又有什麼不
好？然而"刺"之。值得深思！"刺"是譴責之意。譴責什麼？譴
責的是"其君"儉而"不得禮也"。這就是説，"禮"中包含一個内
容"富之"。不能改善人民生活，君即"能勤"，辛辛苦苦也不中

禮,是非治國之道。《詩序》之論《魏風》,實借《魏風》抒其政治主張,希冀統治者發展生産,改善人民生活,安定社會秩序,改革政治,調動人民的積極性,促進社會發展。"天子之職莫大於禮,禮莫大於分。"①通過禮來實現,《詩序》今人看來,可以一脚欹倒,不知其中卻有道理。倒洗澡水,千萬不要把孩子也抛掉了。以古爲鑒,古爲今用,歷史不會重演,今日社會與古迥異。《詩序》之論,有一定的現實意義,對後世也不是没有借鑒作用的。

　　編訂説明:據手稿録編。

---

　　① 　見《資治通鑒》卷第一。

讀《伐檀》

《魏風·伐檀》三章，每章九句。關於這詩，我的理釋字句間與一般有些參差，今將首章逐譯於次：

> 坎坎伐檀兮，寘之河之干兮。河水清且漣猗。不稼不穡，胡取禾三百廛兮？不狩不獵，胡瞻爾庭有縣貆兮？彼君子兮，不素餐兮！

譯文：

> 杭育杭育砍檀樹啊，放它在河岸啊。河裏的水碧灣而且有波紋啊。——不種植，不收割，怎麼就拿去禾三百纏啊？不巡迴，不田獵，怎麼看見你院子裏掛着貉子啊？那班君子啊，不簡便飲食的啊！（飲食不簡便啊，或飲食不樸素啊。）

這是一首勞動即興詩。詩中表現了勞動人民不平的呼聲。伐檀的工奴，終日勞動。杭育杭育地砍堅硬的檀樹，勞動強度很大；可是他們的勞動情緒不高，把木頭拋棄在河旁，看着澄清的河水在呆呆出神。那些盤踞高位的人，又在他們的面前出現了。那些人是"不稼不穡"，怎麼就拿去"禾三百廛"啊；"不狩不獵"，怎麼倒看見他們院子裏還掛着"貆"啊！他們不種莊稼，卻有吃不盡的糧食；不去打獵，卻有吃不盡的肉類。那些所謂"君子"，可是飲食真不簡便的呢！工奴們氣憤得簡直要跳了起來。這首詩尖銳地揭示出現實中不合理的現象：一些人在服勞役；一些人在坐享其成，不勞而獲，有力地向統治階級控訴。

"坎坎"，《詩集傳》以爲"用力之聲"，這意甚長；或説："伐木聲。"恐怕是不恰當的。檀木堅韌，用以做車輪，是很合適的。現在扁擔，有的還是用檀樹做的。《詩》中《四牡》有"檀車"，這車也是以檀木做的。輻，是車輪的直輻；輪，車輪的牙。轂、輻、牙三部分合起來，就成爲輪。詩中説："伐檀""伐輻""伐輪"。大概是造車輪過程的叙述。先伐檀，接着把檀伐爲輻，伐爲牙，而後把車輪拼接起來。第三章的"伐輪"，實際是指造輪的伐牙。關於造車，可參考《考工記》的《輪人》。寘與置同。干：岸。漣猗：漣，水紋；猗，同兮，語詞。種：曰稼；斂：曰穡。廛、億、囷三詞，聞一多先生以爲即纏、繶、稛，是束的意思，這解釋比舊説爲長。狩即獵。縣同懸。貆，貉屬。獸犬三歲曰特。漘是水邊。鶉是鵰屬。

"素餐"，這裏，我想提出來談談。自被《孟子》徵引："《詩》曰：'不素餐兮。'君子不耕而食，何也？"[1]一向一般解釋爲"白吃"。"不素餐兮"，就是"不吃人家的東西"。趙岐《孟子・盡心篇》注云："無功而食，謂之素餐。"《魯詩》："居位食禄，無有功德，名曰：素餐也。"[2]《論衡・量知篇》云："素者，空也。空虚無德，餐人之禄，故曰：素餐。"這解釋，我看是非《詩》的本意。《檜風・素冠》中有"素冠""素衣""素韠"，我説"素餐"的"素"和這些詞中的"素"，意義相同。王念孫《讀書雜誌・管子》五之九"素食"條云："素通疏。《管子・禁藏》：'果蓏素食當十石。'王引之云：'素讀爲疏，字或作蔬。'《月令》：'取蔬食。'鄭注曰：'草木之實爲蔬

---

① 見《孟子・盡心章句上》。

② 見《玉函山房輯佚書・魯詩故》卷上。

食。'《淮南·主術篇》曰：'夏取果蓏，秋畜蔬食。'即此所謂果蓏素食也。《墨子·辭過》篇：'古之民未知爲飲食時，素食而分處。'亦以素爲疏，尹注非。"王氏父子，把"素"解作"蔬"，這是正確的。孫詒讓《墨子閒詁·辭過》篇："'素食而分處。'注云：'素食，謂食草木。'《管子·七臣七主》篇云：'果蓏素食當十石。素、疏之叚字。'《淮南子·主術訓》云：'夏取果蓏，秋畜疏食。'俗作蔬。《月令》取蔬食。鄭注云：'草木之實爲蔬食。'《禮運》説上古云：'未有火化，食草木之實，即此素食也。'"也是這個意思。王、孫兩家，雖似未徵引《詩經》，這恐怕和《孟子》字義抵觸。我看，《伐檀》的"素食"和《墨子》的"素食"含義實是相同的。這詩實是伐檀的工奴，氣憤着統治階級不勞而獲，生活卻十分懸殊。

關於當時的生活情景，在《詩》中反映是多的。讓我們就衣、食、住這幾個方面，來對比一下吧，統治階級的衣是"羔裘""狐裘""錦褧衣""錦衣狐裘"。食是"朋酒斯饗""君子有酒旨且多""包鱉膾鯉"。住是"築室百堵，西南其户""如鳥斯革，如翬斯飛""俾立室家""作廟翼翼"。勞動人民呢？是"無衣無褐""采茶薪樗，食我農夫""人可以食，鮮可以飽""塞向墐户""入此室處"。就交通事説吧："周道如砥，其直如矢"，大路平得很，直得很。可是"君子所履，小人所視"，統治階級的人在那兒跑來跑去；奴隸呢，怎能側面而視。因此提起這事，真是"睠言顧之，潸焉出涕"。這不是很鮮明的階級生活對比嗎？孔子曾説："食不厭精，膾不厭細。"這是不素餐兮。墨子曾説："短褐之衣，藜藿之羹。"這是素餐、素衣。《墨子·辭過篇》曰："古之民未知爲飲食時，素食而分處。故聖人作誨，男耕稼樹藝，以爲民食其爲食也，足以增氣充虛，彊體適腹而已矣。故其用財節，其自養儉，民富國治。"這是理想的古代"聖人""素食"。又曰："今則不然，厚作斂於百姓，以爲美食芻豢、蒸炙、魚鱉。大國累百器，小國累十器，前方丈。

目不能遍視,手不能遍操,口不能遍味。冬則凍冰,夏則飾鑷,人君爲飲食如此,故左右象之。是以富貴者奢侈,孤寡者凍餒。欲無亂,不可得也。君實欲天下治,而惡其亂;當爲飲食不可不節。"這是批評當代"君"的"不素食"。這詩説的"不素餐兮",就是"餐不素兮";猶説:飲食不樸素啊。這話實是批評"君子"的生活奢侈啊。韓詩云:"素,質也。"①韓詩這種解釋是比較好的。

《伐檀》這首詩的主題思想是很清楚的。但是在階級社會中,由讀者的立場、觀點不同,就各異其趣了。這裏,我們扼要地舉出幾個較有代表性的意見來談談。

《孟子·盡心章句上》是首先引徵這首詩的:

> 公孫丑曰:"《詩》曰:'不素餐兮。'君子之不耕而食,何也?"孟子曰:"君子居是國也,其君用之,則安富尊榮;其子弟從之,則孝悌忠信。不素餐兮,孰大於是。"

朱熹注云:"素,空也。無功而食祿,謂之素餐。"公孫丑引徵這詩:"不素餐兮",引出"君子不耕而食"的疑問,是借題發揮。孟子的政治主張,是認爲:"勞心者治人,勞力者治於人。治於人者食人,治人者食於人。""無君子莫治野人,無野人莫養君子。"君子有君子的貢獻,"不耕而食"不能説是"素餐"。孟子的學生彭更認爲孟子的生活:"後車數十乘,從者數百人,以傳食於諸侯,不以泰乎?"又認爲:"士無事而食,不可也!"孟子最後卻説:"子何尊梓匠輪輿,而輕爲仁義者哉?"②孟子站在統治階級的立場上説話,實質上是用片面的職業分工的理由,來掩蓋及合理化他們的剝削生活。從這裏,我們可以推斷孟子對於《伐檀》詩的理

---

① 見《玉函山房輯佚書·薛君韓詩章句》卷上。
② 見《孟子·滕文公下》。

解，和伐檀工奴們所表現的思想感情是針鋒相對的，兩者的階級立場是對立的，相反的。在孟子看來，伐檀工奴們雖有"不稼不穡""不狩不獵"的疑問，但看到"君子""入則孝，出則悌，守先王之道，以待後之學者"所起的作用，就是"不素餐兮"，問題就迎刃而解了。

嚴粲《詩緝》認爲這詩的意思是：

> 君子不得進仕，自伐檀木。其用力之聲坎坎然，寘之河之干厓，欲以爲車之輪輻而自給也。

呂東萊《家塾讀詩記》云：

> 坎坎伐檀兮，寘之河之干兮，河水清且漣猗。悠然於河之干，遺佚而不怨，阨窮而不閔者也。國人見君子在下者如此。

姚際恒《詩經通論》云：

> 只是詠君子者，適見有伐檀爲車，用置於河干，而河水正清，且漣猗之時，即所見以爲興，而下乃詠其事也。

方玉潤《詩經原始》云：

> 傷君子不見用於時，而又恥受無功祿也。⋯⋯词意甚明，事亦易见，何至二千餘年，纷纷无定解哉。

嚴粲、呂東萊、姚際恒、方玉潤這四位學者，對於這詩有一共同的看法，就是這詩的作者是君子，君子因爲"小人在位"，没法爬上去，於是"自食其力"，坎坎然伐檀爲車。我們看舊社會中，知識分子——所謂"君子"，大都是脱離生產的，"四體不勤，五穀不分"，這詩所寫的伐檀者怎會是君子呢？詩中所寫的伐檀者是勞動人民，是奴隸；君子是統治階級，是剝削者。他們把這兩者混而爲一了。這是這些學者的階級局限,在他們的生活和視野中,根本上是没有看到勞動人民的。因而把這詩的内容看錯了,並主觀地把自己的思想感情附會和替代進去了。

朱熹對於這詩又提出了一種看法。《詩集傳》云:

> 詩人言有人於此,用力伐檀,將以爲車而行陸也。今乃寘之河干,則河水清漣,而無所用。雖欲自食其力,而不可得矣。然其志則自以爲不耕,則不可以得禾,不獵則不可以得獸。是以甘心窮餓,而不悔也。詩人述其事而歎之,以爲是真能不空食者。

朱熹認爲這詩是詩人歌頌伐檀者:認爲"不耕則不可以得禾,不獵則不可以得獸";因此,願意"甘心窮餓",真是"能不空食者"。朱熹肯定伐檀者能"甘心窮餓""能不空食",而並不是説,伐檀者認爲:"不耕則不可以得禾,不獵則不可以得獸。"而"君子"卻是如此,是真"空食"者。由此可見,朱熹通過這詩宣傳這樣一種思想:讓勞動人民安心伏命於貧苦生活,這真是統治階級所希望的。

上面這幾種看法,都是應該批判的。毛主席在《實踐論》中説:"在階級社會中,每一個人都在一定的階級地位中生活,各種思想無不打上階級的烙印。"又在《在延安文藝座談會上的講話》中説:"文藝工作者要學習社會,這就是説,要研究社會上的各個階級,研究它們的相互關係和各自狀況,研究它們的面貌和它們的心理。"詩衹一首,爲什麽對於這詩的看法有這樣的分歧,又這樣統一呢?用一句話來概括,這是因爲他們不是以歷史唯物主義的觀點對這詩進行正確評價的;而是借這詩來反映他們自己的階級的生活、思想或面貌、心理而已。他們都是站在統治階級立場上説話,因而是統一的;他們各自的階級地位和生活不同,他們各自思想面貌不同;因而表現在對這詩的看法上又是有分歧的。《伐檀》這首詩原是勞動人民的歌謠,詩中表現了勞動人民對剥削者的反抗情緒和不調和、不妥協的鬥争精神。但自從這詩被采入了《詩》三百篇中後,統治階級就利用這些詩篇來宣傳他們的統治道理——文教,所謂:"温柔敦厚,詩教也。"隨着《伐檀》也被説成:"'不素餐兮',孰大於是?""傷君子不遇""自食其力也"。《伐檀》,"真能不空食者"。這樣一來,不論哪一種説法,都是取消詩中所表現勞動人民的鬥争意志,而宣傳和美化了統治階級的人物。這樣看,我們重讀《伐檀》,並分析它怎樣在歷史上解釋下來的,是有它的歷史的認識意義和現實的教育意義的。

編訂説明:據手稿録編。

讀《碩鼠》

《魏風·碩鼠》三章,每章八句:

> 碩鼠碩鼠,無食我黍。三歲貫女,莫我肯顧。逝將去女,適彼樂土。樂土樂土,爰得我所。
>
> 碩鼠碩鼠,無食我麥。三歲貫女,莫我肯德。逝將去女,適彼樂國。樂國樂國,爰得我直。
>
> 碩鼠碩鼠,無食我苗。三歲貫女,莫我肯勞。逝將去女,適彼樂郊。樂郊樂郊,誰之永號。

魏國與周同姓,周初所封,後爲晉獻公所滅。《禹貢》云其屬冀州,"南枕河曲,北涉汾水"。這首詩是春秋初期魏地的民歌,痛罵統治階級的殘酷剥削。詩人把統治階級比作一隻肥大的老鼠,指着它們的鼻子說:我們長久地供養你們,希望你們能照顧我們一些。你們的剥削卻實在太凶了!我們決意離開你們,尋找安樂的地方去啊!那安樂的地方,纔是我們理想的所在。詩中充滿了人民對統治階級的蔑視、厭惡,對不合理的剥削制度的憎恨,以及對幸福生活的渴望和幻想。人民逃亡,這是當時人民反抗、鬥爭的方式之一,是有它歷史的進步意義的。

這裏,我想提出兩個問題討論一下:

一、詩中提出:"逝將去女,適彼樂土。"行動與口號,是偶然的、個別的社會現象，還是有它深厚、廣闊的社會基礎，悠久、光榮的鬥爭傳統呢？

在有階級剝削、壓迫的舊社會中，有句俗話説："窮人面前路三條，逃荒、上吊、坐監牢。"從這裏可以理解：逃亡不能看作個別的社會現象。《共產黨宣言》指出："到目前爲止的一切社會的歷史都是階級鬥爭的歷史。"自從社會出現了階級，人與人之間就有人剝削人，人壓迫人的關係。被剝削、被壓迫的人民要起來反抗，逃亡鬥爭自然而然地成爲手段之一。殷商時代，已是奴隸社會，存在着奴隸和奴隸主尖鋭的階級對立和鬥爭。根據殷商卜辭記録，當時奴隸有：奚、奴、臣、僕等許多種。奴隸從事各種勞役，常常被奴隸主驅使作戰，或被用作祭祀的犧牲，或者殉葬。郭沫若先生説："（卜辭中）所謂'衆'，所謂'衆人'，就是從事農耕的生産奴隸。衆字是象日下三人形，正表明耕者在太陽底下操作。"[①]奴隸是否安於被剝削、被壓迫的命運呢？歷史事實告訴我們，絕不是的。甲骨文獻中常見：

其喪衆（佚五一九）

"喪衆"就是奴隸逃亡。《説文》："喪，亡也。""亡，逃也。"喪是逃亡的意思。卜辭中的"喪羊"和《易·大壯》："喪羊于易。"兩"喪羊"的意義，都是説羊群逃亡了。金文"喪自"，就是"喪師"，和《周語》上的"宣王既喪南國之師"的"喪師"，訓詁也同。韋注云："喪，亡也。"就是軍士逃散了。殷王有許多"衆"，用於農業生産。卜辭中"衆一百"，就是一百個"衆"。殷代已有青銅器，但在農業生産中還是用石器的。收割時，殷王發石鐮給奴隸，平時則藏在

---

① 見郭沫若：《奴隸制時代》，人民出版社，1954年。

殷王的宗廟裏。① "衆"是没有人身自由的,命運掌握在奴隸主手中。在西周孝王時的《曶鼎銘》中,還可以看到關於這些情況的記録。哪裏有壓迫,哪裏就有反抗。奴隸逃亡,除甲骨卜辭外,古代文獻中是有不少反映的。例如:

> 《易·旅卦》:"旅焚其次,喪其童僕。"
>
> 《書·費誓》:"臣妾逋逃。"

到處燃燒着反抗的火焰。統治者不甘心他的死亡,必然瘋狂地起來鎮壓。卜辭中就有關於"不喪衆"的記載和反映。"不喪衆"是想辦法不讓奴隸逃亡。卜辭中的"逆衆""逆羌",就是追逐逃亡的奴隸。又有:𡧃衆;𠈟(𡧃)即途字,解釋作止。意思是説:制止或鎮壓奴隸。有所謂"告衆"。告即"祰祭"之祰。奴隸逃亡或暴動成爲奴隸主的嚴重問題。愚蠢的奴隸主祇得向祖先告祝,有所謂"𥷚衆","𥷚"解作攔,就是拘係奴隸。此外,卜辭中還有:

其喪衆	(見 甲編三八一)
貞□逆衆人得	(見鄴三下、三四、九)
貞王𡧃衆人	(見前編六、二五、二)
貞燎告衆	(見後編上二四、二)②

武王伐紂,周代商取得天下。統治者在政權尚未鞏固時,爲了緩和階級矛盾,被迫考慮一些問題。由於奴隸的反抗,商代毁滅了。周公因而告誡成王,在《尚書》中就出現像《無逸》篇中所説的話:"嗚呼! 君子所其無逸。先知稼穡之艱難,乃逸;則知小人之依。相小人,厥父母,勤勞稼穡。厥子乃不知稼穡之艱難。"

---

① 見陳夢家:《殷虛卜辭綜述》第十八章,中華書局,1988 年。

② 皆參見徐宗元編:《中國古代史》(初稿)第四節,《殷商的滅亡》(二)奴隸與奴隸主之間的階級鬥争。

《左傳·襄公十三年》中也有："君子尚能而讓其下,小人農力以事其上。"隨着統治階級政權的鞏固,剝削也就愈來愈凶。階級矛盾緩和是暫時的,而對立的矛盾鬥爭是基本的。《費誓》說："馬牛其風,臣妾逋逃,勿敢越逐,祗復之。"這是寫當時的奴隸——臣妾,風馬牛一樣地逃跑,奴隸主不敢越軍壘而逐之。《左傳·昭公七年》記載楚王"爲章華之宮,納亡人以實之"。又引"周文王之法"說:"有亡荒閱。"日本竹添光鴻箋說:"有逋逃者。則大閱於天下,使無所竄。"就是說:奴隸逃亡,可以大蒐,用以示威和鎮壓他們。奴隸逃亡,這一鬥爭形式在歷史上是習見的。《碩鼠》所寫的,就是這種現實鬥爭的反映。那麼,我們讀這首詩是可體會到它的思想內容,是有廣闊、深厚的社會基礎和其悠久、光輝的鬥爭傳統的。

二、人民逃亡,古代學者是怎樣對待這一問題的呢？這裏,可以舉出孟軻和莊周兩人來分析一下。《孟子·梁惠王》記載:"凶年饑歲,君之民,老弱轉乎溝壑,壯者散而之四方者,幾千人矣;而君之倉廩實,府庫充,有司莫以告,是上慢而殘下也。"孟軻看到人民的苦難,立場是爲統治階級服務,他主張統治者對人民減少一些剝削。"施仁政於民,省刑罰,薄稅斂。"給人民以一定的生活保障。"五畝之宅,樹之以桑,五十者可以衣帛矣。雞豚狗彘之畜,無失其時,七十者可以食肉矣。百畝之田,勿奪其時,數口之家,可以無饑矣。"能夠這樣,就可"保民而王";就能"使天下仕者,皆欲立於王之朝;耕者皆欲耕於王之野;商賈皆欲藏於王之市;行旅皆欲出於王之塗;天下之欲疾其君者,皆欲赴愬於王"。就能使天下"定於一"。孟軻思想說服統治者減少剝削,放棄剝削,實際無疑是與虎謀皮。這種幻想,必然落空。孟軻當時以"道既通,游事齊宣王",結果是"宣王不能用。適梁,梁惠王不果所言,則見以爲迂遠而闊於事情"。

次述莊周。莊周是怎樣對待這一問題的呢？他同意老聃的
看法："五色令人目盲，五音令人耳聾。"①要"擢亂六律，鑠絕竽
瑟。塞瞽曠之耳，而天下始人含其聰矣；滅文章，散五采，膠離朱
之目，而天下始人含其明矣"。他認為太古之時，如"昔者容成
氏、大庭氏、伯皇氏……"那時的百姓淳朴得很："當是時也，民結
繩而用之。甘其食，美其服，樂其俗，安其居。""甘其食"，是説：
食未必甘，卻認為甘。"美其服"，是説：服未必美，卻認為美。
"樂其俗，安其居"，是俗未必樂，居未必安，卻以為樂，為安。（有
人忘了其字作用，把"甘其食，美其服，樂其俗，安其居"四句，解
作：甘食，美服，樂俗，安居。就是吃得甜，穿得好，俗很樂，居很
安，這是誤解。）認為百姓没有多少欲望，能達到："鄰國相望，雞
狗之音相聞，民至老死而不相往來。"這樣的政治，"則至治已"。
就好極了。現在執政的人，卻把人民的視綫指向："今遂至使民
延頸舉踵，曰：'某所有賢者'，贏糧而趣之，則内棄其親，而外去
其主之事。足跡接乎諸侯之境，車軌結乎千里之外，則是上好知
之過也。"把百姓引向哪裏有好處，就往哪裏跑，這就不對。提
出："天下每每大亂，罪在於好知。""舍夫種種之民，而悦夫役役
之佞；釋夫恬淡無為，而悦夫啍啍之意。啍啍已亂天下矣。"②放
棄了醇厚謹慎的百姓，喜愛精明機巧的人才；不用清静無為的政
策，卻喜歡多言多語，把天下搞亂了。莊周説話是指責統治者，
實質卻是要人民安於現狀，忍受剝削。莊周以為欲無止境，則知
無止境；知無止境，則爭無止境。引起天下大亂。主張去欲去
知，即可去爭。這和後世地主階級提倡的"知足常樂，能忍自安"
是一路貨色。"延頸舉踵"，人民流亡，就是多欲好知的結果嗎？

---

① 見《老子·道德經》第十二章。
② 俱見《莊子·胠篋篇》。

聽聽人民的呼聲，就可以明白了。

　　《碩鼠》一詩的思想内容，就强有力地批判了孟軻和莊周的主張。奴隸主和其他一切剥削階級對待人民，祇有反攻倒算，剥削愈來愈凶，是不會減少剥削，放棄剥削，施什麽"仁政"的！人民的逃亡，是統治階級殘酷剥削的結果，是人民反抗鬥争的一種方式，絕不是什麽"多欲好知"！

　　編訂說明：據手稿録編。

説《關雎》"君子"及其他

《詩經》是本古籍，要吃透這本古籍，充分理解，比較能充分地理解，需要借助於歷史的考察。浙東史學提倡六經皆史，把《易》《書》《詩》《禮》《樂》《春秋》這些古籍，都看成是史的遺跡，是史料。又説："窮經而求證於史。"要理解和闡發這六部古籍的深刻含義、思想内容，需要求證於史，這是原則，也是治學的方法，我認爲無疑是正確的。不過"求證於史"，通過歷史事實來説明問題、解決問題。古人所謂之史和今日所謂之史内容不同，今日我們所掌握的史料，是大大遠勝於古人了。

古人求證於史，把《詩》與《易》《書》《禮》《樂》《春秋》橫向聯繫起來，相互求證。今日的史，就有許多出土文物，取得二重證據，於《詩》之義相互闡發。這個道理是學人所共曉得；可是運用到《詩》的理解上來，就出問題了。不少學者不肯去做這樣辛苦的工作，祇就文字表面，運用一些今日的文藝理論知識，去理解，去分析。這樣就把三千年至兩千五百年前的作品看得好像現代人寫的一樣，給予分析，導致對《詩》的本義沒有探索到，而是重床迭架式地出現了許多曲解和誤解。

講了這麼多話，目的是提出："窮經而求證於史。"我還没有學好歷史唯物主義。我看這樣做，可以説是歷史地對待古籍吧；也許一步一步地可以接近歷史唯物主義來研究問題了。

接着,我就要談談探索《關雎》這篇詩所反映歷史政治社會内涵的問題了。這篇詩的内涵分析清楚,也許可以作一個例證來説明今人是怎樣來讀《詩經》的。

這篇詩的主題是什麼? 今人説:是歌頌農村青年男女的自由戀愛和祝賀他倆的婚禮啊! 古人説"后妃之德";那完全是御用文人的濫調啊! 孰是孰非? 我想:衹有求證於史了。我認爲解決這個問題,需要從《關雎》這篇作品通過語言文字所反映的内容來求證。

《詩·關雎》盛稱"君子"之求"淑女"。君子爲誰? 淑女爲誰? 詩未明言,史亦難徵。然知人論世,可於歷史社會形式中求之。"君子"一辭,甲文未見。甲文有"王卜辭"與"子卜辭"。"君子"連稱當爲西周之新名詞,卻與甲文子卜辭之"子"有聯繫。《詩》三百篇中見"君子"者爲 53 篇,篇中有迭見者計 183 次①。"君子"一辭其身份有落實者,有泛稱者。可落實者其身份爲:天子、諸侯、大夫,而士不與焉;不能落實者亦當爲有職位之統治者。或謂泛指丈夫,猶良人也。然此"丈夫"在役,亦當爲軍中之主指揮,爲官長也。故知《詩》中之君子,俱爲在位者也。《論語》中稱"君子",於在位者外,又有道德之要求焉。故孔子稱子產有君子之道四焉,而自不能置於君子之列。《易》中之"君子",内涵更爲豐贍,不僅在位,有道德;其人且必須有建樹,歷史上有其地位。"君子"一辭,於《詩》、於《論語》、於《左傳》、於《易》,有共通處悉爲統治階級之在位者;《論語》《左傳》《易》諸書中之言"君子",則又有其特定之要求,條件多於《詩》也。先秦以降,"君子"一辭範圍益爲廣闊,自天子、諸侯、大夫而推之於士矣,士爲其主要對象矣。

---

① 原稿計次空缺,此數字係編者網上查得,未詳確否。

"淑女"也應做此分析。淑女、君子聯繫更進一步。君子追求淑女,淑女以配君子。應當歷史對待這個問題,我們就能毫無根據地信口開河把他倆説成農村的青年男女嗎?寫篇雜文也許還可以,嚴謹的科學研究是不容許的,這是古籍,説的是古人;當然需要調查研究一番;哪裏就能望文生訓,把古人看作今人,自作聰明呢?

詩中談到琴瑟。琴瑟在那個時代,天子、諸侯、大夫、士都是可用的,是房中樂。社會上、學校裏、家庭中是常演奏的;可是農村奴隸是没有條件演奏琴瑟的。詩中還談到鐘鼓。鐘是編鐘,是青銅器。殷周時爲稀有金屬,特指煉銅需要加錫。那時祇有天子纔有這條件,諸侯、大夫都是不容易辦到的;所以他們所得的原材料是受國家天下的賞賜的。青銅器之禮器、兵器、食器、樂器,看得重,生產少,都有規定。鐘鼓是廟堂之樂,祇有天子、諸侯用之。奴隸哪裏會懸編鐘,没有這樣的事實,當然也没有這樣的感性認識。這廟堂之樂完全是祭祀天地祖先朝聘會盟時用的,哪裏會在農村青年的婚禮上演奏呢?這是今人閉了眼睛在瞎説。

編訂説明:本篇據手稿録編。手稿共有 9 頁,據其所標頁碼順序,一爲 1—2 頁,一爲 1—7 頁,應爲兩文。前者專説"君子",後者説"君子"及其他,其説君子部分與前者略同,但最後兩頁自"《關雎》是西周初期的詩,接着我們考察周代先周時的幾個開國者的婚姻情況"而下,字跡潦草,僅具要點,尚未成文。兩文皆無題。茲將其合編爲一,酌擬今題。

原版《附記》

先生(1917－1998)是原杭州大學古籍研究所教授,爲中國當代古典文獻學、詩詞學的著名學者。治學重文理滲透,中西交融,考據、義理、辭章兼顧。其學術成就涉及古典文學、科技史、古代史、文獻學與詩詞書畫曲藝諸多方面,成果卓著,蜚聲海內外。

這本《詩經探索》是他一生的教學心得和研究成果之一。對於此書,先生是頗爲看重的,這可從他給榮顯先生的信中見其一斑。爲了更好地瞭解先生的想法和所做的努力,現把全信抄録如下:

榮顯兄:

久疏音驛,馳思不已!

《詩經探索》初稿草草擬就,但尚需全面修改一過,庶可定稿。現在敦請專家教授楊伯峻先生、張震澤先生提意見及撰序中。茲將目録奉上,祈請鑒察指疵。其中四篇:《孔子刪詩初探》將在《文學遺産增刊》首篇發表,已見報載目録。《詩三百篇的創作與累積考説》將在杭大今年第二期學報發表,校樣已定,在裝訂中。《敦煌本毛詩傳箋校録讀記》將在今年寧波師院學報二期發表,在鎸刻繁體字、異體字、篆文中。《〈周南·葛覃〉釋義》徽州師專學報胡少兆來書,

謂亦在付印中。拙稿内容似尚有一定學術品質,其中稍有
創見,或可引起學術界之注意。或謂:"讀了令人振奮,不思
釋手。新見迭出,真如山陰道上,應接不暇。""尊作將《雅》
《頌》放在當時歷史條件下來考察,肯定其政治作用,認爲即
以其爲統治階級歌功頌德而否定之;還應視其在歷史上所
起積極作用的一面,可以批判吸收爲現實服務。論證詳密、
鑿鑿,誠有披雲霧而現光明之功。""尊作將詩、禮、樂綜合考
查,詳證'禮儀之詩'這一論題,揭出詩在當時對鞏固西周國
家與政權的作用,詳舉三禮中的論述,充分利用《毛詩·大
序》中的材料,讀了亦頗新鮮,對理解這部書如何能流傳下
來,受到歷代統治者重視,是頗能説明問題的。""尊作對詩
的編集、注釋過程的叙述,不是就事叙事,或衹是史料的排
列,而是能揭示出《詩》是怎樣從雛型到定型的,這中間的社
會政治原因是什麼;又對《詩》的注釋,是怎樣從政治角度注
《詩》轉變爲從文字角度注《詩》的,以及注《詩》者的分派、源
流,並對一些一般人不大提及的注《詩》著作,給予正確的評
價,開闊了人們的眼界。""尊作不從古爲今用的角度,探索
研究《詩經》和詩本身具有的内涵,通過批判繼承,闡述如何
在當前的精神文明建設中發揮作用。""尊作對《關雎》《漢
廣》二詩的闡釋,雖爲秉承序的觀點,但能從新的角度,結合
史實予以剖析,亦頗能啓人思索。"但也有失誤,正思改正。
此稿如編撰"論文集",注意自研究成果着眼,一般常識性的
叙述,概付闕如。分章之時,不再厘分小節。體例恐與尊社
所擬"叢書"體例不合。各篇草擬,先後各自獨立,故不免稍
有重復之處。躊躕再三,頗覺惶恐。自然可以修正,但是改
弦更張,則覺吃力。由於鑽研,曠日持久,深感内疚,如何處
理,悉聽鴻裁,於此實無成見也。杭大古籍所復製機已壞,

一時不能復製。原稿在外寄徵求意見中，須待時日，初步修改，庶克復製奉呈，何如？因風寄懷，草白不宣。

匆此，並頌

編祺！

劉操南頓首

6 月 3 日

此信寫於 1988 年。榮顯當爲某出版社之編輯。此信先生談了出版此書的一些想法，摘録了一些專家、學者對作者文章的評價，自信此書"尚有一定學術品質，其中稍有創見，或可引起學術界之注意"，很想在他生前結集出版，因此，他不僅不顧年老體弱整理、修改書稿，而且鄭重其事地外寄徵求意見，並特請楊伯峻、張震澤等名家"提意見並撰序"。但不知何故，此書竟半途夭折，未能在他生前付梓，實爲先生之一大憾事。先生逝世以後，他的子女劉文漪、劉文涵、劉文瀾姐妹立志要把他的遺著整理出版。據初步估計，先生在教學之餘，勤於筆耕，一生著作繁富，已出版的著作有《古籍與科學》《史記春秋十二諸侯史事輯證》《曆算求索》《武松演義》《青面獸楊志》《水泊梁山》《紅樓夢彈詞開篇集》《揖曹軒詩詞》等，達三百萬字，並發表論文三百餘篇，共計六百餘萬言。此外，尚有手稿七百餘萬字待整理發表。要把這麼多的文稿整理出版，其工作量之浩大和艱難之程度可想而知。予有幸忝列門牆，不僅在大學受業時（1959.9 － 1963.7）深受先生之諄諄教誨，更在走上工作崗位後得到先生答疑解惑、金針度人之幫助。現在能爲校理先生之遺著盡一份綿薄之力，既是光榮之義務，也是應盡之責任。因此，當劉文漪同志把《詩經探索》的校理任務托付我的時候，我也就慨然應命。其實，此書的收編體例和篇目安排，皆由先生生前所定，文稿已由劉文漪同志全部打出，我所做的工作僅是參與編理並做初校而已。大量資料核查工作，皆是由先生的高足水渭松教授協助出版社完成的。但作爲一個讀者，我深信先生所説的"拙稿尚有一定學術品質，其中稍有創見，或可引起學術界之注意"的話並非故作矜持，其信中所引專家、學者的種種評價，也並非溢美之詞。

嗚呼！天風渺渺，薪盡火傳，先生之學術成就已享譽當世，承緒闡揚，則後學者之責也。願先生之遺著嘉惠學林，流澤後世，使千萬讀者如承先生之謦欬！

受業應守嚴謹識於小和山下求是園
2002 年 5 月

本卷編訂説明

　　《〈詩經〉探索》書名爲先生所定，生前已大體編就，分上、下編，姜亮夫先生爲之題簽，2003 年方由浙江大學出版社出版，應守巖、劉文漪編校。這次收入全集，將《古籍與科學》已收之《〈周南·葛覃〉釋義》《〈曹風〉四篇淺釋》《"繁"辨》《説"紵"》四篇移出，并將新見相關文稿輯爲"補編"。前期工作由應守巖承擔，後期由陳飛統理編訂，劉文漪通校全書。

圖書在版編目(CIP)數據

《詩經》探索 / 劉操南著. —杭州：浙江大學出版社，2022.8
（劉操南全集）
ISBN 978-7-308-22857-2

Ⅰ. ①詩… Ⅱ. ①劉… Ⅲ. ①《詩經》—詩歌研究
Ⅳ. ①I207.222

中國版本圖書館 CIP 數據核字(2022)第 132776 號

《詩經》探索

劉操南 著

策劃主持	宋旭華　王榮鑫
責任編輯	韋麗娟
責任校對	呂倩嵐
封面設計	項夢怡
出版發行	浙江大學出版社
	（杭州市天目山路 148 號　郵政編碼 310007）
	（網址：http://www.zjupress.com）
排　　版	浙江時代出版服務有限公司
印　　刷	紹興市越生彩印有限公司
開　　本	880mm×1230mm　1/32
印　　張	14.5
插　　頁	2
字　　數	373 千
版 印 次	2022 年 8 月第 1 版　2022 年 8 月第 1 次印刷
書　　號	ISBN 978-7-308-22857-2
定　　價	138.00 圓